都兰趣话

Contes Drolatiques

〔法〕巴尔扎克 / 著
施康强 / 译

名著名译
丛　书

人民文学出版社

Honoré de Balzac
CONTES DROLATIQUES
据 Bibliothèque de la Pléiade, Editions Gallimard, Paris, 1965 年版本译出

图书在版编目(CIP)数据

都兰趣话/(法)巴尔扎克著;施康强译.—北京:人民文学出版社,2017(2023.7重印)
(名著名译丛书)
ISBN 978-7-02-012544-9

Ⅰ.①都… Ⅱ.①巴…②施… Ⅲ.①短篇小说—小说集—法国—近代 Ⅳ.①I565.44

中国版本图书馆 CIP 数据核字(2017)第 044752 号

责任编辑　黄凌霞
装帧设计　刘　静　陶　雷
责任印制　史　帅

出版发行　人民文学出版社
社　　址　北京市朝内大街 166 号
邮政编码　100705

印　　刷　三河市中晟雅豪印务有限公司
经　　销　全国新华书店等

字　　数　405 千字
开　　本　890 毫米×1290 毫米　1/32
印　　张　15.25　插页 3
印　　数　15001—18000
版　　次　2004 年 1 月北京第 1 版
印　　次　2023 年 7 月第 3 次印刷

书　　号　978-7-02-012544-9
定　　价　45.00 元

如有印装质量问题,请与本社图书销售中心调换。电话:010-65233595

巴尔扎克

巴尔扎克（1799—1850）

十九世纪法国伟大的批判现实主义作家，欧洲批判现实主义文学的奠基人和杰出代表。一生共创作九十一部小说和随笔，总名为《人间喜剧》。其中代表作为《欧也妮·葛朗台》《高老头》等。

《都兰趣话》原题《趣话百篇》，是一部《十日谈》式的短篇故事集。作者假托此乃都兰修道院中保存的文稿，专为娱乐庞大固埃主义者而整理出版。实际上这些故事全部是巴尔扎克的手笔，只不过利用了十四至十六世纪的背景和题材，模仿了十六世纪的语言和拉伯雷那种大胆直率、生猛鲜活的文风。内容多涉人间风月、男女私情，然而在种种轻浮的玩笑和粗鄙俚俗的言词掩盖下，却不乏鞭辟入里的讽刺和对人类美好情感的颂扬。

译　者

施康强（1942—　）生于上海，1963年北京大学西语系法国语言文学专业毕业，1981年中国社会科学院外国文学系文学硕士毕业。现为中央编译局译审。除职务翻译外，译有黎庶昌《西洋杂志》（中译法）、《萨特文论选》、巴尔扎克《都兰趣话》、阿兰《幸福散论》、雨果《巴黎圣母院》（合译）、布罗代尔《十五至十八世纪的物质文明、经济和资本主义》（合译）等。著有随笔集《都市的茶客》《第二壶茶》。

出 版 说 明

人民文学出版社从上世纪五十年代建社之初即致力于外国文学名著出版，延请国内一流学者研究论证选题，翻译更是优选专长译者担纲，先后出版了"外国文学名著丛书""世界文学名著文库""二十世纪外国文学丛书""名著名译插图本"等大型丛书和外国著名作家的文集、选集等，这些作品得到了几代读者的喜爱。

为满足读者的阅读与收藏需求，我们优中选精，推出精装本"名著名译丛书"，收入脍炙人口的外国文学杰作。丰子恺、朱生豪、冰心、杨绛等翻译家优美传神的译文，更为这些不朽之作增添了色彩。多数作品配有精美原版插图。希望这套书能成为中国家庭的必备藏书。

为方便广大读者，出版社还为本丛书精心录制了朗读版。本丛书将分辑陆续出版。

人民文学出版社
2015 年 1 月

译 者 序

《幽谷百合》里这样介绍女主角，冰清玉洁的德·摩索夫伯爵夫人夫家的家世："德·摩索夫伯爵是都兰省一个世家的代表人物，这个家族是从路易十一时代开始发迹的，他们的姓氏便意味着赐给他们荣誉的那段经历：这一家的先辈是绞刑架下的幸存者。"原来"摩索夫"（Mortsauf）意为"死里逃生"。那段经历在《人间喜剧》的任何一卷里都找不到，好奇的读者应该去读收入《都兰趣话》的《国王路易十一的恶作剧》。《都兰趣话》是巴尔扎克用古法语写的一部故事集，原计划写一百篇，如《十日谈》，实际完成三十余篇。

路易十一在位时，朝廷长驻图尔。国王把情妇波佩蒂侬夫人（这个姓氏意为"好个洞眼"，谑而近虐）安顿在城内一所小公馆里。那座房子有个阳台正对一名老处女的住所。老处女难免有些怪癖，国王和他的情妇常以窥看她的起居为乐。"某天乃市场免税交易日，适逢国王下令绞死图尔城里一个年轻市民。那年轻人误把一个芳华已谢的贵族妇女认作青春少女，犯下强奸罪。此事其实不能算是坏事，那位贵夫人被误认为处女，堪称脸上有光。不过那年轻人发现误会后不该对她百般辱骂，怀疑她故意引他上当，抢了她一只镀金的银杯来抵偿自己刚才借给她的钱的利息。"波佩蒂侬夫人起念恶作剧，趁老处女在教堂祈祷的功夫，派人把那年轻市民从绞架上摘下来，抬进老处女家，放在她床上。老处女回家后，先是又惊又羞，然后动了仁爱之心，努力挨蹭揉搓死者的身体，盼他回阳。刽子手的活干得不地道，这浪荡子本没有绝气，居然复活了。一场恶作剧既然以喜剧收场，国王索性送个顺水人情，命他与老处女成亲。此人判过死刑，业经执行，从法律观点看他已在绞台上失去原来的姓氏，国王遂让他改姓摩索夫，从此开创了摩索夫家族。

这个故事颇不雅驯,行文时涉猥亵。其余三十几个故事,十有八九也讲男欢女爱之事,但到紧要关头或一笔带过,或借助滑稽的隐喻,未堕一般淫书的恶趣。如《阿寨的本堂神甫》讲神甫路遇村姑,邀她共骑一骡。骡身的颠簸促进血液的流动,双方都感到体内阵阵骚动最终化成隐秘的欲望。神甫误以为小妞情窦未开,既然牧师的职责是给羊羔晓谕道理,一路上少不了用语言点拨她。行到一座树林边上,小妞翻身下骡,朝林中最密处奔去。神甫追上前去,在一块芳草鲜美的林中空地赶上她。"就在那里,他一字不差为她念诵弥撒经。两人都大大预支了本来留给他们在天堂里享用的快乐。好神甫着实用心开导她,他觉得这女学生的灵魂和皮肉一样听话,真是件活宝。叫他烦恼的是这地方离阿寨太近,他不得不缩短课程,而且重讲一遍也不容易办到。按他的本意,他很想与所有的教师一样重复讲过的内容。"这里捎带着挖苦了普天下当教师的。

又如《弗朗索瓦一世节欲记》中,出名好色的法国国王弗朗索瓦一世当了神圣罗马帝国皇帝兼西班牙查理五世的囚徒。看守他的队长早就想到法国朝廷中去谋求差使,以为只要为这位国王搞到一帖嫩肉膏药,就不愁日后荣华富贵。他把一名西班牙贵妇送进国王的囚室。"但见她如冲出牢笼的母狮,风风火火扑来,直弄得国王的全身骨骼乃至骨髓都咔嚓作响,换一个人当下非送命不可。所幸这位贵人是铜浇铁铸的体格,兼之久旷,一味攻杀啃咬,浑然不觉自己也被啃咬。这场恶斗结束时,侯爵夫人丢盔卸甲,还以为自己遇上的对手本是魔鬼。"事后,"国王揶揄说,西班牙女人热情奔放,行事一点不含糊;不过在需要温柔体贴的场合她们不解节制,以致每得少许佳趣,他都要使出全身力气,简直像强奸;反之,法国女人手段高明,能使饮者越饮越渴,却永不知疲倦;若是与他的朝廷中的贵妇名媛周旋,那种柔情蜜意无与伦比,绝对用不上面包师揉面的功夫。"

巴尔扎克与拉伯雷同为都兰省人,对这位乡先贤不胜仰慕。《默东的快乐神甫的布道词》讲拉伯雷如何调侃亨利二世的朝廷,结尾不啻一篇拉伯雷颂,不过仍然出之游戏笔墨。换一种风格,如用文学史教科书上一本正经、字斟句酌的措辞,《巨人传》的作者未必乐闻:

弗朗索瓦·拉伯雷实为我国的无上光荣,他是有哲人风范的荷马,是智慧的王子。自从他的光明从地下升起,许多绝妙的故事便由他而生。偏生有人指责他仅以尖酸刻薄、刁蛮顽皮为能事。呸！这帮竟敢在他超凡绝俗的脑袋上拉屎撒尿的混蛋！至于对他提供的惠而不费的食物弃之不顾的人,愿他们的牙齿一辈子嚼沙粒。

亲爱的清水饮客,一心持斋的僧侣,二十五克拉的学者,若你重返希农故乡走一遭,有机会读到降了半音和回到本音的傻瓜们的胡言乱语,歪批妄评和缠夹二,你准会猛打喷嚏,捧腹大笑。这帮笨蛋解释、评注、撕裂、作践、误解、背叛、暗算你无与伦比的作品,要不就往里头掺假,任意添油加醋。自命博学、长两条腿、装一脑袋糨糊、横膈膜不会上下起伏的阉鸡在你的白大理石金字塔上屙屎撒尿,他们人数之多,不亚于教堂里追逐巴汝奇苦恋的那位贵妇的裙袍的公狗。殊不知这金字塔里永久封固着所有奇异、滑稽的想象的种子,以及有关一切事情的光辉教导。

巴汝奇的典故,见《巨人传》第二部第二十一章。巴汝奇恋一巴黎贵妇,贵妇不理他。为报复,巴汝奇宰了一条发情的母狗,割下某一部位,剁成细末,乘贵妇在教堂望弥撒时撒在她的袍子上。群狗闻腥而来,围着贵妇撒尿,弄得她狼狈万状。

这个恶作剧里,性和排泄兼而有之。古今中外的俳谐文字皆有一分支专门围着这两件事做文章。根据弗洛伊德的学说,两者本有连带关系。《都兰趣话》三句话不离性爱,间或也涉及排泄,如《圣尼古拉的三个门徒》中的客店老板娘善放屁,又如《普瓦西修女们的趣话》中那个彼特罗妮尔嬷嬷发愿做圣女,终日祈祷,尽量不食人间烟火。另一位嬷嬷发表评论:

"话说回来,她吃得再少,也不能免除我们大家多少都有的缺陷。这一缺陷是我们的不幸,也是我们的大幸,因为假如没有它,我们将尴尬万分。我指的是,我们与所有动物一样粗鄙,饭后必须排出粪便,而此物的雅观程度因人而异。彼特罗妮尔嬷嬷与众不同之处在于她拉的屎又干又硬,与发情期的母鹿的粪便毫无二致。这母鹿粪,乃是嗉囊所能制造的最坚硬之物,你偶尔能在林中小道踩上它。因其坚如磐石,犬猎术语名之为'结块'。彼特罗妮尔嬷嬷的排泄物之所以如此,并非超自然现象,皆因长期节食使她的体质宛如不熄的炉灶。据老嬷嬷们说,她秉性炽热,如把她投入水中,就像烧红的煤块入水一样会发出咝咝声。有几位嬷嬷指控她为能坚持苦修,夜深人静时偷偷把鸡蛋夹在脚趾中间烤熟了食用。不过这都是恶语中伤,旨在损害这位伟大的圣女的形象,须知其他寺院莫不妒忌我们中出了一位圣女。"

总而言之,满纸荒唐言。作者摇笔时已是忍俊不禁,我们读来更是解颐,乃至捧腹。文学除了言志、载道,本来还有一种纯娱乐功能。俳谐文也是一种有生命力的文体,或许不登大雅之堂,正人、雅士偶尔也为之。中国的例子,韩退之写过《毛颖传》,赵南星有《笑赞》,遑论白行简的《天地阴阳交欢大乐赋》。巴尔扎克有用不完的精力,兴之所至,抬出拉伯雷的招牌开开玩笑,出出鸟气,也在情理之中。他甚至说自己将来的声誉在很大程度上要指望这部书——这当然又是一句戏言。如果说《十日谈》颂扬性爱体现了反禁欲的人文主义精神,《巨人传》里的巨人形象则寄托了文艺复兴时期思想家对人的力量的信心,我们似乎不必在《都兰趣话》中也寻求什么微言大义。按照古时候讲故事的规矩(如拉封丹的《寓言集》),作者有时也在篇末点明本故事的道德教训,如《国王路易十一的恶作剧》的结尾:"这个故事教我们要好好审察、辨认女人,千万看清老妇人与妙龄少女之间的局部差别。这是因为,即便我们未因弄错了钟情的对象而被绞死,也总会遇上别的巨大风险……"他就是正经不起来。

巴尔扎克用拉伯雷的笔法写《十日谈》式的故事,造了个假古董。由于这是一位语言魔术师对另一位大师的模仿,此"赝品"也就非同一般,如张大千伪作的石涛画,仍是奇品、神品。

施 康 强

一九九四年十月五日

目　录

第一卷

- 出版者谨告读者 ········· 003
- 先声 ········· 005
- 美人茵佩莉娅 ········· 007
- 轻罪细过 ········· 020
- 国王的心上人 ········· 051
- 魔鬼的继承人 ········· 063
- 国王路易十一的恶作剧 ········· 079
- 大统领夫人 ········· 094
- 蒂卢兹的娇娃 ········· 108
- 结拜兄弟 ········· 114
- 阿寨的本堂神甫 ········· 126
- 斥夫记 ········· 135
- 余韵 ········· 143

第二卷

- 先声 ········· 147
- 圣尼古拉的三个门徒 ········· 151
- 弗朗索瓦一世节欲记 ········· 163
- 普瓦西修女们的趣话 ········· 169
- 阿寨城堡营建始末 ········· 184
- 假花魁 ········· 198
- 不解风情的危害 ········· 211
- 销魂之夜 ········· 220

默东的快乐神甫的布道词 ·············· 230
女妖媚人案 ·························· 244
痴情汉 ······························ 284
余韵 ································ 291

第三卷

先声 ································ 295
坚贞的情侣 ·························· 300
忘了那模样的执法官 ·················· 315
杜普奈修道院享天福的院长
　阿玛多高僧的故事 ·················· 324
蓓特悔罪记 ·························· 340
波蒂雍的美人如何难倒法官 ············ 366
缘何幸运始终追随女人 ················ 372
穷汉"老闲逛"的故事 ················· 386
三香客失言记 ························ 393
童心未凿 ···························· 398
茵佩莉娅夫人从良记 ·················· 400
余韵 ································ 415

第四卷（残稿）

说明 ································ 419
三僧侣 ······························ 421
男妖惑人案 ·························· 423
三鲃鱼客栈老板再次受骗记 ············ 429
茵佩莉娅夫人大发善心 ················ 430
瞎子王国中吉勒里党和卡利皮斯
　特里费尔党恶斗记 ·················· 435

第五卷　仿作之卷（残稿）

先声 ································ 439

关于儿子、爱情和母亲的韵文故事……………………… 442

纺麻婆婆………………………………………………… 443

第十卷(残稿)

 国王的嬖幸 ……………………………………………… 467

附录

 故事理论 ………………………………………………… 469

 圣马丁的马 ……………………………………………… 471

后记 …………………………………………………………… 472

第 一 卷

出版者谨告读者[*]

　　艺术品这个词儿今天可能已经用得有点滥了。假如本书不是完全意义上的艺术品,出版者决不会贸然予以发表。不过他想,理应眷顾《趣话百篇》的严肃的批评家和有鉴赏力的读者,必定会记起杰出的先例。作者正是在先辈的感召下才作此大胆的尝试,他并非不知此举的鲁莽,而且也预计到所带来的全部危险。

　　任何人只要他还珍惜文学,都不会厌弃纳瓦尔王后[①]、薄伽丘、拉伯雷、阿里奥斯托[②]、韦尔维尔[③]和拉封丹。如他们这样的才情在现代实为罕见,因为他们几乎个个都是莫里哀,就差没把作品搬上舞台。他们中大部分人不去描绘某一情欲,而是描绘他们的时代。所以我们离各种文学的死期越近就越能感到古代作品的价值。这些古代作品散发着一派天真烂漫的清香;我们的戏剧业已丧失的喜剧精神,以及今天无人再敢使用的直言不讳,生猛鲜活,茂密瓷实的表达方式,在那里应有尽有。

　　写作本书的故事家无意承袭我们祖先这份丰厚的遗产,他仅想探索这个似乎已由偌多英才关闭的行当。今天我们的语言已失去其天真性,在这个行当里取得成就几乎不可能了。所以对这位故事家理应宽容。用了让-雅克·卢梭的文体,难道拉封丹还能写出《多情名妓》?出版者从作者那里借来这个见解,以便为故事里使用了过时的方言作

---

[*] 这篇《谨告读者》很可能是巴尔扎克本人写的,见于第一卷故事的初版本卷首,也见于一八五五年的插图版。
[①] 纳瓦尔王后(1492—1549)即玛格丽特·德·纳瓦尔,弗朗索瓦一世之姊,著有《七日谈》。
[②] 阿里奥斯托(1474—1533),意大利诗人,著有喜剧及长诗《愤怒的罗兰》。
[③] 韦尔维尔(1558—1612),法国讽刺文学作家。

辩解。在为写这部故事集而遇到的重重困难之上，还得加上文体不投俗好这一条。

拜伦爵士常抱怨英国人的 cant①，法国也有许多人染上这个毛病，这种人听了从前曾逗得公主和国王哈哈大笑的爽直话就会脸红，他们为我们古代的面貌戴上黑纱，劝说世界上最快乐、最机智的民族笑时庄重得体，以扇掩面，殊不知笑是个精赤条条的儿童，一个惯于与教皇的三重冕，与佩剑和王冠游戏而不知其危险的孩子。

所以，当今的习俗既然如此，《趣话集》的作者只能凭借自己的才情获得宽宥。他偏生害怕自己才情不够，只肯交出第一批十个故事。可是我们信赖公众，也信赖作者，希望不日就能出版第二卷的十篇故事。我们既不怕出书，也不怕责难。

德拉克洛瓦、德韦里亚②、希那华③之辈以及其他许多艺术家醉心于中世纪，他们虽不受美术沙龙的青睐仍坚持尝试。我们若在文学上谴责同样性质的尝试，岂非前后不一贯？人们既然接纳"文艺复兴"时期的绘画、彩绘玻璃窗、家具和雕刻，岂能排斥快乐的叙事，嘻嘻哈哈的韵文故事？

这个不在乎以裸体示人的缪斯，如果创业伊始需要热情的保护和善意的赞同，在公认为趣味高雅、品行端正的人那里，我们或许能够得到。

出版者有责任谨告读者如上，至于作者本人有所保留之处，则已融入书中。

1832 年 3 月

---

① 英文：伪善的口吻。
② 德韦里亚（1805—1865），与德拉克洛瓦同为法国浪漫派画家。
③ 希那华（1808—1895），法国画家。

先 声

　　本书系上品读物，味美汁浓，读之大快朵颐，且为杰出的痛风患者、尊贵的酒徒们特地加了双份作料；我们可敬的同乡，都兰省永恒的荣誉弗朗索瓦·拉伯雷当年也是专为这些人写作的。作者并非狂妄之徒，除了做一个好都兰人他没有别的打算。这块可爱、富饶的土地盛产戴绿帽的丈夫、妄自尊大的老朽和戏谑嘲讽的能手，居民的胃口好得出奇，不劳区区为他们助兴。这块土地为法兰西出产了一大部分名人，其中有不久前去世的、文笔辛辣的库里埃①，有《登龙术》的作者韦尔维尔以及其他颇有名者。我们不把笛卡儿先生计算在内，因为这位忧郁的天才更喜欢虚无缥缈的玄想，而不是美酒佳肴。图尔城里的糕点师傅和烤肉铺老板对他甚为反感，瞧他不起，提起他便有气。假如有人谈及他的名字，他们就说："他是何方人氏？"

　　所以本书无非是一帮好心肠的老修士在开心时刻写下的故事，其中许多片断散佚在圣西尔附近的石榴园、阿寨勒里戴尔附近的萨榭镇、马穆斯吉埃、威雷茨、罗什高朋等地，或保存在几位年迈的议事司铎和规矩女人的图书室里。这些人经历过旧年月，那时候人们纵声大笑，不必注意每次笑断了腰时会不会从肋骨间钻出一匹大马或几只小驹，更不必如今天的年轻女子那样在寻欢作乐时还要保持庄重：须知这种做派与我们快乐的法国之不相称，犹如油壶搁在女王的头顶上。

　　故此，既然笑是惟独赐予人的特权，既然我们在获得各色各样的公共自由的同时也有足够原因伤心流泪，窃以为现在发表一星半点的开心故事是赤心报国的义举。君不见当今之世，苦闷如细雨般无孔不入，久而久之非把我们里里外外浸湿泡透不可，必将使我们以"哄堂大笑"

---

① 库里埃（1772—1825），法国杂文家。

为大众娱乐方式的古老习俗消融殆尽。凡是庞大固埃的门徒就该让上帝和国王履行他们的职守，不必越俎代庖，只要笑口常开就心满意足。惜乎老辈凋零，这类人今已所剩无几，而且日趋减少。鄙人对古代高卢的流风余韵满怀敬意，绝无轻蔑之心，所以极担心看到古代经书的这些断章残篇挨嘘、遭唾弃、被贬得一钱不值，备受羞辱和斥责。一触即跳，以舞文弄墨为专长，以扫众人之兴为能事的批评家诸君请记住：我们只有在孩提时代才懂得笑；涉世愈深，笑便如同灯盏中的油，逐渐干涸。这说明，需要心地纯洁无邪，才能开怀大笑；否则只有噘嘴舔唇，皱眉蹙额，掩盖你的恶癖和邪念。

所以请诸君将本书看做一组画像和雕塑，艺术家不能抽去其中某些形象而不损整体，他即使添上几笔遮羞的葡萄叶，也是愚不可及，因为这类艺术品和这本书一样，都不是为女修道院准备的。

不过在下出于无奈，为了不得罪惟男人的裤裆是念的处女和同时有三个情郎的贞洁妇人，还是从手稿中剔去可能撕裂她们的耳朵、刺伤她们的眼睛、使她们脸红、叫她们难以启齿的字眼。因为对于我们生活的时代总得作些让步，而直言其事总不如拐弯抹角的说法来得风雅！

究其实是因为我们都老了，感到磨磨蹭蹭比年轻时的急风暴雨更够味，无非可以借此拖延品味的时间。

诸位请对鄙人嘴下留情，也请诸位最好在夜间而不是在白天开读，尤其不要让处女们见到，——如果现在还有处女的话——因为这本书到她们手里会着起火来的。多多拜托了。其实在下对这本书倒用不着担心，它诞生于高贵温柔之乡，从那里出来的一切无不大获成功，如皇家金羊毛勋位、圣灵勋位、嘉德勋位、巴斯勋位以及其他许多高尚的事物足资证明。不才正好叨光。

"喂，畅心地欢笑吧，我亲爱的朋友。身心舒泰、两胁轻松，快快活活阅读后面的文章吧！可是，假如你读完了本书竟敢不以为然，小心脓疮烂断你的狗腿。"上面这段话是我们的好老师拉伯雷说的，对这位集所有智慧和一切戏谑于一身者，我们都应脱帽致敬。

美人茵佩莉娅

陪同波尔多大主教参加康斯坦茨主教会议①的随行人员中,有一名容貌俊俏的都兰小神甫。据说他本是都兰省长的私生子,难怪言谈举止都有大家风范。

图尔大主教当年路过波尔多时,把小神甫送给他的同行。大主教之间不时馈赠这类礼物,因为他们知道撰写神学论文时少不了年轻助手。

故此我们这位年轻人也在主教会议上露面,他住在波尔多大主教的寓所里,那可是位敦品厉行、学问渊博的长者。

小神甫名叫菲利普·德·马拉,他决心循规蹈矩,伺候好他的靠山。不过他在这神秘的主教会议上,见到不少人生活放荡,却比知礼守法的人得到更多的宽恕,赚到更多的金币和其他好处。

一天夜里,魔鬼考验他的德行,在他耳朵边煽风说:人人都从神圣的教会母亲怀中取走财物,并未见教会变穷,此奇迹足资证明上帝存在;既然如此,何不效法众人,也捞个够呢?都兰的神甫对魔鬼言听计从。他只想饱吃足喝,尝遍德国的烤肉和其他名菜佳肴;能不花钱白吃最好,因为他实在穷得可以。

那位可怜的波尔多大主教年迈体衰,不再逾闲荡检,因而有圣人之称。都兰的小神甫既以老主教为楷模,立志清心寡欲,偏生看到浊世众多妖冶女子,不免时常感到周身奇热难熬,继之黯然神伤。卜居康斯坦茨的花魁娘子们专为长老们提神,使他们参加主教会议时精神百倍、明察秋毫。她们有时对红衣主教、修道院长、最高宗教法院推事、教皇特

---

① 一四一四至一四一八年,教皇约翰二十三世为解决教义上的分歧在德国西南部的康斯坦茨召开主教会议。会议结果,约翰二十三世本人被宣布为僭称教皇者,另选马丁五世为教皇。宗教改革家约翰·胡斯在会议期间被判处火刑。

使、主教、王爷、公爵、封疆大臣呼来叱去,好像打发一文不名的穷教士。菲利普·德·马拉无由接近此辈绝色佳人,心中十分懊恼。

晚上念完经文,他便独自练习怎样按照风月场上的规矩跟她们搭讪,假设各种情况以便从容应对……第二天做完日课,他若遇到一位花魁娘子在众多武装侍从簇拥下,意态飞扬地乘轿出游,虽说朝思暮想的容貌近在咫尺,他仍会目瞪口呆,一时间像雄狗吞下一只苍蝇,开口不得。

大主教的秘书本是出身贝里高尔的贵族,他不吝开导都兰的小神甫,告诉他长老以及宗教法庭的检察官和推事,无不用大量礼物博取风月班头的欢心。此辈佳丽都有主教会议上的大人物作靠山,能打动她们的礼品绝非圣物或赎罪券,而是货真价实的金银珠宝。可怜的都兰人手头拮据,有限几个钱都是给大主教抄写文件赚来的。他把每一文钱都攒起来,藏在褥子底下,指望凑够一定数目后能与某位红衣主教的嬖宠谋上一面。至于以后的事,全凭上帝安排了。

他从头到脚没有像样的行头。山羊戴上睡帽若与闺中少女相像,那么他也就与堂堂男子相似了。他受到欲火煎逼,夜里在康斯坦茨街上逡巡,窥视红衣主教们走进相好家里,哪怕当兵的会用长矛捅他几个窟窿也全然不顾。

他看到屋子里点起蜡烛,门窗突然间亮得耀眼,然后听到教士与其他人一反温良谦恭的常态,纵声嬉笑,开怀畅饮,不时附和乐师专为他们演奏的曲子,疯疯癫癫唱起秘密颂歌。厨房里水陆杂陈,但见满罐满钵的肥油浓汁、大块火腿、各式点心,权充诸般法事和早晚功课。吃饱喝足之后,各位德高望重的神甫便不再出声。他们的随从守在大门外的台阶上掷骰子取乐,不听使唤的骡子则在街心打闹。好一派太平景象!不过他们也没有把信仰和宗教抛在脑后……但看胡斯那厮不是被活活烧死了么?若问原委:他不该不等人请就把手伸进菜盘。谁叫他比别人早当胡格诺派!

回头再表那位讨人喜欢的菲利普。他不止一次遭到殴打,不过魔鬼给他打气壮胆,使他相信自己总有一天也会当上红衣主教,做某位花魁娘子家里的常客,故此他的色胆包天,不亚于秋天发情的公鹿,某晚居然溜进康斯坦茨最漂亮的房子。那所房子门前有一上马石,他常见马弁、管家、仆人、侍从手执火把站在附近等候他们的主人。主人身份显赫,不是王公大人,便是红衣主教和大主教。菲利普心想:"这家的女主人必定容貌绝世,妙解风情。"

却说巴伐利亚选帝侯刚刚离开这里,大门口站岗的武装士兵误以为菲利普是选帝侯的随从,奉命回来送信,故此未加阻拦,放他进去。菲利普·德·马拉犹如求偶的雄兔,三步并两步跨过台阶。阵阵幽香把他引进一间卧房,适逢女主人一边卸装,一边与侍女们闲聊。

他像小偷见到警官一样呆住了。

那位夫人已经摘下头巾,卸掉袍子,侍女们正忙着为她脱鞋宽衣。不消片刻,但见玉体横陈,春光尽泄,小神甫不由吁出声来。他的无限倾倒,都在这一吁中了。

"你来干什么,小家伙?"夫人对他说。

"来把我的灵魂交给你。"他盯住她看,恨不得用眼睛把她吞下去。

"那你明天再来也不晚!"夫人着实拿他取笑。

菲利普满脸绯红,细声答道:

"我决不爽约。"

夫人纵声大笑,如疯了一般。

菲利普不知所措,目光炯炯牢牢钉在她身上,流露出一片至诚求爱之心。她的长发披散在象牙一般光滑的肩头,洁白迷人的肌肤透过发卷闪烁发亮,她那双笑出眼泪的黑眼睛射出的光芒,胜过缀在她雪白前额上的红宝石。她笑得直不起腰,索性踢掉如神龛一般华丽的镀金尖头鞋,露出比天鹅嘴还小的纤足。凑巧那天晚上她的心情特佳,否则她会像对待随便哪个主教一样,老实不客气地把小神甫从窗口扔出去。

"他那双眼睛很漂亮,夫人!"一位侍女说。

"他是打哪儿冒出来的?"另一位问。

"可怜的孩子!"夫人说,"他母亲会到处找他的……可得把他领上正路。"

都兰人没有犯迷糊,他朝那张铺着金缎的大床使了一个眼色,猜到高卢女人千娇百媚的身子待会儿就要躺在床上。

这个眼色既机敏又脉脉含情，逗起女主人的兴致。她一边仍在取笑，一边对小郎君已有几分情意，重复说：

"明天！"

然后示意他出去。就是教皇约翰本人，对她这个手势也得服从，何况主教会议前不久褫夺了他的职位，弄得他像丢失外壳的蜗牛一般狼狈。

"哈哈，夫人！又一个背弃终身贞洁的誓言，只求做个风流鬼。"一位侍女说道。

笑声重又如雹子一般四处落下。

菲利普活像蒙眼的白嘴鸦，跌跌撞撞往外走，任谁见到这位比出水的美人鱼还美的佳人，也要魂不守舍的……

他暗暗记下刻在那家大门顶上的兽形图案，便回到大主教寓所，走进楼顶上的小房间，心里好比装了千百个魔鬼，五脏六腑统统搅乱。他彻夜不眠，把全部家当数来数去，只有四块金币。他以为如馨其所有呈奉美人脚下，必能博得青睐。

看到小书记坐立不安，长吁短叹，大主教深表关切，询问是何原因。可怜的神甫回答说：

"大人，我想不到那么轻盈温柔的女人压在心头会有那么沉重。"

"此话怎讲？"大主教撂下为别人念的祷告书，追问道。

"耶稣在上，我好心的主人和保护人，您会怪罪我的。我见到一位夫人，少说也是红衣主教的相好……我十分伤心，因为即使您允许我去劝说她改邪归正，若要重新见到她，我还缺少好多响当当的埃居①呢……"

大主教紧蹙双眉一言不发。小神甫刚才向上司坦白过失，不由吓得浑身哆嗦。出乎意料，那位圣人竟然对他说：

"她的身价真有那么高？"

"那还用说！不知多少主教大人为她倾家荡产。"

"好吧，菲利普，假如你放弃非分之想，我可以从周济穷人的钱财

---

① 埃居，法国古币名。

里留出三十个金币给你。"

"大人,如果接受您的条件,我的损失太大了。"年轻人但求一尝禁脔。

"啊呀,菲利普,"好心的波尔多大主教说,"莫非你真要像全体红衣主教一样投靠魔鬼,冒犯天主?"

主人十分难过,只有祈求天真汉的守护神圣加蒂安拯救他的仆人的灵魂。

他让菲利普跪下,要他也向圣加蒂安祷告,殊不知着了魔的小神甫私下请求圣徒保佑他,倘若明天那位夫人邀他颠鸾倒凤,临阵可千万不要出丑。好心的大主教还以为他的仆人虔诚可嘉,冲他喊道:

"坚定一点,我的孩子,上天会实现你的愿望……"

翌日,正当波尔多大主教在主教会议上大发宏论,抨击一帮沉湎酒色的基督使者,菲利普•德•马拉光顾香粉铺、浴室和估衣店,把手头的金币花得一干二净。他经过这番打扮,更见风流俊俏,在城里转了一圈之后,终于认出心上人的住所。他向行人打听这座房子主人的名姓,却遭到一阵抢白:

"哪里钻出来这个乡巴佬,竟然不知美人茵佩莉娅的大名!"

听到这个名字,他才明白自己原来是自投虎口,只怕那几块金币都扔在水里了。

茵佩莉娅乃是世上身价最高、脾气最怪的女子。她天生丽质,尤善应对。红衣主教在她面前自会装出一副假正经,鱼肉百姓的横暴军人见到她会变得温柔多情。上至一军统帅和贵族爵爷,下至弓手马兵,无不拜倒在她裙下,只求有机会为她效劳。谁敢跟她捣乱,她只消一句话,便有人为她取走此人项上首级。不少人为她倾家荡产,仅能博她展齿一笑。有位波德里古尔老爷在法兰西国王麾下带兵,专跟教士过不去,经常问她今天晚上是否需要为她杀人。

茵佩莉娅夫人只和教会最上层人士虚与周旋,对其他人一概呼来喝去,任是铁石心肠,遇到她的伶牙俐齿和万种风情,莫不如足底粘上胶,只能俯首帖耳。故此她像真正的公主王妃一样备受尊重,大家都以夫人相称……

有一位正经女人曾在西吉斯蒙皇帝面前抱怨茵佩莉娅夫人不配享此尊荣，皇上答道：

"人各有所适。夫人们一心向善，尽可恪守圣教，茵佩莉娅夫人侍奉维纳斯女神，自应承担风流罪过。"

贵妇们听了大为反感，其实这番话倒是符合基督教义的。

再说菲利普回想昨夜的艳遇，以为事情到此为止了。他无精打采，不思饮食，独自在城里转悠，消磨时间。多亏他长得俊俏，又惯献殷勤，自有一帮比茵佩莉娅夫人容易接近的女子与他搭讪，倒也不难挨到天黑。

夜幕降临，都兰的漂亮哥儿振作精神。长吁短叹思慕佳人而不得见，使他急色之心更无法按捺，觑空便如一条鳗鱼溜进主教会议上真正的女王的寓所。说她是女王一点不假，因为基督教世界大小君主、硕学通才和廉洁之士莫不为她折腰。

管家发觉他闯入，正要把他轰出去，却听到夫人的贴身侍女在楼梯顶上喊道：

"因倍尔先生，这是夫人约好的小后生！"

可怜的菲利普像新婚之夜的新郎一样满脸通红，心花怒放登上楼梯。贴身侍女挽着他的手，把他领进一间大厅，但见夫人身着盛装，早已等得不耐烦了。

倾国倾城的茵佩莉娅坐在一张铺着织金毛毯的桌子边上，桌上摆好一顿美餐：各式瓶装壶盛的名酒、五味香料、烤孔雀肉、新鲜调味汁、咸火腿。若非多情郎君一门心思都在茵佩莉娅夫人身上，见到这么多美味他早该垂涎三尺了。

茵佩莉娅夫人看出小神甫恨不得把她咽下去，虽说她见惯教会人士表面上道貌岸然，私底下都是色中饿鬼，对小神甫这般急切心情却非常满意，因为昨夜她的芳心已被挑动，今日整天都在盼他践约。

屋里窗户紧闭，茵佩莉娅夫人如款待王爷一般招待我们的小无赖。他饱餐秀色，不由得销魂夺魄，心想今天晚上无论德意志皇帝、藩王，还是即将当选教皇的红衣主教，都要羡慕他这个除了魔鬼和爱情一无所有的小神甫。

他也就摆出王爷的气派,向夫人深施一礼,那招式看起来倒也训练有素。夫人报以脉脉含情的目光,说道:

"挨着我坐下,让我看看你是不是跟昨天不一样了。"

"岂能不变!"他说。

"变在哪里?"美人说。

"昨天是我爱你!"小滑头说,"今天晚上我们相爱。我本来一文不名,现在富可敌国。"

"小乖乖!"她快活得喊起来,"你是变了:你本是个小神甫,现在变成老魔鬼。"

于是这对男女肩挨肩在炉火前坐下。炉火融融,屋内温暖如春。两人四目相对,百看不厌,根本无意动用桌上菜肴……正当两情融洽之际,大门口传来一阵喧哗,好像有人在吵架。一名侍女慌慌张张奔进来报告:

"夫人,来了一个丧门星!"

"什么!"夫人喝道。她犹如暴君被人打断雅兴,大发雷霆。

"科阿尔主教求见……"

"该让魔鬼揍他一顿!"茵佩莉娅答道。她温情的目光须臾不离菲利普。

"夫人,他看到窗户缝里漏出来的灯光,大叫大嚷非要进来不可。"

"就说我发烧了,其实我也没说假话,这小神甫叫我神魂颠倒,跟生病没有两样。"

她的话音刚落,肥胖的科阿尔主教怒气冲冲闯进来,此时她正捏紧菲利普一只手,后者得亲香泽,浑身鲜血如开了锅一般。

主教的一名随从捧着金盘子跟在后面,盘中横卧一条刚从莱茵河捕来的绯色鲟鱼;别的随从端来装在精美盒子里的作料,五花八门的小点心,以及科阿尔各家修道院里圣洁的修女们亲手酿造的美酒和制作的果酱。

"哈哈!我的小美人,"主教扯着大嗓门直嚷,"不劳你预先关照魔鬼剥我的皮,我早晚会去见他的……"

"你的肚子拿来做剑鞘一定很合适,"美人紧皱双眉答道。蛾眉婉约,倒竖起来却令人望而生畏。

"这个唱诗班的小娃娃,已经想吃天鹅肉了?"主教把一张大红脸盘转向菲利普,出言不逊。

"大人,我在这里听夫人忏悔。"

"你懂不懂规矩?……只有主教有权深更半夜接受夫人们的忏悔。快给我滚吧,你只配与无品无级的穷修士一起吃草。休得重返此地,否则我把你逐出教门!"

"休得妄为!"茵佩莉娅忽作狮吼,她发怒时比动情时更美,因为此时兼有对一方的怒气和对另一方的爱意。然后她对菲利普说:

"留下来吧,我的朋友。你在这里和在自己家里一样。"

菲利普此刻已明白佳人对他有情有义。茵佩莉娅又对主教说:

"经文里不是说,末日来临时你们在上帝面前都是平等的吗?"

"这是魔鬼篡改经文,编出来的话头!……不过这倒是写在《圣经》上的。"肥胖又迟钝的科阿尔主教答道。他急于坐下来进餐。

"好吧,"茵佩莉娅接着说,"你们在我面前首先应该平等相待,我是你们在尘世的女神。否则我就叫人不露痕迹地把你们掐死!……我指着我那跟教皇的脑门一样受过剃度的威力无比的地方发誓!"

她指望主教带来的鲟鱼、金盘子、调味品和点心统统都上她的餐桌,便乖巧地补上一句:

"你们都请坐,我来做东。"

那狡猾的女人如这般捉弄人已非第一遭,她向心上人使了个眼色,示意他不必担心这个德国人从中作梗,她自有处置办法。

贴身侍女安排主教在餐桌边就座,菲利普却气得说不出话。他眼看艳福成为泡影,咬牙切齿诅咒主教,但愿他今后遇到的魔鬼比世上的修士还多。

这顿饭吃到一半,小神甫还是一口菜也没有下咽。他只馋茵佩莉娅,别的都不想。他一声不响紧挨着美人儿,但是这种语言不需要句号、逗号、重音、字母和修辞手段,也用不着注释或图画,娘儿们自能心领神会。

胖主教本系酒色之徒,对他去世的母亲留给他的那具教士皮囊颇知奉养。他一杯接一杯饮下夫人纤纤玉手殷勤斟满的希波克拉甜酒。正当他打了一个饱嗝,忽然听到街上人声嘈杂,马嘶鼎沸。

马匹众多,侍从连声喝道,表明来了一位春心大发,急不可耐的王爷。

果不其然,片刻之后拉古萨红衣主教步入大厅,茵佩莉娅夫人家的下人不敢挡他的驾。

见到这位煞星,可怜的花魁女和她的小情郎顿时像得了麻风病一般局促不安。因为要撵走这位大人比叫魔鬼上当还难,何况当时人们还不知道谁将当选教皇:为了基督教世界的利益,原有三名谋求此职位者业已放弃申请。

这位红衣主教是意大利人,秉性狡诈,留着一部大胡子,精通经院哲学,主教会议上有了他顿觉热闹。他脑子一转,便猜出眼前这桩事情的来龙去脉,随即想出计谋,如此这般方可保证自己不虚此行。这位色中饿鬼,但求一饱,若有人横加阻挠,他为达目的不惜捅死几名僧侣,或者卖掉那具曾经钉死基督的十字架的残片。他那件圣物倒是货真价实的。

"嘿!我的朋友!"他招呼菲利普过来。

可怜的都兰人怀疑魔鬼在插手,吓得半死不活。他站起身,说道:

"大人有何吩咐?"

权势炙人的红衣主教一把抓住他的胳膊,把他拉到楼梯上,盯住他的白眼珠子,然后直截了当对他说:

"王八蛋!你这孩子看来挺知趣,我不想捅破你的肚子,让你看清里头能装多少东西。我犯不着贪图一时痛快宰了你,到老的时候再花许多钱行善悔过……这样吧,我让你选择:要么娶一座修道院,一辈子享受清福;要么今晚与夫人成亲,明天就断气……"

可怜的都兰人无可奈何,当下答道:

"大人雷霆之怒过去之后,我还能回来吗?"

红衣主教不好意思再发火,他郑重其事地说道:

"你快选择,做死鬼还是当主教?"

"我呀,宁愿要一座出息丰厚的修道院。"狡黠的小神甫答道。

红衣主教听到答复，便返回客厅，取出文具，在一片硬纸上书写字据，以便关照法国代表照办。正当他拼写修道院的名字的时候，都兰人对他说：

"大人，科阿尔主教不会像我一样爽快离开这里的，因为他拥有的修道院的数目和当兵的在城里碰到的酒馆一样多，此外他又得到主的恩宠。您赐给我这么好的一座修道院，为了表达感激之情，我愿献上一计……您知道百日咳近来甚为猖獗，巴黎城为之十室九空。这种病不好对付，又容易传染。您只消对科阿尔主教说您的老朋友波尔多大主教染上百日咳，您刚才照顾他来着……这么一说，管保主教扭头就走，比风驱残云还快。"

"妙！妙！"红衣主教赞道，"你应该得到比一座修道院更多的报酬……王八蛋！这么着吧，小朋友，昨天我赌钱赢了一百个金埃居，现在我统统送给你，权充你到杜普奈修道院上任的路费……"

高傲的茵佩莉娅听到这席话，眼看菲利普·德·马拉头也不回地走出去，连她所期待的多情眼风也不曾给她一个，这才明白小神甫生性怯懦，大怒之下不由得如海豚一般大口出粗气。她虽是天主教徒，还不能原谅情郎临难规避，不愿为博她的欢心而捐躯丧生。

于是她朝菲利普狠狠瞪了一眼，目光满含怨毒，暗示不把他杀死不能解心头之恨。红衣主教见状大喜，因为这位放荡的意大利人已经想到，他不久就能收回给出去的修道院。

都兰人才不管正在他背后酝酿的风暴，独自垂头丧气悄悄溜走，活像晚祷时被人轰走的落水狗。

茵佩莉娅夫人仰天长吁。此刻她如能把全人类攥在手心，必定不会轻饶，因为她一腔无明火无处发泄，已升到脑部，连她周围的空气中也有火星闪烁。她这般光火也不无道理，须知她还是平生第一遭受到一名神甫的耍弄。

红衣主教在一旁微笑，以为美人越是生气，他越受用。他若非足智多谋，哪来头顶上的红帽子！他对主教说：

"啊哈！伙计，我很荣幸与您做伴，很高兴能把这个不知趣的村学究赶跑，这家伙不知轻重，竟敢高攀夫人。"然后他转向茵佩莉娅："我美丽活泼的小鹿,幸亏您没有碰他,否则您由于一个小神甫的过失而香消玉殒,岂不冤枉?"

"怎么回事?"科阿尔主教问道。

"他是波尔多大主教的文书。那位好人今天上午染上了瘟病……"

主教张大嘴,好像要一口吞下一大块奶酪。

"您怎么知道的?"他又问。

"我刚给他行过圣事,给他临终安慰。"红衣主教拉住德国人的手说道:"眼下这个时刻,那位圣人该一路顺风上天堂了。"

科阿尔主教当下证明,肥胖不妨碍手脚灵便。这是因为大肚汉的消化道工作辛苦,上帝垂怜,遂使他们的肠胃如气球一般富于弹性。但见这位主教用力往后一跳,满头大汗还连声咳嗽,如一头牛误吞下混在草料里的羽毛。突然他脸色发白,也不跟夫人辞别就冲下楼梯,急急忙忙赶回家。

拉古萨红衣主教大人关好房门,不由纵声大笑,有心打趣一番:

"美人儿,难道我不配当教皇?不配当比教皇更叫人艳羡的角色——你今夜的情郎?"

看到茵佩莉娅仍有愠色,他便走上前去,有心使出红衣主教特有的风流解数,把她搂在怀里亲个够。若论此等手段,这号人比谁都高明,雇佣兵也自愧弗如,因为当红衣主教的无所事事,全身元气丝毫没有消耗。不料茵佩莉娅忙不迭后退,大声说道:

"住手!你莫非要我的命……你疯了不成?你这黑心贼,只顾自己痛快,不管别人死活。你拿我的性命做你寻欢作乐的代价,等我死了再追认我为圣女,是不是?啧啧!你已经染上百日咳,还想碰我的身子!……你给我滚,不识好歹的修士!"眼看红衣主教越走越近,她又说:"千万别碰我!否则我请你尝尝这把匕首的厉害。"只见她从系在腰带上的钱袋里抽出一柄精工打造的小攮子,遇到机会她耍起这件武器来可不是闹着玩的。

"我的天堂,我的心肝宝贝,"红衣主教赔笑说道,"你没有看出我不过略施小计?总得想办法把这头科阿尔老牛赶走呀!"

"也罢……假如你真心爱我,自有办法表明心迹。我要你马上离开……说不定你已染上瘟病,我的死活根本不放在你的心上。对你我算是看透了:你临死时,只要能换来自己片刻欢娱,哪怕洪水淹没世界……这可是你醉后吐露的真言。可我只爱我自己,爱我的财宝和我的健康……走吧,假如瘟神没有冻僵你的五脏六腑,你尽可明天再来看我……今天我恨你,我的红衣主教大人。"她笑着说。

"茵佩莉娅,"红衣主教双膝跪下,苦苦哀告,"我圣洁的茵佩莉娅,求求你,别拿我开心了。"

"不,我从来不跟神圣的东西闹着玩。"

"好!你这贱货,我要把你革出教门!……明天!"

"多谢了!不过你此刻有失红衣主教的体统。"

"茵佩莉娅!魔鬼的女儿!……唉!我的小美人!小宝贝!……"

"请你顾全自己的身份!……别跪在地上。起来吧!"

"你要不要我给你临终宽免?……要不要我的财产?我什么都给你,我有主耶稣受难的十字架的残片,那可是真的,你要不要?……"

"今天夜里,天上地下的全部财产都换不来我的心!"她笑道,"假如我没有一点小性子,我岂非成了最不齿于人的罪人,哪配接受我主耶稣基督的遗泽?"

"我要烧掉你的房子!……你这巫婆,你对我施了魔法!……你要在火堆上给活活烧死……听着,我的亲亲,我好心的高卢美人。我把天上最好的位子许给你!……嗯?……你拒绝了!……处死她!处死女巫!……"

"我会结果你的性命,大人。"

红衣主教气得口吐白沫。

"你疯了,"她说,"你走吧……别累坏了身子。"

"我就要当教皇了,你对我如此无礼,小心我问你的罪……"

"就算你当上教皇,你还是免不了要听我的话。"

"今天夜里我做什么才能讨你喜欢呢?"

"出去。"

说着,她如鹡鸰一般轻轻一纵,跳进卧室,锁住房门,任凭红衣主教在外屋闹翻天,就是不理他。后者无奈,只得退兵。

美人茵佩莉娅重新背靠炉火,在餐桌边上坐下,身旁却少了小神甫。她怒不可遏,把她所有的金链条都揪断了出气:

"我指着魔鬼头顶上两只角或三只角发誓,这个小无赖逼得我开罪红衣主教,使我有可能明天就被人毒死……假如他不让我……称心如意……快活一场……我不亲眼看到他受抽筋剥皮之刑死不甘心!……"

然后她又自怨自艾,真的伤心掉泪了:

"我过的日子真不幸。就算偶尔有少许乐趣,可花的代价太高:干了烟花贱业,灵魂也不得超升。"

却说她如上屠场的牛犊一般哀号方毕,忽然看到身后的威尼斯镜子里映出小神甫红扑扑的脸庞。他不知使了什么高招,早已藏在屋里。

"啊!"她喜出望外,"你是世上最可人意的教士,圣洁又多情的康斯坦茨城里最讨人喜欢的小神甫!……啊!啊!来吧,我的好骑士,我的乖儿子,我的心肝,我的天堂:我要把你喝下去,吞下去,叫你做个风流鬼死去。噢!你是我的天神,长生不老,永葆青春!……来吧,你这个小教士,我要把你变成国王、皇帝、教皇,让你比他们加在一起还要幸福!……你可以把我屋里的一切统统抢去,烧光!我是你的!我要表明你是我的主人,因为你很快就会当上红衣主教,为了染红你将要戴的冠冕,我可以刺穿我的心脏;献出我最后一滴血。"

说着,她用因幸福而颤抖的双手,在科阿尔胖主教带来的金杯中斟满希腊美酒,端给她的朋友。王公大人无不拜倒在她裙下,把亲吻她的拖鞋视为比亲吻教皇的脚背更大的殊荣,而她此刻竟要跪下来敬酒。

小神甫默默瞅着她,那目光透露出迫不及待的求欢心情叫她浑身酥软。她对他说:

"别说话,小宝贝!……我们先吃晚饭吧。"

轻罪细过

第一章　老好人勃吕因如何娶妻

卢瓦尔河畔的伏弗雷地方，有一个罗什高朋城堡，经手将城堡装修完善的勃吕因老爷年轻时是个浪荡公子，小小年纪就从窗口偷窥香闺，动女孩子的坏脑筋。一俟他父亲罗什高朋男爵寿终正寝，他行事更加肆无忌惮。自他成为一家之主，便每天点七个蜡烛台寻欢作乐，挥霍享受变本加厉。就这样他整日价让自己的埃居打喷嚏、钱袋咳嗽、钱模子出血，宴请狐朋狗友，不理家业，最终为正人君子所不齿，只剩下一帮匪徒和伦巴第人与他来往。但是放高利贷的伦巴第人很快变得与干栗子壳一样僵硬。因为他除了罗什高朋领地，拿不出别的抵押品了，而领地属于国王陛下所有，不得转让。

于是勃吕因脾气大变，一言不合就拳脚相向，打断别人的锁骨，为鸡毛蒜皮的小事与所有人寻衅。他的邻居，马穆斯吉埃修道院院长说话坦率，见此情景便对他说，此乃老爷向上趋善的明显标志，他已走上正路，但是他如能为了天主的荣耀去干掉几个霸占圣地的伊斯兰教徒，则为善更大；又说他必定能满载金银财宝和主的宽恕返回都兰，或者飞升天堂，因为世上所有的男爵从前都是从天堂下凡的。

勃吕因十分钦佩这位院长的见识，就此出门远行。修道院出资为他置备鞍鞯，院长为他祝福，他的邻居和友人无不满心欢喜。

他于是去洗劫亚洲和非洲的城市，冷不丁冲出来袭击异教徒，杀伤萨拉森人、希腊人、英国人或其他人，不管他们是敌是友。因为他的许多品格之一是没有好奇心，只在做翻对方之后才想起问问他们的来历。

勃吕因自从干上这个对天主、对国王和对他自己都很愉快的营生，就赢得了好基督徒与忠心耿耿的骑士的名声,在海外许多国家寻欢作乐。他掏出一个埃居给风骚娘们儿比施舍六文小钱给穷人要爽快得多,虽说他遇到的品格端方的穷人比平头整脸的女流要多得多,但是作为地道的都兰人,他对女人不分妍媸,来者不拒。

最后,他把土耳其人杀够了,把圣物和圣地的其他好处也捞够了,就满载埃居和宝石从十字军中归来,令他家乡伏弗雷的人大吃一惊。须知许多人与他相反,出征时腰缠万贯,回家时却囊空如洗,只落得一身大麻风。

吾王菲利浦从突尼斯回国后晋封勃吕因为伯爵,任命他为我们都兰和普瓦图省的总督。从此他备受臣民的爱戴并得到恰如其分的尊重。因为除了其他种种优点,他还出资在埃斯格里诺尔教区修造了加尔默罗-戴索教堂,借以在上天面前为他年轻时的荒唐行径补过。他因此深得教会和天主的欢心。昔日的浪子和恶人,现在改恶从善,头发越少,行为变得越规矩。他很少发怒,除非人家当着他面对天主出言不逊,这是他绝对不能容忍的,因这他年轻放荡时早已代表其他人埋怨过天主了。总之,他不再与人争吵。既然他贵为总督,别人无不立刻对他让步。老实说皆因为他的一切愿望统统得到实现,任是魔鬼转世,只要志得意满也会从头到脚安静下来的。

却说他居住的城堡外观千疮百孔,犹如一件西班牙紧身短袄。该城堡位于一座小山顶上,倒影映入卢瓦尔河;城堡内部的各间大厅却挂满王家工场制造的壁毯,摆着各色家具,以及萨拉森人的诸般豪华陈设和精巧发明,令都兰人乃至圣马丁的大主教和小神甫们歆羡不已。说起这班神甫,他曾赠送他们一面缀着金色流苏的神幡。围绕城堡有众多良田、磨坊、树林,提供各种收益,使勃吕因老爷成为当地首富,财力足够装备一千人为国王陛下作战。

他年事已高,手下的大法官办事素来勤谨,假如一名被怀疑做了什么坏事的农民偶尔被大法官带到他跟前,他会笑着说:

"勃雷迪夫,把这厮放了吧。我在那边做事欠考虑,伤害过不少人,饶了他也算是为我补过……"

他也经常把被告吊在一棵橡树上或者送上绞刑架,可这仅仅是为了伸张正义,为了这一习俗不致在他的辖区失传。所以老百姓无不安分守己如修女;他们过着太平日子,有老爷保护他们不受强盗的侵扰。对于强盗,老爷可是手下毫不留情,他从本人的经验深知,这帮该死的为非作歹之辈会带来多大灾难。

此外他奉教虔诚,干什么都是风风火火,念经文和喝美酒一样快;他升堂问案的作风犹如土耳其人,爱对败诉的一方说许多逗趣的话,请他们同桌进餐以便安慰他们。他特许把被绞死的犯人埋葬在教堂墓地,与天主的子民一视同仁,因为不让他们活下去已经是足够的惩罚了。最后,他只在必要时,就是说当高利贷者赚来的钱把钱袋撑得鼓鼓囊囊时,才去压榨这帮犹太人,平时则听任他们如蜜蜂采蜜一般积聚财富,夸他们是最称职的收税员。他剥夺犹太人的财产只是为了教会、国王、本省的利益和用途,或者为他个人的需要。

他这番好心肠赢得男女老少的尊敬和爱戴。遇到他满面笑容,审完案子回来,与他一样年迈的马穆斯吉埃修道院院长就对他说:

"哈哈!大人,您的兴致这么好,敢情又吊死了几个人!……"

每当他从罗什高朋城堡到图尔城里去,骑马穿过圣辛福连城郊区时,小妞们就说:

"今天法院开庭,勃吕因老爷来了。"

她们毫无惧意,瞅着他在马背上一颠一簸。

待他走到桥上,小伙子们就停止球戏,冲他喊道:

"您好,总督先生。"

他必笑着回答:

"玩个痛快吧,孩子们,直到有人狠狠地给你们一顿鞭子。"

"是,总督先生。"

所以在他的治理下,百姓安居乐业,盗匪匿迹。就说卢瓦尔河发大水那一年吧,整个冬天只吊死二十二名歹徒,外加一名在新堡村受火刑的犹太人。

第二年有一天,大约在干草圣约翰节前后,来了一大帮埃及人、波希米亚人或者其他什么盗贼,他们把圣马丁大教堂的圣物洗劫一空。临走前,为了侮辱和嘲笑真正的信仰,还在原来供奉的圣母像的位置上留下一个一丝不挂的娇娃。那女人的年龄不过与一条老狗相仿,肤色黝黑与摩尔人并无二致。

此举大逆不道,闻所未闻,国王的官员和教会人士乃一致裁定,该摩尔女人应为此付出代价,将在邻近青草市场和大喷泉的圣马丁十字街设一火刑场,将她活活烧死。

不料勃吕因老爷力排众议,他巧妙地证明,如能使这一非洲女人的灵魂皈依正教,这对天主既有利又有趣;倘若住在该女人体内的魔鬼拒不从命,到时候再根据裁定处她以火刑也来得及。大主教觉得此话有理,既不悖教规,又符合基督仁慈为怀的精神与《福音书》上的道理。

城里的名媛贵妇及其他有权势的人士则高声抗议,他们不愿被剥夺出席一场华丽仪式的机会。

总督答道,假如那个外国女人诚心改奉基督教,将为此举行一场更加豪华的仪式,他担保其排场不逊于王室,因为他要做受洗人的教父,而且为了讨天主的欢喜,将请一位童贞女做教母,因为他自己名义上还是个"童子鸡"。

摩尔女人在火刑与洗礼之间立即作出抉择,与其当埃及女人被烧死,不如做基督徒活着。

上面提到的仪式在大主教府举行。为了救世主的荣耀,这次还特地开了舞会,都兰的贵人名媛跳了个尽兴。

好心的老总督请阿寨勒里戴尔领主老爷的女儿做他的洗礼搭档。这地方后来改称阿寨焦土,那位老爷当初参加十字军,在一次作战中负伤,倒在遥远的阿斯克尔城下,因此落在萨拉森人手里。萨拉森人见他仪表堂堂,就要求巨额赎金。

阿寨夫人为凑够赎金,把采邑抵押给伦巴第人和其他专营放债的人,弄得自己身无分文。她在城里租下一个简陋的寓所等待夫君归来,屋里甚至没有地毯可供坐卧。虽说命运不济,但她高傲如萨巴女王,勇敢不让守卫主人衣物的猎犬。

总督见这家人处境艰难,才想到请阿寨小姐当摩尔女人的教母,因为这样他就有权帮助阿寨夫人而不损她的体面。当天他手里攥着一根沉甸甸的金链条,那是他在攻打塞浦路斯时得来的,决意把它拴在可爱的教母的脖子上。殊不知此举把他的领地、他的满头白发、金币和马匹也拴上去了。总之，他见到阿寨的勃朗什小姐在图尔城的名媛贵妇中间跳孔雀舞，顿时丢了魂。摩尔女人在尘世过完这最后一天就要关进修道院，所以在跳舞时拼命扭腰、旋转、颤动、跳跃，她的技艺虽然震惊全场，但是众口同声赞扬勃朗什的舞步既优雅娴静又千娇百媚，比摩尔女人更加出色。

但见她舞步轻盈，似乎脚不沾地，十七岁的豆蔻年华一派天真烂漫，只知尽情欢乐，犹如夏蝉初鸣。勃吕因观之不足，不由起了一种老年人的欲望。老人惟其体弱，欲望更加强烈，当下使他从脚心热到脖梗，但是到不了头顶，因为他头上白雪皑皑，不是爱神栖身之所。这位好人这才发现他的庄园里少个女人，从此庄园在他眼里愈显凄凉。一座城堡没有女主人算是什么呢？好比一口钟没有钟舌。总之，他只想得到一个女人，越快越好，因为，如果阿寨夫人让他等待，只怕他等不到那一天就归天了。但是在洗礼舞会上他很少想起身上的累累金创，更没想到自己年逾八十，头童齿豁。他觉得自己老眼不花，能把妙龄的教母看得真切。勃朗什小姐听从阿寨夫人的叮嘱，恰到好处地用眼色和手势回报他目不转睛的注视，她认为教父年高德劭，在他身边不会有什么危险。所以勃朗什心无邪念，与一般春情荡漾的女人反而不同，竟允许老好人吻她的手。后来，她又听从大主教的话，让他进一步吻领口略下的部位。那是婚礼上的事情，因为下星期大主教就要为勃吕因老爷和勃朗什小姐主婚。婚礼之豪华已属罕见，新娘的美貌更无与伦比！

勃朗什身材之苗条、体态之婀娜，堪称举世无双；她比任何处女更是处女，因为她不知爱情为何物，不知为何有此事，如何行此事。旁人恋床不起她感到奇怪，她还相信小孩是从卷心白菜里生出来的。

她母亲就是如此这般教养她成人，甚至在喝汤时不让她看清汤怎样通过两排牙齿灌进肚子。所以这孩子是一朵完整无损的鲜花，快活天真，比起天使她只少一对翅膀，否则就能白日飞升天堂。

当她告别伤心的母亲的贫困住所，前往圣加蒂安大教堂完婚时，乡下人特意进城来观看新娘的美貌和马具街两旁张挂的花毯；他们齐声赞叹，从没有比新娘的纤足更雅致的双脚踩过都兰的土地，从没有比她的明目更清澈的眸子仰望过天空，更没有哪个节日用过这么多的鲜花和挂毯装饰街道。

图尔城、圣马丁城和沙朵诺弗城郊的姑娘们无不眼红勃朗什金光闪闪的长辫子，议论她想必是用辫子钓到这位总督的；不过她们更眼红她的绣金长袍、海外宝石、白钻石和她不时摆弄的项链，其实此乃把她和老总督永远拴在一起的锁链。

那个老好人在她身边顿觉精神倍增，他心里的幸福盛得太满，一个劲儿从他脸上的皱褶、他的目光和每一动作向外面溢出。虽然他勉力挺直腰板如一把砍柴刀，但站在勃朗什身边还是像阅兵式上接受奖赏的德国雇佣兵。他用手按住腹部，因为过分的快乐使他喘不过气来，乃至痛苦。

当钟声敲响，姑娘们看到仪仗队捧着各种奇珍异宝上街游行，她们从此盼望常有改奉正教的摩尔女人、年迈的总督和埃及洗礼。不过都兰省历史上仅有这一次，因为这块土地离埃及和波希米亚实在太远。

阿寨夫人在仪式过后收到一大笔钱，她打算立刻带着钱到阿斯克尔去会见夫君。总督派他的副官和手下人一路护送，供应一切。婚礼当天，她把女儿托付给总督，请他多加照料后，便出发上路。后来她带着患大麻风的阿寨老爷回来，甘冒自己也染上这种恶疾的危险，细心服侍他，终于把他治愈，传为乡里的美谈。

婚礼足足办了三天，人人满意。事毕之后，勃吕因老爷摆出全副执事把小妞领回城堡。按照新婚的规矩，他隆重地把新娘抱到已经由马穆斯吉埃修道院院长祝福过的床上，然后自己躺到她身边。那张大床放在罗什高朋城堡的主寝室里，四壁幔着绣金线的绿色锦缎。

老勃吕因浑身洒了香水，终于盼到与他的娇妻贴皮挨肉。他先吻她的额头，然后吻她那圆鼓鼓的、洁白的乳房，就在她允许他为她锁上金项链的扣子的那个部位。不过到此为止。老家伙对自己估计太高，本以为可以占尽春色，无奈力不从心，他只得让爱神失业。此时楼下大厅里还在跳舞，来宾们唱快乐的婚礼歌，念贺婚诗，讲粗俗的笑话。老新郎于是端起近在身边的一个金杯，喝下一口按照当地风俗经过祝福、专为新婚夫妇准备的药酒。酒里的香料徒然使他下腹发热，却不能使他重振雄风。

勃朗什对丈夫的失职毫无觉察,因为她在灵魂深处也是处女,对于婚姻她只了解少女们从表面看到的东西,诸如绣袍、庆典、马匹,做女主人,拥有一块伯爵领地,享用财富和指挥下人,所以这小妞只知把玩床帏边缘的金穗子和其他陈设,赞叹这座将埋葬她的青春的金屋。

老总督自知有错,相信将来或能补过,殊不知他越老越不中用。他为取悦妻子,许愿将来如何如何,企图用好话代替实干。他为供养爱妻可谓尽心,答应交给她餐具柜、粮仓和衣柜的钥匙,委托她全权管理房产和领地。用都兰省的俗话来说,他把自己的口粮都挂在对方脖子上了。勃朗什如一匹骏马喂饱了干草,觉得她丈夫是世界上最善体贴的男人。她索性从床上坐起来,嫣然一笑,顾盼这张围着绿色锦缎的华丽大床,想到她从此可以夜夜在这张床上安睡,更是满心欢喜。

狡猾的领主老爷看到娇妻已中计,便有意回避实际行动。他遇到的深闺淑女不多,但与风骚娘儿们颇多周旋,凭经验知道女人的皮肤极其敏感,故此他既不去抚爱新娘,也不吻她或做其他亲热动作。当年他本是此道的好手,现在却如教皇一般冷漠。他退到床边,直担心保不住自己的幸福,便对人人艳羡的妻子说:

"好啊,我的朋友,您现在当上总督夫人了,而且当之无愧。"

"不!"她说。

"怎么不呢?"他心里大为恐惧,"您难道不是朝廷命妇吗?"

"不,"她说,"我只有生下一个孩子,才算得上是贵夫人!"

"您来的路上见到那些草地吗?"老家伙接着说。

"是的。"她说。

"好吧,全归您了。"

"太好了!"她笑着回答,"我可以在草地上逮蝴蝶玩儿。"

"这就对了!"老爷说,"把树林也给您,您意下如何?"

"可我不能一个人待在树林里,您得领着我去。不过,现在您给我倒一杯酒吧,就是特意为我们精心配制的那种药酒。"

"我的朋友,您又何必要在身体里点着一团火呢?"

"我要嘛!"她不高兴了,咬牙切齿说道,"因为我要尽早给您生个孩子,我知道这药酒就是管这件事的。"

"嗨!我的小美人!"老总督从这句话看出勃朗什对男女之事一窍不通,"为了办成这件事,首先需要天主同意;其次需要女人处于收割期。"

"那我什么时候才到收割期呢?"她笑着问。

"当大自然愿意的时候。"他说这话时忍俊不禁。

"为了这事,该做些什么呢?"她又说。

"需要行使魔法和炼丹师的法术,可是这项操作做起来很危险。"

"对了,"她的表情若有所思,"我现在才明白我母亲身上发生这种变化时为什么会哭。可是蓓尔特一片赤诚要从姑娘变成女人,她跟我说,这件事再容易不过了。"

"那要看年龄,"老贵族说,"您在马厩里见到那匹漂亮的白马吗?都兰省人人都夸奖它的。"

"是的,它性情温和,讨人喜欢。"

"好吧,我把它送给您了,只要您想骑,一天骑多少次都随您的便。"

"您真好!人家跟我说的都是真话,他们说您……"

"我的朋友,"他接着说,"还有膳食总管、小教堂神甫、财务总管、马夫、厨师、审判官、甚至蒙梭罗的领主、我的掌旗官,那个名叫戈吉埃的年轻人,还有他统率的士兵、军官、百姓、牲口统统归您管,听您的指挥。谁不服从,我就送他上绞架。"

"可是,"她说,"这项炼丹术的操作,能不能马上就做呢?"

"那可不行!"老总督说,"若要做这项操作,必须等到我俩在各方面都蒙受天主的恩宠才行,否则我们会犯教规,生下一名孽子。世上有这么多不可救药的无赖,道理就在于此。他们的父母等不及自己的灵魂处于最佳状态,就忙着去生儿育女,结果生下的都是邪种;惟有父母白璧无瑕,才能生下既漂亮又品行端正的后代……为求孝子贤孙,世上才请神甫为婚床祝福,犹如我们请马穆斯吉埃修道院院长为我们的大床祝福……您有没有违反教会的禁令?"

"没有!"她急忙说,"我的全部过失在望弥撒前就已得到赦免,这以后我没有犯过一点过错。"

"您就是完美的化身!"狡猾的总督老爷喊道,"我能娶您为妻,真是三生有幸。可是我曾经像异教徒一样赌咒发誓……"

"那又是为什么?"

"因为楼下大厅里跳舞老没个完,您还不能算是我的人,我不能把您领到这里来好好地吻您。"

说着他很文雅地捧起她的纤手,吻个不停,同时说了许多甜言蜜语,哄得勃朗什满心喜欢。

然后,因为舞会和婚礼确实把她折腾得很累,她就睡下了。临睡前对总督说:

"明天我要留心不让您犯罪。"

老人对这白皙细腻、横陈在他眼前的肉体不由一往情深。同时他大为困惑,就像不知如何解释牛为什么反刍食物一样,不知道该怎样做才能使她永远懵懵懂懂。

虽然他预感前景暗淡,看到勃朗什完美的娇躯在无邪的美梦中酣睡,不由他不全身灼热,暗中下定决心要守卫这一稀世奇珍。他含着眼泪遍吻她的金发、她美丽的眼睑、鲜红欲滴的嘴唇。他吻得如此温柔,惟恐惊醒她。这便是他收获的全部果实,这些默默的快乐还能使他那颗心燃烧起来,勃朗什却浑然不觉。这可怜的人为自己的老境深感悲怆,好比一棵树落尽叶子还遭雪封霜冻。他认为天主有意捉弄他,直等他嘴里没牙了才给他核桃吃。

第二章 总督如何抑制妻子的春情

婚后头几天,利用妻子的天真无邪,总督对她编了许多谎话。

首先他推托公务缠身,不能经常陪伴她;其次让她关心农事,领她到小果园里去收葡萄;此外还说许多趣话逗她开心。

他一会儿说贵族老爷的做法与平民百姓不同,伯爵的传宗接代只能选择星象学家推算出来的吉日;一会儿又说人们应该避免在节日里做生儿育女的勾当,因为事关重大,而他恪守宗教节日的各项规定,不愿在进天堂时横遭非议。有时候他说圣克莱尔瞻礼日怀的胎都是瞎子；圣热努瞻礼日受孕的孩子都有风湿病；圣埃尼昂节投胎的都长头癣；圣洛克节托生的要得瘟病；尤其是，倘若父母未受主的恩宠，生下的孩子定有毛病。要不他就说二月里出生的都怕冷；三月里生的太淘气；四月里生的不成器；好孩子都是五月里出世的。总之，他希望自己的孩子十全十美，长着两种颜色的毛发。而要得此佳儿，必须等待一切条件齐备。

别的时候，他又对勃朗什说，做妻子的生孩子全凭男人的意志；如果她想做贤德的妻子，就应该惟丈夫之命是从。最后，要等阿寨夫人回来再办此事，以便分娩时有她在场相帮。

勃朗什从这些话里悟出总督不乐意她过分坚持。她想，他年老阅历广，或许有理，故此她服从安排，只是私下里渴望生一个孩子，也就是念念不忘。女人但凡起了什么念头总甩不开，她当然不知道自己的欲望与追逐俊俏郎君的风骚娘儿们其实是一回事。

一天晚上，勃吕因偶尔谈到孩子的事。平时他对这个话题如猫遇到水，避之惟恐不及。他可怜当天上午因犯重罪被他判刑的一名农夫，说此人的父母生他时必定罪孽深重。勃朗什立即说：

"假如您肯给我一个孩子，即使您的罪过还没有得到赦免，我自会改正他的缺点，让您称心如意。"

伯爵看出妻子已经入了迷，必须刻不容缓向她萌动的春心开战，制服它，消灭它，或者使它昏昏沉沉睡去，不再骚动。

"总之，我的朋友，您是想当母亲！可您还没有学会做贵夫人，还不习惯做女主人。"

"这么说，为了当好伯爵夫人，怀上一个小伯爵，我应该有贵夫人的气派？我一定做给您看！像像样样地！"

于是勃朗什为了能有子嗣，便整天在外猎杀公鹿母鹿；她骑着马上坡下坡，跳沟越壑，横穿树林和田野，特别喜爱摘去蒙在隼头上的布套，看这些猛禽搏击长空，或者让它们乖乖地停在她纤细的手腕上。这一切正合总督的心意。

勃朗什整天行猎，胃口大开，不亚于修女和教士。就是说她一心想生孩子，憋足了劲，每当行猎归来，漱口上餐桌时不再节制饮食。她在大路小径上来回奔驰，射杀正在交配的飞禽走兽，大自然的魔法在她身上起了作用，使她血色鲜艳。如此这般，她天生好动的性子非但未见安静，那欲望反而在她身上变本加厉地闹腾。

总督本以为让妻子在田野上撒欢就能抑制她的春情萌动，结果弄巧成拙。勃朗什本人还意识不到的爱情在她的血管里流动，经过这番练习变得更加丰盈，它需要用武之地，犹如晋升为骑士的侍从需要参加比武。

老总督明白自己走错了路，烤肉架上没有一个角落能躲开烟熏火燎。妻子的体格如此壮实，他不知喂她什么饲料才好！你越是变着法子使她劳累，她越是蹦得欢。这场较量的结局必有一人战败，受到魔鬼致命一击。他只愿上帝见怜，把大难临头的日子往后推，最好延宕到他死后。

可怜的总督陪伴妻子打猎时，能在马背上坐稳已感吃力。他在盔甲底下直冒虚汗，精力充沛的总督夫人越是兴高采烈，他就越喘不过气来。

勃朗什晚上常想跳舞。穿得鼓鼓囊囊的老好人硬着头皮奉陪，暗自叫苦不迭。跳摩尔女人那种摇晃全身的舞蹈时，他得挽住她的手；跳蜡烛舞时，他要为她高举火把。尽管他患坐骨神经痛、哮喘病和风湿病，他也得满脸堆笑，在她扭够了腰肢，做过诸般古怪动作，跳了个尽兴之后，对她说些温柔体贴的话语。

然而有一天，他终于承认自己精力不济，无法与妻子生猛鲜活的年华抗争；对少女萌发的春情他甘拜下风，决心从此听之任之，只指望勃朗什的宗教信仰和羞耻心能对她有所约束。可他总不敢合眼睡觉，因为他知道天主使少女怀春是为了让男子去安慰她们，犹如鹧鸪生来是为了被串在铁扦子上烤熟。

在一个天气潮湿、蜗牛四出爬动的早晨，勃朗什坐在屋里的大椅子上出神。这种天气令人慵困，不由胡思乱想。椅子上的坐垫絮着羽绒，少女坐久了，她肌肤上的茸茸细毛与羽绒之间会产生一股奇妙的热气，其效力、渗透力、扩散力胜过任何汤药、草药或春药。所以伯爵夫人春心大动，却不知其所以然，但觉从头到脚奇痒无比。

老好人见她浑身如酥软了一般，大不以为然，就想驱走她脑子里那些非分之想。

"您有何心事，我的朋友？"他说。

"我害臊。"

"谁冒犯您了？"

"我害臊，是因为我不是一个好女人，因为我不生育，您就没有子嗣。没有后代还算什么贵夫人？您瞧：邻居们都有孩子。我结婚是为了生孩子，您娶我是为了给我孩子。都兰省的贵人老爷个个子孙满堂；他们的妻子生孩子都是一窝一窝的，只有您膝下空空。人家会拿您取笑的。没有孩子，您的姓氏、采邑和领地就无人继承。孩子是我们天生的伴侣，我们给他穿得整整齐齐，包得有棱有角，穿衣脱衣，浆洗熨烫，拍他摇他，喂他养他，抱他起床，哄他上床，这该有多美！我觉得我们哪怕只有半个孩子，我也会亲他吻他，给他洗澡擦身，裹上襁褓，解开襁褓，让他整天笑啊乐啊，就像贵夫人都做的那样……"

"可是女人有难产而死的。要生孩子，您还太年轻，还没有发育完全！"总督被她滔滔不绝的话惊呆了，慌忙答道，"您要不要买一个现成的？这样您就不至于有临盆之苦，分娩之痛。"

"我不，"她说，"我就是要挨痛受苦！不经痛苦，孩子就不是自己的。我知道孩子应该从我身上出来，因为教堂里人家说耶稣是圣母肚里结的果实。"

"那就祷告天主，但愿如此！"老总督喊道，"我们请埃斯格里诺尔教堂的圣母帮助我们吧。好几位太太在那里念了几遍《九日经》后，无不怀孕，一遍也不能少念的。"

当天勃朗什就动身去朝拜埃斯格里诺尔圣母院。她骑在漂亮的白马上，打扮赛过王后，绿丝绒袍子的领口开在两乳之间，满绣金花，猩红色的短袖，小巧的厚底鞋，镶宝石的高帽子，外加束住柳条细腰的金腰带。她要把这身装束都献给圣母，确切说是她许愿，待生过孩子，行安产感谢礼时将奉上这一切。

总督的掌旗官，年轻贵族戈吉埃带着一队骑兵负责旅途安全，为她开道。他目光敏锐如鹰隼,大声喝令闲人闪开。

却说这一行人正走到马穆斯吉埃附近,时值八月,天气炎热,老总督在马背上跌跌撞撞,昏昏欲睡,那神情赛过母牛头上戴着王冠。有一村妇蹲在大树底下就着瓦罐喝水,看到一个模样儿如此俊俏的夫人竟与糟老头子并辔而行,便向旁边一位掉光了牙齿、正在地里唉声叹气捡麦穗的刁老婆子打听,这位贵夫人是否上哪儿去寻欢作乐。

"不然!"老太婆说,"这位是罗什高朋的女领主,普瓦图省与都兰省的总督夫人,她是出门烧香求子。"

那年轻农妇听罢哈哈大笑,然后指着队伍前头的总督老爷说:

"这位打头的跌一跤,她就不必买蜡烛许愿了。"

"啊哈!我的可人儿!"老太婆接下去说,"我纳闷她为什么到埃斯格里诺尔圣母院去,因为那里的神甫没有长得俊的。她最好到马穆斯吉埃修道院的钟楼底下小憩片刻,定能如愿以偿,那里修行的个个生龙活虎。"

"让出家人见鬼去吧!"又一名农妇打了个盹醒过来,开言道,"瞧瞧戈吉埃老爷这一表人才,要他去打开这位太太的心易如反掌,再说这颗心早就裂开一道口子了。"

三名女人一齐纵声大笑。

她们出言不逊,戈吉埃便走上前去,想把她们吊在路边一棵椴树上以示惩罚。可是勃朗什大声喊道:

"戈吉埃老爷,先别把她们吊起来!她们还没有把话说完,等我们返程再处置她们也不迟。"

她说着脸红了。戈吉埃老爷死盯着她看,像是要用目光把爱情的奥秘射进她的心里。其实农妇们一番议论已经使她开了窍。春情如火绒,只消一句话便能点燃。

勃朗什已经看出她的老丈夫与那个名叫戈吉埃的年轻贵族在体态上大有差别。后者年方二十三岁,腰杆笔直端坐在马背上,机警敏捷,听到第一声晨钟就能起床,而老总督还在做梦。他勇敢、灵活,凡是主人缺乏的品格他都有,似这般俊俏哥儿,风流娘儿们无不乐意拥着他同宿共眠,顾不得戴发网,也不怕跳蚤咬了。颇有人指责她们,但是最好谁也别去怪谁,因为人人有权爱怎么睡就怎么睡。

总督夫人边走边想,待抵达图尔城外的大桥上,她已经朦朦胧胧、扎扎实实爱上戈吉埃了,如情窦初开的少女那样爱着,却不知道这就是爱情。

她由少女变成妇人,一心希望得到男人身上最好的东西。她堕入情网,蓦地跌进苦难的深渊,因为在初起觊觎之心和满足最后欲望之间乃是一片火海。她以前不明白,现在亲身体会到一种精微的物质会通过目光流进她的体内,使她的粗细血管、心脏的皱褶、四肢的神经、头发根、汗毛孔、大脑的皮膜、皮肤的七窍,以及五脏六腑等等,无不突然扩张、发烧、发痒,如中剧毒、如被抓挠、如被倒竖,总之似有千万根细针在里面钻刺。此乃春情发动,其反应遵循一定之规。当下勃朗什两眼模糊,视线中不见老丈夫,只见年轻的身材魁梧的戈吉埃。大自然造他时下了双料,犹如对于神甫的下巴。

老好人跨进图尔城时,人群的呼叫声把他惊醒。他率领全队人马摆开仪仗来到埃斯格里诺尔圣母院,该教堂从前名叫大功堂,意谓纪念功勋最卓著者。

勃朗什走进一间偏殿,凡向天主和圣母求子者都在此许愿。按照规矩她单独入内,总督、随从和看热闹者一概被挡驾,但能隔着栅栏看清里面的情形。

那位专司求子弥撒并接待发愿者的神甫当即迎上前去,伯爵夫人问他不能生育的妇女是否不在少数。神甫答道他无可埋怨,孩子为教堂带来的收入颇为可观。勃朗什又说:

"您常见到年轻女子嫁给我家老爷那样的老丈夫?"

"少见。"

"那么她们总能求得子嗣?"

"有求必应!"神甫笑道。

"有些女人的丈夫年纪不老,她们来求子又怎样呢?"

"有时能如愿以偿……"

"这么说,嫁给总督这把年纪的老人反而保险?"

"当然如此。"神甫说。

"此话怎讲?"她说。

"我的夫人!"神甫庄重地说,"因为丈夫未老时,只有天主照应此事;这以后,凡人也插手了……"

那个时代的神职人员确实掌管了全部智慧。

勃朗什当即许下宏愿,因为她那身装束少说也值两千埃居。回家路上,总督见她驱策坐骑不停地嘶鸣、蹦跳、撒欢,便对她说:

"您的兴致真好!"

"可不是,"她说,"我不再怀疑自己不能生育了,因为神甫说,有人会出力的。我想要戈吉埃……"

总督恨不得立时砍下那个僧侣的脑袋,但他继而一想,犯下此罪他也占不了便宜,不如请大主教帮忙,巧施报复。

故此,罗什高朋城堡的屋顶尚未在望时,他就对戈吉埃说他可以回自己的领地去乘凉了。年轻的戈吉埃明白主人的意思,只得从命。

总督辞退了戈吉埃,起用雅朗日领主老爷的儿子接替他的职务。雅朗日领地也隶属罗什高朋,这位少爷名叫勒内,年方十四。总督先让他当侍从,待他成人后正式授予贵族头衔;此外他把亲兵护卫交给一名残废老人管带,此人当年曾与他一起闯荡巴勒斯坦和其他地方。

老总督作了这番布置,便以为不必担心有人送他绿头巾戴。妻子的春心纵如力图挣脱绳索的母驴子那样骚动,他也可以给它套上笼头,勒紧肚带,制服它。

第三章　此乃轻罪细过

勒内来到罗什高朋庄园供职后的那个星期天,勃朗什出去打猎,没让老总督陪同。行到卡诺附近的树林里,她看见一名修士正在推搡一名村姑,用劲之猛,殊不可解。总督夫人大怒,招呼手下人说:

"快去救人!那女的有性命危险!"

她走近细瞧后,立即拨转马头。看到那修士的作为使她无心打猎,回家时若有所思。她的悟性好比蒙上黑罩子的油灯,一旦摘掉罩子,点着火苗,顿时照亮了许多东西,诸如教堂里的画,行吟诗人弹唱的故事和小诗,以及鸟兽追逐的含义。她突然发现用一切语言,甚至用鲫鱼的语言书写的爱情的温馨秘密。想对少女隐瞒这门学问,岂非痴心妄想!

勃朗什当晚刚躺下就对总督说:

"勃吕因,您骗了我。您应该像卡诺的修士摆弄那个女人那样摆弄我!"

老勃吕因猜出发生了什么事情,眼看着大祸临头。

他目光炯炯望着勃朗什,眼里若有火,任谁见了也难以抵御,一边温柔地说:

"好吧,我的朋友!娶您为妻时,我对您的爱慕之心胜过我的体力,我寄希望于您的仁慈和贤德。我最大的不幸在于心有余而力不足。这般痛苦必定会缩短我的寿命,您很快就会获得自由!请您一直等到我离开尘世吧。这是我对您的惟一要求。虽然我是您的主人,可以命令您,但是我只愿做您的总管和仆人。千万别让我的满头白发蒙垢受辱。遇上这种事,有的贵族曾砍下妻子的脑袋……"

"也好,您杀了我吧……"她说。

"不,不,"老头子说,"我太爱您了,可人儿!……这么说吧,您是我晚年的鲜花,我灵魂的快乐!您是我亲爱的女儿。见到您我的眼睛就发亮,我对您什么都能忍受,您若带给我痛苦我也会如幸福一样接受……我给您绝对的行动自由,但求您不太怨恨可怜的勃吕因,是他把您变成贵夫人,既有钱又有身份。难道您将来不是人人艳羡的寡妇?……想到您的幸福,我死也无憾。"

虽说他的眼睛已经干枯,却还能挤出一滴热泪,流经他松果般的脸颊,掉到勃朗什手上。看到老丈夫对她如此钟情,为取悦她不惜低声下气,勃朗什不由软下心来,笑着说:

"得了,得了,您别哭了,我可以等待!"

总督闻听此言,立即俯身去吻她的双手,说不尽的亲热,一边哽咽着说:

"勃朗什,我的朋友,您若知道,趁您睡着的时候我是怎样爱抚您的,摸您这儿,碰您那儿……"

那老猕猴说着便用他只剩下骨头的双手去摸她,嘴里继续说:

"想着男欢女爱之道,我心痒难熬,无奈力不从心。我不敢把您吵醒,生怕您动起情来我要丢丑现眼……"

"您不妨就这样亲我疼我,"她接着说,"就是我睁着眼睛也没有关系,我没有感觉!……"

可怜的总督闻言操起放在床头柜上的匕首,递给勃朗什,一边喘着粗气说:

"我的朋友,杀了我吧……要不您就让我相信,您多少还有一点爱我。"勃朗什吓坏了:

"是的!是的!我会很爱您的……"

如此这般,怀春的少女制服了老人,使他惟命是从。勃朗什以她身上那块未经开垦的维纳斯的宝地的名义,凭借女人天生的狡狯,指挥勃吕因如拉磨的骡子围着她打转。

"我的好勃吕因,我要这个……勃吕因,我要那个!……去呀,勃吕因!……来呀,勃吕因!"这般呼来叱去,忙得勃吕因焦头烂额。妻子对他仁慈的结果比对他凶狠更坏。

她玩弄他于股掌之上,一会儿要他把屋里的陈设都换成深红色,一会儿眉头一皱,又要推倒一切重新来过。她一不高兴,老总督便六神无主,问案时不分青红皂白,只有一句话:

"把这家伙绞死……"

换一个人与这位春情大发的少女交战,早就如苍蝇一命呜呼了。但是勃吕因的身体像是铁打的,要结果他殊非易事。

一天晚上,勃朗什在屋里闹了个天翻地覆,折腾得人仰马翻。她脾气之坏,连天主也应付不了,虽说天主的耐心想必没有限度。上床时勃朗什对总督说:

"我的好勃吕因,我下身常起些古怪的念头,咬住我不放;它们一个劲儿往上爬,钻进心里,又刺进脑子里,引诱我做坏事;夜里我老梦见卡诺的修士……"

"我的朋友,"老总督答道,"这是魔鬼的诱惑,修行学道的自有办法对付。所以,您如愿意灵魂得救,不妨找我们的邻居,可敬的马穆斯吉埃修道院院长去忏悔,他会给您忠告,指引您走上正路。"

"我明天就去。"她说。

果然，第二天一早她就赶往修道院。那帮修士看到一位仪态万方的贵夫人大驾光临，个个丢了魂似的，当晚忍不住关起房门犯下一些过失。可是眼前他们却欢天喜地把她领到尊敬的院长跟前。

勃朗什在贴近山岩的后花园里找到院长。他站在荫凉的拱廊下，道貌岸然。勃朗什虽说习惯了蔑视老人的白发，见了他也肃然起敬。

"天主保佑您，夫人！"院长说，"您这般青春年少，找我这个濒死的老人有何见教？"

"特来请教高明，"勃朗什深施一礼后答道，"您若肯指引一只不驯顺的羔羊，我非常高兴能向您这样大智大慧的法师忏悔过错。"其实勃吕因与修道院院长已经串通好了，他随即说：

"我的女儿，假如我这颗掉尽头发的脑袋未曾经历一百个冬天的严霜寒雪，我就不能听取您的忏悔，您请说吧。"

于是总督夫人先把准备好的细小过失一股脑儿倒出来。但等院长赦免之后，她才像顺便提起似的转入正题：

"我的父亲，我还得承认一件事。我无日无夜不渴望生一个孩子。这个想法是否邪念？"

"不。"院长说。

"可是，我丈夫的本性受到限制，就像路上那些老太婆们说的那样，他不能慷慨解囊。"

"那么，"长老说，"您应该恪守妇道，放弃这类想法。"

"可是我听雅朗日的领主夫人说，假如人们从这件事情上既得不到利益，也尝不到乐趣，这就不是罪过。"

"乐趣总是有的！"长老说，"再说您难道不能从孩子得利获益吗！您得记住，如果使您怀胎的不是与您在教堂里成婚的那个男子，无论如何，这在天主面前是大过巨错，在世人面前则是犯罪……所以，违背了婚姻的神圣法则的女人，到另一个世界就将受到惩罚。为了让她们记起，在这个世界上她们曾把自己的心烧得太热，超过合法的限度，在那里就有面目狰狞的怪物用刀刃一样锋利的爪子把她们抓起来，扔进锅炉里焚烧。"

勃朗什闻言挠了挠耳朵；她思索片刻后，对长老说：

"那么圣母马利亚又是怎么怀上的？"

"噢！"长老说，"这个乃是奥秘。"

"什么叫奥秘？"

"就是一件不能解释，人们理应不加任何审查就相信的事情。"

"那么我能不能也经历一次奥秘呢？"

"奥秘只发生过一次，"长老说，"因为要降生的是神的儿子。"

"这么说，我的父亲，天主莫非要我死去？或者要我失去理智，神经错乱？后一种危险大有可能。因为在我体内有好些东西在骚动，在相互加热，我的感觉失灵，我别的什么都不想；为了与一个男人相会，我会不知羞耻地跳过墙头，穿过田野，为了看一眼把卡诺修士折腾得死去活来的那话儿，我不惜毁坏一切……这股狂劲发作起来，我的肉体和灵魂奇痒难忍，那时候我不认天主、魔鬼和丈夫。我跺脚、我奔跑，我会折断圣枝，砸烂坛坛罐罐，闹得鸡飞蛋打，阖宅不安，反正我说也说不清。可是我还不敢对您承认我的全部过失：因为真要说出口，我就会直流口水，浑身发痒，一门心思想看天主诅咒的那件事情。我非得发痴发癫，败坏品行不可……天主既然把这么强烈的情爱缠在我身上，他难道会罚我入地狱？……"

她讲到这里，该轮到长老挠耳朵了。一个不谙风月的少女的悲叹中包含的深邃哲理，体现的雄辩和智慧，着实使他惊愕。他说：

"我的女儿，天主把我们与动物区别开来，他造下天堂为的是我们争取能够进去。为了帮助我们，他赋予我们理性之舵，引导我们抵御欲望的风暴……通过禁食、过度的劳作和其他明智的做法，人们可以控制自己的头脑……您不该如一头解开锁链的旱獭跳腾不已，而是应该祷告圣母，睡硬板床，操持家务，切忌无所事事……"

"我的父亲啊，我在教堂里听讲时，看不见神甫和祭台，目中只有圣婴耶稣，见到他我就不由自主重起那个念头。老这样下去，万一我头脑发昏，一时迷糊，被爱情像粘鸟的胶一样粘住不得脱身……"

"假如真是这样，"修道院院长说漏了嘴，"您的情况也将类似圣女莉多娃。一个大热天，这位圣女穿得很单薄，岔开双腿睡大觉。有个心怀不轨的年轻人走上前去,蠢在那儿就干下坏事,使她怀孕。圣女毫无觉察。她还以为腹部隆起是得了什么重病,临到分娩时大惊不已。她为此修苦行赎罪,但此事被看做轻罪细过,因为那个歹徒在断头台上供认,她当时没有感到任何快感,纹丝不动……"

"噢,我的父亲,"勃朗什说,"您尽可放心,我也不会动的。"

说完,她满心喜欢,笑着告辞,心想自己也可以犯一桩轻罪细过。

她从马穆斯吉埃修道院回来,跨进城堡的院子,遇上小勒内在马厩老总管点拨下操练马术。但见他骑着骏马左旋右转,身体上下起伏与马的动作密切配合,绕弯躲闪,好不如意。尤其当他从踏镫上站起来,挺直双腿时,其姿态之优美、矫健,难以形容。卢克雷蒂娅王后①当年被人强奸,愤而自杀。她若见到小勒内的英姿,只怕也会动心。勃朗什想:"这个侍从有十五岁就好了!……我在他身边一定睡得很香……"

所以,虽然这名可爱的仆人还是个少年,她在用点心和晚餐时却不时偷看勒内褐色的头发、白皙的皮肤、优雅的举止,尤其留意这孩子那双明目里满蓄饱含,却又不敢放胆流露的热力与生命之火。

当夜,总督夫人坐在炉火边的大椅子上出神,老勃吕因问她有何心事,她说:

"我在想,您如今一蹶不振,想必因为在情场上过早就初试锋芒……"

"可不是,"总督笑道,老年人无不乐于回忆年轻时的艳遇,"我还只有十三岁半,就搞大了我母亲贴身女仆的肚子。"

此言正合勃朗什的心愿,她心想勒内必定也发育成熟了。当下她变得兴高采烈,对老好人做了许多媚态,然后默想那件美事,表面上却不动声色,如蛋糕上撒了干面粉。

第四章 她如何怀胎,谁使她怀胎

总督夫人不久就设下妙计催醒侍从骑士的情欲。此计浑然天成,

---

① 卢克雷蒂娅是传说中的古罗马烈女,但不是王后。她被罗马暴君塔尔奎尼乌斯之子塞克斯图斯奸污,要求父亲和丈夫为她复仇,随即自杀。

铁石心肠的硬汉也会堕入圈套。

每天最热的钟点,老总督必需睡午觉,他在圣地养成这个习惯,从此遵守不渝。此时勃朗什不是独自待在一边,就是照料家务琐事,做点女红,或者到大厅里去监督浆洗衣服,归置桌布餐巾,或者各处任意走动。

现在她决定把这个寂静的钟点用于完善侍从骑士的教育,让他念经、做祷告。

却说第二天钟敲十二点时,不仅老总督抵挡不住烤热了罗什高朋山冈的灿烂阳光,昏昏睡去,人人都在发困,惟有勃朗什按捺不住春情荡漾,反而精神倍增。但见她优雅地坐在为领主老爷专设的大椅子上,这椅子很高,正合她的心意,因为从下仰视可以收到极妙的效果。这狡诈的女人如燕子栖在巢中一般把自己摆得舒舒服服,用一条胳膊枕住头部,犹如熟睡的婴儿。这些都是准备工作,她不时睁开喜盈盈的眼睛,满心欢喜地猜想待会儿侍从骑士卧在她脚下,与她只隔开跳蚤一跃可达的距离,必定暗中窃喜,抬眼偷看,乃至神不守舍,魂不附体。灵与肉都由她操纵的那可怜孩子应该跪在一个绿绒垫子上听候吩咐,她已事先把垫子挪近椅子。任是圣人高僧,处在这个位置也不由注视总督夫人裙子下起伏的曲线,趁机观赏她那双修长玉腿的种种完美之处,最骁勇的骑士也会自愿跳进这个陷阱,一个意志薄弱的仆人又怎能逃脱?勃朗什不断调整身体的姿势,直到找到最佳的位置,即把陷阱布置得万无一失时,才柔声叫道:

"噢!勒内!"

她知道勒内待在卫兵室里。侍从骑士立即跑过来,从门帘后面探进他长着褐色秀发的脑袋。

"您有何吩咐?"

他毕恭毕敬,手执深红色毛绒无边帽。那深红色与他有一对酒窝的脸颊上鲜丽的血色相比,可要逊色不少。

"您过来!"她细声说。这孩子无疑勾走了她的魂魄。

说实话,世上没有比勒内的眼睛更亮的宝石,没有比他的肤色更白皙的羊羔皮,也没有比他更温柔的男子。何况勃朗什欲火中烧,更觉得他美如天人。双方都在青春妙龄，室外阳光灿烂，四周一片寂静，所有一切无不促成这爱情游戏。

"您给我念念圣母连祷文吧，"她指了指摊开在跪凳上的经书，"我要知道您的教师是否教得很好。"

待他把配有蓝色和金色插图的祈祷书拿在手，她笑着问："您不觉得圣母很美吗？"

"这是画的呀！"他怯生生地回答，同时向美艳绝伦的女主人偷瞟一眼。

"念吧，念吧……"

于是勒内放声朗诵美妙神秘的连祷文。但是勃朗什应和他的"我们祈祷"声越来越弱，犹如田野上逐渐远去的号角声。侍从骑士很卖力气地念到"神秘的玫瑰啊"，女主人明明听得很清楚，却用一声轻微的叹息来回答。

勒内当即以为总督夫人睡着了。于是他放胆把她从头到脚看了个够，除了赞美爱情之歌，他无心再念任何经文。骤然交此好运使他无比激动，心脏一直跳到喉咙口。干柴烈火相遇，结果从来如此。您若见此情景，决不会让怀春的少男少女单独相处。

勒内的眼睛饱餐秀色，暗想若能品尝这馋人的仙果，不知又该是何等美味。他出神之际一松手，那本祈祷书就掉在地上，当下窘得他不知所措，犹如修士思慕女人时被人窥破。不过他也证实了勃朗什睡得很熟，因为她未有任何动静。殊不知此刻就是出了什么祸事，这狡诈女子也不会睁开眼睛的，她直指望除了祈祷书，还有别的什么东西也掉下来。女人若想生孩子，这欲望世上没有任何力量能够抑制！

却说侍从骑士的目光滞留在女主人穿着小巧的湖蓝色浅帮皮靴的纤足上。因为总督的座椅对她太高，她别出心裁把脚搁在一张小凳子上。这只脚的脚面窄小，微呈弧形，宽不过两指，长不过一只麻雀连头带尾；脚尖纤细，引人遐想。真乃素女玉足，生来就是为了被人亲吻，犹如骗子注定要上绞架，其万种风情足以疯魔天使长，撩拨人只想再造一对一模一样的纤足，以便天主的杰作不致在尘世失传。

侍从骑士禁不住要上前为这迷人的脚脱鞋。为此他那双燃烧青春之火的眼睛从女主人脚尖到脸上迅速扫描，如钟舌在钟壁之间往返。他细听女主人是否熟睡，吸吮她吐出的气息，反而不知道该吻哪个部位更加惬意：是总督夫人新鲜欲滴的朱唇呢，还是那只会说话的脚。

总之，出于恭敬或畏惧，或者可能出于巨大的爱情，他选中了脚，结结实实吻上去，如初领妙趣的童男那样既胆怯又放肆。他随即捡起祈祷书，但觉自己脸上由红变紫，浑身酥软，于是就如盲人念经那样高喊：

"天国的大门啊！……"

但是勃朗什无意醒来，她还指望侍从骑士从脚上升到膝盖，直到那紧要部位。不料他一口气念完连祷文，再无别的举动。勃朗什大为不悦，勒内则以为这一天交的桃花运已经够多了，心旷神怡步出大厅。这大胆的一吻使他感到自己比偷了教堂捐款箱的贼还要富有。

屋里剩下总督夫人一人，她心想侍从骑士干活不够利落，说不定他还有兴趣加唱一段晨经呢。她决定第二天把脚略微抬高一点，以便充分显示楚楚动人的脚尖。她的脚从来未经风吹雨淋，永葆鲜嫩，在都兰省号称完美无匹。

回头说那侍从骑士，已被欲火和昨天的艳遇激发的想象烤了一整天，迫不及待地盼望再念一遍风月经。他果然又被叫去念连祷文，而勃朗什照旧睡去。

这一次勒内色胆包天，居然轻轻触摸女主人的玉腿，甚至壮着胆去试探她光滑的膝盖和其他部位是否柔滑如缎子。这可怜的孩子犹存几分戒惧，故此多少尚能自持，只敢略施爱抚，聊表诚心。他温柔地亲吻这缎子一般的皮肤，默不作声。总督夫人的灵魂和肉体同时感受这番温存，竭力忍住不动，终于还是叫出声来：

"嗨！勒内！……我睡着呢！"

侍从骑士误以为这是严厉的责备，吓得拔腿就逃，连祈祷书也顾不上收拾就中断了好事。

总督夫人当下为连祷文添加一句祷词：

"圣母啊，怀胎受孕何其难！"

晚餐时，侍从骑士在一旁伺候夫人和老爷。他心中有鬼，冷汗浃背，勃朗什却向他投去开天辟地以来女人向男人使过的最放荡的眼色，

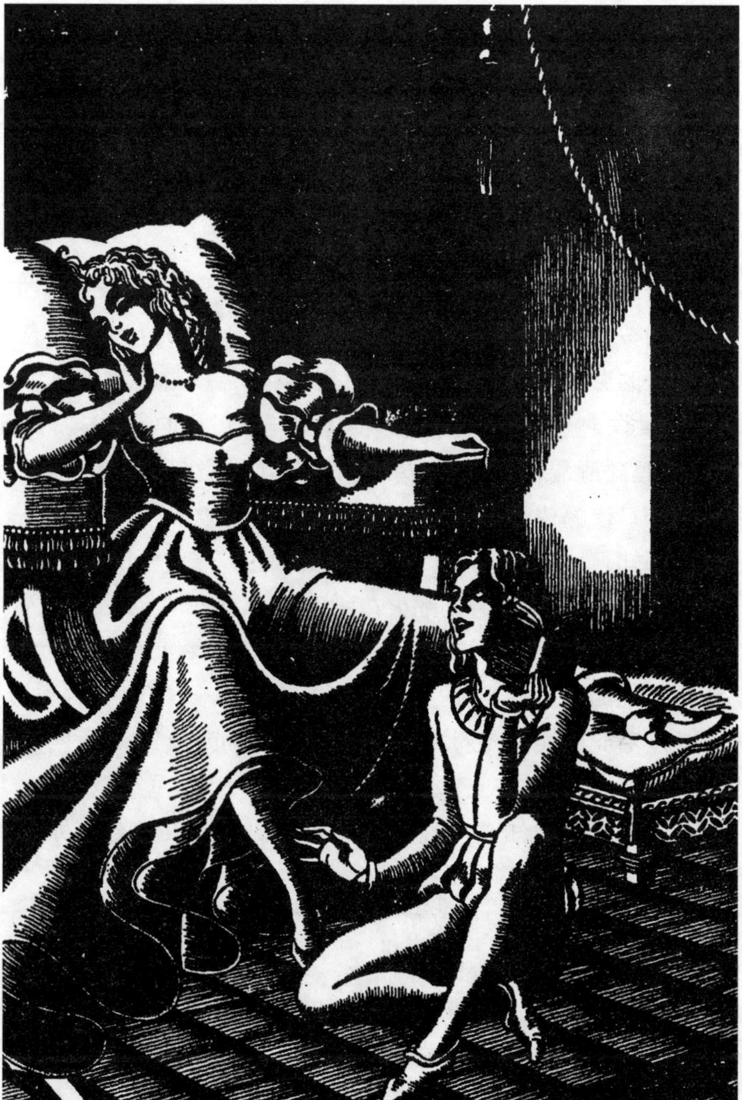

令他惊愕不已。总督夫人已把这孩子变成男子汉。她甚为得意,谈笑风生。

当晚,勃吕因有公务,需在总督签押房多待一会儿,侍从骑士趁机去寻找勃朗什。他找到她时,见她已经入睡,遂成全她做了一个美梦。他用尽全力,使勃朗什呻吟不已;他播的种子之多,足够她用多余部分加造两个孩子。

故此,遵循夫妻关系一条小而有用的原理,当丈夫的虽已戴上柔软美观的绿头巾,但本人毫无觉察。

从这值得纪念的一天起,总督夫人每天热心于睡法国式的午觉,而勃吕因依旧按萨拉森人的方式打盹。这午睡让总督夫人尝到青春年少的侍从骑士的滋味大大胜过老迈的总督,从此每夜就寝时她自顾钻进被窝,躲开丈夫越远越好,闻不得他身上那一股讨厌的哈喇味。如此这般,她白天睡睡醒醒,边睡午觉边听念经,终于发觉自己体内珠胎暗结。虽说她曾经日夜渴望受孕,但现在她更爱受孕的方式,而不是结果。

看官须知,勒内不仅善于朗读经文,还能猜透美丽的女主人的心思。只要她愿意,他为她赴汤蹈火在所不辞。

却说他俩如这般相亲相爱不下一百回合之后,年轻的总督夫人想起需要关心她的朋友侍从骑士的灵魂和未来。一个下雨天的早晨,他们如一对从头到脚天真无邪的孩子相互追逐,勃朗什又被抓住,她对勒内说:

"我说勒内,你可知道,我犯了轻罪细过,因为我睡着了,你却犯下弥天大罪!"

"夫人,"勒内说,"假如这也算罪孽,天主该往哪儿安插这么多的罪人?"

勃朗什扑哧一笑,然后吻一下勒内的前额。

"快闭嘴,你这坏家伙,此事与天堂有关;假如你想与我永不分离,我俩在天堂里也应该做伴。"

"我的天堂就在此地。"

"可别这么说。你不信正教,你从未想到我在关心你的……你不知道我有喜了,过不了多久,这孩子就与我的鼻子一样藏不住……到那个时候修道院院长该怎么说？老爷又会说什么？……他若发火，可以把你宰了……我的意思，小乖乖，是你去找马穆斯吉埃修道院院长，向他坦白你的过失，请他出个主意，在总督面前该怎样交代。"

"也罢！"狡猾的侍从骑士说，"只不过，假如我和盘托出我们的快乐的秘密，他必定禁止我们相爱……"

"倒也是，"勃朗什说，"可是我极其重视你在另一个世界的幸福……"

"您当真愿意我的灵魂升天，我的朋友？"

"是的。"她答道，但口气已软下来了。

"好吧，我去。不过您还得睡一次觉，好让我与您告别……"

于是这对情侣念起告别连祷文，好像他们预感到自己的爱情即将夭折。

第二天，勒内前往马穆斯吉埃修道院。此行与其是为他自己，毋宁是为了服从和搭救他亲爱的夫人。

第五章　该轻罪细过如何导致苦行 赎罪乃至终身悼亡

"天主啊！"修道院院长听罢侍从骑士坦白他的无数风流过失，不由喊道："你竟与人同谋作奸犯科，背主欺上……你这侍从骑士把聪明用在邪道上，你可知道等着你的是万劫不复的惩罚！你可知道，为了尘世的片刻欢娱，你已失去在天堂里永生的资格！你这恶棍！我已看到你被推入地狱的深渊，永无出头之日。除非你从现在起就向天主赎罪补过……"

这位老修道院院长天生一副做圣人的好心肠，他在都兰省威望甚高。接下去，为了吓唬这个年轻人，他就向他讲了一大篇基督徒的道理，发挥教会的训诫，还说了其他许多不由人不服的话，总之魔鬼为引诱少女在六个星期内能找出来的话也不过这么多。勒内还处在单纯、虔敬的年龄，当下表示听凭老院长发落。

那好心的长老想把这走上邪路的孩子造就成德行高洁的圣徒，就命令他立即去向主人下跪请罪，承认过失。然后，如果在他忏悔之后主人饶他活命，他应该去投奔十字军，开赴圣地，在那里与异教徒厮杀十五年……

"好吧，我尊敬的父亲，"勒内惊呼，"十五年就足够抵消我真个销魂的快乐！啊！假如您有亲身体会，就是用一千年的苦行来交换此中佳趣也是值得的！"

"天主以仁慈为怀！走吧！"老院长说，"再也不要犯罪了。只有这样，我才能赦免你……"

于是可怜的勒内满腔悔恨回到罗什高朋城堡。他首先撞见老总督坐在院子里一条大理石长凳上，正在指挥下人擦拭武器、头盔、臂铠等物。老人喜欢看到这些精致的装备在阳光下熠熠生辉，借此回忆他在圣地度过的快乐时光、立下的赫赫战功以及遭逢的艳遇。

见到勒内在他面前下跪，他吃了一惊。

"这是怎么回事？"他问。

"我的主人，"勒内说，"请您喝退下人。"

仆人们退下之后，侍从骑士便坦白他的过失，叙述他怎样趁夫人熟睡之际偷尝禁脔，而且他确信与当年戏弄了圣莉多娃的那个人一样，他已使夫人怀孕，此来乃是服从听忏悔神甫的命令，听凭受害者的处置……

说完，勒内低垂他漂亮的眼睛，——一切罪恶由此而起——闭口不语，脱帽垂手屈膝，但心中毫无惧意，一切听天由命。

总督当下脸色煞白，如刚熨干的床单，白得不能再白。他怒气攻心，说不出话来。这老人的血管里本已没有足够的精力生儿育女，此刻却平添了力气，杀死个把人也绰绰有余。他用毛茸茸的右手操起沉甸甸的狼牙棒，高高举起，对准目标，眼看这武器就要像九柱戏的滚球一样落到勒内苍白的额头上。这年轻人对主人扪心有愧，不动声色，引颈就戮，他心想自己即将还清在这个世界和另一个世界欠情人的相思债了。

但是，勃吕因虽然严厉，面对年轻人焕发的青春美貌，又念及他犯下这桩风月罪过皆因无力抗拒天生的诱惑，他的心还是软了下来。老

人把狼牙棒往远处顺手一扔,击中一条狗,那畜生当场毙命;他说道:

"你竟敢在我的橡木座椅上给我戴绿帽!是哪个女人生了一个混账男子种下做椅子的那棵橡树?我愿一亿双利爪撕裂这臭婊子的全身骨节!我同样诅咒生下你这丧门星侍从骑士的狗男女!……你给我滚回魔鬼的老窝去!……离我远远的,离开我的城堡、我的领地,你若多耽搁一分钟,我就用小火把你活活烤死,让你一小时咒骂那个荡妇二十次也不解恨!……"

老总督把年轻时惯说的粗话都记起来了。没等他说完,侍从骑士赶紧溜之大吉。

勃吕因余怒未消,费了好大劲才走到花园,一路上见什么骂什么,逮住什么就砸什么。一名仆人端着三罐肉糜去喂狗,被他一头撞翻。他正气昏了头,不辨东西南北,看见一把梳子也会把它当做针线商给宰了……

他终于找到已非完璧的妻子时,发现她呆呆地望着通向马穆斯吉埃修道院的大路。勃朗什还在等待侍从骑士回来,不知道与他已成永诀。

"啊哈,我的夫人,魔鬼烧红的三股叉可以作证。我又不是三岁的孩子,别人说什么就信什么。我想您身上不至于有那么大一个窟窿眼,连一名侍从骑士钻进去也不会把您惊醒!……我要你的命,要砍下你的脑袋,放干你的血……"

"说实话,"勃朗什看到事情已经败露,便说,"我当时感到浑身畅快。可是您没有教会我这件事情,我还以为在做梦呢!"

如冰雪在阳光下迅速融化,总督的怒火随即熄灭。勃朗什一笑倾城,就是天主也没法生她的气。

"愿一亿个魔鬼带走这个野种!我起誓……"

"好了好了,别起誓了,"她说,"就算这不是您的孩子,他总是我的骨血;前几天晚上您不是说过,只要是我身上的,您都爱吗?"

于是她对他讲了许多道理,无数好话,忽儿怨恨,忽儿吵闹,又是眼泪,又是女人的其他狐媚功夫。比如她先说,有了子息,他的领地就不会被国王收回,又说从来没有以如此无邪的方式投生母胎的孩子,如此这般，终于说得戴绿帽的丈夫心平气和。然后勃朗什抓住一个合适的时机问道：

"侍从骑士现在何处？"

"他见魔鬼去了！"

"什么，您把他杀了？"她脸无人色，两腿发软。

勃吕因看到他晚年幸福的寄托就要落空，慌得手忙脚乱。只要能救活娇妻，他愿意立刻让她见到侍从骑士。他赶紧派人去找勒内，谁知后者惟恐脑袋搬家，早已远走他乡，去履行他在天主面前许下的诺言了。

从修道院院长那里获悉他要求她的情人以苦行赎罪之后，勃朗什一直闷闷不乐。她不时发问：

"为了爱我而甘冒锋镝的可怜人，此刻他在哪里？"

她老是吵着要找到他，如缠着母亲索要一件东西的孩子，不达目的决不罢休。老总督见她这般伤心，反觉自己理亏，变着法子讨她欢心，除了一件事他什么都做到了。说起那件事，谁也比不上侍从骑士令人浑身通泰的功夫……

她如此渴望的孩子终于降生了！对于戴绿帽的老好人丈夫，这一天可够他受的。这个孩子乃爱情之果，与他父亲惟妙惟肖，对勃朗什是很大的安慰。从此她多少恢复一点昔日的快乐和娇憨，给总督的晚年增添不少乐趣。老丈夫每天见到这孩子在他面前跑来跑去，看到只要他一笑，伯爵夫人也就有了笑容，最后也喜欢上他了。谁若不相信他是这孩子的生身父亲，他准会火冒三丈。

勃朗什和她的侍从骑士的艳闻没有泄露到城堡外头，整个都兰省只道勃吕因老爷老当益壮，一举得男，故此勃朗什的名节得以保全。总督夫人天生慧心，自然明白不宜张扬使她生下孩子的那桩风流细过。她变得循规蹈矩，被引为恪守妇道的典范。经过这番考验，她也了解了丈夫的好心肠。从此，虽说她以下颌为不可逾越的界线，因为她认为自己的身体已许给勒内了，她却对勃吕因亲热倍加，冲他微笑，引他开心，用欺骗丈夫的女人惯用的各种手段，假惺惺地对他表示殷勤，以此报答他奉献的暮年痴情。总督如此受宠，更加眷恋人生，坐在大椅子上时腰板挺得更直。他越活得长,就越习惯于活下去。

可是有一天晚上他终于与人世告别!他咽气时尚不知道自己大限已临,因为他当时对勃朗什说:

"噢!噢!我的朋友,我看不见您了!是不是天黑了……"

这是恪守教规者的善终,他曾在圣地为教廷百般效力,似这般无疾而终也是他应得的酬劳。

勃朗什把丧事办得很隆重,真心诚意地为他戴孝,悼念他犹如失去父亲。她变得郁郁寡欢,任人怎么劝说也无意再婚,因此备受正人君子的赞扬,殊不知她心里另有丈夫,对前途另有打算。但是大部分时间她既是事实上的寡妇,心里也在居孀,因为那个投身十字军的情人音讯全无。可怜的伯爵夫人相信他死了,屡次梦见他神情悲伤,倒卧在远方的土地上,待她惊醒时早已泪流满面。

她就这样过了十四年,以回忆平生仅有的一天幸福来打发时光。

某日,她在家中招待几位都兰省的贵夫人,晚饭后宾主闲聊之际,她的小儿子向她飞奔而来。这孩子已有十三岁半,出落得与勒内一模一样,惟有姓氏与勃吕因相同。却说这孩子与他母亲当年一般活泼可爱,但见他从花园那边跑过来,满头大汗,热气腾腾,一路上出于孩子们的淘气习性,够着什么就随手揪下什么。他一头扑进亲爱的母亲的怀抱,打断谈话,对她喊道:

"噢!我的母亲,我有话跟您说!……我在院子里见到一名香客,他把我紧紧抱住……"

"哈!"总督夫人转身对负责照料小伯爵千金之躯的老仆人说,"我不让陌生人接近我儿子,您竟敢违背我的命令。您被辞退了……"

"可是,夫人,"老仆人大惊,回答说,"此人毫无恶意,他吻少爷的时候直流眼泪!"

"他流了眼泪!……"她说,"哈!他就是孩子的父亲……"

语毕,但见她的脑袋歪向椅子一边。就是在她此刻坐的那把椅子上,当年她曾犯下轻罪细过。

听到这句突兀的话,夫人们万分惊讶,一开始都没有看出可怜的总督夫人已经死了。后来也无人知道,她猝死的原因是情人忠于自己的誓言，避而不见她，狠心离去，使她过于痛苦？还是情人归来，她有希望使马穆斯吉埃修道院院长解除不准他们相爱的禁令，使她过于兴奋？

她的丧事办得极其风光。勒内目睹他眷恋的夫人下葬入土，当下晕了过去。不久他就进马穆斯吉埃修道院当修士。从此以后，有人管这家修道院叫美穆斯吉埃，相当于拉丁文大修道院的意思。事实上这也是法国最美的修道院。

国王的心上人

话说当年巴黎汇兑桥桥堍原先的铁匠作坊里，开着一爿金店。店主生有一女，天生丽质，性情尤其善良，故此闻名巴黎全城。不仅有许多人以通常方式向她求爱，还有人为了娶她为妻，愿意奉送大笔钱财给那做父亲的。金店老板自然满心喜欢。

他有一个邻居在法院当律师，凭着三寸不烂之舌，挣下的地产竟赛过狗身上的跳蚤。此人欲得店主的女儿为妻，只要店主应允，他愿献上一座公馆。后者乐从所请，遂把女儿许配给律师，并不计较这个老讼棍的尊容活像猕猴，颌骨上残存的几颗牙齿颗颗摇摇欲坠，甚至也不去闻闻他的气味。吃法院饭的人个个奇臭无比，因为他们长年价与法庭的垃圾、羊皮纸与黑色的诉讼案卷为伴。

那娇娃第一眼见到律师，就脱口而出：

"上天见谅，我才不要他呢！"

"我可不这么想！"做父亲的已经喜欢上这所公馆了，"我择他做你的夫婿，盼你们永谐琴瑟之好。今后你就由他照管了，他的职责便是使你满意。"

"原来如此！"女儿说，"那好，在我服从你之前，我先得跟他讲清楚……"

当天晚餐后，那位多情郎君忙不迭地向她倾诉自己的痴情，许诺她将一辈子享用不尽。她却干脆利落回答说：

"我父亲把我的身子卖给您了。不过您若娶我，必将把我变成淫妇荡娃，因为我与其委身与您，不如把自己交给过路人！……我发誓不守闺范妇道，对您不忠，直到您咽气或者我死了才算了结。"

然后她如所有涉世未深的少女那样伤心痛哭。这以后，她们就再也不会用眼睛来哭泣了。

那讼棍把这番奇谈怪论视作戏谑或女人惯用的伎俩，其目的无非是把追求者的情火煽得更旺，让他们把一片精诚转化成亡夫遗赠、未亡人特权或妻子所期待的其他权利。所以那老滑头对美娇娘的这般做作置之一笑，毫不在意。他问道：

"何时成亲？"

"明天吧！"她说，"我早一天出嫁，就早一天获得自由，就能有情郎，可以像自择所爱的女人那样过快乐日子。"

那律师已着了迷，如燕雀被顽童的粘胶粘住，当即回去准备，赶往法院与宗教裁判所办妥一切手续，买下若干豁免权。总之他一心只盼与美人成亲，办理此事比他经手所有案子都要快当。

却说此时国王从外地巡幸回来，但闻朝中无人不在谈论这位美人，传说她拒绝了某人的一千埃居，又着实奚落了某人一顿。总之她不愿接受任何约束，对求婚的公子哥儿们一概回绝，虽说那帮俊俏郎君只要能消受此尤物一天，甘愿放弃天堂上为他们预留的位子。国王对这类猎物一向兴味甚浓，当即进城直奔桥堍的铁匠作坊，走进那家金店，说是要为他的心上人选购珠宝，其实是在打这店里最珍贵的首饰的主意。

不是国王对金银珠宝不感兴趣，就是这些金银珠宝不合国王的口味，珠宝商不得不去倒腾他秘藏的一口小箱子，以便出示一颗硕大的白钻石。

"我的朋友，"趁做父亲的一头扎进箱子，国王忙对美人儿说，"您生来不是为了出售珠宝，而是接受别人馈赠的珠宝。如果您让我在所有这些戒指中挑选，我知道其中有一枚戒指颠倒此间众生，连我也中意。我愿终生做它的臣仆，法国的全部财富也抵不上它的身价……"

"啊哟！陛下，"美人儿说道，"我明天就得出阁……不过您若把佩在腰上的匕首送给我，我定能为您保护好这含苞欲放之身，因为《福音书》上说得好：属于恺撒的东西必须给予恺撒。"

国王随即递上小刀。美人儿如此勇敢的回答更使他爱入骨髓，为之废寝忘食。他很快就把燕子街上一座皇家宅第改作藏娇的金屋。

那律师急于成其好事，一般求婚者无可奈何，眼看他在钟声和众乐齐奏声中把新人领向神坛。行过仪式，律师设宴款待来宾，与宴者狼吞虎咽，事后无不泻肚拉稀。当晚一俟舞会结束，律师忙步入寝室，心想美人大约已安卧绣榻等他光临了。不料他遇到的不是佳人，而是好辩善斗的妖精，疯疯癫癫的女魔头。她端坐安乐椅中，无意上床，只顾烤火取暖，心头似乎也烧着一股无名火。

那位好丈夫大为惊讶，他走上前去双膝跪下，恳请俯允他小试锋芒，在销魂帐中战一回合。新娘兀自不言不语，他便动手去掀她的裙子，以便觑一眼那使他如此破费的宝物。不料新娘狠狠击他一拳，下手之重，足以伤筋动骨。过后她依旧一声不吭。

这种游戏很合律师的心意，他以为待他做到看官皆知的某一步时，游戏便该结束了。故此他扮演新郎十分卖力，接二连三挨打也面不改色，他又叫又嚷，又拽又拉，变着法子进攻，撕下新娘一只袖子，撕破裙子，终于把手伸到妙不可言的目的地。美人儿遭此轻薄，当下大怒，霍地站起身子，抽出国王给她的匕首：

"您到底想要什么？"

"我什么都要！"

"哼，如果我把自己交给我不喜欢的人，岂非成了娼妇？您若以为我的童贞毫无防卫，您就大错特错了。这把匕首是国王给我的，您胆敢靠近我，小心您的性命……"

说完，她一边盯着律师，一边从炉火边上捡起一块煤，在地板上画了一个圈，补充道：

"这是国王领地的边界……闲人免进……您若闯入，休怪我不客气。"

律师无意与这把匕首做爱，一时不知所措。但是当他听到这个残忍的判决，并已蒙受损失之时，这位丈夫也透过衣服的裂缝看到了洁白、滚圆、鲜妍的一角大腿，以及其他更加迷人的部位，以致他但求一尝禁脔，做鬼也风流。于是他冲进国王的领地，说道：

"我纵死又何妨！"

他猛扑过去，把美人儿撞倒在床上。但是美人没有惊慌失措，她奋力自卫，律师除了摸到些许皮毛，一无所获。他背上挨了一刀，割掉一层皮肉，所幸伤势不重。擅闯王家禁地只付出若许代价，不算昂贵。

但他得寸进尺，大声说道：

"得不到这千娇百媚之躯，这为爱情创造的奇迹，我就活不下去！您还不如杀了我吧……"

于是他再次袭击国王领地。美人儿心里只有国王，丝毫不为这片痴情所动，正色答道：

"您若再纠缠我不放，我也不杀您，不如先自杀在您面前。"

她目露寒光，把可怜虫吓得不由倒退几步。他一屁股坐下来悲叹自己的不幸。这新婚良宵本应说不尽两情缱绻，他却用于哀伤、恳求、叹息以及频频许诺：她将得到最周到的服侍，可以任意挥霍他的全部财产，用金餐具进餐；他要买下几处贵族领地，把她从小家碧玉变成贵妇人；最后，倘若她允许他以爱情的名义效力一战，事后他甘愿按她指定的方式以死相报。

挨到次日凌晨，她容光焕发如昨夜，只对他说她允许他去死，他的死便是他能带给她的全部幸福。

"我可没有隐瞒什么！"她说，"甚至与我扬言要做的相反，我把自己交给国王，而不是过路人和赶车的。"

一俟天色大亮，她就穿好里外的裙子和结婚礼服，耐心地等待她不屑一顾的丈夫终于离家去办他受托的公事。她丈夫前脚离家，她后脚跟着出门，穿街过巷寻找国王。

她走出不到一箭远，就遇到国王派来的臣仆。此人在律师公馆附近转悠，早已守候多时了。他见到仍为完璧的新娘，劈面就问：

"您是不是在找国王？"

"正是。"

"那好，我是您最好的朋友，"这位机灵的朝臣接着说，"我请求您日后多加照应，就像今天我给您帮助和保护一样……"

他随即告诉她，国王是怎样一个人，可以从哪些方面博得他的欢心；又说国王某天大发雷霆，下一天又一言不发，做某事如此，处理某事如彼；还说她将得到丰厚的俸禄和诸般供奉，但务必要使国王始终拜倒在她的裙下。总之，经他一路上这番点拨，律师的新娘就此变成十足的婊子。她住进燕子街的小公馆,后来埃唐帕夫人①也住在那里。

那可怜的丈夫在家里再也看不见妻子,不由如陷入绝境的麋鹿般伤心痛哭,从此变得郁郁寡欢。他的同行们对他的嘲弄和羞辱之多,胜过圣雅各在康普斯台勒得到的荣誉②。这老家伙懊恼不已,日见萎靡,旁人终于转过来安慰他。那帮讼棍都是咬文嚼字的好手,硬说我们这位伤心的老好人谈不上戴了绿头巾,因为他妻子根本不让平民百姓沾身;如果不是国王而是别人赏他绿帽,他们定会设法解除这一婚姻关系。

可是这当丈夫的迷恋那淫娃简直到了死去活来的地步。事出意外他才把她让给国王,他相信终有一天能物归原主。但能与她共度一宵,终生蒙辱也值得。人要能这么想,才叫真的动了情,虽说许多情场老手对这般伟大的爱情嗤之以鼻。律师没日没夜思念她,为她疏忽了出庭辩护,怠慢了委托人,甚至顾不上榨取钱财。他在法院里走来走去,像悭吝人寻找失物般忧心忡忡,六神无主。有一天竟然冲着一位推事的长袍小解,因为他把那袍子误认为律师们对着它行方便的那堵墙。

却说美人儿得到国王专房之宠,国王对她永不餍足,因为她谙熟勾魂摄魄的调情手段,既善于燃起欲火,也善于扑灭它。今天她对国王横眉立目,明天又把他当心肝宝贝来哄。她天天花样翻新,脑子里的怪点子成千上万。说到底她是个好女人,伶牙俐齿无人能及,爱笑爱乐,变着法子打趣寻开心。

一位勃里多雷老爷因为未能一亲芳泽,竟然为她轻生,虽说他愿意献出自己在都兰的勃里多雷地产作夜度资。如这般为了春风一度甘愿奉送整块领地的好都兰人今天再也遇不到了。此人之死叫美人儿很是难受,因为她的听忏悔神甫说她应负其咎。她暗中发誓,虽然她是国王的心上人,今后为了拯救自己的灵魂,她只好接受别人奉送的地产,私下也让别人快活。

她从此广积资财,以她的财富赢得全城的敬重,同时也使许多好人

---

① 埃唐帕公爵夫人(1508—1580),弗朗索瓦一世的情妇。
② 康普斯台勒是西班牙西北部的小城,传说圣雅各葬于此地,每年有隆重的朝圣活动。

免于一死。她把琴弦拨得那么巧妙，想出那么多的花招，以致国王根本不知道她在帮助他使王国的子民更加幸福。事实上国王喜爱她到了这般地步，纵使她指着天花板说是地板，国王也深信不疑。他之所以比别人更不辨上下，尤其因为他整日价躺在燕子街的香巢里，分不清地板和天花板。他一味逞能，像是存心要看到这美丽的材料在他手下磨损。殊不知最后磨损的是他自己，因为他后来死于纵欲过度。

虽然她留心只委身于朝中走红得宠，而且仪表堂堂的大臣，虽然她的垂青甚为难得，被视同奇迹，心怀妒意的朝臣和与她争宠的贵妇们都说只要肯花费一万埃居，随便哪个贵族都能体验国王尝过的甜头。此事纯属捏造，因为后来她与国王陛下分手时，国王责备她这般自轻自贱，她却傲然答道：

"我讨厌，我诅咒，我痛恨让您相信有这等事情的人。我接待的人，至少也得付出三万埃居。"

国王气恼之余也忍俊不禁。为了平息闲言碎语，他又留了她一个月。皮思娄小姐①直等到她的情敌完全失宠，才确信自己是国王的情人与主宰。许多人倒觉得失宠对律师的妻子说来不是坏事。因为她后来嫁给一位年轻贵族，凭她的欲火情焰使丈夫享尽极乐。须知闺中情窦初开者不解此道，正该向她求教。此是后话，暂且表过。

却说某日，国王的心上人坐轿逛街，想买点扣子、带子、鞋子、领饰一类谈情说爱的小道具。她本是绝色人品，又打扮得花枝招展，路上行人，尤其是那帮当教士的，无不惊为天人下凡。在特拉和瓦十字架附近，她正巧与自己的丈夫打了个照面……

她本有一只纤足伸在轿外，悠然自得，当下赶紧把脑袋缩回，好像见到毒蛇一样……从这动作足见她是个好女人，因为我认识好些女人路遇被自己抛弃的亲夫时神情泰然自若，全然不顾夫妇之伦。礼数周到的拉诺瓦先生随轿同行，他见此情景便问道：

"您怎么了？"

"没事，"她低声说，"不过这过路人是我的丈夫，可怜他整个儿变

---

① 即上文提到的埃唐帕夫人，她娘家姓皮思娄。

样了。从前他像猴子,现在跟约伯①没有差别……"

这可怜的律师张口结舌傻待在那里。见到这只纤足,见到他爱之欲狂的妻子,他觉得自己的心在开裂。

拉诺瓦老爷见此人这般模样,便用朝臣惯用的揶揄口吻说:

"就算您是她丈夫,这也不成其为您挡道的理由!"

她闻听此言,哈哈大笑。听到她的笑声,那个好丈夫非但没有勇气当场把她宰了,反而痛哭流涕。那笑声劈开他的脑袋、心脏和灵魂,他两腿发软,差点没倒在颇有一把年纪、见了国王的心上人顿觉私处发热的一个市民身上。

这朵鲜花归他所有时还含苞未放,现在眼见她已经盛开,异香扑鼻。这仙女的体态,这细皮白肉,这丰隆的前胸,这一切都使律师对她更加入迷,非言语所能形容。您只有曾对一个拒您于千里之外的人爱得如痴如狂,才能完全理解律师此时的狂热心情。纵使如此,也很少有人像他那样热得发昏。他发誓,只要能与她贴着皮肉癫狂一夜,直到五脏六腑统统翻个个儿,他为之牺牲生命、财产、名誉也在所不惜。当夜他辗转反侧,通宵不眠,一边敲打自己的额角,一边反复嘀咕:

"好啊,成啊,我总得把她弄到手!……主啊,我是她丈夫呀!……见鬼!"

世上有些巧事看似超乎自然,为见识短浅的人所不信,不过想象力丰富的人皆信以为真,因为这是不可能编造的。可怜的律师路遇意中人,胡思乱想而失眠的次日就遇上巧事。

他有一位委托人名声显赫,能随时晋见国王。那天上午此人前来对这位好丈夫说,他急需一笔巨款,数目约在一万二千埃居上下。精明的律师答道,一万二千埃居不是能在街上经常遇到的;除了举债人能保证偿还本息,更重要的是必须有人家里闲放着一万二千埃居;巴黎虽大,这种人却不多;此外他还编造了讼师们常说的种种谎言,不一而足。

"这么说,老爷,您那位债主心狠手辣,不放您过关?"他说。

"可不是,"对方回答,"因为事关国王的心上人,您千万别张扬。

---

① 典出《旧约·约伯记》,约伯正直而富有,神为考验他,使之一贫如洗,历尽磨难。

今天晚上，我出两万埃居外加我在布里的地产，就能量出她的山高水深。"

律师闻言色变，那朝臣才意识到他准是捅了什么漏子。他刚出征回来，不知道国王的心上人有个丈夫。

"您脸色煞白！"他说。

"我正发烧！"讼师答道。他接着又问："您的地契和钱是否都是给她的？"

"正是！"

"谁谈的价钱？是她本人？"

"不是，"那贵族说，"大小条件都由一名使女商定，她可是世上最机灵的贴身女仆！她的精细胜过芥末，她与国王也有一手，戴的戒指便是御赐。"

"我有一名放债的伦巴第朋友，"律师说，"他可以帮您的忙。不过，事情不算定局，如果不是您说的那位贴身女仆亲自来取钱，您一个大子儿也拿不到。您买的货色能把血肉点化成黄金，大炼金师的手段也不过如此……天啊！主啊！"

"您若能叫那使女开张收条，这才显出您的本事！"贵人笑着走开。

那使女果然到律师家里来取钱。但见这笔巨款如排队去做晚祷的修女般端端正正码放在桌子上，每块金币都闪闪发光，气度高贵，这钱中精英如铁中铮铮，人中佼佼，任是正受毒打的毛驴见了也会眉开眼笑。律师自然无意取悦毛驴；那使女舔唇咂舌，冲着这一大堆埃居念念有词。那当丈夫的见此情景，便贴近她耳朵悄悄说了一句贵如黄金的话：

"这都归您了！"

"什么？"她说，"从来没有人为我出过这么高的价钱。"

"我的朋友，"律师接着说，"这都归您，而且我不打您本人的主意……"然后他向她剖白：

"您的主顾没有告诉您我叫什么名字？……没有吗？告诉您，我就是您伺候的那位被国王引得不守妇道的夫人的丈夫。您把这些钱带给她，然后回到这里，我再把归您所有的钱数给您。条件只有一个，而且准合您的口味……"

使女先是吓了一跳,然后定过神来,倒很想知道她凭什么不必与律师挨挨蹭蹭就能赚到一万二千埃居。所以她旋即回来。

"就这么着,我的朋友,"那丈夫对她说,"这里有一万二千埃居。用这笔钱,可以买下地产,买通男人女人,还能买到至少三名神甫的良心。因此我以为,凭这一万二千埃居,我可以占有您的身体、灵魂、精气神,以及其他一切。我像当律师的相信别人那样相信您。有来有往:我要求您马上去找那位自以为今夜能与我妻子成其好事的老爷,对他撒个谎,就说国王要到夫人那里用晚餐,今晚请他少安毋躁。如此这般,我就能顶替这个公子哥儿和国王本人。"

"这怎么成呢?"使女说。

"这有何难!"他说,"我把您和您的七零八碎都买下了!您用不着对这一大堆钱看上两遍,准能想出法子使我得到我的妻子。再说做这件事您根本不作孽!有一对夫妇只在神甫面前搀过手,现在您出力让他们完成神圣的结合,这岂非积德行善的大好事!……"

"既然如此,您就来吧。"使女说,"晚饭后屋里统统熄灯,到时候您切记一声不吭,就能恣意摆弄我家夫人。好在夫人情浓时只叫喊不说话,只用手势和动作发问,因为她最重羞耻,不像朝中那些贵妇爱在这种时候浪言浪语……"

"好极了!"律师说,"你先收下这一万二千埃居,假如我当真把本来属于我的财物偷到手,我再给你双倍的钱。"

当下他们商定在什么时间、走什么门、用什么暗号等等。使女随后用骡子驮走那讼师从孤儿寡母、也从其他人那里逐一骗来的漂亮钱财。这些钱最后的归宿是那口小小的销金锅,一切都在那口锅里熔化,包括我们本来源出其中的生命在内。

我们这位律师于是刮胡子、洒香水、换上最漂亮的衣服,为了祛除口臭而戒食洋葱。他着意装扮自己,凡是吃法院饭的鄙夫俗汉为摇身变成惯向女人献殷勤的贵人老爷而想得出来的招数,他统统用上了。他摆出风流少年的功架,活动腰腿,还努力修饰自己那副不中看的容貌。不用说这一切都是枉费心机,他全身上下仍旧透着一股律师气味,他远不如波蒂雍的洗衣美人明智。某个星期天,那美人为见情人而梳洗打扮,洗到那个洞窍时,她把无名指稍稍塞进去,然后拿出来闻了一下,对自己说:

"啊!我的小宝贝!你老有气味,还得用蓝药水冲一遍。"

我们那位集天下之丑于一身的讼师,却自以为变成天下第一美男子了。

长话短说,虽说那天寒气砭人如麻绳勒紧绞死者的脖子,他却换上单衣薄衫,出门直奔燕子街而去。

他在那里耐心久候,直到黑夜降临。正当他以为受人愚弄的时候,贴身女仆出来开了门。那当丈夫的不由大喜,赶紧溜进国王的小公馆。使女把他关进一间不开窗户、紧贴他妻子寝处的小房间。适逢她正在炉火边卸装,让他透过壁隙,饱看了辉煌的色相。她脱剩了一身战服,肌肤毕露。

她以为屋里只有自己与侍女两人,情不自禁说起一般女人在脱衣服时常说的疯话:

"我今夜难道不值二万埃居!⋯⋯就凭这身材,拿布里的一座城堡来换也不为过⋯⋯"

她一边说,一边略为托起一双乳峰,那两个哨所坚如碉堡,抵挡过无数次进攻,经受过疯狂的冲击也未见倒坍。

"我这双肩膀值一个王国!"她又说,"饶是国王也觅不到另一双相同的⋯⋯不过,主啊,我干这行当有点腻味了⋯⋯一味出力干活,已无乐趣可言⋯⋯"

见到使女窃笑,美人说道:

"我倒想看看,换了你处在我的地位又会怎么想⋯⋯"

使女笑得更欢,边笑边说:

"小姐,您别做声,他在那儿。"

"谁?"

"您的丈夫⋯⋯"

"哪一个?"

"您的本夫⋯⋯"

"嘘!"美人示意她噤声。

于是贴身女仆把事情原原本本道出,她既想不失去女主人的宠信,又要保全一万二千埃居。

"也好!他不会白花冤枉钱!"律师的妻子说,"我先让他受冷挨冻,这是他活该。若让他沾到我的身子,我就会容颜无光,变得像琴头上的雕像一般丑陋。回头你顶替我上床,然后自己想办法去挣你这一万二千埃居。跟他说,明天一清早就得走人,以免他知道你捣了鬼;天亮前,我上床把你换下来。"

那壁厢可怜的丈夫冻得上下牙齿打架。贴身女仆托词找件衣服,走进黑房间对他说:

"您那火烧火燎的劲头千万别凉下来,夫人今天晚上准备好浑身解数,一定不会亏待您。您只管使劲,不要说话,否则我就遭殃了。"

挨到烛火熄灭时,那好丈夫已经全身冻僵。使女这才冲着帐帏对国王的心上人低声说,贵人已到。然后她自己上床,美人则退出房间,倒像她是贴身女仆。

律师走出寒若冰窟的隐匿处,一头钻进被窝,心中暗叹:"啊!这有多舒服!"

事实上贴身女仆给他的多于一万二千埃居能买到的!这好人这才明白王家的纵情恣意与资产者婆娘的半推半就有天壤之别。那使女笑个不停,演她的角色极为出色,冲着讼师像是动了情地叫喊,又是扭腰,又像撂在草垫子上的鲤鱼那样扑腾,哼哈不已,借以避免说话。

她频频要求,律师则有求必应,应必慷慨,最终如掏空的口袋一般睡去。但是这位情郎在完事前想为这销魂之夜留个纪念,便趁他妻子一次腾挪之际,从某处揪下一撮毛攥在手里,当作美人多情的宝贵表记。到底从什么地方揪的,讲故事的不在场,无可奉告。

天亮时分,雄鸡报晓,美人悄悄溜到她丈夫身边躺下,佯装熟睡。然后贴身女仆轻轻敲打幸运儿的额头,凑近他耳根说:

"到点了,穿好衣服走人吧!天亮了。"

那好人万分舍不得离开属于他的宝贝,还想再看一眼他失去的幸福的源泉。他把捏在手中的表记放回原处一对照,不由惊呼:

"我手里明明是金色的,这里怎么会是黑的……"

"您在干什么?"使女说,"夫人就要发现被人调包了!"

"可是,您瞧瞧!"

"您难道不知道,"使女轻蔑地说,"拔下来的草会枯萎、褪色的。"

说着她就把他推出门外。那淫娃与她一起再也憋不住纵声大笑。

此事后来传开了。可怜的律师看到惟有他不能占有自己的妻子,恼恨成疾而死。他名叫费隆,他妻子因此被叫做美人儿费隆娘子。她与国王分手后嫁给年轻的贵族布藏索瓦伯爵。

美人儿在暮年常跟人讲她当年设置的这个圈套,一讲就乐。据她说,她从来不能忍受这帮讼师身上的气味。

这个故事告诉我们,对于拒不接受我们的约束的女人,不能过于钟情。

魔鬼的继承人

话说当年巴黎圣母院有一位年迈的议事司铎,他在教堂大广场上的牛倌圣彼得巷邻近有一自置的漂亮住宅。这位议事司铎初来巴黎时乃一普通教士,身无长物,犹如不带鞘的剑。不过他仪表堂堂,多才多艺,兼之体格强壮,有时一个人干几个人的活也不觉累,故此他专司听取妇女们做忏悔。遇上心情悒郁的太太他会洒下几滴甘露,对病病歪歪的,他会递上少许自制的油膏,对所有人他都奉送小小的糖果。他因守口如瓶、积德行善和其他作教士理应具备的品格而遐迩闻名,朝中贵妇也不乏向他求教的。为了不致引起宗教裁判所、当丈夫的和其他人的嫉妒,总之为了使他做的有利可图的好事具有神圣性质,戴盖尔德元帅夫人送给他圣维克多遗下的一根骨头。有了这件圣物,议事司铎创下的一切奇迹便尽善尽美了。好事之徒若打听他的事,总会得到如下回答:

"他有一根骨头包治百病。"

对此,谁也不能再置一词,因为圣物的功效是不容怀疑的。

这位好神甫另有最令人歆羡的名声,即他耍弄起藏在法衣底下的真刀真枪也骁勇无匹。他的享用如帝王,能用圣水刷挥洒出金钱,还能把圣水变成美酒。此外,起草遗嘱的公证人在其他受赠人项下或追加遗嘱内必写下他的名字。

哪怕这好神甫开玩笑说上一句:"为了脑袋不着凉,我很想戴一顶主教冠冕。"那他就准定会当上大主教。

可是在为他提供的一切禄位中,他只选中议事司铎的职务,这样就不致失去听忏悔带来的诸般好处。

有那么一天,勇武的议事司铎得了肾病,因为他已届六十八岁高龄,而且确实在忏悔室里耗尽了元气。他回想自己做过的所有善事,自认为可以停止布道传教了，何况他已用汗水挣下十万埃居的家产。从此他只听取贵妇人的忏悔，而且克尽厥职，所以朝廷中上上下下都说，尽管年轻神甫中的佼佼者使出全身解数与他竞争，惟有牛倌圣彼得巷的议事司铎善于洗刷门第高贵的女人的灵魂，使之恢复清白。

议事司铎终究难逃自然法则，后来变成白发皤然的九旬老翁；他双手颤抖，但腰板硬朗如塔楼；他一辈子只吐痰不咳嗽，现在却只咳嗽不吐痰了；他礼数周到，曾无数次从椅子上站起身来待客，现在却懒得动弹了。但他依旧喝得香吃得辣，平时一言不发，表面上依然是圣母院一位好端端的议事司铎。

由于他好静厌动，由于关于他放荡行径的传闻前不久开始在无知的平民百姓中间散播，由于他幽居独处整日无语，由于他身体健康，老来精力不衰，以及其他一些说来话长的事情，就有人说真的议事司铎早在五十年前已经去世，现在是魔鬼寄居在这个神甫的躯体里。这帮人所以发此议论，无非想一来显得自己高明，二来败坏我们圣教的名声。

在他那里做过忏悔的女人，无不如愿以偿地求到那种奥妙的蒸馏水，她们细想只有魔鬼凭其巨大的热能才能保证此项供应源源不绝，倒也觉得这位听忏悔神甫身上似有魔鬼附体。不过这魔鬼被她们缠得筋疲力尽，现在纵然见到二十妙龄的女王也懒得动弹了。至于正经人，自诩通情达理之辈，有见识的人或对任何事情都要刨根问底的资产者，总之那些能在秃顶上找出虱子的人，却提出疑问：魔鬼既然借用了议事司铎的外表，为什么所有议事司铎都上教堂去的时候他也跟着去，乃至大口吸入香炉飘出的香气，咂摸圣水的滋味等等诸如此类的事情。

针对这种怪论，有的说魔怪大概也想皈依正教；有的说他保持议事司铎的形态举止，是为了嘲弄这位善良的听忏悔神甫的三个外甥。他们都是神甫的财产继承人，魔鬼存心让他们等到老死也得不到那笔可观的财产。这三个外甥天天都去探望舅舅，看他是否还睁着眼睛，只见他总是目光炯炯赛过蛇怪的巨眼。既然他们无不声称很爱舅舅，所以见此情景都很喜欢。

关于这一点，一位老太太敢打包票说，议事司铎是魔鬼化身。因为议事司铎某天在免罪神甫①家里吃过晚饭,由他的两个外甥(一个是诉讼代理人,另一个当上长枪队长)护送回家。两人都没想到点灯,一不小心就让议事司铎撞在为修建圣克里斯朵夫像而堆放的石头上。老人先是一跟头栽倒在地,待外甥们从讲出这件事的老太太那里借来火把,大声呼喊赶回来时,他却稳稳地站在原地,腰杆笔挺,快乐如灰背隼。他说免罪神甫款待他的好酒给了他承受打击的勇气,他的骨头还硬朗,曾经顶住比这厉害得多的袭击。

外甥们本以为舅舅已经归天,不由大吃一惊。他们这下明白,舅舅的性命不是挨时间就能轻易了结的,连石头也奈何他不得。他们管他叫好舅舅确实有理,因为他的身体实在太好。

爱嚼舌根的人说,议事司铎在他往来经过的路上遇到那么多石头,为了不被石头碰伤,他才闭门不出。又说他所以如此,是因为害怕遇上更严重的事情。

不管这些传闻是真是假,也不管议事司铎是否魔鬼附体,总之他待在家里就是不死。他与三个继承人相处,就像与自己的坐骨神经痛、腰痛和其他伴随着人生的种种病痛周旋一样。

这三位继承人中,一位是从女人肚子里钻出来的最无赖的兵痞,他破壳而出时必定撕破了母亲的肌肤,因为他出生时就长齐了牙齿和毛发。他过日子只图眼前痛快,不管未来如何;他勾搭了一帮娼妇淫娃,出钱给她们置头面、买首饰;他有耐力、蛮劲,会享受,这些方面都像他舅舅。作战时他力图痛击对方头部、肩部而自己不受损伤,这是战争中需要解决的惟一问题;不过他从不惜力;事实上,因为他除了勇敢谈不上别的美德,他刚当上长枪队队长,深受勃艮第公爵的赏识。部下的丘八平时干些什么,公爵是不会过问的。

魔鬼的这位外甥名叫戈什格吕。他的债主们个个被他捅破了钱袋,都管他叫"贼猴",因为他既狡猾又强壮;不过他天生是个驼背,你千万不要借口看得更远一些而爬到他的背上去,否则他准会让你下不了台。

---

① 由主教任命,有权赦免某些罪过的神甫。

第二位外甥研究过习惯法汇编,靠着舅舅的荫庇当上诉讼代理人,出庭辩护。他的委托人都是当年在议事司铎那里做忏悔的太太们。这一位与他当队长的兄弟同姓戈什格吕,但是旁人送他一个外号,叫做"皮叶格吕"①。

皮叶格吕长得病病歪歪,全身上下好像总在冒冷汗,一副不带血色的嘴脸活像石雕。不过他比队长略为好一点,对舅舅多少有点感情。可是近两年来,他那颗爱心有了裂缝,感激之情就此一点一滴地跑得无影无踪。逢到天气潮湿,他就爱套上舅舅的裤子,预先支用这笔委实令人垂涎的财产。

他和他的兵痞子兄弟老觉得归他们继承的那份遗产不够丰厚,因为无论就法律、事实、权益、本质或实际而言,都要把三分之一的财产留给一个穷表弟。那是议事司铎的另一个妹妹的儿子,一直在南泰尔附近的乡下放羊,老神甫不怎么喜欢他。

听了两位表兄的劝告,这个羊倌、乡巴佬,搬到城里来与舅舅同住。他呆头呆脑,笨手笨脚,既不解世故,更乏机智。两位表兄指望议事司铎与他相处久了会讨厌他,把他的名字从遗嘱上勾掉。

这个可怜的羊倌名叫希贡,故此一个月以来惟有他与老舅舅做伴。他觉得看护一个教士比照料羊群更有趣或更有利可图,于是成了议事司铎的家犬、仆人和拐杖。老神甫放个屁,他就说:"愿天主保佑你。"老头儿打个喷嚏,他会说:"愿天主拯救你的灵魂。"老好人打个嗝,他便说:"愿天主守护你。"他不是出去看看外面有没有下雨,就是去寻找家养的母猫走到哪里去了,整天少说多听,代老人擦拭鼻涕,崇拜他如世上最出色的议事司铎。他做这一切都全心全意,一片坦诚,浑然不知自己好比母狗在舔舐小狗。做舅舅的无须别人告诉他这个外甥是块什么料子,他厌恶这个可怜的希贡,使唤他就像摆布一颗骰子。他总是直呼其名,跟他另外两个外甥说这个希贡笨得出奇,简直在促他早死。

这话传到希贡耳边,为使舅舅满意,他想方设法要把他伺候好。无

---

① "皮叶格吕"意为"抢劫愚人"。

奈他天生两条短腿短如一对倭瓜,肩宽胳膊粗,毛手毛脚,比起泽费罗斯①,他更像西勒诺斯②。这可怜的羊倌本是头脑简单的人,无从脱胎换骨,所以他肥胖依然如故,只等继承到遗产后再来减肥。

一天晚上,议事司铎发兴谈论魔鬼,说起上帝为入地狱者安排的种种精神折磨和苦刑。希贡在一旁恭听,眼睛瞪得大如炉口,可就是不信。议事司铎便说:

"咦,你难道不是基督徒?"

"说哪儿话!"

"那好,既然善人都上天堂,就要为恶人准备一个地狱。"

"不错,议事司铎先生,不过根本用不着魔鬼。假如您造出一个恶人专门跟您捣乱,您难道不会把他赶出去吗?"

"是的,希贡。"

"这就对了,舅舅先生。天主创造了这么可爱的世界,他怎能容忍一个可恶的魔鬼把一切都弄得乱七八糟!呸!假如天主存在,我就不相信有魔鬼,请您相信我说的。我倒想看看魔鬼是什么样子!哈哈!我才不怕他的爪子呢……"

"如果我相信你的说法,我就不必顾虑自己年轻时做的荒唐事了,那时候我每天要做十次忏悔。"

"您还是继续忏悔吧,议事司铎先生!我敢说上天把这一切都看成您的功德。"

"果真如此?"

"是的,议事司铎先生。"

"希贡,你胆敢否认魔鬼的存在?"

"我不把魔鬼看得比一捆柴禾更重。"

"你持此异端邪说,要倒霉的!"

"才不呢!天主保佑我不受魔鬼困扰,因为我相信天主比学者们

---

① 泽费罗斯,希腊神话传说中的西风神。
② 西勒诺斯,希腊神话传说中酒神狄俄尼索斯的抚养者和伙伴,身材短粗,相貌奇丑,塌鼻秃顶,酷爱享受。

更博学,没有他们那样傻。"

两人说到这里,另外两个外甥正好走进屋子。他们从议事司铎的语气听出他其实并不讨厌希贡,他的种种怨言都是假装的,无非为了掩饰他对希贡的感情。当下他们面面相觑,惊诧不已。

然后,看到舅舅笑个不停,他们就说:

"假如您要立遗嘱,您把房子留给谁?"

"给希贡!"

"圣德尼街上征收年贡的地产呢?"

"给希贡!"

"巴黎维尔的采邑呢?"

"给希贡!"

"这么说,统统都归希贡了?"队长扯着大嗓门吼道。

"不,"议事司铎微微一笑回答说,"因为即便我按照规定手续立妥遗嘱,我的遗产最后也必定落在你们三个人中最精明的那一个人手中。我颇能预见未来,对你们每个人的命运我都看得一清二楚。"

狡黠的议事司铎向希贡投去一瞥,骚娘儿们勾引小白脸入彀大概也用这种目光。这双着了火的眼睛射出的光芒照亮了羊倌,他顿时脑袋豁亮,全身开窍,如成亲第二天的新娘。

诉讼代理人和队长把这番话信作《福音书》上的预言,当下施礼告退。议事司铎的怪念头搅得他们心里七上八下。

"你想怎么对付希贡?"皮叶格吕问贼猴。

"我想,我想……"兵痞子吼道,"我想在耶路撒冷街设下埋伏,好把他的脑袋拧下来扔到他脚底下。他若有意,尽可把脑袋重新安上去。"

"不可不可!"诉讼代理人说,"你落手太重,别人一看就知道是戈什格吕干的。我想请他吃饭,饭后我们玩宫里那种游戏,大家把身子套进一个口袋里,看谁走得最快。待他上了圈套,我们就把口袋缝死,扔进塞纳河,请他游泳……"

"便宜他落个囫囵尸首了!"兵痞说。

"反正总是一死,"讼师说,"表弟见魔鬼去了,遗产就归咱俩!"

"我求之不得!"那喜欢耍刀弄剑的人说,"关键是咱俩要如长在同一个身子上的两条腿那样密切配合。若说你像丝绸那样细密光滑,我就如钢铁一般坚硬。短剑毫不比丝带逊色!不信你瞧,我的好兄弟!"

"是啊,这就说定了,"讼师说,"那么到底用麻线还是用刀剑?"

"见他妈的鬼!我们要干掉的又不是国王,对付一个笨头笨脑的羊倌,用不着这么多废话。这么着吧,咱俩谁先送他归天,谁就多得两千法郎遗产!我挺愿意对他说:把脑瓜捡起来哟!……"

"我就说:你该游泳了,我的朋友!"讼师张嘴大笑,那模样就像紧身短袄裂了道大口子。

然后他们分头去吃晚饭。队长去找他相好的婊子;讼师去找他的情妇,一个金匠的老婆。

惊得目瞪口呆的是谁?是希贡!两位表兄在教堂广场上边走边谈,像在教堂里祈祷那样旁若无人。那羊倌分明听到自己被判死刑,他弄不明白是他们的说话声升腾上来了,还是他自己的耳朵降下去了。

"您听到了?议事司铎先生……"

"是的,我听到炉子里的劈柴在冒水汽。"

"喔!喔!"希贡答道,"假如我不信魔鬼,我相信我的守护天使圣米歇尔,他在召唤我,我得赶去……"

"行啊!我的孩子!"议事司铎说,"你得留神不要掉在水里,或者被人砍下脑袋。我好像听到流水声音;再说街上的流氓无赖并非是最危险的……"

希贡听到这些话,大感蹊跷。他端详议事司铎,但见他神采飞扬,目光炯炯,脚面竟是弯成钩形的①。不过他自己的性命危在旦夕,当务之急是渡过难关,他想以后有的是时间景仰议事司铎或者剪掉他的指甲。他随即告退,一溜小跑穿街过巷,心急火燎如妇女赴幽会。

羊倌经常心血来潮,未卜先知,他的两位表兄可一点不知道他有这般本领。他们常当着他的面谈论自己的密谋,根本不把他放在眼里。

某晚,皮叶格吕为逗议事司铎开心,便讲起他的姘头,那金匠的老

---

① 传说魔鬼的脚像钩子。

婆是怎样偷情的，又夸他自己为那个戴绿帽的丈夫头上安了精光锃亮的一对角①，那上面有精雕细刻的人物，赛过王公大人用的盐瓶。

据他说，那娘儿们是个地道的活宝，与情人相会时胆子贼大。趁她丈夫上楼梯的工夫，她还能不动声色速战一个回合；她吞下那话儿如吞进一颗草莓；她若不渗点水出来就过不了瘾，老是跳跳蹦蹦、快快活活，好似从未做过错事；她使丈夫满意，疼爱她如怜惜自己的口腹；她精细如香水；五年以来，她把家务和私情管得井井有条，两不相犯，赢得规矩女人的好名声、丈夫的钱袋和信任，掌管所有的钥匙，等等。

"你们什么时候亲热呢？"议事司铎问。

"每天晚上！我还经常在她那儿过夜……"

"这怎么成呢？"议事司铎大惑不解。

"听我道来：她的卧房挨着储藏室，那里有一口大衣柜，我就待在里头。她丈夫每晚都到他的伙伴呢绒商那里吃饭，因为他常在老板娘身边代尽其劳。待他从呢绒商那里回来，我那相好的就推说不舒服，打发他一个人去睡，然后到储藏室里来治疗她的病痛。第二天，金匠在作坊里忙碌的工夫，我正好溜走。那所房子有一个出口在桥上，另一个出口在街上，我总是从当丈夫的不在的那个门口进来，借口要跟他商量他委托我打的官司。这些官司我老让它们拖着，永无了结。我让他戴绿帽还有进账，因为他付的诉讼费用和各种杂费不亚于维持一个私人马厩。如同所有戴绿帽的丈夫都喜欢那个帮他们耕耘、灌溉、照料维纳斯的天然花园的人，他也很喜欢我，干任何事没有不同我商量的！……"

言者无意，闻者有心。那羊倌把这些事都牢记在心。大难临头使他心明眼亮，何况上天赋予每个动物足够的本能以保全自己的生命直到寿终，所以他已成竹在胸了。希贡当下赶到百灵鸟街呢绒商的店铺，金匠该在那里与他的伙伴共进晚餐。他使劲敲门，透过小铁栅回答里面的盘问，自称有国家机密奉告，这才被领进呢绒商的住宅。

他单刀直入，一进屋就把金匠从餐桌边上拉开，带到饭厅一角，对他说：

---

① 说某人头上长角，即是说他戴上了绿帽。

"假如您有一位邻居在您头上栽了角,现在有人把那个家伙绳捆索绑交给您,您会不会把他扔到水里去?"

"敢情好!"金匠说,"不过,您如果拿我开心,我手下可是不留情的。"

"哪儿的话,"希贡接着说,"我是您的朋友,特来告诉您,您在这里伺候呢绒店老板娘有多少回,皮叶格吕律师伺候您太太也有多少回。假如您愿意这会儿就赶回您的作坊,您准有好戏看。您一到家,那个把您知道的那块地皮打扫得干干净净的家伙就会躲进放衣服的大柜子。现在就算我要买您那口衣柜,我带一辆车在桥上听候您的吩咐。"

金匠穿上外套,戴好帽子,二话不说就撇下伙伴,如中了毒的耗子急匆匆赶回自己的老窝。

他到家,敲门;门开了,他进门,三步并两步登上楼梯,发现屋里摆着两副刀叉,听到关上柜子的声音,看到妻子从隐藏私情的小房间里走出来。他随即对她说:

"我的朋友,怎么摆着两副刀叉?"

"嘿!我的心肝,咱们不是两口子吗?"

"不,我们一共有三个人。"

"您的伙伴也来了?"她神色泰然,朝楼梯那边看去。

"不,我说的是柜子里的伙伴。"

"什么柜子?"她说,"您没有发昏吧?您在哪儿看见一口柜子了?能把活人关在柜子里吗?我是那号把活人藏在柜子里的女人吗?打什么时候起有活人住在柜子里的?您一回家就分不清伙伴和柜子,难道疯了不成?我只知道您有一个伙伴,那是呢绒商高乃依;至于柜子,我只知道我们放旧衣服的那一口!"

"哟!"金匠说,"我的太太,有一个坏小子给我通风报信,说你让我们的律师当马骑了,此人就在你的柜子里……"

"我干这种事!干律师那一行的专在鸡蛋里挑骨头,我闻到他们的气味就恶心,再说他们干起活来全不在行……"

"得了,得了,我的朋友,"金匠接着儿说,"我知道你是个规矩女人,我也犯不着为一口破柜子和你吵架。给我通风报信的是一个板箱商，我这就要把这口倒霉的柜子卖给他，图个眼皮底下清净。他给我两口小柜子抵价，小柜子里就是小孩儿也躲不进去。这么一来，嫉妒你的德行的人断了把柄，就无从造谣中伤了……"

"您真叫我高兴！"她说，"我才不在乎这口柜子呢，再说里面什么都没有，我们的被单都送去洗了。明天一早就把这口闯祸的柜子拉走好了，您想吃饭吗？"

"不。等把柜子搬走了，我的胃口会更好。"

"我看把柜子从这里搬走，要比从您的脑子里挪开更容易……"

"喂！来人呐！"金匠对帮工和学徒们喊道，"快下来帮忙！"

转眼间，他手下的人都到齐了。当老板的三言两语交代明白，那为私情提供庇护所的家具三下五除二便被人穿过房间抬走。律师一路上都是头朝下脚朝上，他不习惯这种姿势，免不了磕磕绊绊。

"走吧，没事，"金匠老婆说，"是柜门在晃动。"

"不，我的朋友，是销钉松动了。"

那柜子不再抗议，乖乖地顺着楼梯级滑下去。

"喂，赶车的！"金匠喊道。

希贡吹着口哨，把骡车赶过来。一帮学徒就把那口爱打官司的柜子装上车。

"唉，唉！"讼师叫苦连天。

"师傅，柜子说话了！"一名学徒说。

"说的哪一国话？"金匠当下冲着他两爿屁股之间踢了一脚，所幸这部位不是玻璃做的。

学徒栽倒在一级台阶上，无暇继续研究柜子的语言。

羊倌由金匠陪同，把车赶到塞纳河边，对能言善道的家具滔滔不绝的辩词不闻不问。金匠在柜子上拴了几块石头，然后把它扔进水里。

柜子做了个漂亮的鸭子潜水动作即将沉入水底，羊倌满腔嘲讽，在一旁喊道："你该游泳了，我的朋友！"

然后希贡沿着滨河大道一直走到圣母修道院附近的圣朗德里码头街。

他认出一所住宅，找到大门，便用劲敲打。

"开门,以国王的名义,开门!"

听到这喊声,一个老头儿赶紧出来开门。

"是哪一位?"他问。

"市长派我来通知你,今晚要特别留神,"希贡答道,"他将命令弓手们严阵以待,因为抢过您钱财的那个驼背又窜回来了;您得准备好武器守着,不然那家伙会抢走您最宝贵的……"

话说完,羊倌撒腿就走,一溜小跑直奔玛穆泽街。戈什格吕队长常在那条街上一所房子里,与一个名叫雏菊的婊子饮酒作乐。全城的烟花女子都公认她为风月魁首,娴熟各种刁钻促狭的花样。她的目光如利刃,一眼就能把人刺透;她的步态轻盈,能颠倒天堂里的众生;她行事无所顾忌,所有丧尽德行、一味蛮横的女人无不如此。

可怜的希贡前往玛穆泽街的路上,心里并不踏实。他怕找不到雏菊的房子,或者上门时不巧这一对鸽子已经睡下了。不过有一个好天使在暗中帮助他,使他一切如愿。详情如下。

他走进玛穆泽街,只见各家的窗户全亮着,探出许多戴睡帽的脑袋,其中有下等娼妓、花魁名妓,也有老妈子、小大姐和当丈夫的。人人都是刚从床上爬起来,面面相觑,好像是街上逮住了一名小偷,要点起火把押送他上绞架。

"出什么事了?"羊倌向一名市民打听,此人手持长矛站在自家门口。

"嘿!啥事也没有!"对方回答说,"我们还以为阿玛尼亚克党[①]杀进城里来了,原来是贼猴在往死里打雏菊!"

"是哪所房子?"羊倌问。

"那边的漂亮房子,柱头雕着活灵活现的长翅膀的癞蛤蟆……您听到男女用人瞎吵吵乱嚷嚷吗?"

确实从那里传来一片喊叫之声:"杀人了!……救命啊……不得了!快来哟!"

---

① 阿玛尼亚克党,十五世纪百年战争时拥护奥尔良公爵,反对勃艮第公爵的派别。当时巴黎属于勃艮第党的势力范围。

然后听见屋子里出死劲打人的声音密如雨点,其中夹杂着贼猴的大粗嗓门:

"揍死你!臭婊子!……我让你唱,小贱人!……你不是要钱吗?这里有的是!……"

还有雏菊的呻吟声:"喔唷!啊呀!痛死我了!……救命呀!……喔唷!啊呀!……"

这时候听到铁器重重一击,接着是那标致姑娘的娇躯坠地的响声,继之一片死寂。然后灯火熄灭;男女仆人、客人和其他人等都从街上回屋。羊倌及时赶到,与他们一起登楼,但见厅堂里打了个落花流水,香水瓶碎了,挂毯绞了,桌布与碗碟一起扔在地上,众人无不傻了眼。

羊倌主意已定,胆大包天。他推开雏菊那间讲究的卧室的门,发现她已经不省人事,云鬟散乱,酥胸袒露,躺倒在地毯上一摊血渍之中。又见贼猴在一旁发愣,张口结舌,不知怎样把戏唱完才好。

"得了,我的小雏菊,别装死了!……大不了我给你重新缝上补好!……啊!奸诈的女人,不管是死是活,你躺在血泊里还是那么动人,我可忍不住了……"

说到这里,狡猾的兵痞一把抱起花魁女,把她扔到床上。她直挺挺倒下去,全身僵硬如自缢者的尸体。

看到这一幕,羊倌以为驼子该收场了。不料那个滑头在拔脚溜号之前又说:

"可怜的雏菊!……我怎么下得了手伤害我爱得死去活来的姑娘呢!可不是,我把她杀死了,事情明摆在那儿。她活着的时候,那迷人的奶头可从没有像现在这样蔫不唧儿的!天主作证!现在那样子好像一块银币躺在褡裢里!"

闻听此言,雏菊睁开眼睛,略微侧转脑袋看一眼自己雪白、瓷实的肌肤。她这就苏醒过来,冲着队长的脸长长叹了一口气。

"不作兴这样说死人坏话的!"她笑道。

"请问大姐,他为啥要杀死您?"羊倌说。

"为啥?……明天法院要派人来查封这里的家私,可他既缺德又缺钱,反而责怪我想讨好一位英俊的老爷。要知道那老爷会搭救我免遭此殃……"

"雏菊！小心我拧断你的骨头！"

"算了算了！"希贡说，贼猴这才认出是他，"不就这么点事吗！这好说。我的朋友，我给您带来一笔巨款！"

"从哪儿带来？"队长惊问。

"您附耳过来，待我细说。假如有三万埃居夜里在一棵梨树底下散步，您肯不肯弯腰去捡，免得这笔钱不派用场？"

"希贡，你若拿我开心，我必像宰一条狗一样宰了你。要不你指哪儿我就吻你身上那儿，假如你真能让我遇上三万埃居。为了这个让我在码头角上杀死三个市民我也干。"

"您连一顶帽子都用不着捅穿……事情是这样的：城里我们舅舅家附近那个放债的伦巴第人的女用人跟我交情不错。我刚得到可靠消息，这家伙今天早晨下乡去了，临行前他在花园里一棵梨树下埋了满满一坛金子，还以为只有天使知道呢。凑巧那女用人牙痛，在阁楼的窗口喘气，无意中看了个一清二楚。她跟我撒娇嚼舌来着……假如您发誓分给我一份，我就让您踩着我的肩膀爬上墙头。您再往下一跳就上了那棵贴墙根长的梨树。——怎么样？您还说我是个笨蛋、粗人？"

"不不，你是好表弟，有教养的人；假如你需要放倒一个仇敌，我一准效力，哪怕那家伙是我的朋友！……我不是你的表兄，是你的亲哥哥了……"贼猴接着招呼雏菊：

"来吧，心肝宝贝！把饭桌再摆起来；擦干你的血。你的血是属于我的，我出钱买下了，我还要把我的血送给你，加一百倍奉还……拿出最好的酒来，抚慰我们受惊的小鸟；系好你的裙子；笑啊，我要你笑；尝尝这炖肉，我们的晚祷在哪儿打断了就从那儿续下去；明天我要把你打扮得比王后还要漂亮！……这位是我的表弟，我要好好款待他，为了他，把这屋子里的一切统统从窗口扔出去我也在所不惜，反正明天我们会在地窖里把一切都找回来！……冲啊！加油啊……干掉那火腿！"

于是，用不了神甫念完 Dominus vobiscum① 的工夫，整个鸽舍便破

---

① 拉丁文："天主与尔等同在"。

涕为笑，其转换之迅速不亚于刚才的乐极生悲。只有窑子里才一边谈情说爱一边动刀子，才在四堵墙内掀起快活的风暴，不过戴高领子的太太们绝对不理解这类事情。

戈什格吕队长兴高采烈如一百个学生放学回家。他拼命灌表弟的酒，后者拿出乡下人的本色来者不拒，做出醉醺醺的样子，满嘴胡言乱语，说什么他明天要买下巴黎全城，借十万埃居给国王，可以在金子堆上拉屎撒尿。他的胡话说得太多，队长怕他泄露天机，以为他的脑子已经不管用了，便把他领到外面。等到分钱的时候，他真想剖开希贡的肚子看看里面有没有一块海绵，因为他足足吞下了一大桶苏莱恩佳酿。

他们边走边讨论各种神学问题，越争越没有结果，到末了谁也不吭气，默默走到伦巴第人埋金币的花园的墙外。

戈什格吕踩住希贡宽阔的肩膀，他本是爬城墙的专家，纵身一跃就到了梨树上。维尔索瓦早就守在那里了。觑准他的脖梗砍了一刀，接着又狠狠补上一刀。三下五除二，戈什格吕人头落地，不过他还来得及听到羊倌扯着嗓子冲他喊道：

"把脑袋捡起来哟，我的朋友！"

豪爽的希贡的德行终于得到报偿。他想现在该回到议事司铎家里去了。天主见怜，这一来处理遗产就再也省事不过了。

他大步流星走回牛倌圣彼得街巷，不一会儿睡得与婴儿一般香，再也不知道表亲一词作何解。

第二天，他按照羊倌的习惯于日出时起床，来到舅舅的房间探问他是否吐痰、咳嗽，睡得好不好。老妈子跟他说，议事司铎听到圣莫里斯晨钟敲响——圣莫里斯是圣母院的第一位主保圣人——就恭恭敬敬到大教堂去了。教士会议全体成员都要在主教府用餐。

希贡闻听此言，就说：

"议事司铎先生也不怕在外头着凉，是不是糊涂了？他要得风湿病和寒腿病的，莫非存心找死？我得把炉子里的火生得旺旺的，等他回来好好暖和暖和……"

羊倌走进议事司铎日常起居的厅堂。他看到议事司铎竟然好端端坐在椅子上，不由大惊。

"哎唷！比雷特这老婆子胡诌些什么呀！……我知道您老是明白人，不会在这个时候待在神职祷告席上挨冻的……"

议事司铎一言不发。

羊倌素来喜欢沉思冥想，这类人都相信心灵感应，知道老人有时会转一些说来古怪其实不怪的念头，比如与幽冥中的神灵交谈等等。此时他们心里念念有词，说的话与平时说的完全不同。所以希贡出于对议事司铎的缥缈之思的敬意，就远远地坐在一边，静待他神游归来。闲着无事，他就端详起老教士的脚趾来，那趾甲之长似要戳穿鞋尖。然后他仔细观看舅舅的腿，发现那腿上的肉竟是深红色的，映红了线裤，像是要在网眼底下着起来似的。当下他大惊失色，心想："他准是死了！"

此时，大厅的门开了，他看到议事司铎鼻尖冻得通红，刚念完经回来。

"嚯！嚯！"希贡说，"好舅舅，您是不是糊涂了？您得注意，这会儿您不能待在门口，因为您已经坐在椅子上烤火了。世界上不可能有两个像您一样的议事司铎！"

"哈哈！希贡，我倒是想有分身术，可是人不可能办到，否则那就太美了……你是不是看花了眼？……这里只有一个我！"

于是希贡转过头去看椅子，发现那上面空空如也；您可想而知他该多么吃惊。他走近椅子，在铺地石板上辨认出一小堆灰烬，硫黄的余味袅袅不绝。① 当下他被镇住了。

"啊！我承认魔鬼对我很讲义气；我要在天主面前为他祈祷！……"

接着他就一五一十告诉议事司铎，魔鬼，也可能是天主本人，怎样帮助他干净利落地摆脱了两个恶表兄。议事司铎大为赞赏，而且十分理解，因为他的头脑仍旧很好使，而且曾经多次观察到魔鬼做过好事。这老神甫当即说，善中有恶，恶中也有善，因此对于我们身后的归宿大可不必认真。这可是严重的异端邪说，多次主教会议上皆予驳斥。

---

① 当时人相信魔鬼出现时伴有硫黄味。

希贡家族就是这样致富的。依仗祖上积下的财产,现在他们出资建造圣米歇尔桥。魔鬼在桥上被雕成天使般和善可亲的面貌,借以纪念这个被载入信史的奇闻。

国王路易十一的恶作剧

国王路易十一是个好伙伴。他讲究饮食,在治理国家与保护宗教之余,常设盛宴待客;除了猎艳,也为饱餐野味而追捕飞禽走兽。有帮无聊文人说他生性阴险,正好表明他们对他很不了解,因为他颇讲朋友义气,能干各种杂活,尤爱开玩笑取乐。

他性情愉快时常说,人生有四大快事,即拉热屎,喝凉酒,打硬仗,吞软食。有人指责他勾搭下贱女人,此说大谬,因为他的情妇无不出身名门,——其中有一位得到合法承认——后来都嫁给地位相当的人家。他从不听信花言巧语,不为华而不实的东西动心,凡事都图个实在。那些蓄意盘剥黎民百姓的人在他那里得不到好处,就把他说得一无是处。但凡对历史下过去伪存真功夫的人都知道,这位国王在私下很好相处,甚至非常可爱;他若下令砍掉朋友的脑袋或惩罚他们,必定是他的朋友首先欺骗了他。他报复毫不留情,可都以伸张正义为务。

惟有我们的朋友韦尔维尔说国王曾经错杀一个人。不过只此一遭,下不为例。何况在这件事情上,错主要不在国王,而在他的伴当特里斯唐。

下面便是韦尔维尔讲的事实,我猜想他本是当笑话讲的。我在这里予以转述,是因为有人还不知道我这位同乡的妙不可言的作品。我只说个梗概,学者们无不知晓故事的细节要丰富得多。

"路易十一把杜普奈修道院(《美人茵佩莉娅》里曾提及这个场所)赐给一名贵族。那人从此享有修道院的出产,便改姓杜普奈。国王长年居住图尔附近的普莱西城堡时,修道院原来的院长前来觐见,呈上一份诉状。这位教士根据经文和修行规章指出,该修道院归他所有,那贵族篡夺他的权利,实乃违情悖理,故此他请求国王陛下主持公道。国王甩了甩假发,许愿让他满意。

"这僧侣与所有穿道袍戴兜帽的畜生一样不知趣,常觑国王用餐时守在门口。国王对修道院的圣水腻味透了,就把我的伙伴特里斯唐找来,对他说:

"'伙计,这里有个叫杜普奈的家伙讨厌死了,您帮我把他从这个世界上打发走吧。'

"特里斯唐不是拿了道袍当修道士,就是拿了修道士当道袍,总之他找到那个朝中都管他叫杜普奈先生的贵族,靠上去,把他拽到一边,晓谕他是国王要他的性命。他一边哀求一边又想抗拒,一边抗拒一边又想哀求,不过一切都无济于事,特里斯唐掐住他的脑袋与肩膀之间,干净利索,立刻叫他咽气。三小时后,特里斯唐回来复命,说差使已经办妥。

"人死后五天为回煞之日。此事过后五天,那僧侣又来到国王起居的大厅。国王见到他,惊诧万分。特里斯唐正好也在场。国王招呼他过来,附耳细语:

"'您没有照我的话去做。'

"'陛下别见怪,我确已照办。杜普奈死了。'

"'嘿!我说的是这名僧侣!'

"'我以为是那个贵族!'

"'什么?事情已经办成了?'

"'是的,陛下。'

"'那就算了吧。'

"然后他转过身来对僧侣说:

"'您过来,修道士。'

"修道士走过来。

"国王对他说:

"'您跪下。'

"可怜的僧侣害怕了。

"可是国王说:

"'您得感谢天主。我曾下令杀死您,可天主不愿意这样做;结果是那个侵占了您的财产的人送了性命。天主为您主持了公道。走吧,请为我祈祷天主；以后别再离开您的修道院。'"

此举证明路易十一的好心肠。他本可以绞死这名造成误会的僧侣，因为那位贵族是为尽忠王事而殉职的。

在他长驻普莱西的初期，出于对这座庄严的城堡的敬意，国王不愿在城堡里大摆宴席，他的继承人就没有这分体贴了。话说那时候他迷上一个名叫妮柯尔·波佩蒂依的女人。那娇娘本是图尔城里的市民，国王把她丈夫派到地中海西头去公干，又把妮柯尔安顿在靠近金翅鸟街的庚冈格洛涅巷的一所房子里，那去处远离市廛，甚为僻静。如此这般，夫妻俩便听由国王摆布了。波佩蒂依夫人给国王生的女儿后来出家修行，死在修道院里。

这位妮柯尔伶牙俐齿如美洲鹦鹉，体态丰腴，天生一对肥硕、美观、坚实、洁白如天使翅膀的肉垫子。她下苦功研究过男欢女爱这门学问包含的各种奇妙方案对策，花花点子多得出了名，从来不犯重样，知道如何搭配普瓦西的橄榄、牛筋羊腱和日课经文的奥言玄旨：国王对此大为欣赏。妮柯尔整天乐呵呵，老是唱啊，笑啊，从不见她愁眉苦脸。如她这般生性开朗、坦率的女人脑子里只转一个念头：您猜着了吗？

国王经常带几个要好的伙伴、朋友到这所房子去玩。为了不被人发觉，他每次都是夜里去，不带随从。他心存戒备，担心有人设下埋伏害他，就把狗厩里最凶猛的狗全数送给妮柯尔。这群御犬咬人从不事先警告，只认得国王和妮柯尔本人。王上驾临，妮柯尔就把狗放到花园里去。包铁皮的大门紧闭后，国王自己揣着钥匙，就可放胆与朋友们寻欢作乐，不必害怕阴谋暗算。他们打打闹闹，相互戏谑，变着法子寻开心。

每逢这种场合，总是特里斯唐在外守卫。谁在这个时候胆敢在金翅鸟林荫道上转悠，必定落个一命呜呼的下场，除非他持有国王的通行证。国王常派人去叫几个风流娘儿们来陪伴他的友人，或者听了妮柯尔或客人们的怪点子，找一些人来供他们取笑。

图尔市民对国王无伤大雅的寻欢作乐并无反感，何况国王关照他们不得多嘴，所以直到国王死后，人们才知道他的消遣方式。"亲屁股"这桩把戏据说就是这位国王发明的，虽然这并非本篇故事的主题，但能说明这个好人滑稽诙谐的天性,我愿在下文转述。

图尔城里有三个有名的怪客人。第一位是柯内留斯老板,我在别处讲过他那件相当有名的奇遇①。第二个叫佩卡尔,以出售玩具耍货、花纸制品和教堂里的小摆设为业。第三个姓玛尚多,是很有钱的葡萄园主。后两位是图尔本地人,尽管他们一毛不拔,子孙后代个个都具君子之风。

某晚,国王在波佩蒂依夫人家里感到心情特别愉快,他已喝过美酒,讲过笑话,晚祷钟敲响前在御弟妹的小礼拜堂里做过祈祷,此时便对他的伴当勒丹、红衣主教拉巴吕和老杜诺阿说:

"咱们得寻个乐子,朋友们!……要是让一个守财奴面对一口袋金子看得见却摸不着,我想这情景必定很有趣……来人呐!"

一名侍从闻声即至。国王说:

"您去找我的国库大臣,要他立即带六千埃居到这里来。然后您去找三个人,首先是我的搭档柯内留斯,其次是天鹅街上那个卖小玩意儿的,还有玛尚多那老家伙,就说国王有请。"

然后他与这帮朋友重开酒宴,各抒高见,辩论肉味变质走样的女人与全身擦遍肥皂的女人孰优孰劣,瘦女人与胖女人孰好孰坏。座中皆为博学之士,结论是最好的女人是好比一盆热腾腾的淡菜归你独享,而且与你灵犀相通的那一个。

红衣主教发问:对于一位夫人,初吻和最后一吻哪一个最宝贵。波佩蒂依夫人答道最后一吻更为宝贵,因为女人在最后一吻时知道她失去了什么,而在初吻时她绝不知道自己赢得了什么。

这些话和其他妙语可惜没有流传下来。他们互相辩难之际,六千金埃居已被带来。这笔钱相当今天的三十万法郎,因为世风日下,现在的一切都比从前小。国王命令把金币堆放在一张灯烛辉煌的桌子上,当下宾客们的眼睛就不由自主亮起来,与金币一样熠熠发光,可他们还得佯作满不在乎。过不了多久,侍从已把三名怪客人带来。除了柯内留斯知道国王常起怪念头,其他两位都吓得脸色惨白。国王对他们说:

---

① 指中篇小说《柯内留斯老板》,见《巴尔扎克全集》第二十一卷。

"朋友们,请看这张桌子上的埃居。"

三个市民遂定睛细看。此时此际,波佩蒂侬夫人的钻石也不如他们浑浊的眼珠那样光芒四射。

"这些都归你们了!"国王补充说。

闻听此言,他们不再盯住埃居,而是相互打量。宾客们发现这几只老猢狲做鬼脸比所有其他猴子都在行,因为他们的面部表情之古怪,赛过喝牛奶的猫或者心痒难熬盼望出嫁的闺女。

"听着!"国王说,"你们三个人中谁能手里攥着金币对另外两个人连说上三遍:'亲我的屁股!',这钱就全归他了。但是,假如他不像强奸了邻居的母苍蝇的公苍蝇一样严肃认真,假如他在说这句玩笑话时发笑,他就得交给夫人十个埃居。不过他可以试三次。"

"这钱太好挣了!"柯内留斯说。他是荷兰人,老是道貌岸然,金口难开,与夫人那个口子常开常笑恰恰相反。

于是他大胆把手伸向埃居,先看它们是否货真价实,然后郑重其事地抓了一把。接着他面向其他两位,彬彬有礼地说:"亲我的屁股!"那两位害怕他那种荷兰式的庄重,齐声回答:

"长命百岁!"①

全体宾客哄堂大笑,荷兰人本人也忍俊不禁。

轮到那个葡萄园主抓住埃居时,他感到嘴唇上一阵奇痒,笑意从他那张千疮百孔的老脸的每一道裂缝夺路而出,与烟囱的漏缝里冒烟一般无二。

接着是卖玩具的上场,他是个小个子,平素爱嘲弄人,此时双唇紧闭如绞死者被勒紧的脖子。他抓住一把埃居,环顾其他人,包括国王在内,然后拖着嘲讽的腔调说:亲我的屁股!

"您那地方沾着屎吗?"葡萄园主问。

"您有的是工夫仔细瞧。"卖玩具的一本正经回答说。

国王这下真为自己的埃居担心了,因为佩卡尔说第二遍时仍无笑意。待他将要第三遍说出这句要命的话时,波佩蒂侬夫人对他使了一

---

① 这本是对打喷嚏者的戏谑语。

个眼色,他当下失控,不由大笑,那张嘴的开裂程度赛过少女破身。杜诺阿问他:

"你怎么做得到面对六千埃居而不动声色呢?"

"噢!大人,第一次我想到我明天要打一场官司;第二次我想到家里那个母夜叉。"

三个人垂涎这笔巨款,又试了一遍。将近一小时,他们的滑稽表情、怪模怪样和其他种种把戏叫国王大为开心,到头来他们个个劳而无功。这几位把袖子看得比胳膊还重,要他们每人拿出一百埃居给夫人,无异挖掉他们的心肝。

他们走后,妮柯尔果断地对国王说:

"陛下,您愿意让我也试试吗?"

"天主在上,"路易十一答道,"不行!我不花那么多钱照样亲你那块地方。"

这是会过日子的人说的话,他也确实一直精打细算。

某晚,大胖子拉巴吕红衣主教对波佩蒂侬夫人又是言语挑逗,又是动手动脚,越过了经文允许的限度。亏得波佩蒂侬是个精明女人,连她母亲的衬衣是多少针钩出来的都说得上来。

"这么说吧,红衣主教大人,"她说,"国王喜欢的爱物儿还不到敷圣油的份上……"

然后奥利维埃·勒丹也来骚扰,她也相应不理。待他说完那套痴话,她答道,她得问问国王是否喜欢她也常刮胡子①。

那理发师不求她切勿泄露此事,倒使她疑心是否国王弄的玄虚,派他前来试探。国王的朋友们可能讲了逸言,引起国王对她猜疑。她虽不能报复路易十一,至少也要捉弄这帮贵族老爷,让国王看到他们中计出丑,着实开一次心。

某天晚上他们都来吃饭,正巧城里有位夫人要求晋见国王。这位夫人素有声望,她前来请求赦免自己的丈夫;事情过后,她的所请获准。

妮柯尔·波佩蒂侬把国王拉到一间小房间里说话,她要他让宾客

---

① 勒丹是国王的理发师,故有此语。

们饱食痛饮,他自己也要狼吞虎咽,嘻嘻哈哈。等到撤掉桌布,他却要借故寻衅,无理取闹,恶语相加,然后她就能把这些人藏在犄角里的干草统统抖给他看,让他乐得合不拢嘴。她特地关照对那位夫人要表示友好,说她甚为知趣,与自己简直气味相投,十分爽快就答应参与这场恶作剧。

国王回到宾客们中间,说道:

"好了,先生们,用餐吧。我们这次打猎的时间不短,猎获颇丰。"

于是理发师、红衣主教、一名胖主教、苏格兰卫队长和最高法院的代表,一名获得国王欢心的推事,跟在两位夫人后面步入磨炼上下颚骨的餐厅。

他们专心致志填塞紧身短袄的楦子。此话怎讲?……就是说撑满胃囊,做天然化学试验,不放过每道菜,在五脏六腑里开庆祝会,用大咬大嚼挖自己的墓穴,舞动该隐的剑①,埋葬各种酱油和调料,让戴绿帽的长足精神;用更带哲学意味的语言来说,这就是用牙齿制造粪便。这下您明白了吗?……需要费多少口舌才能让您开窍!

国王让他的宾客们吞下这顿美餐却用不了这么多话。他让他们塞够了豌豆,尝够了胡萝卜肉糜;他先夸李子干的味道好,又对鱼赞不绝口。他对一位说:

"您怎么不吃了?"

对另一位:"来,为夫人的健康干杯!"

对大家说:

"先生们,尝尝这大虾吧!干了这瓶酒吧!你们认不出这是杂碎灌肠?还有这条七鳃鳗!……嗯!谁能见了不淌口水!……瞧这个,天知道,这是卢瓦尔河最鲜美的鲌鱼!……来吧,别放过这馅饼!这是我今天打的野味,谁不赏光就是看不起我!"

又说:"开怀畅饮吧,国王不会见怪的!尝尝这果酱,是夫人亲手做的!品品这葡萄,这是我的葡萄园出产的。——还有这欧楂,

---

① 该隐是《圣经》里亚当与夏娃的长子,杀死其弟亚伯,被罚终生流离漂泊。"该隐的剑"指舌头。

吃啊！"

那好国王一个劲儿帮他们供奉五脏庙，边吃边起哄，吵啊闹啊，吐痰啊，擤鼻涕啊，戏谑无状，就像国王不在场似的。宾客们吞下那么多佳肴，咽下那么多瓶美酒，解决了无数炖肉，人人的脸都变得像红衣主教的红袍，紧身短袄像要开裂，因为底下那具皮囊从进口的漏斗到出口的塞子，与特洛瓦香肠一样填得满满当当。

宾客们回到客厅，已经喘气、冒汗，后悔刚才饮食无度。此时国王却一言不发，大家也就乐得不开口，因为全部力量都用于消化在肠胃里化作一团混沌，正在聚积、蠕动的菜肴。

有一位暗忖：我不该去尝那份调味汁。

另一位责怪自己攒下太多的用刺山柑花蕾调味的鳗鱼。

第三位心想：那杂碎灌肠这会儿跟我过不去了……

宾客中要数红衣主教的肚子胀得最大，但见他如受惊的马直用鼻孔出气。他第一个忍不住打了一个饱嗝，当下恨不得身在德国，因为在那个地方人们对打嗝表示敬意，而国王听到这美食家的通用语言却紧皱双眉，冲着他说：

"这是什么意思？莫非您当我是一个小教士！……"

众人闻听此言，无不失色，因为国王平时颇为赏识响亮的饱嗝。

于是其他人决定用另一种方式解决在他们的肚肠角落里骚动的气体。首先他们努力把这股子气限制在肠系膜的皱襞里，不得乱窜。

波佩蒂依夫人看到他们已个个变得如收税员一般肥硕，便把国王拉到一边，对他说：

"我得告诉您，我让玩具商佩卡尔照着我和这位夫人的样子做了两个大娃娃。我在客人们的酒杯里下了药，我们假装去上茅房，等他们憋不住也要去时，会发现那位子老有人占着……您就等着瞧他们那浑身难熬的劲头吧。"

说完，波佩蒂依夫人与那位夫人一起离开。用女人的习惯说法叫做弯纱管去，我将在别处解释其出典。

足够放掉一大泡水的工夫过去之后，波佩蒂依夫人独自回来，别人以为另一位夫人还在茅房里待着呢。

国王于是走到红衣主教跟前，后者随即起立。国王与他认真商谈公事，同时抓住他系皮披肩的那根带子的穗子。不管国王说什么，拉巴吕只是回答："是的，陛下！"他但求国王免了对他的宠信，让他尽早脱身。此时水已涨满地窖，他眼看就管不住后门钥匙了。

全体宾客不知如何制止粪便的运动才好，因为此物天生比水更趋向于抵达某一水平。上述物质已经泡软，在肠子里流动，如欲破茧而出的虫子寻找出路，它们翻江倒海般折腾，无视帝王的威严，——这也难怪，因为世上无物比这腥臊东西更加无知，更为不逊——又如理应获释却被关在牢里的囚犯一般呼天抢地。总之，一有机会它们就如鳗鱼脱网往外溜，众人需要用足力气，使尽技巧才能避免当着国王的面遗臭万年。

路易十一饶有兴味地向宾客问这问那，他们扭曲的面部表情反映他们直肠皱襞呈现的怪相，他见了心中大乐。高等法院推事对奥利维埃说："此刻若能让我到隔开三分钟路的勃吕诺菜园走一趟，交出我的职位我也心甘情愿。"

理发师回答说："噢！世上的享受莫过于痛痛快快地解手！……今天我不奇怪苍蝇为什么到处拉屎了！"

红衣主教估计那位夫人已经办完公事，索性把皮披肩的带子塞给国王，身子一抖，似乎想起自己忘了做祷告，径直往门口走去。

"您怎么了，红衣主教先生？"国王问。

"天晓得我怎么了！……好像您这里一切都大一号，陛下！"

红衣主教拔腿就溜，其他宾客无不佩服他应付有术。当下他得意洋洋向茅房走去，还在半路上就松了松钱袋的绳子。待等他推开那扇小门，却发现那位夫人依然端坐在恭桶上如教皇接受加冕。

万般无奈，他只得把烂果子重新入库，走下螺旋式楼梯，打算到花园里去行个方便。走到最后八级，他听到一阵犬吠，着实害怕自己那两个宝贵的半球会被咬掉一个。他实在找不到场所卸下自己的化学产品，只好回到大厅，浑身哆嗦如在半空中悬了好久刚被放下来。

其他人看到红衣主教回来，以为他已腾空了天然水库，疏浚了全副管道，觉得他很幸福。所以理发师像是要端详墙上的挂毯和计算檩条的数目，赶紧起来，抢在大家之前走到门口。他预先放松了括约肌，哼着小曲直奔厕所。

他风风火火到了那地方，推开门，不得不与拉巴吕红衣主教一样对那个永远拉不完屎的女人连声道歉，又忙不迭把门关上。他带着抱成一团、堵塞内部通道的沉重负担重返大厅。

众宾客依次前去方便，却无一人减掉少许汤汤水水，他们回到路易十一跟前与原来一样憋着一肚子屎尿，心照不宣地彼此打量。他们借助某一部位的感觉达到相互了解，远远胜过语言交流，因为人体器官的操作毫不含糊，一切合乎天理，易于领悟，我们出娘胎就学会了这个本领。

"我以为，"红衣主教对理发师说，"这位夫人蹲茅坑一直要蹲到明天！……波佩蒂依夫人是怎么搞的，竟把一个病人请来做客！"

"我只消片刻就能办成的事，她去了一个多钟头还没有办完。愿她发高烧烧死才好呢！……"勒丹喊道。

正当朝臣们腹痛如绞，为使那些不知趣的物质少安毋躁而使劲跺脚时，那位夫人终于露面了。当下众人无不觉得她风姿绰约、美如天仙，甘愿亲吻她身上与他们自己身上那个奇痒难忍之处相应的部位。她能解救他们不幸的肚腹，他们从未像欢迎她那样欢迎白天的来临。

拉巴吕站起身来。

其他人出于对教会的敬仰、尊重，让教士占先。他们耐着性子，继续扮出一脸苦相。国王和妮柯尔则在一旁窃笑。这些人不走正道，是妮柯尔帮他整得他们死去活来。厨师在一盘菜里搁了泻药，苏格兰卫队长吃得比别人多，他以为自己只放了一个屁，结果把裤裆弄得淋漓尽致。他满面羞愧，踅到一个角落里去，只希望国王闻不到那股子怪味。

此时红衣主教回来了。他刚才发现波佩蒂依夫人坐在恭桶上，不知道她仍在大厅里，见到她待在国王身边，不由吓得变色，失声大叫："噢！"

"这是怎么回事？"国王问道，他盯着神甫看，那目光足以使人发怵。

"陛下，"拉巴吕不示弱，回答说，"炼狱里的事情归我管，我应该告诉您,这所房子里有妖人作怪。"

"啊!小神甫!你竟敢拿我取笑!……"国王说。

听到这句话,在场的人吓得分不清裤子的面子和里子,再也把守不住堤防。

"噢!你们胆敢对我不敬!"国王此言更使他们脸色发青。

"来啊,特里斯唐,老伙计!"国王打开窗户喊道,"上楼来!"

宫内执法官特里斯唐立即上场。这几位达官贵人出身微贱,全靠国王宠信才跃居高位。路易十一若怒向胆边生,弹指之间可以要他们的命。所以除了红衣主教有他的道袍可以凭仗,其他人见了特里斯唐无不心惊胆战。

"伙计,把这几位先生带到林荫道那边的兵营里去,他们吃得太多,拉裤兜子了……"

"我这个玩笑够意思吧!"妮柯尔对国王说。

"玩笑不错,就是气味难闻!"国王笑道。

朝臣们恍然大悟,国王这次无意摘下他们项上的脑袋,无不感谢上天保佑。

这位君主就是喜爱这类恶作剧。宾客们在林荫道边上终于得其所哉,都说他其实不凶。特里斯唐是个好法国人,他等他们完事后,一一护送他们回家。

既然朝中贵人曾光顾此地,图尔市民从此也在金翅鸟林荫道上大行方便了。

这位伟大的国王还对一个叫戈德格朗的老姑娘开了一个大玩笑。我在把这桩故事写下来之前还不能与他告别。

却说那个老处女活了四十多岁仍找不到与她那个罐子匹配的盖子,糙如兽革的身子始终如骡子一般贞洁,枉自怨恨不已。她的住所在耶路撒冷街,正好在波佩蒂依夫人那所房子的背后。老处女日常起居都在底层的厅堂里,所以只要待在一墙之隔的阳台上,就能把她的动静看得一清二楚。听到她说的每一句话。国王经常借此消遣,而那老处女根本不知道自己处在国王的轻炮的射程之内。

话说某天乃市场免税交易日,适逢国王下令绞死图尔城里一个年轻市民。那年轻人误把一个芳华已谢的贵族妇女认作青春少女，犯下强奸罪。此事其实不能算是坏事，那位贵夫人被误认为处女，堪称脸上有光。不过那年轻人发现误会后不该对她百般辱骂，怀疑她故意引他上当，抢了她一只镀金的银杯来抵偿自己刚才借给她的钱的利息。

这个年轻人身强力壮，面目俊俏，全城人既怀好奇，也带惋惜，都想看他如何上绞架。观看绞刑的人中女多于男。这小伙子在绞架下摇来晃去；遵照那个时代的绞死者的惯例，他死得风流，那杆枪兀自举着，成为全城的话题，惹得许多太太大发议论，说是不知保全裤裆里如此挺拔的宝货，实为一大罪过。

"假如咱们把那个漂亮的绞死鬼放到戈德格朗老姑娘的床上，您觉得这个主意怎么样？"波佩蒂依夫人问国王。

"我们会把她吓得魂灵出窍。"路易十一答道。

"不，陛下，请您相信，她那么喜欢活的男人，对死人也会欢迎的。昨天我看到她把一顶年轻男子戴的帽子放在椅子上，然后对着它百般扭捏作态。假如您听到她说的疯话，看到她那怪样，您准会笑破肚子……"

趁那个四十多岁的老处女在教堂里做晚祷的工夫，国王派人把那年轻的市民从绞架上摘下来，此时他刚演完那悲惨的笑剧的最后一幕。两名卫兵给绞死者穿上一件白色长衬衫，抬过戈德格朗家的小园子的墙头，把他放到床上朝里那一边。

事情办完，他们就走了。国王待在有阳台的那间屋子里与波佩蒂依夫人嬉戏，等候老姑娘回来就寝……

不多会儿，戈德格朗就如图尔人说的那样，颠儿颠儿地从不远的圣马丁教堂回家了，那教堂的隐修院的围墙就挨着耶路撒冷街。她走进家门，卸下褡裢、大串小串念珠以及老处女们的其他各种装备。然后她拨开火堆，把火吹旺，坐进椅子取暖。实在没有别的东西供她爱抚，她就不停地抚摸她养的猫，接着走到食品柜前，边叹气边吃，边吃边叹气，形单影只，望着壁毯进餐。她喝下一杯酒后，放了一个响屁，国王听得声声入耳。

"嗯，假如那绞死鬼对她说：天主保佑……"

波佩蒂依夫人说完这话，她和国王都强忍着不敢笑出声来。

笃信基督的国王全神贯注那老姑娘的卸装过程，但见她宽衣时顾影自怜，一会儿拔掉几处汗毛，一会儿抓挠鼻孔一侧长的脓疮，接着又去剔刮牙齿，总之是女人们，不管是处女与否，都免不了的种种小事情、大麻烦。不过女人身上若没有这类天生的小疵点，她们的眼睛就会长到头顶上去，男子也就不能享受她们了。

那老姑娘洗洗涮涮，嘀咕半天后，才钻进被窝。当她看到这绞死者躺在那里，闻到他的青春气息，不由发出一声古怪、宽厚、动听的叫声；然后她起了羞耻心，赶紧跳到远处。她不知道此人已死，又走回来，以为他是假装死人拿她开心，便说：

"你给我滚，你这无赖！"不过她说话的调子很谦和、婉转。

看到他仍不动弹，她就靠近一些，仔细端详。她认出就是白天被处绞刑的年轻人，惊叹世上竟有如此出色的人物，不禁突发奇想要为普天下缢死者造福，在他身上做纯科学实验。

"她在干什么？"波佩蒂依夫人问国王。

"她在设法让他活转来！这可是体现了基督的仁爱之心……"

老处女一边在年轻人身上挨蹭，把他搓来揉去，一边请求埃及圣女玛利亚帮助她让这个从天上掉下来的丈夫回阳转世。她以仁慈为怀，努力暖和死者的身子，无意中望了他一眼，发现他的眼睛似乎在动。于是她把手搁在他的心口上，感到心脏在微弱地搏动。多亏被褥的温暖，老处女的爱心及其堪与非洲沙漠的最烫人的热气相比的体温，这位俊俏的浪荡子弟终于重返人世，因为事出偶然，绞索勒得不紧，没有结果他的性命。老处女心中大喜……

"刽子手们就是这样为我效力的！……"路易十一笑道。

"哈！"波佩蒂依夫人说，"您不会把他再次送上绞架吧？……他长得太俊了。"

"不会判他受两回绞刑。不过他得娶那老姑娘为妻……"

却说那老处女急忙赶去找一个住在修道院里的理发师兼医生，一溜小跑把他领回家中。

那郎中操起柳叶刀给年轻人放血，却不见有血出来。

"糟了!"他说,"太晚了!血已归肺,没治。"

突然从刀口淌出一滴鲜血,继之血流如注。他昏死过去本因绳索紧勒所致,血液一开始流动,就缓过来了。

年轻人动了一下,有了些许活气。然后按照法则,他全身瘫下来,如一堆软泥。

老处女目不转睛注视这个绞而不死者身上发生的重大变化;她拽了拽理发师的袖子,对他使了个奇怪的眼色,指着那缩头缩脑的家伙,问道:

"他以后老是这个样子了?"

"没错!经常如此。"理发师斩钉截铁答道。

"噢!他被吊起来的时候要可爱得多!……"

国王闻言大笑。老姑娘与理发师从窗口看到国王,当下大为恐慌,因为他们觉得这笑声似乎在判决那可怜的绞死者重上绞架。

国王言而有信,果真让他们成亲。为使一切合法,国王还让新郎改姓摩索夫,以取代他在绞架上失去的姓氏。由于戈德格朗富有资财,他俩得以在都兰省开创一个发达的家族,其后人今天仍备受尊重。摩索夫先生在多种场合为路易十一效忠尽职,不过他不喜欢遇见绞刑架和老妇人,特别不愿深更半夜被传唤去赴什么幽会。

这个故事教我们要好好审察、辨认女人,千万看清老妇人与妙龄少女之间的局部差别。这是因为,即便我们未因弄错了钟情的对象而被绞死,也总会遇上别的巨大风险……

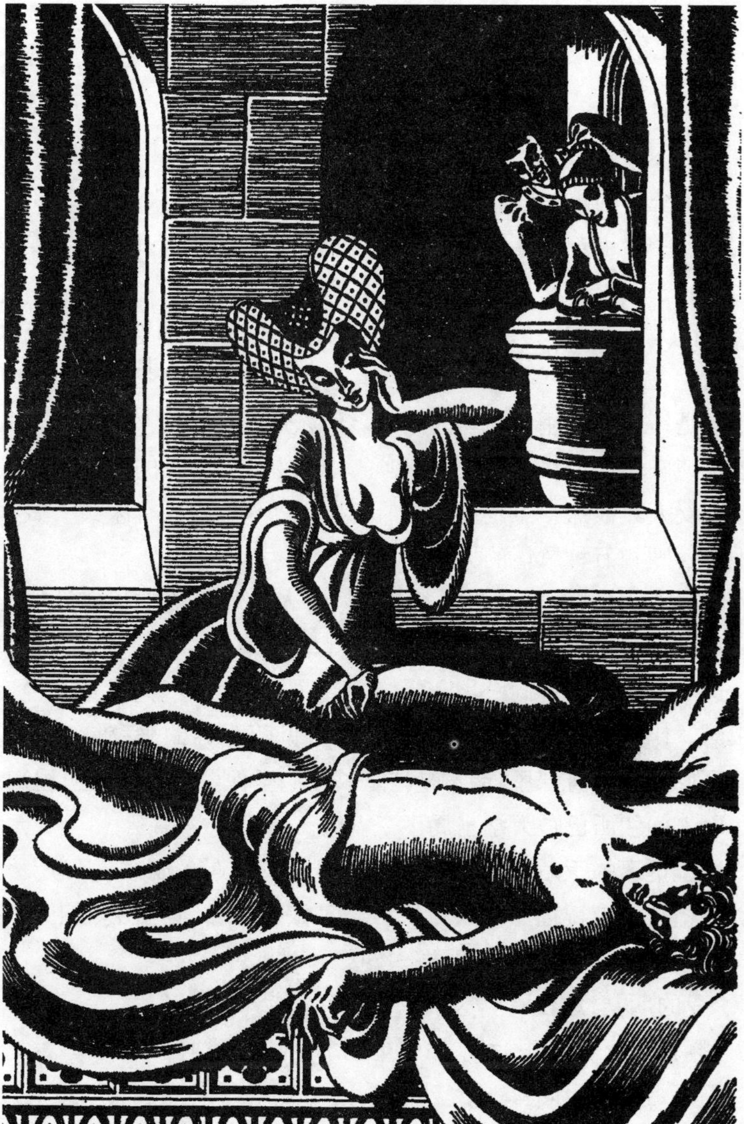

大统领夫人

三军统帅阿玛尼亚克贪图财富,娶了博讷伯爵夫人为妻,殊不知伯爵夫人已经迷上查理六世国王陛下的侍从长的儿子小萨瓦齐,爱得死去活来。

这位大统领作战勇猛无比,可惜其貌不扬,全身的粗皮糙肉长满浓密的长毛,杀气腾腾的话整天不离口,老是忙于绞死个把人,盼望打仗,要不就是策划并非用于情场的谋略。所以这个好士兵不关心如何为婚姻这块炖肉添加调料,对妩媚的妻子如一般志向远大的男子那样颇为冷淡。女人最恨这一点也有道理,因为她们不喜欢只有床架子做她们的千娇百媚和万种风情的见证人。

因此,美丽的伯爵夫人当了大统领夫人后只有更加迷恋她的心上人萨瓦齐,后者自然心领神会。

这两位研究的是同一种音乐,他们很快就调好了琴弦,或者说读懂了乐谱。伊莎贝拉王后[1]看得很清楚,常见萨瓦齐的坐骑待在她的表兄阿玛尼亚克的府邸里,而不是侍从长住的圣保罗公馆。众所周知,侍从长原先的住所已被大学当局下令拆毁。

这位贤惠的王后担心表妹博讷伯爵夫人会遇到麻烦,因为大统领拔剑出鞘与神甫祝福一样来得快。某日做完晚祷,伯爵夫人正与萨瓦齐一起把手伸进圣水盆,精明过人的王后对她说:

"我的朋友,您没看到这水里有血吗?"

"啊!"萨瓦齐对王后说,"须知爱情嗜血,夫人!"

王后觉得这个回答很妙,当下牢记在心;后来她的国王夫君把她的

---

[1] 巴伐利亚的伊莎贝拉,法国王后(1385—1422),在丈夫查理六世患精神病后摄政,先是支持奥尔良的路易,反对勃艮第公爵无畏的约翰,挑起阿玛尼亚克党与勃艮第党的战争,后来又与勃艮第公爵和英国人联盟。

一名情人活活淹死,此话果真应验。您会在本篇故事里读到这个情人如何开始得宠。

您从多次亲身经历知道,恋情初期,双方都怕内心的秘密为外人所知,出于谨慎,也由于瞒着旁人幽期密约本身包含的乐趣,两位恋人似在比赛谁做得最隐秘。后来有一天偶然疏忽,过去的种种明智措施便统统失效,不是女的得意忘形,误触罗网,就是男的暴露自己在场,或在告别时遗留蛛丝马迹,诸如裤子口袋里的杂物、绶带或者马刺什么的要命东西,这就好比一把利刃挑断了两情缱绻编织的锦缎。话说回来,只要眼前日子过得称心,犯不上终日提心吊胆怕死。如果真有痛快的死法,做个风流鬼倒在丈夫的利剑下便是一种!大统领夫人的恋情就是这样告终的。

某天早晨,由于勃艮第公爵弃了拉尼城仓皇逃窜,阿玛尼亚克先生暂且无事,便想对夫人道声早安。为了不惹她生气,他想轻轻摇醒她。夫人睡意正浓,连眼皮也懒得睁开,就回答说:

"别吵我,查理!"

大统领听到这个并非他自己所有的名字,气得嗷嗷叫:"不成,这婆娘把我当做查理了!"

他不再去碰妻子,当即跳下床,满腔怒火,宝剑出鞘,直奔楼上伯爵夫人的贴身女仆的卧房。他猜想这侍女必定拉了皮条,就冲她大发雷霆吼道:

"地狱里的贱货,赶快念你的经文吧,我这就把你宰了,因为有个叫查理的常来这里!……"

"老爷,"女仆答道,"谁告诉您有这回事了?"

"记着,假如你不招认他们如何勾搭成奸,如何明来暗往,我立即要了你的小命;假如你的舌头打结,稍有抗拒,我立即一刀把你钉死在床上……说吧!"

"您钉死我吧,"侍女说,"您什么都不会知道!"

大统领一点不欣赏这个勇敢的回答。他盛怒难遏,一匕首就把她刺了个透心凉。然后他走回妻子的卧房,在楼梯上遇到马夫,后者是被侍女的惨叫吵醒的。

"您上去看看,我刚才教训比叶特下手重了一点!……"

在与博讷夫人再次见面之前,他先去找自己的儿子。不顾那孩子睡得正香,他粗手笨脚把他硬拽到夫人跟前。

做母亲的听到孩子的哭叫,自然就睁开眼睛。她看到丈夫抱着孩子,右手沾满血迹,杀气腾腾瞅着他们母子俩。

"您怎么了?……"

"夫人,"这男人心狠手辣,劈头问道,"这孩子是我的种,还是您的情人萨瓦齐的骨血?"

博讷闻言脸色陡变,如受惊的青蛙跃入水塘一般扑向儿子。

"啊!他是您亲生的!……"她说。

"假如您不愿看到他的脑袋在您的脚下滚动,那就如实招来,——您为我配备了一个副手?"

"是的!"

"那人是谁?"

"不是萨瓦齐!……这个人我根本不认识,怎能把他的姓名供出来!"

大统领倏地站起身,抓住妻子的胳膊似欲顺势给她一剑,让她闭口。可她反而投去高傲的目光,喊道:

"来吧,杀了我吧,可您别再碰我!"

"我让您活下去!"丈夫又说,"因为我给您准备了比死更严厉的惩罚。"

鉴于女人为应付这类变故,事先或单独或在一起不分昼夜地研究过各种可能发生的情况,想好了机关、巧计、说辞和花招,大统领害怕会招来什么麻烦,说过这句狠毒里带着辛酸的话,就此告辞。他立即去盘问仆人。众人见他那副凶神恶煞的模样,无不如世界末日时向天主汇报一生功过那样回答问题。

主人直截了当地提问,机敏地作出判断。谁也不知道他遇上什么灾难,但是大统领从他们的回答得出结论,除了一条看守花园的狗,宅子里没有雄性动物与此事有关。那狗不解答话,气得他七窍生烟,当下把它掐死。

这一事实使他想到,副统领是从花园潜入他的公馆的。花园对外只有一个出口,是开在河边的暗门。

有必要告诉不了解阿玛尼亚克公馆的地形的读者,公馆占着紧靠圣保罗皇家产业的一大块地面。那地方后来营造了隆格维尔家族的宅第。

话说那时候阿玛尼亚克的住宅有一讲究的石门开在圣安东尼街上;住宅里里外外全部加固,临河那一侧面向母牛岛的高墙上建有墙角塔,那地方今天是河滩广场。国王的掌玺大臣杜普拉红衣主教①府上长期保存着这所府邸的写生图。

大统领动足脑筋,把他知道的所有计谋都想了一遍,选定其中最高明的一招,按眼前的情形一一安排妥当。那情人如狡兔被套上活结,必定落入他的掌心。

"天打雷劈的,"他说,"只要抓住给我头上栽角的那个混蛋,我有的是工夫细琢磨怎样收拾他。"

这位遍体浓毛的好统帅曾与无畏的约翰公爵②多次血战沙场,下面是他为攻击自己的秘密敌人下达的作战命令。

他召集部下最受宠信、箭法最高超的弓箭手,把他们部署在码头那边的高塔上,命令他们对府中除大统领本人外意欲从花园里走出来的人一概射杀,违令者将严加惩处,相反对女主人爱上的那名贵族,不论白天黑夜,都要放他进来。

全体仆人,包括管理小教堂的神甫在内,都被告知不得外出,否则格杀勿论。

然后他把府邸的两侧托付给亲兵连,要他们严密监视横街小巷。那借给大统领一对角,帮他安装在头上的不知名的情郎此刻还毫无觉察,待他按习惯准时前来把自己的战旗大模大样插在伯爵老爷的合法

---

① 安多尼·杜普拉(1463—1535)在弗朗索瓦一世时代任红衣主教(1527),晚于本故事假托的查理六世(1380—1422 在位)时代。

② 无畏的约翰(1371—1419),勃艮第公爵,在查理六世患精神病后与奥尔良的路易争夺权柄。阿玛尼亚克伯爵贝拿л七世是奥尔良的查理一世的岳父,在亲家公奥尔良的路易被无畏的约翰谋杀后成为奥尔良派的首领。

住所的中央时，谅他插翅难飞。

这个陷阱设得如此周到，最狡猾的人也无逃脱之理，除非他如圣彼得受救世主的保护一样得到天主的保护。某天圣彼得忽发奇想，要与救世主一起试试海面是否与陆地一样结实，是救世主施展神通，免了圣彼得的没顶之灾。

大统领当天需要会见普瓦西的居民，饭后还要骑马外出。博讷伯爵夫人知道他的日程，头天晚上就给她的年轻效力者下了战表。每场短兵相接，总是她得胜。

这一边大统领在府邸周围摆下阵势，并在暗门出口埋伏亲信，专等擒拿不知将从哪里掉下来的情郎。那一边伯爵夫人也没闲着，没拿捆绑豌豆和在煤堆里找黑母牛作消遣。

被钉在床上的贴身女仆先是拔掉刺透她身体的匕首，然后挣扎着来到女主人房里，告诉她那位戴绿帽的夫君并不掌握任何情况。咽气之前，她着实安慰了亲爱的女主人，跟她说她有事可以信赖她的妹妹。她妹妹在公馆里当洗衣妇，为讨夫人喜欢，就是把自己剁成做香肠的肉糜也在所不辞；又说她是本区最伶俐最调皮的婆娘，从图奈尔到特拉呼阿尔十字架的小百姓无人不知她善于应付偷偷摸摸的情侣遇到的各种紧急情况。

她的贴身女仆说完就咽了气，伯爵夫人伤心之余，派人把洗衣妇找来，叫她放下浆洗的活，与她一起倒腾搜罗诸般妙计的口袋。夫人愿以自己未来的全部幸福为代价保全萨瓦齐的性命。

两个女人首先想到的是通知他本宅主人已起疑心，要他老老实实待在自己家里。

于是那洗衣妇如满载的骡子背着一大包衣服，想走出公馆。她在大门口遇到一名精骑兵把门。任凭她说得舌敝唇焦，那人总是佯装没有听见。她对女主人极为忠心，便下决心从那名士兵身上最弱的部位攻开缺口，百般挑逗他。士兵虽然全副武装，如上阵厮杀，配合她的游戏倒也曲尽其妙。不料事毕之后，他仍不放她上街。她又设法让长得最英俊的几名士兵发给她通行证，满以为漂亮小伙必定多情，殊不知没有一名弓箭手、精骑兵或其他士兵愿为她打开一道门缝。

"你们这帮恶棍,忘恩负义,"她冲他们喊,"得了便宜不知回报……"

好在她在作这番周旋时已把一切打听明白,当下急匆匆赶到女主人身边,告诉她伯爵的奇怪措置。

两个女人再次商量。她们议论这全套战争设施,守望、防卫、军令以及其他蹊跷的、隐蔽的、莫测高深的、居心险恶的布置,用不了唱两遍"哈利路亚"的工夫,就凭任何女人都有的直觉,悟出那位可怜的情郎大难临头。

夫人获悉,惟独她被允许出门。她冒险利用这个权利,但出门不到一箭之远就折回来了,因为大统领命令他的四名侍从骑士时刻伴随伯爵夫人,又吩咐两名掌旗官与她寸步不离。

可怜的大统领夫人返回卧室,不由伤心大哭。教堂里挂的画幅上所有的玛德兰娜合在一起痛哭也不过如此。

"完了,"她说,"我的可人儿就要遭殃,我再也见不到他了!……他说话那么温柔,消愁解闷时那么招人爱。这颗俊俏的脑袋曾经无数次搁在我的膝头休息,眼看就要保不住了……可叹我不能用一颗一文不值的空脑袋代替这秀美的、价值连城的头颅,把它扔给我的丈夫……用一颗臭脑袋代替他香喷喷的脑袋,一颗可恨的脑袋代替他可爱的脑袋!……"

"这么着吧,夫人,"洗衣妇说,"勒克的儿子对我着了迷,老是纠缠我;我们找一身贵人穿的衣服给他穿上,把他从暗门推出去……"

说到这里,两个女人对看一眼,目光里充满杀机。

"这捣蛋鬼的脑袋一被砍下来,"洗衣妇接着说,"那帮当兵的就会散伙。"

"想得不错,可你能保证伯爵认不出那替死鬼?"

伯爵夫人连连摇头,擂胸喊道:

"不!不!我的朋友,注定要流贵人的血,不折不扣。"

她沉思片刻,然后高兴得跳起来,搂着洗衣妇的脖子说:

"多亏你出的点子,我有办法救我的情人了!我今后一定给你养老送终!……"

伯爵夫人说完擦干眼泪，重整花容如待嫁的少女，系好腰际的钱袋，带上日课经前往圣保罗教堂。她已听到钟响，最后一次弥撒马上就要举行。大统领夫人与朝中游手好闲的全体命妇一样，从不错过这个对天主表示虔诚的华丽仪式。人们管这场弥撒叫"锦绣弥撒"，因为出席者不是花花公子、名门后裔、年轻贵族，就是异香袭人、酥胸高耸的贵妇人。总之，那里没有一袭长袍上不饰纹章，没有一对马刺不镀金。

于是伯爵夫人飘然出府，留下洗衣妇在公馆里窥伺动静。她摆开全副仪仗，带着四名侍从骑士、两名掌旗官和其他士兵来到教堂。

至此需要说明，教堂里围着贵妇人打转的漂亮骑士们中间，不止一个为伯爵夫人倾倒，以能与她接近为无上乐事。年轻人总是同时追逐好几个女人，多多益善，以求至少能征服其中一个。

这些猎艳的猛禽总是大张着嘴，目光眈眈投向长凳上手持念珠的信女，而不是祭坛上的神甫。伯爵夫人对其中一位偶尔报以青睐，因为他比所有其他人更执着，更痴心。

此人总是背靠一根柱子不言不语，不挪位置。只要能见到自己选定的、愿为之粉身碎骨的贵妇人，他就心满意足。他苍白的脸上罩着愁云，更显柔美。他的容貌证明他有一颗豪迈的心，以火热的激情为滋养。爱情虽得不到回报，也无碍一往情深，因为在绝望本身中也能找到甜蜜。这种人可是少见，因为通常人们更爱您知道的那桩事情，而不是在灵魂最深处如花初放一般绽开的不可名状的柔情。

这名贵族虽然穿的衣服剪裁得体，整洁简朴，甚至举止饶有风度，伯爵夫人仍觉得他是一名穷骑士，除了斗篷和剑没有别的行李，从远方来到京城寻求荣华富贵。

既因为猜到他清寒不愿告人，也因为知道他深爱着自己，兼之他气度不俗，身材挺拔，一头黑发，待人谦卑，事事顺从，伯爵夫人满心祝愿他能获得财富和女人的欢心。此外，为了不让追求者失业，也出于精明的家庭主妇的算计，逢到自己一时高兴，她也给他尝点小甜头，瞥他一眼以示鼓励，那目光便如毒牙锋利的蝰蛇向他游去。她身为皇亲国戚，惯于玩弄远比一个普通骑士更珍贵的东西，根本不顾这年轻人的吉凶。她丈夫大统领就是拿整个王国去冒险，好比你我打牌时拿一个银币做赌注。

还在三天前，晚祷完毕后，大统领夫人曾对王后使了个眼色，让她注意这个痴心情郎，然后笑着说：

"这是一位上品男子。"

这个说法进入优雅的语汇，后来也用于专指朝中大小臣子。法语之所以有这个漂亮的表达方法，追本溯源端赖阿玛尼亚克夫人所赐。

伯爵夫人偶尔言中。这名青年贵族是没有自己的旗号的骑士，名叫于连·德·博瓦-布尔东，他从父亲的采邑继承到的树林还不够做一根牙签用，除了已故的母亲传给他的优厚禀赋，他没有别的财产。他立意到朝廷里来运用这天赋的资本，因为他知道朝中命妇嗜好此项资本提供的出息，尤爱在日落后日出前不出岔子安然享用。许多人与他想在一块儿，为闯出自己的路而走了女人的窄路。不过他远没有分期分批使用自己的爱情，而是初次在锦绣弥撒上见到博讷伯爵夫人光彩夺目的美色，便一股脑儿统统倒出来。他真的堕入情网，这对他的钱袋倒也大有好处，因为他从此变得茶饭不思。这种爱情是最坏的一种，它禁止你接近所爱的对象，同时使你自发禁止饮食，这双重的疾病足以拖垮一个男子汉。

大统领夫人想到的就是这个年轻人。她赶紧去找他，为的是要他的性命。

她步入教堂，看到可怜的骑士背靠柱子站着，期待着见她一面带来的快乐。他渴望她的来临如病歪歪的人渴望阳光、春天和朝霞。夫人随即移开目光，想走到王后跟前求她帮助自己摆脱困境，因为王后也怜悯她的情郎。不料一名队长毕恭毕敬对她说：

"夫人，我奉命不准您与任何女子或男子谈话，与王后或您的听忏悔神甫说话也不行。您若违令，我们大家的性命都难保。"

"你们不是以赴死为天职吗？"她答道。

"还有服从！……"当兵的说。

伯爵夫人只得待在她惯常的位子上做祷告。她又看了痴心的情人一眼，发觉他的脸庞从未如此瘦削、凹陷。

"也好！"她心里想，"不必为送他去死而过于不安！他已是半个死人了。"

想到这里，她向这青年贵族飞去一个惟有公主王妃和高卢女人才配做的媚眼。她那双美目传递的虽是虚情假意，柱子前的多情种子已被搅得不能自持。生命的热力向你袭来，如潮如涛充溢你的心脏，谁能不喜欢此中况味？

从骑士给她的沉默的回答，大统领夫人知道自己神奇的目光无所不能，这种体验给女人心灵带来的乐趣亘古常新。事实上，骑士两颊的红晕比最动人的拉丁文或希腊文布道词更雄辩，更易领悟。伯爵夫人看到他这副慵态，为了确证这与气温无关，乐意试验自己的目光究竟有多大威力。她不止三十次朝他看去，直使他热得无以复加，才深信这个年轻人可以毫不犹豫为她赴汤蹈火。这个想法使她大为感动，以致她在祷告中间足足三次强忍住不把男子汉的所有快乐收集成一堆，供他在一次销魂中尽情享用，免得日后有人责怪她不仅断送了这个年轻贵族的性命，而且剥夺了他的幸福。

但等主祭神甫转过身来向装扮得花团锦簇的善男信女唱出散场词，大统领夫人便从那痴心汉倚靠的柱子那一边退场。从他面前走过时，她使个眼色示意他跟在后面。然后，为使他对这个悄悄的召唤的含意明确无误，这鬼灵精婆娘走过去之后又回眸相视，暗示要他做伴。

年轻人本已挪了一下位子，但他自觉身份太低，仍不敢起步。看到伯爵夫人的临去秋波，他确信并非自己自作多情，就混入人群，迈着小步轻轻地走，如毛头小伙子不好意思在人们称之为坏地方，实为好去处的场所抛头露面。不管他趋前退后，靠左靠右，大统领夫人总是向他投去闪亮的目光以便进一步引他上钩，如渔夫轻轻抬高钓竿以便掂量鲍鱼的重量。

总而言之，伯爵夫人干起专把圣水引进她们的磨坊的风月女子的行当来是那么老练，简直可以说没有比出身高贵的女人更与婊子相像的。

果不其然，大统领夫人走到公馆大门口，先是犹豫片刻，然后又转过头来，朝可怜的骑士飞去一个勾魂摄魄的媚眼，示意他跟进。年轻人相信她在召唤他，便向心中的女王奔去。伯爵夫人立即伸手让他搀住；

这两个人出于相反的原因既心急火燎又全身颤抖，双双跨进屋内。

在这不祥的时刻，阿玛尼亚克夫人因为自己做出那么多下贱勾当引诱一个人去死，为了搭救萨瓦齐而对他不忠，不由感到羞耻。不过这轻微的内疚与严重的悔恨同样不牢靠，而且姗姗来迟。看到一切上轨合辙，大统领夫人便偎依在她的效力者的胳膊上，对他说：

"快到我的房间里去，我有事跟您说……"

他全然不知事关自己的性命，对即将来临的幸福的期待使他喘不过气来，说不出话来回答。

洗衣妇见到这个漂亮贵族这么容易就上钩，就说：

"倒也是，干这种活，只有朝中的贵妇人最在行！"

然后她对这位朝臣深施一礼，这个做派显示她对有勇气为那么小的事情去死的人既怀敬意，又存嘲弄。

"庇卡底女人，"大统领夫人拽住洗衣妇的短裙对她说，"我没有勇气告诉他，我将用什么来报答他沉默不语的爱情和他对女人的诚实的坚定信念。"

"嘿，夫人！有必要告诉他吗？打发他高高兴兴从暗门出去吧！……战场上有那么多人白白送命，这一位就不能为了某件小事去死？……假如这能给您安慰，我可以造出一个与他一模一样的。"

"得了得了！"伯爵夫人喊道，"我要对他如实交代！……这将是对我的罪过的惩罚……"

那个陌生情郎以为他崇拜的夫人正与女仆商量一些细微安排以及秘密部署，以便待会儿与他谈情时不受干扰，故此他知趣地与她们拉开距离，拿看苍蝇飞来消遣。不过他觉得夫人胆子忒大，同时又想出一千条理由来为她的大胆辩解，认为自己配得上她为之神魂颠倒。换了个驼子在这种场合也会这么想的。

他正想入非非时，大统领夫人推开卧室的门，邀他跟进去。

到得屋里，这位显赫的贵妇人放下她的高贵架子，变成一个普通女人跪倒在年轻骑士的脚下。她说：

"唉！漂亮的老爷，我对您犯有大过。容我道来！……您走出这所房子时就要送命……我爱另一个人爱得发狂，使我昏了头脑；您不能在这里取代他的位子,却要在他的凶手面前顶替他……我给您许下的快乐其实……"

"好说,"博瓦-布尔东把绝望埋在心底,答道,"您使用我像使用一件属于您的东西,我对此深表谢意……是的,我那么爱您,每天做梦都想效法别人对他们崇拜的贵妇人的做法,把人生只能得到一次的东西奉献给您!……请拿走我的生命吧!"

可怜的骑士说这番话时死盯着她看,今后只怕见不到她,现在该看个饱。

博讷夫人听到这勇敢的、痴情的表白,突然站起来说:

"啊!要不是有了萨瓦齐,我不知该怎么爱你才好!"

"算了,无非是我命中注定的事发生了!占星师预言我要为自己所爱的一位贵妇人而死!啊,天主!"博瓦-布尔东握住他的佩剑把手接着说,"我的性命反正不会白给,只要想到自己是为着心上人的幸福而死,我咽气时也是高兴的!……我活在她的记忆里比活在世上更好!"

看到这勇敢的年轻人的动作和他发亮的脸色,大统领夫人不由对他生了十分爱恋之心。可是他似乎不求她赏赐什么好处就有意离她而去,这使她的自尊心大受损伤。

"来呀,让我给您披挂上阵!"她边说边做出要拥抱他的样子。

"啊,我的夫人,"他在回答时两眼含着泪水,模糊了火辣辣的目光,"您若把我的生命看得太重,这会使我舍不得去死……"如此炽烈的恋情征服了伯爵夫人,她当下喊道:

"来吧!我不知道这一切会有什么结果,不过你先过来!……这以后,咱俩一起到暗门口去送死!……"

同一把火燃着了他们的心,同一组和声为他们鸣奏,他们用同一种方式紧紧搂抱。我但愿您也体验过这般癫狂疯魔,总之他俩如痴如醉,忘了萨瓦齐和他们自己的灾难,把大统领、死亡、生命和其他一切统统抛到九霄云外。

且说另一头,在大门口望风的人忙去通报大统领,要跟他说情郎已经来了,这个贵族丧失理智,夫人枉自在望弥撒时和回家路上不断向他使眼色，劝阻他别来送死，他就是不听云云。

他们碰上主人正风风火火赶往暗门口，因为码头那边的弓箭手也向他报信了，隔着老远就冲他喊道：

"萨瓦齐老爷进去了！……"

萨瓦齐确实准时前来赴约。与普天下的情郎一样，他一心想着自己的心上人，根本没有看见伯爵设下的探子，就从暗门溜进花园。

大统领误把这两个情郎当做同一个人，因此才打断从圣安东尼街方向来的人的话头，不容反驳地挥了挥手说道：

"我知道野兽落网了！"

于是众人鼓噪着冲进暗门，喊道：

"杀啊！……杀啊！"

精骑兵、弓箭手、大统领、队长，一齐扑向国王的教子查理·萨瓦齐，在伯爵夫人卧室的窗户底下把他团团围住。事有凑巧，那可怜的年轻人的痛苦呻吟与士兵们的呐喊混成一片时，屋子里这对情人也正难解难分，一迭连声喘气、叫喊。他们这下可害了怕，赶紧草草了事。伯爵夫人吓得脸色煞白，说道：

"不好了，萨瓦齐为我而死了！……"

"可是我将为您而活着！……"博瓦-布尔东答道，"就是让我用他付出的代价来偿付我的幸福，我也觉得三生有幸！……"

"快躲到这柜子里去！"伯爵夫人喊道，"我听到大统领的脚步声！"

阿玛尼亚克老爷手里提着一颗脑袋，果然露面了。他把血淋淋的人头放在壁炉的炉台上，说道：

"夫人，这幅图画会教给妻子应如何对丈夫尽义务！"

"可您杀了一个无辜者！"伯爵夫人面不改色回答说，"萨瓦齐不是我的情人！"

说着，她使出女人特有的那种说谎不脸红的胆量和本领，傲慢地望着伯爵。那当丈夫的当下傻了眼，尴尬如姑娘家在大庭广众前不慎通了下气。他疑心自己捅了娄子。

"那么您今天早晨想的是谁？……"他问道。

"我想的是国王！"她说。

"既然如此,我的朋友,您为何不明说呢?"

"您发着牛脾气,我就是说了您能信吗?"

大统领摇了摇耳朵,接着说:

"可是萨瓦齐怎么会有暗门的钥匙呢?"

"我也不知道,"她简短回答说,"但求您尊重我,相信我说的都是实话。"

说完,大统领夫人如随风转动的风信鸡旋转脚跟,示意要去照料家务。

阿玛尼亚克先生不知如何处置可怜的萨瓦齐的脑袋才好。另一方面,博瓦-布尔东听着伯爵独自嘀咕不休,丝毫没有想咳嗽的意思。

最后大统领猛捶两下桌子,说道:

"我得去见普瓦西来的人!"

他随即走了。等到夜幕降临,博瓦-布尔东随便换了身衣服就溜出公馆。

伯爵夫人为她可怜的情人萨瓦齐流了许多眼泪;她为解救朋友,做了一个女人能做的一切。后来萨瓦齐不止赢得泪水,还被怀念,因为大统领夫人把这件奇遇告诉了伊莎贝拉王后,王后深为年轻贵族博瓦-布尔东的品格和勇气所感动,把他从自己的表妹那里挖过来,转而为她本人效力。

博瓦-布尔东是死神大力推荐给贵妇人的男子。

自从王后赐给他荣华富贵之后,他傲视一切,乃至对查理国王也出言不逊。有一天那可怜人正好头脑清醒,便有嫉妒博瓦-布尔东的朝臣告诉他说,他已戴上绿头巾。

博瓦-布尔东当即被缝进一个口袋,运到大家都知道的沙朗东渡口,扔进塞纳河。

我不需要补充说,自从大统领鲁莽地动刀弄剑之后,他欠下的两条人命便成为落在他的好妻子手里的把柄。她经常抬出这两个死人来敲打他,最终把他的脾气变得如猫的软毛一般柔和,成为听话的好丈夫。

他逢人就夸大统领夫人规矩、正派,她也确实如此。

因为本书理应恪守伟大的古代作家的箴言,在您捧腹大笑过后再奉上一点有益的东西,赠给您几句高雅的格言,我要告诉您,这个故事的精华如下:

女人在处境危急时绝对不要惊慌失措,因为爱情之神断不会抛弃她们,尤其是如果她们年轻、美丽、出身高贵。

其次,情郎赴幽会时绝不要冒冒失失,而应该谨慎从事,看清销魂窟四周的情况,以免堕入陷阱,以便保全自身。这是因为,在一个好女人之后,世界上最宝贵的东西肯定是一个俊俏的贵族。

蒂卢兹的娇娃

距蒂卢兹城不远有一领地名瓦莱恩,领主老爷住在堡中,娶一瘦弱女子为妻。那女子不知是别有嗜好还是厌恶此道,喜欢他事还是不悦此事,也不知是因病规避还是为了自身健康,总之不让她的夫君享受一切婚约中均规定男方有权得到的甜蜜。

话说回来,这位老爷不喜整洁,终日在外狩猎,与屋子里的烟气一般不招人爱。此外,这位猎手已年过六十,虽说他与吊死鬼的寡妇讳言绳子一样闭口不谈自己的年龄。

上苍造人,与匠人织地毯本无二致,预先不知成品好坏,因此世上颇多五官不全、瘸腿、瞎眼、丑陋之辈。造化对这般人偏与美男子一视同仁,赋予他们七情六欲,与常人尝同一菜汤不会品出两般滋味。故此,凡是兽类终会找到栖身之地,正应上一句俗话:不怕罐子破,自有破盖配。

瓦莱恩老爷到处寻觅精致的罐子,好把自己当盖子配上去。除了猎取飞禽走兽,他也追逐某种穿连衫长裙的小动物,不过他的领地上此类猎物出产甚少,何况不花掉大笔银子,休想叫一个处女卸掉贴身短裙。

多亏他四处搜索、打听,后来有人告诉他,蒂卢兹地方一位织布匠的寡妇,家中养有一女,年方十六,堪称绝色。做母亲的与女儿寸步不离,对她的行动严加防范,连上厕所也跟在后头。晚上让她与自己同睡一床,整夜守着她。一早就叫她起来,派她干活。母女俩辛苦劳作,每天能挣到八个苏。逢到宗教节日上教堂,寡妇更不放松监视,留给女儿的闲空只够她听到小伙子们说一句半句风话。碍着老婆子,谁也不敢动手动脚。

却说时世艰难,孤女寡母挣来的面包仅够维持生命,不致沦为饿殍而已。两人寄居在一个穷亲戚家里，冬天缺柴，夏天少衣，积欠的房租足以吓倒法警，而法警这号人是轻易不会因别人负债而吃惊的。总而言之，女儿出落得越发漂亮，寡妇的日子越发艰难。为了保全女儿的贞操，做母亲的拉下不少亏空，好比炼金师眼看全部家当都熔化在坩埚里。

瓦莱恩老爷打听确凿以后，遂于一个下雨天，假装碰巧路过，踅进以纺纱为生的母女俩借住的破房子。他借口要烤干衣服，派人到邻近的普莱西去找柴禾。等候的工夫，他在母女俩之间一张方凳上落座。

借助屋里半明不暗的光线，他看到蒂卢兹娇娃的丽姿秀色。只见她两臂红润瓷实，胸前双峰高耸，如两座碉堡守卫一颗冷漠的心；腰肢滚圆，如初生的橡树干；浑身上下清新、纯净、令人垂涎如新鲜果子冻，青翠柔媚复如四月里萌发的嫩芽。总而言之，她与世界上一切美好事物莫不相像。她的双目湛蓝，流露谦卑、听话的神情，目光比圣母的还要安详，因为她未经生育，涉世尚浅。

倘若有人对她说："姑娘愿意寻欢吗？"

她会说："好啊，可怎么弄呢？"

对于世情她委实一窍不通。

话说领主老爷坐在方凳上不住扭捏作态。他闻到处女身上的芳香，不由摇头晃脑，宛如一只见了核桃眼馋的猴子。那寡母看在眼里，不敢做声，因为她害怕这富甲一方的领主。

但等柴禾借来，在炉膛里烧着，猎人便向老太婆说：

"啊哈！这火力真旺，简直跟你家闺女的眼睛一样。"

"老爷啊，"老妇人说，"可我家没有食物放在火上煮。"

"会有的。"老爷答道。

"怎么说？"

"听着，我的朋友，我太太需要一名贴身女仆，叫你家闺女来上工吧。我们每天给你两捆柴禾的工钱。"

"请问老爷，就算我的炉灶里天天生火，又拿什么煮来吃呢？"

"我让你喝上粥，"老家伙说，"我每个季度给你一石麦子……"

"这么多麦子，我又往哪儿放呢？"

"放在你的箱子里。"

"可我没有箱子,没有柜子,什么也没有。"

"那好办,我送给你箱子、柜子、锅子、祝过圣的树枝,外加一张带帐檐的床,应有尽有。"

"好倒是好,"寡妇说,"可我没有房子,下一场雨就把一切都糟践了。"

"打你这儿不是望得见图贝里埃尔那所房子吗?为我照管猎犬的皮勒格兰从前住在那里,可怜他被一头野猪顶破肚子送了命。"

"是的,我望得见。"

"我让你搬进去住,住到老死。"

"老天哪,"老太婆高兴得拿不住手中的纺锤,"您此话当真?"

"当真。"

"那您给我女儿多少工资?"

"只要为我干活,她要多少我给她多少。"老爷说。

"我的老爷,您莫非在开玩笑?"

"岂有此理!"

"我不信!"

"以圣加蒂安、圣埃洛台尔的名义,以亿万个在天上折腾的圣徒的名义,我向你起誓……"

"那好,既然您不开玩笑,"老太婆说,"最好能当着公证人立一张字据,这样我才放心。"

"我请基督的血和你女儿身上最动人之处作证,难道我不是贵族老爷?君子一言,驷马难追!……"

"我不说您说话不算数,老爷,可我这个可怜的老婆子靠纺纱绩线活命,闺女是我的心肝宝贝,我离不开她……她年纪太小,身子太弱,帮人干活会把她累垮的。昨天神甫讲道时,还说我们应该在天主面前对我们的子女负责……"

"行了行了,"老爷说,"叫公证人来吧。"

一名老樵夫赶去请公证人。后者来了,当真立下一张文书。老爷不识字,画个十字权当签名。一切停当以后,他对老太婆说:

"现在该我问你,你能不能在天主面前对你闺女的贞操负责?"

"老爷啊,神甫说孩子懂事以前父母要对他们负责。我家闺女早就懂事明理了……"她随即转过身子对女儿说:

"玛丽·费凯,你最宝贵的东西是名誉。你要去的那些地方,且不算老爷本人,人人都想打你的主意;不过你知道女儿家的名誉有多金贵……所以你失身之前千万要慎重,不能胡来。为了不在天主和男人面前丢尽脸面,——明媒正娶又当别论——事先你应该让对方立下婚书;否则你吃亏就大了……"

"是的,母亲。"那娇娃说。

于是她就离开母亲的破房子,到瓦莱恩城堡去伺候夫人。夫人觉得她很漂亮,挺招人爱的。

瓦莱恩、萨塞、维莱纳等地的居民获悉蒂卢兹娇娃的身价如此贵重之后,那帮做母亲的这才明白女儿家的贞操比什么都值钱,于是尽心竭力教养自己的女儿守身如玉,不过干这一行与养蚕同样担风险。蚕有三灾六难,贞操则像枇杷一样,熟了不摘,就会烂在树上。但是都兰省仍有几名女子以此闻名,各家修道院里盛传她们冰清玉洁,我却不敢担保,因为我没有机会用韦尔维尔传授的方法去检验她们的德行……

玛丽·费凯恪守母亲的忠告,任凭主人百般哀求,说尽甜言蜜语,使尽花招,就是不理不睬,除非他诚心给她找一门好亲事。

每当老领主作态要行使暴力,她就像母猫见到雄狗靠近一样惊慌,高声叫喊:

"我要告诉夫人……"

总之,半年过去,老爷还没有捞回一捆柴禾的本钱,由他费尽心机,费凯始终严拒。有一天领主老爷再次向她求欢,她回答说:

"您夺走我的贞操后,难道还能原璧奉还吗?"

另一次她说:"就算我身上的窟窿眼像筛子一样多,也没有一个归您受用;您实在太丑了!"

老爷把乡村粗话当做三贞九烈,越发对她做张做致,长篇大论地求爱,也不知赌了多少咒,发了多少誓。这老头儿整日价见到小妮子胀鼓鼓的前胸,偶尔透过短裙子还能瞥见一双圆滚滚的大腿,外加欣赏她身上足以使圣徒失去理智的其他部位,最终堕入情网,不能自拔。老人一旦花星照命,其爱欲必成几何级数与日俱增,与年轻人恰恰相反。这是因为老人用自身的弱点去爱,而弱点随着年龄增长;年轻人用自己的力量去爱,力量随着年龄减退。

故此,为了不使这个令人疯魔的小妮子再有理由拒绝,领主便把他家的膳食总管找来。此人年过七十,领主对他说他应该娶妻,以免独守孤衾,又说玛丽·费凯配他正合适。

年迈的膳食总管服务多年,已赚到三百利勿尔年金,只求安安稳稳度过余生,无意重开前门请出那话儿。老爷求他看在主人面上不妨结婚,并且保证他日后不必应付那桩差使。老总管为了给主人行个方便,只得同意。

立婚书那天,玛丽·费凯的顾虑统统都被解除,对苦苦追求她的老爷再也提不出任何责难。她以破身为代价得到一大笔嫁资,还有权在丈夫亡故后享有他的财产。然后她答应老色鬼,随时可以来找她睡觉。她许诺让他销魂的次数不亚于他送给她母亲的麦粒数;不过他这把年纪,一斗麦数也就足够了。

行毕婚礼,老爷一俟夫人上床安寝,便悄悄溜进他藏娇的金屋。那间屋子墙上有玻璃窗,地上铺席子,壁上挂毯子。老爷把他的心上人,连同田庄上的出息,他的柴禾、房子、麦子、膳食总管统统安顿在内。

长话短说,壁炉里炉火正旺,老爷在柔和的火光照耀下见到蒂卢兹的娇娃玉体横陈,惊为人间绝色。他嗅到处女身上特有的香气,当下觉得自己花的代价虽大,有福消受如此尤物,倒也值得。

然后,面对这般撩人春色,老爷再也按捺不住。他当年本是风月场上的魁首,这下正好在娇娃身上重振雄风。不料乐极生悲,他贪心有余,实力不足,围着方寸之地打转,始终不得其门而入。

过一会儿,那小妞见老骑士劳而无功,便一片天真冲他说:

"我说老爷,我想你已找到门路,请你胯下再加一把劲。"

这句话后来不知怎么传到外头,玛丽·费凯因此出名。今天我们这块地方,若要取笑刚过门的媳妇,还有人说:

"这可是一位蒂卢兹的娇娃!"意思就是说男子对付不了。

我不希望你新婚之夜在香衾里遇到这号女子,除非你对画廊派哲学身体力行,见怪不怪。

这种处境今天仍经常遇到,当事人多半硬着头皮学习斯多噶派哲人的坚忍不拔。因为物换星移,人性不变;不论都兰还是别地,总会有蒂卢兹的娇娃。

假如你现在问我,这篇故事的道德教训何在,对太太们我有权回答:

《趣话》宣扬及时行乐的道德原则,雅不欲以教训世人为能事。

假如提问的是腰腿不灵便的老色鬼,对他们的黄色或灰色假发深表敬意之余,我会说:

天主有意惩罚瓦莱恩的老爷,因为他企图用金钱购买本是赐给配得上的人享用的物品。

结拜兄弟

宠幸绝色佳人狄安娜的亨利二世国王君临天下的初期,犹存一项古风,后来此风逐渐衰微,最终与古时候许多好事情一样完全消失。这一高尚美好的习俗即是所有骑士都要选定一位朋友与之义结金兰。双方均有勇敢、正直的名声,结为义兄义弟后便生死不渝,不仅在战场上合伙杀敌,在朝廷上一方若被友人讥评,另一方必为之辩护。兄弟中有一位不在时,如有人指责他不光明磊落,心术不正或对主不忠,另一位必定会面斥此人满嘴胡言,二话不说就提出决斗,因为他对伙伴的名誉深信不疑。毋庸赘言,不管是做好事还是干坏事,一人总是充当另一人的助手,分担一切,荣辱与共。他们比亲生兄弟更要好,人之所以成为同胞兄弟无非是造化的偶然安排,而他们却是由一种特殊的、相互的、不由自主的感情联结起来的。在这种义气感召之下完成的壮举侠行足与古代希腊、罗马人及其他民族的事迹媲美……不过这并非本篇故事的题材。众所周知,我国历史学家们已将这些事情载入史册。

话说那时都兰省有两名年轻人,一位是玛耶家的幼子,另一位是拉瓦利埃老爷。他们在初立战功的那一天结为兄弟。两人都属蒙摩朗西元帅麾下,亲聆这位伟大统帅的教诲,并且证明了在这个英才辈出的集体中,人人奋勇,个个争先。他们在拉凡那战役的表现连资格最老的骑士也赞不绝口:那天两军恶战,拉瓦利埃虽说平时与玛耶有隙,却舍命把他救了下来;玛耶由此看出拉瓦利埃的心灵高贵。他俩的紧身短袄都开了花,用鲜血结成友谊,然后又在他俩的主人蒙摩朗西的帅帐下,躺在同一张床上接受治疗。有必要告诉各位,玛耶家族的成员个个姿容秀美,这位玛耶一反常例,徒有一股青春活力,相貌却不招人喜爱;他的身材如猎兔犬,肩宽腰圆,孔武有力如丕平国王。相反,拉瓦利埃城堡的老爷是个美男子,精致的花边、优雅的扎脚短裤和镂空鞋子好像是专为他发明的;他那银灰色的长发不让女人的秀发专美。简单说吧,所有女人都乐意与这个孩子玩在一起。某天太子妃——她是教皇的侄女——对爱听这类逗趣话的纳瓦尔王后笑道:"这个侍从骑士是帖灵药,包治百病!"都兰省的年轻人当时只有十六岁,听了这风流赞语还以为是对他的责备,当下羞得满脸通红。

玛耶家的幼子从意大利回来后,他母亲为他安排了一门好亲事。对方是德·阿纳博家的小姐,长得富态,而且坐拥巨资,在巴贝特街有一座陈设着意大利家具和油画的漂亮公馆,此外还有望继承许多领地。此后不久,弗朗索瓦一世驾崩,满朝文武大为恐慌,因为国王是染上那不勒斯病[①]才去世的,从今以后,即便与最尊贵的公主王妃同宿共眠,也难保安全。国王死后没几天,上面说的那位玛耶需离开朝廷到皮埃蒙特去处理某件要事。他自然撇不下青春年少、活泼好动、事事好奇的娇妻,不放心她成为一帮风流子弟的觊觎目标、追逐对象。这些人个个胆大如鹰,目光炯炯,喜爱女人犹如喜爱复活节的火腿。他既打翻了醋罐子,便看一切都不顺眼;反复考虑之后,他决定把妻子看守起来,下面我们就要讲他的做法。他请他的结拜兄弟在他动身那一天的清晨到他家来。一听到拉瓦利埃骑马进入院子,他就跳下床来,留下娇媚白嫩的妻子继续睡她甜美的懒觉。拉瓦利埃迎上前去,哥儿俩在窗口握手见礼后,拉瓦利埃随即对玛耶说:

"我收到你的信后,本应昨天夜里就来,可是我那位夫人约我幽会,我自然不得脱身。我一早就离开她了……你要不要我陪你出门?我跟她说了你要出远门,她信誓旦旦跟我说,绝不另寻新欢……就算她欺骗我,朋友总归比情妇宝贵!"

"好兄弟,"玛耶深为这番话感动,当下答道,"我要求你做更难的事情以证明你心灵的高贵,你愿意照管我的妻子,保护她抵抗所有人的不良居心,做她的向导,看住她,担保我的头上不长多余的东西?……我出门期间,你得住在我家的绿厅里,当我妻子的侍从骑士……"

拉瓦利埃皱着眉头说:

[①] 又称意大利病,即花柳病。

"我担心的倒不是你,不是你的妻子,也不是我自己,而是那帮恶人。他们会利用这件事挑拨离间,把我们的关系搅成一团乱麻……"

"你千万不要多心,"玛耶紧抱住拉瓦利埃,说道,"如果天主要我戴绿帽,我宁可让你受益,这样我多少也好过一些……可我一定会伤心死的,因为我太爱我的媳妇了,她那么娇嫩,品行又端正。"

说到这里,他转过头去以免拉瓦利埃看见涌上眼边的泪水。可是那位俊俏的朝臣已经看到,他强忍住才没哭出来,当下握住玛耶的手说道:

"好兄弟,我以人格担保,在任何人碰到你妻子之前,我先把刀子捅进他的五脏六腑……只要我活着,你回家时我担保你妻子的身子完璧无瑕,不过对她的心我不开保票,因为贵人也管不住别人的想法……"

"上天注定,我永远是你的仆人,欠你的情分!"玛耶喊道。

他说完就上马启程,不愿像女人家告别那样絮絮叨叨、哭哭啼啼,迈不开脚步。拉瓦利埃送他到城门口,然后回到府中,等玛丽·德·阿纳博起床后便告诉她玛耶已经出门,并表示自己完全归她调遣。他说话时伴随着十分优雅的举止,任是品行最端正的女子也禁不住要留下这位骑士在自己身边。对这位夫人念淑女经纯属多余,因为她已听到两位朋友的谈话,丈夫对她的不信任令她大为反感。看官须知,惟有天主才是完美无缺的!凡是人的想法,总有邪恶的一面。处理任何事情,包括抓一根棍子在内,只有从好的那一头着手方是高妙的处世之道,然而这却是做不到的学问。讨女人喜欢这件事之所以极其困难,正是因为她们身上有一件东西比她们更具女性,恕我不直呼其名,否则就有失对她们的尊重。总之,我们绝不应该逗起这个坏东西的古怪念头。做到对女人驾驭自如,这对男人实在太难,倒不如完全听命于她们。我以为,这是解开婚姻这个百思不解之谜的最好途径。话说玛丽·德·阿纳博很高兴骑士向她献殷勤,可是她的微笑带着一丝狡黠。说穿了,她有意让她的年轻看守人在信誉和快乐之间进退两难。她要用柔情蜜意包围他,周到体贴地伺候他,用勾人心魄的目光追逐他,直到他为了欢情而背弃友情。

一切都有利于她实现这一企图,因为拉瓦利埃住在公馆里,抬头不见低头见。女人一旦打定主意,世界上没有力量能把她们拉回来:那狡猾婆娘设下陷阱,非要他入彀不可。

她常要他坐在自己身边烤火,一直待到深夜两点钟,为他唱小曲,借各种机会向他展示自己迷人的双肩,让他隐约瞥见内衣下隆起的洁白肌肤,投去脉脉含情的目光,至于她心里的想法却是纹丝不露。

要不就邀他大清早在公馆的花园里散步,挽着他的胳膊,紧紧贴上去,不时长吁短叹,老要他为她系好散开的鞋带,而那鞋带也知趣,总是适逢其时地散开。

然后就是对他说许多温柔的话,为他做些女人最在行的事情,诸如关心客人的起居,探问他是否舒适,床铺暖不暖,屋子是否干净,通风好不好,夜里有没有过堂风,白天是否阳光太强,特别关照他有任何愿望千万直说:

"您有没有早晨在床上吃点东西的习惯?……喝点蜜水、牛奶或者来几片香料面包?给您开饭准时吗?我会满足您所有的愿望,您只管开口!……别怕对我提要求……但说无妨!"

不仅说趣话,还短不了撒娇,如在进屋时说:

"我叫您讨厌了吧,撵我走吧!……我得让您自由……我这就走……"

当然拉瓦利埃每次都彬彬有礼地请她留下别走。

而那狡猾婆娘每次前来总是敞胸露怀,有意展览她的肌肤的样品。一个人就是活到一百六十岁,枯槁干瘪如玛土撒拉老大爷①,见了这般艳色也不由他不动心。

玛耶的把兄弟本是个精细角色,任凭这婆娘做张做致,见她对自己十分体贴倒也高兴,因为这对他终归有利无弊。不过他讲义气,总对女主人提醒她有个丈夫出门未归。

某天晚上,天气奇热,拉瓦利埃担心那女人又有什么新花样,便对她说玛耶爱她甚深,她的丈夫视名誉如生命,为她热得发烫,绝对不能

---

① 玛土撒拉,《旧约》中以诺之子,传说他活了九百六十九岁。

容忍玷污门风之事……

"既然如此,"她说,"为什么又让您住在这里呢?"

"这不正是他的谨慎之处?"他答道,"难道不需要嘱托一个人来保护您的德行?倒不是说他需要提防您,而是为了保护您不受坏人的骚扰……"

"如此说来,您就是我的看守?"

"我以此为荣!"拉瓦利埃喊道。

"咳!"她说,"他可是挑错人了……"

说这句话时她使了个勾魂摄魄的媚眼,那好兄弟便铁青了脸以示不悦,撇下娇娃就走了。他拒绝在情场施展身手,反倒激起后者非欲得之而后甘心。

她埋首苦思,务求找出她遇到的真正障碍所在;做女人的不能理解好端端一名贵族男子竟会对价值连城的宝中之宝不屑一顾。这些想法串起来,衔接起来,一个勾住另一个,由线成片,最终织成爱情的大网,把她裹在里面了。女人们应引此事为教训,不要去玩弄男人的武器。谁摆弄胶水,手指上难免要沾上一些。

想到最后,玛丽·德·阿纳博落到她本应由此开头的想法上:那位好骑士既能躲开她的陷阱,必定已经掉进别的女人的圈套;她遂在自己周围的女人中间寻找,是哪一位被她家的客人看中了。她想,卡特琳娜王后的侍从女官,美丽的莉默伊小姐,以及奈维尔夫人、埃斯特雷夫人和吉亚克夫人都是拉瓦利埃直言不讳的女友,他至少为其中一位而倾心。

她本已有许多理由要去诱惑她的阿耳戈斯①,现在又加上嫉妒心。不过她不想割下这位看守的脑袋,而是要给这颗头颅洒香水、亲吻它,当然对其他部分也无加害之心。

她当然比情敌们更美,更年轻,更娇媚,更令人神魂颠倒;至少她自以为如此。于是这个女人身上的发条全部开足,心中的弦线统统绷紧,

---

① 希腊神话:宙斯与他妻子赫拉的女祭司伊俄有私。赫拉知情后,命百眼巨人阿耳戈斯看守伊俄。宙斯命赫耳墨斯去解救伊俄。赫耳墨斯设计使巨人睡去,割下他的脑袋。

卷土重来,对骑士的心发动新的冲击,须知女人无不爱攻占防御严密的工事。

她遂如小猫整日偎依在他身边,轻轻地抓挠他,温柔地抚摸他,慢慢解除他的戒心。有天晚上,其实她兴致很好,却装作满面愁容,引得她的看守禁不住问她:

"您怎么了?"

闻听此言,她一副心事重重的神情,启齿答话。那话在对方听来,宛如世上最美妙的音乐。

她说她嫁给玛耶并非出自本心,所以很是痛苦;她不知道爱情的甜蜜所在;她丈夫不解怜香惜玉,使她终日以泪洗面。总之,她不但在心里依旧是处女,其他一切也白璧无瑕,因为对那件妙事,她承认除了感到不愉快,从未有过其他感觉。又说此事必定妙不可言,因为所有的女人都趋之若鹜,甘之如饴,而且把向她们出售此物的人视作禁脔,不容旁人染指,须知有的女人的确为之花了很高的代价;她本人对此事十分好奇,但求能有一天或一夜真个销魂,她甘愿赔上性命,也愿做她那情郎的奴仆,永无怨言;她心里有个人,和他一起干那件事必定大妙,可是那人却不理睬她,其实他俩若谐鱼水之欢,那秘密永远不会泄露,既然她丈夫对他如此信任。最终她说,他若一意峻拒,她惟有一死了之。

所有女人刚出娘胎就会说的这套鬼话,由这个女人说来更加有声有色:她不时停顿,间以若干撕心裂肺的叹息,外加扭腰摆臀,或是抬眼望天,祷告上苍,脸上骤现红晕,云鬓散乱……总之,圣约翰节炖肉用的全部作料都放进去了。何况有股冲决一切的欲望隐藏在这些话的深处,纵是丑婆娘也能使之容颜生色,那位好骑士焉有不跪倒在这女人脚下之理?他捧起她的纤足,一边吻一边流泪。看官须知,此举正中女人下怀,她甚至不去理会他想做什么,听任他把手伸进自己的裙子,因为她知道裙子只有从下面撩起。无奈上天注定她那天晚上不会失身,因为英俊的拉瓦利埃不胜绝望对她说:

"啊!夫人,我真不幸,我配不上您……"

"不,不,我不信!"她说。

"唉!您赐给我的幸福,我无缘领受。"

"此话怎讲?"

"我有隐情,不敢告禀。"

"此说当真?"

"我怕说出来您会害臊!"

"但说何妨:我把脸捂起来。"

那狡猾婆娘果真捂住脸,但能从指头缝中看见她的可心人。

"也罢!"他说,"那天晚上,您对我说了那么迷人的话之后,我顿觉浑身骚热难熬。我不相信自己交了鸿运,也不敢对您承认我心里着了火,只得到贵族们常去的一个场所去散散心。就在那里,出于对您的爱情,也为了保全我兄弟的名誉,——我实在羞于玷污他的门风——在那里我结结实实地染上了意大利病,现在有性命之虞……"

女人闻言大骇,如临盆的产妇发出一声惨叫。她惊魂甫定,便轻轻推了他一把。可怜的拉瓦利埃羞得无地自容,只有往外走。他还没走到门上的挂毯跟前,玛丽·德·阿纳博又把他从头到脚端详一遍,心中叹道:

"太可惜了!"

她重又整日价闷闷不乐,十分可怜那年轻贵族,惟其因为他成了禁果而加倍爱他。某天晚上她觉得他比平时更俊俏,不由对他说:

"若不是顾忌玛耶,我愿意自己也得您那种病,这样我们就患难与共了……"

"我太爱您了,"把兄弟说,"所以不允许自己有非礼之举。"

他离开她就去找美人儿莉默伊小姐。列位须知,他既不能回避那女人投来的火一般的目光,每天用餐和晚祷时便似有一团火烧烤他俩;但她与骑士虽是厮守,却也万般无奈,只有用目光作为与他接触的惟一方式。玛丽·德·阿纳博情有独钟以后,对于朝廷里的浮蜂浪蝶毫不动心,因为世上没有比爱情更难逾越的界石,更为可靠的看守:爱情如魔鬼,一经它抓到手里的东西,周围都有火圈守护。某晚拉瓦利埃陪他朋友的妻子去参加卡特琳娜王后的舞会,顺便也能和自己爱得发疯的美人儿莉默伊跳舞。那年月,骑士们兴的是几对人在一起,甚至成群结队谈情说爱。朝中全体贵妇无不嫉妒莉默伊小姐。后者正在考虑是否把终身托给拉瓦利埃,开始跳四对舞之前,她约他明天狩猎时会面,拉瓦利埃心中的甜蜜自不待言。我们伟大的卡特琳娜王后出于高级政治权谋,力图促成这类爱情关系,她如点心师傅拨动炉膛里的火一样为它们添热加温。却说这位王后扫视全场翩翩起舞的男女,对她丈夫说:

"他们忙于在这里打仗,哪还有工夫联合起来反抗您!……呣?"

"没错,可那帮新教徒呢?"

"啊!我们也不会放过他们的!"她笑道,"您就瞧这位拉瓦利埃,据说他是胡格诺教徒,还不是乖乖地皈依了我亲爱的莉默伊。那小妞才十六岁,已出落得美人胚子似的……他很快就要把她弄到手了……"

"夫人,您可别信这事,"玛丽·德·阿纳博说,"因为他得了让您当上王后的那不勒斯病①!"

卡特琳娜、美人狄安娜和国王当时聚在一起,听到这句天真的话不由齐声大笑,于是朝中无人不晓此事。拉瓦利埃当即蒙上羞辱,饱受嘲讽。可怜的贵族被人在背后点点戳戳,恨无遁身之法。他的情敌们少不了赶紧把事情告诉莉默伊小姐,笑着警告她已遇到危险。后者知情后大惊失色,生怕染上恶疾,随即对情郎拉长了脸。拉瓦利埃遂如麻风病人遭众人遗弃。国王对他说了一句很不客气的话,那好骑士只得离开舞会。可怜的玛丽跟在他后面,她不能原谅自己闯下大祸。她已彻底损害了她所爱的人的名誉,毁了他的终生,因为当医生的无不斩钉截铁宣称,凡因染上花柳病而学会意大利做派者必将失去其优美的形体特征,不再有生育能力;病毒将侵蚀其骨头直至变黑。

所以,即便是王国最美的男子,只要他被怀疑长上弗朗索瓦·拉伯雷戏称的"宝贝疮痂",就没有女人愿做他的妻子。

他俩从举行舞会的赫克里斯公馆回家。一路上那好骑士沉默不语,郁悒寡欢,他的女伴便说:

"亲爱的老爷,我不该大大地伤害了您!"

"夫人!"拉瓦利埃答道,"我受到的伤害可以补救,可是您现在落

---

① 因弗朗索瓦一世死于花柳病,其子亨利二世即位,卡特琳娜才当上王后。

到什么境地了？您想必了解我的爱情带来的危险？"

"啊！"她说，"现在我确信您永远归我所有了：因为我既然毁了您的名誉，作为交换，就应该永远做您的女友，您的居停主人和您效忠的贵妇人，更准确地说，是您的女仆。我已决心献身于您，为您抹掉这场耻辱的痕迹，悉心服侍您，守在您的枕畔，帮您治愈您的病；如果医生们说您病入膏肓，您已注定与先王一样不能保其天年，那么我要求与您做伴，以便患上同一种病，与您一起轰轰烈烈地死去。"说到这里她泣不成声："我承受的折磨再大，也不足以抵消我对您的伤害。"

但见大滴泪珠滚滚流淌，那颗情深义重的心一阵紧缩，她便晕了过去。拉瓦利埃大惊，遂把她抱住，伸出一手探询那人间无双的乳房之下的心口。意中人的手传递的热力使她恢复知觉，同时让她感到极度的快感，差点儿没有因此再度昏厥。

"好罢！"她说，"从今以后，我们的爱情只能享受这种不即不离的爱抚。可就是这样，也胜过可怜的玛耶自以为带给我的快乐一千倍……您的手别挪开……说真的，它就搁在我的灵魂上，它碰到我的灵魂了！"

骑士听了这番话不知所措，他傻乎乎地对女人承认，这个接触带给他的快乐也无与伦比，又说他的病痛剧增，与其那么受罪，还不如死了的好。

"让我们死在一起！"她说。

此刻轿子已经抬进公馆的院子。既然无从去死，两人只好心里充满了爱情，分头就寝。拉瓦利埃失去了他的美人儿莉默伊，玛丽·德·阿纳博则赢得了无上的乐趣。

自从出了这起意外事故，再也没有女人垂青拉瓦利埃或愿意嫁给他；他哪儿也不敢露面，这才明白守护一个女人的宝物需要他付出高昂的代价；不过他越重视信誉和品德，他从自己为友谊而做出的崇高牺牲得到的乐趣也越多。然而，到了他履行职守的最后几天，他觉得这义务实在太难，太棘手，简直不能忍受。诸位听我道来：

娇媚的玛丽向骑士承认了自己的爱情，认为对方并非流水无情，骑士由于她的失言而蒙受羞辱，然后她又体验到前所未知的快乐；经过这些事情后她壮了胆子,对骑士怀着柏拉图式的爱情,偶尔也做些无伤大雅的小动作以平息不得结合之苦。所谓小鹅游戏即起源于此。自从弗朗索瓦国王宾天后,朝中贵妇既怕染上恶疾,又舍不得与情郎断绝燕好,就发明了这种游戏,从中得到邪门歪道的乐趣。拉瓦利埃不能拒绝与玛丽耳鬓厮磨,他恪尽厥职,苦甜备尝。每天晚上,玛丽含情脉脉,把他拴在自己裙旁,抓住他的手,用目光吻他,亲切地把自己的脸颊贴住他的脸颊;这贞洁的接触使骑士如魔鬼掉在圣水盆里一样狼狈,而她却一味表白自己的爱情:此情无垠无涯,证据是即便他俩的渴望永远得不到满足,它也不损分毫。黑夜里,除了他们自己的明目不再有别的光亮时,女人颠鸾倒凤自有一股火爆劲,玛丽把这全部劲头都转移到她神秘的抬头仰脖的动作,她的灵魂的激昂高扬和她的出神状态之中。于是乎,这对仅用智性结合的天使在欲仙欲死的境界中自然而然地齐声高诵那个时代的情侣们的恋爱经。多亏德廉美修道院院长把它刻在修道院的墙上,这部经文才得以流传至今。根据阿尔高弗里巴斯大师的说法,该修道院位于我们的老家希农,在下有幸亲眼目睹该经文的拉丁文原文,以及为基督教徒们的方便起见而附的译文。

"咳!"玛丽·德·阿纳博说,"你是我的力量,我的生命,我的幸福,我的宝藏!"

"而您,"他答道,"您是珍珠,是天使!"

"你是我的六翼天使!"

"您是我的灵魂!"

"你是我的天主!"

"您是我的晚星和晨星,我的荣誉,我的美,我的宇宙!"

"你是我伟大的、神明的主人!"

"您是我的光荣,我的信仰,我的宗教!"

"你是我的好人,我的美男子,我的勇士,我的贵人,我的可心郎,我的骑士,我的保护神,我的国王,我的爱!"

"您是我的仙女,我的白昼之花,黑夜之梦!"

"你是我时刻思念的对象!"

"您是我眼睛的快乐!"

"你是我灵魂的声音!"

"您是白天的光明!"

"你是我黑夜中的微光!"

"女人中间数您最被人爱!"

"男人中间惟你最受崇拜!"

"您是我的血,是比我更好的另一个我!"

"你是我的心,我的光辉!"

"您是我的圣女,我惟一的欢乐!"

"我把天下第一情种的称号恭让给你,因为不管我的爱有多大,我相信你更爱我,因为你是主。"

"不,这个称号应该归您,您是我的女神,我的圣处女马利亚!"

"不,我是你的用人,你的女仆;我无足轻重,你可以把我碾为尘灰!"

"不,不,我是您的奴隶,您忠实的侍从,您可以把我当做一阵风抛在脑后,您应该把我当地毯踩在脚下。我的心便是您的宝座。"

"不,朋友,因为你的声音使我改容易貌。"

"您的目光使我燃烧。"

"通过你,我才有所见。"

"通过您,我才有所感觉。"

"来吧,把你的手搁在我心口,就一只手,只消我的血液里加进你的血液的热力,你会看到我顿时晕倒。"

在这种场合,他俩本已炽热的目光烧得更旺,玛丽·德·阿纳博因骑士的手贴在自己胸口而感到幸福,骑士也有心促成她的快乐。由于她把全部力量、全部欲望以及对那桩事情的全部想法都集中到这一轻浅的结合上,有时她果真兴奋到极点,也会昏厥过去。他俩热泪交流,紧紧搂抱,整个人如着了火的房子。不过仅此而已。事实上拉瓦利埃只向他朋友保证他妻子的身子白璧无瑕,而不是她的心。

玛耶捎信说他指日可归,这消息来得正是时候,因为最坚定的德行也难以经受这细火炙烤的考验。这对情侣越是不敢有非礼之举,就越是想象那事情的无上乐趣。

那忠实的伙伴撇下玛丽·德·阿纳博,前往蓬迪森林迎接朋友,帮他安然通过这凶险地带①。遵照古时候的习俗,哥儿俩在蓬迪镇上一家客栈里同榻而眠。

他们躺在床上互诉别衷,一个谈他的旅途经历,另一个讲朝廷的闲言碎语、风流韵事等等。可是玛耶首先问起的是玛丽·德·阿纳博的情况。拉瓦利埃发誓说她身上那个宝贵的、为丈夫的名誉所系的地方完整无损,钟情的玛耶闻言大喜。

第二天,三个人相聚一堂,玛丽虽说老大不乐意,也得行使女人的职权,设宴款待丈夫,但她对拉瓦利埃频送秋波,不时指点自己的心口,像是对他说:"这是你的财产!"

晚餐时,拉瓦利埃宣布他要去打仗。玛耶对把兄弟这个严重的决定很是烦恼,表示愿意与他一起出征。拉瓦利埃谢绝了他的盛情,他对玛丽·德·阿纳博说:

"夫人,我爱您甚于生命,但我更看重名誉。"

他说这话时脸色变得惨白,玛耶夫人听话时同样脸色惨白,因为他们在做小鹅游戏时表达的爱恋之情从没有如这一句话包含的那么多。玛耶愿送他的伙伴直到莫城。回来后,他与妻子交谈,说他不明白拉瓦利埃为何突然辞别。玛丽猜到拉瓦利埃的隐痛所在,便说:

"我知道,这是因为他在这里太感羞辱,无人不知他得了那不勒斯病。"

"他?"玛耶大惊,"那天晚上在蓬迪,昨天在莫城,我们同卧一室,我都看到他脱衣服来着,他身上干干净净!他与您的眼睛一样健康。"

那女人当下哭成泪人儿似的,她钦佩拉瓦利埃的忠诚,赞赏他为信守诺言而不惜自毁,为克制内心的激情而忍受极度痛苦。不过她也把爱情隐藏在内心最深处。根据布尔戴叶·德·布朗托姆先生的唠唠叨叨的记载②,拉瓦利埃在麦茨城下阵亡,玛丽·德·阿纳博死于同时。

---

① 蓬迪森林在巴黎以东,当年为盗匪出没之处。
② 布朗托姆(1538—1614),回忆录作者,著有《名媛传》《伟人名将传》《风流贵妇传》等。

阿寨的本堂神甫

　　那年月当神甫的不再能娶合法的妻子，但是常有漂亮女人与他们同居。后来宗教会议连这一条也禁止了，因为大家知道，人们向神甫坦白的隐私若传到一个浪荡婆娘的耳朵里，供她取笑，这可不是好玩的事，何况罗马教廷作出这个高级政治决策时，还援引了玄妙的理论依据，参照了清规戒律，且虑及其他因素。

　　我们这块地方最后一个堂而皇之在住宅里养着一个女人、用烦琐哲学向她表达爱情的神甫，乃是阿寨勒里戴尔的本堂神甫。那是个可爱的地方，后来改叫阿寨焦土，现在叫阿寨勒里多，有一所在都兰省也数一数二的城堡。

　　女人们还不讨厌神甫的气味的那个时代，其实离我们不算太远。当时巴黎前任主教的儿子奥日蒙先生接替了父职，阿玛尼亚克党人的战乱还没有平息。说句实话，这位本堂神甫只有在那个时代任职才合适。因为他长得身材魁梧，满面红光，力大如牛，喜欢饱吃足喝如大病初愈者急于补养元气。事实上他也定时患一种惬意的病，需要进补，所以后来他若要遵守教规清心寡欲，非把自己活活饿死不可。外加他是都兰省的土著，也就是说，长一头褐发，眼光里又有水又有火，需要时足以点着或熄灭任何人家的炉灶。

　　阿寨地方从未见过这样的本堂神甫：仪表堂堂，神采奕奕，老在给信徒祝福，总是乐呵呵。他更喜欢主持婚礼和洗礼而不是丧礼，爱说爱笑，在教堂里称得上是好教士，在教堂外是一条好汉。有的本堂神甫也能吃能喝，另有一些善于为信徒祝福，也有几个同样整天乐呵呵，可是所有这些人加在一起，才勉强比得上我们这位本堂神甫的活力。他一个人就使整个教区普沐圣恩，家家快乐，使伤心人得到安慰：人们十分爱戴他，只要见他出门，都想请他到自己家里小坐。

他还第一个在布道词中说魔鬼不像人们以为的那样邪恶；他为康岱夫人把山鹑变成鱼，并说安德尔河的鲈鱼本是水中的山鹑，反过来，山鹑无非是空中的鲈鱼。他从不以维护道德风化的名义对别人射冷箭，经常打趣说自己与其名字列在遗产受赠者名单中，不如身子睡在暖和柔软的床上。他还说万物皆备于天主，因此天主什么都不需要。

到他住宅来乞求布施的穷人从来不会空手而归，因为他的手老插在口袋里，而他的心见到人间的穷困、残疾就发软，恨不能包扎人间所有的创伤。

所以，对于这位最出色的本堂神甫，人们一直赞不绝口。萨榭附近的瓦莱恩少爷的婚礼上，是他让众位宾客笑得直不起腰来。

这少爷的母亲也参与准备酒宴上用的诸如烤肉等食品，其数量之多，一个镇的居民食用还绰绰有余。少了也确实不妥，因为贺客来自四面八方，有蒙巴宗的，有图尔的，也有希农的和朗热的，而且一来就要住上一礼拜。

却说众宾客正在大厅里说笑，那本堂神甫往大厅去时，遇见帮厨的小厮前来禀告老夫人，说道她为款待亲家而打算根据祖传秘方配制的上品灌肠所需的各种原料、材料、油脂、汁水、调味品统统齐备，就等她动手了。神甫贴着小厮的耳朵说，像他这副邋遢样子不宜在贵宾跟前露面，不如由他转告为好。

那促狭鬼推门进去，左手手指围成一个圈，然后把右手中指伸进圈里，慢慢转了几圈，同时招呼瓦莱恩老夫人：

"您请过来，一切都备妥了！"

老夫人自然以为神甫叫她去做灌肠。众人不明就里，见她立即起身向神甫走去，只道她是去干那件妙事，当即哄堂大笑。

他何以失去自己的婆娘，这故事说来更加有趣。此后他从未与别的女人同居，否则要受宗教裁判所的整肃。不过他家里仍旧不缺那日常用具。教区里所有女人无不以能把自家的器具借给他为荣，何况这好人特别知道爱惜，每次使完都用心洗涮干净。闲话休提，言归正传。

某天晚上，本堂神甫回家吃饭时闷闷不乐，因为他刚为一个农庄主送了终。此人的死因奇特，直到今天阿寨地方的人还经常说起。

神甫的女人见他毫无胃口,尝了尝她精心烹调的一盘牛杂碎后竟然说苦,不由问他:

"你这么无精打采,莫非从放债的伦巴第人家门口走过?(参看本书别处提到的柯内留斯老板①)……是否遇到两只乌鸦,或者看到死人从坟坑里爬起来?"

"唉呀!唉呀!"

"有人把我给耍了?"

"啊呀!啊呀!"

"你倒是说呀!"

"相好的,这可怜的戈什格吕死得这么惨,我这会儿想着还心惊肉跳!方圆二十里地,规规矩矩的婆娘和戴绿帽的汉子都在谈论这件事……"

"是怎么回事?"

"听我道来!……这位戈什格吕在市场上卖掉小麦和两口肥猪,兴冲冲回家。他骑着他那匹漂亮的母马,却一点不知道那畜生打从阿寨动身就已经发情了。可怜的戈什格吕在马背上一颠一颠地,边走边数钱。待他走到查里曼荒地上那条旧路的拐弯处,突然冲出来一匹公马。那是拉卡特老爷养在一片围场里专门配种用的。这牲口跑得飞快,体格高大强壮,要讲帅劲也比得上人品出色的修士;海军提督大人曾来看过它,夸它是良驹神骏。"

话说这马中魔头嗅到那漂亮母马的气味,心生一计,既不嘶鸣,也不说马类通用的任何套话,而是待母马走上那条路时,突然跳过四十行葡萄树,四蹄如飞冲上前去求爱。这怨旷已久的情郎急不可待,仰脖长嘶声震天地,任你胆大如斗,听了也会吓得屁滚尿流。尚比的居民听到此声,个个吓得半死。

戈什格吕情知不妙,忙不迭刺那风骚母马一下,斜插进荒地拼命奔逃;他指望自己的坐骑跑得更快:那畜生倒也听话,如飞鸟一般疾驰;不料那好色的公马紧追不舍,但见它鬃毛飞扬,全力以赴,四蹄敲打草地

---

① 见《国王路易十一的恶作剧》。

如铁匠打铁,"拍蹋梆""拍蹋梆",与母马四蹄的起落似呼应合拍。那农庄主预感到这畜生求欢得遂之时便是自己的死期,又狠狠刺一下母马,母马遂又加快脚步。等到戈什格吕终于跨进农庄的大院,他早已面无人色;不料他发现马厩的门紧闭着,当即大喊:

"救命!救救我……孩子他妈!"

然后他围着场院里的水塘打转,以为这样就能躲开危险;那孽畜受情欲熬煎本如中了邪魔,一路追逐只有使它更加疯狂。

戈什格吕全家老小都吓呆了。大家害怕那钉铁掌的情郎的拥抱和踹腿,谁也不敢去开马厩的门。

长话短说,还得戈什格吕自己去开门。那母马刚跨过门槛,孽畜便扑过来,贴上去,用两条前腿紧紧搂住它,夹住它,钳住它,尽情发泄自己的野性。这一来不打紧,戈什格吕被夹在中间,又是挤压又是揉搓,最后变成一堆不成形的肉酱,如挤干了油的核桃蛋糕。他的惨叫与马匹交欢的喘息声掺和在一起,他就这样被活活挤死,真叫人惨不忍睹。

"噢!那母马!"本堂神甫的婆娘喊道。

"什么?"那好神甫感到奇怪。

"可不是嘛!你们这些男人呀,连一颗李子都压不碎!"

"岂有此理,"神甫说,"你可是小看我了!"

这好丈夫不由大怒,把她扔到床上。他用身上那冲模急风暴雨般冲压那婆娘,当下那婆娘便血肉模糊背过气去,然后便咽了气,连外科医生和内科大夫都闹不清好端端一条人命是怎么断送的,但见她全身的关节与隔膜无不错位。看官须知,神甫本是自尊心极强的人,何况上文说过他力大无比。

本地的贤达之士,包括妇女们在内,一致认为他没有做错事,他是在行使自己的权利。当时甚为流行的一句俗话:"让阿寨干一家伙!"可能起源于此……该俗话原来还要粗鄙,出于对女性的尊重,在下不敢照录。

这位高尚、伟大的神甫的本领不限于此。在发生这桩不幸之前,他曾做过一件事,从此以后即使二十个强盗聚在一起,也无人敢问他口袋里有没有钱。

那时他的婆娘还在人世。有天晚上他吃饱了烧鹅,喝足了酒,逗够了那婆娘,便坐在椅子上盘算,最好在什么地方建造一座新的粮仓以存放交上来的什一税。此时从萨榭派来一名送信的,说是萨榭的老爷正在咽气,他想与天主讲和,愿意接待神甫以便举行各种仪式云云。

"这位老爷为人正直善良,我得去!"神甫说。

他当即前往教堂,取来装着圣饼的银盒子,也不叫醒助手,独自个摇着铃就轻快地上路了。

神甫走到直渡河边上,遇见一名歹徒。直渡河是穿过草场流入安德尔河的一条小溪,而所谓歹徒,则是圣尼古拉的门徒。圣尼古拉的门徒又是什么人呢?好吧,告诉您,这种人在黑地里看东西如同白昼,以搜寻、翻掏别人的钱袋为学业,在大路上取得学衔。这下您明白了吧?

却说那名歹徒正是冲着银盒子来的,他知道这东西值钱。

"嚯嚯!"神甫把圣体盒放到石头桥板上,说道,"你给我待在这儿,不许动。"

然后他向剪径贼走去,一脚就把他踢翻在地,夺走他那根铁包头的棍棒;等那坏小子爬起来,准备与他较量,他又对准他腹部底下的要害狠狠踹了一脚。

接着他捡起圣体盒,对那厮宣告:

"哼!假如我坐待你的天主救助,岂非糟透了!"

此话乃大不敬,不过在萨榭的大路上说说倒也无妨。其实他指的并非天主,而是图尔的大主教。因为他在布道时对一帮畏畏缩缩的信徒说过,收获作物并非由于天主的恩惠,而是全亏辛苦的耕作,大主教不能容忍此等异端邪说,遂在教士会议上着实训斥了他一顿,并且表示如他不思改正,必将停止他的职务。他确实错了,因为大地上的果实既需要人的劳动,也需要天主的恩惠。不过他临终时仍坚持这一邪说,怎么也不想明白,只要天主乐意,不劳人们刨地,粮食照样成熟。学者们早已证明这个学说正确,因为世界上还没有人的时候麦子也在生长。

这位神甫中的佼佼者一生所行奇事甚多,其中有一件我们不能漏掉不讲。此事证明他热心仿效圣徒,也与穷人和过路人分享自己的财产和衣服。

某天他在图尔城里晋见了宗教裁判官后,骑骡返回阿寨。路上,在离巴朗村不到一步远的地方他遇到一位娇娃踽踽独行。见到漂亮小妞像狗一样跋涉道路,神甫实在于心不忍,何况她显然很累,每挪一步都着实费劲。

于是他柔声细气地招呼她,漂亮小妞随即转过身子,停下脚步。好神甫擅长不使小鸟受惊,尤善与妙解风情的女子周旋,当下他彬彬有礼地请她上骡,坐在自己后面。那女子先是扭捏作态,然后俯允所请。普天下女子莫不如此:你请她们吃或者取用的东西纵使她们满心想要,开始总要推三阻四。

羔羊与牧师配成对后,骡子便继续赶路。那小妞在骡屁股上东倒西歪,老是晃动,所以一俟走出巴朗村,神甫就对她表示,还不如抱住他以便坐得稳当。漂亮妞随即羞羞答答地伸出胖墩墩的胳膊,搂住骑士的胸口。

"就这样……您还摇晃吗?您舒服了吗?"神甫说。

"我很舒服,您呢?"

"我吗,"神甫说,"我比舒服还要受用!"

他确实十分惬意,很快就感到后背上贴着两个圆球,热乎乎的上下摩擦,像要嵌进他的肩胛窝去才甘心似的。真若如此就可惜了,因为肩胛窝可不是存放这又白又嫩的好货的场所。

慢慢地,骡子的运动使这两名好骑士的体热交融,也使他们的血脉畅通,既然骡身的颠簸促进血液的流动,小妞和神甫于是都明白自己在想什么了。

双方既如男女邻居相处和睦,在对方家里如在自己家里一般熟悉,便感到体内的阵阵骚乱最终化成隐秘的欲望。

"喂!"神甫转过身子对女伴说,"这里有一座树林子,树密草厚……"

"就是离大路太近了,"小妞说,"会有坏小子们来砍树枝,要不会有母牛来啃青草。"

"您没有夫家吧?"神甫继续赶路,同时问道。

"没有。"小妞答道。

"真的未婚？"

"当真。"

"以您的年龄,本应嫁人了……"

"那敢情好,先生！可是,您知道,穷人家的女儿生过孩子就没人喜欢了……"

好神甫见她这般无知,顿生怜悯之心。何况他知道,经书上分明写着,牧师应该给他看管的羊羔晓谕道理,为他们指明在尘世的责任和义务,所以他认为自己作为神甫义不容辞,理应教她明白她早晚有一天要承受什么负担。

于是他细声细气地请她先别害怕,接着建议她立即试验一下所谓婚姻是怎么一回事,又说她若信赖他的为人,此事永远不会有别人知道。那小妞本来从巴朗村开始就想着这件事,在骡背上的运动使她浑身发热,更加激发了她的欲望,可她的回答却毫不通融：

"您再这么说,我就跳下去了……"

那好神甫只管继续用好言好语打动她,直到他们走到阿寨的树林边上。此时那小妞要求下来,神甫也让她下来,因为到了这个阶段,为了结束辩论,需要采用另一种骑马方式了。

那贞洁女子朝树林最密处奔去。神甫在后面追,她在前面喊。

"嗨！您这不正经的,您找不到我躲在什么地方。"

那头母骡子来到一块芳草鲜美的林中空地时,小妞却被一丛草绊倒在地,羞得满脸绯红。神甫赶上前去；就在那里,他一字不差为她念诵弥撒经。两人都大大预支了本来留给他们在天堂里享用的快乐。

好神甫着实用心开导她,他觉得这女学生的灵魂和皮肉一样听话,真是件活宝。叫他烦恼的是这地方离阿寨太近,他不得不缩短课程,而且重讲一遍也不容易办到。按他的本意,他很想与所有的教师一样重复讲过的内容。

"啊！可人儿,"好神甫说,"你为什么那么假撇清,直要到了阿寨才成其好事？"

"这个嘛,"她说,"因为我是巴朗村的……"

长话短说,这好人在本堂神甫任内死去时,有许多人,不分男女老

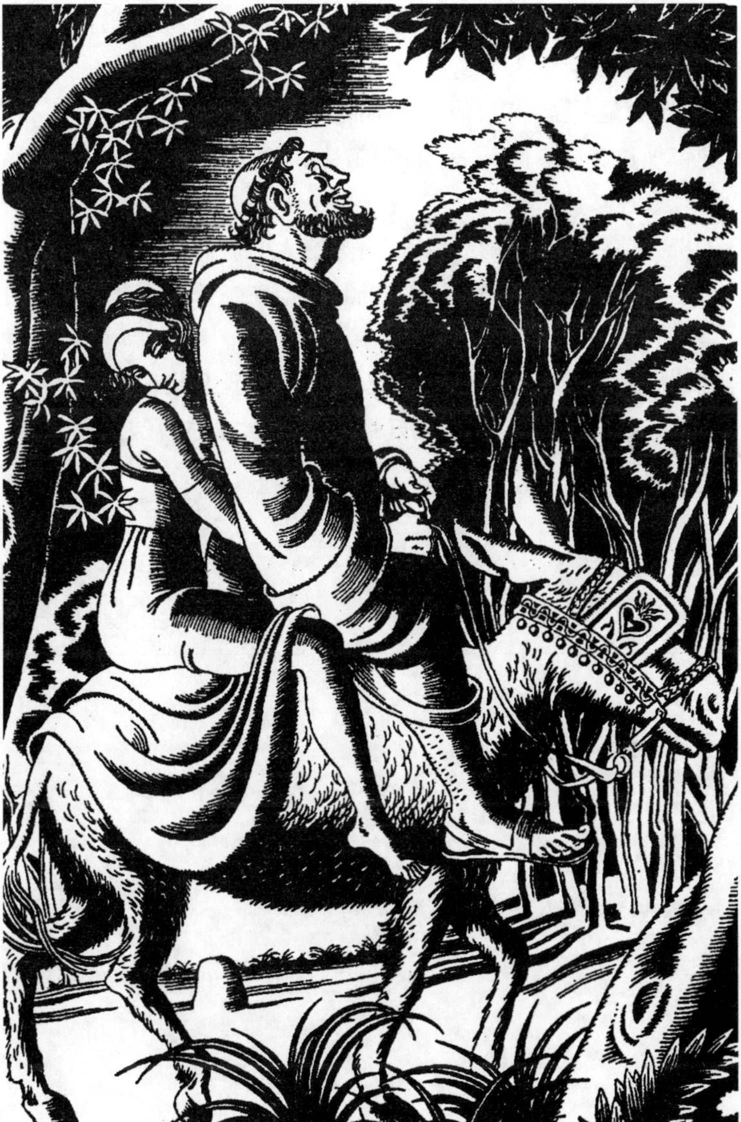

少,无不悲悲切切,哭哭啼啼,赶来送终。大家都说:

"苦啊! 我们失去了父亲……"

大姐小妞,婆娘寡妇们尤其伤心。她们面面相觑,痛惜自己失去的不只是一个朋友。众人齐道:

"他不只是一个神甫,他是一条汉子!"

孕育他这类神甫的种子已随风散去,不再生根结实,虽有神学院培养人才也属徒然。

他把生前积蓄都遗赠给穷人,可是穷人们仍然觉得自己损失太大。一名年老的残疾人曾得到他的照应,他在院子里呼天抢地大叫:

"我可是不死的,我不死!"

他的本意是说:"为什么死神把他带走,不让我代替他呢?"

他这句话逗得大家直笑,那好神甫的在天之灵听了也不会生气的。

斥夫记

图尔附近的波蒂雍地方有位美丽的洗衣女,本书已记下她讲过的一句趣话①。她天生狡狯,六个神甫或者三个女人的鬼点子加在一起才勉强与她扯平。所以她从来不缺情郎,围着她打转的情人之多,犹如暮色苍茫中归巢的蜂蝇。

蒙福米埃街上住着一名开丝绸染坊的老家伙,那座宅子富得令人咋舌。他在风光如画的圣西尔山上拥有一个庄园,名叫"石榴园"。某日他从庄园骑马回家,路过波蒂雍,因为从卢瓦尔河上的大桥进图尔城必经此途。那天天气炎热,他看见美丽的洗衣女坐在自家门槛上,顿觉体内燃起一股欲火。对这个美人他早就朝思暮想,立时下了决心娶她为妻。洗衣女不久就变成染坊老板娘,图尔城里体面的女市民,穿戴花边,有讲究的内衣、床单和大量家具。她瞒着丈夫过得很幸福,因为她有办法哄得他团团转,浑然不觉。

染坊主有个伙伴以制造织绸机为生。此人小个子,驼背,一肚子坏水。婚礼那天,他对染坊主说:

"你结婚可是做对了,伙计,咱俩娶了一个漂亮媳妇……"

接着按照当地风俗说了其他种种笑话,与新郎官打趣。

事实上这驼子对染坊女主人下过功夫,而她生性讨厌长得七歪八扭的人。机匠越追求越遭她揶揄,他店里摆满的弹簧、工具、筒管什么的也都成了她取笑的话题。

可是这罗锅一往情深,任凭人家怎么不抬举他,他就是纠缠不清。染坊老板娘只得想几手毒招来治他的相思病。

话说某天晚上,她实在烦透了,便约那多情人半夜里等在住宅的侧

---

① 见《国王的心上人》。

门口,到时她自会为他开放所有的门户。

看官须知,那是个寒冷的冬夜:蒙福米埃街如一条峡谷直通卢瓦尔河,是个风口,夏天也凉风飕飕,冬天则朔风凛冽如千百根钢针扎人。

驼子严严实实裹着大衣,欣然赴约。时间未到,他便来回踱步,借以取暖。

将近半夜,他已冻得半死,不由破口大骂,如三十二个魔鬼被法师拘住了不得动弹,只能动口。正当他想打退堂鼓时,楼上窗缝里透出一线微光,那光亮不断移动,直到小门后面。

"准是她……"他说。

希望使他全身发热。他贴到门板上,听见门后传出染坊老板娘的低语声:

"您来了?"

"是我!"

"您咳嗽给我听听……"

驼子开始咳嗽。

"这不是您!"

急得驼子高声说:

"怎么不是我!您听不出我的声音?……开门呀!"

"谁呀?"染坊老板开窗问道。

"啊呀!您把我丈夫给吵醒了!他今天晚上突然从昂布瓦斯回来的……"

此时,染坊主借着月光看到家门口有个人影,当即朝那人泼下一缸冷水,一边高喊:"抓贼!"驼子无奈,只得溜走。街尽头横着一条铁链,驼子着急忙慌,未能跳过去,一个跟头栽在臭水池里。那年月市政长官还没有想到设置闸门把污泥浊水排到卢瓦尔河里。机匠洗了个臭水澡,差点没淹死,怎么咒骂标致的塔什罗娘子也不解气。染坊主姓塔什罗,图尔人这么称呼他的娇妻,套个近乎。

那缫丝与织绸机器制造商名叫卡朗达,他虽然害了单相思,还不至于不怀疑这是染坊女主人的恶作剧,于是对她恨之入骨。几天后,他在染坊的污水坑里洗澡时受的惊恐已经平复,又到伙伴家里去吃晚饭。

老板娘先是责备他，然后说了几句透着柔情蜜意的话，最后又许他许多好处，使他疑团尽释。他要求再次幽会，娇美的塔什罗娘子似乎芳心已动，对他说：

"您明天晚上来吧！……我丈夫要在舍农索待三天。王后有些旧料子需要染色，要跟他商量选什么颜色合适；工夫不会短的……"

卡朗达穿上他最讲究的衣服，准时赴约，赶上一顿可口的晚餐已摆在桌上：七鳃鳗、伏弗雷葡萄酒，雪白的桌布——染坊老板娘的浆洗活自然没的说；一切安放妥帖，光是望着擦得锃亮的锡盘子，闻到那菜香，已叫人快乐，何况瞅着屋子中央伶俐活泼、千娇百媚，如大热天的苹果令人垂涎三尺的塔什罗娘子，更是无上享受。

机匠迫不及待成其美事，一上来就想动手动脚。此时塔什罗师傅敲响了街门。

"哟！"波蒂雍女子说，"他又怎么了？……您先躲进柜子！……都是为了您，我丈夫把我臭骂了一顿；假如他发现您在这里，说不定会要了您的性命，他发起火来可是六亲不认。"

说着她就把驼子塞进柜子，然后取下钥匙，赶紧去给丈夫开门。她知道他要从舍农索回来吃晚饭。一阵热吻落到染坊主的眼睛和耳朵上，他也用响亮的亲吻，如奶娘吻婴孩一般回报爱妻。然后夫妻俩坐下来进餐，有说有笑，最后上床就寝。机匠直僵僵站在柜子里，听得一清二楚，可他不敢咳嗽，也不能动弹。他挤在被单中间如沙丁鱼被夹紧，又缺少氧气如水底的鲃鱼缺少阳光。不过时有鸾凤和鸣之声，染坊主的喘气和塔什罗娘子的浪言浪语足资消遣解闷。熬了好久，驼子以为伙伴已经睡着，便想撬开柜子的锁。

"谁呀？"染坊主问。

"你怎么了，小乖乖？"他妻子把鼻子探出被子，接茬儿说。

"我听到搔爬的声音！"那老好人说。

"明天要下雨了，是母猫……"女人答道。

经她略施手段之后，那好丈夫又把脑袋搁回羽毛枕头上。

"嗨！小宝贝，你睡觉太警醒……要这样，就没法造就你做模范丈夫了……你就乖乖躺着吧……"

"噢！噢！老爸爸,你的睡帽戴歪了！来呀,把它戴正,我的心肝。就是睡着了,也该漂漂亮亮的……你舒服吗？"

"是的。"

"你睡着了吗？"她吻他。

"是的……"

天亮时分,标致的染坊老板娘轻手轻脚为机匠打开柜子门,但见他脸色煞白,跟死人不相上下。

"我快憋死了,憋死了！"他说。

他赶紧逃走。不但相思病就此治愈,而且他心里装的仇恨与口袋里能装下的黑麦一般多。

那驼子不久就离开图尔,前往布鲁日。那里有几名商人请他去检验织造无袖短锁子甲的机器。

卡朗达有摩尔人的血统,因为他的祖上有一名萨拉森人。就在上面那个故事提到的巴朗村,当年法国人和摩尔人打过一场恶仗,他那位祖宗奄奄一息,侥幸活了下来。那片古战场即查里曼荒地,那里寸草不生,因为埋在底下的都是异教徒和恶人；就算长草,牛吃了也要送命。却说卡朗达在异国他乡住了好长一段日子,每天起床、上床时念念不忘报复,他日思夜想,恨不得结果了波蒂雍洗衣女的性命才甘心。他常自言自语：

"我要吃她的肉！我要把她的一个奶头煮熟了,不加酱油就嚼个稀巴烂！"

这种仇恨铭心刻骨,脸红脖子粗,是大马蜂和老姑娘怀的那种仇恨；它用地狱里最猛的火把人世间所有已知的仇恨熬成一锅,煮沸,融合,化作苦胆汁与恶意毒念的药酒；总之这是不共戴天之仇。

却说有一天,卡朗达从弗朗德勒回到图尔。他凭着祖传的技艺在那里挣了大钱,遂在蒙福米埃街买下一座漂亮住宅。那房子今天还在,行人经过无不纳闷,因为砌墙的石头上有许多有趣的状如驼峰的突起。

咬牙切齿的卡朗达发现他的伙伴染坊老板的生活有很大变化：他有了两个孩子。说也蹊跷,他们既不像爹,也不像妈。可是孩子总得像这一家的什么人才行,于是有一帮拍马屁的滑头发现他们与某一仪表堂堂的祖先长得相似。当父亲的倒以为这两个孩子像他自己的叔叔，就是从前在埃斯格里诺尔的圣母院当神甫的那一位；不过有些搬弄是非的人说他们活脱是大富圣母院一位剃发受戒的住持教士的翻版，那座教堂管辖的教区名声很大，位于图尔与普莱西之间。

　　列位看官，请相信一件事并牢记在心：你若从本书得到、获得、得出、悟出这条千真万确的原理，你就应该认为自己是幸福的。这原理说的是，凡人绝不能没有鼻子；也就是说人总要流鼻涕，总有七情六欲，千秋万代之后，他还是继续笑乐、饮酒，穿着自己的衬衫不觉得好过也不觉难受，永远忙着同样的事情。不过上述话头仅是个引子，目的是为了让你明白，人这个两条腿的生灵总相信迎合他的情欲，抚慰他的仇恨，为他的爱情效力的事情都是对的，并且由此决定他的行动逻辑。

　　那天卡朗达与温文尔雅的神甫、娇美的染坊老板娘、他的伙伴塔什罗和两个孩子围坐进餐，见到塔什罗娘子带着某种意味深长的表情把七鳃鳗最好的一段不是递给他，而是递给她的神甫朋友。从那一天起，机匠就对自己说：

　　"我的伙伴戴绿帽了，他老婆与那个小神甫睡觉，他的孩子是神甫的圣水撒下的种，我要为他们证明：驼子比其他人多一些东西……"

　　此话倒不假，就像图尔城一直而且将永远把脚浸在卢瓦尔河里一样千真万确。图尔像一个美女在河里沐浴戏水，它用素手拍打清波，噼啪作响；这座城市笑口常开，欢乐常在，它多情、鲜嫩、花团锦簇、奇香馥郁，世界上所有其他城市只配给她梳头篦发，为她系腰带……

　　假如你到图尔去，你一定会在市中心找到一道漂亮的纹路，我说的是一条美妙的街道，大家都在那里散步，那里有清风、树荫和阳光，有雨水和爱情……哈哈！来吧！笑啊！乐啊！……这条街终古常新，永远为帝王经过之地，始终洋溢着爱国热情。它有两侧人行道，两个出入口，笔直宽广，驾车的从来用不着吆喝行人闪开……这条街永不磨损，它直通大山修道院和一条与大桥对口的林间道路，路尽头便是齐齐整整的交易会场。这条街铺满平坦的石块，常年冲洗得一尘不染如明镜，白天熙熙攘攘，夜间安安静静，那时它娇态可掬，拥着两排秀丽的蓝色屋顶如优雅的睡帽。总之，我便是在这条街上出生的，它是街中的女王，常存于天地之间，街上喷泉等设施应有尽有，足以使它傲视侪辈……事实上，这才是真正的街道，图尔惟一的街道！……假如还有别的街道，它们无不幽暗、弯曲、狭窄、潮湿，它们无不向这条君临它们的高贵的街道顶礼膜拜！……我说到哪儿了？……反正任何人只要走进这条街，就再也不想出来，它委实有趣……对这条生养我的街道，我理应奉致儿子的敬意，献上发自内心的颂歌，描绘它的万千气象；这条街的拐角，今天惟独缺少我的好老师拉伯雷和笛卡儿先生的身影，本地人竟然不知道他们了。

卡朗达从弗朗德勒回来后，他的伙伴和所有喜欢他的戏谑、滑稽、插科打诨的人纷纷请他吃饭。驼子似乎不再为旧情困扰，他向塔什罗娘子、神甫和孩子们表示友好；觑到机会与染坊女主人单独相处时，他却提起他关在柜子里、掉进臭水坑那一夜的事，对她说：

"唉！您可是大大戏弄了我！"

"这本是您名分中应得的！"她笑着答道，"假如您出于伟大的爱情，甘愿受戏弄、耍弄、嘲弄，再坚持一段时间，兴许您就会与别人一样揩到我的油水了！"

卡朗达闻听此言，气得发疯，脸上却强装出笑容。

然后他看到那口差点把他闷死的柜子，更加怒气冲天。尤其可恼的是姣好的染坊女主人与所有在青春之水中浸泡过而容颜常驻的女人一样，出落得更美了。这青春之水便是爱情之泉……

为了报复，机匠开始研究他的伙伴的绿帽属于哪种款式。如同住宅的格局千变万化一样，这事情也变化无穷；虽然与所有的人无不彼此相似一样，所有的爱情也如出一辙，对于喜欢对具体事物作抽象概括的人业已证明，为了普天下妇女的幸福起见，每个人的爱情都有其特殊面貌；如果说，没有比一个人更像另一个人的，也可以说没有比一个人更不同于另一个人的。这个学说把一切都搅混了，其实不如说它能说明女人的千万种古怪念头，她们为寻找最好的男人而历尽甘苦，而且肯定是苦大于甘！……可您又怎么能责怪她们不断试验，出尔反尔呢？……既然生生不息的自然界永远在转动、运动，岂能要求一个女人原地不动……您知道冰果真是冷的吗？……不知道吧……那好！您也不知道戴绿帽是否就是交好运，足以造就一些比其他头脑更充实、模样更端正的头脑？所以，您与其在光天化日之下寻找肠积气，不如去找别的更有价值的东西……本书呈同心圆结构，这番议论想必更能抬高它的哲学声望！……是的，没错，叫卖耗子药的人要比刨根问底追究大自然的秘密的人更高明，因为大自然是个高傲的婊子，喜怒无常，不到时候不肯显山露水……您懂了吧！……所以，在所有的语言里，自然这个词作为本质上好动、富有繁殖能力、善于欺骗人的东西，属于阴性。

却说卡朗达很快就确认，所有绿头巾中，戴得最牢靠又最为隐秘的，是教士给人戴的那一种。他没有看错。染坊女主人是以如下方式与情人往来的。

她每周末前往圣西尔的"石榴园"，留下丈夫一人在家做收尾工作，清点、核对、支付工人的工资。星期天上午塔什罗也到庄园去，兴致勃勃的妻子必定为他准备了一顿美餐，而他总是与神甫同来。

殊不知这该死的神甫头天晚上就乘船渡过卢瓦尔河与染坊女主人双宿双栖，平息她的古怪念头，以便她夜里睡得安稳。小伙子们干这种活都是行家。然后，这位安抚相思之苦的妙手大清早赶在塔什罗之前回家，等塔什罗上门请他去"石榴园"散心。戴绿帽的丈夫每次上门都逢到他还躺在床上。

船夫得了钱，守口如瓶，此外无人知道神甫的行踪，因为他往返河上是星期六的深夜，星期天的清晨。

卡朗达把这对情人如何密切配合、定期幽会调查得一清二楚，他只等那么一天，双方由于偶然原因小别重晤，似饥若渴难解难分时，便好发难。

机会不久就来了。喜欢探听别人隐私的驼子看到船夫在圣安娜运河附近的河滩底下守候神甫。那教士是个金发小伙，身材修长、匀称，如阿里奥斯托先生一唱三叹的那种既风流又懦怯的情郎。

机匠随即去找染坊主。这老头儿笃爱妻子始终如一，满以为只有他才把手指伸进她那精致的圣水盆里。

"嘿！晚安，伙计！"卡朗达对塔什罗说。后者立即摘下睡帽。

机匠接着就告诉他一对野鸳鸯如何偷情，免不了添油加醋，煽风点火,气得染坊老板七窍生烟。

等他下定决心杀了妻子和神甫,卡朗达对他说:

"好邻居,我从弗朗德勒带回来一把见血封喉的毒剑,您只要用剑碰一碰这对奸夫淫妇,他们就立时毙命。"

"走,取那把剑去……"染坊主人喊道。

两个商人风风火火走到驼子家中,取了剑就直奔乡下。

"我得看到他们睡在一起才好下手……"塔什罗说。

"那您就等着吧!"驼子嘲弄他的伙伴。

这对情人倒是不劳戴绿帽的丈夫久等。

姣好的染坊老板娘与她的情郎正忙于在您知道的那个漂亮的小湖里玩逮鸟游戏。这只可爱的小鸟一个劲儿想从湖里逃出来,老在尝试,总在笑。

"啊!心肝宝贝!"塔什罗娘子紧紧搂住他,像要把他嵌进自己的肚子似的,"我爱死你了,恨不得把你吞下去!……不,还不如把你缝进我的皮肉,让你永远离不开我。"

"我求之不得!"神甫说,"可是我没法整个儿都进去,请你笑纳我的零碎部件吧。"

两人正值销魂之际,当丈夫的高举寒光闪闪的宝剑闯进屋里。

美丽的染坊老板娘摸透了她男人的脾气,从他的表情知道她心爱的神甫这下没命了。突然她向那市民扑过去,顾不得自己披头散发,半裸着身子;羞耻使她益发楚楚动人,爱情更为她平添姿色。她喊道:

"住手,你这疯子,你竟要杀死你孩子的父亲!……"

染坊主被一语道破,他全凭顶上的绿帽才坐享为人父的尊严;这个发现,可能还有妻子眼中射出的火焰把他给镇住了。他不由松开手中的剑,那剑正好掉在跟在他后面的驼子的脚面上,驼子立即丧命。

这个故事教导我们不要怀恨记仇。

余　韵

　　本书的前十篇故事,滑稽缪斯的淘气之作的样品,在此告终。该缪斯当年出生于我的老家都兰省,这块宝地好比一个好姑娘,背熟了她的朋友韦尔维尔在《登龙术》一书中记下的至理名言:
　　若要得宠爱,只须脸皮厚。

　　行了!神经兮兮的小妞,躺下睡吧。你跑了一大段路,累得直喘气,可能你已经跑在时间前面了。也好,那你就应该擦拭你的纤足,堵住你的耳朵,回到爱情身边去。如果你梦想听到用笑声编织的另一些诗篇,看到全部逗笑招数,那你就不应该去听某些人愚不可及的詈骂。这帮人听到一只美丽的高卢燕雀鸣啭,竟会嘀咕:"呸!这可恶的小鸟!"……

第二卷

先　声

　　有人责怪作者不懂古代语言，犹如兔子不知捆柴草。从前管这号人叫同类相残者，吹毛求疵者，造谣诽谤者，乃至说他们是从戈摩尔城①来的，也不为过。

　　作者且放他们一马，不以常见于古代批评的这些妙语相赠。他但求自己不与他们一般见识，否则他会自轻自贱，羞愧得无地自容。因为这本书不遵循任何糟蹋纸张笔墨者走过的熟路便对它大肆诽谤，此乃舞文弄墨这一行中的头号笨伯所为。

　　哎！心术不正的人啊，你们把满肚子胆汁泼在我身上是白白浪费了，倒不如用来在你们之间相互攻讦。

　　作者不在乎自己不讨人喜欢。他想到一位英名永垂不朽的都兰省人便得到安慰。这位乡先辈曾受到同一种人的诽谤诬蔑，弄得他失去耐心，在他一部作品的前言中宣布，"从此再也不写一点一划。"

　　斗转星移，风俗依旧。天上的主和地上的人都没有改变。所以作者只有置之一笑，努力耕耘，只指望自己的辛勤劳动能在后世遇到知音赏鉴。

　　编撰一百篇趣话当然不是轻松活计。作者不仅遭到忌妒他的才气的下流之辈的恶毒攻击，他的友人也来凑热闹，偏偏挑他气儿不顺的时候问他：

　　"您是不是疯了？您想过没有？从来没有人的脑子里有那么多花花点子，足够编造一百个这类故事。您老兄休夸海口，还是收回您的大话吧。……您走不到头的！"

　　这几位不愤世嫉俗，也不同类相残。他们是否品行下流，我不得而

---

　　① 《圣经》里提到的死海南岸的城市，因居民淫荡邪恶而遭谴，毁于天火。

知。不过我知道他们肯定属于那种好朋友，在你一生一世中他们没有少给你添麻烦，借口在你遭遇大难时他们曾诚心诚意，出钱出力相助，他们便对你硬邦邦狠巴巴如马刷子，你到了行临终涂油礼时才认清他们究竟为人如何。

假如这种人仅限于说几句丧气话，倒也罢了，可他们并不到此为止。等到他们的担忧已被证明纯属多余，他们会得意洋洋说道：

"哈哈！……我早就知道了！……我早就预言您会成功的！……"

为了鼓励这虽然无法忍受却毕竟美好的友情，作者特将他裂底开口的旧拖鞋遗赠这些朋友，并为宽慰他们而向他们保证，他有一笔不惧法院查封的动产，即在大脑皮层皱襞的天然仓库里储备的七十篇上好故事。上天作证！这可都是字字珠玑，句句锦绣，而且其滑稽突梯之处皆别出心裁，统统取自人类自有教会日历推算法以来每年、每月、每周、每时、每分，不分昼夜纺织的那幅无瑕疵的布匹。说起那历法起源之时，太阳尚未发光，月亮还等着人家为它指路。这七十篇故事，你称之为促狭故事也无妨，篇篇奥妙无穷，厚颜无耻，嘻嘻哈哈，吃喝嫖赌，加上现已问世的二十篇，无非是他娘的上述一百篇故事预支的小小零头，若不是眼下书呆子、蛀书虫、书迷、书目专家和图书馆流年不利，停止大量吞噬图书，作者本想一气儿把这些故事都抛出来，省得零敲碎打实在难受，反叫人怀疑他的脑子排尿困难。一点不用担心作者患上"经由裤裆"排尿困难症，因为他经常饶斤添两，在同一篇故事里足尺加三，本卷好几篇故事可以作证。更有甚者，他特地把最精彩的、最荒唐的故事编在最后，以免人家说他老来精力不济，语无伦次。所以，诸位请在友情里少掺一些仇恨，在仇恨里多添一些友情。

另一些人，也是作者的朋友，忘了造化对故事家尤其吝啬。人间文士浩如烟海，当得起故事大王之誉的不过七名。还有一些人，也算朋友，认为当今之世人人穿一身黑，像是居丧戴孝，所以需要制作一些严肃得令人生厌或令人生厌地严肃的作品，耍笔杆的从今以后只有把思想托庇于伟大的建筑才能养家活口，谁不会建造石块砌得严严实实、水泥勾缝、稳如山岳的大教堂和城堡，谁就得默默无闻死去，如教皇的拖鞋一样无人问津。

作者要求这些朋友老实声明，他们喜欢一品脱上等葡萄酒，还是一桶淡啤酒；一颗二十二克拉的钻石，还是一块重一百斤的顽石；喜欢拉伯雷故事里讲的汉斯·卡维尔的指环，还是一名学徒可怜巴巴硬挤出来的现代文章。

这几位朋友无言对答，我就心平气和对他们说：

"好人啊，这下你们该开窍了？那就回去种你们的葡萄吧。"

不过对所有其他人还要加一段话：

"鄙人忝为这些流芳百世的寓言和故事的作者，其实不过提供了工具而已，原料都是偷别人的。话说回来，这些小摆设之所以珍贵，全在人工雕琢之美。与当年路易·阿里奥斯托先生一样，鄙人受到风格卑琐、矫揉造作云云的严厉指责。不过阿里奥斯托雕刻的一只昆虫后来变成永存于天壤之间的巍巍丰碑，比最坚固的石头建筑还要牢靠得多。何况快乐的知识另有一套评判标准：不冷不热的文章做得再漂亮，若不能逗人一笑或催人一哭，那么把普天下这类文章加在一起，也不及从自然与真理的嗉囊里掏出来的一页流露真性的文字。"

作者并非口出狂言，因为他本人无意踮起脚尖冒充高个子，而是因为事关艺术的尊严而不是他个人的得失。他不过是个可怜的记录员，惟一的长处是墨水壶里有墨水，洗耳恭听朝中诸位大老的言谈，把他们每个人说的话记录在案。他出了人力，其他一切均归功于造化。从雅典人菲迪亚斯①大爷雕刻的维纳斯像直到当代最出名的作家之一塑造的那个古里古怪，名叫戈德诺，人称布列克先生的老好人，一切都是从一个永恒的模子里翻出来的。因为人类彼此模仿，大家脱胎自同一个母本。写作是个正经行当，干这一行的人从事剽窃反倒有福，不但不会被抓起来绞死，反而受到尊重，得到爱护！不过若有人运气好，天赋独厚，因此趾高气扬，昂首阔步，自称自赞，此人必是三倍的傻瓜，甚至是头上长十只角的笨蛋，须知荣耀只属于刻苦磨炼而得的才能，属于耐心和勇气。

若有俏娘们儿樱唇微启，莺声呖呖对作者附耳细语，抱怨她们在故

---

① 菲迪亚斯（约公元前490—前431），古希腊雕刻家。

事的某些段落抓乱了云鬓，弄皱了茜裙，作者自会对她们说：

"谁让你们去听的？"

鉴于有人心怀恶意，昭然若揭，作者不得不对好心人多说几句，也好让他们借此驳斥上文提到的舞文弄墨之辈的信口雌黄。

据权威考证，载入本书的故事均写成于梅迪契家族的卡特琳娜王后当政期间。她治国有方，处理公众事务必以神圣宗教的利益为准绳。那年月，从先王弗朗索瓦一世在位时算起，直到吉斯先生送了性命的布洛瓦三级会议①为止，不知多少人死于刀剑之下。玩打弹子游戏的学童也知道，彼时战乱频仍，此起彼伏，法国的语言也有点混乱，因为今昔相似，每个诗人都有发明创造，都顺着自己的心思写他们的独家法文，且不说他们塞进许多拉丁、希腊、意大利、德国、瑞士怪字，海外奇句以及西班牙人带来的切口俚语。总之咬文嚼字者在这巴别塔②的语言里可谓得其所哉。后来巴尔扎克、帕斯卡尔、富尔吉埃、梅纳日、圣埃弗勒蒙、马莱伯③诸先生锐意改革，清理打扫法语，遂使外国词自惭形秽，又使合法的、用法正规的、尽人皆知的法语词汇得到安身立命之所，以致龙沙先生④目瞪口呆。

作者想说的都说了，理应回去侍奉他矢志效忠的贵妇。他祝所有爱他的人快乐幸福，对其他人，他愿他们上楼梯时踩到核桃，摔个大跤。但等燕子南飞之时，他会带着第三卷和第四卷故事回来与列位重逢。列位皆是庞大固埃一党，风月场上不是骁将便是宠儿，无不讨厌无聊之徒的悲悲切切、多愁善感或故作深沉。作者既有此诺，绝不食言。

---

① 一五八八年，亨利三世面临受废黜的威胁，趁在布洛瓦召开三级会议之际，诱杀天主教同盟的首领吉斯公爵。
② 《旧约·创世记》载，大洪水后巴比伦人想建造一座通天高塔，名为巴别塔。上帝弄乱他们的语言，使之无法相互沟通，结果塔未建成，人类遂分散到世界各地，讲不同语言。
③ 盖·德·巴尔扎克（1595—1654），帕斯卡尔（1623—1662），富尔吉埃（1619—1688），梅纳日（1613—1692），圣埃弗勒蒙（1615—1703），马莱伯（1555—1628）等作家都曾为法语的规范化努力。
④ 龙沙（1524—1585），"七星诗社"的魁首，名重一时，但其文风受到马莱伯的抨击。

圣尼古拉的三个门徒

　　讲到美食，图尔城中首屈一指的是三鲃鱼客栈。因为这家老板烤得一手好肉，远至沙戴罗、洛什、旺多姆和布洛瓦的人家操办喜事，无不请他前去掌灶。此人是个老江湖，白昼从不点灯费油，能在鸡蛋壳上刮出油水，褪下的毛、扒下的皮、拔下的禽羽到他手里都能卖钱。他眼里揉不得沙子，谁也别想拿假钱伪钞付账蒙混过关。纵是王公贵人，少给他一个子儿他也跟你没完。此人性善嘲弄，爱与大肚汉一起哄饮欢笑，见了褡裢里装满免罪券的客人总是脱帽施礼，撺掇他们花钱，必要时会花言巧语为他们证明，葡萄酒本来就贵，都兰省无论如何没有白给的东西，一切都得买，因此就得付钱云云。总而言之，只要行得通，他会毫不脸红向你报账：新鲜空气收费若干，凭窗观景收费若干。他用别人的钱财发家致富，也发了福，长得一身肥膘，腰粗如酒桶，人人都管他叫先生。

　　上次交易会期间来了三个讼师门下的高徒。若论这三位的资质，做贼比做圣徒更合适。他们已经知道可以走得多远而不至于给自己的脖子套上绞索，便想及时行乐一番，活该几名行商坐贾倒霉。

　　这三位魔怪的门徒在昂吉埃城跟着几位诉讼代理人研读天书一般难解的法律条文。他们与师傅不辞而别，第一站就住进三鲃鱼客栈，要下供主教下榻的房间，在屋子里大闹天宫，对伙食百般挑剔，去市场订购七鳃鳗，自称是大批发商，惯于轻装旅行，随身从不携带货物。

　　饭店老板忙得团团转，使出浑身解数转动烤肉的铁钎，为这三个捣蛋鬼准备了一顿配得上律师享用的美餐。这三位摆出的架势好像兜里揣着不止一百埃居，其实就是把他们挤干了，最多也只拿得出一百个苏；其中一位像煞有介事，老把这几个子儿在口袋里敲得叮当响。

　　话说回来，他们虽不趁钱，却多的是鬼点子。三个人串通一气、配合默契，合演一出有吃有喝的滑稽剧，五天内狼吞虎咽的各色食品之多，足以使一整队德国雇佣兵瞠目结舌。

这三只坏猫酒醉饭饱，撑圆了肚子，便去市场捣乱，欺侮毛头小伙子和其他人，鼠窃狗盗，赌钱，输钱；摘下或调换店铺的幌子：把小摆件铺的幌子挂在金店门首，把金店的标记挂到鞋铺屋檐下；往店铺里撒灰沙尘土，挑动闲人去打狗，割断拴马的缰绳，把野猫往人堆里赶，高喊抓贼，要不逢人就问：

"您老是否昂吉埃的夹屁股先生？"

然后便在人群里横冲直撞，在麦子口袋上戳几个窟窿，佯称丢了手绢，去翻弄太太们系在腰上的小钱袋，撩起她们的裙子，哭哭啼啼地寻找一件遗失的珠宝，对她们说：

"太太，那宝贝掉进一个洞里去了！"

他们教儿童学坏，觑见谁傻乎乎出神便去撞他的肚子，调戏妇女，敲竹杠，无恶不作。总之，与这三名该死的学徒相比，魔鬼也是老实人了；他们宁肯被绞死也不愿做一件正事，这等于要求讼棍行善。

他们做尽坏事，离开交易会场仍精旺神足，打道回客店吃饭，熬到晚祷时分，又举着火把出来寻乐。也就是说，在赶集的商贩之后，该婊子们倒霉，遭他们百般戏弄。遵循查士丁尼的箴言"各得其分"，他们付给女人的仅是他们从女人那里得到的。事毕，他们还要取笑可怜兮兮的烟花女子。

"权利归爷们儿，过失归娘们儿。"

最后，临到吃夜宵时他们没有别的取乐的由头，便相互打闹，或者拿客店老板开心，对他抱怨苍蝇太多，说什么别家客店都把苍蝇拴起来，以免打扰上等人。

到第五天，例应结账，老板尽管睁圆了眼睛，却在客人那里看不见一个埃居的尊容。他知道，如果凡是发亮的东西都是黄金，黄金也就不值钱了。因此他拉长了脸，对这几位大批发商不再热心奉承。他生怕吃赔账，有意探听他们的钱袋的虚实。

三名学徒见他既存疑心，索性大模大样拿起长官判人绞刑的腔调，吩咐尽快摆出一桌美餐，以便他们吃完上路。老板见他们谈笑风生，心想囊空如洗者理应愁容满面,当下也就放过不疑。他烹制了一桌配得上议事司铎享用的佳肴,暗中希望他们喝个烂醉:万一赖账,不必多费口舌就把他们送进监狱。

这三位在饭厅里如草垫子上的鱼一般受煎熬,苦思脱身之计,一边拼命吃喝,一边估量窗户的高度,打算觑便金蝉脱壳。叵耐窗棂钉得密密匝匝,根本撞不开。他们在心里诅咒一切,一位借口腹痛,想出去解手;另一位假装晕倒,第三位说要为他去找医生。

讨厌的客店老板兀自从炉灶到饭厅,又从饭厅到炉灶穿梭往来,眼角始终扫着这几位客人。他刚前进一步想讨账,又退后两步怕得罪贵人,少不了皮肉受苦。总之他与一般小心谨慎的客店老板无异,既爱钱又怕打。表面上他在伺候酒菜,实际上他伸出一只耳朵在饭厅里,跨出一条腿在院子里,自称听到客人唤他,屋里一传出笑声便凑上前去,借着露脸的机会暗示他们别忘了付账,每次总问:

"诸位大人想要点什么?"

他们恨不得把他的烤肉扦子塞进他的喉咙作回答,因为他好像明知故问,知道他们此时只要兜里能有二十个响当当的埃居,每人卖掉来生的三分之一也在所不惜。

须知他们坐在板凳上如被搁在火上烤,双脚若有针刺,屁股似已发烫。老板已经端上梨子、奶酪和煮水果,但见他们小口喝酒,嗓子眼里似乎呛了什么东西,彼此面面相觑,期待着哪一位能有锦囊妙计。总之他们的兴致已大不如前。

这三个无赖中数一名勃艮第人最为狡猾,他眼看拉伯雷的时刻①已到,便套用法庭用语,笑道:

"先生们,是否延期一周开庭?"

其余两位尽管大难临头,还是忍俊不禁。

"我们欠您多少?"腰里揣着上面讲过的一百个苏的那一位问道。他翻腾那几个钱,好像只要使劲倒腾,大钱就会生下小钱似的。此人是庇卡底人,火气一冒三丈,为一点鸡毛蒜皮的小事能把老板从窗口推出

---

① 拉伯雷曾因无钱付账而受窘。

去而自以为有理。他说这话时盛气凌人,似乎他拥有每年出息一万多布朗①的地产。

"十个埃居,诸位大人……"老板回答时伸出了手。

"子爵先生,我不能接受由您一人惠钞……"第三名学生说。这位是安茹人,诡计多端如钟情的妇人。

"我也接受不了!"勃艮第人说。

"先生们,先生们!"庇卡底人说,"你们这就见外了!在下自当破费!……"

"万万不可!"安茹人喊道,"您总不能让我们付三次钱……再说老板也不会答应的。"

"那好!"勃艮第人说,"我们三个人中谁的故事讲得最糟,就归他付钱。"

"谁来当裁判?"勃艮第人问道,他把那一百个苏又揣进兜里。

"当然是老板。他趣味高雅,必定精于赏鉴。"安茹人说,"来吧,大师傅,您就坐那儿,喝上几口,侧耳细听……现在开庭……"

"我先来!"安茹人说,"我打个头。"

此时老板已坐下,自然没有忘记给自己满斟一杯。

在我们安茹公国,乡下人个个虔信神圣的天主教,没有人因为不修苦行或没有杀死个把异端分子而失去进天堂的资格。这么说吧,若有新教牧师经过,会立刻被人做翻在地,丢了性命还不知道自己招惹了谁。

雅泽地方有一好人,某晚他去松果镇,不是做晚祷而是喝酒,酩酊大醉归来,一跤跌在自家门口的水沟里,还以为是倒在床上。

这是冬天。他的一位名叫戈德诺的邻居见他躺在冰碴子里,便打趣说:

"喂,您在那儿等什么?"

"等着解冻!"醉鬼被冻冰困住,动弹不得。

---

① 多布朗,西班牙古金币名。

戈德诺是个好基督徒,帮他拔掉冰楔子,为他打开他家的门。此地惟酒是尊,此举也是出于对酒的敬意。

那好人径直躺到女仆的床上去。这名女仆年轻标致,老家伙误把她当做自己的老婆,趁着酒兴便耕起那条温暖的犁沟来,拆掉了她剩下的那点姑娘门面。他老婆听到男人的响动,呼天抢地叫唤起来。可怜的耕地汉闻听叫屈,才明白自己误入歧途,其懊恼难以形容。

"该死!"他说,"上帝惩罚我没去教堂做晚祷……"

然后他忙不迭道歉,说是杯中物作怪,使他的裤裆记忆有误。待他回到自己床上,又对家主婆说他不愿良心上老压着这个罪过,为求免罪消灾,他宁可卖掉最好的奶牛。

"可这是小事一件!"他老婆说。女仆说,她当时正做梦与情人相会。女主人着实打了她一顿,教训她以后不要睡得太死。

这汉子因事关重大,躺在床上一味自怨自艾。他敬畏天主,吓得直哭,可那泪水无非酒浆。

"宝贝,"婆娘说,"你明天去忏悔,这事就算结了。"

那好人直奔忏悔室,满怀谦卑对教区本堂神甫讲明原委。神甫年高德劭,有资格在天上侍奉天主。

"不知者不罪,"他对悔罪者说,"只要您明天守斋,我就赦免您。"

"守斋!那敢情好!"那好人说,"守斋不碍饮酒。"

"这可不成!"神甫说,"您只能喝水,除了四分之一块面包和整只苹果,别的什么也不能进肚。"

那好人信不过自己的记性,回家路上不住背诵神甫给他布置的苦行。他一开始倒是记住了四分之一块面包和整只苹果,到家里却说成:

"四分之一只苹果和整只面包。"

然后,为了洗涤罪孽,他就如法守斋。他媳妇为他取出一个大面包,又摘下挂在楼板底下的苹果筐,由他闷闷不乐地耍弄该隐的剑①。

等他长叹一声吃到最后一口面包,真不知道往哪儿塞才好,因为吞下去的食物充肠垫胃,已堵到喉咙口了。他老婆当即对他说,天主丝毫

---

① 见本书第 85 页注①。

无意置罪人于死地，不会因为他少咽了那口面包，就怪罪他没有管住那话儿。

"闭嘴，婆娘！"他吼道，"即便撑破肚子，我也得守斋！"

"我付了我那一份钱。该您了，子爵。"安茹人讲完故事，神情诡谲，望着庇卡底人说。

"酒壶空了，"客店老板说，"添酒！……"

"喝啊，"庇卡底人喊道，"酒助谈兴。"

说着他把自己那杯酒一饮而尽，涓滴不存。他学牧师布道先清了清嗓子，然后开讲。

诸位知道，敝乡庇卡底的小姑娘有个习惯，她们在出嫁前自己挣钱置备裙子、碗碟、柜子，总之是全套嫁妆。为此她们到佩隆那、阿伯维尔、亚眠和其他城市去当女用人，洗杯子、擦盘子、叠床单、端饭菜以及她们端得出的一切。一俟她们除了理所当然带给丈夫的东西之外还学会某种技艺，立刻有人娶她们为妻。她们精通家政，是世上最好的主妇。

我在阿宗维尔继承了一块领地。那地方有个小妞听人谈起巴黎，说是那里的人不愿意弯腰去捡地上的小钱，又说他们个个脑满肠肥，只要在烤肉铺门口闻闻肉香，便一天不用吃饭。她闻言动了心，决定动身去巴黎，指望挣到的钱足以装满教堂的捐款箱。

她挎着一个空篮子步行出发，长途跋涉来到圣德尼门。那里临时驻扎着一班士兵以防骚乱，因为新教徒们扬言要有所行动。

班长看见来了一名掐得出水的鲜嫩小妞，随即把毡帽推向一边，晃了晃帽子上的羽毛，捻一下胡子，提高嗓门，圆睁双眼，一手叉腰，另一只手拦住庇卡底女人，像是为了检查她是否已按规定穿了孔，因为尚未穿孔的女人是禁止进入巴黎的。

然后他为开玩笑，故意一本正经盘问她来做什么，是否想抢夺巴黎各城门的钥匙。

那小妞一派天真，答道她来找一份力所能及的活儿干，只要多少能挣点钱,她不怕吃苦受累。

"您运气不坏,大姐,"那促狭鬼说,"我也是庇卡底人。我就收您在这儿干活,您的待遇胜过王后,而且还能挣到好东西。"

他当下把她领进哨所,吩咐她打扫地板、擦拭酒壶、拨旺炉火,照管一切。顺便说明,如果她干得让大家满意,每个士兵每月付给她三十个苏。他这班人要驻扎一个月,算下来她能赚到十埃居;待他们走后有新的部队来接替,必定也乐意雇用她;只要把这差使好好干下去,她定能从巴黎带许多钱和礼物回老家。

那好姑娘一边干活一边莺声呖呖唱着歌,把房间打扫得干干净净,收拾得整整齐齐,还做好一顿美餐。当兵的那天发现他们的破屋子焕然一新,堪与本笃会修士的饭厅媲美,大家都很满意,每人付给女仆一个苏。

待她赚够了钱,他们就把她按倒在队长的床上,队长到城里去会见情人,不在哨所。这帮士兵与哲学家有同好,喜爱智慧即乖觉①,各施温柔手段,风流解数,着实与她燕好。

总之她此时已身不由己。为了避免纠纷,士兵们抽签决定每人的次序,然后排好队,轮流与庇卡底姑娘交手。这帮好丘八个个身冒热气,一声不吭,赚回的甜头至少也值一百二十个苏。

这件活颇为艰苦,而且为她前所未谙。不过可怜的小妞还是竭力尽心,整夜没有闭眼,也没有关闭任何其他部位。

天亮时分,看到当兵的个个睡去,她才起身下床,庆幸自己在重负之下虽然有点累,肚皮上却没有留下一丝半点伤痕。她揣着三十个苏不辞而别。

在通向庇卡底的大路上,她遇到一个女伴。原来那个姑娘与她一样,也受到诱惑,想到巴黎来打工。女伴一把拉住她,跟她打听巴黎的情况。她说:

"唉哟!佩莉娜,千万别去,除非你的下体是铁打的!……就算是铁打的,也架不住那帮人的磨损!"

---

① "智慧"(sage)也作"乖觉"解。这里暗示庇卡底姑娘很乖,听任摆布。

"该你了,勃艮第的大肚汉,"庇卡底人在他邻座的酒囊饭袋上猛击一掌,说道,"你是讲故事,还是付账?"

"鳗鱼女王在上!仙女在上!天主、魔鬼在上!"勃艮第人答道,"我只知道勃艮第宫廷的故事,这些故事只在我们家乡流传……"

"嗨!天主的肚子在上!我们现在又像在你的波弗尔蒙田庄做客!"对方指着空酒壶,喊道。

"那我就讲一件在第戎尽人皆知的真事。此事出在我在那里带兵的时候,后来有人写下来。"

话说有个法警名叫直性子多本,天生是个坏种,整天价骂骂咧咧,打打踢踢,对谁都冷若冰霜,从不讲句趣话宽慰由他领往绞刑架的犯人。总之,此人能在秃子头上找出虱子,也能挑出天主的错处。

这个多本,姥姥不疼舅舅不爱,偏生娶了个媳妇,事出偶然,他摊上一个温柔如洋葱皮的老婆,那婆娘见丈夫脾气太坏,煞费心机在家里讨他的好,别的女人给丈夫戴绿帽也没有那么出力。

她对他百依百顺,只图个太平。如果天主愿意,就是要她屙屎成金她也会尽力去做。饶是这样,这恶人仍旧整天吹胡子瞪眼睛,她挨的拳打脚踢之多,不亚于负债人听到债主扬言要打官司的次数。

可怜的女人徒然如天使般体贴、操劳,丈夫虐待她一如既往。她实在忍受不了,逼得没法,只有向父母诉苦。她父母便前往女婿家中。

见他们来到,她丈夫就宣称:

他媳妇缺心少肺,处处惹他不快,存心叫他日子难过。

他刚打个盹,她就把他吵醒。

要不就不给他开门,让他淋雨挨冻。

家里乱七八糟。不是搭扣少个襻,就是带子缺了铁包头。床单发霉,酒变酸,劈柴受潮,床架子老是冷不丁吱吱嘎嘎作响。

总而言之,一切杂乱无章。

对于这些无理指责,女人的回答仅是指点屋里齐齐楚楚整旧如新的衣物。

于是那法警就抱怨他吃得太坏。

家里从不准时开饭,偶尔准时一次,不是肉汤没有煮开,就是菜汤凉了。

饭桌上不是缺酒,就是少了酒杯。

烧肉不搁作料,不加调味汁和香菜。

芥末发酸。

烤肉上有头发,桌布又旧又脏,叫人倒足胃口。

说到底,她烧的菜从来不合他的口味。

女人大吃一惊,竭力否认这横加给她的罪名。

"什么!你不承认?你这臭屎篓子!"法警说,"这么着吧,你们今天在这里吃饭,就能亲眼目睹她的作为。假如她有一顿饭称我的心,我刚才说的一切都算无理取闹,从此我再也不伸手打她,我把我的戟、我的裤子口袋统统交给她,这个家归她做主。"

"那敢情好,从此我就是夫人和女主人了。"她十分高兴。

当丈夫的看准了女人天生的弱点,要求把饭桌摆在院子里的葡萄棚底下。他算定她要从餐具柜到饭桌穿梭来回,但等她稍有差错,他便可借机发作。

好主妇克尽厥职,全力以赴。她把盘子擦得光可鉴人,调制了上品的新鲜芥末,烹烧了热得烫嘴、如偷来的水果一般、令人垂涎三尺的美味佳肴,端出崭新的酒杯,清凉的酒。餐桌上安置妥帖,一切洁白、闪光。主教的女管家也轻易摆不出这样的台面。

她得意洋洋站在桌子前,对着满桌酒菜观之不足,——心灵手巧的主妇无不喜欢用欣赏的眼光去看自己亲手安排的一切——正当此时,她丈夫敲响了门。说也凑巧,一头居然有能耐飞上凉棚顶饱啄葡萄的母鸡不早不晚拉下一大堆屎,正好掉在桌布上最显眼的地方。

可怜的女人眼看前功尽弃,差点没昏死过去。为补救母鸡闯的祸,她想出的惟一办法是用一个碟子遮盖这堆粪便。凑巧她口袋里还有多余的水果,就把水果装在盘子里,也顾不上对称不对称了。

然后,为使任何人都不觉察此事,她迅速端来菜汤,招呼大家就座,笑容满面请他们用餐。

众人看到摆得花团锦簇的菜肴,齐声喝彩。惟有这魔鬼丈夫沉着脸,皱着眉头,嘀嘀咕咕,东张西望,一心想挑刺儿好揍老婆一顿。

他妻子很高兴有亲人撑腰,便拿他取笑:

"您的饭菜得了,热气腾腾,整整齐齐,桌布雪白,盐瓶装满,陶罐干干净净,葡萄酒清凉可口,面包烤成金色。您还缺什么?您还要求什么?您还想得到什么?您还需要什么?"

"我要臭屎!"丈夫勃然大怒。

主妇马上挪开盘子,答道:

"朋友,这不就是?……"

法警见此,无言对答,心想魔鬼必定与他妻子结盟了。

紧接着,丈人丈母娘狠狠数落他,编排他的不是,把他骂了个狗血淋头。他们一时半刻说的刻薄话比法院书记官一个月里写下的文字还多。

从那天起,法警与妻子一直和睦相处。妻子但见他稍有皱眉不悦之状,便说:

"您要点臭屎吗?"

"谁讲的故事最差劲?"安茹人出死劲拍一下客店老板的肩头,喊道。

"是他!"

"是他!"

其余两人抢着说。他们随即如主教会议上的神甫一般争吵起来,互相饷以老拳,操起酒壶水罐往对方脑袋上扔,指望这场恶战打到某一回合便可趁人不备,溜之大吉。

"我自有公道!"老板高喊。他原本有三名负债人抢着付钱,现在他看出谁都不想还账。

他们大为惊慌,立即停止争吵。

"我给你们讲一个更好的故事,完了你们每人付我十个利勿尔……"

"听老板讲!"安茹人说。

鄙人这所客店位于富贵圣母堂关厢区。本地有一漂亮小妞,除了天生丽质,还有丰厚的财产。

所以一俟她长到出嫁的年龄,有力量承受婚姻的重担,她的情人之多不亚于复活节圣加蒂安教堂捐款箱里的硬币。

这小妞选中了其中一位。恕我直言,此君能白天黑夜连轴转,劲头赛过两名僧侣加在一起。他们随即订婚,筹备成亲。

这位未婚妻期待初夜的幸福,同时又有点担心,因为她的内部管道在构造上有缺陷,经常释放一些威力如炮弹爆炸的气体。

她只怕自己新婚之夜想着别的事情,会不慎失去对那不知趣的气流的控制。万般无奈,她终于向母亲披露此事,请教补救的法子。

老太太跟她说,下气通乃是她家祖传,她本人当初也曾为此苦恼。后来年纪大了,天主开恩让她关紧闸门,七年以来她再也没有泄过气,除了最后一次告别仪式,她为现已亡故的丈夫着实拉开了风箱。

"不过,"她对女儿说,"我的好母亲传给我一个万无一失的秘诀,能化解这些多余之物,然后不声不响把它们排出去。既然这种气流不带臭味,丑事也就遮盖过去了。办法如下:待这多气物质闷了一段时间之后,在出口处把它截住,然后使劲往外推;这空气一经稀释,神不知鬼不觉就消失得无影无踪。我们这个家族里管这个叫'卡屁'。"

女儿掌握了"卡屁"之法后,欢天喜地谢过母亲,当下如法操作,把肠胃之气积聚在管子底部,如管风琴手一俟弥撒开始,便可献技。她先入新房,决定等上床时释放这一切。不料这捉摸不定的元素煮的工夫太长,竟无出来的意思。

丈夫来了。诸位可以想象,他们怎样上阵厮杀,恨不得拿这两件家伙变出一千种花样。

半夜里,新娘找个借口起床,然后赶快回屋。她跨过新郎,正要归位时,她那关口突发奇想,打了个喷嚏如万炮齐鸣。诸位若是当时在场,准会和我一样以为窗帘床帐都被震裂了。

"啊呀!我那一招失灵了!"她说。

"该死的!"我对她说,"朋友,您还不如多攒一点呢!有了这队重炮,您可以在军队里混个事由。"实不相瞒,她是我老婆。"

三名学徒捧腹大笑。他们连声称赞客店老板的故事讲得好:
"子爵,你听过比这更好的故事吗?"
"啊!多妙的故事!"
"这才叫故事!"
"这是故事之冠!"
"故事之王!"
"这故事盖了帽了,从今以后只有客店老板配讲故事!"
"基督徒的信仰在上!这是我有生以来听到的最好的故事!"
"我呀,我听到屁响了!"
"我真想亲吻那乐器!"
"店主东,"安茹人一本正经说,"我们不能在离开此地之前不见老板娘一面。我们并不要求吻她的工具,否则有失对故事大王的敬意。"

接着那几位合伙夸奖老板的为人,他的账目以及他老婆那名堂。烤肉师傅对这片烂漫的笑声和浮夸的赞誉信以为真,扯开喉咙叫他老婆下楼,可这女人就是不露面。三名学徒心照不宣,便说:"那我们上楼去看她……"

他们一齐走出饭厅。老板举着蜡烛走在前面,以便领路并照亮楼梯。看到街门半掩着,三名候补讼师就如鬼魂一般溜走了,撇下老板去收他老婆的另一个屁充当房饭金。

弗朗索瓦一世节欲记

世人皆知，国王弗朗索瓦一世如何被人如一只笨鸟般逮住，送往西班牙的马德里。到得该城，查理五世皇帝将他如珍宝般庋藏在一座城堡里。我们这位英名永垂的先王甚为愠怒，因为他性喜海阔天空，自由自在，如一只猫不情愿整理花边织物一样不乐意关在笼子里。

所以他的心情变得异常忧郁，频频给法国御前会议写信诉苦。他的母亲昂古莱姆夫人，太子妃卡特琳娜夫人，杜普拉红衣主教，蒙摩朗西先生以及其他朝廷重臣，都知道这位国王爱色如命，遂于拆阅来信之后，决定派遣玛格丽特王后①前往探视。国王钟情于这位夫人，她生性快活，聪明机智，必能为国王消愁解闷。

夫人却说，此事攸关她的灵魂，因为她若与国王在囚室单独相处，难免不遭危险。故此一位干练的国务秘书费兹先生受命出使罗马教廷，请求教皇颁发一专门免罪证书，保证玛格丽特王后为治疗国王的忧郁症而与他密迩相处时可能犯下的罪过概予赦免。

话说此时荷兰人阿德里安七世②戴着教皇的冠冕。他为人随和，尽管当过皇帝的经籍讲官，并没有忘记此事有关天主教会的长子③，当即向西班牙派去一位被授以全权的主教，以便考虑如何在不太损害天主的同时，拯救王后的灵魂和国王的肉体。

事关紧急，朝中大臣无不惟此是念，贵妇们尤其觉得两股间有点发痒。她们出于效忠王室的拳拳之心，几乎人人自告奋勇愿去马德里。

---

① 即《七日谈》的作者纳瓦尔王后玛格丽特，所以下文说她"第一个写下这般有趣的故事"。参见本书第3页注①。
② 应作阿德里安六世（1522—1523年在位），历史上惟一的荷兰籍教皇。神圣罗马帝国皇帝查理五世还只是西班牙国王查理一世时，他是国王的教师。
③ 法国号称天主教会的长女，法国国王因而被称作教会的长子。

无奈查理五世皇帝疑虑重重,不准国王自由接见他的臣下乃至家庭成员,所以纳瓦尔王后能否成行还得谈判。

国王节欲成为朝中谈论的惟一话题,大家叹惜惯常在脂粉阵中操练的王子被剥夺了这项演习。总之,先是私下可怜,后是为了当众有所表现,结果贵妇们关心国王裤裆里那话儿甚于关心他本人。

王后首先说:她但愿能插翅飞去。

夏蒂荣的奥代老爷答道:她用不着长翅膀也是天使化身。

海军提督夫人则责怪天主不能把可怜的国王紧缺之物当做信件送达,须知她们乐意轮流出借自己那一件。

"天主把男人们关起来倒是做对了,"太子妃莺声呖呖说道,"因为我们的夫君们太不仗义,每逢他们出门在外,就让我们独守空闺。"

她们说了许多,想了许多,雏菊的魁首玛格丽特王后①启程时身膺诸位女基督徒的重托,她要代表王国的全体妇女着意温存马德里的囚徒。如果她有可能在行囊中携带欢乐如携带芥末,王后带走的欢乐一定多得足以在新旧卡斯蒂利亚出售。

这厢玛格丽特带领骡帮顶风冒雪,跋山涉水,急如星火赶去安慰国王。那厢,国王正值腰酸背疼,经历平生最为难熬的时刻。

他拗不过本性的要求,只得向查理五世皇帝直言不讳,望他法外施仁。他指出,一个君主如让另一个君主因无人荐枕,孤寝独眠而死,实为前者永恒的耻辱。

卡斯蒂利亚人倒也通情达理。他想为奉上几名西班牙女人而付出的代价自可计入客人应付的赎金,于是他着实训斥了奉命看守囚徒的卫士,暗示他们在这件事上不妨大开方便之门。

有个卫队长名叫唐·希霍斯·德·拉拉伊洛佩兹·巴拉·迪·品托。他出身名门,但囊空如洗,早就想到法国朝廷中去谋求荣华富贵。他以为只要为这位国王弄到一帖嫩肉膏药,就能为自己打通致富之途。事实上,凡是了解法国朝廷和这位好国王的人都知道,他的算盘可是打错了。

---

① "玛格丽特"这个名字意为"雏菊"。

轮到这位队长看守法国国王的囚室时,他毕恭毕敬问道,国王是否允许他提个问题,他渴望得到解答如何获得教皇的免罪证。

国王闻言,收起满脸愁容,在椅子上挪动一下身子,表示同意。

队长首先请他不要计较自己讲话没遮拦,然后说,他身为法国国王,雅有好色之名,他想从他本人那里打听,法国朝廷的贵妇名媛是否个个谙于风月。

可怜的国王想起自己在情场上的业绩,不由长叹一声,说道:"世上任何一国的女人,包括月亮上的妇女在内,都不如法国女人通晓这门炼金术的秘诀。"只要回想起其中一位的千般袅娜,万种风情,如果她此刻就在眼前,他会拼命扑将过去,哪怕是架在一块朽木板上行事,底下是万丈深渊……

这位国王好色可谓天下无双,他说这番话时,目中射出灼热的火光。队长虽说勇敢,慑于王者神圣威严的情欲,不由吓得五脏六腑颤动起来。

不过他随即恢复勇气,着手为西班牙女人辩护,倒是只有卡斯蒂利亚人才妙解风情,因为这地方的人比基督教世界任何其他地方的人更奉教虔诚;女人越怕因委身情郎而注定堕入地狱,做起这件事来就越加用心,因为她们知道从中得到的乐趣应该足以补偿永生沉沦之苦。然后他说,国王陛下如能拿法国最富饶、出息最丰厚的一个采邑做抵押,他会让他领略西班牙式的一夜销魂;如果他不小心,这位临时王后会使他真的魂灵出窍。

"快,快给我办!"国王从椅子上站起来说,"我以上帝的名义赐给你我在都兰省的夫人城田庄,包括各种狩猎权和大小司法权。"

队长认识托莱多大主教的情妇,就去求她与法国国王燕好,为他证明卡斯蒂利亚女人的想象力之丰富远远胜过法国女人的简单动作。

阿玛埃基侯爵夫人顾惜西班牙的荣誉,也乐了解天主用什么材料制造国王,当下欣然同意。她仅与教会的权贵有私,还不知道国王们的能耐。

但见她如冲出牢笼的母狮,风风火火扑来,直弄得国王的全身骨骼乃至骨髓都咔嚓作响,换一个人当下非送命不可。所幸这位贵人是铜浇铁铸的体格,兼之久旷,一味攻杀啃咬,浑然不觉自己也被啃咬。这场恶斗结束时,侯爵夫人丢盔卸甲,还以为自己遇上的对手本是魔鬼。

队长自以为得计,前来问候国王,领受他的采邑。

国王揶揄说,西班牙女人热情奔放,行事一点不含糊;不过在需要温柔体贴的场合她们不解节制,以致每得少许佳趣,他都要使出全身力气,简直像强奸;反之,法国女人手段高明,能使饮者越饮越渴,却永不知疲倦;若是与他的朝廷中的贵妇名媛周旋,那种柔情蜜意无与伦比,绝对用不上面包师揉面的功夫。

可怜的队长闻听此言,大惑不解。

尽管国王以贵族的身份声明他不打诳言,他还是以为国王存心嘲弄他,把他当做乳臭未干、在巴黎一家窑子里初次偷情的学生娃。

不过他确实不知侯爵夫人是否以西班牙方式过分款待国王,便要求这囚徒再试一次,并打赌这回管保他欲仙欲死,而他自己必能赢得一块领地。

国王素来礼数周到,尤善怜香惜玉,不会不接受这个请求。他甚至加上一句动听的话,说自己但愿输了才好。

晚祷过后,队长即把一位热气腾腾的夫人送进国王的囚室。这位夫人的肌肤最为白皙光洁,其娇容憨态人间无双,秀发婉娈,玉手柔软如丝绒,体态丰腴,每有所动作就把身上穿的袍子撑得鼓鼓的;口角常带笑,水灵灵的双目先意迎人。总之这个女人一出场便能平息地狱里的诸般喧闹,而她开口第一句话的效力之大,竟使国王的裤子开线裂缝。

次日,国王用过午餐,美人儿遁走以后,那好队长喜气洋洋来到囚室。

囚徒见到他便喊道:

"夫人城的男爵,愿上帝赐给您同样的乐趣!……我爱我的牢房!圣母在上,我不想评论我们两国的爱情技巧孰高孰低,只想支付输掉的赌注!"

"我早已料到!"队长说。

"此话怎讲?"国王说。

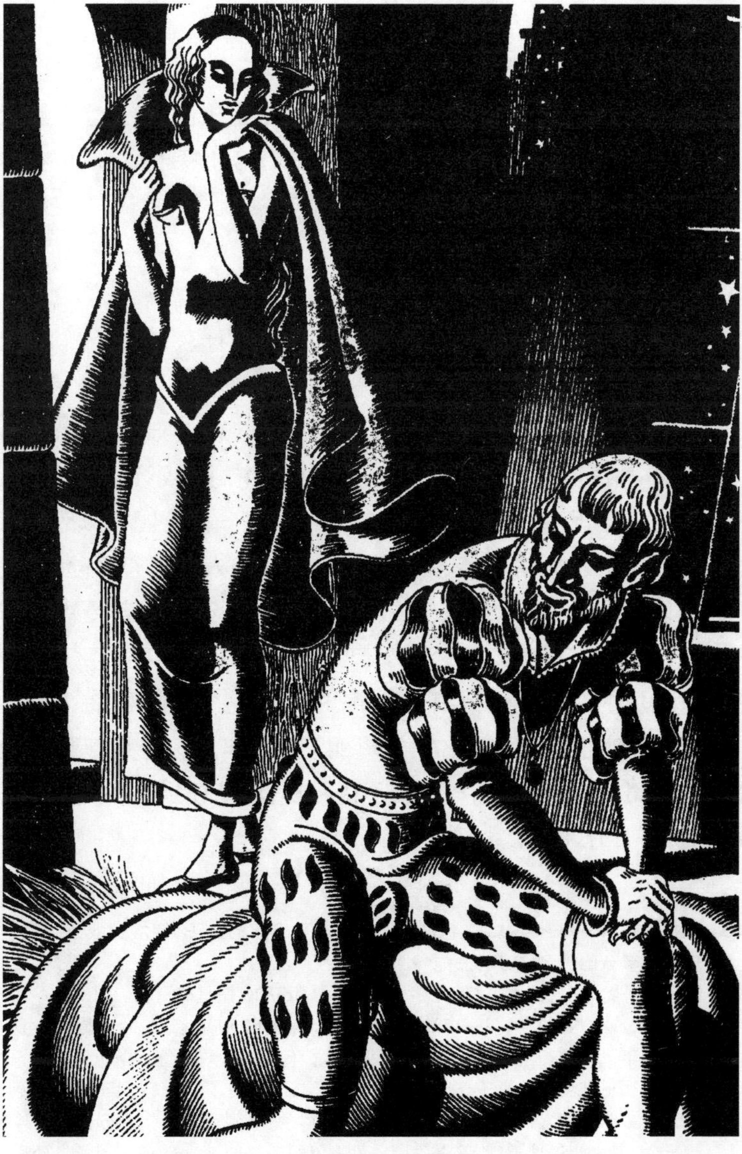

"陛下,她是我妻子!"

这便是我国夫人城的拉莱家族的起源,因为拉拉伊洛佩兹这个姓氏后来讹成拉莱。这个家族效忠法国王室,与各界广通声气。

此后不久,纳瓦尔王后及时赶来,适逢国王对西班牙方式已感腻烦,想改用法国方式取乐。不过本故事不拟横生枝蔓,我只想在别处讲述,主教怎样赦免这桩事情的罪过,我们的玛格丽特王后,这位在本书中宜用神龛供奉的雏菊之后,——列位须知,是她第一个写下这般有趣的故事,——又说了怎样一句妙语。

本故事包含的道德教训显而易见。

首先,位居帝王之尊者不应在战争中被敌方俘获,犹如他们的棋子不应在帕拉墨得斯①先生发明的棋戏中被对手吃掉。

一国之君沦为阶下囚,降临到黎民百姓头上的灾难莫大于此。

假如是一位王后或一位公主被俘,那就更糟了!不过我相信,即使食人生番也不会干下这等事。难道有理由囚禁一个王国引以为荣的鲜花奇葩?我相信阿斯塔罗特、吕西费尔②和其他人的居心再险恶,也不至于在他们君临天下时剥夺众人的快乐之源,藏匿给受苦受难的穷人带来温暖的光明。

只有最坏的魔鬼才做得出这种事,也就是说一个狠毒、信邪教的老妇人占据王位,把美丽的苏格兰的玛丽③投入牢房。这是基督教世界全体骑士的奇耻大辱,他们本应该不待召唤,自动赶到福泽林盖城堡脚下,把它拆得片瓦不留。

---

① 帕拉墨得斯,希腊传说中的优波亚国王瑙普利俄斯的儿子,特洛亚战争中的英雄。他享有睿智的美名,古人把许多发明都归之于他。
② 阿斯塔罗特,闪米特族民间传说中的魔仙;吕西费尔,撒旦的别名。
③ 指玛丽·斯图亚特(1542—1587)。斯图亚特家族自十四世纪起为苏格兰王室。一五四二年,詹姆斯五世死后,直系男嗣断绝,由他的女儿玛丽继承王位。一五五八年玛丽与法王亨利二世之子,未来的弗朗索瓦二世结婚,一五五九年成为法国王后。一五六〇年弗朗索瓦二世去世,玛丽返回苏格兰,受到改信新教的苏格兰贵族的敌视,于一五六七年被废黜,不得已投奔英王伊丽莎白一世,被囚禁十九年,最后一个囚禁地是诺桑普顿郡的福泽林盖城堡。由于企图推翻新教女王的天主教徒们拟拥戴玛丽为英王,伊丽莎白一世授意英格兰法庭对她进行审判,于一五八七年将其处死,时年四十四岁。

普瓦西修女们的趣话

古时候的作者盛赞普瓦西修道院为极乐之地,修女们种种放荡行径发源于此,从此地传出来许多好故事足以使在俗的人笑煞我们神圣的宗教。所以若干谚语来自这家修道院。当今的学者们为能消化这些谚语,徒然把它们如麦子一般簸扬、磨碎,仍不理解其含义。

假如你问某位学者,"普瓦西的橄榄"是什么意思,他会一本正经回答说,这是块菸的另一种说法;至于从前这些品德高尚的修女们每一提起必要发笑的"烹调橄榄的方法",指的本是某种特殊的调味汁。

这帮舞文弄墨者的解释,一百次里只说对一次。

据说这些修女——自然这是戏谑——宁愿当娼妓也不做规矩女人。

另有一些爱开玩笑的人说她们以自己特殊的方式仿效圣女的行事,对于埃及的玛丽[①]她们只赞赏她支付船夫渡资的办法。由此产生一句挖苦人的说法:用普瓦西方式供奉圣徒。

还有所谓"普瓦西的耶稣受难十字架",戴了它会使腹部发热。

还有"普瓦西的晨经",念到最后必会引出个把侍童。

此外,对于精通爱情的十八般武艺的淫妇荡娃,人们说"这位是普瓦西的修女"。

至于你知道的,男人们乐意出借的某件东西,这叫做"普瓦西修道院的钥匙"。

说到这家修道院的"山门",大家一眼就能认出,这个山门、大门、门户、门洞、窗户,总是半开半掩,易开难关,修理费用花了许多。

[①] 基督教的圣女之一,曾在亚历山大城为妓,后得天启,决心隐退到沙漠里苦修。在去耶路撒冷朝圣途中,因无钱摆渡过河,便委身船工,以抵渡资。

总而言之，那个时代在爱情上发明的新花样无不来自普瓦西修道院。

不消说，这些谚语、嘲弄、戏言和东拉西扯的话头里多有谎话和夸张失实之处。

普瓦西的修女们都是好出身。她们有时与其他许多人一样欺蒙上帝，讨好魔鬼，无非因为人身都是肉长的；虽然当了修女，她们仍有缺陷，身上总有一个地方缺少保护，于是产生邪念。

不过这些坏事全怪一位住持嬷嬷。她生下十四个孩子，个个成活，因为在他们受胎时她着实下了功夫。这位院长嬷嬷出身王家，她的风流艳史和滑稽言行使普瓦西修道院遐迩闻名。从此以后，法国各家修道院的趣闻莫不与这些可怜的修女身上某处发痒有关，而她们其实只愿意承担其中十分之一。

众所周知，这以后修道院经过整顿，圣洁的修女们有限的快活和自由被剥夺殆尽。

原先藏在希农附近的杜普奈修道院的一档文件，在该修道院遭遇劫难的最后时刻，被转移到阿寨城堡的图书室，由城堡主人妥为保管。我在这个文件档里发现一个题为"普瓦西四时行乐记"的卷宗残页。该卷宗显然是杜普奈修道院一位快乐的院长为他在郁赛、阿寨、蒙戈日耳、萨榭以及该地区其他地点的女邻居们消愁解闷而写下的。

教士的道袍可以担保我下面要讲的故事的真实性，不过我照自己的意思做了文字变动，因为我不得不把拉丁文译成法文。容在下道来。

话说在普瓦西，修女们有个习惯，一俟她们的院长，国王的女儿就寝……

是这位院长把一对情人停留在初级阶段叫做"做小鹅"。所谓初级阶段包括：

绪论

前言

序言

符号表

告读者

注释

绪言

目录

内容简介

内容提要

注解

序幕

题词

书名

副扉页上的书名

眉题

页旁注解

眉批

卷首插画

评语

书脊烫金

书签带

搭扣

铅线

圆花饰

章头小花饰

尾花

雕版插图

也就是说根本没有打开这本趣味横生的宝书，没有反复诵读、把握、理解其内容。有种美丽的语言也出自嘴唇，但无声无息，她把这种语言的全部离经叛道的小花招汇编成集，而且躬行实践，不逾界限，结果她死时依然落个处子身，完璧无损。这一快乐的学问后来由朝中贵妇加以钻研，她们与情人玩小鹅游戏，以便保全名节。可是也有情郎对她们予取予求，就得到一切，为许多人所艳羡。

言归正传。

话说一俟这位品德高尚的公主赤条条、坦荡荡躺在被窝里,一帮下巴没有皱褶,心里快快乐乐的修女便悄悄走出各自的小室,前往她们中最受爱戴的那一位的寮房里聚会。

她们一边神聊,一边吃着蜜饯、糖果,也喝酒,也吵嘴,咒骂老修女们,怪模怪样学她们的动作,虽说嘲讽,其实不怀恶意,要不就讲一些让人笑出眼泪的故事,或做各色各样的游戏。

一会儿她们度量各自的脚的尺寸,看谁的长得最纤巧;比较谁的胳膊最为白皙丰腴;查明谁的鼻子有怪毛病,饭后必转成红色;点数各自的雀斑;相告身上什么地方长记;估摸谁的肤色最为纯净,脸色最鲜艳,腰肢最细。列位须知,各人的腰肢同系上帝创造,却千差万别,有的细,有的圆,有的平,有的凹下,有的鼓出,有的柔韧,有的脆弱。然后她们比试谁的裙腰耗费布料最少。腰肢最细的那一位自然高兴,可也不太明白这有什么好处。一会儿她们相互讲述自己做的梦与梦中所见。常有这么一两位,有时甚至大家都在梦中攥住修道院的钥匙。然后她们询问彼此的小病痛。一位的手指嵌进一根刺;另一位长了瘰疬;又一位早起时眼睛里挂着血丝;后一位在念《玫瑰经》时频数念珠,食指脱了臼。人人都有小毛小病。

"嗨!您准是对大嬷嬷撒过谎,要不您指甲上怎么会有白色记号?"一位修女对邻座说。

"今天上午您在忏悔室待了那么久,我的妹妹,"另一位说,"您想必有许多小过失要坦白?"

然后,因为世上没有比一只猫更像另一只猫的,她们又是亲热,又是吵架,时而赌气、争执,时而协调、和解,继而相互妒忌,接着为笑闹而彼此捏来拧去,为彼此捏来拧去而笑闹,外加对初学修女恶作剧。

然后,常有人说:

"假如有个法警前来避雨,我们该把他搁在哪间屋子里?"

"搁在奥薇德嬷嬷的屋子里,就数她的寮房宽敞,那法警戴着羽毛冠也能进去。"

"这是什么意思,"奥薇德喊道,"我们的房间不都一样大吗?"

每到这个当口，修女们就如熟透的无花果般咧嘴大笑。

某晚，她们让一名娇秀的初学修女加入这个微型主教评议会。她年方十七，天真无邪如婴儿，用不着忏悔也能得到天主垂佑。听说修女们常用这种连吃带玩的秘密聚会来慰藉她们处于神圣囚禁中的肉体，她早就不胜艳羡，馋出口水来了。为了无缘参加，她还伤心痛哭过。

"喂，我的小鹿，"奥薇德嬷嬷对她说，"您昨晚睡得好吗？"

"不好，"她说，"跳蚤咬我。"

"啊呀！您的房间里有跳蚤？那就得立刻肃清。您可知道本修会的规矩要求驱逐跳蚤，一个修女修行一辈子连跳蚤尾巴也不应见到的？"

"不知道。"初学修女答道。

"那我来教您。您看到跳蚤没有？见到它们的影踪了？闻到它们的气味了？我的房间里有没有跳蚤的痕迹？您找找看……"

"我找不出来，"初学修女德·彼埃纳小姐说，"我只闻到我们这些人的气味！"

"您照我教您的办法去做，就再也不会挨咬了。我的孩子，您一感到自己被咬了，就立刻脱掉衣服，举起您的衬衫，不过注意不要观看自己身上各处——这可是罪孽。您只应该留心那可恶的跳蚤，诚心诚意去找它，不要顾及其他；您一心想着那跳蚤，只想逮住它——这已经不容易了，因为您可能把皮肤上一些从娘胎带来的小黑点误认为跳蚤。您身上有痣吗，小乖乖？"

"有的，"她说，"我有两个紫色的斑点，一个在肩膀上，另一个在后背偏下的地方，藏在肉沟里……"

"那您怎么看得见？"佩贝杜嬷嬷问道。

"我本来不知道，是蒙特雷索尔先生发现的……"

"哈哈！"修女们说，"他只看见这个？"

"他什么都看见了，"她说，"我那时候很小，他也不过九岁多一点；我们在一起玩……"

修女们这才明白，她们笑得太早了。奥薇德嬷嬷接着说：

"上面说到的那只跳蚤从您腿上跳到眼睛上，妄想躲进凹洞、树林、壕沟,上蹿下跳,执意逃命,这一切都是白费力气;本修院的规章要求对它穷追不舍,同时口念'万福马利亚'。一般说,念到第三遍,那畜生就被逮住了……"

"您说的是跳蚤?"初学修女问。

"当然是跳蚤!"奥薇德嬷嬷接着说,"不过,为了避免如这般捕捉会引起的危险,您必须做到,不管您在什么地方逮住这畜生,除了它您不去碰任何别的东西……逮到以后,您不要理睬它的叫唤、哀怨、呻吟、挣扎、扭动。假如它反抗,——这可是常有的事——您就用大拇指,或者用逮住它的那只手的任何一根手指把它死死按住;然后用另一只手去找一条头巾,以便扎住它的眼睛,阻止它乱跳乱蹦:这孽畜一旦看不清了,就不知道往哪儿走才好。不过兴许它气疯了,还可能咬您,所以您得略为撬开它的嘴,轻轻塞进一截从您床头的圣水缸里摘下的圣枝。这么一来,那跳蚤就乖乖不动了。但是您要想到,本修会的纪律禁止我们蓄私财,所以这畜生不归您所有。您应该想,这是上帝的造物,必须尽力使它活得舒服。

"所以,首先您得分清三种重要的情况,即这跳蚤是雄的、雌的,还是童身。假如它是童身,——这种情况少见,因为这些畜生不知羞耻,个个淫荡放纵,遇上第一个雄性就会失身——您就从它的硬壳底下把它的后腿拽出来,拔下您的一根头发把腿捆住,然后把它交给院长,由院长征求教务会的意见后决定如何处置。假如这是只雄的……"

"怎么看得出一只跳蚤是雄的?"好奇的初学修女问道。

"首先,"奥薇德嬷嬷答道,"雄跳蚤郁郁寡欢,不像其他跳蚤一样爱笑爱闹,咬人不狠,嘴张得不大,被人碰到它身上您知道的那个地方它就会脸红……"

"要这么说,"初学修女接着说,"咬我的都是雄的……"

修女们闻言哄堂大笑,其中一位笑得尤其厉害,不由自主放了一个大响屁,全身震动,还带出水来。奥薇德嬷嬷指着地板上的水渍对她说:

"您瞧,正所谓无风不下雨……"

初学修女也笑了,她还以为大家在笑那位嬷嬷突兀的表态方式。

"所以，"奥薇德嬷嬷往下说，"假如这是一只雄跳蚤，您就得取出您的剪刀，或者是您情郎的攮子，如果在您进修道院之前，他把攮子送给您作为纪念。反正您得用锋利的工具，小心翼翼剖开跳蚤的肚子。这时候它会嚷嚷，会咳嗽，会吐痰，会向您求饶，您会看到它点头哈腰，出汗，做媚眼，以及它为逃避这个手术而想到做的一切；您应该见怪不怪。只要想到您这样做是为了把误入歧途的造物引回正路，您就不至于手软了。您巧妙地掏出它的内脏，什么肝呀，肺呀，心呀，肚呀，各种重要器官，然后您把全套脏腑在圣水里浸几次，把它们洗干净，同时祷告圣灵使这畜生的内心超凡入圣。最后您利索地把所有内脏都放回跳蚤体内，它可是早就等不及了。这造物的灵魂如此这般经过洗礼，就信奉正教了。然后您立刻去找针线，细针密线缝合它的肚子，这时候您对它要十分尊重，就当它与您同为献身于耶稣基督的姊妹。您最好为它祈祷，这位夫人会对您行屈膝礼、注目礼，表示感谢您的关怀。总之，它再也不会叫了，再也不想咬您了。因为皈依了我们神圣的宗教，有的跳蚤甚至乐极而死。对于您逮住的所有跳蚤，您都如法炮制。看到您这般作为，余下的跳蚤先是对那只改奉正教的同类惊异赞叹，然后统统拔腿溜号，因为它们中邪太深，最怕当基督徒……"

"它们肯定是想错了，"初学修女说，"世上还有比出家修行更大的幸福吗？"

"当然啰，"于絮尔嬷嬷说，"我们在这里躲开了尘世的凶险和爱情的危险，爱情带来那么多危险……"

"除了不凑巧怀胎受孕，还有别的危险吗？"一名年轻的修女问道。

"自新王登基以来，"于絮尔嬷嬷摇摇头，回答说，"爱情继承了已故圣安东尼的大麻风、烧灼病、红色纠发病①等等，把各色各样的热病、忧虑、药材、痛苦放进它那可爱的研钵里捣研，制成一种可怕的疾病，惟有魔鬼能治。这对女修道院倒是大幸，因为无数夫人小姐闻之色变，她们害怕这种爱情，才守贞全节。"

听到这里，全体修女吓得抱成一团，可偏生还想知道更多。

---

① 毛发因尘土堆积与寄生虫繁殖而纠结成团。

"敢情只要爱,就得受苦!"一位修女说。

"那可不!我的小宝贝!"奥薇德嬷嬷喊道。

"您只消有一次爱上一位贵族小白脸,"于絮尔嬷嬷往下说,"您就有可能看到自己的牙齿一颗一颗摇动,头发一根一根脱落,您的脸颊发青,睫毛掉落,其痛无比。与您最宝贵的东西告别,这代价可是不小……有些可怜的女人会在鼻子尖上长一只虾,另一些女人身上最娇嫩的部位会有一条蜈蚣蠕动,啃咬……临了,教皇不得不把这种爱情革出教门。"

"啊!所有这些痛苦,我多么庆幸自己一点也没有尝到!"初学修女娇态可掬地喊道。

众修女听到爱情给她留下这等回忆,便猜她必定已借助某个普瓦西耶稣受难十字架的热力开了窍,貌似天真,其实耍弄了奥薇德嬷嬷。大家都为有她这样一位快乐的好伙伴而高兴,问她为什么才立志修行的。

"唉!"她说,"我给一只从前受过洗礼的跳蚤咬了一口……"

刚才放响屁的那位修女听到这句话,忍不住又下气通了。

"喂!"奥薇德嬷嬷说,"我们还等着您叹第三口气呢……假如您在祭坛上也说这种话,院长嬷嬷必定罚您吃彼特罗妮尔嬷嬷的伙食。只有这样,您那种音乐才能减弱音量……"

"彼特罗妮尔嬷嬷在世时您认识她,天主果真赐给她一种本领,一年只上两次账房间①就行了?"于絮尔嬷嬷问。

"是的,"奥薇德嬷嬷说,"有次她从晚上一直蹲到天亮,待到晨钟敲响了,急得她直说:我待在这里乃是遵循主的意志。话音刚落,她的负担就卸掉了,使她不至于误了晨祷仪式。可是已故的院长嬷嬷不相信这是上天特地赐恩,她说天主的眼光不可能降得这么低。事实如下:

"对这位已故的姊妹,本修会此刻正在教廷活动,务求把她列入圣品;只要我们能支付发布敕书所需的费用,事情也就成功了。我说的是彼特罗妮尔嬷嬷,她发愿要把自己的名字登在日历上,这对本修会有利

---

① 厕所的隐语。

无弊。为此她以祈祷度日,整天跪在靠草地那一边的圣母祭坛前出神,声称自己听到天使飞向天堂的声音是那么真切,足以用乐谱记下来。大家知道她记下了《我们崇敬》,而没有一个男人辨得清这首歌里的四分休止符。她就这样日复一日,眼珠如恒星纹丝不动,节饮节食,摄入体内食物不多于我眼睛里能装得下的。她立誓不尝生肉熟肉,每天只吃一丁点面包。赶上双棍节,她才加吃少许不带一点半滴调味汁的咸鱼。这么一来,她眼看就瘦下去了,脸黄如橘皮,全身干瘪赛过墓中枯骨。她又是秉性属火的,谁要是撞了她,准保会如打击火石一样冒出火星来。

"话说回来,她吃得再少,也不能免除我们大家多少都有的缺陷。这一缺陷是我们的不幸,也是我们的大幸,因为假如没有它,我们将尴尬万分。我指的是,我们与所有动物一样粗鄙,饭后必须排出粪便,而此物的雅观程度因人而异。彼特罗妮尔嬷嬷与众不同之处在于她拉的屎又干又硬,与发情期的母鹿的粪便毫无二致。这母鹿粪,乃是嗉囊所能制造的最坚硬之物,你偶尔能在林中小道踩上它。因其坚如磐石,犬猎术语名之为'结块'。彼特罗妮尔嬷嬷的排泄物之所以如此,并非超自然现象,皆因长期节食使她的体质宛如不熄的炉灶。据老嬷嬷们说,她秉性炽热,如把她投入水中,就像烧红的煤块入水一样会发出咝咝声。有几位嬷嬷指控她为能坚持苦修,夜深人静时偷偷把鸡蛋夹在脚趾中间烤熟了食用。不过这都是恶语中伤,旨在损害这位伟大的圣女的形象,须知其他寺院莫不妒忌我们中出了一位圣女。

"引导我们这位嬷嬷登上灵魂得救与尽善尽美之路的,是巴黎圣日耳曼戴普雷修道院的住持。这可是位圣人,他每发表议论,最后总加上一句:人们应该把所受的全部痛苦奉给天主,顺从天主的意志,因为一切事情都是由于主的专门安排才发生的。这个理论实为真知灼见,却引起激烈的争论,最后因沙蒂雍的红衣主教的诘难,遂受到教会谴责。那位红衣主教声称,若听信此说,世上再无罪孽可言,教会的收入岂不大减。

"可是彼特罗妮尔嬷嬷对之深信不疑,不知其中包含的危险。

"四旬斋和大赦年的持斋结束后,八个月以来,她第一次感到需要上金屋子①走一趟，于是就去了。到得那场所，她规规矩矩撩起裙子，摆开架势，专心去做我们这些可怜的罪人做的次数比她略多的那件事情。可是彼特罗妮尔嬷嬷除了拉出一截子屎头，毫无成就。她枉自憋足了气，那剩下的屎橛子就是不肯出库。但见她咬牙切齿，紧皱眉头，绷紧全身弹簧，可她的客人硬是喜欢留在这受过祝圣的躯体内，仅从那天生的窗口如青蛙换气探出脑袋，丝毫无意坠落在悲惨的浊世与一般俗物为伍，还说什么它若谪落人间就会失去神圣的气味。作为一段粪便，能有如此见识也算不同凡响了。

"那好圣女使出全身力气，直至她的颊肌肿胀，瘦削的脸庞上青筋爆裂，却依然无效。她承认世上的苦难莫过于此，凡是括约肌能经历的剧痛也莫大于此。

"'主啊！'她再次使劲，同时说道，'我把它奉献给您！'

"语音刚落，那石质材料就齐着她的洞穴的边缘折断，然后加一颗卵石撞击茅坑壁，但听见'壳壳啪啪'响声不绝。姊妹们，你们自然明白，她根本用不着手纸。至于剩下部分，留待八日庆期再作处理。"

"她真的见到了天使？"一位修女问。

"天使有屁股吗？"另一位说。

"没有的，"于絮尔嬷嬷道，"莫非你们不知，有一次开全体大会，天主叫他们统统坐下，可他们回答说：无从落座。"

说到这里，她们就回室就寝了。有的孤眠，有的几乎是独宿。这都是些好修女，除了与自己过不去，不会损害别人。

我在撇下她们转说别的故事之前，不能不讲一件发生在她们修道院里的趣事。那时候这家修道院已经过整顿，前账一笔勾销，全体修女都与上面讲到的那位一样被承认为圣女。

话说那时候占据巴黎大主教座位的乃是一位真正的圣徒，他行善积德，从不大肆张扬他心里装着穷苦人，无微不至关怀他们。这位老主教为了受苦人废寝忘食，经常访病问苦，根据情况或好言宽慰，或给予帮助，或细心照顾，或施舍钱财。他不择贫富，只要别人有难便前来照

---

① 厕所的隐语。

应,抚慰他们的灵魂,让他们想起天主。这位亲爱的牧羊人对他的羊群可谓鞠躬尽瘁!

因此这个好人对自己的道袍、外套、裤裆等等毫不在意,只要教会的贫苦成员有衣服蔽体,他便心满意足。他心地仁慈,甚至为拯救一名异教徒也愿意抵押他自己。他的仆人们不得不为他着想而自作主张。他们未经他同意就为他添置新衣,换下虫蛀磨损的旧衣,因此往往遭他责怪。他自己不到最后关头不会想到把旧衣服送去修补。

这位年高德劭的大主教知道,已故的普瓦西老爷生前吃喝玩乐,把应该归他女儿的财产花得一干二净,害得这女孩子一贫如洗。却说普瓦西小姐住在一所破房子里,冬天不生火,春天尝不到樱桃,以做针线活为生,既不愿降低门第嫁人,更不愿出售自己的贞操。老主教一直留心为她找一名年轻的如意郎君。在未找着之前,他想到把自己的旧裤裆①送去给她缝补,好让她把这个当模子,对未来的夫君先有所认识。那小姐已穷得家徒四壁,很高兴有这宗活计干。

普瓦西女修道院经过整顿后,某日大主教决定去探望那里的修女。他那条最旧的扎脚短裤需要缝补,临行前,他把裤子交给一名仆人,说道:

"桑托,你把这带给普瓦西的小姐们……"

他还以为自己说的是普瓦西小姐。

由于他一心想着女修道院的事情,他忘了把普瓦西小姐的住址告诉仆人,何况他也一直对人隐瞒这位小姐的困境。

桑托捧着这条带裤裆的扎脚短裤前往普瓦西,一路上快活如白鹡鸰。遇上朋友熟人就停下来聊几句,碰上酒座就喝几杯,让大主教的裤裆在旅途上长了不少见识。长话短说,他终于走到普瓦西修道院,对院长说他主人派他交上此物。

然后这仆人给尊敬的院长嬷嬷留下那东西,自己就走了。这条裤子平素紧紧包裹大主教遵照当时习俗厉行节欲的身子的某一要害,也展示天主未赋予天使们但给了他老人家的部位。话说回来,他身上那

---

① 当时的服装,裤裆自成一件,不与裤子相连。

部位也不算突出。

院长嬷嬷通知全体修女,说是要传达大主教的钧旨。众修女急忙赶来聆听,她们对之好奇,为之忙碌,那场面如蚂蚁碰到一个栗子壳掉进它们的王国。待到打开包裹,那裤裆凶模怪样咧嘴狞笑,修女们不由惊叫起来,忙用手捂住眼睛,只怕看到魔鬼从那里钻出来,因为院长嬷嬷有言在先:

"注意了,孩子们,这便是深罪大恶的渊薮!"

初学修女的指导嬷嬷透过手指缝向那行货瞥了一眼,又念了一声"万福马利亚",终于断定那里头没有躲藏任何活物。圣女们这才惊魂略定。

于是大家都红着脸仔细端详这藏龙卧虎之所,心想大主教的意思必是要她们从中得到某一睿智的训诫,或者发现《福音书》中常用的那种比喻。

贞洁的修女们见到这稀罕物件无不怦然心动,她们不顾自己五内俱乱,抢着往这个深渊里洒几滴圣水。有的用手去摸,有的把手指伸进窟窿,大家都壮着胆子去看。有人甚至肯定,待大家安定下来之后,院长嬷嬷以尽可能平静的语调说道:

"这里面究竟有什么名堂?……我们的父亲给我们送来这毁坏女人名誉的东西,他的用意何在?"

"我的母亲,我整整十五年没有机会见到魔鬼抛头露面了!"

"闭嘴,我的女儿,您妨碍我好好想想,该怎么做才不至于出岔子。"

大主教的裤裆遂被翻过来翻过去,被嗅闻、掂量、观看、观赏、往外拽、往里收,直闹得天翻地覆。众修女白天议论它、谈论它、想着它,夜里做梦也梦见它,结果第二天唱晨经时,大家漏了一段领唱和两句轮唱。却说诵完晨经后,一位小修女说道:

"姊妹们,我悟出大主教的寓意所在了,他以苦修为念,把自己的扎脚短裤交给我们缝补,以免我们闲得发慌,他是在教导我们,游手好闲乃是一切邪恶之源。"

众人随即动手抢夺大主教的裤子。不过院长嬷嬷行使她的权威,宣布先应由她妥为筹划,如何补缀为好。她和副院长足足花了十几天工夫,极其谦恭地为这裤裆绣上金银线,镶衬上丝绸里子,还用细针密线滚上双重花边。

然后召集教务会,作出决定:多蒙大主教垂顾他虔诚供奉天主的女儿,本修道院将献一妙物给他,以志纪念。于是全体嬷嬷,包括最年轻的初学修女在内,都有幸为这条善解人意的裤子出力,借以表达对那好人的品德的仰慕之忱。

花开两朵,各表一枝。大主教因为操心的事情太多,已忘了那条裤子。

他结识的一位朝中贵人新近丧偶,因死者生前脾气极坏,且不能生育,那贵人对这位好神甫说他心存奢望,欲娶一贤惠、虔诚的女子为妻,与之夫唱妇随,生儿育女。又说因为他信任大主教,希望能由他撮合。

我们这位圣徒遂在他面前对普瓦西小姐赞不绝口,过不久这美人儿就变成日诺亚克夫人了。

婚礼就在巴黎大主教府里举行,宴席极其丰盛,围坐者皆为名媛贵妇,朝中俊彦。就中要数新娘子最为艳丽夺目,因为她肯定仍是处女之身,大主教担保她白璧无瑕。

新鲜水果、煮水果、糕点配上五颜六色的装饰摆到桌布上之后,桑托对大主教说:

"启禀老爷,您钟爱的普瓦西的修女们给您送来一盘配做主菜的美味……"

"那就端上来……"老好人说。他看到一个用天鹅绒、锦缎缝成,绣满金银线,形状如古代花瓶的东西,大为赞赏。

新娘子立刻把它打开,在里面找到糖果、糖衣杏仁、小杏仁饼干以及其他种种可口的甜食,女客们随即享用。

其中有一位虔诚的信女好奇心强,发现一个耳朵模样的东西,遂把它拉出来,结果把夫妻生活罗盘的贮藏所暴露在光天化日之下。大主教羞得无地自容,因为座上客无不笑得前仰后合,声震屋瓦如喇叭口火枪齐发。

"把它当主菜是做对了!"新郎说,"这些小姐真可谓妙解人意！……婚姻的甜蜜正在其中。"

　　作为本故事的道德教训，难道还有比日诺亚克先生这句话更恰当的吗？所以在下不必赘言了。

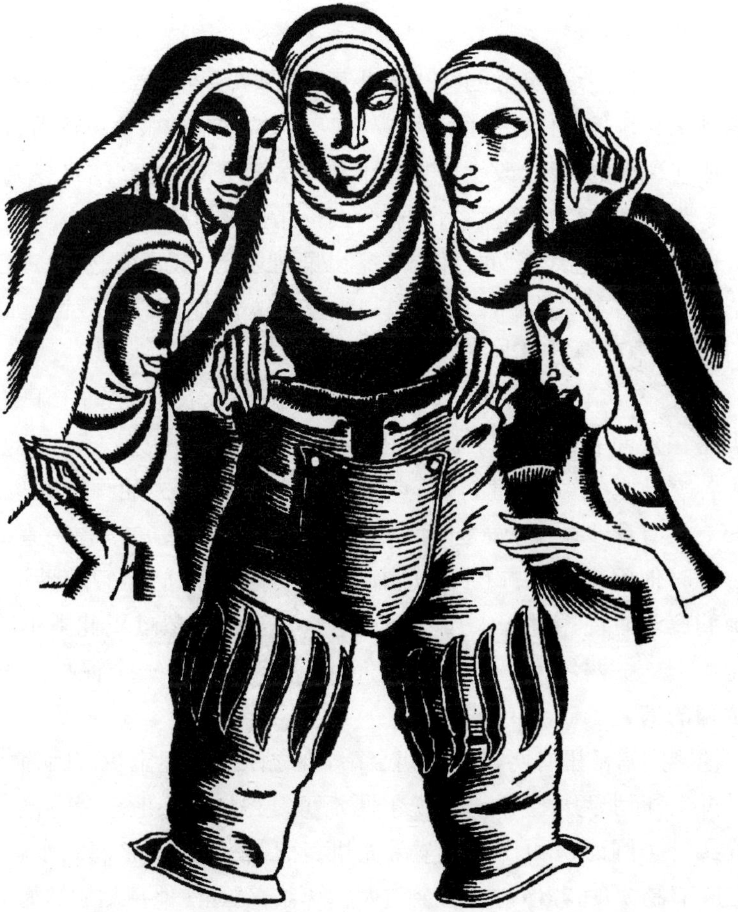

阿寨城堡营建始末

西蒙·福尼埃,又称西蒙南的儿子冉,是图尔市民,原籍博恩附近的穆利诺村。他膺任已故国王路易十一的皇室家具、服饰总管后,就仿效某些包税人的做法,改姓博恩。他后来失宠,携妻逃往朗格多克,撇下儿子雅克独自待在都兰省,连一个大子儿也没给留下。

这位儿子除了自己的身体、斗篷和佩剑之外一无所有,但是那话儿已不听使唤的老头儿们却认为他是大富之人。他立志搭救自己的父亲,并在朝中取得富贵荣华。那时朝廷驻在都兰。

每天一大早,这位图尔人就严严实实裹上大衣走出家门,只把鼻子尖露在外面。他空肚子在城里漫步,免了消化不良之苦。但见他步入各家教堂,赞赏其建筑,清点小祭台的摆设,掸去油画上的灰尘,数一下共有多少殿堂,像是时间和金钱多得用不完,无非借此消愁解闷。有时他假装诵经,口中念念有词,实际上在对信女们默默祈祷,待她们离开时便递过圣水,远远地跟着她们,直指望献了此类小殷勤就能撞上一桩两件艳遇,也好豁出性命为自己赢得一个保护人与一位娇媚的情妇。

他腰间褡裢里有两枚多布朗金币,视之比皮肉还宝贵。因为皮肉可以再生,而那两枚金币一旦脱手便不可复得。每天他只舍得抠出几文钱买一个圆面包和几个烂苹果充饥,然后畅饮卢瓦尔河的水解渴。似这般节制饮食,非但对他的金币大有裨益,而且使他身躯矫健如猎兔犬,且头脑灵活,心地热烈,因为卢瓦尔河源远流长,抵达图尔城之前它的河水在流动中不断加热,变成世间最富热性的饮料。

所以,这穷光蛋自有理由想象一千零一种发财致富的机会和艳遇,而梦想与现实相隔也不过一步之远。嗨!那可真是好年月!

某日,雅克·德·博恩——他还保留这个姓氏,虽说已不是博恩的领主老爷——沿着河堤一边散步,一边在心里咒骂自己的命运和世上一切,因为他那枚硕果仅存的多布朗金币也毫不留情,有意向他辞别。走到一条小巷的拐角,他差点没撞上一位戴面纱的贵妇人,从那妇人的鼻孔吐出馥郁的女人香气,向他扑面袭来。

但见这位贵妇足登纤巧的厚底鞋,身穿美丽的意大利天鹅绒缎子衬里的宽袖长袍;透过面纱,一颗不大不小的钻石映着夕阳在她额间闪闪发光,可见她的富有之一斑;她的头发盘成髻,堆出层次,编成辫子,一根不乱,至少花了她的侍女三个钟头工夫。她的步态如一位习惯以轿代步的贵妇。一名武装侍从跟在她后头。

只需看她略微提起长裙下摆,轻扭腰肢的高贵姿态,便可猜出她不是名门闺秀,便是一位朝廷命妇。

贵妇名媛也好,淫妇荡娃也好,反正她对雅克·德·博恩的胃口。他竟想入非非,誓与她形影不离,至死方休。

为此目的,他决定盯她的梢,看她能把他引到何处,是天堂还是地狱的边缘,是绞刑架还是销魂的金屋。他既已落魄到这般田地,一切对他都意味着希望。

那贵妇沿着卢瓦尔河,向下游普莱西方向款款而行,如出水的鲤鱼猛吸水面上的新鲜空气,又如疾走的耗子点头晃脑,左顾右盼。她什么都想看一眼,什么都要尝尝。

她的侍从发现雅克·德·博恩执意跟在夫人身后,夫人走他也走,夫人停下来他也止步,傻乎乎、贼兮兮盯着夫人看,好像有谁准许他这么大胆妄为似的。那名侍从当下突然转过身来,怒容满面如恶狗冲着他说:

"靠后站,先生!"

可是我们这位好图尔人自有道理。他认为既然狗也有权观看教皇通过,他作为受过洗的教徒自然可以察看一个女人的容貌。他继续往前走,对侍从扮个笑脸,依旧不离那夫人的前后左右。夫人不说话,仰望夜幕降落的天空和星辰,好不逍遥自在。这事情看来还顺利。走到波蒂雍的对岸,夫人停住脚步。为了更好地观赏风景,她把面纱撩开,扬到肩头,同时对不期而遇的同伴投去意味深长的一瞥,以便弄清自己是否有遭强奸的危险。

看官须知,雅克·德·博恩一个人顶得上三个丈夫的用场,站在王妃公主身边绝不逊色,何况他那副勇敢果断的样子很讨女人的喜欢。虽说因为整天在外奔走,皮肤晒得有点发黑,只消在床帏后面待上一段时间,不难转白。

他觉得那夫人射出的目光活溜如鳗鱼,她的眼神投在弥撒书上未必有这般伶俐。单凭这秋波一转,他认为艳福有望,决计不闯到裙子边上决不罢休,非但豁出性命在所不惜,因为他本来不看重性命,就是再添上一对耳朵乃至别的东西也心甘情愿。

夫人经由三处女街进城,穿过许多纵横交错的小巷,把跟在后面的多情郎领到今天克鲁齐尔公馆所在的十字路口。她在一座漂亮房子的门廊下止步,侍从便去敲门。随即有名仆人出来开门,夫人进去,门关上,撇下博恩先生张口结舌发呆,如圣德尼主教大人还没有想出办法捡起自己被砍下的脑袋①。

他抬头望天,盼着有什么恩惠从天而降,却什么也没有见到,借了一盏灯的亮光拾级而上,穿过多间厅堂,最后在一个雕刻精美的窗口停下来。那想必是夫人的卧室。我们这位可怜的情种一脸苦相站在那里胡思乱想,不知如何是好。

正当他出神之际,突然有人推开窗户,把他惊醒。他以为夫人有事唤他,便又抬头。若不是那窗户突出的窗台起到屋檐的作用,他一准被泼下来的一罐凉水浇成落汤鸡,连那罐子也险些在他头上开花,因为帮情郎洗淋浴的那个人的手中只剩下罐子柄了。

雅克·德·博恩庆幸躲过劫难。他毫不气馁,顺势倒在墙脚下,喊道:

"我快死了!"那声音弱如游丝。

然后他直挺挺躺在瓦罐碎片上装死,听任事态发展。

屋子里乱成一团。仆人们害怕夫人怪罪,向她坦白了过错,打开大门,抬起倒霉蛋,一级一级扛上楼梯。后者差点没有笑出声来。

---

① 圣德尼是第一任巴黎大主教,公元三世纪人,传说在蒙马特尔殉教。

"他全身冰凉！"那名侍从说。

"他身上有血！"膳食总管说。他去摸他的身体，弄了一手湿。

"只要他能还阳，我愿出钱在圣加蒂安教堂做一场弥撒！"闯下大祸的贵族哭着说。

"夫人的脾气像她已故的父亲，假如她不吊死你，从轻发落也得把你赶走，开除你的职务，"另一个人说，"可不是，他已经咽气了，死沉死沉的……"

"我可是进了一位头等贵妇的宅子……"雅克暗想。

"喂，他有没有活气？"罪魁祸首问道。

人们使尽力气把图尔人沿着螺旋式楼梯往上抬，楼梯扶手上雕的一个兽头挂住他的紧身短袄，死人不由开口：

"哎哟！我的短褂！"

"他吭声了！"闯祸坯闻声大喜，着实嘘了一口气。

女摄政王的仆人们，——因为这是流芳百世的已故国王路易十一的女儿德·博热夫人的府第——仆人们把雅克·德·博恩抬进大厅，把他僵直的身子平放在桌子上，不相信他会逃走。

"你们去找个把医生郎中来，"博热夫人说，"你走这边，你往那边……"

念一遍天主经的工夫，全体男仆都被打发下楼了。

然后女摄政王支走她的女仆，叫她们有的去拿油膏，有的去找包扎伤口的布，有的去端洗伤口的水，最后只剩下她一个人。

于是她转向这不省人事的美男子。赞赏他的仪表与他俊美的面容，高声喊道：

"唉！莫非天主有意不善待我！我这辈子惟有这么一次，本性深处的邪念始头，变得着了魔似的，偏偏这个时候我的主保圣女动怒发火，把我平生见过的最漂亮的贵族夺走！……天主在上！我以亡父的英灵起誓，害了他性命的人我一个不饶，统统送上绞架……"

"夫人，"雅克·德·博恩跳下他挺尸的木板，跃到女摄政王跟前说道，"我为能为您效劳而生，我也没受什么伤，保证今夜给您带来极乐的次数不亚于一年中的月数,不让异教英雄赫拉克勒斯专美于前①。"

他觉得有必要稍稍撒谎,以便对方不至于感到突兀,所以接着说:"两个月来,我不知道遇见您多少次了。我为您废寝忘食,可是我太敬重您了,不敢造次表白。我之所以想出这个计策来到您的脚下,那是因为您至尊至贵的美貌使我陶醉,务请见谅。"

说着,他就无比温柔地去吻夫人的脚,并用无坚不摧的目光瞅着她。众所周知,女摄政王已进入女人的第二次青春时期,因为年龄不饶人,纵是贵为女王,也要带上岁月的痕迹。正是在这个难熬的季节,从前规规矩矩、没有情郎的女人,也会偷偷摸摸,——除了瞒不过天主——这里那里结下露水姻缘,免得到另一个世界去时由于对您知道的那桩事情缺乏了解,不仅两手空空,而且心里空空,一切皆空。

博热夫人听到这个年轻人的许诺丝毫不露惊奇之情,因为贵为帝王者习惯对任何东西都论打购买、攫取。她把年轻人夸下的海口牢记在心,或者不如说记在她的爱情账本上,当下已有点按捺不住。然后她扶起这个图尔人,后者虽然时运不济,并不妨碍他对眼前这位情人报以微笑。这女人如开过的玫瑰,尚存雍容华贵之态,两耳似薄底浅口皮鞋,脸色如病猫。不过她穿得讲究,腰肢纤细,尤其一双脚楚楚动人,扭动臀部倒也袅袅婷婷,所以我们的年轻人即便所遇非偶,仍似感到有些莫名其妙的弹簧在推动他,帮他履行许下的诺言。

"您是谁?"女摄政王拿出先王那种常令人发怵的腔调问道。

"我是您忠心耿耿的臣民,雅克·德·博恩,我父亲是您的家具、服饰总管,他勤劳王事,却失宠受贬。"

"那么,"夫人答道,"您躺回到桌子上去!我听到有脚步声。若是我的底下人以为我与您串通好了演这场戏,这太不合适了。"

这位孝子从夫人温柔的语调听出来,她不怪罪他胆敢向她求爱。于是他躺到桌面上,心想有些贵人老爷也是踩着旧马镫上朝的,也就心平气和了。

---

① 赫拉克勒斯是希腊神话传说中的大力士,传说他曾一夜使五十名处女变成妇人。

"嗨！"女摄政王对侍女们说，"别去碰他，这位贵族现在好一些了。感谢天主和圣处女，我的府中没有发生凶杀案。"

说到这里，她把手插进这位从天而降的情郎的头发，然后用药水揉擦他的太阳穴，解开他的紧身短袄。她佯装察看他是否转世回阳，俯身检查这大言不惭要带给她极乐的可心人的皮肤有多柔滑，其仔细与认真胜过法院书记官执行某种公务。男女仆人见女摄政王如此作为，无不惊诧。不过帝王起了仁慈之心从不有损他们的尊严。

雅克站起身，装出大梦初醒的样子，十分谦恭地谢过女摄政王救命之恩，自称已经复原，不劳医生、郎中及其他穿黑袍的魔鬼费心了。然后他通名道姓，表示要走人，同时对博热夫人深施一礼，好像因为父亲遭了贬斥而对她心怀惧怕，其实他怕的是夸下海口难以兑现。

"我不能允许……"女摄政王说，"凡是到我府里来的人，都不应该受到您刚才受到的那种待遇。"

"博恩先生在这里用饭！……"接着她对膳食总管说，"是哪一个胆大妄为冲撞了他，只要马上自首，我就由他本人发落。不然我就让卫队长查出来后把那人吊起来。"

闻听此言，跟随夫人散步的那名侍从便上前认罪。

"夫人，"雅克说，"我请求您宽恕他，原谅他，因为全靠他，我才有幸瞻仰玉容，陪同进餐，可能还会使家父官复原职，那本是您威名显赫的父亲赏给他的。"

"说得不错！"女摄政王道。然后她转向侍从："戴图特维尔，我拨一连弓箭手归您指挥……不过从今以后千万别从窗口扔东西……"

她对这位博恩先生已经害下馋痨，说完即把手递给他，他也就温文尔雅地把她领进寝室。等待开饭的工夫，他俩谈得很投机。雅克先生短不了卖弄他的学问，为他的父亲辩护，深得夫人的好感。众所周知，这位夫人治理国家像她父亲，处理任何事情都如疾风迅雷。

雅克·德·博恩暗忖，与女摄政王上床殊非易事，因为这类交易不比公猫母猫的勾当，那些个畜生总能在屋顶下找到一个天沟遂其心愿。于是他庆幸自己认识了女摄政王而不必交付给她只有魔鬼才办得到的十二响连发。若要做成此事，必须把男女仆人都支开，而且得保全女摄

政王的体面。尽管如此,他还是害怕夫人的骚动,有时沉默不语,心想:

"我有这般能耐吗?"

不过女摄政王以交谈为掩护,心里也在想这桩事。她处理过许多比这棘手的事,自能做到不动声色。

她叫来一名秘书,此人足智多谋,为治理王国献过不少计策。她命令他在她用餐时悄悄递给她一份假情报。

饭菜摆好后,夫人根本无心去碰,因为她的心如海绵一般膨胀,挤掉了胃囊的地盘:她一心想着这美男子,惟独对他有胃口。

雅克由于种种原因,放开肚皮大吃。

好使者准时前来报信,女摄政王闻讯震怒,学先王的样子紧皱双眉,说道:

"这个国家就没有太平日子了?天主在上!我们连舒舒服服过一个晚上都办不到!"

她站起来,在屋里踱步。

"也罢!备我的小走马!我的马厩总管维耶尔维尔先生在哪里?……他不在。到庇卡底去了。戴图特维尔先生,您带着府上的人到昂布瓦斯堡与我会合……"

接着对雅克说:

"博恩先生,您就做我的马厩总管,您愿意为王室效力?这便是好机会。天主在上,您来吧。我们必须打击一些心怀不满者,需要忠臣义士效劳。"

然后,只消一个穷苦老头儿念一百遍"万福马利亚"的工夫,马匹全都配上缰绳,勒紧肚带,待命出发。夫人骑上她的小走马,图尔人追随左右,兵士跟在后面,一行人撒开马蹄,直奔昂布瓦斯城堡而去。

长话短说,博恩先生被安置在与博热夫人隔开十二丈的房间里,远离闲人的窥探。全体朝臣与随从大惑不解,议论纷纷,相互打听敌人来自何处。那个自诩能连发十二响的人话已说出,不好收回;惟有他知道敌人在什么地方。

举国皆知,女摄政王德行高洁,人称她与佩罗纳城堡一样不可攻克,故此没有人对她生疑。

但等宵禁时刻来到，堡内门窗统统关闭，所有人的耳目无不闭塞，阒无人声，博热夫人打发走贴身女仆，随后派人把马厩总管叫来。后者立即前来。

夫人与那冒险家肩并肩坐在一个高大壁炉的炉台下的天鹅绒长凳上。好奇的女摄政王立即用娇滴滴的声音问雅克：

"您没伤着吧？……让一位刚被我一名侍从打伤的好臣仆骑马颠簸几十里，我实在太不应该。我心里难过，不见您一面之前不能安心就寝，您哪儿不好受？"

"我不好受的是我快等不及了！"担保连发十二响的先生说道。他看准机会已到，不容退避，接着说，"高贵、美丽的女主人，我看到您的仆人有幸获得您的青睐。"

"得啦得啦，"她答道，"您没撒谎吧，那会儿您对我说……"

"说什么了？"他问。

"这个么……您说您曾尾随我到教堂或者别的地方去过。"

"没错。"他说。

"那好，"女摄政王答道，"我奇怪迟至今天才见到一位连他的容貌也透着勇气的年轻人。当我以为您受了重伤时说下的话，我决不食言。您讨我喜欢，我愿意成全您……"

向魔鬼的祭台供奉牺牲的时刻终于敲响，雅克跪倒在女摄政王跟前，不仅吻她的手和脚，据说还吻了她全身上下。然后，他一边亲吻，一边做准备，用各种论据为他年高德劭的女主人证明，一位肩负国家重任的贵妇也有权稍稍寻欢作乐。女摄政王不能接受这种越轨行为，她宁愿受到暴力逼迫，以便由情人承担全部罪过。话说回来，她事先换了晚妆，洒了香水，情急难遏，以致两颊绯红，赛过抹了胭脂，使她的肤色骤然发亮。好个夫人，她半推半就，如情窦初开的少女被拥上御床，与年轻的十二发连射手终于配对成双。

他俩由轻到重，自浅入深，节节推进，无所不至。女摄政王声称她宁可相信玛丽亚女王白璧无瑕，也不相信那十二发连响的许诺。

碰巧雅克·德·博恩不觉得床褥上这位贵妇人已上了年纪，因为灯光下一切无不变容易貌。许多女人白天五十岁，到半夜里只有二十岁，另一些女人中午二十岁，晚祷后像有一百岁。

雅克逢此奇遇，比在上绞架那一天遇见国王还要高兴。他重申打下的赌，夫人心中疑惑，但也承诺，如果她赌输了，除了赏赐这位骑士阿寨焦土领地及其众多属地，赦免他的父亲，还将给予别的好处。

这孝子心想：

"这一发是为了使我父亲免受法律追究！"

"这一下是为了那块领地！"

"这是为了征收土地转移和出售税！"

"这是为了阿寨的树林。"

"再一下为了赢得捕鱼权。"

"又一下为了安德尔河中的岛屿。"

"把草地赢过来。"

"把我父亲花大价钱买下的拉卡尔特田庄从法院手里要回来。"

"这一下是为了在朝中谋个差使……"

他顺顺当当预支了不少甜头后，以为此事攸关他裤裆里那话儿的尊严，继而想到他身子底下压着整个法国，便认为皇室的荣誉也系此一举。总之，他向自己的主保圣徒圣雅克先生许愿在阿寨领地为他建造一个小教堂，然后造了十一个明白、晓畅、清澈、抑扬顿挫的委婉句以表达他对女摄政王的敬意。

他那篇在下部发表的演说临近尾声时，这位图尔人起了狂妄之念：为使女摄政王着实受用，而且作为阿寨的领主他也有必要感谢女主的厚恩，他要如一个有教养的人所做的那样保留最后一次敬礼，待她一夜醒来后再恭敬致意。这一建议当下被采纳。殊不知人的精力一旦疲乏，就如一匹马躺倒在地，宁可死于鞭下也不动弹，直到它恢复了元气才肯站起来。

所以，次日清晨，阿寨城堡的幼鹰打算向国王路易十一的女儿敬礼时，尽管他卖足力气，也只能如两国君主互致敬意那样放了空炮。女摄政王起床后与雅克共进早餐。雅克以阿寨的合法领主自居，女摄政王却认定马厩总管功亏一篑，予以反驳，宣称他没有赢了这场打赌，因此也不能得到领地。

"活天冤枉！我差的就是这么一点点！"雅克·德·博恩说，"不过，我亲爱的夫人、高贵的主上，无论您还是我都不适合裁决我们之间的事情。此事既然有关土地的转让，再说阿寨本是王室属地，应由您的御前会议审议。"

"主意不坏！"女摄政王笑道。她可是出名的难得一笑，"我让您担任维耶尔维尔先生在我府中的职位，不再缉拿您的父亲，赏给您阿寨领地，还给您在朝中派一份差使，只要您能在御前会议上陈述实情而不妨碍我的名誉。不过，万一您有一言半语损害我正经女人的名声，休怪我……"

"那我甘愿被绞死！"十二连发的射手说道。他故意用开玩笑的语气，因为德·博热夫人脸上已有愠色。

事实上，路易十一的女儿更关心王室的权益而不是十二连发。她对这类荒唐行径毫不看重，满以为自己不必花钱就快快活活过了一夜，与其接受图尔人的再次效力，让他重发十二响，不如听他怎样讲清事情的原委而不犯禁忌。

"如此说来，夫人，"她的好伴侣说道，"我当您的马厩总管当定了……"

却说德·博热夫人突然启程，诸位统兵官、秘书官以及在摄政时期担任官职的其他人大感纳闷。他们闻讯后匆匆赶往昂布瓦斯城堡，打听是哪里出了乱子。女摄政王起床时，他们已经等着召开御前会议了。

她召集他们开会。为了不让臣下怀疑她存心戏弄，她先让他们讨论几件鸡毛蒜皮的小事，而他们果真一本正经地讨论。

讨论将结束时，女摄政王在新任马厩总管陪同下驾临。

大胆的图尔人见到全体大臣起立，便请求他们裁判一桩有关他本人和国王领地的事端。

"听他说吧，"女摄政王道，"他说的都是实情。"

好个雅克·德·博恩，当着最高司法机构的大排场他丝毫也没露怯，随即侃侃而谈。他说的话大致如下：

"诸位大人，虽然我要讲的是有关核桃壳的事情，我恳求你们用心倾听，并原谅我用词卑琐。

"一位老爷与另一位老爷在果园里散步,看到一棵属于天主的核桃树。那棵树种得稳,长得好,看起来漂亮,照管起来也不费事,虽说树干有点空,仍是一棵枝繁叶茂、芳香四溢的好树。你们若见到这棵树,也会观之不足。总之这棵核桃树长得如此可爱,像是天主禁止我们接近的那棵善与恶之树。当年我们的母亲夏娃与当她丈夫的那位先生就是为了那棵树,才被逐出乐园的。

"诸位大人,这棵核桃树便是这两位老爷之间那场小小争端的起因。两位老爷像朋友之间常做的那样,一时高兴打了一场赌。最年轻的那一位正好手中拿着手杖,就像我们每个人在果园散步有时也会携带手杖一样。他自称能接连十二次把手杖扔进核桃树茂密的枝叶,每次打下一枚核桃。"

"这是否官司的症结所在?"雅克向女摄政王那边稍稍偏过身子,问道。

"是的,各位先生。"她答道。马厩总管奇兵突起,令她猝不及防。

"另一位老爷打赌说他做不到……"诉讼人接下去说,"那位夸下海口的人当即扔出手杖,动作如此灵敏、果断,令他自己和他的伙伴都从中感到乐趣。多亏圣徒保佑,——他俩兴致这么高,圣徒们想必看着也乐——手杖每扔出一次,必有一颗核桃落地,一共打下十二颗。事出偶然,最后落地的那颗核桃是空的,里面没有果肉,园丁把它埋在地里也长不出另一棵核桃树的。那么,那个扔手杖的人是否赢了?我说完了,请诸位评判!"

"事情说得很清楚,"亚当·富美说,他是图尔人,当时官拜掌玺大臣,"另一位老爷只有一种方式了结。"

"什么方式?"女摄政王问道。

"付钱,夫人。"

"这小子太狡猾了!"女摄政王拍着马厩总管的脸颊说道,"总有一天他会被绞死……"

她以为说了句戏言,可是后来果真应验了。前王室家具、服饰总管的儿子先是享尽荣华富贵,后来由于另一个老妇人蓄意报复,兼之被他自己的秘书出卖,最后失宠,在蒙伏贡上了绞刑架。他的秘书是巴朗地方的人，经他一手提拔。此人名叫普雷沃，有些人说他叫勒内·冉蒂，是搞错了。

雅克·德·博恩此时已是桑布朗塞男爵，拉卡尔特·阿塞的领主，并担任国家最显赫的职位之一。他有两个儿子，一个当上图尔大主教，另一个是都兰省的财政总监和省长。据说那名奸臣，背主的奴仆把雅克·德·博恩点给他的钱的收据交给昂古莱姆夫人①。不过此是后话，本故事暂且不表。

回头仍说德·博恩这位好人青年时代的奇遇。德·博热夫人的销魂之夜虽说来得晚了一点，着实博得浑身奇热；这位一夜情郎智慧过人，还通晓公共事务，更使她满心欢喜。她让他照管皇室的积蓄，而他尽心供职，耍了不知道什么高招，竟使国王的钱财成倍增长，也为自己赢得善于经营的名声。后来他被任命为财政总监，理财有方，自己也得到不少好处，这本是应该的。

女摄政王交出输掉的赌注，把阿塞焦土王家领地赐给自己的马厩总管。众所周知，最早来到都兰省的火炮手已把阿塞城堡夷为平地。若不是国王出面干预，这批用火药创下奇迹的能工巧匠早就被宗教法庭视作异端，判定有罪了。

那时候财政官博耶先生正在主持兴建舍农索城堡。该城堡妙就妙在它的建筑横跨谢尔河两岸。

桑布朗塞男爵欲与博耶先生一争雄长，决心在安德尔河上为自己建造一座府邸。他的城堡至今犹存，稳当当屹立在水下桩基上，不啻这个葱翠秀丽的河谷中的奇珍异宝。雅克·德·博恩为此花掉三万埃居，还不算他领地上农民的劳役。

看官须知，该城堡是妩媚的都兰省最美丽、最可爱、最可亲、最讲究的城堡之一。它如一名放荡而不失王家气度的贵妇浸在安德尔河中，水波映出它的楼阁和镶有花边窗框的窗户，以及做成漂亮的士兵模样的风向旗。那几位士兵与所有士兵一样迎风转动。

可是未等城堡竣工，桑布朗塞就被送上绞刑架。这以后，谁也拿不

---

① 昂古莱姆夫人是弗朗索瓦一世的母亲，详见下文注。

出那么多钱来完成未了的工程。

不过他的主人弗朗索瓦一世曾在这座城堡作客,国王睡过的房间今天还在。

国王敬重桑布朗塞的满头白发,尊称他为"我的父亲";他对国王也感情很深。据说国王临睡前对他说了这么一句:

"我亲爱的父亲,您那口大钟足足敲了十二响!"

"嗨!陛下,"财政总监说,"想当初,多亏一柄现已老朽的槌子在这同一时刻响当当敲了十二下,我才得到我的领地和领地上的出息,今天才能有幸为您效劳……"

好国王听这话有点奇怪,便追根问底。

于是,国王一边上床就寝,雅克·德·博恩一边对他讲了您已经知道的上述故事。

弗朗索瓦一世对这类风流公案兴趣甚浓,他觉得当年这个艳遇太逗乐了,尤其因为此时他的母亲昂古莱姆夫人处于更年期,对波旁大统领颇有意思,很想看到后者也为她表演十二发连响的绝技。这是一个坏女人的坏爱情,因为它使王国陷于险境,国王被俘,可怜的桑布朗塞被处死①——上文已有交代。

本文要记述的是阿塞城堡的营建始末,因为确定无疑,桑布朗塞的巨大财富肇始于此时。桑布朗塞为他出生的城市做了许多好事,把它装点得花团锦簇,全亏他拨出一大笔款子,大教堂的一对塔楼才能完工。

一代又一代,阿塞勒里戴尔地方的领主以及平民百姓口口相传这

---

① 路易十一的女儿安娜下嫁波旁公爵彼埃尔·德·博热,在她的弟弟查理八世未成年时摄理国政。查理八世去世后,表兄路易十二继位。路易十二无子嗣,身后由昂古莱姆的弗朗索瓦继位,是为弗朗索瓦一世。昂古莱姆公爵夫人即弗朗索瓦一世的母亲,萨瓦的路易丝。波旁大统领是彼埃尔·德·博热的女婿,战功赫赫。他丧妻后,拒绝与萨瓦的路易丝结婚。后者要求他交出波旁家族的遗产,他便转而为与法国敌对的西班牙国王兼神圣罗马帝国皇帝查理五世效力,帮助他在意大利的帕维亚大败法军,生擒弗朗索瓦一世(1525年)。萨瓦的路易丝并且指控财政总监桑布朗塞贪污巨款。尽管证据不足,她利用国王在马德里被囚、无法过问朝政的机会,把桑布朗塞处死。

场奇遇。国王睡过的那张床的帷帐今天还保存完好。见到那床,就好像听到有人在讲述那故事。

当代有位作者认为是一名德意志骑士连发十二响,从而为哈布斯堡皇室赢得了奥地利的属地。此说大谬,错把图尔人的功绩算在德国人账上了。

这位作者虽然博学多闻,其实上了稗官野史的当:罗马帝国首相府的档案里从未记载该项取得领土的方式。

我不满意这位作者的,是他竟然相信灌饱啤酒的行货也能操演这套高级炼金术,这本是拉伯雷大为赞许的希农行货的荣誉所在。

为给故乡增辉生色,为了阿寨的威望、城堡的体面以及德·博恩府的名誉,我才出力恢复这一旷古奇遇的事实真相和历史原貌。索弗家族和努瓦稼蒂埃家族都是德·博恩先生一脉所传。

夫人们今天若去参观阿寨城堡,还能在当地遇到几个十二发连射手。不过他们不再批发,改营零售。

假 花 魁

谁也不知道国王查理六世的弟弟奥尔良公爵被暗杀的真相:使他死于非命的原因众多,本故事要讲的是其中一项。

圣路易①在世时贵为法国国王。他的后代中肯定数这位王子最好女色。不过这个家族中其他有名的荒唐王爷也能与他一比高下,而且皇族成员的这一共同嗜好也符合我们这个勇敢而虔信正教的民族的优点和劣根性。若说地狱里少了撒旦先生就不像地狱,法国缺了那些身为帝王的勇武、显赫、金枪不倒的骁将也就不像法国。

所以,不论您听到一帮蹩脚哲学家感叹"今人不如昔人",或者一班猥琐的慈善家声称人类不断改进,趋向至善,您都应该置之一笑。这两种人都是瞎子,他们没有看到,人的品性与牡蛎的羽毛和鸟的贝壳②一样,永远不变。诸位且及时行乐,开怀畅饮,千万别哭鼻子,须知用十斛忧郁也买不来一两美酒佳肴。

我们这位王爷是爱起男人来如狼似虎的伊莎贝拉王后的情人。他的荒唐行径中不乏令人捧腹的趣闻,因为他生来爱戏弄人,天性如阿西比亚德③,总之是个地道的法国人。

是他第一个想出来在沿途各站设置藏娇金屋,以便他从巴黎前往波尔多时,每到一地,下马伊始总能找到一顿美餐,一张配有细皮嫩肉的尤物的软床。这位幸福的王子总是骑在马上,在床笫间也保持骑马蹲裆势,最终便死在马背上。

---

① 圣路易即路易九世(1214—1270),一二二六年继承法国王位,文治武功均多建树,故被尊为圣路易。
② 故意说颠倒,以求一种滑稽效果。
③ 阿西比亚德(约公元前450—前404),雅典政治家和军事统帅,以挥金如土,作战勇猛闻名。

我们卓越的国王路易十一曾在《新故事百篇》中记下这位王爷的一件趣事。他在勃艮第宫廷过流亡生活时，晚祷后为消愁解闷，与表兄弟沙洛瓦相互讲述当代的奇事逸闻，臣下当着他的面把他们讲的话记下来，汇编成那本书。到后来，真事讲完了，臣子们就各显其能编故事。

可是，在《勋章的背面》这篇故事里，王太子为列祖列宗讳，让一名市民去承担卡尼夫人遇到的那件事情的责任。这篇故事载于全书之首，也是最精彩的一篇，诸位自能读到。我要讲的是另一个故事：

奥尔良公爵手下有一名贵族，庀卡底省人氏，名唤拉乌尔·德·奥克通维尔。此人娶了与勃艮第王室联姻的一个家族的小姐为妻，为王爷种下了祸根。这位拥有许多领地的小姐与一般女继承人不同，出落得花容月貌。只要有她在场，朝中全体命妇，包括王后与瓦朗蒂娜夫人①在内，无不黯然失色。

不过在德·奥克通维尔夫人身上，她与勃艮第王室的亲戚关系、她继承的产业与她的天生丽质还在其次。皆因她纯洁无邪，谦光自抑，自幼受到恪守闺范妇道的教育，这些本已罕见的优点长处又加添一层虔诚奉教的光华。

奥尔良公爵嗅到这朵从天而降的奇葩的异香，焉能不堕入情网？他变得郁郁寡欢，不再光顾任何一所藏娇的金屋，就连对他的德国情人，无人不对之垂涎三尺的伊莎贝拉王后②，他也老大不乐意，隔三岔五才去啃一口。他爱得发疯，赌咒发誓非要得到这个绝色佳人不可，或用巫术，或使暴力，或耍手段，乃至以一片精诚去打动她。他长夜难熬，眼前似有佳人的倩影隐现，免不了手指尖告了消乏。

他先是一个劲儿对她灌甜言蜜语。可是不用多久，从她泰然自若的神色，他就知道她决心做贤妻良母。她既不见怪，也不像假撇清的女人那样生气，而是从容答道：

"大人，我跟您说我无意用别人的爱慕之情为自己添加累赘。这

---

① 奥尔良公爵娶瓦朗蒂娜·维斯孔蒂为妻。
② 查理六世的王后伊莎贝拉本是德国巴伐利亚的公主。

并非我蔑视男欢女爱之乐，因为此中必有极乐境界，否则不会有那么多女人为之毁掉她们的家庭、名誉、未来和其他一切。我这样做是为了爱护我对之负有教养之责的孩子，我要不厌其烦教导自己的两个女儿，对她们说惟有德行才是女人的真正快乐所在；我可不愿意在说这番话的时候自己脸上发烧。大人，既然我们晚年的日子多于我们的青春岁月，我们应该更多地想到自己的后半生。生养我的父母教会我怎样正确估价人生；我知道，除了安全可靠的天伦之乐，其他一切无非过眼云烟。所以我想得到大家的敬重，尤其是丈夫的敬重。夫君对我就是整个世界，我希望自己在他眼里是贞洁贤惠的。我的话说完了。我恳求您让我安心管理家务，不要逼得我顾不上羞耻，把事情统统告诉夫君，使他不得不辞去在您手下的职务。"

这个回答极其得体，无奈它反而使御弟的情欲如火上浇油。他暗下决心非逮住这位高贵的夫人不可，不管死活也要占有她。他深信能使她落入自己掌握，因为他本是猎艳的一流高手，而这种狩猎需要动用其他狩猎方式应用的工具。该漂亮猎物可以如下方式，在如下时间与地点捕获：

追围，

安装反光镜诱鸟，

点燃火炬驱赶，

夜间，

白昼，

城中，

乡间，

密林丛莽，

湖畔水涯，

撒网，

放出摘去头罩的猎鹰，

出动猎犬，

吹响猎号，

射击，

吹奏诱鸟笛，
设陷阱，
设囮子，
张罗网，
守候兽窝，
使用猛禽，
吹小猎号，
涂胶粘鸟，
放置诱饵，

总之，自从亚当被逐出天堂以后被人想出来的圈套都能用上。

猎物一经就擒，可以一千种方式结果其性命，最常用的是骑马姿势。

所以，公爵定下奸计之后便不再对德·奥克通维尔夫人提及他的苦苦思慕之情，而是在王后身边派给她一份差使。

某日，伊莎贝拉王后到万森去探望患病的国王，留下奥尔良公爵一人待在圣保罗大厦。公爵随即吩咐厨子准备在王后的套房里开一顿最馋人的御餐，然后他命令一名侍从专程去传唤那位不识抬举的夫人。

德·奥克通维尔伯爵夫人以为伊莎贝拉王后找她办理与她的职司有关的事情，要不就是请她参加临时发起的娱乐活动，急忙应召前来。

那奸诈的多情人预先布置妥当，谁也不能将王后离府外出之事通知高贵的夫人。夫人来到圣保罗大厦，径直走进与王后寝室相通的那间漂亮大厅。

她在那里只见到奥尔良公爵一人，担心其中有诈，赶紧步入王后寝室，不见王后，倒是听到那王爷放声大笑。

"这下要出事了！"她想。

于是她想夺路而逃。

那位猎艳高手已分派忠心的底下人把守各通道。他们不明白主人的用意，但遵命关闭公馆，堵死门户。这所宅子足有巴黎城的四分之一那么大，德·奥克通维尔夫人犹如身处荒漠，全靠自己的主保圣女和天主救援她了。

可怜的女人猜到了一切,全身哆嗦。她的追求者笑个不停,边笑边告诉她已是插翅难飞,当下她便瘫坐在一把椅子里。

公爵向她逼近时,这女人陡地站起来,对他怒目而视,开言道:

"除非我死了,您才能占到我的便宜!……大人,请您不要逼迫我与您搏斗,这事情必定会张扬出去的。此刻您容我脱身,那么德·奥克通维尔先生就不会知道您带给我的终生不幸。公爵大人,您老是注意女人的容貌,没有时间观察男人的相貌,您不知道您的部下德·奥克通维尔先生是什么样的人。他不惜粉身碎骨为您效力,既因为他归您调遣,您对他有恩,也因为他喜欢您这个人。不过他爱得深,恨起来也狠,只要您逼我喊叫一声,我相信他为了给我报仇,自有勇气举起大棒猛击您的脑袋!……恶人,您希望自己死呢,还是要我的命?请相信,我这样的正经女人若受欺侮,绝不会忍气吞声的!好了,这会儿您该让我走了吧?"

那好色之徒以吹口哨作为回答。

贤女子听到口哨声,突然奔进王后的寝室,在她熟悉的一个地方找到一柄尖锐的铁器。公爵跟进来看她想做什么,她手指一道地板厉声说道:

"您若跨过这条界线一步,我就自尽。"

公爵并不惊慌,他挪一把椅子到搁栅底下,安安稳稳坐定后,开始说理谈判。他指望煽起这烈性女子的情欲,便有声有色地描绘那妙事,务求打动她的心、脑和其他一切。

他摆出王公大人惯用的优雅姿态,说道:

"首先,贞洁女人为她们的贞洁付出的代价太过昂贵,因为她们为赢得不可靠的未来而丧失了眼前最美的享受。至于当丈夫的,他们出于高级夫妻政治的考虑,势必不为妻子打开庋藏爱情珍宝的盒子,因为女人一旦看到这些珍宝,它们便会在她们心里闪光,使她又热又痒,作死作活,从此再也不能满足于冷冰冰的家庭关系;

"其次,当丈夫的这种做法不仅可恶,实为忘恩负义之尤,因为男人为感谢一个女人循规蹈矩过日子以及其他殊功奇勋,本应该悉心侍

奉她,为她鞠躬尽瘁,剑拔弩张,让她尝遍爱情的所有甜蜜,试验爱情的千般花样,万般招数;

"最后,假如她愿意稍稍品尝她从未领略过的爱情的琼浆玉液,事后她必定会把生活中其他一切都视作草芥。只要她有意俯就,他本人保证比死人更善保守秘密,她的名誉绝不会受损。"

这狡猾的色鬼眼见夫人没用手去堵住耳朵,便进而如当时流行的阿拉伯绘画一样描绘淫男荡妇发明的花活。他眼睛里射出火,每句话都如裹着火炭,嗓音柔美如音乐。说着说着,他情不由己愉快地追忆起他的女友们采用过的各种方法,对德·奥克通维尔夫人一一道出她们的名字。甚至告诉她伊莎贝拉王后怎样做媚态,怎样撒娇装憨,她拥抱情人有多温柔。总之他的花言巧语那么动听,那么热情诱人,竟以为看到夫人紧握尖刀的手有点放松了,于是他就走近去。

夫人被对方发现自己正在出神,不无羞愧,随即振作起来,骄傲地正视诱惑她的恶魔,说道:

"大人,我感谢您了。您使我更加爱我高尚的丈夫,因为从您说的话我才明白他对我甚为敬重,不愿意用娼妇、骚货的鬼花样和丑态来玷污他的床笫。我但凡把脚跨进婊子窝,也会自认终身受辱,万劫不复。为人妻者是一种人,做人情妇者是另一种人。"

"我敢打赌,"公爵笑道,"今后您再与德·奥克通维尔先生温存时,一定会催他多卖点力气。"

贤女人闻言气得发抖,喊道:

"您这恶棍!……现在我蔑视您,厌恶您!岂有此理!您不能损害我的名誉,便想玷污我的灵魂。啊!大人,对您此刻的作为,您必将悔恨莫及。

> 就算我能原谅,
> 天主不会忘记。

"这两句诗不是您写的吗?"

"夫人,"公爵大怒,变了脸色,"我可以把您捆起来……"

"您办不到!我是自由之身……"说着她举起那尖锐的铁器。

那淫棍反而乐了。他说：

"您别害怕，我自有办法把您送进您看不起的婊子窝。"

"只要我活着，您绝对做不到！"

"您自会整个儿进去，"他接着说，"两手、两脚、一对象牙般的奶头，另一对洁白如雪的东西，还有您的牙齿、头发、一切！……您会自愿前往，您的浪劲足以使骑在您身上的那一位震散骨头架子，就像发情的母马挣断后鞦，您又是叫，又是跳，又尥蹶子又放屁！我以圣卡斯图的名义发誓！……"

说完，他就吹口哨召唤一名侍从。侍从来了，他悄悄吩咐他去找德·奥克通维尔先生、萨瓦齐、塔纳吉、西皮埃尔以及常与他结伙玩乐的其他荒唐鬼，就说是请他们来府中吃饭。此外还关照侍从带几名漂亮妞儿来助兴。

然后他回到原来的位置，坐进椅子，与夫人隔开十步远。

他在压低声音向侍从下达命令时，目光可是一直瞅着她未离须臾。

"拉乌尔好吃醋，"他说，"所以我应该给您一个忠告。"他指着一扇暗门接着说：

"这间小屋子里放着王后用的香膏和香水。她在另一个小房间里洗澡，办女人的私事。凭我丰富的经验，我知道每个女人都有独特的香味，嗅到这香味就能认出谁是谁。既然照您的说法，拉乌尔醋性发作时会动手掐死人，——这种醋罐子最不可取——您最好先洒一点婊子用的香水，反正您已经待在婊子窝里了。"

"大人，您这是什么意思？"

"到时候您就会明白……我没有害您的意思，我以忠贞的骑士的身份保证十分尊重您，永远不告诉任何人您让我栽了跟头。总之，您会知道奥尔良公爵胸怀坦荡：对蔑视他的女人他以德报怨，反而把天堂的钥匙交到她们手中。不过您得侧耳细听隔壁房间里的浪语戏言，无论听到什么，您千万别出声，如果您爱您的孩子。"

这间小屋子没有别的出路，十字窗棂的空隙勉强容许探出脑袋，所以那好色之徒只要把暗门关上便可放心，夫人无从逃遁。最后他关照她务必保持沉默。

那帮快活朋友急忙赴召,看到餐桌已经摆好,银质镀金菜盘里珍馐杂陈,满贮王家美酒的银酒壶在烛光下熠熠生辉。但闻他们的主人说道:

"诸位好友,请就座!刚才我差点没闷死。后来想到,何不与你们一起仿效古人美餐一顿呢!古时候希腊人和罗马人向普里阿普斯①和那位在所有国家都名叫巴克科斯②的戴绿帽大神致敬时,都念'我们天上的父'的经文。我们这个盛宴兼有两美,因为临到酒尽席残,将有漂亮的三嘴小乌鸦③出来陪客。我与这三张嘴亲近的年头也不少了,可是说实话,我不知道哪张嘴最可爱。"

众人听了这趣话无不大笑,承认他们的主人在任何方面都高人一头。惟有拉乌尔·德·奥克通维尔不笑,他走到王爷跟前说道:

"大人,我可以在战场上为您出生入死,却不能在脂粉阵中帮您厮杀。我这几位好伙伴没有妻室,我却是有妇之夫。我理应与爱妻相守,做任何事情时都要想着她。"

"我也是结了婚的,照您这么说我岂非有错?"公爵说。

"不,不!亲爱的主人,您是王爷,您自可随心所欲……"

这话说得漂亮得体。看官可想而知,关在小屋子里的夫人听了心里有多美。

"啊!我的拉乌尔!你真是高贵之士!"她暗道。

"我喜欢您,"公爵对拉乌尔说,"视您为我最忠诚、最可敬的下属。"

"至于我们,"他扫一眼其他几名贵族,接着说,"我们都不是正人君子!拉乌尔,您且就座。待会儿小娘们来——这几位都是有身价的——您再回到老婆身边去也不迟……我拿天主的死来起誓,因为我把您当做规矩人,对婚外的男女之情一窍不通,这才特意在那间屋子里为您准备了一位花魁班首,一位集所有狐媚功夫于一身的女魔头。您

---

① 普里阿普斯,希腊罗马神话中的男性生殖力之神及牲畜和植物繁衍之神。
② 巴克科斯,罗马神话中的酒神,即希腊神话中的狄俄尼索斯。
③ 指娼妓。清代南京市井恶语有"开三嘴行的"(见《儒林外史》第四十一回),即指开妓院的。

从未尝过爱情的奇味,只想一剑一枪效力疆场,我愿让您这辈子至少有一次领略男欢女爱妙不可言的乐趣,因为我手底下的人若不尽心竭力侍奉娇美女子,便太不光彩。"

他说话的工夫,德·奥克通维尔已在餐桌边上坐下;这样做既顺从了王爷,又不为失检。众人随即开始笑闹,拿女人作话题逗趣。按照习惯,先是相互讲述各自的艳遇和桃花运,包括自己的心上人在内,一个不漏,泄露她们每人的特殊手段。随着酒壶越来越空,他们越讲越没遮拦,越不知忌惮。

公爵兴致之高如得了整笔遗产,一个劲儿撺掇伙伴们讲下去,自己也编一些假话以便引出他们的真话。众宾客吃菜如快步急走,饮酒如飞奔疾驰,说荤话一个赛过一个。

德·奥克通维尔先生听着他们谈论,慢慢地不复如起初那么拘谨了。他虽然德行高洁,也原谅自己对此类事情产生兴趣,如圣徒做祷告半道上记不清经文,终于忘乎所以,一头栽进这污水坑。

王爷蓄意报复,眼看火候已到,便对德·奥克通维尔笑道:

"嗨,拉乌尔,圣卡斯图在上,我们合戴一顶帽子,离开这饭桌统统守口如瓶。我们对您太太什么也不会说的!老天爷!我要让您尝到天上的极乐。"

"您瞧那儿,"他指着德·奥克通维尔夫人藏身的房间的暗门说,"有一位朝中贵妇,王后的女友等在那儿。她可是维纳斯女神职位最高的女祭司:艺妓、娼女、卖春妇、窑姐儿、小婊子,都不能和她比……她出生的时刻,天堂里一片欢腾,天地交泰,植物婚媾,动物叫春、蹦跳,一切无不燃烧着爱情之火。她这样的女人本应把祭台当做床铺,无奈她身份太高贵,不容人窥看玉容,也不许人听见她除了爱的喊叫还发出别的声音。不过她用不着点灯,因为她的眼睛射出火光,也用不着说话,因为她扭腰摆臀便能达意传情,她的动作比丛莽里惊起的野兽还敏捷。但有一条,我的好拉乌尔,你跨上如此矫健的坐骑,千万要抓紧鬃毛,做个好骑手,不能离鞍,否则只要您稍有懈怠,她一使劲就会把您抛上天,钉在小梁上。她寸步不离床垫,浑身总是火辣辣的,总在渴望与男人较量。我们可怜的亡友,年轻的吉亚克先生,被她弄得面无血色,最后送了命。只用一个春天,她就吸干了他的骨髓。天晓得!为了参加她敲钟主持的盛典,消受她布施的极乐,哪个男子不愿意交出他未来生命的三分之一?凡是尝过甜头的人,有谁不甘愿永生沉沦,但求再销魂一夜?"

"可是,"拉乌尔说,"此事本是自然的结合,怎会有那么大的差别?"

"哈!哈!哈!"

这帮酒肉朋友纵声大笑。趁着酒兴,兼之主人眨眼示意,他们忍不住又讲述风月场中的千般手段,讲到得意处便高声喊叫,继之手舞足蹈。这几位色鬼不知道门后藏着一名天真无邪的女学生,他们早已把羞耻心淹没在酒壶中,描述的那些招数足以使壁炉、护壁板和木器家具上的人物雕像脸红。

公爵则在一旁煽风点火,说道你们的想象再刁钻促狭,也不在此刻正躺在里屋等待情郎的那位夫人话下,因为她每夜都有层出不穷的新招数。

此时酒壶已空,公爵遂把拉乌尔推进里屋。拉乌尔本已情不可遏,乐得顺水推舟。王爷就这样迫使那位夫人作出选择,是用利刃寻死,还是用另一种刀子求活。

钟敲半夜,德·奥克通维尔先生得意洋洋离府,不过想到自己欺骗了家中贤妻,倒也不无悔意。

奥尔良公爵随即把德·奥克通维尔夫人从花园的侧门送走,以便她能赶在丈夫之前回家。跨过门槛时,夫人贴着王爷耳朵说:

"对这件事,我们大家都要付代价的!"

拉乌尔·德·奥克通维尔从此脱离奥尔良公爵,投入勃艮第公爵约翰的麾下效力。一年后,他领头在古老的庙堂街斧劈查理六世国王的弟弟的脑袋,结果他的性命——此事尽人皆知。

同一年,犹如得不到空气滋养或受虫咬的鲜花,德·奥克通维尔夫人香消玉殒。

她葬在佩罗纳一家修道院里。她丈夫命石工在大理石墓碑上刻下:

此处长眠
　　奥克通维尔的领主拉乌尔
　　高贵娇美的爱妻
　　勃艮第的蓓特
　　诸君不劳为她的灵魂祈祷
　　她
　　荣升天堂重展芳华
　　于吾主耶稣基督诞生后一四〇八年
　　一月十一日
　　遗下两女与丈夫永志哀痛
　　　　　　✢

　　这篇铭文本是典雅的拉丁文。为大家阅读方便起见，需要译成法文。不过用"娇美"来译 formosa，未免减弱了原意，因为该词的原意是"仪态万方"。

　　德·奥克通维尔先生就此用石灰浆和沙子把终生遗恨牢牢封固在心里，他到临死前才向外号无畏者的勃艮第公爵披露此事。后者并非多愁善感之人，知情后也对人说，这铭文使他整整一月郁郁不乐。又说他的表兄奥尔良公爵干下的伤天害理的事情举不胜举，单为其中一件，假如此人不是已经横死，他也会刺杀他的。因为这名恶棍卑鄙之极，竟使世上最纯洁的德行蒙垢受辱，使两颗高贵的心灵相互作贱。

　　他说这番话时，既指德·奥克通维尔夫人，也想到自己的妻子。奥尔良公爵有一间屋子专门陈列他的姘头的画像，千不该万不该，竟然把勃艮第公爵夫人的肖像也算在里面。

　　这件事情如此悲惨、可怕，后来沙洛瓦伯爵把它讲给王太子，日后的路易十一听时，后者为他的叔祖奥尔良公爵讳，也怕他的老伙伴，这位荒唐王爷的儿子杜诺阿面子上不好看，不愿秘书把它收入故事集。

　　奥尔良公爵大人的恶毒报复可以使德·奥克通维尔夫人饮恨终身，却无损于她的德行高洁。诸位请看在这位夫人的份上，原谅在下讲了这个故事。

　　这淫棍死有余辜，他的被杀却成为几场战争的起因。最后路易十

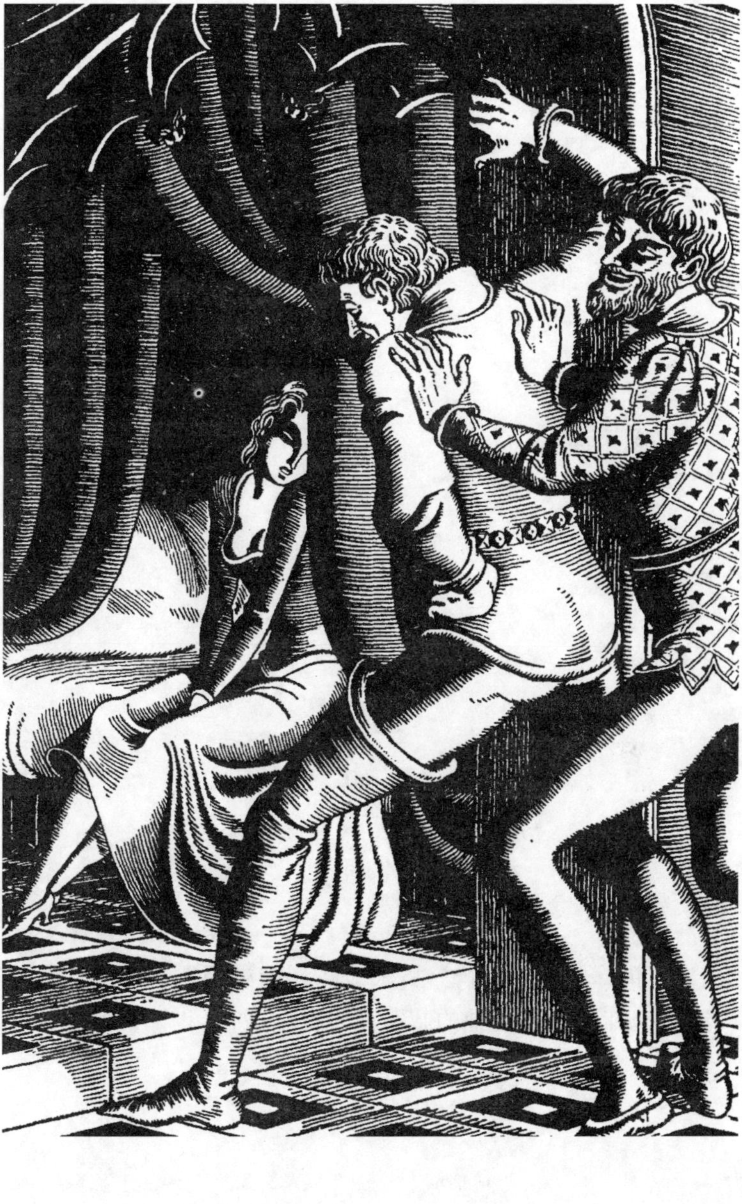

一不耐烦了,以雷霆万钧之威力平息了战乱。

  这故事证明,在法国和在别处一样,事无大小无不与女人有关。它也教导我们,作孽者早晚总要遭报应。

不解风情的危害

当今圣上还是安茹公爵①的时候,都兰省的好士兵蒙孔图尔先生曾在他帐下效力。他在蒙孔图尔大捷中立有奇功殊勋,重挫异端教派的大军,因此获准以该地为姓氏,并在伏弗雷地方建造城堡。这位统兵膝下有二子,都是好天主教徒,长子在朝廷颇受宠信。

圣巴托洛缪日定计②前的和平时期,这位好人回到自己的田庄居住。当时这宅子不如今天装修得这样漂亮,他在那里得到长子与维勒基埃先生决斗被杀的噩耗。

可怜的父亲尤为伤心的,是他已为这个儿子攀了门好亲事,让他娶昂布瓦斯家族长房的一位小姐为妻。他本希望借此光耀自己家族的门楣,儿子的猝死使一切打算都落了空。也是为了光大门庭,他把另一个儿子送进了修道院,归一位以其圣洁闻名遐迩的长老教导,这位神甫遵从为父者的请求,用纯粹的基督教原则培养他,以期他不负厚望,有朝一日当个杰出的红衣主教。

好长老为此给年轻人立下规矩,让他与自己同室起卧,不让他的心田滋生任何杂草,教他保持灵魂洁白无垢,如所有神甫应做的那样,虔诚忏悔。

故此这位小师父年满十九岁时,除了爱天主不知有别的爱,除了天使的本性不知有别的本性。须知天使为保纯洁,不长俗骨凡胎,否则他

---

① 亨利二世和卡特琳娜·德·梅迪契的第三个儿子亨利,先封为安茹公爵,即法国王位后称亨利三世(1574—1589年在位)。
② 一五七〇年签订了对新教徒有利的和平协定后,大为不满的天主教徒拥戴洛林的吉斯家族,对王权构成威胁。卡特琳娜太后遂向吉斯公爵靠拢,迫使查理九世于一五三二年八月二十三日圣巴托洛缪日下令屠杀新教徒(即胡格诺派),史称圣巴托洛缪日大屠杀。

们也短不了充分使用那一身皮肉,而天上的国王愿他的侍从个个冰清玉洁,怕的就是这一着。他这么安排是做对了:惟其他的子民既不能如凡人一般在酒店寻欢,在窑子里作乐,他便能享受到天上才有的服务。话说回来,他本是万物之主。

蒙孔图尔先生遭此不幸,便想让次子脱离修道院,放弃红衣主教的红袍,改穿军人和朝臣的红袍。继而又生一念:何不把许配给死者的那位小姐改嫁给他!这个主意妙极,因为这小师父积年持斋禁欲,元气充沛,不比他兄长与朝中贵妇们周旋已久,早淘虚了身子。由他当丈夫,定能把妻子伺候得更好,保她更加幸福。

小长老已被训练得性格温顺如绵羊。父命不可违,他同意娶此女为妻,脱下道袍,却不知道什么是女人,严重的是不知道什么是处女。

话说当时两党各自调兵遣将,国内混乱,这乳臭未干、对风情一窍不通的年轻人在路上受阻,临到婚礼前夕才赶到蒙孔图尔城堡。主人出钱在图尔大主教那里买到特许,以便婚礼能在城堡内举行。

故事说到这里,需要交代新娘的来历。

她母亲守寡多年,住在巴黎沙特莱王家法庭庭长布拉格隆尼先生府上,而这位先生的妻子则与利尼埃先生同居。这种关系可谓惊世骇俗。

不过那年月每人自己眼睛里都有根梁木,顾不上去看别人眼睛里的檩条。家家户户自顾走堕落之路,不管邻居家里的事。有的不慌不忙,有的快步疾走,有的撒腿飞奔,惟有少数人保持脚步不乱,因为这本是一条下坡路。总之,那年月魔鬼所向披靡,淫荡反而合乎潮流。

"德行"这位可怜的老太太全身直打哆嗦,不知躲到哪儿去了,不过这里那里,她也找到几位古板女人做伴。

话说门第高贵的昂布瓦斯家族里,有位老寿星肖蒙夫人,她一生贞洁自守,历尽考验,这个清白世家的全部宗教虔诚和贵族品格最后都归并到她一个人身上了。本故事讲的那位姑娘从十岁起就由她教养,昂布瓦斯夫人倒是省心,过着逍遥的日子。她每年一次,乘朝廷路过昂布瓦斯之便,才去探望女儿。

尽管她未能恪守母职,亲家公当然也要邀请她参加女儿的婚礼。

这老行伍练达人情,同时也请了布拉格隆尼先生。

肖蒙老夫人患有坐骨神经痛和炎症,兼之双腿行动不便,未能前来蒙孔图尔,她为之甚是伤心。她不得不让这千娇百媚的处女——人说一个漂亮姑娘有多漂亮她就有多漂亮——去经历朝廷和人生的险恶风波,但不忘给她一臂之助。她答应每天晚祷时为小姑娘的幸福祈祷,为此又望弥撒又念经,上文提到的长老本是她的熟人。想到自己晚年的依靠将要托付给由这位高僧训练出来的圣徒般的人物,老夫人也就宽心了。何况正是有鉴于此,换婚之议才未受阻难。德行高洁的老夫人流着眼泪与少女吻别时,不免作为过来人叮咛新嫁娘,对婆婆应处处尊重,对夫君应事事服从。

然后,新娘子在粗使丫环、贴身女仆、马夫、侍从及肖蒙家众多人的护送下,浩浩荡荡来到夫家。那场面不亚于红衣主教出巡。

所以这对新人分别在婚礼前夕才抵达。欢迎过新郎新娘之后,便由蒙孔图尔先生的好友布洛瓦主教在城堡里主持弥撒,于择定的吉日良辰为他们完婚。

长话短说,众宾客欢宴、跳舞、参加各种庆祝活动,一直闹到第二天天亮。钟敲十二下时,女傧相们按照都兰省的风俗簇拥新娘子入洞房。同时众人千方百计刁难那可怜的不解风情的新郎官,不让他与同样不解风情的新娘子相聚。新郎本来无知,便成了最好的戏谑对象。

蒙孔图尔先生出面阻止众人的取笑逗乐,放他儿子去履行其职责。

却说那不谙风月的新郎终于走进新房,他觉得新娘比意大利、弗朗德勒和其他画派大师画的圣处女马利亚更美丽,而他曾跪在画中圣处女脚下念过天主经。看官须知,马上造就他成为名副其实的丈夫颇有困难:为此需要干某种活计,怎奈他对此道一无所知。他太靦觍,甚至不敢向父亲打听此事。当父亲的只不过简单说了一句:

"你知道自己该干什么,好好干吧!"

他见这许配给他的千娇百媚的少女躺在床上,盖好被子。她则按捺不住好奇心,一边向新郎投去锐如利刃的目光,一边对自己说:

"我应该服从他……"

她也什么都不懂,静候这位样子有点像教士的贵族来摆布自己,她事实上已属于他了。

蒙孔图尔骑士见此情景,但走到床前,挠挠耳朵,屈膝下跪。他本是下跪的大行家。

"您做过祷告了吗?"他郑重其事问道。

"没有,"她说,"我忘了,您希望我做祷告?……"

这对新人遂以祈祷天主开始他们的家庭生活,倒也不能说不得体。不料事出偶然,惟有魔鬼听到他们的祈求并给予回答,因为天主当时忙于应付新起的、可恨的宗教改革派。

"人家怎么叮嘱您的?"新郎问。

"要我爱您。"新娘一派天真地回答。

"倒是没有对我也这么要求,不过我爱您——说来害臊,我爱您胜过爱天主!……"

新娘闻言并没吓着。新郎接着说:

"您若不见怪,我很想上您的床。"

"我很乐意给您腾地儿,因为我理应服从您。"

"那好,"他说,"您可别看着我,我脱了衣服就过来。"

小姐听到这句有德之言,随即满怀期待,转过脸去。要她与一名男子之间只隔一层衬衣,这可是破题儿第一遭。

那雏儿走过来,钻进被窝,他俩遂在事实上结为夫妻,但是离您知道的那事情还远得很。

您可曾见过一只来自海外的猴子首次被人投以核桃?那猴头想象力发达,猜到在这青果皮下藏着鲜美可口之物,于是嗅啊闻啊,扮出一千种猴相,两片嘴唇之间不知嘟囔些什么。它对这核桃既爱又怜,观之不足,攥在手里细心审察,然后去捏、去揉,乃至生了气一味挤压。假如那猴子出身微贱,智力低下,往往就扔下这核桃,徒唤奈何!

我们这位可怜的雏儿好比那猴子,临到天亮,他不得不对亲爱的妻子承认自己不知道如何尽职,应尽何职,在何处尽职,有必要请高人指点。

"是的,"她说,"很不幸,我也爱莫能助……"确实如此,尽管这对新人作的各种试验,发明的各种点子连爱情专家们也难以想象,他们还是不能打开婚姻的核桃壳,只得心怀疙瘩,双双睡去。但是他们都识大体,声称彼此满意。

新娘子起床时依旧完璧,未成妇人,夸耀这一夜过得很好,她的丈夫乃是丈夫中的凤毛麟角。如一班对此类事情懵然无知的人那样,她偏生叽叽喳喳,直言不讳。

所以大家觉得这处子有点冒傻气。罗什高朋家的一位夫人为取笑双方,唆使布达西埃家一位同样无知的小姐去问新娘子:

"用您的烤炉,您丈夫一炉能烤多少面包?"

"二十四个!"她说。

却说新郎面带愁容,新娘见了难过,便处处盯着他,眼巴巴等着他豁然开朗。一帮夫人从而推断,新婚之夜的快乐必定使新郎疲于奔命,新娘子已后悔自己毁了他的健康。

当天为正日,庆婚宴上来了许多爱说刻薄笑话者,那年月这帮恶客被视作嘉宾。

其中一位说新娘子好像开了窍,另一位说昨夜城堡里着实有一场恶战,第三位说烤炉想必烧焦了。又一位说男宅和女宅昨夜丢失某件东西,永远也找不回来了。

还有其他戏谑、扯淡、胡话,不一而足,不幸那当丈夫的全没听懂。

两家的亲串、邻居及其他客人如潮而来。谁也没有睡意,大家跳舞、喝酒、嬉戏,一如领主府上举办婚礼的惯例。

上文说过的布拉格隆尼先生亦复兴致不浅,昂布瓦斯夫人想到女儿遇上的美事,自己脸上也起了红晕,对王家法庭庭长频送秋波,暗示约他今夜幽会。

可怜的庭长是巴黎小偷和泼皮的对头,手下管着许多皂隶衙役。虽然他的相好一再示意,他却佯装不知。看官须知,这位贵妇对他的情意已成为他的负担,他讲义气才不与她分手。身为王家法庭庭长,他负有维持风化、管理警察和保护宗教的重任,不宜如朝臣一样更换情妇。不过他早晚躲不过晚上这一关。此系婚礼次日,客人一一告辞,昂布瓦斯夫人、布拉格隆尼先生和新郎的父母方能安心就寝。

晚餐临近时,王家法庭庭长先生差点没收到几乎已用语言表达的督促传票。按照诉讼程序,这下他就没有任何理由拖延推诿了。

原来布拉格隆尼先生与新娘子晚餐前待在客厅里交谈时,昂布瓦斯夫人冲他做了不知多少媚眼,以便把他引出来。不料出来的不是法庭庭长,而是新郎。他有意与岳母大人一起散步。

原来这雏儿的脑里如长蘑菇一样起了一个念头:何不就此事请教这位他相信品行端方的好女人。记起长老谆谆告诫他:凡事须听阅历丰富的老人之言,他便以为向昂布瓦斯夫人披露隐情最为合适。

可是刚一开始他不知踱了多少遍来回,仍旧难以启齿。夫人也一声不吭。因为她务以布拉格隆尼先生为念,对其他一切都视而不见,听而不闻,遇而不碰。

她与乳臭未干的女婿并肩散步,对他毫不在意,在去想象他的青春年少该有多馋人,一心惦念自己的老情人,暗道:

"这老家伙,这一把胡子;

老胡子,软胡子,灰胡子,哼哼胡子;

不明事理、不知羞耻、不尊重女性的胡子;

假装糊涂、假装没看见没听见的胡子;

掉毛、泄气、病歪歪的胡子;

直不起腰的胡子。

愿他染上意大利病,省得我再与这烂鼻子色鬼来往。

沾粪带屎的鼻子,

冻鼻子,

不信宗教的鼻子,

干瘪如琴面板的鼻子,

没血色的鼻子,

失去灵魂的鼻子,

只剩下影子的鼻子,

睁眼瞎的鼻子,

皱缩如葡萄叶的鼻子!

我恨之入骨的鼻子,

老鼻子!

灌了风的鼻子!

死鼻子!

我当初岂非瞎了眼,竟然喜欢上这蘑菇鼻子,这不认道的肿瘤鼻子!

愿魔鬼收拾这忘恩负义的老鼻子,

这干巴巴的老胡子,

这上了岁数的灰白脑袋,

这丑八怪的脸,

这一把老骨头,

这一堆旧破烂,

这个我说不出名目的东西。

我不如另找一个年轻郎君,让他娶我……

常年厮守,

天天如胶似漆……"

她正想到妙处,那雏儿终于鼓起勇气向她求教。好个夫人,但听他吞吞吐吐说出第一句话,便似干火绒遇上老兵的火枪,顿时着了起来。她认为不妨就拿女婿试着顶缺,心想:

"啊!好个香喷喷的美少年……

啊!好标致的面孔!

好鲜嫩的胡子!

好快活的面孔!

春天的胡子,

爱情的琴键……"

花园里有一条长长的林阴道,她从这头走到那头,还没对自己说完。

然后她与雏儿约定,要他当夜溜出自己的寝室,潜入她的卧房。她保证把他变得比他父亲更有学问。

新郎大喜,谢过昂布瓦斯夫人,并求她对此事严守秘密。

却说老好人布拉格隆尼先生心里也在犯嘀咕:

"老娼妇!老贱货!愿你染上百日咳!

愿你长癌才好！

掉了牙齿的马刷子！

包不住脚的老拖鞋！

老火枪！

高寿十年的老鳕鱼！

到晚上才吐丝的老蜘蛛！

睁眼活死人！

魔鬼的老摇篮！

叫卖蛋卷的老儿的破灯笼！

毒眼看杀人的老巫婆！

老蛇医的老姘头！

老得叫死神发怵的老怪物！

风琴的老踏板！

插过一百把刀的老刀鞘！

千人的膝盖磨平的教堂老门槛！

万人爬过的老树干！

只要能离开你，我情愿交出我的全部有生之年！"

他正想到这里，那厢美貌的新娘正挂念丈夫，知道他因对婚姻里这件至关重要的事情摸不着头脑而心中难受，加上她自己也不知就里，便以为自己若先打听明白，就能使丈夫不再悲伤，免于羞辱。她打算今夜让他大吃一惊，大喜过望，由她来教会他如何尽职：

"我的好友，说起此事，应该如此这般……"

她在肖蒙老夫人膝下长大，素来尊重老年人，便决定娇声细语询问身边这位好人，务求揭开男欢女爱的秘密。

布拉格隆尼先生一直发愁今夜须硬着头皮应付差事，无心理睬千娇百媚的新娘。待他醒悟过来之后，感到不好意思，便简单问她嫁了如此年轻、规矩的丈夫，是否深感幸福。

"是的，他很规矩。"她说。

"可能太守规矩了。"法庭庭长笑道。

长话短说，他们谈得十分投契，布拉格隆尼先生心里随即改唱轻快的调子，决定尽心竭力开导昂布瓦斯夫人的女儿。

后者答应当晚到他房间里来上课。

回头再说昂布瓦斯夫人。晚饭后她为布拉格隆尼先生奏了一段高调门的可怕乐曲。

先是责怪他对她带给他的诸般好处，如他的职位、他的财产、她本人的用情专一等等，丝毫不知感激。

总之她讲了足足半个钟头，还没有发泄四分之一的怨气。

但见他俩杀气腾腾，弓上弦、剑出鞘，似乎难免一场恶斗，却又引而不发。

与此同时，一对新人早早躺下，各找借口脱身，以便回来后使对方满意。

雏儿说他不知何故心神不定，想出去散散步。

依然处子之身的新娘建议他踏月散怀。

雏儿就说，撇下她一人独守空房，他深表歉意。

总之，他俩在不同时间离开新婚合欢之床，各找各的老师问道学艺。您应能体会他俩迫不及待的心理。

他俩都得到高人传授，究竟是怎样教的，恕我不能奉告，因为各人有他自己的方法和诀窍，何况所有学问里数这门学问的原理变化无穷。看官但须明白，世上从未有学生上语言课、听讲语法或别的课程比他俩更专心。

课毕，小两口如小鸟归巢，十分高兴能把自己的科学探索和发现告诉对方。

"哈，我的朋友，"娇媚的新娘说，"你知道的已比我老师还多了！"

他们从此结成快乐的伉俪，因为从新婚伊始，他俩就通过亲身试验，明白对方精通男欢女爱之事胜过所有其他人，乃至各自的老师。所以他们白首偕老，满足于自己的合法配偶而不外求。

蒙孔图尔先生晚年常对朋友们说：

"最好学我的样，戴绿帽宜趁早，晚戴不如早戴好。"

此话堪称夫妻生活的箴言。

销魂之夜

新教徒们首次兴兵犯上,即史称昂布瓦斯之乱的那个冬天,有个名叫阿弗内尔的律师本是胡格诺派,他提供自己在马穆泽街的住宅供同派人开会议事,万万没有想到孔代亲王与拉雷诺迪等人在那里密谋绑架国王。

这位阿弗内尔是个讨厌家伙,红胡子,皮肤粗糙如甘草梗,面无血色如所有常年躲在法院阴暗角落里的讼棍。总之他乃是世上曾经有过的最恶毒的讼师,把别人送上绞架他就开心。他出卖一切,连犹大他也卖。根据某几位作者的说法,他天生奸猾,在这件事情上脚踩两只船,本篇故事亦大可为之作证。

这讼师娶了巴黎一位千娇百媚的女子为妻,对她的防范无所不用其极:假如床单上出现一道皱褶而她讲不出原因,难保他不立时杀了她。真要动刀子可就糟了,因为床单上的皱纹往往起因正当。好在她叠床单见棱见角,不惹麻烦。

看官须知,这位女市民既已知道丈夫脾气坏,爱寻衅,便恪守妇道,如蜡烛台般随时听候使用,又如衣柜那样从不走动,除非接到主人命令不会自动开启。饶是这般,律师仍派一名丑陋如缺嘴酒壶的女佣整天监视她。那老虔婆原是阿弗内尔的奶娘,对他甚为忠心。

可怜的律师太太在家里得不到温暖,惟一的乐趣是到沙滩广场上的圣约翰教堂做礼拜,众所周知,上流社会人士以那座教堂为约会地点。那女人一边念经,一边偷觑油头粉面、衣着华丽、如花蝴蝶般穿梭来往的公子哥儿。后来她选中其中一名青年贵族,此人乃是意大利人,与王太后交谊甚笃。她对他着了迷皆因他的生命正当五月,风度翩翩,举止潇洒,丰神俊秀。总之,规矩女人若受婚姻关系束缚太紧,便会唉声叹气,总想挣脱羁绊,而此人具备能使这种女人一见钟情的所有品质。

何况这贵族也为这女市民倾倒，她对他的爱慕之情不劳语言传达，连魔鬼和他俩自己也闹不清所以然，一来二去便灵犀相通了。

先是律师太太只为了上教堂才下功夫打扮，而且每次都换新装，一袭比一袭华贵。

其次，她一心想念的不是天主，——天主为此要生气的——而是那个俊俏贵族。她名为祈祷，实际上心里烧着一把火。说来也蹊跷，这火反倒使她眼睛、嘴唇、全身上下，无不水汪汪的。她常想：

"啊！若能与这爱我怜我的英俊郎君春风一度，豁出性命我也认了。"

她往往不是背诵献给圣处女的祷告词，而是默念：

"我那情人这般知趣，这般高明的风月手段，我但求能感受他的青春活力，在一瞬间尝遍诸般异味，就是把我扔进火堆，当成邪教徒活活烧死，我也不后悔……"

再说那贵族，他每次看到这女人特意为他盛装冶容，便挨到她身边坐下，向她眉目传情。这套语言，女人们个个心领神会。他心想：

"我以父亲脑门上那对角的名义发誓，必定要把这娘们儿弄到手，丢了性命也不在乎。"

觑到那老虔婆转过头去，这对情侣便挨挨蹭蹭，挤挤捏捏，又是嗅又是闻，用目光相吻，恨不得把对方一口吞下肚去。此时他们身边若有一杆火枪，那目光准能把火枪的火绒点着。

私情发展到这个地步，总得有个结局才行。

贵族换上蒙泰古书院学生的装束，出钱请阿弗内尔律师事务所的小伙计们吃喝，与他们一起开心逗乐，用心探听那个丈夫的生活习惯，他什么时候不在家，需要出门上哪儿等等，以便看准一个缝隙，好为他栽一对角。也是合当他倒霉，果真出现了缝隙。

律师不得不参与密谋，虽说他已拿定主意，时机一到就向吉斯兄弟告密。那时候朝廷驻跸布洛瓦，有被劫持的危险，律师决心到行在走一遭。贵族得到这个消息，赶在他前面进了布洛瓦城，设下一个大圈套。任他阿弗内尔先生刁滑如油，也难逃出圈套。待他从中钻出来，头上那对角早就长定了。

这位意大利人已在爱河中沉溺,他当下召集全体侍从和仆人,把他们安插在各处。但等律师携同妻子和奶娘来到布洛瓦城,各家客栈的老板都说由于朝廷驻跸,客房统统定出去了,请他另寻别处。意大利贵族还与王家太阳客店的老板谈妥,由他包下整座客店,自带仆从,不劳本店的雇工伺候。他又加出一笔钱,打发这兼营烤肉铺的店主和他手下人到乡下去,然后让自己的人担当客店的各项职司,以便律师看不出蹊跷。

好个贵族,追随朝廷而来的人中,凡是他的朋友,他都招待他们在自己的店中住下。他本人保留一个房间,预定让他娇媚的情妇、律师和陪媪住在底下一层。楼板已经命人锯开,安了一块活板。他让自家的厨师权充客店老板,让他的侍从穿上小伙计的装束,女仆扮成客店侍女。事事齐备,他就坐等自己安插好的人把这出笑剧的角色,即妻子、丈夫、陪媪等人,送上门来。他们果然来了。由于年轻的国王、王太后与王后、吉斯兄弟以及全体朝臣来临,许多大贵人、商人、武士、仆从以及各色人等也跟着蜂拥而至,谁也没有注意王家太阳客店里发生的大变动,谁也不惊诧这个专为讼师设下的机关,更无暇说三道四。

再说阿弗内尔先生来到布洛瓦城,便与妻子及寸步不离其左右的老虔婆一起,被从一家客店推到另一家客店。最后在王家太阳客店觅到房间,他很是喜欢,殊不知那里正煎熬着一段私情,那情郎已等得心急火燎。一俟律师安顿下来,贵族便在院子里走来踱去,期待娇娘下来看他一眼。他不用久待,因为阿弗内尔太太与别的妇道人家的习性相同,早就到窗口来闲眺院子里的景色了。她一眼认出心上人,心头乱跳,惊喜万状。此时若是只有他们两个人在场,那贵族过不了一分钟便能遂其心愿,因为她已经从头到脚点着了。

"嚯!这大人底下可真热啊……"她本想说"这大太阳底下",因为正好一道阳光射在她身上。

律师听出不对,立即跳到窗口,也看到那贵族了。

"哈!敢情您想着一位大人,我的朋友。"律师一把拽住她胳膊,把她如同一条口袋一般扔到床上,"您可要想个明白:虽说我身边没放一柄剑,却备有一把利刃。您胆敢对我不忠,这小刀子就会捅进您的心脏。我相信在什么地方见过这名贵族。"

见到律师那副凶神恶煞的模样,他太太便站起身来,开言道:

"那好,您杀了我吧!我欺骗了您,内心有愧。您既然这般出言恫吓,从今以后您再也别碰我。从今天起,我只想跟一个待我比您温柔的情人同床。"

"好了好了,我的小鹿,"律师吃了一惊,"我的话说过头了,吻我一下吧,宝贝,我请您原谅。"

"我不吻您,也不原谅您,"她说,"您是个恶人。"

阿弗内尔大怒,就想用武力取得律师太太拒绝给他的东西。于是引出一场恶斗,结果是当丈夫的被抓得遍体伤痕。最糟糕的是他必须出席密谋分子的会议,只能把妻子交给那老太婆看管,自己挂着满脸的花体签字前去赴会。

讼师一走,贵族就派出一名仆人到街上放哨,然后走近那巧妙的机关,悄无声息掀起那活板,接着发出轻轻的嘘声招呼他的娇娘。那女人心里立即听到这声音,因为人心通常能听到一切。

小娘子抬起头,看到心上人就在她头顶上不过咫尺之远。

只消他一个眼色,她便抓住两根结实的系有环子的粗丝绳子,把胳膊套进环子,转眼之间便从自己床上通过天花板升到楼上的房间。那块天花板随即合拢,撇下老虔婆一人坐等大祸临头。她把脑袋转来转去,就是不见太太的踪影,明白这女人已被劫走。可是怎样劫走的?被谁?用什么方法?从什么地方?……天晓得,鬼知道!总之不比守着炉灶钻研秘籍的炼金师们所知更多。不过有一点不同:老妇人了解什么是坩埚,什么是炼金术。前者便是律师太太的妙处所在,后者便是给别人戴绿帽的法门。

她当下不知所措,只有静候阿弗内尔先生回来发落,也就是等死。律师发起火来见人就杀,见物就毁。可怜这老妇人也无从逃遁,因为律师心眼多,把钥匙都带走了。

阿弗内尔家的小娘子看到桌上摆着美餐,壁炉里火焰熊熊,不过情郎心里的火烧得更旺。情郎喜极流泪,抱住她就吻,先吻她秀目,以示感谢她在圣约翰教堂做祷告时对他秋波频送,然后是律师太太以唇相迎,浑身如着了火一般,听任他爱抚、揿按、膜拜。一对情人如渴者得饮,饥者得食,这般爱抚、揿按、膜拜使她万分幸福。最后,双方决定整夜不分离,天塌下来也不去管它了。她觉得未来的岁月与今夜的极乐相比如同粪土。他相信凭着自己的声望和高超的剑术,未来还有许多同样快乐的夜晚。总而言之,两人全不顾自己有性命之虞,因为他们这一遭等于活了一千次,尝到一千种妙趣,互以加倍的欢乐回敬对方。两人都觉得自己好比坠入深渊,只想紧紧搂抱在一起打滚,在这一回把灵魂里贮存的全部爱情如发疯一般倾泻出来。这才叫相亲相爱!所以说与老婆无言共寝的市民委实可怜,他们不解爱情为何物,不知道这便是深沉、剧烈的心跳,生命热流的喷射,互以全身心相许,而一对迫不及待的年轻情侣赤身相抱,结为一体时,是把性命也豁出去的。

故此那小娘子和那贵族顾不上享用美餐,早早就上床了。且让他俩忙那活计去吧,因为没有一种语言,包括我们不懂的天堂的语言在内,足以描绘他们乐中有大忧,忧中有至乐的心情。

这时候,那位稳稳当当戴上绿帽的丈夫先生正好有事绊住,不能及早返回。而在他妻子头脑中,夫妻生活的任何回忆都被这次爱情如风卷残云般一扫而空了。

孔代亲王在全体首领及大人物的簇拥下莅临胡格诺派的秘密会议,当场决定绑架太后、吉斯兄弟、年轻的国王和王后,改变国家的面貌。

事关重大,律师眼看有可能赌输脑袋,也就不觉得此刻有人正往他脑门上栽角。他赶紧去向洛林红衣主教告密,主教把讼棍领到他兄弟吉斯公爵那里,三个人便在一起商议对策。两兄弟对阿弗内尔先生许愿如天花乱坠,到半夜才放他悄悄离开城堡回去。

此时那贵族的侍从和仆人们为庆祝主人的天赐良缘,备了一顿丰盛的半夜餐开怀畅饮。他们喝得醉醺醺,一边打饱嗝一边挖苦、嘲弄、取笑阿弗内尔先生。他若听见,准保气得脸色发青。却说他回到自己房里,只见老虔婆一人。可怜那女仆正想开口,律师疾如迅雷伸出拳头搁在她咽喉上,示意休得说话。然后他去翻箱子,找出一把带鞘的匕首。

他拔刀出鞘之际，从楼板上那个机关里传来一阵爽朗、天真、快乐、情浓意蜜、天上才有的笑声，继之以不难理解的人语声。狡猾的律师吹灭蜡烛，透过楼板的缝隙，穿过这非法开设的门户的接合不严之处，看到一线灯光。借助这光明，他隐约猜出秘密所在，因为他认出妻子的声音和那战士的嗓门。当丈夫的抓住女仆的胳膊，带着她悄悄登上楼梯，寻找情人幽会的房间，不费什么周折就找到了。他随即用全身力气撞开房门，纵身一跃就跳到床上，他妻子正半裸身子躺在贵族的怀抱里。

"啊哟！"她喊出声来。

那情郎闪开身子，伸手去夺讼棍紧紧攥在手里的匕首，于是双方以死相拼。当丈夫的被他的替补用坚硬如铁的手指扼住手腕，又被他妻子用利齿撕裂皮肉，如狗啃骨头一般咬嚼，一时施展不开手脚，直气得七窍生烟，火冒三丈。这个刚戴上绿帽的魔鬼灵机一动，便用土话关照女仆，速拿本为活板备下的粗丝绳捆住奸夫淫妇。随后他扔掉匕首，帮助老虔婆把他俩绑个结结实实。事情一转眼就办成了，然后他为防止叫喊，往他俩嘴里塞了点布料。接着他一声不吭，操起那把匕首。

正在这当口，吉斯公爵手下几名军官闯进房间。他们奉命来找阿弗内尔先生，已把整个客店翻得底儿朝天。屋里那几位打成一团，谁也没有觉察。贵人老爷已被捆住、堵住嘴，整得半死不活，若不是他的侍从们齐声惊呼，当兵的也不会注意到那间屋子。他们冲到举刀欲行凶的男子和这对情人中间，夺下尖刀，抓住那男子，把他、他妻子和老虔婆带回城堡，关进监狱，便交了差。

吉斯公爵手底下的人认出，另一位男子本是他们主人的朋友。王太后为商量大事，曾命令他们把他传来，于是他们就请他随同前往。

那贵人松了绑，穿好衣服，悄悄对领头的军官说他有要事相托：若瞧得起他，请务必把丈夫和妻子远远隔开；他向军官许愿，事成后帮他加官晋爵，乃至给他一大笔钱。

为了获取信任，他把事情原委都告诉他，还特别提醒，如让当丈夫的挨近这千娇百媚的女人，他必定会出其不意猛踢她的肚子，叫她一命呜呼。最后他关照军官把那女人放在城堡监狱里与花园位于同一平面的优待囚室；至于律师，则要锁上铁链，关进一间插翅难飞的牢房。

那军官满口应允，果真一一照办。贵族陪同小娘子来到城堡，一路上说得她相信这下她必定要当寡妇，而他兴许正式娶她为妻。

阿弗内尔先生确实被扔进一间不通气的地牢，而他娇媚的妻子，多亏她情人的照拂，关在他头顶上的一间小屋子里。情人大名西庇翁·萨尔迪尼，是路加城的贵族，坐拥巨产，而且如上所述，是卡特琳娜·德·梅迪契太后的友人。太后那时候干什么都与吉斯兄弟合谋。

萨尔迪尼大人赶紧前往王太后的房间，那里正在开秘密会议。意大利人这才获悉出了大事，朝廷遇到危险。他发现众位御前顾问震惊有余，却拿不出对策，便对他们说不妨将计就计，化险为夷。众人听他言之有理，便决定让国王住在昂布瓦斯堡当诱饵，为便如用口袋逮狐狸那样把异端派一网打尽，斩尽杀绝。

王太后与吉斯兄弟如何设下埋伏，昂布瓦斯之乱如何平定，这些事情尽人皆知，不是本故事讲述的内容。

天亮时分，众人离开王太后的房间，一切都已安排妥当。萨尔迪尼大人倒是没有忘记他的相好，虽说他此时已对美丽的莉默伊小姐大为倾心。这位小姐是王太后的侍从女官，通过拉图尔·德·丢兰纳家族的关系，与王太后还沾点亲。却说萨尔迪尼向吉斯红衣主教探问，为何将这名犹大投入牢房。

红衣主教答道，他无意伤害这讼棍，但为防他出尔反尔，在事情结束之前还是让他见不到人为好。所以把他抓起来，到时候自会释放他的。

"释放他？"路加人说道，"这可万万使不得。您应该把这穿黑袍的家伙装进口袋，扔进卢瓦尔河。首先我了解此人，他不会原谅您把他关起来，还要去为新教效力的。所以把这异端分子除掉，天主定会高兴。其次，谁也不会知道您的秘密，他的同伙中谁也不会向您追问他的下落，因为他是叛徒。请让我救出他妻子，处理善后，我帮您甩掉这家伙。"

"哈哈！"红衣主教说，"您的主意不错。在我仔细琢磨您的意见之前，我先下令对这两个人严加看守。行了吧！"

他召来一名牢头,命令他不准任何人与两名囚徒接触。

然后红衣主教请萨尔迪尼回客店扬言,律师已离开布洛瓦城,回巴黎办案去了。

奉命逮捕律师的人因有口头指令须把此人当做要人对待,所以未去搜他的身子、剥他的衣服。律师得以在钱袋里保留了三十个金埃居,决心把这钱统统花掉,但求能报仇雪恨。他鼓动如簧之舌,说得狱卒们相信他有权会见妻子,他对她一片痴情,想与她待在一起本为合情合理。

萨尔迪尼大人担心自己的情人与这红胡子讼棍离得太近会有危险,遇上麻烦,决定当夜劫她出狱,藏到一个安全地方。于是他买通几名船夫,雇了他们的船,要他们埋伏在桥侧,然后命令他手下三个最机灵的仆人锯断律师太太囚室窗口的铁条,把她带到花园围墙脚下,他本人就守在那里。

但等准备完毕,上好的钢锉也买到手了,他便大清早前去求见王太后。太后的套房位于律师与他妻子的牢房顶上,他相信太后乐意帮助他完成劫狱计划。太后准他晋见,他便求她同意他背着吉斯红衣主教救出这位太太。然后他又一再恳请她吩咐洛林先生把那男的扔进卢瓦尔河。太后答道:阿门。

于是这情郎赶紧派人给他心上人送去一盘黄瓜。瓜中暗藏一张字条,告诉她即将成为寡妇,何时有人帮她脱逃。律师太太对这安排十分满意。

黄昏已临,太后佯称她害怕某处一道月光,派巡逻的士兵前去探个究竟。那三名仆人乘机三下五除二锯断铁条,把那女人提上来,带到墙脚下萨尔迪尼大人身边。

不料一俟园门关上,意大利人与情人置身墙外,说时迟那时快,那女人立即扔掉斗篷,变成一个律师,那律师立即掐住情敌的脖子,把他拽向卢瓦尔河,直要把他扔进河底才解恨。萨尔迪尼尽管手中有一把小攮子,兀自抵抗、叫唤、挣扎,也甩不掉这穿袍子的魔鬼。然后律师一脚把他踢进一个水坑,他就不做声了。双方恶斗时,他借助月光已看到律师脸上溅满他妻子的鲜血。律师虽说余怒未息,但以为意大利人已死,加之几名仆人举着火把赶来,便忙撇下情敌逃走。总算他还来得及跳上船,匆匆离去。

说了归齐,只有阿弗内尔小娘子一人送了命,因为萨尔迪尼大人没被掐断喉管:仆人们发现他躺在水坑里,把他救活了。这以后,众所周知,当美丽的莉默伊小姐在王太后的小书房中生下孩子之后,①他才娶她为妻。闯下这般大祸,王太后出于对莉默伊小姐的友情,代为遮掩,更出于对萨尔迪尼的好感,命他们完婚了事。卡特琳娜太后还把卢瓦尔河畔出产丰富的肖蒙领地及其城堡赐给萨尔迪尼。可是他曾被那当丈夫的几乎掐断脖子,挨够了拳打脚踢,吃尽苦头,毕竟元气大伤,活了不多久便一命呜呼,撇下美丽的莉默伊小姐青春守寡。

尽管萨尔迪尼怒不可遏,那律师却一直不受追究。相反,后来颁布和解法令时,他居然有办法把自己列入不予查究者的名单之中。其实他又回到胡格诺派那一边,在德国为他们效力。

可怜的阿弗内尔太太,请大家为她的灵魂得救而祈祷吧!她的尸骨不知抛在何地,既不能在基督徒的墓穴中安息,也无人在教堂里为她祷告。唉,诸位大人,当你们的私情顺当如意时,请想一想她的遭遇吧。

---

① 传闻莉默伊小姐在太后的更衣室中生下了孔代亲王的私生子。

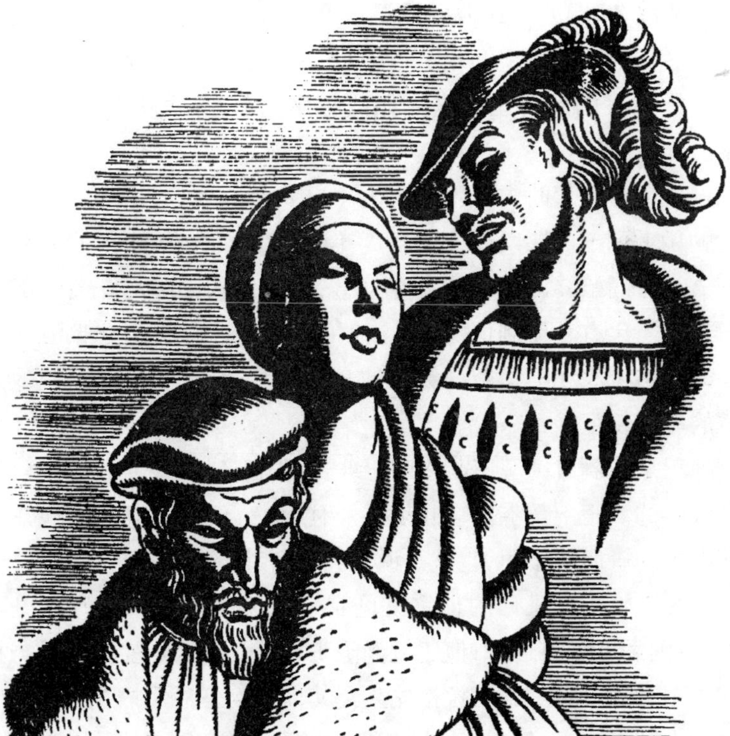

默东的快乐神甫的布道词

时值隆冬,弗朗索瓦·拉伯雷终于来到亨利二世国王的朝廷。就在那个冬天,他不得不服从自然法则,卸下皮囊,从此永远活在由他的哲学发扬光大的精神里。这一如此合用的哲学,吾人世世代代受用不尽。

这位老好人那时候已不下七十次见到新燕展翅,他那颗长得像荷马的脑袋上剩下的头发已寥寥无几,但是一部胡子依旧十分威严,他微笑不语时唇间始终洋溢一种青春气息,如同他的额际活跃着全部智慧一样。据当年有幸见到他的人说,他是个漂亮老头儿,在世时互为冤家对头的苏格拉底和阿里斯托芬在他身上握手言欢成为朋友,使他具有双方的容貌特征。

他正是听到耳朵里不时作响,预告大限已临,才下定决心去向法国国王致敬的。王上驾临图奈尔城堡小住,而我们这位老好人住在圣保罗花园里的一所宅子里,也就是说,与朝廷相距不到一箭之远。

他在卡特琳娜王后的寝宫里见到狄安娜夫人①,——她之见容于王后,皆因后者深谋远虑;他还见到国王本人、大统领先生、洛林与杜贝莱红衣主教、吉斯兄弟、比拉格先生及其他受到王后保护在朝廷担任官职的意大利人、海军提督、蒙哥马利、这些要人的下属以及几名诗人,如墨林·德·圣日莱、菲利贝尔·德·洛尔姆和布朗托姆先生。

国王素来赏识拉伯雷这老好人的滑稽风趣,见到他前来,寒暄过后便笑道:

"你是否对你的默东教区的善男信女讲过道?"

拉伯雷师傅以为国王拿他取笑,因为他担任本堂神甫的职务除了

---

① 狄安娜·德·普瓦蒂埃(1499—1566),亨利二世公开的情妇。

领取俸禄没干别的,当下答道:

"陛下,我的羔羊分散各地,我的布道词传遍基督教各国。"

然后他环顾全体朝臣。这些人,除了杜贝莱先生和夏蒂荣先生,无非当他是个博学多闻的无赖,殊不知他的聪明才智超群绝伦,比起国王他更有资格当国王,而朝臣们只不过是期待赏赐才敬重王冠。于是我们这位好人在向世界告别之前,不觉起了一个促狭念头:他要在这帮人头上浇一泡含有哲理的尿,犹如当年卡冈都亚站在圣母院塔顶上让巴黎人着实淋了一次热水浴。①

故此他补充说:"假如您此刻心情大佳,陛下,我可以为您助兴,讲一篇管保您终生受用的布道词。我一直把这篇布道词密藏在我老迈的耳朵里的鼓膜之下,但有合适机会,便能拿它权充寓言,讲给君主大臣听。"

"先生们,"国王说,"且听弗朗索瓦·拉伯雷师傅讲话,事关我们的灵魂得救。诸位请雅静,侧耳细听。他善用滑稽故事譬喻《福音书》里的道理。"

"陛下,"好人说,"我这就开始了。"

全体朝臣立即静下来,围成一圈,恭听庞大固埃之父开讲。他口若悬河,滔滔不绝,其词锋无人能及。无奈这故事全凭口口相传才保存至今,所以请原谅作者把它写下来时,行文难免出自己意。

话说卡冈都亚到了暮年,家里弄得乱七八糟,他也不以为怪。底下人虽然惊诧,但都原谅他,因为他高寿已届七百零四岁。虽说亚历山大城的克莱芒独持异议,认为当时他的岁数要小四分之一天,我们倒不必过分较真。

这位慈祥的主人看到家里越来越乱,人人都想捞一把,终于感到害怕,担心自己到了风烛残年会变得一文不名,这才决心好好治理他的领地。他是做对了,不说别的,单是他府上一间储藏室里就有堆积如小山的红奶酪,外加二十罐芥末及其他许多美味,诸如:

---

① 见《巨人传》第一部第十七章。

都兰省的李子干，

烤饼，

油渣，

熟肉酱，

驰名朗热与洛什一带的奥利韦奶酪、蝇粪奶酪及其他，

罐装黄油，

酵母，

风干肥鸭，

麸皮猪蹄，

果核与钵装豌豆泥，

装在小巧玲珑的盒子里的奥尔良木瓜酱，

七鳃鳗鲞，

青酱油浸渍的鹞鹰肉，

诸般水禽，如盐渍的水鹧鸪、霸王鸟、翘鼻麻鸭、沓嗇鸟、红鹳，

烘干的葡萄，

遵照他有名的祖宗哈普穆什①的秘法熏制的口条，

当年好时光为嘉格美尔②备下糖果。

以及其他种种物品，不及备载。欲知细目可查阅里普利安法兰克人的法律汇编、法兰克国王敕令、国事诏书、王上谕旨以及当时的各种文书档案。

总之，这位好人把圆框眼镜架上鼻子或把鼻子套进圆框眼镜，着手物色一头飞龙或独角麒麟，以便托付看管此宝库的重任。他在花园里散步时，转的就是这个念头。

他不要高克西格昌人，因为埃及人误用他们，受害匪浅，象形文字的记载足资证明。他看不上高克马尔联队，因为历代皇帝无不讨厌他们。他不中意罗马人，皆因有个名叫塔西陀的罗马人过于阴险。也不用聚在元老院里的霹雳火党人，成群结帮的占星家和德洛伊德祭司，巴

---

① 这个名字意为"逮苍蝇"。
② 嘉格美尔是卡冈都亚的母亲，这里应指卡冈都亚之妻白贝克，见《巨人传》。

比马尼亚军团和马索雷茨博士。据他儿子庞大固埃周游世界回来后对他说，这类人如野草荆棘，见缝就长，无处不有。①

这位好人作为高卢人熟谙古事，他不相信任何一个种族。如果办得到，他会要求造物主为他特地造出一个新的人种来，不过他总不能为区区小事麻烦万物之主。可怜的卡冈都亚不知选用什么人才好，财产多了反倒成了累赘。他想到这里，不意碰上一只属于高贵的地鼠族，佩戴着天蓝底色唇形纹章的可爱的小地鼠。善哉妙哉！这是一只气派的公鼠，他正翘着整个家族里最漂亮的尾巴，在阳光下昂首阔步，身为天主创造的地鼠，自从洪水泛滥之后他就存在于天地之间，拥有无可争辩的业已在世界法院登记备案的贵族证书。不说别的，大公会议的记录上就载明有地鼠搭乘诺亚方舟……

说到这里，瓦索朗弗·雷伯拉②师傅略为抬一下软帽，语气变得一本正经：

"……诺亚其人，诸位大人，曾种植葡萄，第一个识得酒中真趣。"接着说：

我们大家都从中出身的方舟上，肯定有一只地鼠，后来人类与门第低下的种族通婚，地鼠却没有这么做，他们比所有别的动物更看重自己的贵族身份，绝不会接纳一只田鼠到他们中间，即便这只田鼠有本领将沙粒点化为新鲜漂亮的胡桃也不行。

这一贵族品性颇得卡冈都亚的好感，他遂想委任这只地鼠为粮食总管并授予他全权：审理案件，持节出使，管辖教会，统率武装，等等。地鼠表示定当竭诚供职，不过有一个条件：他要求住在麦粒堆上。卡冈都亚觉得这也合乎情理。

我们这只地鼠当即走马上任。他幸福如王子，前往巡视广袤无垠

---

① 这段文字虚虚实实，本是文字游戏，读者切勿认真。"高克西格昌"是一种三不像的怪鸟，由鸡、鹊、鸦三者合成，取其音，与下文"高克马尔"（有盖、带把的金属锅子）相映成趣。塔西陀（约55—约120）是罗马政治家、历史学家。"霹雳火"，《巨人传》中的一个小国暴君，"巴比马尼亚"，未见经传。"马索雷茨博士"是六至十二世纪注释希伯来文《圣经》的犹太学者的总称。

② 弗朗索瓦·拉伯雷的化名，由颠倒原名而成。

的芥末之乡，糖果之邦，火腿行省，葡萄公国，香肠伯国以及各色各样的男爵国；他爬上麦粒堆，挥动尾巴横扫一切。总而言之，这只地鼠到处受到最高礼遇，坛坛罐罐们肃立恭候，还有一两只有盖高脚金杯相互碰撞，其声响犹如教堂敲的丧钟，不过那地鼠听来悦耳，便从右到左摇了摇头，大模大样在一束斜照其领土的阳光下踱步。他的棕褐色皮毛反射出万道金光，简直令人误认他是某位身披貂皮袍子的北国君王。

他来回巡视，上蹿下跳已毕，便坐在麦粒堆上嗑了两颗麦粒，其威严如国王上朝，自以为是天下最英武的地鼠。

话说此时，诸位夜游的朝臣正一溜小跑，赶回他们栖身的洞穴，他们便是耗子、小家鼠以及居家过日子的人无不抱怨的其他各种好吃懒做、专事打家劫舍的啮齿动物。这些畜生见到那地鼠，顿生畏惧之心，一个个都在洞口愣住不动。尽管祸生不测，从这些削尖的小脑袋中还是冒出一个，迎上前去。这是个老滑头，属于齿尖腿快的小家鼠家族。他把嘴搁在窗棂上，壮着胆子打量这位高翘尾巴、傲慢踞坐的地鼠大人，认出这是个魔头，万万不能跟他硬斗。此中有个缘故，容我道来。

好心的卡冈都亚为了普天下的地鼠、猫、鼬、石貂、田鼠、小家鼠、耗子和其他同类的坏蛋信服他的总管的崇高权威，便把那张尖如铁扦子的嘴在麝香油中浸了片刻。从此以后，所有的地鼠都染有麝香味，因为这只地鼠不顾卡冈都亚的忠告，与其他鼠辈厮混不已，从而引起地鼠王国一场大乱。容鄙人稍有闲暇，当写一部历史著作详述。

此事先按下不表，且再说这只老家鼠或老耗子——法学博士对他属于哪个种类持论不一——从这一香味确认该地鼠奉命看守卡冈都亚的粮仓，已被赋予多种品德，掌握足够的权力，拥有全副武装。这家鼠担心从此不复能按老鼠的习惯，以面包屑、面包皮、残羹剩饭、瓜皮菜叶、边角散料以及这块耗子宝地上盛产的其他各种东西为生。

值此紧急关头，这个家鼠，他的狡猾不让经历过两朝摄政王、三代国王的元老重臣，拿定主意要试探该地鼠的智力高下，为了全体鼠辈的口腹得救而尽忠效命。人能做到这般忠心也是壮举，一只老鼠如此作为，更是难得的高义，因为鼠辈生性自私，不知羞耻，活着只顾自己。他们事事与同类抢先，往往在圣餐饼上拉屎，厚颜无耻地啃咬神甫的襟带,乃至偷饮圣餐杯里的酒,全然不顾天主他老人家。

那只家鼠走上前去,俯身行礼如仪,地鼠则有心让他靠近。诸位须知,地鼠家族个个眼神不济。啮齿族的义士用地道的地鼠国话,而不是家鼠方言说道:

"大人,在下久闻您显赫的家世如雷贯耳。鄙人本是贵族最忠诚的仆从之一,熟知您祖先的英雄业绩。他们曾备受古埃及人的敬重,与其他神鸟一样被膜拜、崇敬。不过你的皮袍子散发王宫里才能闻到的香味,那毛色又是这般辉煌灿烂,使小人不敢确认您是这个名门望族的后裔,因为贱眼从未见过贵族中人有如此华美的装束。然而您嗑麦粒的方式不失古风,您的鼻子透着智慧,您举手投足如一位博学的地鼠。假如您真是地鼠,您耳朵里某一为鄙人不知之处必有一为鄙人不知的超级灵敏的管道;复有一为鄙人不知的绝妙门扇,能以鄙人不知的方式,在鄙人不知的时刻,听从您的秘密命令关闭此管道,以便您能够,出于鄙人不知的理由,听不见鄙人不知的某些令您不悦的声音:这是因为您的听觉极度灵敏,善于捕捉一切响动,而有的响动往往使您不快。"

"说得不错,"地鼠说,"我这就关门落栓,什么都听不见了。"

"敢情好。"老滑头答道。

于是他一头扎进麦粒堆,动手搬运足够他一冬天酒醉饭饱的粮食。

"您听见什么了?"他问。

"我听到自己的心跳……"

"太棒了!"众家鼠齐声欢呼,"他上当了!"

地鼠满以为遇到一名忠仆,他开启耳道上的机关,听到粮食滚进窟窿的窸里窣啦声。当下他不劳有司执法,一步跃到老家鼠身上,随即把他活活掐死。可谓死得光荣! 这位英雄死在粮食堆上,因其殉难而列入圣品。地鼠拎住他的耳朵,把他挂在粮仓大门口,一如土耳其人处置巴汝奇的方式;我的好巴汝奇当年差点没在铁叉子上化成烤肉①。

全体家鼠、耗子和鼠辈听到这垂死者的惨叫声,统统吓破了胆,顿时溜得无影无踪,夜幕降临后,他们被召集在地窖里共商国是,根据帕

---

① 见《巨人传》第二部第十四章。

皮利亚法及其他法律的规定，他们的结发妻子也准予出席。耗子想走在家鼠前头入场，家鼠不允，双方争执不休，差点酿成乱子。后来一只大耗子把一只家鼠挟在腋下，于是公耗子、母家鼠纷纷效法，配对成双，大家踞坐在屁股之上，高翘尾巴，伸出嘴鼻，颤动胡子，目光炯炯如灰背隼。

讨论随即开始，以相互辱骂和哄堂大乱告终。那番闹腾，比起大公会议上诸位主教、神甫毫不逊色。有的赞成，有的反对，一只猫正好路过，听到这奇怪的响声，吓得赶紧逃走。但闻"布"、"布"、"弗鲁"、"弗鲁"、"乌"、"乌"、"维克"、"维克"、"勃里夫"、"勃里夫"、"纳克"、"纳克"、"福依"、"福依"、"福依"、"特勒"、"特勒"、"特勒"、"拉扎"、"扎"、"扎"、"扎阿"、"勃勒"、"勃勒"、"拉阿"、"拉"、"拉"、"拉"、"拉"、"福依"，众声相混交融，市参议员在市政厅议事也没有这般闹猛。

他们闹得不可开交之际，一只年龄尚幼、没有资格列席议会的小家鼠意存窃听，正好把她小巧的口鼻伸进一道裂缝。她脸上的皮毛又细又软，从未被人逮住过的家鼠莫不如此。随着屋里的喧闹越来越厉害，那小妮子的上身也跟着脑袋挤进来，随即整个身子跌在一圈酒桶上。她的身手灵活，稳稳当当趴在上面，乍一看您会把它当做古代匠师的浮雕杰作。

于是她抬头望天，祈求上苍赐下救国良策。一只老耗子见到这体态娇美、楚楚动人的小家鼠，宣称国家必将由她得救。当下全体鼠辈鸦雀无声，都把嘴脸转向这位救苦救难圣母，一致同意派她去笼络地鼠。尽管有几只家鼠心怀嫉妒，愤愤不平，众鼠簇拥她在地窖里巡行一周，以显尊荣。她迈开小步，起落那双轻巧若有弹簧的后腿，摇摆调皮的小脑瓜，晃动半透明的耳朵，伸出细巧的玫瑰色舌头舔舔嘴唇和初生的胡子。老耗子们见此仪态万方，无不怦然动心，掀开皱巴巴、挂满白胡子的嘴唇，发出高低音交错的欢呼，犹如当年特洛亚老人赞赏美人海伦出浴。

这处女于是被放进粮仓，她肩负重任要迷惑地鼠，以便拯救啃啮粮食的族类，犹如当年希伯来美人以斯帖挺身搭救上帝的子民免遭亚哈随鲁苏丹的屠杀。此事记载在《圣经》上,而《圣经》一词源自希腊文,本意为万书之书,惟一之书。

那只家鼠许诺解救粮仓,因为事有凑巧,她本是家鼠中的顶儿尖儿。这位鼠中王后柔若无骨,遍体金毛,上蹿下跳数她最轻快,飞檐走壁推她最在行;路上若是碰到核桃肉、面包屑什么的,她那一声尖叫听来如呖呖莺啭。她乃是天女下凡,俏模样,憨脾气,目光清澈如白钻石,头部小巧,毛发光滑,体态风骚,爪子呈玫瑰色,尾巴如天鹅绒。总之此鼠非凡鼠,她出身名门,谈吐高雅,天生喜欢躺下来无所事事,又爱嬉耍,狡猾赛过索尔篷大学精通教宗手谕录的老博士,兼之性格活泼,肚皮白皙,背上有条纹,双乳尖尖,齿如珍珠,浑身透着新鲜水灵,堪供国王御用……

这幅画像委实大胆,因为大家觉得这只家鼠与在场的狄安娜夫人惟妙惟肖,朝臣们目瞪口呆。卡特琳娜王后莞尔一笑,可是国王却笑不出来。蒙摩朗西大统领本是国王的情妇的女婿,当下手按剑把,杀气腾腾。杜贝莱和夏蒂荣两位红衣主教枉自向拉伯雷使眼色,那好人兀自不理,只管乘兴往下讲:

俏家鼠略施手段,便告成功。这救星来到地鼠跟前的第一晚,就对他撒娇,作媚态,依偎膝上,回身相抱,眉目传情,欲擒故纵,羞羞答答如黄花闺女,调情逗趣,半推半就,诸般杂技尽系准备功夫。同时她保持自知身价不凡的家鼠的傲慢,找碴儿以便取笑,取笑以便找茬儿,吹毛求疵,做张做致,兼之世界各国女人都擅长的鬼蜮伎俩和甜言蜜语,把那地鼠收拾得服服帖帖。

粮食总管一个劲儿低头哈腰,用爪子去抓挠,用口鼻去磨蹭,献上钟情的地鼠的百般殷勤,蹙眉叹气,演奏小夜曲,在麦粒堆上摆开点心、夜宵、正餐,安排其他种种赏心乐事,终于感动了他美丽的情人。他俩坠入这非法、乱伦的情网,但觉其乐无穷。家鼠既然抓住地鼠的裤裆,便成为君临天下的女王,她要在麦粒上撒芥末,吃糖果,翻腾一切。地鼠听任心中的女王胡作非为,虽说他因背叛自己作为地鼠的义务和对卡冈都亚的誓言而不无内疚。

家鼠以女子特有的顽强牢牢控制地鼠,符合《福音书》的宗旨。她得寸复思进尺,某夜在与地鼠嬉耍时,不由想起自己的老父,要使他也能随时吃上粮食。当下她要挟地鼠说,若他不能满足她的孝心,她便撇下他当孤家寡人。

地鼠爪子一挥,就签署一份证书,盖上绿色火漆的大印,拴好深红色的丝带,派人给他姘头的父亲送去。有了这证书,卡冈都亚的宫殿在任何时候都向这老家鼠开放,以便他看望孝顺的女儿,吻她的前额,放开肚子吃饭——不过必须待在一个角落里。

于是来了一位白尾巴老者。这只备受尊敬的耗子体重二十五两,走道时点头晃脑,如戴臼形帽的法院院长。他身后跟着十五至二十名侄子,个个牙齿尖利如锯齿。他们对地鼠说尽花言巧语,证明他们与他既有戚谊,必定忠心耿耿,竭力效劳,帮他清点由他保管的物资,把它们码放得整整齐齐,贴上醒目的标签,以便卡冈都亚来视察时,发现他的财务与食物储备井井有条。这话听来倒也在理。

可怜这地鼠虽说承蒙开导,上天示警,加上地鼠的良知未泯,他心里总犯嘀咕,慢慢变得对什么都提不起兴致,只用一条腿走路。地鼠既从小家鼠的主人变成她的藩属,小家鼠也就关心他的关心之所在。此时她已身怀六甲,见地鼠闷闷不乐,某天上午闲谈时便想请名医会诊以解除他的顾虑,医治他的心病。于是她派人去传唤鼠辈中的医生郎中。

当天她就为地鼠领来一位埃富戈先生。此公在一块奶酪里持斋修行,脑满肠肥,兼为听忏悔神甫,生就一副滑稽容貌,遍体黑毛,背阔腰厚,头顶上经猫抓过,秃了一块。这只耗子举止庄重,满腹僧侣经纶。皆因他一边研究学问,一边啃咬羊皮纸的教宗通谕录与"细皮小柑橘"①文件以及其他各种书籍,以致他的灰白胡子也染上了旧书页的颜色。

这位大智大德、以奶酪为家自甘淡泊的圣人备受尊重,有黑魆魆一

---

① 双关语:也可解作"克雷门特教皇的"。

大帮人随同前来。他们乃是与漂亮的家鼠小娘子配对成双的黑耗子，因为舍齐尔大公会制定的教规尚未通过，他们与良家女子同居也是合法的。这些领受俸禄的耗子、家鼠排成两行，款款而行，像是巴黎大学师生结队前往赶集。其实他们都因闻到食物的香味而来。

但等各就各位，仪式开始，德高望重的老耗子便正式开腔。他用家鼠的拉丁文发表长篇演说，先向地鼠证明，除了天主，无人位于他之上；所以他仅须服从天主。然后他旁征博引《福音书》，说得天花乱坠，无非是对原则偷天换日，以便迷惑听众。最后他抛出一连串漂亮的论证，倒也不悖常情常理。这篇演说结尾如豹尾，辞藻华丽，向地鼠家族再三致敬，而在座这位地鼠便是该家族中有史以来太阳底下最优秀、最杰出者。那粮仓总管听了这席话，犹如灌饱了迷汤。

这好人不是昏了脑袋便是脑袋发昏，他把这些伶牙俐齿的耗子统统安插在自己的领地上，从此那里不分昼夜升起一片颂扬之声，不仅赞美地鼠本人，也称颂他相好的夫人。人人吻她的爪子，亲她的鼻子。

那女主人获悉一些年轻耗子的衣食没有着落，索性把好事做到底。她编了一套说辞，做出千般娇态，扮出万种风情——其实往往只消拿出一种就能成事——埋怨地鼠不把她放在心上，说他把本应用于爱情的宝贵时间花在闲逛或履行职责上；他总在外面转悠，使她从未得到充分满足；每当她需要他时，他偏生骑在天沟上驱赶野猫；她要求他时刻准备如长枪一般攻杀凌厉，如小鸟一般温柔体贴。然后她忍痛拔下一根灰毛，自称是天下最不幸的家鼠，哭出声来。

地鼠见此，赶紧表白她是一切之主，本想就此搪塞过去。不料夫人越哭越伤心，泪如雨下，他不得不请她停战，询问她需要什么。家鼠的眼泪随即干透，她把爪子递给他吻，劝他建立一支武装，招募久经沙场、当过雇佣兵队长、忠心事主的好老鼠，由他们守望巡逻。地鼠言听计从，照此办理。从此他以跳舞、唱歌、听诗人们朗诵为他写的回旋诗和谣曲、演奏竖琴、弹拨曼陀拉琴、做藏头诗、畅饮美酒、饱食佳肴来打发日子。

他的情妇为他生下世上最漂亮的混有地鼠血统的家鼠或搀有家鼠血统的地鼠，我不知道用什么名字称呼这爱情炼金术的产品才好，但您可想而知，皮厚毛浓的老猫一定乐于给他合法身份。满月之日，粮仓里设宴庆贺，其排场之豪奢，凡是您知道的各家宫廷的庆典均望尘莫及，甚至金帐汗国也自叹弗如，家鼠们在各个角落尽情撒欢。到处开跳舞会、音乐会，摆满酒柜食橱。遍地奏乐，跳萨拉邦德舞，唱快乐的歌，朗诵贺婚诗。耗子们打破罐子，打开坛子，打翻瓶子，搬出全部储备。但见芥末汁流淌如河，火腿撒得七零八碎，满地食物狼藉。一切在流动、波动，如尿喷，如石流。小耗子在青酱油的池塘里蹚水，家鼠在糖果上航行，老耗子忙着搬运面团。有几只石貂骑在盐渍牛舌上。另有几只田鼠在果酱罐里游泳。最狡猾的趁着喧闹中无人注意，干脆出动大小车辆把麦粒运回藏粮洞，以求有备无患。经过奥尔良木瓜酱跟前时，谁也不忘啃一口以表敬意，往往咬上两口才甘心。总之，这场面赛过罗马的狂欢节。谁的耳朵尖，定能听见滴油盘响得"弗里弗里"，厨房里吵吵嚷嚷，炉灶噼噼啪啪，石臼梆梆响，铁锅古鲁古鲁响，旋转的烤肉扦叫哼哼，大筐小篮叽叽嘎嘎，糕饼塞窣簌簌，肉扦子叮当撞击，地板上细碎密集的脚步声如下雹子。好一场繁忙的庆典，府中有职司的人马不停蹄来回奔走，有掌勺的，有跟班的，有喂马的，还有特地赶来奏乐、卖艺的，众人无不称颂赞美。团练击鼓助兴，三个等级的代表齐声欢呼。总而言之是普天同乐，举世共庆这良宵佳节。

此际传来一阵可怕的巨响，原来是卡冈都亚上楼来察看他的粮仓。他的脚步震得小梁、地板、整个房架子颤动起来。几只老耗子打听这声音从何而来，既然无人知晓，不由害怕起来，立即溜之大吉。他们算是乖的，因为主人突然跨步进屋，他见到耗子先生们把屋子翻了个个儿，目睹他的瓶儿罐儿打翻在地，他的芥末汁兑了水，一切都被弄得乌七八糟，当即一脚踩下去，未容这帮正在寻欢作乐的歹徒喊出声来，便把他们碾为齑粉。锦服缎袍、珍珠、天鹅绒，乃至破衣烂衫，统统毁于瞬间；庆祝就此收场。

"对地鼠又如何处置？……"国王一直若有所思，此时才醒过味来问道：

"哈！陛下，"拉伯雷答道，"这就要怪卡冈都亚他们执法不公了。

地鼠判处死刑,不过鉴于他的贵族身份,他是砍头死的①。这不公平,因为他本是受人愚弄。"

"你说得过分了,好人。"国王说。

"不,陛下,"拉伯雷接着说,"不是过分,而是过高。您不是把讲坛置于王冠之上吗?您要求我布道,莫非我的布道词有背《福音书》的宗旨?"

"好个宫廷神甫,"狄安娜夫人与他附耳低语,"难道我真有那么歹毒?……"

"夫人,"拉伯雷说,"难道不需要提醒您的主人国王陛下留神王后身边的意大利人?他们在这里可谓多如牛毛。"

"可怜的布道师,"奥岱红衣主教悄悄对他说,"您还躲到外国去吧……"

"嘿,大人,"好人答道,"过不了多久,我就要到一个奇怪的国度去了。"

"万德兼备的天主在上,写家先生,"大统领说。众所周知,他背信弃义抛下与他已有婚约的皮埃纳小姐,改娶狄安娜夫人和国王的女儿为妻,"你好大的胆子,竟敢取笑如此高贵的人物!哼!你这蹩脚诗人还想抬高自己!也好,我就送你上天去。"

"我们有朝一日都要去的,大统领先生,"老好人答道,"不过,假如您是国家和国王的朋友,您得感谢我提醒他注意洛林人的活动,他们就是毁坏一切的耗子。"

"我的好人,"洛林的红衣主教凑近他的耳朵说道,"您若需要几枚金埃居为您的第五卷庞大固埃描金画彩,我的账房可以如数照付,因为您对这条迷住国王的母猎狗,也对她的狐群狗党直言不讳。"

"我说,各位先生,你们以为这布道词如何?"

"陛下,"黑林·德·圣日莱眼见众人都很高兴,便说,"我从未听过更妙的庞大固埃式的预测,可谓快人快语,配得上他在德廉美修道院大门上题的诗句:

---

① 贵族犯死罪要砍头,平民处绞刑。

请到这里来，不顾人们的反对，
正确传播福音圣言的人们。
本院有你们的栖身之所，
可避敌对的谬说，你不见
它正用虚伪的言辞，毒害着世界。"

全体朝臣都认为这故事隐射的是别人而不是自己，所以众口交誉，拉伯雷得以从容脱身。国王为示礼遇，特命侍从手执火炬列队送行。

弗朗索瓦·拉伯雷实为我国的无上光荣，他是有哲人风范的荷马，是智慧的王子。自从他的光明从地下升起，许多绝妙的故事便由他而生。偏生有人指责他仅以尖酸刻薄、刁蛮顽皮为能事。呸！这帮竟敢在他超凡绝俗的脑袋上拉屎撒尿的混蛋！至于对他提供的惠而不费的食物弃之不顾的人，愿他们的牙齿一辈子嚼沙粒。

亲爱的清水饮客，一心持斋的僧侣，二十五克拉的学者，若你重返希农故乡走一遭，有机会读到降了半音和回到本音的傻瓜们的胡言乱语，歪批妄评和缠夹二，你准会猛打喷嚏，捧腹大笑。这帮笨蛋解释、评注、撕裂、作践、误解、背叛、暗算你无与伦比的作品，要不就往里头掺假，任意添油加醋。自命博学、长两条腿、装一脑袋糨糊、横膈膜不会上下起伏的阉鸡在你的白大理石金字塔上屙屎撒尿，他们人数之多，不亚于教堂里追逐巴汝奇苦恋的那位贵妇的裙袍的公狗①。殊不知这金字塔里永久封固着所有奇异、滑稽的想象的种子，以及有关一切事情的光辉教导。

虽然有长劲追随你的航船远涉思想、方法、烟雾、宗教、人类的智慧与奸诈的汪洋大海，作崇高的朝圣之行的香客为数寥寥，至少他们焚烧的乳香是纯净的正宗货色，不掺杂质，而且他们一致心悦诚服于你的无所不能、无所不知和无所不能形诸辞令。

所以快乐的都兰省的一个可怜子弟才想到为你主持公道，虽说他

---

① 巴汝奇追求一巴黎贵妇，贵妇置之不理。为报复，巴汝奇宰了一条发情的母狗，割下某一部位，剁成细末，乘贵妇在教堂望弥撒时撒在她的袍子上，群狗闻腥而来，围着贵妇撒尿，弄得她狼狈万分。见《巨人传》第二部第二十一章。

的能力有限。他立意发扬光大你的形象,赞颂你流芳百世的作品。世人若是喜爱囊括精神世界。如网罗新鲜活泼的沙丁鱼一般兼容并蓄形形色色的哲学思想、各种科学、艺术、雄辩术以及舞台上诸般笑谑打闹,有谁不对你呈同心圆结构的鸿篇巨制情有独钟?

女妖媚人案

楔　子

　　高贵的都兰省有些人因作者热心搜罗该深沐主恩之邦的古迹、奇闻、趣事、佳话，获益匪浅，便认定作者无所不知。某日在一家酒馆中三杯美酒下肚，他们便向作者打听他是否查出图尔城中暖街的得名所自，因为全城的太太小姐无不对之感到好奇。

　　作者回答说，他奇怪本城的老住户都忘了这条街上曾有许多修道院，众僧侣持斋守戒，纯阳之气积郁不泄，竟熏热了院墙。某位淑女只因黄昏时分在那一带散步时间过长，结果发现自己怀了身孕。

　　一位乡绅为显示自己博学多闻，声称当年全城的窑子都开在这条街上。

　　另一位小有学问，存心卖弄，自命金口玉言，如令人不知所云。他爱用形容词，搭配旧腔新调，混合各种表达方法，精炼动词，熔洪水以来的人类语言于一炉。包括希伯来语、迦勒底语、埃及语、希腊语、拉丁语，以及建立图尔城的图努斯所操的方言。最后那位好人发表结论："暖街"的"暖"（chaulda）字，去掉 h 和 l 两个字母，便成了 cauda，由此可见该名与也可作"阳物"解的"尾巴"一词有关，对他这一席宏论，娘儿们只听懂末了那一句。

　　一位老者说该地从前有一温泉。他的高祖曾经饮用那泉水。总之，用不了一只公苍蝇与其女邻居交欢的时间，便能听到大批大把的语源学解释，可是要在其中找出正确的答案，其困难犹如在嘉布遣会修士又乱又脏的胡子中找一只虱子。

　　有一饱学之士曾在各家修道院发奋苦读，远近闻名。他在夜里点的灯油不计其数,翻破的典籍不止一卷,收集的有关都兰省的断简残篇,双联记事板,文件抽屉和档案柜堆积如山,赛过老农八月里入仓贮存的饲草。这位先生年事已高,弯腰曲背,又患着风湿痛,待在一个椅角里一言不发,自斟自饮,不时抿一下嘴唇,意味深长地微笑,鼻腔里轻哼一声。作者闻听此声,明白其中必有奥妙,倘能采录下来,必能为这美妙的故事集增光生色。

一来二去,第二天这位风湿痛患者就对作者说:

"在下读过您那篇题为《轻罪细过》的大作,钦佩不已。因为其中从头到脚无一不是实录,对此类事情刻画描写之细腻丰富,堪称观止。那篇作品中提到一位勃吕因·德·拉·罗什高朋老爷。不过您想必不知道被那位老爷送进修道院的摩尔女人的故事。在下颇知其详。所以,假如您对这条街的名字以及这个埃及修女的身世感兴趣。在下可以把一档有趣的古代卷宗借您一阅,那是在下在大主教府的判例汇编中找出来的。您知道,当初兵荒马乱,每个人今天不知道明天自己的脑袋还能不能长在脖子上,那年月大主教府的图书馆没少遭劫难,一言为定,您该满意了吧?"

"说定了!"作者说。

于是这位可敬的搜罗史实专家交给作者若干册精致的、积满灰尘的羊皮纸。此乃年代久远的诉讼文书,作者费了好大力气才把它们译成法文。古时候淳朴天真的民风在这桩案子里充分流露,作者以为照录原件,便能收到最佳的滑稽效果。

诸位请看下文。由于原文佶屈聱牙,作者在迻译时作了变通,不过其排列次序一仍其旧。

第一章 女妖真相

以圣父、圣子、圣灵之名,阿门。

吾主降生后一千二百七十一年,本官热罗姆·高乃依,首席听悔僧,教会公堂审问官,受图尔圣莫里斯大教堂教务会之委托,并经大主教约翰·德·蒙梭罗阁下面授机宜,审理该城居民之投诉,并录其状词于后。该教区之缙绅,资产者及平民多人经传讯到庭,对一妖魔幻作女身戕害众教徒灵魂之事作如下证词。该妖魔现由本教堂收押在狱。为查明所告是否属实,待于十二月一日星期一弥撒后开庭审理,当堂宣读各人之证词,就所控各项鞫讯该妖魔,并援引《镇妖降魔法》之条款,予以判决。

教务会特聘彩色字母描画匠,饱学之士纪尧姆·图布歇①在本官坐堂问案时充任记录。

首先作证者名叫托勃拉②,为图尔市民,领有执照。在桥堍广场开设"老鹳"客栈。彼以其灵魂得救为誓,手按《福音书》,宣称所言皆属其亲眼所见,亲耳所闻。其证词如下。

距今约两年,适逢篝火烛天之圣约翰节,本人遇见一素不相识之贵人。此人定系为吾王陛下效力的臣子,刚从圣地回国,要求承租由本人在圣埃吉纳区,归教务会征收年贡的土地上建造的乡间别墅。本人遂将此屋出租,议定租期九年,租费为三枚成色上好的东罗马金币。

此位贵人老爷把一名妖娆女子安置其中,其容貌体态与女子无异,装束如萨拉森人与回教徒。老爷不容外人睹此尤物,不许任何人进入一箭射程之内的距离。故此本人仅见到她头上插戴奇形怪状的羽毛,肤色非人间所有,目光灼灼,难以形容,若有地狱之火在其中燃烧。

那位已故的骑士老爷曾扬言,谁敢窥伺他藏娇的金屋,格杀勿论。所以本人心惊肉跳交出房子,时至今日,对这异域女子的狐姿媚态犹有怀疑、揣测,皆因本人平生寓目之女子,无一勾人魂魄如彼者。

当时即有几位身份不等之人士声称骑士老爷业已亡故。他之所以能双腿撑起一个身子,端赖这幻作妇人的妖魔行施妖法,念了咒语,下了媚药。该妖魔有意在本地久居。本人每次遇到骑士老爷,都见他面无血色,好比复活节点的大白蜡烛。老鹳客栈上上下下全都知道,该骑士来到本城后九天即下葬入土。据死者的马夫说,骑士曾与摩尔女人

---

① 这个姓意为"鼓唇摇舌"。
② 这个姓氏意为"扭胳膊"。

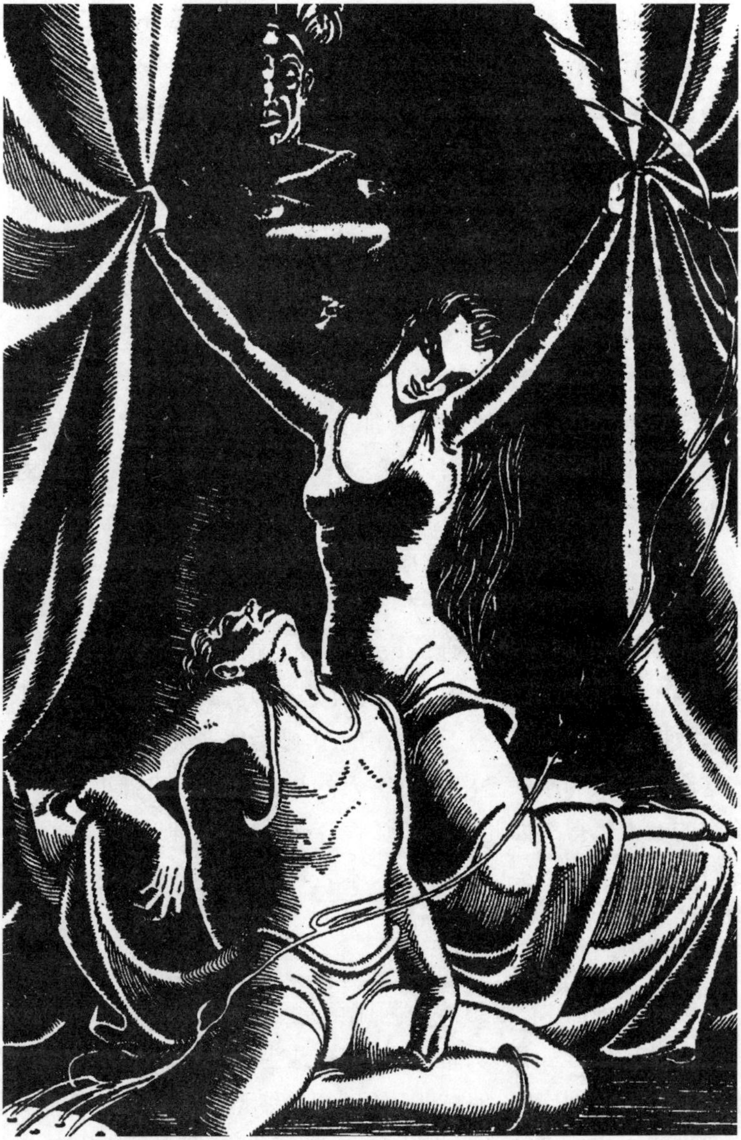

关在屋子里颠鸾倒凤，整整七昼夜没下床。他咽气时，本人在一旁听他咒天诅地念叨的也是这档子事。

有人当时即说，此女妖之所以能紧紧缠住这位老爷，凭的是她那头长发具有特殊的热力，在情深意浓之际把地狱之火传与基督徒的灵魂，使之豁出性命苦干，直到灵魂出窍，落入撒旦之手为止。不过本人未曾亲眼目睹此事。惟见骑士临终时五脏六腑统统淘空，只剩下皮包骨头。他整个身子都瘫了。当着听悔僧的面，还想回到那骚货身边去。此时他的身份才被确认，原来是彪埃依老爷，曾参加十字军东征。据城里有些人的说法，他在亚洲的大马士革或别的国家遇上这名女妖，从此受其迷惑，不能自拔。

遵照租约的条款，本人应将那所房子留给那陌生女人继续使用。彪埃依老爷既已亡故，本人不免到那屋子走一遭，也好询问那异乡女子是否愿意住下去。费尽周折，才由一个奇形怪状、光着膀子、双眼白亮的黑人把本人领到她跟前。本人得以进入一珠光宝气、灯火辉煌之密室，但见摩尔女子披着轻罗薄纱，踞坐一方亚洲地毯之上。屋中另有一位老爷。他的灵魂已被勾走。本人不敢细看，因为她那双眼睛似在招引本人立即拜倒在她脚下，她的说话声音已钻进本人的肚子、脑子，在那里颤荡不已，令我神魂颠倒。本人眼见不妙。既敬畏天主，也惧怕地狱之苦，赶紧拔脚就溜。至于那所房子。她爱住多久就住多久吧。

这摩尔女人的肌肤溢出一股害人的热力。她那双脚小巧玲珑，货真价实的女人焉得有如此纤足；她的声音搅得人六神无主。见此绝色，闻此娇语，实在危险。从那一天起，本人再也没有胆量进这所房子，只怕因此堕入地狱，本人谨作证如上。

托勃拉作证后，本官乃传一阿比西尼亚人、埃及人或努比亚人上堂。此人从头到脚如黑炭，惟无普天下男性基督徒莫不具有之阳物。本堂几次三番用刑拷问，他喊叫不已，却始终不吐一言。经查明，他不会说我国语言。托勃拉确认此异教徒阿比西尼亚人曾在他的房产中侍奉该妖魔，有助其行施妖法之嫌疑。

托勃拉自称笃信天主教，声明凡他本人所知尽已道出。除了某些尽人皆知的传闻因他未曾亲眼目睹，仅系耳闻，未敢妄言云云。

下一名传上堂的名叫马太，外号"零敲碎打"，在圣埃吉纳乡间打短工为生，他手按《福音书》宣誓只讲真话，然后供称常见那异国女子居所灯火通明，无论节日还是斋日，日日夜夜听到狰狞的笑声，受难周与圣诞节前后尤为放纵，若有许多人在其中恣意作乐。随后他声称曾于隆冬时节看到该住宅的窗台上似凭魔法开着各色鲜花，在霜冻日子见到诸如玫瑰以及其他大热天才能抽蕊吐艳的花卉。不过这也不足为怪。因为那异国女子随身散出一股热力，只要她晚间沿着他家的墙边走过，次日他必能发现种下的生菜长高了几分。有几次，她的裙摆蹭了几棵老树，时令未到，便见枝头抽芽吐绿。"零敲碎打"最后声称他此外别无所知，因为他黎明即起劳作，鸡鸭归笼时即上床睡觉。

继之传"零敲碎打"之妻上堂，亦令她于起誓后说出所知有关本案之事。该妇人除对此异国女人赞不绝口外，别无他言。据云自外帮女子卜居此地之后，皆因邻近有了这位好太太如太阳洒下光芒一般在空气里散播爱情，她丈夫就变得对她恩爱多了。尚有其他种种荒唐话头，不便照录。

"零敲碎打"及其妻作证后，复命将该不知姓名之非洲人带上堂来。两名证人确认曾在宅子的花园里见过他，肯定他系妖魔手下之人。

第三名出庭的证人乃是玛耶地方的哈都因五世老爷。本庭恭请他把真情实况告知教会，蒙他慨然允诺。他身为英武的骑士，凭其信誉起誓只讲亲眼目睹之事，乃作证如下：

他在十字军军旅中认识本案所涉之妖精，然后在大马士革城中亲见已故的彪埃依老爷为独占此妖而与人拔剑相斗。该荡妇或妖精当时归罗什波采地方的若弗洛瓦四世老爷所有，彼声称此妖是他从都兰省带来的。

诸位法国骑士对她身为回教徒而置身十字军中大为诧异，对她的绝色更生惊艳之感。从此军中便不得太平。东征途中，几条好汉为这淫娃而丢了性命。据暗中得到她青睐的骑士们说，似她这般令人骨酥魂销者实在举世无双。原来有几位想独占春色,结果被罗什波采老爷一一做翻,不过最后是彪埃侬老爷送了罗什波采的命,成为这害人的剑鞘的老爷和主人。他把她送进一家修道院,或者照回教徒的说法,是送进深闺。在这以前,大家常在酒宴上见到她,听她操各种海外方言,阿拉伯语、希腊语、拉丁语、摩尔语,讲起法语来也比军中最精通法国各省乡音的基督徒还要高明,因此有人相信她乃魔鬼所遣。

哈都因老爷又说他之所以未在圣地为争夺此女而拼死格斗,并非本性胆怯,也非对女色无动于衷或出于其他原因。他以为他幸而未遭劫难,端赖随身佩带钉死主耶稣的木十字架的残片,也因为有一位高贵的希腊娇娃不离左右,该娇娃与他昼夜厮守,榨干了他的全部爱情,夺走他体内的一切。使他心里及其他部位不能再为别的女人留点儿空隙。

该爵爷向本庭确认,居住在托勃拉的乡间别墅里的妇人即为到过叙利亚的那名回教女子,因为他曾应克鲁华马尔家的少爷之邀,到她家吃夜宵。据克鲁华马尔老夫人所说,她儿子于七天后一命呜呼,一切都毁在那淫妇手中,不仅其元阳在交欢时被她摄走,其钱财也被她想出各种鬼点子挥霍一空。

该爵爷素有聪明正直之名,在本地颇具威望,本庭遂问他对此女子有何看法,要求他凭良心作答,因为此系伤风败俗的大案,事关维护基督徒的信仰与行使神授的司法大权。该爵爷回答如下:

十字军中有人曾对他说起,这女妖不管与谁交合,总是处女之身;定有魔鬼附在她身上,为她的每一名情郎造出一块无瑕的完璧。此外还有其他种种酒后的胡言乱语,不便当做第五卷《福音书》信以为真。不过有一点确定无疑,即他本人作为年纪一大把的老骑士,厌倦了男欢女爱之事,在克鲁华马尔少爷招待他的夜宵席上却觉得自己又变成年轻人了;这妖精一开口,话音未飘入耳朵,先已直钻心房,如把一团情火塞进他体内,使他全身血液都流向那制造生命的器官;若不是他使劲灌塞浦路斯美酒以便酒力模糊视力,又滚到桌子底下以免碰上女主人火辣辣的眼神,被她勾走魂魄,否则他准会当场把克鲁华马尔少爷做翻在地,但求享用这妖精尤物,哪怕只有一次。这以后,他向神甫忏悔自己曾起此邪念。后来他接受上天的指点,从太太手里要回那个灵验的十字架残片,不再出门。说也奇怪,尽管他为做个好基督徒采取了上述预防措施,那妖精的声音有时仍在他脑子里飘扬回荡,天亮醒来时,常常记得这女魔头曾经入梦,紧贴在身上如点着的火绒。该爵爷说他已是半截入土的人了,但是只要见到这娼妇就不由浑身奇热,如小哥儿一般冲动,所以请本庭不要让他与这爱情的女王当堂对质,以免过度损耗他的元气。若不是魔鬼传授,便是天主赐给她那么多奇法异术,颠倒普天下的男子。他作过证,把当堂的记录过目一遍后便告退。临走前他也指认上述非洲人即该妇人的听差和侍从。

第四位上堂的证人乃一名叫沙罗门·阿尔·拉斯希特的犹太人。本庭以教务会及大主教阁下的名义向他保证决不吊打拷问,不以任何方式威逼,并在他作证之后不再传讯,当堂放归,以便他继续游埠经商。本堂素知该人名声极坏,且信奉犹太教,但为备知上述妖魔的一切作为,仍需录取其证词。惟未要求该名叫沙罗门之人起誓,因为他不属本教会的子民,救世主已用其宝血把他和我们隔开。

本堂问他为何不遵守教会及国王的规定戴上青色小帽并在衣服上靠近心口之处佩缀黄色轮子标记①,该拉斯希特即向本堂出示吾主国王陛下颁给并经都兰与普瓦图总督认可的豁免证书。

该犹太人随即宣称,住在客栈老板托勃拉宅子里的小娘子是他的大主顾,他曾卖给她镂工精细的多枝金烛台、镀金的银盘、镶嵌宝石、翡翠、红玉的杯子,还曾为她自东方诸国运回大量名贵衣料、波斯地毯、绫罗绸缎、各种细布。总之皆系价值连城之物,基督教各国没有一位王后敢说自己拥有的首饰与室内陈设堪与她媲美。他本人曾从她手里收取三十万图尔的利勿尔以购买稀世珍品,诸如印度的奇花异草、美洲鹦鹉、鸟羽、香料、钻石、希腊美酒等等。

本庭追问他是否曾向该妇人提供配制媚药的材料、婴儿的血、巫术书籍以及其他妖人巫师常用之物,并许诺他只要坦白招认,事后决不追

---

① 犹太人身份的标志。

究。该拉斯希特指他信奉的希伯来教起誓绝无此事。须知他为许多权势熏天的王公大人管理财产，如蒙斐拉侯爵、英格兰国王、塞浦路斯与耶路撒冷国王、普洛旺斯伯爵、威尼斯的显贵以及德意志的大老；他名下拥有各式大型帆桨商船，蒙苏丹特许驶往埃及，并因经营金银珠宝等贵重物品，常来常往图尔市场。

此外他声称本案所审理的太太乃是有情有义、血肉之躯的女身，其体态之窈窕细巧为他平生所仅见。皆因外人想入非非，说她是妖魔幻化，兼之他本人对她早就倾倒，某日趁她身边无郎君相伴，他便凑上前去，表示有意做她的相好。蒙她不弃，他得以一亲香泽。自那一夜之后，他好长时间一直感到四肢百骸如已脱节，五脏六腑若被压扁，却未如别人所说那样，一旦掉进那个窝里就如铅块在炼金师的坩埚里熔化，再也出不来了。

据该沙罗门所言，足以证明其与妖魔往来密切，否则岂有基督徒一一送终的场所，惟独他安然无恙之理？但本庭既准发通行文书于前，自当放他回去。他于退下之前，特为该妖魔向本庭陈情。该幻作女身之妖如将被判火刑活活烧死，他愿为她向圣莫里斯大教堂教务会支付赎金，俾使该教堂正在营建之最高塔楼得以竣工云云。该项请求本堂业已记录在案，以便教务会于适当时候开会讨论。

该沙罗门临走时不愿留下地址，但言教务会就此事所作的决定可由图尔城犹太会堂一名叫托皮亚·那塔内乌斯之人转达。

趁他未走之时，本庭把那非洲人带上堂来。他指认该人即为妖魔之侍从，并称回教徒自古即有阉割奴隶的习俗，以便将刑余之人用于看守后宫深闱，试读野史作者有关君士坦丁堡的大将那赛斯及其他人的记载便知其详。

次日做过弥撒之后，第五位上堂作证的乃是高门华胄，广受敬重的克鲁华马尔太夫人。她手按《福音书》起誓后，不由老泪纵横，向本庭述说她如何安葬自己迷上女妖，送了性命的长子。这位少爷年方二十三，气宇轩昂，仪表堂堂，蓄一部浓密的胡子，活像他家故世的老爷。他本是生龙活虎的体格，只为与暖街上那个女人相好，眼看他在九十天内一点点蔫下去。而那女人，据老百姓的说法实为妖精所化。她做母亲的百般告诫也不起作用。他临终前那模样，比家庭主妇打扫房间时，从壁角里扫出来的干瘪虫子强不了多少。可他只要还挪得动步子，就非上那天诛地灭的婆娘家里去不可。他的积蓄和他的身子一样，也是在那里淘空的。待到他躺在床上等死时，还发誓赌咒，闹死闹活，破口大骂众人，包括他的兄弟、姊妹和生身之母，冲着家用小教堂的神甫大放厥词，连天主也不认了，甘愿死后入地狱。家里的仆役听了这胡话也十分难过，为拯救他的灵魂早日从地狱超升，集资在大教堂每年捐献两台弥撒。克鲁华马尔家族为使他的尸骨能在圣地安葬；许愿在今后一百年内独立承办大小教堂复活节需用的蜡烛。克鲁华马尔男爵临终时，大修道院的修士，尊敬的堂·路易·波神甫曾在一旁守护。除该神甫听到的恶言秽语之外，老夫人声称死者关于送了他性命的妖魔没有说过别的什么。

这位高贵可敬的老夫人穿着重丧服，作证后随即告退。

休庭之后，第六名上堂的名叫雅凯特，外号"油腻腻"，以在大户人家灶间厨下洗刷碗碟为业，现住鱼市街。她先起誓所要讲的话句句属实，然后陈述如下。某日她来到该妖魔家的厨房，——她不怕妖魔会怎样摆布她，因为此魔只找男人取乐——得以在花园见此女妖衣着华丽，正与一骑士谈笑，其举止与血肉凡胎的女人无异。她当下认出该妖精与已故都兰与普瓦图总督，罗什高朋伯爵勃吕因老爷送进埃斯格里诺尔圣母院附属修院的一名摩尔女子十分相像。该女子是将近十八年前被一帮埃及人拐走，又被遗弃在供奉救世主的生母圣处女的宝像的神龛之中，后由勃吕因老爷送其入道。彼时都兰省一片混乱，没有留下文字记载。该女子当年约十二岁，本应绑在火堆上烧死，全亏已故的总督大人和夫人愿意做她的教父教母，让她受了洗，才留下活命。证人当时在修道院当洗衣妇，记得该埃及女子入道二十个月之后突然无影无踪，谁也弄不清她是怎样逃走的。踏遍修道院各处，也没发现她留下的蛛丝马迹，一切都好端端的未曾移动分毫，大家便以为她准是得魔鬼之助，腾空而去的。

那非洲人也被带上堂来令该灶下女佣辨认。她声称从未见过此人。虽说她极愿看他是何等模样，因为听说摩尔女人每与男子交欢，通过那酒瓶塞子①吮精吸髓时，必让他守在门外。

第七名传上堂来的名叫于格·杜富，乃是勃里道雷老爷之子，此人年方二十，现由其父以本人产业担保，在家中严加管束，此番即由其父带领而来。本案与他有牵连，因他被指控并证实曾伙同一干姓名不详之不良子弟围攻大主教与本教务会设立的监狱，企图对抗教会的司法武装，把该妖魔从狱中劫走。他虽有此胆大妄为之举。本庭仍命他出庭作证。说出他理应知悉的有关该妖魔之真情。外界盛传该妖魔与他有苟且之事，本庭特向其晓谕，事关他本人的灵魂得救以及该女妖能否活命，须老实交代。他于宣誓后声称：

我凭自己的灵魂永生得救，凭我手按的《福音书》起誓，该名被怀疑为妖魔的女子实为天使，实为十全十美的女子，其灵魂之善良更胜于其肉体之美妙。她待人一片真诚，体态风流，妙解风情，绝无害人之心。倒是生性慷慨，乐于周济穷苦无告之人。我的朋友克鲁华马尔爵爷去世后，我亲眼见她心碎欲裂，哀哀哭泣。当天她就向圣处女起誓，从此不再与公子哥儿们尽情寻欢，因为他们体格太单薄，经不住折腾。她经常以极大的自制力拒绝我享用她的肉体，只答应许给我爱情，让我占有她的心，做她的心的主人。从此以后，她便独守闺房，我怀着越烧越旺的情火，整日与她做伴，看到她的身影，听到她讲话便是我的莫大幸福。我但求能挨在她身边吃饭，同吸进入她的樱唇的空气，共沐照亮她的秀目的阳光，觉得做这些事情胜过天堂里的乐趣。我选定她做我永生为之效力的贵妇，只盼有朝一日她能成为我的小鸽子，我的爱妻，我惟一的女友。我这可怜的傻瓜从她那里从未预支到丝毫未来的快乐，倒是她千百遍对我正言规劝，要我挣一个好骑士的名声，做一条铮铮铁汉，除了天主别无畏惧，还要我尊重妇女，只为其中一位效忠，把对意中人的爱推及天下的女子，又说待我经过沙场的磨炼，如果到那时候我仍不

---

① "酒瓶塞子"或"酒桶塞子"隐喻阳物，典出《巨人传》。

嫌弃她，她必定以身相许，因为她爱我至深，自会直等到那一天……

说到此处，于格少爷泣不成声，然后边哭边往下讲。

想到这个娇滴滴弱女子的纤纤素手经不住金链子的重量，现在却要戴上挫伤皮肉的镣铐，想到人家把那么多莫须有的罪名栽在她头上，他实在无法容忍，这才起来造反。他可以在大堂上倾吐满腹怨恨，因为他的生命已与这甜蜜的情人紧紧相连，哪一天她惨遭不幸，他也活不下去的。

这位年轻贵族继而又对该妖魔千遍颂扬，百般赞叹，足见他受蛊惑之深，业已中邪入魔，沉湎于荒淫无耻的生活不能自拔。大主教阁下将亲自审理其事，以决定应用祛邪镇魔之术或苦行苦修之法拯救该年轻灵魂脱离地狱的陷阱——倘若魔鬼还没有把他完全抓住。

该年轻贵族指认非洲人即为被告的仆人，然后本庭即将其交还其父，由这位老爷带走。

第八位出庭的，乃是由大主教阁下全副仪仗队隆重护送而来的，加尔默罗修会下属圣母修道院德高望重的住持雅克琳·德·香榭丽爱嬷嬷。当今的罗什高朋伯爵大人现为该修道院的法律代表，正是他父亲已故都兰总督在该埃及女子受洗时命名她为白兰仙·勃吕因，并把她交给住持嬷嬷管束。

本庭乃向住持嬷嬷陈述本案梗概，言明此案与神圣的教会，天主的荣耀、本教区受彼妖魔毒害的子民的灵魂永生有关，抑或亦与一无辜者之性命有关，陈述既毕，本庭乃恭请尊贵的住持嬷嬷就其所知，对归她教诲的、许愿终生侍奉救世主的上帝之女，俗名白兰仙·勃吕因，法号克莱尔者如何神不知鬼不觉失踪之事作证。

该位高权重、尊荣华贵之住持嬷嬷乃作证如下：

克莱尔修女不能自道其身世，疑其生身父母系与天主作对之异教徒。她被送入本修道院确有其事。余以墨鲁之资，蒙教规不弃。乃膺修道院住持之重任。该修女未修完入门课业之后，便按本修会的神圣规定发下宏愿。惟于发愿后常见她闷闷不乐，神色颓唐。余既为住持，乃问她何以郁郁寡欢。该修女乃眼泪汪汪答道，她也不知其缘故，但觉剃去满头秀发之后,嗒然若丧,不由悲从中来。又曰她渴望新鲜空气,忍不住要爬树攀高,蹦跳打滚,如当年过幕天席地日子时所为。她夜不成眠,暗中流泪,痴想当年在密林中浓阴下睡觉何等惬意。她每念及此,便厌恶寺院里昏沉沉的空气令她窒息,遂内心郁结,血脉不畅。有时她人在教堂里做礼拜,心思却飞到外面,以致举止失措。余遂以教会的圣洁教诲百般开导这可怜人,向她指出无罪的女人将在天堂里永享极乐,而人生如白驹过隙,惟有主的仁慈有求必应;人间的所谓欢乐无不掺杂痛苦,舍弃些许尘世欢乐却能换来天主的无尽之爱。余虽如慈母一般以金玉良言相劝,该修女仍执迷不悟。在教堂里做功课和祈祷时,她总把目光盯住窗外,望着树巅浓密的枝叶和牧场上茂盛的青草发呆,并故弄玄虚,总有办法变得脸无血色,索性回房躺倒,有时她又如挣脱了绳索的山羊,在修道院各处狂奔乱跑。后来她日见消瘦,俏模样荡然无存,只剩下支离病骨。余既为住持,当负母亲之责,见她病重有性命之虞,乃把她送入病房,不料某个冬晨该修女突然无影无踪,各处门扉完好,锁钥无损,窗户紧闭,一切如故,不见她留下任何踪迹。此事怪谲,众人皆认为必是那一直纠缠、折磨她的魔鬼从中相助,何况大主教区的权威业已裁定:该地狱之女本受差遣前来引诱众修女背离圣道,惟因众修女恪守教规,一尘不染,彼计无可施,乃腾空而去参加妖魔的集会。众妖魔当初把她塞进供奉圣处女马利亚的宝龛,原来为了嘲弄我们神圣的宗教。

住持嬷嬷作证后,本庭乃遵照大主教阁下的谕示,以全副仪仗护送她老人家回加尔默罗修会所属修院。

第九位应传上堂的名叫约瑟夫,外号"快艇水手",以兑换钱币为业,家住大桥上游,门前有东罗马金币作幌子的便是。该证人凭着天主教徒的信仰起誓,他对本教会法庭陈述的有关本案的情况,句句皆是真话。

鄙人是个可怜的父亲,家门遭此不幸乃系天主神圣的旨意。该女妖居住暖街之前,鄙人与一子相依为命。犬子俊秀如王孙公子,博学如教会耆宿,曾不下十二次远涉重洋,游历异国。而且他奉教虔诚,躲避爱情的利剑惟恐不及,无意建立家室,因为他自知是鄙人老年的靠山,眼里的宝贝,心头快乐的源泉。法国国王有这样一个儿子也会感到自豪的。他心地善良,勇于任事,做生意帮我出主意,居家则博我欢心。鄙人不幸丧偶独居,而今年迈,无力再娶妻生子。总而言之,此子对鄙人乃是无价之宝。大人明鉴,那妖魔偏生把我的宝贝夺走,扔进地狱。问官大人在上,我那可怜的孩子乍见这女妖精,便如堕入爱情的胶锅,粘了个结结实实。那妖精是插过千把刀子的刀鞘,她周身都是毁灭一切的作坊,务求快乐逍遥,永无满足之时。我的孩子从此只在维纳斯神殿的两柱之间讨生活,殊不知这场所是热气沸腾的深渊,就是把全世界所有生命的胚胎投进去,也解不了它的饥渴。我那可怜的孩子和他的钱袋,他生儿育女的希望,他永生的幸福,他的一切,乃至更多的东西,统统掉进这阴沟洞,如一粒谷子掉进公牛的巨口。鄙人于是成了孤老头儿,惟一剩下的快乐是眼看这妖魔活活烧死。这蜘蛛精吃黄金,喝人血,她撕裂、吞噬的婚姻,毁掉的家庭种子,败坏的人心,断送的基督徒之多,基督教各国所有麻风病院里的病人加在一起也不及此数。鄙人恳求大人烧死她,拷打这妖孽,这吞吃灵魂的狐狸精,这头吸饮人血的虎狼,这盏把全世界的毒蛇的毒液当油点的风月明灯。请大人关闭这坑害男人的无底洞……鄙人愿向教务会捐献钱财以购买火刑用的柴堆,更愿亲自添柴点火。务请问官大人牢牢看住这妖精,须知她身上的火比人间所有的火烧得更旺,地狱里的全部烈火都在她体内燃烧,她的头发里有参孙的全部力量,声音里有仿佛来自天国的音乐。她施展狐媚功夫,一下子便毁掉人的灵魂和肉身;她的巧笑是为了咬人一口;她亲吻是为把人一口吞下去;总而言之,她会把圣徒也哄骗上手,叫他不认天主!我的孩子,我的孩子啊!此刻你在哪里?我生命中的鲜花碰上这女魔头,就此被她一刀剪断。大人,您又何必传我上堂?谁能把我的儿子交还给我?他的灵魂已被摄入她的子宫,该子宫带来死亡,却从不孕育生命。惟有妖魔能与人交合而从不生育。以上是鄙人的证词,敬请图布歇师傅原话照录,不差一字,并发给鄙人一副本,以便鄙人每晚祷告时向天主复诵,务使无辜者之鲜血发出的呼唤上达天庭,俾天主大发慈悲赦免吾儿之罪孽。

后面还有二十七人作证。若把各证词一字不漏,原本照录,势必过于冗长,读来乏味,并使本奇案的线索岔向别处。既是讲故事,便应遵循古人的箴言,单刀直入主题如公牛直奔其主攻目标,因此下文仅简单交代各该证词而已。

高贵的图尔城中许多好基督徒,不分男女居民咸曰:该妖魔天天举办山珍海味的酒宴,从未见她在任何一家教堂露面;她咒骂天主,嘲弄神甫;在任何场所从未见她在胸口画过十字;她会讲世界各国语言,而此项本领天主仅赐予众位圣明的使徒;曾多次见她在田野间骑上一怪兽,冲霄而去;她青春常驻,脸色永葆鲜嫩;她曾在同一天先后为一对父子脱衣解带,却说进她那个门不是罪过。众人又说她全身散播邪气,有一厨子某晚在自家门口的长凳上闲坐,见她路过,当下如中了疯魔,回屋上床,没命地搂住老婆行那房中之事,直到第二天早晨脱阳而死。又说城中的老头儿为重温年轻时的荒唐事,都上那销金窟去消耗他们剩下的岁月与钱财。他们如此倒行逆施,结果一个个都如苍蝇一般死去,有人临终时全身变黑,竟与摩尔人毫无二致。又说从未见到该妖魔吃早点,用中饭,进晚餐;她背着人独自进食,因为她吃的是人脑。好多人曾见她深夜前往公墓咬嚼死了的年轻人,因为她非此不能平息在她五脏六腑内翻江倒海般折腾的魔鬼。她之所以做张做致,频送媚眼,扭臀摆腰,搂抱啃咬,也是为此缘故;好几位经不起她这般揉搓,落得个全身青肿,淘虚了身子,折断了腰,碾碎了骨头。自从救世主下凡,把大魔鬼打入猪崽体内之后①,世上任何地方从未见过如此凶狠、阴毒、残暴的恶兽。即使有人把整个图尔城扔进这维纳斯的辖地,它也会化解成若干小镇,被该恶兽如吃草莓一般吞掉。

此外还有上千份禀帖、陈述、证词,证明该妇人无疑系自地狱脱胎而来,乃是魔鬼之女儿、姊妹、祖宗、妻室、姘头或兄弟。另有大量证据

---

① 见《新约·马太福音》第 8 章第 28—32 节。

证明她为非作歹,给所有家庭招来灾祸。如若逐一转录发现本案始末的那位好好先生保存的全套卷宗,诸君读来无异耳闻埃及犹太人遭逢连续第七个荒年时呼天抢地的惨叫①。纪尧姆·图布歇先生汇编成册的笔录巨细无遗,可谓恪尽厥职。

十堂问案之后,调查遂告结束。证据确凿,证词可靠,且各具特色,有诉怨者,有提请驱逐出教者,有反驳前议者,有指控者,有要求传讯者,有核实者,有当众及私下忏悔者,有宣誓者,有被传讯者,有到庭者,有当堂争吵者:凡此种种,该女妖均须一一作答。市民乃纷纷传言,纵使该妇人果系妖魔幻化,体内天生暗藏一对兽角借以喝干男子的精血,吸尽他们的元气,也得在这卷宗文牍的汪洋大海中辛苦游泳一番,才能安然无恙重返地狱。

第二章 提审女妖

以圣父、圣子、圣灵之名,阿门。

兹于吾主降生后一千二百七十一年,本官热罗姆·高乃依,首席听悔僧,教会公堂审问官,按照教规坐堂问案,乃有下列人等求见:

菲利普·狄德雷大人,都兰省暨图尔城提刑按察使,家住新堡区烤肉铺街本人的公馆;

约翰·里布大爷,呢绒业同业公会会长,现住布列塔尼码头,以被捆绑的圣彼得为记;

安东尼·约翰大爷,助理市政长官,钱币兑换业公会会长,家住桥埃广场,以点数图尔铸造的利勿尔金币的圣马可像为记;

马丁·博佩图依大爷,本市弓箭手队长,现居城堡内;

约翰·拉伯雷,船舶漆匠,造船匠,家住圣雅克岛港内,任卢瓦尔河水手公会司库之职;

---

① 见《旧约·创世记》第 41 章第 29—30 节。

马克·杰罗姆，外号"炉渣"，袜商，住所以圣塞巴斯蒂安像为记，现任咨询委员会主任；

雅克，人称维勒多梅尔，酒店老板暨葡萄园主，家住松果区大市街。

按察使狄德雷大人及图尔城上述市民向本教会法庭呈上彼等共同商议后缮写、签押之状词如下：

状　词

敬禀者，吾等皆系图尔市民，因本市市长不在，乃聚集于都兰省提刑按察使狄德雷大人之府上，请求允许吾等陈诉下列案由。吾等愿在大主教阁下之法庭上担保所述皆属实，因该案所涉之罪行事关宗教，理应由教会公堂审理。

多年前有一妖魔幻作女身前来本城，定居于客栈主托勃拉建于圣埃吉纳区的一所房产之中。该地系大主教阁下领地，由教会管辖并收取年贡，该异国女子操皮肉生涯，送往迎来，门庭若市，以其狐媚手段，蛊惑众生，危及本市各界人士之天主教信仰。凡去过该女子家中者，莫不丢失其灵魂，从此拒绝教会之救援，乃至口出滔滔不绝、亵渎神明之秽语恶言。

与该女相好而断送性命者为数甚多，查该女初来本城时身无长物，而今据外界传闻，彼已富埒王侯，金银财宝不计其数，此巨额家私来历可疑，若非凭借妖法巫术搬运而来，必系赖其绝世姿容、迷人功夫骗取而得。

此案关系吾等家门之安全及家声之清白，盖本地自有风月场所以来，从未见作此营生之烟花女子。娼妇荡娃为害之烈如彼者。该女以其春光尽泄、春色毕露，危害本市居民之生命、钱财、习俗、贞洁、宗教乃至一切。

为此理应追究该女之来历及其财产与行为。以便查明其颠倒众生之魅力来自正当的爱情，抑或如其所作所为表明，乃得自撒旦的魔法。盖加圣书所载，撒旦常幻作女身周游基督教世界。该大魔头曾把爱祝福的救世主送往一山顶，向他显示犹太国的富庶繁华①。另有多处记

---

① 见《新约·路加福音》第 4 章第 1—6 节，耶稣在旷野四十天受魔鬼的百般试探，此为其一。

载，皆言及女妖或化作女身的魔鬼，彼等既不愿返回地狱，体内有无法扑灭之烈火燃烧，便以摄食凡人灵魂为生，并略缓其熬煎之苦。

关于该妇人行施妖术之事，证词何止万千，且有街谈巷议。受其荼毒者大有人在，咸欲寝其皮食其肉而后甘心。为避免发生此等事态，亦为该女之安全计，甚有必要查一水落石出。

综上所述，吾等乃呈请大人奏闻本教区之慈父，吾等心灵之主宰，大贵大圣之约翰·德·蒙梭罗大主教阁下，以俾俯听属下子民之怨苦并予指点为盼。

大人照准吾等所请，即尽其在上之职，犹如吾等各就其所处之位，勉行其维护本市治安之职也。

吾等谨签名于下，时为吾主降生后一千二百七十一年，万圣节弥撒之后。

图布歇师傅朗读该状词一遍之后，本官热罗姆·高乃依乃向投状人问话：

"诸位先生，目前你们是否仍坚持所告各项？除已上禀本堂之案由之外，你们是否还有别的证据？你们能否在天主、众人和被告本人面前始终保证：凡所指控，无不属实？"

全体投状人，除约翰·拉伯雷师傅之外，皆坚执其指控。该拉伯雷声明退出本案，说他以为那摩尔女人乃血肉凡胎，风流妮子，除了身上爱情之火烧得过于旺盛，别无他过。

本官于慎思明辨之后，确认上述市民所投之状言之成理，自应照准，其晓谕将根据教规及《镇妖降魔法》有关条文，依法升堂审讯该已收押在教务会监狱中之妇人。

本晓谕当写成告示，着差役在本城各通衢要道于吹过喇叭后高声朗读，以便众所周知。各证人将凭其良知与该妖魔当堂对质。按照惯例，该被告得有一人为其辩护，审讯定案必慎重其事，以示公道云云。

热罗姆·高乃依（签名）

图布歇

以圣父、圣子、圣灵之名,阿门。

兹于吾主降生后一千二百七十一年二月十日,弥撒之后,本人热罗姆·高乃依,教会问案官,下令提审关押在教务会监狱中之女子,将其带上堂来。该女系在其住所被捕入狱,因该住所为客栈老板托勃拉建于圣莫里斯大教堂教务会所属之地,理当归图尔大主教阁下管辖。此外,鉴于该女子受指控的罪名的性质,理应由教会法庭予以审理。本官已向该女子言明此点,俾其明白无误。

大堂之上,首先逐字逐句开读本市市民之诉状,其次宣读一应证人所作之陈述、诉苦、指控及有关官司程序(已由图布歇师傅记录在案,汇成二十二册),该女子皆已一一听明。本官即仰赖天主及教会之庇佑,决意当堂审讯该女子以辨清是非真伪。

本官先问该女子生于何地,犯妇答曰:"生于毛里塔尼亚①。"

本官随即问道:"可有生身父母及其他亲属?"犯妇答曰:"自幼无爹无娘,无亲无眷。"

本官命其自道姓名。犯妇答曰:"珠儿玛。"系阿拉伯名。

本官问其缘何能讲本国语言。犯妇答曰:"皆因小妇人来到贵国居住。"

本官遂问:"何时来到?"犯妇答曰:"约十二年前。"

本官又问:"当时多大年纪?"犯妇答曰:"约有十五岁。"

本官遂言:"如此说来,你今年已有二十七岁?"犯妇答曰:"正是。"

本官复曰:"你便是被人在圣处女神龛中发现的摩尔女子,由已故罗什高朋老爷及其夫人阿赛娘娘抱在洗礼盆前,经大主教亲自施洗,嗣后被罗什高朋老爷与夫人送入加尔默罗修会女修道院,在圣女克莱尔保佑之下,发愿终身守贞、守贫、缄默寡言、侍奉天主?"犯妇禀曰:"实情如此。"

本官又问她是否承认高贵、尊严、众所敬仰的加尔默罗修会女修道

---

① 古罗马人称今北非一带为"毛里塔尼亚"。

院住持嬷嬷所作声明,以及厨房女佣,外号"油腻腻"的雅凯特所言皆是事实。犯妇答曰:"这些话十之八九不错。"

本官随即问道:"如此说来,你果真是基督徒?"犯妇答曰:"正是,我的父亲。"

本官遂命她当胸画十字,并于纪尧姆·图布歇挪置于其身边之圣水盆中蘸取圣水。见她一一照办,本官即确认该毛里塔尼亚女子名珠儿玛,在我国名为白兰仙·勃吕因,曾入加尔默罗修会为修女,法名克莱尔,被指控系妖魔所幻化之女身者。该人既当堂行了宗教仪式,等于承认本宗教法庭对其有审判之权。

本官即开言道:"我的女儿,你从修道院里突然失踪,未留丝毫痕迹。此事委实离奇,众人皆疑有魔鬼从中相助。"该犯妇申辩道,她实系晚祷之后躲进巡视神甫约翰·德·马西利的袍子,从临街大门混出去的,自然而然,无奇可言。又道该马西利神甫将她藏在本市塔楼附近居比东街巷一座归他所有之小屋里。她对爱情的诸般妙趣本来一无所知,皆因马西利神甫言传身教,长期开导,她才尝出甜头,着实受用。嗣后某日,值她凭窗闲眺之际,适被昂布瓦斯大爷瞥见。此人当下为她神魂颠倒。她也爱此人胜过神甫,遂随之私奔,逃离马西利为图自己享乐而软禁她之小屋。一路颠簸之后,她来到昂布瓦斯地方该贵人居住之城堡,从此逍遥度日,行猎跳舞,穿着打扮赛过王后。某日昂布瓦斯男爵邀请罗什波采老爷来府上饮酒作乐,一时高兴,趁她新浴方罢,未穿衣服,乃让其偷窥美人色相。罗什波采老爷一见钟情,垂涎三尺,次日竟找昂布瓦斯老爷决斗,令其剑下丧生。任她哭哭啼啼,罗什波采老爷硬是把她带到圣地。她在圣地受到百般宠爱,因她天生丽质,千娇百媚,众人无不恭维尊重。后来历尽曲折,她落到彪埃依男爵手里。彪埃依老爷在亚洲国家百无聊赖,一味向往回到祖传庄园去度日。她害怕重返此帮会遭遇厄运,彪埃依老爷好言宽慰,力保无事。她对他不仅甚为信赖,而且情爱弥笃,为了顺从主人和老爷的意志,乃与之偕归。不料彪埃依老爷才到此地便染上急病,因他素来厌恶医生、郎中与药剂师,任她苦苦哀求,就是不肯延医服药,终于不起,一命呜呼。此乃实情,不敢有假。

本官又问该犯妇,她是否承认尊贵的哈都因大爷及客栈老板托勃拉所言皆属事实。犯妇答道,大部分皆系事实,但有个别地方乃恶语中伤、荒唐无稽之谈。

本官又令该犯妇交代,是否与众市民诉状中提及之贵族、资产者及其他各色人等有相爱相悦及肉体交合之事。犯妇竟恬不知耻答道:"相爱相悦是有的;至于交合,不知其意。"

本官又问,所有这些人都为她丢了性命该作何解释?犯妇答道,他们断送性命不能怪她,因为她总是拒绝他们的要求,而她越是躲避他们,他们越是紧追不舍,把她紧紧搂住,下面便癫狂起来。该犯妇声称,她一旦落入别人怀抱,也就不由自主,凭着天主的恩惠使出全身解数,因为她实在觉得此中佳趣乃人间极乐所在。犯妇又曰,这些想法她平时羞于告人,此番都说出来了,是因为本堂要求她如实交代,兼之她心里怕得要命,惟恐用刑拷打。

本官遂问她,每逢贵人大爷与她相好后便丢了性命,她作何想法,须如实招来,否则大刑伺候。该犯妇答曰:每有此等事,她必十分伤心难过,萌发轻生之念;她祈祷天主、圣处女和众圣徒把她接回天堂。因为与她相知的个个俊俏体贴,人人品行端方,眼见他们逐一死去,她肠断心碎,责备自己必是丧门星转世,把厄运像瘟疫一样传给别人。

本官又要她说明是在何处做祷告的。犯妇答道,她在自己家里的小礼拜堂跪着祷告天主,因为根据《福音书》上的教义,天主无处不在,明察秋毫,垂听一切。

本官又问,她为何从不上教堂,从不参加礼拜仪式及宗教节日的庆典。犯妇答道,爱慕她的人都选宗教节日上她家寻欢作乐,而她总是尽力使他们称心如意。

本官遂指出,此等作为大悖基督教规,她顺从男子的意志而不是天主的旨意。犯妇答道,只要人家爱她,她甘愿为之赴汤蹈火。在爱情上她一向只受自己天性的驱使,哪怕一位国王在她面前把金银堆积成山,倘若她不是全心全意,从头到脚,用头发,用前额,用全身一切部位去爱他,她绝不会向他奉上爱情和肉体。总而言之,她从未干过娼妓的勾当,从未出卖一丝半点爱情给未被她选作意中人的男子。她肯让一个男子把她搂在怀里一小时，或亲吻她的嘴唇，此人便占有了她，从此她便对此人终生不渝，不怀二心。

本官又令其交代，从她家中抄获的金银器皿、珍珠财宝、豪华家具、地毯挂毯等物从何而来。该大宗财物经专家核定价值二十万金币，现由教务会司库保管。该犯妇答道，她把全部希望寄予本官犹如寄予天主，相信本官自会秉公断案。惟因此事有关她一向赖以为生的爱情中最甜蜜的东西，实难启齿。

本官一再追问，该犯妇遂答道：如大人体察她对所爱之人奉出的爱心何等虔诚炽烈；她如何百依百顺，不问是非对错；如何小心体贴，刻意侍奉；如何把他们吐出的每一个字都视同圣旨神谕，如何对他们顶礼膜拜——如大人体察此情，纵使大人年事已高，也会如她所爱的人一样，认为不管多少金银也不足以偿付世上男子无不追求的如此甜蜜的爱情。该犯妇又曰，她从未向为她所爱之人索取任何礼物或馈赠，但求能把他们的心房作为她的住所，她便于愿已足，她在他们的心里翻身打滚，其乐无穷，不可名状，占有情郎的心让她感到比占有别的一切更加富足；她日思夜想的，是如何用更多的欢乐与幸福回报他们带给她的乐趣。任她一再推辞拒绝，无奈情郎们为表谢忱，执意馈赠厚礼。一位情郎送来一串珍珠项链，说是"特地为了让我的心肝宝贝知道，她滑嫩如绸缎的皮肤比这珍珠还要洁白！"说着就把项链套上她的脖子，同时亲亲热热给她一吻。该犯妇自称对此类愚蠢行为甚是气恼，但因送她珠宝的人见她戴上便十分高兴，她便不忍峻拒。各人各有怪脾气。有一位喜欢撕破她特意为取悦他而穿的华丽衣服；另一位喜欢给她胳膊上、腿上、脖子上、头发间戴满青玉首饰；又一位喜欢让她裹着绸缎或黑天鹅绒长袍躺在地毯上，一连好几天赞赏她如天仙一般完美的体态，观之不足，心醉神怡。凡是情人希望她做的事，她本人做来也满心喜欢，因为这能使他们心花怒放。该犯妇又说，世人无不喜欢及时行乐，但愿心内身外一切美妙和谐，故此众情人无不希望把她的居所装饰得富丽堂皇，赏心悦目，何况她也乐意在四周铺满金银、绸缎和鲜花。既然这些可爱的东西并不碍事，她就无力拒绝，更不能禁止她宠爱的某位骑士乃至某位有钱的市民照自己的心意去办，所以她不得不收下许多名贵香水及她满心喜爱的其他物品，公差从她家里抄走的金银台面，地毯挂毯、珠宝首饰，皆由此而来。

首堂审问该有妖魔嫌疑的克莱尔修女一案即到此为止。本官与纪尧姆·图布歇的耳朵里灌满该妇人的声音，已头昏脑涨，疲惫不堪，无法专志凝神。

本官乃定于自今日起三天后第二次升堂，以便搜集该妇人有妖魔附身之真凭实据。本官并着令纪尧姆·图布歇师傅押送该妇人回狱。

以圣父、圣子、圣灵之名，阿门。

当月即二月十三日，本官热罗姆·高乃依下令将克莱尔修女带上堂来，以便就状词控告的各项罪由审讯该妇人，令其招认。

本官对该犯妇说道：但听她在上一堂审讯时所作答辩。便知任何普通女人即便果真领有执照，准予倚门卖笑为生，也无偌大本领勾魂摄魄，颠倒众生，使花下平添许多风流之鬼。若非有一特殊的妖魔附在她身上，若非她与该妖魔订有出卖灵魂之密约，她焉能如此作为。显而易见，乃妖魔借她的躯体活动，故她必须如实招供，从多大年纪开始与妖魔勾搭，与该妖魔订有何种条款，如何串通一气，造下哪些罪孽等等。犯妇答道，本官虽系凡人，她愿如回答我们大家的审问官天主一样回答本官。该犯妇声称从未遇见过妖魔，未与他通过话，也没有一点想见他的意思。她从未以卖笑为生，因为她干下种种风流勾当无非为了寻求其中的乐趣，而此中妙趣正是造物主亲手安排的。又说并非她本人体内有欲火不停燃烧，她之所以答应情郎的求欢，多半是为了对他们表示恩爱和温柔体贴之情。该犯妇又请堂上明鉴，即便她本人也乐于此道，皆因她是一可怜的非洲女子，天主让她的血脉里流奔热血，让她的心灵对爱情的欢乐特别敏感。只要有男子多看她一眼，她顿时心旌摇荡；若有怜香惜玉的公子哥儿有意相好，只消用手摸她身上某处，她便失去自制，任其摆布，因为此时她的心脏若停止跳动，身体中央立即记起过去经历的风流妙趣，但觉一股奇热难忍，向上扩散，血脉里若有火球滚动，从头到脚期待着爱情和欢乐。该犯妇又说。自从德·马西利首次点拨她明白男女之事之后，她心里再也不转别的念头，认定自己天造地设为爱情而生。确也如此，她在修道院里无男子做伴，缺了这天然雨露的浇灌，差点没枯萎而死。犯妇为证明所言不假，又声称自她逃离修道院之后，没有一天、一时、一刻闷闷不乐或垂头丧气，总是兴高采烈。足见那种开心日子才是遵循天主的神圣旨意，而当初在修道院里虚度年华，倒是背离天主圣意的。

本官热罗姆·高乃依当即对该妖魔严词驳斥，指出其答辩实系对天主的公然亵渎，须知吾人托生世间乃是为了愈显天主的荣耀、崇拜、侍奉天主，念念不忘天主的神圣训诲，修身养性，持斋守戒，以求上升天国，得到永生，绝非为了整年累月躺在榻上行那畜生也只是到某一季节才行之事。该修女即答道，她一贯十分崇敬天主，凡她所到之处，她每见到或知道有贫苦无告之人，总生怜悯之心，施舍钱财、衣物。该犯妇自称她已积下不少使天主喜悦的功德，到最后审判之日她敢望得到天主宽恕。又说她若非出身微贱，怕自讨没趣，又怕开罪教务会诸位大人先生，她一定高高兴兴捐出自己的家私，好让圣莫里斯大教堂早日竣工，并且为自己的灵魂得救另在该堂设立各种慈善基金——为筹集此款她一定拼命作乐，因为想到每度春风都为建造大教堂添砖加石，她作此种夜课时必会感到双倍快乐。何况为了帮她还愿，为了她的永生幸福，她的情人定会个个慷慨解囊。

本官又问，她夜夜交合，却从未生育一男半女，此事又该作何解释？分明有妖魔盘踞其体内无疑，何况只有阿斯塔罗特或一位使徒能讲各国语言，她既能操各地方言，足资证明有妖魔附体。该犯妇当下答道：此话不知从何而起。希腊话她一窍不通，只知道 Kyrie eleison①，倒是常挂口头，拉丁语她只会说"阿门"，于祈祷时常用，以求得到天主的宽恕。至于未曾生育之事，说也伤心。若说正经妇道人家无不生男育女，她以为必是她们行此事时不解其中妙趣，而她本人偏又懂得太多。想必这也是天主的旨意，他老人家不愿世人但求快乐，不务正业，招致绝种的危险。

---

① 意谓："主啊，怜悯我们吧。"

鉴于上述答辩及其他千百条理由，足以断定该修女体内确有妖魔盘踞。因为找出各种似是而非的歪理胡搅蛮缠乃是大魔头吕西费尔的看家本领。本官遂喝令对该犯妇当堂用刑，务必严加拷打，俾使该妖魔吃尽苦头，老老实实服从教会的权威。本官另以传票传请教务会特聘内外科大夫弗朗索瓦·德·盎热斯特上堂，委其检验该妇人究竟是否女身，有何异禀特征，以便本教会知悉该妖魔用何种手法攫取众人的灵魂入此门道，并查明其中有何机关。

该摩尔女子未经用刑已哼哼唧唧，哭哭啼啼，戴着手铐脚镣就跪倒在地，大声告饶，哀求免刑。她说自己体质娇弱，肉嫩骨脆，一经用刑必如玻璃一般粉身碎骨。最后她表示愿向教务会献出全部财产供赎身之用，一旦获释，必立即离开本地云云。

本官即令她老实招认自己乃是而且向系一摄取男子元阳的女妖，专以风月手段，狐媚功夫勾引基督徒，败坏他们的德行为务。该犯妇答道，若一定要她招认此事，实乃泼天冤枉，因她始终觉得自己是地地道道的女儿之身。

此时掌刑的衙役已敲开她的手铐脚镣，为准备用刑而撕开其衣服。匡料该犯妇用心险恶，竟自裸呈其肉体！凡是男子睹此色相莫不失去自持，本官亦觉头晕目眩，神志恍惚，不复明辨是非矣。

纪尧姆·图布歇师傅乃血肉凡胎，当即扔下鹅毛笔管，退堂而去。他声称没法见她当堂受刑，但觉脑子里浮现各种说来无人置信的幻象，魔鬼正在步步进逼，侵入他的身体。

此时教务会的听差上堂禀报，弗朗索瓦·德·盎热斯特大夫现在乡间，未能随来。本官乃决定第二堂问案就此结束，明日中午弥撒后再行开堂，施刑审讯。

因纪尧姆·图布歇师傅业已退堂，上述记录乃本人热罗姆之亲笔所书，理应签名在下，以资作证。

热罗姆·高乃依
首席听悔僧

为 呈 词 事

时值二月十四日，本官热罗姆·高乃依召见约翰·里布、安东尼·约翰、马丁·博佩图依、杰罗姆、"炉渣"、雅克·维勒多梅尔等人，以及代理图尔市长的狄德雷大人。上述人士皆系在市政厅缮定后向本官投呈之诉状上签名之原告，本官根据现已确认为加尔默罗修会所属修院之修女克莱尔，俗名白兰仙·勃吕因之呈请，向彼等宣布该被控有魔鬼附体之女子愿在教务会及本城全体市民面前接受天主的判决①，赴汤蹈火，以证明其实系女身、清白无辜云云。

上述各原告同意该被告之呈请，并表示由市政厅担保治安，将腾出一场地及于征得该被告之教父、教母同意后准备一合适柴堆。

本官乃指定新年第一天，即下月复活节日，为行使神判之日，并择定时间为中午，弥撒过后。两造对此期限皆表示满意。

着准原告等人所请，本决定将在都兰省及法国各城镇及城堡广为宣读，一应费用由该原告承担。

热罗姆·高乃依

第三章　女妖如何勾走老法官的灵魂；
　　　　　淫乐带来何种下场

此乃吾主耶稣基督降生后一千二百七十一年三月一日，热罗姆·高乃依神甫，圣莫里斯大教堂议事司铎，异教裁判所大法官所作之临终忏悔。该神甫自甘堕落，无颜对人，罪孽深重，破戒犯规，现大限将临，愿坦白其过失并公之于世，以昭彰真理，愈显天主之荣耀，伸张法庭之正义，亦稍减其在彼岸理当承受之刑罚也。

该热罗姆·高乃依已卧床不起，奄奄一息，为听取其临终忏悔，圣莫里斯大教堂副司铎约翰·德·拉海（德·哈加），教务会司库彼埃

---

① 即所谓"神圣裁判"。嫌疑犯将手伸进沸水或赤脚在炽红的铁条上行走，如安然无损，即证明其无罪。

尔·吉耶乃奉大主教约翰·德·蒙梭罗阁下之命前来听取其临终忏悔并作文字记录。该热罗姆·高乃依本人选定之听悔僧,大修道院修士堂·路易·波也在场。此三人并有神圣的教皇陛下派来本主教区之特使,罗马教会道高名重之代理主教纪尧姆·德·桑索里博士在旁协助。另有大群基督徒前来送终,因彼等闻讯该热罗姆·高乃依愿当众忏悔,且事关破戒犯规,其临终之言当能使一干正在堕入地狱之基督徒有所警戒,痛改前非也。

热罗姆虚弱已极,口不能言,故由堂·路易·波代行宣读其忏悔录如下,闻者无不动容变色:

"众位兄弟,鄙人年已七十九岁。届此高龄之前,曾犯有圣洁的基督徒也难免在天主面前犯下的细小过失,但此类过失均可以苦行抵偿。除此之外,我自信一生恪守基督教规,在本主教区素负清望,自问也当之无愧。后蒙提拔,迄今忝任异教裁判所大法官之高职。现因幡然省悟天主之荣耀无际无涯,深惧犯非作歹者必在地狱受尽痛苦,乃于大限将临之时,愿作力所能及的最大苦行,以期稍减自己造下的重孽大罪于万一。我对教会不忠不敬,作践其司法大权与威望,现祈请教会赐予公开忏悔之机会,一如古代基督徒之所为。为表白痛自忏悔的决心,我但愿能苟延残喘少许时日,以便整天跪在大教堂正门口,双足赤裸,手持蜡烛,颈绕绳索,听任众位兄弟凌辱詈骂。别无他故,皆因我违背天主的神圣事业,在地狱之路上越陷越深。叹我意志薄弱,道德沦丧,愿诸位引以为戒,躲避邪恶与魔鬼设下的陷阱,向救苦救难的教会寻求庇护。我不幸受吕西费尔的蛊惑而迷失本性,恳求诸位鼎力相助,为我祷告,如此则吾主耶稣基督或能垂怜一受骗上当、现今痛悔莫及、泪流如注之基督徒也。我惟愿有个来生,也好以苦修苦行补赎今生之罪过。诸位且胆战心惊听鄙人的忏悔!

"此事起因,皆因魔鬼幻成一来自异教国家,本名珠儿玛之女子,曾入加尔默罗修会设在本主教区之女修院为修女,取名克莱尔,后又逃离该修院,不信天主,干尽伤风败俗之事,向本城无数男子自荐枕席以便勾取彼等之灵魂献于玛门、阿斯塔罗特、撒旦等地狱中之大魔王脚下。她使彼等于罪孽深重之时,横死于本系生命起源之所。蒙教务会不弃,委我以审理、判决此案之重任。谁知我身为法官,白发苍苍,竟也堕入魔障,失魂落魄,有辱于教务会因我年高德劭才给予的信任。诸位且听我详道这妖魔有多奸诈,也好留神提防。

"我初次提审该女妖时,见她戴着手铐脚镣,皮肉上竟没落一点痕迹,心里先自害怕起来。她的模样弱不禁风,焉有如此神力,令我百思不得其解。又见该妖魔娇娆多姿,我不觉心慌意乱。后又听她开口说话,美妙如闻仙乐,我顿时感到有股热流从头顶涌到脚跟,当下但愿再做少年郎,拜倒在那女妖裙下,与她厮守一小时,在她的一双玉臂中尝到爱情的乐趣,拿灵魂永世得救做代价也在所不计。

"我身为法官,本应刚直不阿,此时再也严厉不起来。该妖魔对我的问话答得头头是道。第二堂审问时,她伤心痛哭如天真无辜的娃娃蒙冤受屈,令我不忍拷打这小可怜人,确信对她用刑便是造孽犯罪。

"此时我听到天主对我发出警告,要我履行职责。天主告诫我,这珠圆玉润、只应天上才有的仙音,其实是魔鬼装扮的;这千娇百媚的肉体转眼就会变成遍体长毛、爪尖齿利的猛兽;这盈盈秋波会变成地狱的烈火;这丰臀会长出披鳞戴甲的尾巴;这娇嫩如玫瑰花蕾的朱唇会变成鳄鱼的血盆大口。于是我重下决心对女妖用刑。命她供出其秘密使令,何况基督教国家的公堂上用刑也是常事。

"却说那妖魔被剥去衣服以便用刑,我看到她赤身露体,当下就中了魔法,色授魂与了。我觉得这把老骨头在开裂,脑子里透进一股暖烘烘的阳光,心脏里流着年轻人的热血、怦怦直跳;我飘然欲仙,只因我的目光吞下媚药,我额头上的皑皑白雪顷刻融化。我把平素循规蹈矩的基督徒生活忘得干干净净,觉得自己是逃学的小学生,在田野里又跳又跑,还偷摘树上的苹果,我已没有力量当胸画十字,再也记不得教会、天父和亲爱的救世主。

"我已走火入魔,一路上老想着那呖呖莺声,念着那妖魔既迷人又害人的肉体,对自己说了许多下流话。魔鬼的钢叉已插进我的脑袋如砍刀劈进橡树,这钢叉拽着我直奔监狱。我的守护天使不时拉住我的胳膊,保护我抵抗诱惑,也属徒劳。我不听他圣洁的劝告,拒绝他的援助,但觉有千百万只利爪刺进我的心,揪住我往前赶。工夫不大,我发现自己已置身狱中。

"牢门为我打开,我见到的哪像牢房?那女妖不是得邪神之助便是又作了什么孽,把囚室装点得如闺房一般,铺满紫色丝绒和绫罗绸缎,遍洒香水,供着无数鲜花。她穿一身华丽的衣服在屋里优哉游哉,脖上未套铁链,脚上不戴镣铐。我由她摆布,先是脱下我的神甫法衣,然后便香汤沐浴。嗣后那妖魔给我披上一袭回族长袍,用金杯银盘、山珍海味、亚洲美酒、曼妙的歌唱和音乐款待我如上宾贵客。席间她还说了上千句奉承的话,句句入耳,搔到我灵魂的痒处,那女妖须臾不离左右,与她肌肤相亲令我既喜欢不尽,又厌恶痛恨,总之我四肢百节又贯通一股新的热流。事已至此,我的守护天使也就离我而去了。

"从此我的性命便系于摩尔女人眼睛里闪耀的可怕光芒,我渴望把她的娇躯搂在怀里,只想整天亲吻那两片朱唇。我以为那张樱桃小口乃造化之神功,丝毫不怕被她的牙齿咬出,一直拖到地狱最底层。她的抚摸令我心花怒放,但觉这双纤纤素手人间无双,从未想到此乃妖怪的利爪。总之我兴奋如多情郎君急于跟未婚妻幽会,殊不知自己要娶的是灵魂的永久死亡,我把人世的得失抛到九霄云外,对天主的事业也无暇照管,一味痴想男欢女爱之事,想着她那一对精巧的乳头我便浑身奇热难熬,想到她那扇地狱之门,我真想一头栽进去。

"诸位兄弟啊!我于是整整三天三夜被逼做那苦工。只因那女妖轻舒双臂如一对小钢叉夹住我的两胁,我便有了一股永远使不完的蛮劲,我那把老骨头,便不知流下多少风月汗水。那女妖为引我上身,先让我觉得体内若有甘乳在流动,然后我感到甜酸苦辣皆备的快乐,似有千百银针在刺、挑我骨头、骨髓、脑髓、神经。如此这般,我的脑子里、血液里、神经里、皮肉里、骨头里便有说不出名堂的东西着了起来,然后我就受到地地道道的地狱之火的熬煎,四肢百节痛楚难言,同时又感到一阵阵难以置信、无法忍受、摧心裂肝的肉体快感,顿时间破了我平生的操守戒行。那妖魔披散满头长发缠住我可怜的身体,把火焰倾泻在我周身,我觉得她每一绺发辫都像烧红的烙铁条。我在欲仙欲死之际看到那女妖容光焕发的脸庞,听见她咯咯笑,说了不知多少挑逗我的话。她说什么我是她的骑士,她的主人,她的银枪,她的白天,她的欢乐,她一见倾心的情郎,她的生命,她的宝贝,她的骑马郎君;她与我结为一体还嫌不够,还要钻进我的身子,或者让我钻进她的皮肉。她的舌尖生花,其实在吮吸我的灵魂;我听着这些话,便拼命朝那个地狱里冲,越陷越深,却始终碰不到底。待我腔子里的鲜血被挤得一滴不剩,心脏不再跳动,全身瘫成一团烂泥,那魔鬼却依旧如鲜花盛开,晶莹洁白,白里泛红,光彩夺目,含笑盈盈对我说:

"'可怜你这傻瓜,竟把我当做妖魔!假如我要你拿灵魂做代价,换取我的一个亲吻,你难道不甘心情愿?'

"'我当然情愿。'

"'为了天天似这般癫狂,假如你必须喝婴儿的血才能有新生的力量消耗在我床上,你难道不乐意去做吗?'

"'我当然乐意。'

"'为了天天做个风流骑马郎,老有用不完的精力如后生小伙,及时行乐宣淫,在爱河中沉溺如一个猛子扎进卢瓦尔河;为了能这样做,你难道不会背弃天主,当面啐耶稣一口唾沫?'

"'我当然会的。'

"'假如你还可以在修道院里活二十年,难道你舍不得用这二十年寿命来交换两年的艳福,交颈叠股满足你燃烧的爱情?'

"'当然舍得。'

"于是我觉得一百只利爪在撕裂我的肚子,如一千只猛禽一边尖叫一边啄食我的内脏。然后,冷不防那女妖便展开双翼把我托上云霄,边飞边说:

"'你骑着马儿跑哟,好个风流骑马郎!夹稳你胯下的母马,抓住她的鬃毛,抱紧她的脖子,跑啊,跑啊,我的风流骑马郎!天下一切统统骑着马儿跑!'

"我腾云驾雾,俯瞰世界上大小城市。好像长了慧眼,我看见城中每一男子都在与一女妖交媾,扭腰摆臀,行云行雨,互说浪言浪语,齐作淫荡之声,相搂相抱,如胶似漆,欣喜欲狂。我的坐骑本是马的身子,摩尔女子的头。她一面穿云疾驰,一面指给我看,地球和太阳如何交合,从而诞生无数星辰。一星一世界,各有阴阳雌雄之分,每一雄性世界无不与一雌性世界交欢。不过星辰不说人间语言,它们表示使劲便作电闪雷鸣,怒吼如暴风雨。我骑着马儿越升越高,看到在日月星辰之上,万物的阴性本元正与运动之王媾和。那女妖存心嘲弄我,把我送进这可怕的永恒交尾场所的中心,我在那里像一粒沙子迷失在汪洋大海里。此时我仍听到我的白色坐骑对我说:骑着马儿跑哟,跑哟,我的风流骑马郎,跑啊,天下一切统统骑着马儿跑!

"诸位请想,无量数的星球喷射的精液汇成滔天急流,区区一名神甫置身其间该有多渺小。但见宇宙万物,金属、岩石、流水、空气、雷电、鱼鳖、草木、禽兽、人类、精灵,乃至日月星辰无不着了魔似的成双配对,颠鸾倒凤,不由我不抛弃对天主教的信仰。于是那女妖指给我看天际一大簇星云,说道这银河并非他物,不过是无量数的星球交配时喷涌的元精中溢出的一小滴。闻听此言,我便在亿万颗星辰的光辉照耀下,再次发狂似的搂紧那女妖,我只想骑着她跑啊跑啊,也好感受这亿万造物的本性。我在这场恩爱中用尽了全力,终于坍下来如一堆肉泥,同时听到耳边响起地狱里的狞笑。随后我发现自己躺在床上,仆人们围在我身边。他们倒是有勇气与魔鬼斗争,朝我床上泼了满满一桶圣水,还向天主诚心祷告。

"尽管有人搭救,我还得与女妖苦苦搏斗。她的利爪揪住我的心,其痛无比。我的仆人和亲戚朋友已把我叫醒,我挣扎着想画个神圣的十字,可那女妖横陈在我的床上,站在我的床头,躺在我的床脚,无处不在,极力搅乱我的神思,忽儿咯咯笑,忽儿扮鬼脸,在我眼前搬演千种秘戏,煽起我的淫思邪念。

"多蒙大主教阁下垂怜,吩咐请来圣加蒂安的遗物。供奉圣物的神龛刚一碰到我的床榻,那女妖就逃遁而去,留下一股地狱里才有的硫黄火的臭味,直呛得众下人及亲戚朋友一整天嗓子发痛。此时天主的神圣光辉照亮了我的灵魂,我才意识到自己犯下罪孽,又与魔鬼搏斗一场,生命已濒危亡。于是我祈求天主格外施恩,容我苟延片刻以便为天主和教会增添荣耀。天主功德无量,仁慈无边,为基督徒得救曾让耶稣在十字架上殉难,自当垂鉴下情。作罢祷告,我就蒙受圣恩,有精神当众认罪,又恳求圣莫里斯教堂全体僧侣鼎力相助,救我出炼狱——我将入炼狱受尽折磨以赎此生的罪过。最后我声明,我曾发布公告由天主判决此案，令该妖魔赴汤蹈火以明心迹，此乃该妖魔的阴谋诡计。该女妖曾私下向我供认，届时她自有办法召来一名水火不伤的妖魔做其替身，便能逃脱大主教与教务会对她的审判。

"值此弥留之际，我将我的全部财产赠予圣莫里斯教堂教务会，以便在堂内设立、建造、装修一个以圣热罗姆与圣加蒂安命名的小礼拜堂。前者乃我的主保圣徒，后者是拯救我灵魂的恩人。"

该忏悔经当众宣读后，由约翰·德·拉海（约翰尼斯·德·哈加）呈交教会法庭审览。

本官约翰·德·拉海（约翰尼斯·德·哈加）业经圣莫里斯教堂教务会全体成员大会照章循例推选为首席听悔僧，并受命继续审理现羁押在教务会监狱中之女妖一案。本官兹下令重新调查此案，凡本主教区内知悉有关情况者，均得上堂作证。本官以全体僧侣及至高无上之教务会全会之名义宣布，前此对此案所作之审讯、盘问，决定一概无效，并声明因魔鬼曾插手其中，行其鬼蜮伎俩，特取消该妖魔请求举行之神圣裁判。

本判决着由衙役赴本主教区各处高吹喇叭广为通告，盖因上月曾在各处宣告之错误决定，据已故热罗姆·高乃依之忏悔，实系该妖魔指使而为。

凡我基督教徒皆应协助神圣教会，确保其令行禁止，是所为盼。

约翰·德·拉海

第四章　居住暖街的摩尔女子身手不凡，左腾右挪，好不容易才把她活活烤焦、烧死，遂使地狱大受损失

本件写定于一三六○年五月，
　　与遗嘱有同等效力。

我亲爱的好儿子，等到你从容开读此文书之时，为父的早已在墓中

安息,请你为我祷告,求你遵照此文书中的告诫立身处世。我写下此件乃是盼你治家有方,趋吉避凶,常保平安无事,因为我亲眼目睹人间竟有此旷古奇冤,至今思之犹心有余悸也。

为父年富力强之时不乏雄心壮志,立愿投身教会以期飞黄腾达,青云直上,因在我眼中人间之风光显赫无逾在教会膺任高职。志向既定,我便学习读书写字,历尽苦辛才取得充当僧侣的资格。想我既无靠山,又无人指点门径,乃钻营谋求圣马丁司铎团文书、誊录员、彩字描绘员之职务。基督教世界最尊贵最富有之人士咸为该司铎团成员,法国国王本人仅以普通司铎身份列名其间。故此我以为在彼处供职必有更多为贵人效力之机会,或可由此觅得主人,寻得靠山,仰赖恩主的提携正式为僧,当上神甫,戴上主教冠乃至登上大主教的宝座也未可知。我这念头必定过于狂妄,天主让我通过亲身经历明白此乃非分之想,该职位终由约翰·德·维尔多梅尔先生获得,此人日后晋升为红衣主教,我既落选,懊恼万分。在我自怨自艾之时,我常跟你提起的大教堂听悔僧热罗姆·高乃依老人家屡以好言宽慰。蒙他盛情照拂,荐举我为圣莫里斯教堂教务会与图尔大主教区录事,我的文笔有口皆碑,自能胜任此职。

就在我即将晋升司铎那一年,有名的暖街妖魔案闹得满城风雨。当年全法国家家户户议论此案,老一辈人每逢晚来无事,至今还常向晚辈后生述其始末。此案案情重大,有大量供词证词需要当堂记录,我的好主人乃委我以此重任,以为这是我一展抱负的良机,教务会为了酬报日后必能授我一显职高位。

热罗姆·高乃依大人此时年近八旬,为人通情达理,公正无私,他一开始就揣测此案或有隐情。因他本人对轻薄女子素无好感。毕生守身如玉,不近女色,才被选中审理此案。他先听取一应证词,后又提审那可怜的妮子,遂对案情了然于胸。该风流女子虽说违背教规,逃离修道院,但与魔鬼毫无瓜葛。只因她富可敌国,其冤家对头与其他人等皆起了觊觎之心。我姑隐彼等之名,以免招惹是非。当时人人以为她家里金银堆积如山,甚至有人说她只要心里高兴,就是把整个都兰省买下来也不难办到。良家女子个个对她心怀嫉恨。对她的造谣诬陷层出不穷,四处流传,都被当做《福音书》信以为真。

热罗姆·高乃依大人断定实无魔鬼附身之事,该女子无非天生情种,离不开男人罢了。他说服她不如进修道院度其余生。兼之有几位广有地产、骁勇善战的骑士告诉他,他们为搭救那女子什么都做得出来,他便私下劝她向一干原告提出接受神圣裁判的要求。同时她得把全部家私捐给教会,也好堵住那些恶意中伤的嘴巴。

她是上天谪落人间的奇花异葩。她的眼波一溜,见者无不患上相思病。她的过错在于心肠太软,温存体贴,禁不住追求便顺从了人家。这朵无比娇艳的鲜花本可免于在柴垛上活活烧死,殊不知真正的魔鬼化身神甫,插了一手。容我道其详情:

德高望重、智慧圆通、清净圣洁的热罗姆·高乃依大人有一死敌,名叫约翰·德·拉海。他打听到那遭难的妮子在牢房里受到的供奉如王后娘娘,就起了毒念,指控首席听悔僧有意包庇她。这恶神甫说他对她百般趋奉,因为她使他返老还童,重燃情欲,称心如意。他老人家看透约翰·德·拉海存心毁坏他的名声,夺取他的显职荣衔,可怜他受不了这诽谤,终于心碎而死。其实大主教阁下曾亲临监狱探视摩尔女子,见她养尊处优,逍遥自在,手脚并无锁链镣铐。原来她事先把一颗钻石藏在身上谁也想不到能搁东西的所在,用它买通了狱卒。也有人说该狱卒垂涎她的绝色,又说他出于爱慕之心,更因为他害怕她那些王孙公子情郎,遂设计助她越狱。

高乃依老人家已经奄奄一息。由于约翰·德·拉海施了手段。教务会便认为必须宣布首席听悔僧前此主持的审问以及他发布的告示一概无效。约翰·德·拉海当时不过是大教堂的区区一名副司铎,他说此事不难,只要那老好人临终前作公开忏悔就行了。于是圣莫里斯大教堂教务会成员,圣马丁司铎团的显贵,大修道院的头面人物,乃至大主教阁下以及教皇特使都来到病榻前,百般折磨,逼迫这垂死之人。要他为教会的利益而声明取消原判,无奈老人家就是不答应。这帮人耍尽手腕,终于安排好一个当众认罪场面,全城名流都赶来参加,那份认罪书引起的震惊和恐惧难以形容,主教区的各教堂把此事视作天降大祸,纷纷举行公开祈祷大会。老百姓心惊肉跳,只怕魔鬼从自家的壁炉烟囱里钻出来。

此事真相,实乃我的好主人热罗姆发着高烧,恍惚看见屋里出现几头母牛,稀里糊涂便认错悔过。待他清醒过来,可怜这圣徒从我嘴里听到自己中了奸计,不由伤心大哭,他是在我怀抱中咽气的,只有他的医生在一旁照料。老人家对这出闹剧痛心疾首,临终时对我们说他要去见天主,伏在他脚下求告,决不容许此等伤天害理之事畅行无阻。

那可怜的摩尔女子在他跟前痛哭流涕,知错认罪,曾使他好生感动。原来他在说服她主动请求神圣裁判之前,确曾让她忏悔平生,帮她清理孽障,救出还留在她体内的神明灵魂。据他对我们说,她那灵魂真是无价之宝。只要她苦修赎罪,功德圆满,那灵魂上天后装饰天主的神圣王冠也当之无愧。

我亲爱的儿子啊,我听到城里沸沸扬扬的议论和那苦命女子天真无邪的回答,便备悉此案的底细。我听从教务会的医师弗朗索瓦·德·盎热斯特的劝告,才推说有病,决心辞去在大圣莫里斯教堂和大主教区的差使,以免双手沾上这无辜者的鲜血,这鲜血正在喊叫诉说人间多行不义,直要喊到末日审判那一天。

看守摩尔女子的狱卒被革了职,由那职掌行刑的衙役的次子接替。那厮一上来就把她扔进地牢,蛮无人性地给她戴上重五十斤的手铐脚镣,还用木圈子夹住她的腰肢,监狱外面由市政府的弓箭手和大主教的卫队层层把守。那妮子受到百般拷打,骨头都碎了。她熬刑不过,便顺从约翰·德·拉海的意志,供认自己实受魔鬼驱使。当下就判了她火刑。要在圣埃吉纳围场活活烧死。明正典刑之前,她得穿一件浸透硫黄的衬衫跪在教堂大门口示众。她的财产统归教务会没收。

这道判决一公布,城里顿时大乱,一片刀光剑影。原来都兰省三位年轻骑士起誓为那可怜女子豁出性命,为救她出狱一切在所不计。成千上万穷苦无告者,出卖苦力者,老迈的士兵、军人、工匠以及其他在饥寒、病痛及各种困厄中受过那女子周济的人簇拥这三位公子哥儿来到省城,然后又在城里贫民窟中募集所有得过她好处的人。在三位王孙公子的武装随从的保护之下,大队人马情绪激昂集结在圣路易山下,方圆二十法里之内的好事之徒也赶来帮腔起哄。大清早他们就直奔大主教府而来，团团围住监狱，齐声呐喊，要求把摩尔女子交出来；像煞是为了解恨非由他们处死她不可。其实此乃一计。他们知道她骑马本领如马夫般高强。早已备好一匹快马，但等救她出来便悄悄送她上马，奔向自由天地，却说那时天翻地覆，人如潮涌，只见主教府第与卢瓦尔河上的桥梁之间万头攒动，爬上房顶或攀在窗口阳台看热闹的还不计在内，总之啰唣声震天动地，隔着卢瓦尔河，在圣辛福里安教堂的另一端也听得真切。其中既有诚心诚意要惩治妖魔的基督徒，也有包围监狱旨在搭救这可怜女子的义士。这许多人口口声声要处死这女犯，其实他们若有幸亲睹其花容月貌，准会个个拜倒在地。他们相互冲撞推揉，挤得透不过气来，结果七名儿童，十一名妇女和八名市民被活活挤死踩死，碾成肉饼肉酱，再也认不出本来面目。总之民众一旦暴动，其声势之大犹如海怪利维坦①张口大吼，远在蒙蒂-莱-图尔也听得一清二楚，众人喊道："处死那女妖！""把妖魔交出来！""嗨！我要她半爿身子！""我要她的毛皮！""她的脚归我了！""她的鬃毛归你！""脑袋归我！""那妙处给我！""那玩意儿是鲜红的？""能看到吗？""也要烤吗？""处死她！处死她！"七嘴八舌，人各言其所欲，不过有个呐喊乃千万人齐声呼出"献给天主！处死女妖！"此声似虎啸狼嗥，听来震耳欲聋，丧魂夺魄，使屋子里看热闹的人辨不出其他喊叫。

  大主教见这场暴风雨来势凶猛，想了个妙法平息事态。他摆开全副仪仗，口颂天主尊号步出教堂，总算保全了教务会衮衮诸公。那几位公子和一帮泼皮原来口口声声扬言要砸烂、焚毁修道院，杀死众位议事司铎。见到大主教这般作为，他们遂作鸟兽散，何况缺乏干粮，只得各自回家。事过后，都兰省各修道院院长、众位领主老爷和有钱的市民生怕次日会闹出打家劫舍的乱子，连夜开会商量对策，最后听从了教务会的意见，他们派出无数兵丁、弓箭手、骑兵和市民各处布防站岗，又杀了一批牧羊人、散兵游勇、无业游民，这些人都是听说图尔城里出了乱子，赶来浑水摸鱼的。

  年高德劭的哈都因·德·玛耶老爷出面开导那几位一心要营救摩

---

① 《圣经》里的怪兽，见《旧约·约伯记》。

尔女子的年轻骑士,对他们晓之以理,问道,假如他们为了区区一个娘们儿不惜血洗火烧都兰省,就算他们得逞了,岂不成了自己召来的那帮坏蛋的首领?这些歹徒无恶不作,抢劫过敌人的城堡之后,也不会放过自己的首领的家业。可是这起叛乱初次冲击就没有成功,城里现在安然无恙。图尔的教会有国王做后盾,难道他们能斗得过教会?如此等等,说得头头是道。

年轻骑士们回答说,解决此事也不难,只要教务会趁着天黑悄悄放摩尔女子出狱,也就消除了肇祸的根源。

这请求可谓通情达理,可是教皇特使监察官大人答道,事关宗教大义,教会绝不让步。结果由那可怜的姑娘承当一切,因为双方达成协议,对此番暴乱教会不予追究。

教务会这下腾出手来,就能举办摩尔女子示众悔罪仪式。方圆十二法里之内的人都来观看。到那一天,女妖应先向天主认罪悔过,然后交付地方当局明正典刑,绑在柴堆上烧死。届时漫说平民百姓,就是修道院院长愿付一个金币,也休想在图尔城里找到下榻之所。所以前一夜就有许多人在城外搭帐篷过夜,或者铺开麦秸露宿,城里食物被抢购一空。好多人来时填满了肚子,回去时腹中空空如也,除了隔着老远望见半空中一点火影子,其余一无所见。宵小之徒倒是趁机大发利市。

可怜那俏妮子已折磨得半死不活,她的青丝变成白发。说实话她只剩一副骨头架子,挂不了几两肉,她的体重还不及她戴的锁链镣铐,若说她着实快活享受过,此刻付的代价可真不小,见到她从狱中押出来的人说,她一路上哭哭啼啼,呼天抢地,连对她最狠毒的人听了也会生恻隐之心。所以一俟押到教堂,她嘴里就被塞进一块木头,可怜她咬住这块木头如蜥蜴咬住一根木棍,因她全身瘫了似的,站不起来,掌刑的衙役就把她绑在一根木桩上。不料她突然长了一股力量,据说她挣断绳索,逃进教堂,拿出她当年干老本行的身手,身轻如燕贴着柱子往上爬,飞檐走壁,转瞬就登上高处的围廊,眼看她就要从屋顶上逃走,一名弩手瞄准她,一箭正中她的脚踝,可怜她脚被刺穿,脚骨断裂,鲜血直流,依旧不顾一切顺着教堂的屋顶飞奔,因为她实在害怕在柴堆上活活烧死。她终究在劫难逃,又被逮住,绳捆索绑扔进一辆囚车,载到柴垛边,这以后谁也没听见她叫喊。老百姓听到她在教堂里奔跑的传闻,更相信她当真魔鬼化身,有人甚至说她曾腾空飞翔。

官府的刽子手把她扔进点着的柴垛,她在火焰里蹦了两三下,惨不忍睹,然后跌进柴垛深处。那柴垛足足烧了一天一夜。

次日晚上,我到火刑场去看看这千娇百媚、甜蜜温柔、多情多义的姑娘还剩下些什么。我只找到一小截胃骨①。这烬余之物,还是湿漉漉的,有人说它还会如女人寻欢求爱那样颤动。

我亲爱的儿子,这以后约有十年,压在我心头的悲痛无穷无尽,无法形容。我无时无刻不想起这位受恶人摧残的天使和她那顾盼多情的眼波,总而言之,这天真无邪的姑娘的倩影日日夜夜在我眼前浮现,我忘不掉她光彩夺目的天生丽质。我经常跪在她受害遇难的教堂里,为她向上天祷告。这以后约翰·德·拉海升任首席听悔僧,我每次见到他都要打哆嗦。后来他长一身虱子,是被虱子活活咬死的,按察使死于麻风病,约翰·里布家遭了火灾,他老婆被烧死。总之,凡是在那次火刑中插了一手的,无不遭到报应。

这些事情,我亲爱的儿子,使我明白了许多道理。我把这些道理写下来,当做我家的立身处世之道代代相传。

我辞了教会的差使,娶了你母亲。她带给我无边的幸福,与我同甘共苦。我的财产、灵魂以及其他一切都与她共有。所以她赞成我订立家训如下:

一、为平安度日,须对教会人士敬而远之,不让他们跨进宅门。对所有凭其合法或不合法权势凌驾我们之上者,亦应如此。

二、节俭度日,自甘淡泊,切忌炫耀财富。留心不要引起别人的嫉妒,勿以任何方式伤害任何人,因为必须坚强如杀死它脚下草木的橡树,才能砸烂嫉妒者的脑袋。即便如此,人们也难逃嫉妒者的算计,因为人中橡树稀罕如凤毛麟角,何况图布歇家的人既然姓了图布歇,绝不能自命为人中橡树。

三、支出不要超过收入的四分之一,勿露财,善藏其资产,勿担任官

---

① 胃骨(OS Stomachal),据字面译出,其义待考。

职;如别人一样上教堂,逢人只说三分话。因为肚子里的心思属于你自己,一旦脱口而出,别人便能接过去如斗篷一样翻来覆去,歪曲你的本意。

四、永远保持图布歇家的身份,他们现在是,将来永远是呢绒绸布商。生下女儿应嫁给殷实的呢绒绸布商;男子应派到法国其他城镇去开呢绒绸布店,临行时切记这些深谋远虑的祖训。抚养子女就是为了他们能敬重呢绒绸布这一行业,除营此业不许有其他野心、幻想。"像图布歇那样当呢绒绸布商"就是他们的荣耀、族徽、名声、座右铭和生命。只要呢绒绸布店世代相传,图布歇家就能永葆其本色,无名无闻,如小虫子在大梁上落脚做窝,生息繁衍;个个平安度日,享其天年。

五、除了呢绒绸布商的本行,休管闲事,绝不与人争论宗教和国家大事。任凭朝廷、省政府、教会乃至天主趁着一时高兴忽儿左转,忽儿右转,作为图布歇家的人只顾守住自己的呢绒绸布要紧。如此行事,图布歇家就不会引人注目,抱着一个接一个出世的小图布歇过太平日子。不过要准时交付什一税和其他一切按法令必须缴纳的税款,因为不管是交给天主、国王、市政府或者教区,我们休想与之抗争。为来为去,为的是保全祖业,平安度日,花钱消灾,永远不欠别人一文钱,家有余粮,关起门来乐逍遥。

照此办理,无论国家、教会、领主老爷都抓不住图布歇家的把柄。万一他们伸手硬要,那就借给他们几个埃居,不过千万别抱跟他们再见面的希望——"他们"指的是借出去的钱。照此办理,一年到头人们都会喜欢图布歇家的人,嘲弄姓图布歇的人身份低贱、小里小气、木头木脑。由这班无知之徒乱说一气好了,总之姓图布歇的不会被抓去烧死、绞死,让国王、教会或其他人白得一大笔好处。精明的图布歇家人一声不响积攒金银,无人知晓他们躲在宅子里享清福。

我亲爱的儿子,你得遵照上述教导,一生一世不显山露水。让你全家人恪守家训,待你临终之时。你的继承人也要把这些箴言奉作图布歇家的《福音书》,继续身体力行。如此代代相传,直至天主再也用不着世上有图布歇这一姓的时候为止。

按,此信系搜抄王太子殿下之财务总管,维瑞兹领主老爷,弗朗索瓦·图布歇之住宅时所发现者。该贵人因参与王太子叛逆王上一案,由巴黎法院判处大辟之刑,并没收其全部财产。

现将该件作为秘史资料,附入图布歇大主教区审讯档案之内,交付都兰省总督保存。经手其事者,为本人彼埃尔·戈蒂耶,市政长官,咨询委员会主任。

作者辨读羊皮纸卷宗并译其古奥奇崛之行文为法文。事毕之后,赠送此宗文件之长者乃对作者说:根据某些人的说法。图尔的暖街得名于该处受阳光照射时间之长逾于他处。尽管有此一说,聪明人自能领会,暖街之"暖",实起源于该女妖乃天生尤物,暖玉温香也。作者深表赞同。

本篇故事教导我们切勿过分追求肉身的享乐,应为灵魂得救而慎用此身。

痴 情 汉

查理八世国王心血来潮，要装修昂布瓦斯城堡，于是有若干意大利匠人、雕刻家、好画家、泥水匠和建筑师前来效力。他们在城堡各条走廊里完成的美妙作品，后来无人照管，受到严重损坏。

话说朝廷那时候就在这可爱的地方居留。众所周知，年轻的国王喜欢看到手下人干活精益求精。外国匠师中有一位佛罗伦萨人，名叫安琪罗·卡帕拉先生。他年纪轻轻，但身手不凡，所作雕刻皆系精品。众人见他还是个少年郎，便有如此娴熟的技艺，无不惊诧。作为成年男子标志的胡子，在他唇上刚露出影子。名媛贵妇无不对他感兴趣，因为他美丽如梦，忧郁如丧偶孤栖的野鸽。他的忧郁本有缘故。这位雕刻家不幸家无恒蓄，日子委实难过。他苦度岁月，少吃少喝，羞愧自己身无长物，绝望之下，乃钻研技能，拼命工作，以便攒下钱来好过游手好闲的生活。对于终年劳作的人，人生乐事莫过于无所事事。这佛罗伦萨人讲体面，特意穿了一套漂亮衣服前来朝廷。年轻人的羞怯心理又使他不好意思向国王索讨工资，国王见他衣着华丽，以为他不缺钱花。朝臣、贵妇纷纷前来观赏他的作品及作者本人，可就是没有一个卡洛吕斯①掉进他的口袋。所有人，尤其是贵妇们认为他拥有天生的财富，因为他年轻俊美，有一头乌黑的秀发和清澈的眼神。贵妇们想着他身上这些东西和其他东西时，没想到他缺少卡洛吕斯。事实上她们这样想也是对的，君不见朝中许多好汉凭着腰下功夫赢来出产丰厚的采邑，卡洛吕斯以及其他一切。

安琪罗·卡帕拉先生看上去年轻，其实已有二十岁。他生来聪明，心灵高贵，满脑子诗情画意，想象力尤为丰富，不过如同所有穷苦人一

---

① 查理八世时代发行的掺银的铜币。

样,他眼看愚人笨蛋反而无往不利,大惑不解,反过来便看轻自己。他觉得自己不是长得丑陋,便是内心有缺陷,老把这些念头转来转去,不愿告人。其实不然:每逢夜不成寐,他便向黑暗,向天主,向魔鬼,向一切诉说心事。他怨叹自己有颗火烫的心,女人们必定避之如烙铁;继而他又想象,但凭精诚所至,必能感动某一美人的芳心;他将视她为生命中的最高荣誉,做她最忠诚的奴仆,为她献上全部柔情,揣摩她最微小的愿望等等。遇上他心头阴云密布,如此这般遐想一阵,也就云消雾散。总之,他用想象力画出一位绝色贵妇的肖像,让自己拜倒在她脚下,吻她的玉趾,爱抚、摩挲、舔之吮之,犹如囚徒透过墙上窟窿瞥见一片草地,想象自己该如何在那上面奔跑打滚。然后他对这画中美人吐露衷曲,说得她软下心来;然后他大胆上去,紧紧搂住她,顾不上对她的敬重,还是有所非礼。这位贵妇毕竟虚无缥缈,他求之不得,又气又恼,最后在自己床上逮着什么就咬什么。孤身独处时他勇气百倍,第二天见到一名美妇从眼前走过,却又手足无措。满腔虚幻的爱情无处宣泄,他只好使劲敲凿白大理石的女像,雕出的乳头如此优雅,使人见到这爱情的果实无不垂涎。对于其他部位他也精心雕刻。使之鼓出、凹下,用凿子轻轻削薄,用锉刀着意磨光,曲尽其妙,让黄口雏儿见了也能立刻明白各部位的用途。贵妇们愿在雕像身上辨认自己的容貌体态,纷纷前来观看,对卡帕拉先生无不钦佩。卡帕拉斜眼偷觑她们,暗中发誓,有朝一日她们中有一位只消伸出手指给他吻,他便能得到其余一切。

某日,名媛贵妇之中有一位询问可爱的佛罗伦萨人,为什么他那么孤僻?难道朝中没有一位贵妇能够把他变得合群?然后十分亲切地邀请他今晚到她家里做客。

安琪罗先生随即浑身喷上香水,买了一袭天鹅绒面锦缎里子带穗饰的外套,向一位朋友借了宽袖哔叽斗篷,缀直缝的紧身短袄和丝绸扎腿短裤,兴冲冲前去赴约。他满腔希望,心里如有山羊乱跳乱蹦,一言以蔽之,他预先从头到脚充溢爱情,背上出的汗也饱含爱情。

看官须知,这夫人是美人胚子。卡帕拉先生本是审美的行家,因为他由于职业的训练,熟悉胳膊与肩膀如何接榫,身体的曲线如何卷舒,臀部隐秘的沟壑如何显示,以及其他各种秘密。这位夫人处处符合艺术的特殊标准，而且肌肤白皙，腰肢纤细。她的声音所到之处，便带来盎然生机，搅乱人心、头脑以及其他。总而言之，她具有天生尤物的看家本事，自己不动声色，便能引逗别人去想象那妙处的佳趣。

雕刻家见她坐在炉火边一张高背椅子上，夫人态浓意远与他闲谈，安琪罗除了"是"和"否"，嗓子眼里找不出别的法语单词，脑子里也搜不出任何念头。若不是看着美丽的女主人和听她讲话为他带来莫大幸福，羞愧之下，他难免一头向壁炉撞去，女主人宛如苍蝇在一束阳光中翩翩起舞。

虽然他这边但知默默赞赏，两人仍在盛开鲜花的爱情之路上款款而行，直到夜半。雕刻家辞别后感到福从天降，回家路上他心中暗忖，既然一位名门贵妇夜里把他留在裙边足足四个小时，稍长一点，她就能把他留到天明。从这项前提，也推出若干惬意的后果，决心向她要求您知道凡是女人都能做的那桩事情。假如他未能用自己的纺锤纺出一小时的极乐。他就把丈夫、妻子统统杀死，要不就去自杀。他确实坠入情网。相信生命在爱情游戏中不过是个小筹码，因为一夜销魂抵得上一千次转世为人。

佛罗伦萨人一边凿石头，一边神驰今晚的美事，手上雕的是鼻子，心里想的却是另一部位，故此出了不少差错，眼看心手不相应，他只得放弃工作。然后他往身上喷过香水，又前去品尝他迷恋的夫人的绵绵情话。不过这一次抱着把言语变为行动的希望。但等他面对自己的女王，女性的雍容华贵却如万丈光焰把他镇住。可怜的卡帕拉在街上宛如凶神恶煞，一见那牺牲品自己反倒变成绵羊了。

不过双方相互撩拨，情欲越烧越旺，到某一时刻他已把娇娘搂住，几乎全身紧贴上去了。他要求接吻，对方不依；算他运气好，硬是沾上香唇。各位须知，若是女人同意让您吻她，她也就保留了拒绝您吻她的权利；如果情人抢得一吻，那么他就可以再偷一千个吻，所以娘儿们都惯于让对方小施武力。佛罗伦萨人一偷再偷，眼看入港有望，忽然那娇娘整了整衣裳，喊道：

"我丈夫来了！"

老爷确实打完网球回家来了，雕刻家只得撤离。好事多磨，临别时

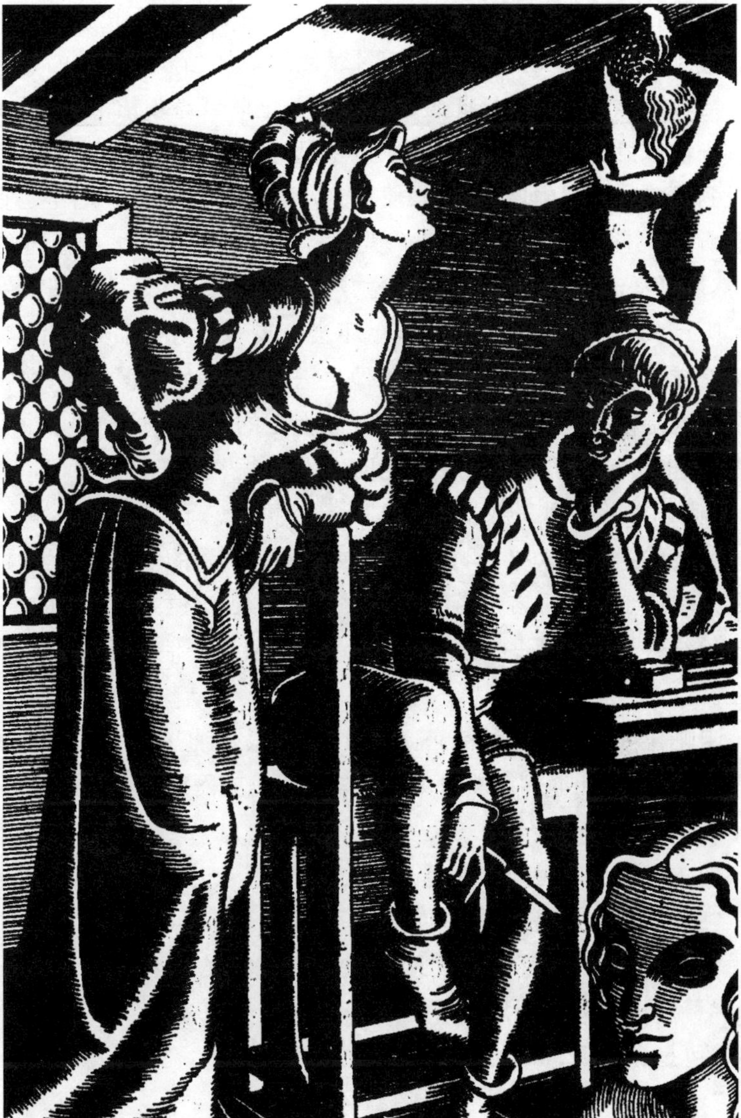

夫人以含情脉脉的目光相送。

整整一个月,这就是他得到的全部饲料、口粮、乐趣。每当他渐入佳境,夫人对他似拒若迎、半推半就时,当丈夫的不早不晚就会撞上门来。他到手的仅是女人们为刺激爱情、使之更加强烈而赐予的小恩小惠。雕刻家急不可耐。从此改变战术。一上阵就直攻裙下,以便在丈夫到来前取胜告捷,因为在外围厮杀拖延时间,无疑对丈夫有利,那娇娘见到雕刻家的眼中烧着欲火,便没完没了故意找碴儿。她先是假装别有所恋,引得他由爱生恨,连声咒骂;然后又给他一吻,平息他的怒火;然后她滔滔不绝地说话,不容对方插嘴。比如说,做她的情人就该乖乖听话,服从她的意志,否则她就不会把灵魂和身子都交给他;单是向情妇求欢算不了什么奉献,她比他更勇敢,因为她爱得更深,牺牲得更多。遇上他稍有过分的举动,她就以女王的威严娇叱一声"住手!"然后,当他责备她不解体谅时,她便及时佯装愠怒,说道:

"假如您做不到我要求于您的,我就不再爱您了。"

可怜的意大利人终于明白,他遇到的不是高贵的爱情,而是那种像守财奴心疼金币那样吝于带给对方欢乐的情人;这位夫人吊他的胃口,让他始终在外头徘徊,什么都答应给他,惟独不让他触及爱情的妙谛所在。

卡帕拉一直受到这种待遇,变得脾气暴烈,直想杀人解恨。他找了几个哥们儿,拜托他们在那当丈夫的与国王打完网球回家睡觉的路上,结结实实收拾他一顿。

他本人则于老时间前去会见夫人。

"我的朋友,您是否爱我胜过一切?"

"当然是的!"她答道,反正女人说话从来不必兑现。

"那好,"情郎说,"您就得完全属于我。"

"可是,"她说,"我丈夫就要回家了。"

"不就这点事?"

"是的。"

"我已关照几位朋友扣留他,直到我把烛台放到窗口才放他走人。日后如果他向国王告状,我的朋友们会说,他们以为遇上自己人才开这个玩笑。"

"啊哈！我的朋友，"她说，"您先让我看看，屋里人是否都躺下睡觉了。"

于是她站起身来，把烛台放到窗口。卡帕拉先生见此情景，随即吹灭蜡烛，拔出佩剑，站到这女人对面，现在他才知道她蔑视他，看穿她灵魂的奸诈。

"我不杀您，夫人，"他说，"可是我要在您脸上划几道口子，省得您以后再与可怜的年轻人调情，拿他们的生命当儿戏！您可耻地欺骗了我，称不上名门淑女。我要让您明白，对于真正的情人，一次亲吻便终生难忘，被吻的嘴唇抵得上世界其他一切。您使我的生命从此浸透毒汁，叫我永受煎熬。我要让您永远记住，是您把我害死的。打今天起，您每次照镜子都会同时看见我的面容。"

然后他举起胳膊，挥动佩剑，决计从这副还带有他的吻印的娇嫩脸颊上挖下一大块肉。

此时夫人说他无情无义。

"闭嘴，"他说，"您说过您爱我胜过一切，现在您又说别的了，每天晚上您把我送上天，越送越高，临了又把我扔进地狱。您以为凭您的裙子就能平息情人的怒火……休想！"

"安琪罗啊，我是属于你的！"这男子火从心头起，恶向胆边生，反倒使她真心爱慕。

可他倒退三步。

"你是锦绣衣服，蛇蝎心肠，你爱自己的面容胜过情人！……看剑！"

她花容惨变，谦卑地把脸迎上去。因为她明白自己过去弄虚作假，现在真心相爱也无人相信了。安琪罗刺她一剑，随即离开这屋子，逃出城去。

由于那几位佛罗伦萨同乡见到窗口的烛光，那当丈夫的倒是没有吃苦，他回到家中，发现妻子少了左半边脸颊，不过她忍住剧痛，就是不肯说出原委，因为她当真爱卡帕拉胜过生命和一切了。尽管如此，丈夫执意要知道她脸上的伤从何而来。除了佛罗伦萨人没有别人来过，他就在国王跟前告了一状。国王派人追捕这雕刻匠,命令把他绞死。卡帕拉在布洛瓦就擒。

执行绞刑的当天,一位贵妇人有心搭救这血性汉子,认为这一位才算得上好样的情人。她请求国王恩赦,国王乐从所请。可是卡帕拉声称他全心全意属于他痴恋的夫人,对她永志不忘。他进了修会,后来成为大学问家,晋升到红衣主教。他暮年常说,自己全靠回忆受苦日子中尝到的少许快乐才能活下来。当年他迷恋的贵妇对他既好又坏。有几位作者说,那位夫人的伤口愈合后,脸颊平复如初,安琪罗与她重叙旧情,越过了裙子的防线。不过我对此说不能置信,因为这位血性男儿对爱情的神圣欢乐期望甚高。

本故事不含什么有益的教训,除非它说明人生中有时聚头的本是冤家,因为故事里说的一切无不真实。假如作者在别的场合偶有虚构杜撰,那么这篇故事会赢得相偎相依的情人对他表示宽容。

余　韵

本书第二卷完成于霜重雪寒之季节,实际上它问世之时正值满目青翠之六月,因为作者供奉的可怜的缪斯女神生性淘气,其怪念头之多不亚于王后的风流艳史,不知何故,她愿自己的果实与百花争奇斗妍。

确实谁也不能自诩降服了这位仙女。正当作者神色庄重考虑一个严肃的想法之时,那嘻嘻哈哈的女郎便凑近他的耳朵灌进许多趣话,用鹅毛管撩拨他的嘴唇,然后在屋子里回旋舞蹈,闹个不亦乐乎。倘若作者抛下学问不做,对她说:"慢着,卿卿,我也来了!"匆匆忙忙起来与这疯丫头一起嬉戏,她却无影无踪了。

她回到自己窝里躲起来,在里头翻身打滚,哼哼唧唧。你且操起拨火棍、教士的法权、乡下人的拐棒、贵妇人的手杖,举起各种棍棒痛打这骚妮子,对她百般辱骂;她兀自哼哼唧唧。你剥掉她的衣服,她哼哼唧唧。你爱抚她,摩挲她,她哼哼唧唧。你吻她,对她说:"怎么样?我的心肝宝贝?"她哼哼唧唧。这会儿她浑身发冷,待会儿她眼看性命难保。永别了爱情,永别了欢笑,永别了好故事。

你为她服丧戴孝,为她痛哭流泪,以为她真的死了,呜咽悲泣好不伤心。

于是她抬起头,纵声大笑,展开她洁白的双翅又飞到不知何处。可你转眼又见她在空中盘旋,折跟头,显示她的妖魔尾巴、她的女性乳头、强壮的腰肢、天使的脸庞,挥洒了喷香的秀发,在阳光中打滚,不仅美丽炫目,而且如鸽子颈部的羽毛般变换颜色。她咯咯笑个不停,直到笑出眼泪,那泪珠掉在海水里,化成珍珠,被渔夫捞起来装饰王后的额头发际。她又如脱缰的马撒欢奔跑蹦跳,露出她从未经人跨骑的臀部和其他绝妙所在,连教皇见了也甘愿为之堕入地狱。

正当这桀骜不驯的神兽大闹天上人间之时,自有一些愚昧之徒和资产者询问可怜的诗人：

"您的坐骑在哪儿？您的十篇故事又在哪儿？您是言而无信的异教徒。是的，您本来就有这个名声！您整天寻欢作乐，吃了这顿盼下顿，什么活也不干。您的作品在哪儿？"

虽说我生性温和，我很想看到说这番浑话的人中有一位坐上土耳其尖桩①，然后叫他带着这副装备去捕猎兔子。

本书第二卷于此告终。但愿它借助魔鬼的犄角一顶之力，能在喜爱逗笑取乐的基督徒中大受欢迎。

---

① 一种酷刑，桩尖由肛门刺穿人体而致死。

第三卷

先　声

　　有人问作者,他编写故事的骠劲从何而来,好像他不一吐为快就过不了日子似的;又问他为何在逗点之间插进令夫人小姐们当众蹙眉的坏字眼;此外还说了其他种种没来由的话头。作者答曰,这些不恭不敬的话确实如石头横亘在他的路上,深深触动了他。他知道自己的职责所在,不会不在这篇开场白里向他的独家听众讲清道理。虽说这些道理前面已经讲过,可是我们总得不断开导儿童,直到他们长大成人,明白事理,闭口不言。有数不清的人存心不问这些故事的旨趣所在,作者知道其中不乏惹是生非之徒。列位首先须知,若说品行端庄的夫人小姐——我说品行端庄,因为淫妇荡娃与小户人家的女子从不读书——愿本书早日问世,先睹为快,反之一般妇人,即在夹袖里塞满宗教的女市民,必定对本书内容感到恶心,她们之所以虔诚捧读,无非是为了应付心中的恶魔,免得他捣乱作怪,这样她们自己就不至于出乖露丑,诸位收集绿头巾的先生,你们听明白了没有?与其让一个活人给你戴绿帽,不如让一本书里讲的故事代行此职。至于这位本事不济的好色之辈,你们倒要提防家里出乱子,且不说你们屋里那口子读了本书动了情,一味缠住你们那话儿不放。总而言之,这几卷故事为本乡这块肥地沃土又播下许多良种,使之永葆欢乐、荣誉和健康。我说快乐,因为这些故事会使你们乐不可支。我说荣誉,因为你们保全了自己的小窝,使它逃脱这位长生不老、在凯尔特语里名叫柯克瓦日的魔鬼的利爪。说健康,因为本书促使你们去行萨莱诺教堂①推荐之事,免得患上脑充血症。用油墨印成的书有的是,难道你们能在别的书里找到这么多好处?哈哈!哪里有能生孩子的书?你们尽管去找,绝对找不到。你们只会

---

①　萨莱诺是意大利南方城市,中世纪时该地的医学院极有名。

碰到一大堆能写书的孩子,可是这些书读来令人气闷。我把话扯远了。且言归正传。列位须知,若有几位生性端庄,自命不凡的淑女贵妇在公开场合对这些故事嗤之以鼻,另有为数可观的夫人小姐们非但不会怪罪作者,而且会承认她们很喜欢他,视他为堂堂的男子汉大丈夫,配得上进德廉美修道院做修士,并且会举出与天上星星的数目一样多的理由,劝他不要放下那支吹出这么多开心故事的魔笛,闲言碎语只当耳边风,走自己的路要紧。此话不错,因为高贵的法兰西好比一个不肯顺从你知道的那件事的女人,她又是叫喊,又是挣扎,说道:"不,不,绝对不行!嘿!先生,您想干什么?我可不能,您会毁了我的!"可是等到十篇故事读完,仔仔细细读完,她接着说:"喂!我的好老师,您还有别的故事吗?"所以,列位须知。作者是个好伙伴,他不在乎你们管她叫"光荣"、"风尚"或者"众怒"的那位太太的叫喊、哭泣和百般挣扎,因为他知道她其实深喜此事,盼着你用暴力逼她顺从。作者也知道,法国女人在战场上喊的是"上啊,快乐!"诸位请相信,这声喊叫颇合时宜,有几名写家篡改了它的含义,其实它的意思是说:快乐不在地面上,它在那里头,使劲干,否则就没戏了!这个意思,是拉伯雷告诉作者的。诸位不妨通读历史,法兰西只要被人快快乐乐骑上去,大胆勇敢骑上去,不顾一切骑上去,义无反顾骑上去,你几时见过她嘟嘟囔囔?她干什么都豁出性命,嗜好被骑着狂奔胜过喝酒。难道你这下还不明白,这些故事因其快乐,因其策马疾驰,自然是地道的法国作风,前后左右上下统统是法国派头。杂种们都靠边站,乐师请奏乐,伪君子们都闭嘴,各位风流好色的先生,请向前迈步!诸位后生小白脸,请把你们温柔的手搁在夫人小姐们的手上,抓挠她们的中心,我说的是手心!哈哈!上述理由岂非堂而皇之,得到逍遥学派的真传?否则作者就是对冠冕堂皇的言辞与亚里士多德的学说一窍不通。他有法国的国徽,国王的大纛旗和圣德尼主教大人做他的后援。被砍下脑袋的圣德尼主教大人说过:"上啊,我的快乐!"你们这些四足动物会说,此系讹传。其实此乃当时好多人亲耳所闻。不过当今世风日下,你们不再相信真正的有德高僧所言。

作者的话还没有说完。诸位,你们读这些故事时手眼并用,得用脑袋去感受它们,为了它们给你们带来沁人心脾的快乐而喜欢它们。各位须知,作者曾不幸丢失他的斧子,即他继承的遗产,丢了就找不回来,从此一无所有。于是他就学他亲爱的老师拉伯雷那本书的开场白里那位樵夫的做法,仰天大叫,以俾天上的大贵人,万物的主宰听闻,也好赏给他另一把斧子。却说这至尊至贵的天神当时忙于开会,就让墨丘利从云端扔给他一个双缸墨水池,那上头刻着三个字母的箴言:Ave。可怜在下既得不到别的资助,便翻来覆去摆弄这宝物,探索其奥妙。揣摩这几个神秘的字该作何解,猜测其底蕴。他首先看到,天主不愧为拥有全世界、不归任何人管的大贵人,确能礼贤下士。不过在下转而想到自己年轻时所作所为无一能博天主欢心,于是就对他的假客套产生怀疑,想来想去,这天赐的工具还是不实惠,不能成为生财之道。他仍把这墨水瓶颠来倒去,仔细端详,用心观察,装满它,倒空它,猛击几掌询问它,把它擦干净,竖着放,侧着放,翻了个个儿,倒过来读那几个字母,便成了 Eva。① Eva 又是什么?正是集普天下女子于一身的那个女人。所以,天主乃降谕作者:"想着女人吧,女人能治愈你的创伤,塞满你空空如也的背囊;女人便是你的财产,你只能有一个女人,帮她穿衣服、脱衣服,好生伺候她,糊弄她;女人便是一切,女人也有她自己的宝物,你大可从中掏摸,因为它取之不尽,用之不竭,女人喜欢爱情,你只消启用那宝物,便是与她谈情说爱,你得挠到她的痒处,快快乐乐为她描绘爱情的千百万套招数;女人生性慷慨,一个女人代表所有的女人。所有女人为了一个女人,自会付给画家报酬,而且提供做画笔的毫毛。那上头刻的字本来就是妙语双关:Ave 是'敬礼',Eva 是'女人'。或者换个次序:Eva 是'女人';Ave 是'敬礼'或'平安',看你怎么念。总而言之,成也是女人,败也是女人。于是乎我就用上那宝物了。女人最喜欢什么?女人要求什么?她喜欢、要求为爱情特有的一切,自有道理。自然界就是个生生不息的产妇,生儿育女也是效法自然之道。所以我得与女人,与 Eva 较量一番。"作者随即开始掏摸这宝物,那里头满是一种由上天凭其美德以画符念咒方式炮制的脑浆一般的东西,从一个墨水

---

① 音译"夏娃"。据《圣经》,夏娃与亚当是人类的始祖。

缸中冒出用褐色墨水书写的严肃思想；从另一个墨水缸里涌出活蹦乱跳的、用鲜丽的彩色墨水记满整个本子的念头。可怜作者不够谨慎，往往掺和了两种墨水。不过只要他为了写一部迎合当代趣味的著作，终于造出那些笨重、毛糙，有待刨平、磨光、上漆的句子之后，他就忍不住要轻松片刻，尽管左边墨水缸里的笑盈盈的墨水已所剩无几，还要把鹅毛笔急急忙忙蘸进去，自觉其乐无穷。这样写出来的文章，便是上面那些逗趣的故事，其权威不容置疑，既然作者已经老实承认，此乃上天所授。

可是总有居心不良之辈叫嚷他们不信此说，这也难怪，在世界这一小抔泥土上，哪有对万事无不满意之人？可是他们理应害臊！作者自信行事不逾规矩，对天主他老人家亦步亦趋，他三下五除二便能证明，诸位且听。普天下博学之士无不知晓，各界至高无上的主宰制造了无量数的笨重、累赘、威严的机器，带着大轮子、粗链条、可怕的扳机，再配上复杂的螺丝和大小砝码，旋转起来如烤肉铁叉，好不吓煞人也；可他老人家为散心解闷，也造了一些可爱的轻巧如风的小东西和有趣的玩意儿，还有别的天真烂漫、人见人笑的小发明，这可是千真万确的。所以，任何呈同心圆结构的作品——作者建造的恢宏大厦便是一例——都有必要遵循这位老爷子定下的法则，也制作一些秀丽的花卉，好玩的昆虫，乃至七弯八曲、相错相交、五光十色的游龙。能添点金色尤妙，虽说作者经常缺少黄金。然后把这些造物扔到积雪的高山、陡峭的岩壁、大理石的柱廊脚下，也就是说扔给那些又长又沉闷、整天绷着脸的哲学著作，那些用斑岩雕凿的思想。你们这些不知好歹的怪物一贯羞辱漂亮的滑稽缪斯，讨厌她性喜遨游四海，常有奇思妙想。说话故意颠三倒四，时不时奏出华丽辉煌的音乐，这一下你们总该啃掉爪尖，免得抓破她雪白的皮肤和天蓝色的血管，抓伤她情意脉脉的细腰，她优雅无比的两胁，她乖乖搁在床上的纤足，她滑如锦缎的脸庞，她含光生辉的形体和她不沾苦汁的好心肠。你这些木头脑瓜，当你们看到这位好姑娘来自法兰西的心脏，完全符合女人的天性，曾蒙大施主墨丘利代表众天使们欢呼 Ave，看到她便是艺术的精华与神髓，你们还有什么可说的？这部作品兼容并蓄必然性、德行、怪念头、女人的愿望，虎背熊腰的庞大固埃主义者的愿望,应有尽有。你们还是闭嘴吧,倒不如祝贺本书作者,让他用双缸墨水池向快乐的知识献上一百篇光荣的趣话。

所以,杂种们都靠边站,乐师请奏乐,伪君子们都闭嘴,愚人笨伯都滚开,各位风流好色的先生,请向前迈步!诸位后生小白脸,请把你们温柔的手递给夫人小姐,轻轻抓摸她们的中心,对她们说:"读篇故事开开心吧!"

待她们读完,你们赶紧说上几句风趣的话,逗得她们咯咯笑,美人一笑,樱唇微启,就不推三阻四抗拒爱情了。

一八三四年二月写于日内瓦活水泉宝弓旅店

坚贞的情侣

吾主诞生后第十三个世纪的头几年,巴黎城里由于一名图尔人而引出一段艳闻。这座大城的居民与国王的朝廷对这故事赞叹不已。至于教会,诸位从下文便可得知教会在其中起的作用,而且此故事本出自教会的记载。

老百姓管此人叫图尔人,因为他出生在我们快乐的都兰省,其实他本叫昂棱。这位好人暮年返回故乡居住,据修道院及图尔城编年史的记载,他曾出任圣马丁镇的镇长,不过在巴黎他开过一家金店,这也是高贵的行当。却说他早年勤奋、诚实,终于成为巴黎市民,直属国王管辖,花钱买到国王的保护本是当时的习俗。他挑了一块不归教会收取年贡的地皮,在圣德尼街上圣洛教堂附近盖了一所房子,安置他的作坊,凡愿购买精工打制的金银首饰者无不慕名而来。虽说他身为图尔人有使不完的精力,而且巴黎城里遍布诱惑,他一直守身如玉,过了青春年华还从未涉足窑子妓馆。上帝为帮助我们建立对其奥妙无穷的神圣宗教的信仰,才赋予我们相信世间事物的能力,可是列位一定会说,图尔人这般作为,实难置信,故此有必要详细解释这金匠洁身自好的秘密原因。首先,列位须知,他来巴黎时身无分文,据他的老伙伴们说,穷得叮当响,与约伯一样。其次,我们都兰省人以霹雳火、急性子居多,他却相反,性格如金属,锲而不舍,又如僧侣报仇,不达目的誓不罢休。他做帮工时勤勤恳恳,当上师傅仍旧勤勤恳恳,总在揣摩新技术,探索新诀窍,搞各种各样的发明创造。深夜返家的路人,守望巡逻的兵丁乃至泼皮无赖,都见到金匠窗口的灯长明不灭,听到他与徒弟一起敲敲打打,连剪带铰,雕啊凿啊,锉啊磨啊,忙个不亦乐乎,那所房子门户紧闭,屋里人可都没闲着。贫穷促使他勤奋,勤奋使他明智,明智为他赢来财富。但知以挥金如土,喝酒撒尿为务的该隐的子孙,你们可要学他的样才是正道！一个单身汉难免受到魔鬼的诱惑，坐立不安，想入非非。图尔的金匠每逢此时，便去敲打金条银块，把邪念岔开，挖空心思去制作，雕琢细巧玲珑的花式和图案，借以平息他的维纳斯女神的怒火。此外，这位图尔人生性质朴淳厚，首先敬畏天主，其次惧怕强盗和领主老爷，最怕是天下大乱。他有两只手，却从来只做一件事情。他讲话细声细气，如出嫁前夕的新娘。虽然教士、军人与其他人都不认为他博学，他跟着母亲学会拉丁文，讲得不错，开口就来。来到巴黎之后，他又学会挺胸走路，不管别人的闲事，量入为出，不许任何人揩他的油，细心照管自己的财产，不相信表面上的花花绿绿，不说自己正在做的事情，言必有信，不抛弃任何有用的东西，有比一般苍蝇要好得多的记性，有心事闷在自己肚里，有钱藏在自己的褡裢里，不到街上看热闹，出售金银首饰从不索要高价。他既遵循上述原则生活，大智若愚，自然日子过得富足称心，也不伤害任何人。许多人了解他的底细，见到他便说："上天作证，我但愿自己就是那个金匠，真要能变成他，罚我整整一百年陷在巴黎高过膝盖的狗屎马粪堆里，我也乐意。"其实这不啻奢望当法国国王，因为这金匠膂力过人，一双胳膊上青筋突起，汗毛浓重，若是攥紧了拳头，最有蛮劲的帮工师傅用钳子也休想叫他松手。这也难怪，须知他攥得那么紧的是属于他自己的东西。他一口钢牙嚼铁如泥，胃里能熔铁成水，肠子能消化铁汁，肛门的括约肌能排出铁渣而不至于撕裂。此外他肩宽腰圆足以像那位异教大神一样支撑世界。这本是异教大神的差使，从耶稣基督降临后才被豁免。他确是那种一锤子定型的人，因而也是最优秀的人，因为需要修修补补、多次返工才造出来的人，根本一钱不值，总而言之，昂梭师傅是伟男子大丈夫，相貌如雄狮，万一他作坊里的炉子火力不足，用他眉毛底下射出的炯炯目光也能熔化黄金，不过造物者平衡协调一切，赋予他清澈如水的眼珠以便杀减这股热力，否则他就要烫得皮焦肉烂了。如此人物，难道不算一条好汉？

那金匠的美德既已举例说明如上，仍有人执意打听，为何他如蛤蜊闭壳一般保住其童身，不去使用这在世界各地皆得发挥的天赋才能。可是这些顽固的批评家懂不懂什么叫爱？嚯嚯！他们一窍不通！谁堕入情网，就得走来走去，窃听、窥伺、闭口不言、张嘴说话、蹲下来、抻长身子,缩小身子,缩成小不点儿,就得频频点头同意,经常凑趣助兴,脸色煞白,寻找魔鬼藏在何处,在选种板上清点灰豆子的数目,在雪下觅得鲜花,对着月亮念天主经,抚爱女友家里的狗和猫,向她家的友人致敬,对姑妈的风湿痛或重伤风深表同情,觑准时机对她说:"您气色好极了,准能活过全人类,为我们大家写墓志铭。"你还得讨她家所有亲戚的喜欢,踩不着任何人的脚,不打碎玻璃杯,给知了钉铁掌,洗刷铺地砖,有话没话找话说,为她端正镜子,赞美她衣服上的小装饰品,喊道:"这样就好。"或者说:"夫人,您这样打扮实在动人。"还得注意每天变花样,不能老一套。然后你得戴上皱领,穿着上浆的衣服如贵人老爷,谈笑风生但恰到好处,赔着笑脸接受魔鬼让你尝的一切苦头,忍气吞声,绝不发作,既勾住天主的手指,又攀住魔鬼的尾巴,给她的母亲、表姐和贴身女仆送礼,总而言之你得笑口常开,否则那婆娘就会从你手中溜走,把你晾在一边,临走时甚至违背基督徒之道,不向你说明任何理由。更有甚者,即使天主在他心情好的时候创造了人间最讲仁义的女人,谁若对这个女人钟情,也得讲话滴水不漏,蹦高跳远如跳蚤,旋转如骰子,善于演奏乐器如大卫王,能耍地狱里的万种技艺,还要为上述女人建造科林斯式的魔鬼柱廊。万一你对于那桩最讨夫人小姐喜欢,而她们自己往往不知道、又为一般人讳莫如深的特别事情稍有懈怠,那婆娘就会躲得你远远的,就像你得了大麻风。再说她这样做也在理,谁也不能编排她的不是。遇上这种事情,颇有人愁眉不展,或者肝火太旺,乃至没着没落、六神无主,一般人殊难想象。甚至有人为了裙钗一去不复返而寻了短见。这正是人与禽兽不同之处,因为没有任何动物会因失恋而变痴发呆,这也证明禽兽没有灵魂。所以,多情郎这个行当兼任耍杂技的、当兵吃粮的、卖假药的、演滑稽的,他是王子也是傻子,是游民,僧侣,上当受骗者,屁股上长钉子者,吹牛者,撒谎者,告密者,脑袋空空者,捕风捉影者,吹毛求疵者,小题大做者,逗人发笑者,耶稣基督不干这一行。明智之士见贤心随,也不屑此道。一个血性男儿只要干上这一行当,就得耗费时间,赔上性命、鲜血、甜言蜜语,交出他的心灵和头脑。世上女子最馋男子的心灵和头脑,因为她们一闲下来就嚼舌头,彼此说道,假如她们没有得到一个男人的一切,那就等于什么也没得到。还有那些刁蛮婆娘，你为她们干了一百下，她们依旧柳眉倒竖，莺叱燕嗔，为的是让你再添上第一百零一下。总之，她们个个都是暴君和征服者，永远不知满足。巴黎城内此风尤烈，女人诛求无厌，因为她们受洗的水里溶化的盐分多于世上任何地方，所以生下来就狡狯无比。

却说那金匠既不能为爱情加温，磨光擦亮自己的非非之想，复不能打扮得花里胡哨招摇过市，寻找尺码相当的模子，他便终日埋头工作，打磨黄金，加热白银，巴黎城内不会有烤熟的孔雀从天上纷纷掉落街头，也不会有姑娘主动睡到单身汉的床上去，哪怕这单身汉是富埒王侯的金匠。既然如此，这位图尔人便如上述，落得一个童子之身。然而这位巴黎市民既然出售金银首饰，就免不了与女主顾讨价还价。而他的女主顾，不论是贵妇还是市民太太，都有天生诱人之处，而且不思掩盖，存心袒露。她们对他娇声细语，使他软下心来，以图在价钱上得点便宜。好图尔人听着这些话便往往把握不住自己，开始如诗人一样出神遐思，比无巢可栖的布谷鸟更顾影自怜。他自言自语："我也该娶妻成家了，她能为我打扫房间，整治热饭热菜，铺床叠被，缝缝补补，从这间屋子到那间屋子快快活活唱歌，对我使性子撒娇，逼着我满足她的要求，为得到一件首饰，对我像所有女人对自己丈夫那样说道：嘿嘿，心肝，你瞧一眼这个，这有多可爱！让这条街上每个人都思慕我的妻子，眼红我的艳福。我们结婚，举行婚礼，她成了金匠铺的内掌柜，穿戴绸缎呢绒，我给她挂一条金项链，从头到脚疼她爱她，由她全权管理家政，除了我的积蓄不让她过问。我让她住进楼上的大房间，安上玻璃窗，铺上席子，挂上壁毯，配上一口华丽的衣柜，一张加宽的大床，镟出螺纹的柱子上挂着柠檬黄色的床帏。我再为她买许多漂亮的镜子，与她生下一打孩子；我一回家，就与孩子们亲个没够……"想到这里，老婆孩子统统烟消云散，他使劲锤打手中的金银材料，把刚才的幻想变成构思奇特的图案，把自己对爱情的思念转化成形状有趣，深得主顾欢心的首饰。主顾们哪知道这位好人制作的金银首饰里有多少他失去的妻儿老小，更不知道他的技艺越是精湛，心里越是难过。假如不是天主怜悯他，他会不解何为爱情就离开这个世界，不过在另一个世界里他会得到不转化为血肉之躯，因而不受玷污的爱情。那是大名鼎鼎的柏拉图先生的说法,可惜因为他不是基督徒,至今仍不得天堂之门而入。哎呀!我的话越扯越远,越扯越淡。是一辈心术不正之辈逼着讲故事的人添上这些无聊的话头,好像人们非把婴儿裹在襁褓里不可,其实婴儿本应赤身奔跑。该请大魔头用烧红的三股叉着实捅这帮家伙的肛门才好。在下这就言归正传。

下面便是这位金匠四十一岁上遇到的事情。某一休息日,他沿着塞纳河左岸散步,边走边想自己的终身大事,不觉来到日后叫做教士草地的场所。那块地皮当时属于圣日耳曼修道院,其产权还不归大学所有。那图尔人继续信步闲走,便置身田野之中,遇到一个贫苦女子。贫女见他穿得体面,便向他施一礼,说道:"天主拯救您,老爷!"她的声音如此悦耳,既诚恳又温柔,金匠听得入迷,何况他又一门心思想着娶妻成家,自然而然就对这姑娘动了情。不过他已经走过去了,由于生性羞怯,如女儿家宁肯憋死也不好意思解开裙子去寻那乐子,也就不敢回头多看几眼。等他走出一箭之地,转念一想自己当上金匠师傅已有十年,业已取得市民资格,年纪一大把,相当于两条狗的寿命,既然心生此念,完全可以正视一个女人,而且在想象中那姑娘更显千娇百媚,他非要看个仔细不可。他随即转过身子,像是要改变散步路线,于是便看清这姑娘手执一条旧绳子牵着一头母牛,那畜生自顾啃嚼长在道沟边上的青草。

"啊!好姑娘,"他说,"您必定家境贫寒,在天主规定的休息日也得出来干活。您违反禁令,难道不怕蹲大狱?"

"老爷,"那姑娘垂下眼皮答道,"我用不着害怕,因为我是修道院的人,院长大人特许我们晚祷后把牛牵出来吃草。"

"莫非您爱那母牛胜过自己的灵魂得救?"

"您言重了,老爷。不过我们是苦命人,我们的牲口差不多抵得上我们半条命。"

"姑娘,我知道您身上的财宝超过您脚下踩过的修道院领地的全部财富,可您又是那么穷,破衣烂衫,穿得像随便捆上的柴禾,星期天还得赤脚在田野里行走,我实在感到奇怪。城里的先生们少不了向您讨好献殷勤吧。"

"没的事,老爷,我属于修道院。"说着她举起左臂,让金匠看到那上头套着一个铁圈,跟田野里放牧的牲口戴的一模一样,惟一的差别是不带铃铛,然后她向这位巴黎市民投去不胜幽怨的目光,使他也变得黯然神伤,因为只要心里的感情强烈,便能通过眼睛感染别人。

"咦!这是什么东西?"金匠接着问。他想知道一切,便用手去摸那铁圈。铁圈上明显刻着修道院的徽记,他故意视而不见。

"老爷,我是家生奴的女儿。就是说,谁娶我为妻,即便他是巴黎市民,从此就变成农奴身份,人身和财产统统属于修道院。假如他不娶我为妻而是以别的方式爱我,他的子女也归修道院所有。因此谁也不理睬我,我就像一头可怜的牲口被人抛弃在田间。不过,虽说我很不乐意,院长大人说过,到了合适时机他会把我许配给一个家生奴。那时候我兴许不像现在这样难看,因为只要见到我的铁圈,最多情的男子也躲避我像躲避瘟疫。"她边说边用绳子拽那母牛,让它跟上他们的脚步。

"您多大了?"金匠问。

"我不知道,老爷,不过我们的主人修道院院长那里有记录的。"

好金匠曾经历尽艰辛,所以姑娘的巨大不幸深深触动了他。他放慢自己的脚步以便与姑娘合拍,两人沉默不语,但意味深长,并肩走向河边。市民盯着姑娘俏丽的前额、红润的圆滚滚的胳膊、女王一般的腰肢、灰扑扑但如圣处女马利亚一般端正的纤足以及她秀美的脸庞。这姑娘活脱就是巴黎城与在田野里劳作的少女们的主保圣徒,圣女热内维埃芙。列位须知,金匠虽然从头到脚确系童子之身。他也隐约猜到这俏妮子一对白嫩的乳房该是何等样的美味佳肴。女孩子家知道羞耻,用一块旧布把那部位遮盖得严严实实,无奈他对之垂涎三尺,如学童在大热天垂涎熟透的红苹果。造化不过略施手段,便造出一个袅袅婷婷、遍体风流的小娘子,她与僧侣们拥有的其他东西一样,可谓尽善尽美。越是不许这市民采摘禁果,他就越发嘴馋,急不可耐,心脏快要跳到喉咙口了。

"您那头母牛很漂亮。"他说。

"您要不要喝点奶?"她问,"五月刚开了个头,天气就那么热。您离城已经很远了。"

碧空无片云,如烧红的炉子洒下热流。周围一切:树叶、空气、少男、少女莫不洋溢着青春活力,一切皆灼热、青翠、芬芳馥郁。姑娘这一建议出自纯朴的天性,毫无图报之心,因为若说报答,就是用一枚拜占庭金币也买不到这句话饱含的美意。然后这可怜的少女便转过脸去,这动作惟其谦卑更令金匠倾心。他恨不能让这女奴登上女王的宝座,让整个巴黎都跪在她脚下。

"不,我的朋友,我渴望的不是牛奶,而是您本人,我想获准为您赎身。"

"这不可能,我至死都是修道院的人。我们祖祖辈辈,父传子母传女,都给修道院干活,和我可怜的祖先们一样,我也要在这片土地上打发一生,我的子女们又会跟我一样,因为院长大人绝不会让我们绝后的。"

"什么!"图尔人说,"难道没有一个相好的愿意出钱赎回您的自由,就像我从国王那里买得自由一样?"

"可那代价太高了!所以虽然有人开头很喜欢我,后来又若无其事地走开了。"

"您从未想过跟着情郎,骑着快马,逃到另一个国家去?"

"想是想的,可是,老爷,假如我被抓住,至少也要处绞刑。至于我那相好的,即便他是领主,也要失去领地以及其他一切。我不值得人家做出那么大的牺牲。再说修道院的势力那么大,我跑得再快也逃不出它的掌心。既然这是天主的安排,我只有绝对服从。"

"您父亲是做什么的?"

"他为修道院的花园修剪葡萄。"

"您母亲呢!"

"她管洗衣服。"

"您姓什么?"

"我没有姓,亲爱的老爷。我父亲受洗时取的名字叫埃吉纳,我母亲就叫埃吉纳家的,我叫吉纳特,这厢为您效劳了。"

"我的朋友,"金匠说,"我从没有像喜欢您那样喜欢过一个女人,而且我相信您心里装满宝贵的财富,正当我动了娶妻成家的念头,您就出现在我的眼前,我以为这是上天给我的指点。假如您不嫌弃,我请求您接受我做您的朋友。"

姑娘重又垂下眼帘。金匠这番话说得严肃诚恳,深深打动了吉纳特,竟使她一阵心酸,抽抽噎噎哭起来。

"不,老爷,"她答道,"我会带给您许多麻烦,酿成您的不幸。跟一个可怜的家生女奴交谈,就到此为止吧。"

"不成!"昂梭说道,"我的孩子,您不知道您遇上了什么人。"图尔人先是画个十字,然后双掌合十,接着说,"我谨对金匠行业的主保圣徒圣埃洛阿发愿如下:我欲为此刻在我身边的家生女奴吉纳特赎身,特此请求他老人家鼎力相助。此事若能成功,我必在教规许可的范围内用最精致的工艺制作两个银质镀金神龛,一个用来供奉圣母像,以答谢她帮助我的爱妻获得自由,另一个献给圣埃洛阿,我以我的灵魂永生起誓,我将百折不挠进行此事,为此我愿倾家荡产,至死无悔。——天主听到我起誓了。"他转过身来对那姑娘说,"你,小宝贝,也听到了。"

"哎哟,老爷,您没看见?我的母牛在撒腿乱跑呢!"她跪倒在真心爱她的男子的脚下,边哭边说,"我永生永世爱您,可是您会不会收回您许下的大愿?"

"先去把母牛找回来吧。"金匠扶她起来,还不敢就势吻她,虽说姑娘但愿如此。

"是的,"她说,"否则我要挨打了。"

这该死的母牛不知成全他们的爱情,金匠连跳带跑,转眼就追上它,抓住它的犄角。这图尔人的双腕有力如铁钳,差一点没把那畜生如一根稻草扔到空中摔它个半死。

"再见了,我的朋友。假如您进城,请来找我,我家挨着圣洛教堂。我是昂梭师傅,我们的主人法国国王陛下的金匠,门口有圣埃洛阿像为记,您得答应我下星期天还在这里等我,务必要来,哪怕天上掉刀子。"

"好的,我的好老爷,为了与您再见,我可以跳过篱笆。为了表示感谢,我愿好生伺候您。绝不给您惹是生非,若有二心,罚我下半辈子倒霉。等待下次见面的工夫,我要为您频频祈祷天主。"

那市民遂缓步离她而去,不时转过头来看她一眼,而她如一尊石像站在原地，纹丝不动，目送他远去。他的身影消失以后，她依旧待在那里出神，直到夜幕降临，怀疑自己刚才是否做了一场梦。她很晚才回家。因为迟归挨了一顿打，可是她一点不觉得痛。至于那位好市民，他已刻骨铭心爱上这个姑娘，为之不思饮食，无时无刻不想着她，到处看到她的倩影，一切都唤起关于她的联想，根本没有心思干活。第二天他就直奔修道院去找院长商量，心里可是十分害怕。走到半路，他想到为慎重起见，不如请国王的一名近臣为他保驾，于是便改道向王宫走去，因为那时候王室带着满朝文武住在城里。由于大家敬重他为人一贯正直，乐意助人，打造的首饰玲珑可爱，御前侍卫大臣满口答应帮忙。他曾煞费工夫为他制作一个镶嵌宝石的黄金糖果盒，其花式造型独一无二，大获他崇拜的那位贵妇的欢心。侍卫大臣当下命令备马，也为金匠要来一匹小走马，带着他前往修道院求见院长，高龄九十三岁的于贡·德·塞奈克泰尔大人。他们被领进大厅。金匠因吉凶未卜，心里七上八下，侍卫大臣请院长预先答应一件他不难办到、而对请求者却甚为有益的事情。院长大人摇头答道，教规禁止他不知底细便许诺。

"事情是这样的，"侍卫大臣说，"国王的金匠深深爱上修道院的一名家生女奴。我恳求您给这名姑娘自由，您为此提出的任何要求我都保证予以满足。"

"这姑娘是谁？"院长问市民。

"她名叫吉纳特。"金匠不好意思地说。

"嚯嚯！"老于贡笑道，"果不其然，香饵诱来大鱼。不过事关重大，我不能自作主张。"

"神甫，我知道您这句话的分量。"侍卫大臣紧皱双眉说道。

"这个自然，"院长说，"您知道这姑娘的身价吗？"

院长派人把吉纳特找来，同时关照手下人给她穿一身讲究衣服，打扮得越漂亮越好。

"您的爱情看来凶多吉少。"侍卫大臣把金匠拉到一边，对他说，"您不如放弃这个幻想。您不论在哪里，甚至在朝廷里，也能找到年轻漂亮的淑女心甘情愿嫁给您。假如有必要，王上会帮您获得一块领地，时间长了，您家也就成了名门望族。您已积下那么多埃居，完全可以开创一个高贵的门第。"

"我不能,大人,"昂梭说,"我已经发过愿。"

"那您就得为这姑娘赎身。我了解当僧侣的:跟他们打交道,没有用钱办不成的。"

"大人,"金匠回到院长跟前,对他说,"您在尘世体现天主的善心。天主对我们凡人宽恕为怀,他大慈大悲,原谅我们的过失。假如您愿意帮助我合法地娶这个姑娘为妻,免除婚生子女的农奴身份,我在有生之年,每天晨昏必定为您祈祷。永世不忘是您的仁爱之心使我得到幸福。此外,我还要为您精工细做一个圣体盒,在那上面镶嵌黄金和宝石。雕刻长翅膀的天使的形象。这盒子的造型在基督教世界独一无二。放在主祭台上宝光四射,人见人悦,城里的居民,外国的贵人,所有的人闻讯都会赶来瞻仰。"

"我的孩子,"院长答道,"您昏了头。假如您决心要娶这姑娘做合法的妻子,您的财产和您本人都将归本修道院教务会所有。"

"是的,大人,我是迷上这可怜的姑娘了。可是更加打动我的不是她完美的模样,而是她的不幸和她那颗基督徒的心。"他含着眼泪说下去,"不过您的严厉更使我惊讶,恕我直言不讳,虽然我知道自己的命运掌握在您的手里。是的,大人,我了解修道院的规定。话说回来,假如我的财产都归修道院所有,假如我变成家生奴,失去我的住房和我的市民身份,我还能保留自己刻苦钻研而得的技巧,它就在那里,"说着他敲打自己的额头,"在那个场所惟我独尊,除了天主别人谁也管不着。从那里涌现的发明创造,贵修道院用全部财产也买不起。您可以拥有我的人身,我妻子和我的子女,但是您永远得不到我的技能,就是严刑拷打也得不到,因为我比铁还坚强,我的耐力能忍受任何痛苦。"

院长听着不动声色,似乎决心要把他积攒的金币都收归修道院所有。金匠气得攥紧拳头,朝一把橡木椅子猛击过去,那椅子如挨了一下狼牙棒,当下四分五裂,还掉下许多木渣木屑。

"您瞧,大人,这就是您将得到的仆人。您把创造神奇物品的良工巧匠,变成一头拉车的马。"

"我的孩子,"院长答道,"您不该砸烂我的椅子,更不该轻率地判断我的灵魂。这姑娘属于修道院。不属于我,我不过是这家光荣的修道院的权利和成规的忠实的仆人。即便我可以赐给从这女人腹中出来的孩子以自由,我也得征求天主与修道院的同意才行。自从这里有祭台,有家生奴和僧侣以来,也就是说从远古时代起,从未有市民因与家生女奴结婚而成为修道院财产的先例。要紧的是行使权利,以便权利得到维持,不要损害,不失时效,否则就会引起许多乱子。对于国家和修道院来说,这一条比您的金盒子要宝贵得多,不管您的盒子有多华贵。何况我们的钱财足以购买奇珍异宝,而世上没有一宗财宝能开创习俗,确立规矩。御前侍卫大臣可以为我的话作证:他知道国王陛下为使自己令出必行,每天要费多少心机。"

"这一来我就没法开口了。"侍卫大臣说。

金匠本非能言善辩之士,只得自顾想心事。然后吉纳特被带进屋里,她收拾得山清水秀,干净如主妇刚擦洗完毕的锡盘子,秀发高高盘在头顶,系湖蓝色腰带的白色呢袍下露出白袜子和细巧的鞋子。总而言之,她美如王后,气度不凡。金匠似中了定身法,魂飞天外,连侍卫大臣也承认平生从未见过如此绝色。他觉得此尤物不宜让金匠久看,否则要出危险,立即把他拉走,陪他回城,一路上劝他千万慎重。因为这香饵专门引诱巴黎河湾里的大鱼小鱼、市民和贵族上钩,修道院院长岂能轻易放弃。教务会果然告知那多情市民,他若娶这姑娘为妻,就得下决心把财产与住房交给修道院,承认他自己以及婚生子女皆为家生奴,不过修道院院长法外施恩,允许他继续住在自己的房子里,但须开列一家具清单,每年交付房租,并在属于修道院的一所小屋内居住一周,以表明自己的农奴身份。金匠曾听大家说,僧侣的执拗是有名的,他看到院长毫无通融余地,绝望得几乎要发疯,一会儿他想在修道院四处点火;一会儿又想把院长引到一个偏僻场所,狠狠收拾他一顿,逼他立个字据豁免吉纳特的奴籍;还有其他许多空想,统统无济于事。悲伤之余,他决定劫走姑娘,逃到一个可靠的、为修道院鞭长莫及的地方去,并且着手准备。他想只要自己出了国境,他的朋友们或者国王本人就跟僧侣们好说话了。可他没料到修道院院长早有防范,他如约来到那块草地,没有见到吉纳特,却听人说姑娘已被关在修道院内,严加看守,除非发兵围攻修道院,否则休想得到她。昂梭师傅不由怨天怨地,号啕大哭。全城男女莫不谈论此事,风声最后传到国王耳里。国王即把修道院院长叫到宫中,问他为何不以基督徒的仁慈为怀,反而用铁石心肠面对金匠的一片至诚。

"陛下容禀,"神甫答道,"因为各种权利彼此维系如甲胄上的每一块钢片,只消缺少其中一块,整副甲胄也就散了架子。假如这姑娘被从我们身边夺走,假如规章得不到遵守,您的臣民很快就会起而效之,摘去您的王冠,各地都会造反作乱,要求取消不得人心的人头税和过境税。"

国王于是闭口。这桩事情结局如何,成为大家的悬念。好奇心被煽动起来之后,朝中有人借此打赌。几位贵人肯定图尔人必将放弃这无望的爱情,贵妇们则持相反意见。金匠泪流满面向王后诉苦,说道僧侣们不让他见到心上人。王后觉得此举委实可恶,存心折磨人。她把修道院院长传来。经她说情,金匠可以每三天前往修道院的会客室会见吉纳特,但须有一老修士在一旁监视。吉纳特每次出来见客都穿着华丽如贵夫人。这对情人可以相看交谈,却无缘亲热,他们的爱情有增无减。

吉纳特在一次见面时对她的爱友说:"我亲爱的老爷,我前思后想,决定献出我的生命以解除您的痛苦。您听我道来。我多方询问,终于找到一个法子,可以既让您享受到您期待于我的一切幸福,又让修道院无从行使其权力,宗教裁判官对我说过,您并非生来就是家生奴,若您因某种原因沦为农奴,一旦这原因不存在,您的农奴身份就自行告终。所以,如果您爱我胜过一切,您尽可放弃您的财产,娶我为妻,谋求我们的幸福。等您把我的身子享用够了,在我还没来得及生育之前,我先结果自己的性命,这样您就重为自由之人。至少您可以打官司,而我听说国王陛下对您宠爱有加。无论如何,天主必定原谅我轻生是为了使夫君重获自由。"

"我亲爱的吉纳特,"金匠喊道,"我的主意已定,我去当家生奴,你我相依为命,你带给我终生幸福。有你做伴,套上最粗的铁链我也不觉得重,分文不名我也不在乎,因为我的全部财富都在你心里,你的娇躯就是我惟一的快乐。我信赖圣埃洛阿先生,他必能垂怜我们的不幸,为我们免灾消难。我这就去找一位书生为我立下文书和契约。我的生命之花啊,至少你可以穿得漂亮住得好,终生受到女王一般的侍奉,因为院长大人毕竟允许我们享用婚后取得的共同财产。"

吉纳特又哭又笑,拒不接受自己的幸福。为了不使一个人沦为农奴,她甘愿自己去死。好心的昂梭对她好言相劝,甚至恫吓她说,她若轻生,他必相随于地下。她终于同意结婚。因为她心想,尝到爱情的甜蜜以后再死也不迟。于是全城皆知图尔人为了心爱的人同意放弃财产和自由,都想见见这个人,朝中贵妇纷纷前来跟他说上几句话。为此特地插戴了满头首饰,一派珠光宝气。他以前与女人无缘,现有女客盈门,足资补偿,若说有的女客凭其姿色可与吉纳特一比高低,可谁也比不上她的心地。长话短说,昂梭赶在娶亲与沦为农奴的日子来到之前,把自己的黄金统统熔化,制成一顶王冠,镶上他拥有的全部珍珠与钻石,然后悄悄把它交给王后,对她说:"夫人,我的全部家当尽在于此,不知托谁保管才好。明天我家里的一切都归这帮该死的僧侣所有了,他们对我毫无怜悯之心。全亏您,我才得到与心上人见面的快乐,而她的目光一瞥赛过世上任何财富。所以我请您收下此物。略表我对您的感谢。我不知道自己以后会遇到什么事情。不过,若有一天我的子女获得自由,我信赖您作为女人和王后的慷慨仗义。"

"说得好,我的好百姓,"王后说,"修道院总有一天求助于我,到时候我不会忘记你的事。"

吉纳特举行婚礼那天,修道院里人山人海,王后送给新娘一套结婚礼服。国王特准她每天佩带金耳环。昂梭已沦为农奴,一对新人从修道院前往昂梭邻近圣洛教堂的住所时,沿途居民都在窗口燃起火炬观看他们经过,大街两侧也筑起人墙,其盛况如欢迎国王入城。可怜的新郎打了一个银圈套在左胳膊上,表示他从此隶属圣日耳曼修道院。可是,尽管他身为农奴,人群一个劲儿冲他喊:"圣诞!圣诞!"犹如欢呼新王登基。好金匠频频施礼,他幸福如情人得其所爱,尤其高兴大家对吉纳特的优雅风度和谦卑神态赞不绝口。图尔人抵达家门,发现门上挂着用翠绿的树枝和矢车菊编织的王冠,本区的头面人物都守在那里,为表隆重,还带来一个乐队。当下乐队奏乐,众人齐呼:"哪怕修道院管着您,您永远是上等人!"这一对新人颠鸾倒凤,不在话下。市民冲他女友的盾形纹章发起猛攻,后者既为乡野处女,着力招架抵挡。他们这样过了一个月,恩爱如一对在初春共筑新巢的鸽子。吉纳特甚为满意她漂亮的住所,更乐意接待川流不息、特为一睹她的秀色而来的顾客。蜜月过后有一天,他们的主人,修道院的于贡老院长摆开全副仪仗光临他们的寓所。这房子已不属于金匠,而是修道院教务会的产业。他对新婚夫妇说:"孩子们,你们是自由的,不欠什么,也不必交纳任何东西。我该告诉你们,你们心心相印,一开始就使我深受感动。所以,修道院的权利申明在先,我就私下决定考验你们是否对天主矢忠不渝,然后带给你们完满的喜悦。你们服从天主,其实用不着付出任何代价。"说完,他在夫妻俩的脸颊上轻击一掌,当下他俩就跪在老人脚下,高兴得哭出声来,其原因不言自明。街坊邻居们仍聚在街上没有散去,图尔人把于贡院长的仁慈和祝福遍告众人。然后他毕恭毕敬为好神甫牵马,一直把他送到布西门。金匠随身带了一口袋钱,一路上把银币散给穷苦人,不停喊道:"仁慈!仁慈属于天主!天主保佑院长神甫,拯救他的灵魂!好心的于贡大人万岁!"然后他返回家中,设宴款待他的朋友,重新举行婚礼,热闹了整整一个星期。列位须知,教务会对院长的宽厚仁爱大兴问罪之师,他又秉性软弱,着实受到欺侮。一年之后,好于贡患病,副住持对他说,此乃上天对他的惩罚,因为他出卖了教务会议的利益。院长却说:"假如我没有看错人,此人不会忘记他欠我们的情分。"

这一天正巧是昂梭与吉纳特的结婚纪念日,一名僧侣前来禀告,说是金匠求见他的恩人,修道院院长在大厅接见他,他献上两个精美绝伦的神龛。这以后,基督教世界任何一个工匠制造的神龛都赶不上它们。所以它们得到一个专名,叫做"坚贞情侣还愿神龛"。众所周知,这一对宝物安放在主祭台上,估计价值连城,因为金匠为之耗尽了他的全部财产,不过他的钱袋并未从此干瘪,反倒撑得更满,因为他的名声大振,获利日增,最终出钱买到贵族头衔、大量地产,开创了在秀丽的都兰省备受尊重的昂梭家族。

本故事教导我们,遇到人生的难关应向天主和圣徒求救,应坚持奉行众人公认的一切善事。此外,它告诉我们,伟大的爱情能战胜一切。虽说这是一句老话,作者再次把它写下来,因为它实在惹人喜爱。

忘了那模样的执法官

我们的国王①当年曾在布尔日这座宜人的城市逍遥度日,后来他不再寻欢作乐,而是杀伐征讨,攻城略地,终于成其大业,征服全国。朝廷驻在布尔日的年月,负责全城治安的长官称做王家执法官。后来国王光荣的儿子继位,这个官职改称宫内执法官,由人称特里斯唐的德·梅莱老爷担任。特里斯唐为人不苟言笑,行使职权心狠手辣,本书已经在别处提到过他②。我这段话专为在旧抄本中找新花样的朋友们而说,也好借此证明这几卷故事表面上不显,其实大有学问。这位执法官名叫皮戈③,或者写作皮裤;有人把他的姓读成皮肚或皮托;奥克语读成皮修,差点没变成皮条;奥依语读成不丢或者不急,利穆赞方言读作不点多,不点诺或不点纽;在布尔日读作不点。这个家庭自己最终采纳了"不点"这个读音,他们繁衍生息,在各地皆有支系,本故事提到的那位王家执法官就叫不点。在下这番考证,旨在阐明语源并解释一般资产者及其他人的姓氏的来历。搬弄学问到此为止。且讲故事,这位王家执法官的姓氏的读音之多,不亚于朝廷的行宫,但他本人其貌不扬,必是出娘胎时没有收拾干净,他本意想笑,可他一咧嘴便如母牛伸出舌头去舔水,于是乎,凡有人笑相难看,朝臣们便戏称为"执法官的笑"。有一天国王听到几位贵人拿他打趣,就对他们笑道:"先生们!你们错了。不点从来不笑,他下巴上的皮肉不够用。"凭他这副欲笑不得的尊容,干警察这一行当,捉拿宵小之徒归案再合适不过。他老娘为送他出世使的力气总算没有白费。

你说他为人狡狯,可他太太不乏风流艳闻,你要挑他的恶习,可他

---

① 指查理七世(1403—1461)。
② 见本书第一卷《国王路易十一的恶作剧》。
③ 从这一句起,有一段文字游戏,译文相应亦作文字游戏,并非严格的翻译。

每天都做晚祷；他的全部智慧在于只要能做到，他必服从天主；他的全部快乐在于家里有老婆；每当他被要求送个把犯人上绞架，他便以为这是自己增添乐趣的机会，四出寻找倒霉蛋，而且总能找到，不过只要他躺下来睡觉，就再也不管小偷骗子的事了。诸位能在基督教世界执掌刑法的官吏中找到比他更少为非作歹的人吗？不可能，所有执法官绞死的人不是太多，就是太少，惟独这一位不多不少，是名副其实的执法官。这位小不点儿执法官，或者说这位好执法官小不点儿。竟然娶了布尔日最标致的小家碧玉之一为妻，众人莫不诧异，连他自己也纳闷这艳福从何而来。所以，他在去执行绞刑的路上，常向天主发问，城里许多人也多次提出同一问题。即：为什么他，不点，执法者，王家执法官会娶到如此容貌姣好，体态风流的女子为妻。须知连一头毛驴见这娇娘走过也会高兴得仰脖长鸣。天主没有回答他的问题，大概是各有高见，不好回答。可是城里有一帮爱嚼舌根的人代替天主作了解答，他们说那家小姐变成不点太太时，已非完璧之身，那道口子已豁开半尺。另有人说她并非归他一人独占。喜欢说笑话的人便答道："漂亮马厩招野驴。"总之大家都拿他挖苦取笑，谁若有心搜集，大可编一本笑话集。不过这里头几乎有四分之四都不可信，因为不点太太是规矩女人，她对丈夫尽其义务，只与一名情人寻欢作乐。城里与她一样嘴不馋、心不贪的女人，恐怕不多。假如你能找到一个，我就给你一个苏或者一块酥，任你挑选。你们可能遇上既无丈夫也无情郎的女人和另一些有情郎而没有丈夫的女人。丑婆娘往往只有丈夫而没有情人。不过，摇彩摇出两个号码，既有丈夫又有情人，就此满足，不想再中第三个号码的女人，委实难觅。此乃人间奇迹，明白了吗？你们这帮木瓜脑袋，黄口小儿，愚人笨伯！所以，你们应追认不点太太为贞女节妇，载入史册，然后你们去忙自己的营生，容我把故事讲下去。

列位知道，有一号女人坐没坐相，站没站相，坐不能老老实实待在一个地方。她们东游西逛，上蹿下跳，寻寻觅觅，风风火火，一贯心猿意马，朝三暮四，轻佻肤浅，明明捕风捉影还以为是追本穷源。话说不点太太可不是这一号人。她是贤妻，不是坐在椅子上便躺在床上，如蜡烛台一样随时备用，执法官一离家门她就等待情人来临，情人一走就准备接待丈夫。这个好女人用不着靠梳妆打扮来压倒别人家的太太。她自有更简便的方法，只消利用自己的青春妙龄，朝关节里加点油便能走得更远。列位现在知道，执法官和他太太是何等角色了。再说不点执法官的副手——婚姻这活计太繁重，两个男人合起来干才能胜任——是一位大领主，很不讨国王喜欢。这一点在本故事中至关重要。当时的大统领是条原籍苏格兰的硬汉，他在一个偶然场合瞥见不点太太，就想找个上午与她谋面，——也有人说是想谋她的身子——以便用数念珠做祷告的时间从容交谈做学问的事情，或者做事情的学问。这个想法自然不悖基督徒为人之道，或者说符合为人的基督徒之道。不点太太想必自以为博学多闻，竟然不愿向大统领求教请益。上面说过，她本是规矩、正派、贞节的良家妇女。大统领派出许多信使说客，横说竖说，好说歹说，就是无效，气得他指着自己的大号黑"高克杜叶"发誓，非把这婆娘的情人宰了不可，即便那人是朝中显贵也不放过，可是他未发誓要报复那娇娘，这证明他是个好法国人，因为逢上同样情况，有的人恼羞成怒，会拳打脚踢毁掉整个铺子，本来杀三个人就够，他会杀四个凑数。国王和他心爱的索黑尔夫人在晚饭前玩纸牌消遣，大统领先生指着自己的大号黑"高克杜叶"当着他们的面发誓，正中国王下怀，因为他早想除掉这名令他十分讨厌的贵族了。假手大统领拔掉眼中钉，甚至不劳自己念一遍天主经，岂非大妙。

"可是，您怎么才能开脱干系呢？"索黑尔夫人娇态可掬地问道。

"哈哈！"大统领答道，"夫人请相信，我可不愿丢掉自己的大号黑高克杜叶。"

这大号高克杜叶究为何物？啊哈！列位翻遍古书旧籍，枉自眼睛发酸，也考证不出所以然的，不过这必定不是什么要紧东西。话虽如此，还是鼓足勇气，全力以赴去寻找吧。"杜叶"在布列塔尼是"妞"的意思，"高克"义为带长柄的平底锅，拉丁方言叫"高库斯"。法语从这个词演变出"高庚"，义为一个人专门用油锅煎烹爆炒炸焗焖炖，无所不吃，因此在上一顿和下一顿之间什么也不干，于是变坏，变穷，穷极无聊就去偷盗或者乞讨。博学之士由此即可推出结论：所谓大号"高克杜叶"乃一种厨具，形似壶状，宜作油炸小妞之用也。

"这么着,"大统领里希蒙德老爷说道,"我派这个执法官出一趟差,让他到乡下去一昼夜,为了国王陛下的安全而搜捕几个涉嫌里通英国佬、叛主卖国的农民。那对小鸽子知道这丧门星不在城里,必定高兴得如丘八领到一块表的赏赐。假如他们双双幽会,我就把执法官召回来,叫他用国王的名义搜查那所房子,当场结果我们那位朋友的性命,谁叫他自夸独占方济各会修士来着!"

"此话怎讲?"绝代佳人问道。

"此乃妙语双关。"国王笑道。

"走吧,吃饭去,"阿涅丝夫人①说,"你们不安好心,对良家妇女和僧侣都不知尊重。"

不点太太早就盼着能与情郎共度良宵,在他的住所里翻跟头作乐,那里她就是扯开嗓子吼叫也不会惊动邻居。在执法官家里她怕闹出声音来,只能做些小动作,搂抱舔吮,不敢撒野,因而心里一直痒痒的,不知纵横驰骋是个什么滋味。所以第二天中午十二点,这位姣好娘子即派她的贴身女仆前往那贵人家里,告诉他执法官因公外出。那女仆平时得过贵人不少礼物,对他颇有好感,关照他好生准备取乐,并且整治一顿美餐,因为贵人既为执法官代劳,到晚上必定又饿又渴。

"好的,"贵人说,"告诉你女主人,我绝不会让她挨饿的。"

该死的大统领已布置手下人在贵人的住所四周窥伺动静。他们见这多情郎君一心成其好事,备下许多香水,大量酒肉,便去回禀主人,说道一切不出他所料,他报仇雪恨在即。大统领闻言搓了搓双手,心想这下该让执法官上场了。他派人向他传达国王的专令,要他立即返回城内,到该贵人的寓所去捉拿一名英国爵士,因该贵人涉嫌与此英国人朋比为奸,图谋不轨。不过在执行该命令之前,他应先到国王宫中听国王陛下面授机宜,以便在办案时不失必要的礼貌云云。执法官以能与国王当面说话为荣,高兴得好像自己当上了国王,急如星火赶回城里,此时那一对情侣在一起做晚祷,刚念到第一句经文。绿帽王国及其属地的君主喜欢捉弄人,他巧作安排,所以当不点太太与她心爱的贵人老爷

---

① 即索黑尔夫人。她的全名是阿涅丝·索黑尔。

唧唧哝哝之时，她的夫君正好与大统领和国王说话，夫妻俩同时称心如意，这在婚姻里可是罕见之事。大统领见执法官走进国王的房间，就对他说：

"我刚才跟陛下说，王国境内任何人只要捉奸捉双，都有权杀死他妻子和奸夫。可是陛下仁慈为怀，他说只有杀死骑马人才是合法的，对那母马应放它一马。我的好执法官，您也有一小块可爱的园地，天上和人间的法律都授予您独自在那块地上耕种、浇灌、培育花卉的权利。万一您遇上一位贵人擅自闯入禁地，您拿他怎么办？"

"我会大开杀戒，"执法官说，"我不管三七二十一，是花还是种子，是口袋、木柱还是滚球，是青草还是草地，是公的还是母的，统统要它们的命。"

"您这就错了，"国王说，"这样做违背教规和国法。违背国法，因为您会使王国少了一位子民，违背教规，因为您不等无辜者受洗就把她打发入地狱。"

"陛下，我钦佩您博大精深的智慧，我确认一切司法权力皆由您授予。"

"这么说，我们只杀死那骑士？"大统领说，"阿门，您就宰了那骑马的小子吧。赶快到涉嫌谋反的那位贵人家中去，不过得留神，别让人家把干草塞进您的犄角，也不得对这位贵人失礼。"

执法官自以为只要不辱使命，便能晋升为法国的掌玺大臣，当即兴冲冲离开城堡，来到城里，召集他手底下的人，赶往贵人寓所。他在四周设下伏兵，另派军士堵住房屋的出路，以国王的名义轻声推开大门，升堂入室，询问仆人们主人何在，把他们全都关押起来，然后独自上楼去敲卧室的门。屋里这对情侣各执您知道的武器正在鏖战，杀得天昏地黑之际，忽听到门外有人喊道："开门，以吾主国王陛下的名义。"

小娘子听出自己夫君的声音，不由一笑，因为她没有等待国王下令便去做上面说的事情。笑过之后，她才感到害怕。贵人拎起大氅披在身上，走到门后。他不知道事关自己的性命，对来人自称在朝为臣，是国王的侍从。

"果真？"执法官问道，"我奉国王陛下之命而来，您必须立即接待我,否则以反叛论处。"

贵人这才掩着房门走出来:

"您来搜查什么?"

"国王陛下的一名敌人。我要求您把他交出来,并且与他一起随同我前往城堡。"

贵人心想,这必定是大统领搞的鬼,我的心上人拒绝了他,他便蓄意报复,祸已闯下,须设计脱身才好。想到这里,他转过身子面向执法官,孤注一掷,如此这般开导这位戴绿帽的大爷。

"我的朋友,您知道我相信您对女人家特别尊重,当然是在您的执法官的职司允许的范围之内。既然我信赖您,就实话实说吧。我这间屋子里躺着朝中长得最俏的贵妇。至于英国人,连个影子都没有,还不够派您来的里希蒙德先生吃一顿便饭的。我把底细都告诉您。这件事,其实是我与大统领打了个赌,他又与国王合伙下了赌注,他俩自称知道我心上的贵妇人是谁,我打赌说他们不知道。英国人夺走了我在庇卡底的领地,所以没有人比我更恨英国人的。说我通敌,派司法机关来抓我,这一招太毒了。嚯嚯,大统领先生,您不比国王的一名普通侍从高明多少,我自能叫你无计可施。亲爱的不点,我允许您任意搜查,连日连夜翻腾我住所的每个角落。不过我只让您一个人进这间屋子,爱怎么搜怎么搜,搬开床铺也行。但有一条,这位佳人与大天使一样没穿什么,您得让我找一面旗子或者一块帕子给她遮盖几分,否则您会认出来她是谁的妻室。"

"那好,"执法官说,"不过我可是只老狐狸,在我面前耍什么花招都不管用。我要确认这是一位朝中贵妇,不是英国人。我知道英国人的皮肤又白又光滑,与娘儿们的一样,因为我亲手处置的英国人为数不少。"

"也罢!"贵人说,"既然人家恶意控告我犯上作乱,为了证明我的清白,我这就去请求我的女友暂时不顾羞耻。她那么爱我,必定同意帮我洗清罪名。我要求她背过身去,既让您看到她的模样又不至于连累她。您自会认出这是位高贵的夫人,虽然她的处境有点尴尬。"

"就这样。"执法官说。

那婆娘竖起耳朵听得一清二楚,已把自己的衣服叠好,塞在枕头底下。她把衬衣也脱了。因为她怕丈夫可能认出来。最后她用一条单子裹住头脸,露出肉鼓鼓的背部,粉红色的脊梁在那背影中间形成一条优美的分界线。

"进来吧,我的好朋友。"贵人说。

执法官检查壁炉,打开衣柜、衣箱,搜查床底下、窗帘背后、每个角落。然后他开始打量那背影。

"大人,"他斜眼看着原本合法属于他自己的东西,说道,"我见过英国小伙子也有这般身材的。请原谅我在执行公务,需要换个法子看看。"

"什么叫换个法子?"贵人问。

"就是看那人的另一面,或者说另一个的那一面。"

"那么,您得让夫人多少穿点衣服,尽可能少暴露我们男子的幸福所系之处,"贵人说道。他知道那婆娘身上有几个雀斑,很容易辨认,"您先侧过身子,也好给我亲爱的夫人存点体面。"

好个婆娘冲情人一笑,给他一吻以褒奖他的机敏,然后她把自己包裹得恰到好处,仅露出需要显露的部位。当丈夫的这下把老婆从不让他看到的地方看个一清二楚,确信任何英国人不可能有此身段,除非是个窈窕的英国女子。

"是的,大人,"他贴着自己的副手的耳朵说,"这位确是朝中贵妇,因为民间妇女身上那块地方没有这么高,也没有这么香。"

然后他搜查整个寓所,也没找到英国人的踪影。他遵照大统领的交代办事,先回到王宫去复命。

"那家伙送命了?"大统领问。

"谁啊?"

"那个给您戴绿帽的人。"

"我在那位贵人的床上只见到一名女子,贵人与她正在取乐。"

"你亲眼看见这女人了,王八蛋!你竟然没把你的情敌干掉!"

"不是一名平民女子,而是朝中贵妇。"

"你看清了?"

"不但看清,而且两面验过。"

"这话是什么意思?"国王忍不住大笑。

"陛下恕我不恭,我的意思是我把正面和反面都检查过了。"

"敢情你认不出你婆娘那块地方的模样,不长记性的老家伙?你只配绞死!"

"我十分尊重我太太身上您提到的那块地方,从来不去看它,何况她奉教虔诚,宁可去死,也绝不让人看到那个所在。"

"没错,"国王说,"那个所在生来不是给人看的。"

"老高克杜叶,她就是你老婆。"大统领说。

"大统领阁下,贱内此刻在家睡觉!"

"走,走,闲话少说!上马!快走,假如她正在你家里待着,我只抽你一百下牛筋鞭子。"

用不了穷人倒空教堂捐款箱的工夫,执法官跟着大统领已抵达自家门口。手下人高声叫门,扬言再不开门就要拆房子了。那名贴身女仆终于出来开门,她一边打呵欠一边伸着懒腰。大统领和执法官一头冲进卧房,好不容易才叫醒女主人。她装出受惊害怕的样子,但见她眼角沾满眼屎,足可证明已睡了很久。执法官得意洋洋对大统领说,准是别人谎报军情,而他妻子是正经妇道人家。那婆娘满脸惊讶的神色,做得也真像。大统领无奈只得撤走。执法官于是动手脱衣服,打算早早上床,因为这场风波使他挂念起家中的娇妻,正当他卸甲胄、脱裤子之际,好个婆娘依旧不胜诧异,开口问道:

"嘿,小乖乖,这位大统领老爷和他底下人是从哪儿冒出来捣乱的?为什么要来查看我是否睡着了?莫非大统领还要管别人家两口子……"

"我不知道,"执法官打断她的话,然后把自己碰上的事情对她学了一遍。

"这么说,你没得到我的允许,就看了朝中一位贵妇那要紧地方!啊呀!哎哟!不得了!了不得!"说着她开始哼哼唧唧,怨天怨地,喊叫吵闹,弄得执法官目瞪口呆。

"哎,你怎么了,心肝?你想什么?你要什么?"

"哼,你看到朝中贵妇长得什么模样,今后再也不爱我了。"

"你可别瞎说,心肝,她们都是有身份的,我只告诉你一个人知道,她们身上哪儿都大得出奇。"

"真的?"她笑道,"这么说还是我比她们强?"

"那可不!"他眉飞色舞说道,"正好差上半尺。"

"她们得到的快乐必定更多,"她叹了口气说,"既然我尺寸小还尝到那么多甜头。"

交谈至此,执法官找到一个更有力的论据来劝谕他的好妻子,于是他便使用这个论据,果然奏效,因为她最后相信,天主为小号部件也设计了大喜大乐。

本故事说明,谁若戴上绿帽,别人想尽法子帮他摘也摘不下来的。

杜普奈修道院享天福的院长
阿玛多高僧的故事

某一细雨蒙蒙之日,夫人小姐们本来性喜潮湿,有机会待在室内,让她们不讨厌的男子守在裙边,理应高兴。昂布瓦斯堡内王后的卧室窗口,旗幡底下摆着一张椅子,王后坐在椅中以编织一幅挂毯消遣。不过她的心思不在手中的针上,但见她望着落入卢瓦尔河的雨点出神,一言不发。她的女伴们学她的样,也个个若有所思。好国王与朝臣们在小教堂做完星期天的晚祷后回来,此时在室内另一个角落与他们闲谈。待他把趣话轶事讲完,道理说透,才发现王后神情悒郁,贵妇名媛们也满脸愁云。他注意到她们皆已婚配,尽可言无禁忌,当下说道:

"喂,我怎么没瞅见杜普奈修道院的院长?"

那名僧人闻听此言,立即趋到国王跟前。当年他因接二连三告状,搅得国王路易十一不得安宁,便命令宫内执法官把他除掉。本书第一卷有关这位国王的故事里已说过,由于特里斯唐先生弄错了人,这名僧人才保全了性命。话说这是位得道高僧,他的德行随着身体发福而长进,他的机智在头脑里盛不下,便化为红润鲜丽的血色映在脸上。他深得朝中贵妇们的青睐,她们每有宴请都不忘邀他入席,用美酒、点心和佳肴款待他。似这般佳客天生一口好牙,三寸妙舌,说的趣话之多决不亚于他们嚼碎的食物,做东道主的自然喜欢。这位修道院长其实一肚子坏水,他身穿道袍,对夫人小姐们讲的都是风月故事。众女子听得津津有味,过后才皱眉头。这也难怪,因为总要等听完了,才能判断是非。

"我尊敬的父亲,"国王说,"在这黄昏时刻,夫人小姐们的耳朵可以听一些艳闻秘史了,因为她们或者笑而不脸红,或者脸红而不笑,反正谁也看不清。给我们讲个好故事吧,我指的是僧侣的故事。我很乐意听个故事,既为自己开心,也供夫人们消遣。"

"为使陛下高兴，我们顺从您的意志，"王后说，"虽然院长先生的故事往往讲过头。"

"既然如此，"国王转向僧人，说道，"我的父亲，那就给我们宣读基督的训诫吧，也好让夫人消愁解闷。"

"陛下，我目力不济，何况天色已黑。"

"还是讲个故事吧，不过不要讲到裤带以下的部位。"

"哈哈，陛下，"僧人笑道，"我转述的故事到裤带为止，不过它是从脚跟开始的。"

在座的贵人们对王后与贵妇们百般劝喻，又是献殷勤，又是恳求，最终王后不好意思峻拒。她不愧为布列塔尼女子，当下对僧人宽厚地一笑，说道：

"您只顾讲好了，我的父亲。您可要在天主面前对我们的罪孽负责。"

"这个自然，夫人。假如反过来您也乐意承担我的过失，这交易对您可是合算的。"

举座皆笑，王后也忍俊不禁。国王走到他的爱妻身边就座，大家知道他们是恩爱夫妻。然后朝臣们也获准坐下。自然只有上了年纪的贵人才告坐，因为年轻人情愿在贵妇们的椅子边上站定，以便在一起私语窃笑。于是杜普奈修道院院长不紧不慢对他们讲述下面的故事，遇到不雅驯的段落他的声音就变得分外柔滑，如笛孔吹出的风声。

少说也是一百年前的事了，基督教世界里争吵不休，因为在罗马出了两个教皇，每人都自以为是合法选举产生的。这个局面对众家修道院和各个主教的职务大为不利，因为每个教皇都许给拥护自己的人许多特权，结果是各地皆有同一职位任命了两个人的怪事。在这种情况下，与邻居打官司的修道院既不能同时承认两位教皇，不被承认的那一位必定袒护教务会的对手，让他们胜诉。总之这场分裂遗患无穷，足以证明基督教世界为害最烈的瘟疫莫过于教会本身有了外遇。本人忝为闻名遐迩的杜普奈修道院的院长，却说那年月魔鬼拼命要夺走我们可怜的财产，本修道院为维护自己的权益，与一位姓康岱的领主大打官司。这位老爷信奉邪教,崇拜偶像,归附异端,心狠手毒,简直就是魔鬼的化身,无人不怕他几分。话说回来,他作战骁勇,在朝廷颇有人缘,还是布罗·德·拉里维埃尔老爷的好友,而这后一位老爷是查理五世皇帝的股肱之臣,圣眷甚隆。我们这位康岱老爷依仗拉里维埃尔老爷的权势,便在安德尔河谷肆无忌惮,为非作歹,还想把从蒙巴宗到郁赛一带的地产都占为己有。看官须知,他的邻居畏惧他如凶神恶煞,但求自己能保全性命,便听任他横行霸道,不过都在心里咒他早死,盼他遭灾。他自然满不在乎。整个安德尔河谷,惟有高贵的修道院敢于顶撞这个魔头,因为教会一贯以收容弱者和受苦受难者为宗旨,致力于保护受压迫者,尤其当它自身的利益和特权也受到威胁的时候。这好斗成性的领主对僧侣恨之入骨,最厌恶杜普奈的僧人,因为他们软硬不吃,就是不容他剥夺他们的权利。教会的分裂正中他的下怀,他只等修道院选定效忠哪位教皇,便好图谋他的财产,因为他本人准备承认杜普奈修道院院长拒绝服从的另一位教皇,必能得其助力。他回到城堡居住之后,养成一个习惯,只要在自己的领地上遇到神甫,必定百般羞辱他们。在他的领地内一条沿河的小路上,某次一位可怜的修士与他劈面相逢,情急之下,索性跳进河水。他至诚祷告天主,天主果然显灵,托起他的道袍,让他浮在安德尔河的水面上安然漂到对岸。康岱老爷眼见天主的一位仆人因他而狼狈不堪,非但不生愧怍之心,反而以此为乐。总之这个该死的香客天生应是这么缺德。

那时候,我们光荣的修道院的院长是位冰清玉洁的圣徒,他祷告天主十分虔诚,奉教如此热心,足以使自己的灵魂十次得救,可就是找不出办法搭救修道院不致落入这恶棍的利爪之中。老院长忧心忡忡,一筹莫展,眼看大祸临头,只有向天主求援,说是天主他老人家绝不会让他的教会的财产蒙受损失;又说天主既使朱迪特①为希伯来人伸张正义,又曾使卢克雷蒂娅激励罗马人,必定不会撒手不管杰出的杜普奈修道院;他还说了别的合情合理的话。可是恕我直言,他手下的僧人向道

---

① 典出《圣经》外典之一的《朱迪特传》:犹太侠烈女子朱迪特用美人计杀死敌将,拯救同胞。

之心不坚，偏生责怪他处事颟顸，反说应该把全省的耕牛都套在天主的大车上，才能使他及早赶来。又说当今之世无处制造耶利哥的号角①，天主对他的造物大失所望，再也不去关心了，以及其他种种对天主表示怀疑与不满的世俗之见。值此局势混乱可悲之际，一位名叫阿玛多的僧人大受感动，挺身而出。这个名字乃是别人为嘲弄他而送的外号，因为他长得与同名的埃吉潘邪神的画像一模一样，大肚子，罗圈腿，胳膊上浓毛密布如刽子手，背阔腰厚能负重，脸色红润如酒徒，目光炯炯，胡子拉碴，宽额头，肠胃里塞足油水，像是怀着身孕。此外，列位须知，他每天在酒窖的梯级上唱晨经，在主的葡萄园里做晚祷。常见他躺倒在地如遍体鳞伤的乞丐，要不就在河谷里装疯卖傻，赶上婚礼便去祝福，摇撼累累下垂的葡萄串，不顾院长大人的禁令观看洗衣妇晾晒衣服。总而言之他好吃懒做，在教会的队伍中不是一名好兵，修道院里谁也不把他当一回事，只是出于基督的仁爱之心才供养他游手好闲，认为他非疯即傻。话说阿玛多既在修道院里得其所哉如猪厩里的种公猪，也获悉修道院已到生死关头，心怀不平，到处走动，拜访每座寮房，在饭厅里倾听旁人的议论。但见众僧一筹莫展，气得他嘴唇发抖，扬言他能搭救修道院免遭劫难。他先去了解争端的关键所在。院长特许他便宜行事，但求拖延官司，不了了之；教务会则许诺，他若能解决争端，必委以出缺的副院长之职。然后阿玛多修士挑了个大雨天动身去找康岱老爷，不但不怕撞上门去会横遭凌辱，而且声称自己的道袍里藏着制服这恶人的法宝。他步行前往，一袭道袍就是他的全部行装和川资。不过列位须知，他那件袍子浸透油腻，刮下来的油脂足以养活一位小兄弟会的修士。却说那天大雨如注，灌满了家家户户的水桶。阿玛多望着康岱老爷的城堡迤逦而行，一路上没有遇到任何人。等他到达目的地，已浑身湿透如落水狗。他踅进院子，找个屋檐底下暂避，静待雨过天晴。他站的地方，从康岱老爷日常起居的大厅可以一眼望到。宅子里正在准备开晚饭，一名仆人看见他，起了怜悯之心，叫他赶快走开，免得撞上

---

① 典出《旧约·约书亚书》：祭司吹响了号角，百姓随之呼喊，耶利哥城的城墙应声倒塌，希伯来人遂攻占该城，把它洗劫一空。

老爷，少不得挨一百下皮鞭。那仆人还问他，是谁给了他泼天大胆，竟敢闯进这幢厌恶僧侣胜过大麻风的府第。

"唉，"阿玛多说道，"我是奉修道院长大人差遣，前往图尔公干。假如康岱老爷善待天主的可怜的仆人，赶上这瓢泼大雨，我就不会站在他的院子里了，而是待在他的屋子里了。我祝愿他临终撒手时得到宽恕。"

仆人把这些话对康岱老爷学了一遍。老爷当下就要把这僧人扔到城堡外的壕沟里去，心想对这件垃圾，垃圾堆本是最好的归宿。可是康岱夫人把他拦住了。这位老爷惧内，因为他指望继承岳家的巨额遗产，更因为他妻子是个厉害角色。康岱夫人斥责丈夫说，这僧人可能是个好基督徒，外面下着翻江倒海的大雨，强盗遇上捕快也会予以收留的；应该好生招待这僧人，以便打听杜普奈修道院的修士们决定拥戴分裂的教会的哪一派。夫人还说，她主张来软的，而不是依仗武力来解决修道院与康岱领地之间的纠纷，因为自从基督降生以来，没有一个领主斗得过教会，修道院迟早会把城堡夷为平地云云。总之她说的句句都是金玉良言，凡是女人阅历深了，需要应付人生的急风暴雨时都会拿出这类通达的见解。下雨天出不去，康岱老爷正在发闷，见阿玛多一副狼狈可怜相，天生是供人取笑的材料，便有意拿他开心，折腾他，用醋涮他的酒杯，让他永世不忘在城堡受到的款待。这位老爷和他妻子的贴身女仆本有私情，于是就委托她去捉弄可怜的阿玛多。女仆名叫蓓罗特，她憎恶修士为的是讨好主人。两人商定计策，她就到屋檐底下找到那僧人，为了诱他上当，满脸和气说道：

"我的父亲，本宅主人屋子里有空位子，壁炉里生着火，餐桌上摆着饭菜，若让一位天主的仆人在外面淋雨，他于心甚为不安。我谨以老爷和夫人的名义请您进屋。"

"我感谢老爷和夫人，不是因为他们如基督徒应做的那样盛情接待我，而是因为他们派来一位天使向我这个可怜的罪人传话。这位天使千娇百媚，我还以为是我们祭坛上的圣母像下凡呢。"

阿玛多说这番话的时候仰起鼻子，燃烧的眸子中射出两道火光，一下子就打动了这标致的贴身女仆，顿时觉得他既不丑，也不老，更不粗鲁。他与蓓罗特一起跨上台阶,冷不防劈头盖脸挨了狠狠一皮鞭,当下眼睛发花,如看到唱圣母赞歌时点亮的千万支蜡烛。原来是康岱老爷正在惩罚一群猎狗,佯作没有见到僧人,误伤了他。那笑盈盈的女仆知道有这一手,早就灵活地闪开了。阿玛多见此情景,心里明白那骑士与蓓罗特必有苟且之行,何况他在河畔洗衣场上听长舌妇闲言碎语时,已经有所耳闻。却说他走进大厅后,屋子里的人谁也不请他坐下,让天主的仆人晾在门窗之间吹过堂风,冻得全身发僵,直到康岱老爷、夫人和老康岱进屋才有人过来张罗。老康岱小姐是老爷的妹妹,负责教导这家的女继承人,年方十五的康岱小姐。主人按照古时候的习俗在餐桌上端的椅子里就座,与底下人隔得很远。这是个好规矩,现今贵人们不讲这规矩,实为憾事。康岱老爷对那僧人毫无敬意,让他坐在桌子下端一个犄角里,左右站定两个坏小子奉命捉弄他。这两名仆人拿出皂隶用刑的手段,踩他的脚,挤他的身体,拧他的胳膊,斟入他杯子的不是白水而是白葡萄酒,以便他神志不清后看他的笑话。他们枉自灌了他七大杯,他不仅端坐不摇晃,不打嗝,不放屁,不撒尿,而且他的眼睛依旧清澈如明镜,使这两位又惊又骇。不过主人的目光盯着他们,给他们打气,于是他们继续恶作剧,在向僧人施礼时把调味汁洒在他的胡子上,然后假装帮他擦干净,下死劲拉扯胡子。接着是厨房小厮端上一碗热羹,泼翻在他头顶上,让滚汤热汁顺着他的脊梁往下流淌。可怜的阿玛多不愠不怒忍受这磨难,因为天主的精神降临到他身上,也因为,列位请相信,他认为只要在城堡里挺得住,就有希望解决争端。他处变不惊,一帮恶人兀自笑得前俯后仰。厨房小厮用油汤给僧人施洗时,膳食总管说道他必是想借此堵住喉咙,因为那喉咙饮酒如漏斗。康岱夫人终于注意到餐桌下端发生的事情。城堡的女主人但见阿玛多逆来顺受,擦了擦脸,自顾专心对付自己面前的锡盘子里的牛骨头。好个僧人,他瞅准一根难啃的粗骨头,恰到好处地砍上一刀,然后用毛茸茸的双手把它抓住,使劲一拗,那骨头就断为两截。于是他吮吸热乎乎的骨髓,觉得其味鲜美无比。康岱夫人心想,这僧人这般神力,必是天主所赐,当下吩咐侍从、仆人及其他人不得虐待这修士。此时他的盘子里已放进许多干苹果和虫蛀的核桃。老小姐与她的女学生、康岱夫人及其女仆既已见到他怎样处置牛骨头，他索性一不做二不休，卷起袖子，露出青筋暴突的胳膊，把核桃搁在手腕上血脉分叉之处，用另一只手的手心轻而易举把它们逐个碾碎，好像它们是熟透的欧楂果似的。然后他把核桃塞进嘴里两排白如狗牙的牙齿中间，连皮带壳带肉嚼成一团烂渣，如蜜水一般吞下。等到他面前只剩下苹果了，他就用两个手指把它们夹紧，不费吹灰之力就把它们切开。在场的女性看得发呆，仆人们以为这僧人有魔鬼附体。康岱老爷本人也起了畏惧天主之心，若不是碍着夫人的面子，兼之夜色已深，他恨不得把这僧人撵出去才好。众人都在心里嘀咕，这僧人凭其神力必能把整座城堡从平地拔起，扔过壕沟。所以，各人吃完饭、抹过嘴之后，康岱老爷留了一个心眼，要把这力大无比、可能闯祸的魔鬼关起来。他命人把他带进一间长霉发臭的小屋子，蓓罗特已在屋里设下机关，今夜就要他的好看。

原来宅子里的猫都被关进这间屋子，地板上铺着一种能撩拨它们发情的草，以便它们向僧人忏悔自己的风流罪孽。还有几头猪崽子也关在里面，床底下特意为它们准备了几盘美味的下水，也好让它们打消修行持斋的念头，听着僧人念追思亡人经就会腻烦这个行当。此外，列位须知，但等可怜的阿玛多宽衣上床，他若翻身踢腿，必有冷水浇到他头上。还有其他种种恶作剧，都是城堡里的拿手好戏，不必赘述。僧人的房间在塔楼的最高一层，塔门交给一群善吠的恶狗看守，以防他潜逃。安排妥帖，万无一失，各人于是回屋就寝，只等看僧人的热闹了。却说康岱老爷有心核实僧人用什么语言与猪和猫交谈，便来到他的情人蓓罗特的房间睡觉，因为她的房间就在僧人房间隔壁。阿玛多早已识破机关，他从行囊里抽出一把快刀，干净利索撬开锁，走出屋子，侧耳细听城堡里的动静，听到主人正与夫人的贴身女仆嬉笑调情。他早已猜到他们有私情，果然不差。挨到女主人肯定已孤身就寝之后，他才下楼蹩进她的房间。他事先脱掉凉鞋，光脚行走，以免弄出响动。出家人深更半夜，罩着微弱暗淡的灯光，如幽灵般出现在床头，其效果之强烈是在家人难以长时间抵抗的。原因在于那身道袍，它使一切变得神秘。僧人让她认清自己并非别人，然后细声细气说道："夫人，愿天主拯救您的灵魂。您要知道，是耶稣和圣处女马利亚派我前来关照您的。您

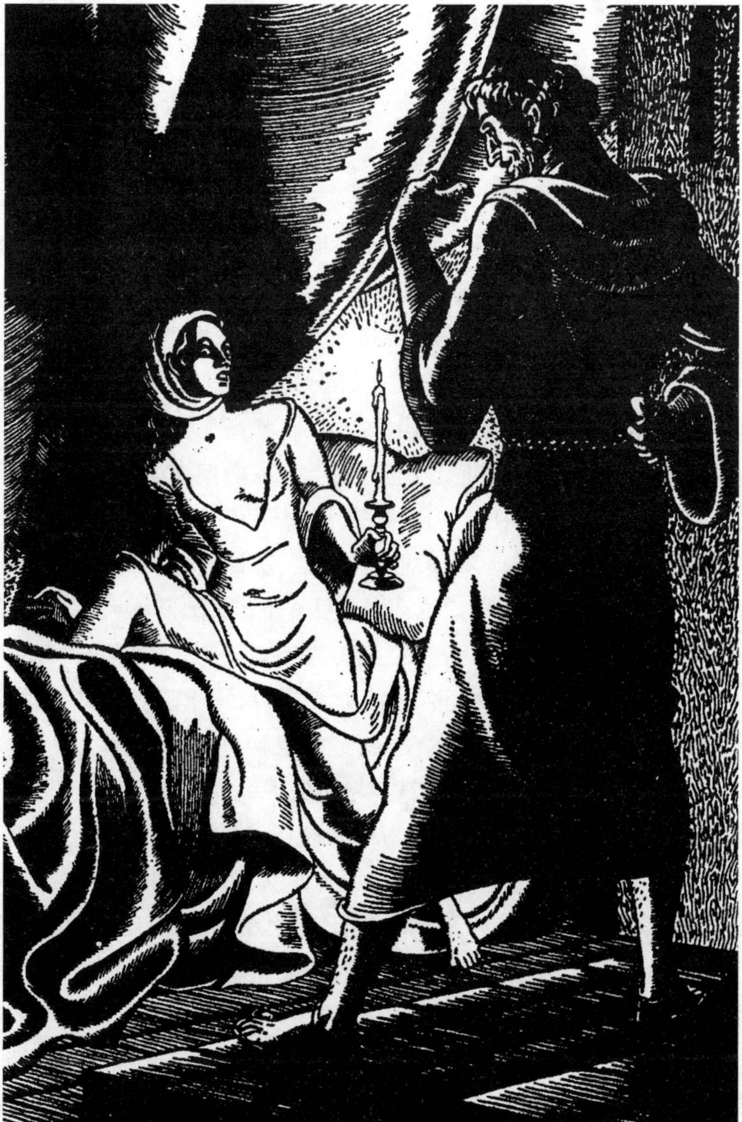

家里出了淫乱邪恶之事,大大损害您的清誉。我指的是您的丈夫心怀叵毒,他把自己最好的东西不是向您奉上,而是送给您的贴身女仆享用。假如老爷应向夫人缴纳的赋税都存在别的地方,那您当夫人还有什么意思?如此上下颠倒,岂非您的女仆成了夫人,而您反而成了女仆!这个女仆得到的快乐,本来不是属于您的吗?不过您会在我们的教会里找回所有被夺走的快乐,因为教会是普天下伤心人的安慰。假如您执意索债,我随时可以代偿积欠。"说到这里,好僧人稍稍放松腰带,他见到为康岱老爷不屑一顾的佳容丽姿,体内一阵骚动,觉得腰带勒得太紧,有点难受。

"假如您所言属实,我的父亲,我一定听从您的指教,"她说着就轻轻跳下床来,"您必定是天主的使者,因为您在一天内见到的事情,我在这里住了那么久却一无所知。"

于是她跟在阿玛多后面,边走边用手去触摸他穿的圣洁的道袍,验明这确实是僧人的道袍后,心中大喜,只盼捉奸捉双,当场抓住丈夫的把柄。她听到丈夫果真与女仆同床共枕,正在谈论僧人的事情,不由火冒三丈,忍不住要破口大骂。这也是女人的惯例,她们不大喊大叫就不足以泄恨息怒。在把那贱人送交法官之前,她不吵个阖宅不宁便咽不下这口气。可是阿玛多对她说,她不如先报仇,再嚷嚷。

"那您赶快为我报仇,我的父亲,过后我就可以嚷嚷了。"

僧人随即用寺院里的方式着实为她报了仇。她如痴如醉听任这僧人代她报复,如酒徒的嘴唇遇到酒桶的裂口,吸个没完。这也在理,贵妇人报仇雪恨,要么一醉方休,要么根本不去尝这滋味。报复之后,城堡的女主人已没有力量动弹了,因为世上没有东西比狂怒和报复更使人全身骚动,喘息不已,最终耗尽精力,犹如瘫痪。不过,虽说她已报仇雪恨,超级报仇,加倍雪恨,她仍不肯原谅,以便保留时不时让这僧人再次为她复仇的权利。阿玛多见她钟爱复仇,便答应只要她怒气未消,一定帮助她再次复仇,需要多少次就帮她多少次。他还对她披露,他既为修士,不得不潜心研究各种事物的本性,因此掌握了无数种报仇的方式、方法和做法。然后他一本正经教导她,报仇是基督徒的行为准则,因为一部《圣经》里从头到尾,天主自称他首先是复仇之神,其他属性都排在后面。此外,天主还用地狱的存在向我们证明,复仇是上符天意的,因为受他老人家报复的人永世不得超度。由此可见,妇女与僧侣都应该有仇必报,否则他们就不配当基督徒,就不是身体力行上天的教谕。这套理论深得夫人的欢心,她自称对教会的训诫一无所知,请求这可心的僧人常来讲授,好生开导她。

城堡的女主人报仇雪恨之后,顿觉精神大爽,随即前往那淫妇正在取乐的房间。她发现小贱人碰巧正把手搁在她自己老盯着不放的所在,因她看重那所在如商人守护值钱的货物,惟恐被人偷走。按照法院院长利泽先生心情好时候的说法,这就叫捉奸捉双。这对苟合的男女不料好事被撞破,一时无地自容,不知所措,呆若木鸡。康岱夫人见此场面,其心中之不快非常人所能想象。她的怒火醋意化作辛辣的言辞,滔滔不绝夺口而出,如堡中的大水池开了缺口。她的布道词分成三段,有高音阶的音乐伴奏,调式富于变化,谱子上还标出许多升号。

"我的老爷,您要求妻子贤惠,我可是做到了。现在您对我证明,夫妻相爱、坚贞不渝,乃是欺人之谈。原来这才是我不生儿子的原因。您倒说说,您把多少个孩子放进这小户人家的炉灶,这教堂里的募捐箱,这脱底的钱袋,这麻风病人的讨饭盒,这康岱家族的墓地?我要知道,我不能生育是由于自己的天生缺陷,还是您的过错。您尽可以与女仆们鬼混。我这一方面,我自会去找几个漂亮的骑士,也好给我们生个合法的继承人。您生的都是私生子,我生的都是合法的。"

"我的朋友,"老爷惊得目瞪口呆,"您别嚷嚷。"

"我不,"夫人更来劲了,"我偏要嚷嚷,大叫大喊,让大主教、教皇特使和国王都听见,让我的兄弟都听见,让他们来为我报仇雪耻。"

"您可不要让自己的丈夫出丑。"

"这么说,这是丑事,您言之有理。不过我的老爷,我不会让您出丑,倒是要这骚货丢尽脸面。我要把她缝进一条口袋,扔到安德尔河里。这样做,您的脸面就保全了,行了吧!"

"您别说了,夫人,"老爷满脸羞臊如盲人的领路狗,苦苦哀求。这员杀人不眨眼的虎将在妻子面前变得胆怯如儿童。当兵的惧内本是常事,因为他们有的是力气,乃物质的重浊之气所聚。相反在女人身上我们遇到灵秀的精神以及一丝芬芳馥郁的火苗，凡是男子无不惊讶赞叹。有的女人之所以能操纵她们的丈夫，也是这个道理，因为精神是物质之王。

夫人小姐们听到这里都笑出声来，国王也忍俊不禁。

"我偏要说，"康岱夫人说（修道院院长继续讲故事），"我受的侮辱太大了，莫非这就是我带来的巨额财产的利息，我恪守妇道的报应！您有要求的时候，不管是四旬斋还是别的斋戒日子，难道我拒绝过吗？难道我冷若冰霜，太阳沾上我也会冻僵？您以为我干这事情是被迫无奈，为了尽义务，只为讨您喜欢？我那块地方难道洒过圣水，难道我整个儿是座神龛？难道需要教皇的敕书才能进去？天主在上，难道您进去的次数太多了才感到腻烦？为了满足您的口味，我什么没有做过？女仆们知道的难道比夫人还多？啊，这大概是真的，因为她们只让您耕田，不让您播种。您把她们的行当教给我吧，我去挑几个人为我效力，也如法炮制。话已出口，我现在是自由之身。我烦透与您做伴了，您给我一丁点儿快活，索取的代价却那么高昂。感谢天主，我现在与您和您的古怪念头不相干了，因为我这就要住进男修道院……"

她本想说"女修道院"，可是这爱打抱不平的僧人搅得她语无伦次。

"……我跟女儿住在修道院里也强似待在这乌烟瘴气的地方。您可以继承您的女仆的财产，哈哈！这位才是名副其实的康岱夫人！"

"这里出了什么事？"阿玛多突然露面了。

"我的父亲，"她回答说，"这里出的事，是有人要报仇雪恨。我首先要把这臭婊子缝进口袋，扔到河里，因为她截走了康岱家族的种子留给自己享用。我这么处置也就省得刽子手再费心了。其次，我要……"

"您请息怒，我的女儿，"僧人说道，"教会在《天主经》里告诫我们，如果我们向往天堂，就应该原谅别人对我们的伤害，因为天主会原谅原谅了别人的人。天主只把一心复仇的坏人视做他老人家永恒报复的对象,但把原谅别人的人收进天堂。大赦年之所以普天同庆,就是因为人们不再计较一切债务和伤害,所以原谅乃是福祉。原谅吧,原谅吧!原谅是神圣的事业,您若原谅康岱老爷,他必定对您的宽宏感激涕零,从此加倍爱您疼您。您这次原谅了别人,自己就会重返青春。我亲爱的俏丽的年轻的夫人,请您相信,原谅有时也是一种报复方式。您若原谅您的贴身女仆,她必定会为您向天主祈祷。既然人人都为您祷告天主,天主必将庇护您,为了您曾原谅别人,他会赐下几个好儿郎做您的子嗣。"

僧人说完这席话,就拉住老爷的手,把它塞进夫人的手,再叮咛一句:"能否得到原谅,全看您怎么说了!"然后又附耳细语,给他忠告,"大人,您拿出最有力的论据,准能叫她闭嘴。女人嘴里塞满了话,是因为她那个窟窿里空空如也。只消拿出这个论据,您总能降伏女人。"

"天主的肉身在上,这僧人的心眼儿倒是不坏。"领主说着就告退了。

屋里只剩下阿玛多与蓓罗特,他对她说:

"您犯了过失,我的朋友。您捉弄了天主一名可怜的仆人,所以上苍降怒于您,不管您躲到什么地方去,上苍的怒火都要追逐您,叫您四肢百骸受尽苦楚。在您死后,天怒也不轻饶您。您将像一块面团被扔进地狱的炉火,永受煎熬,每天还要领受七亿次鞭打,因为由于您的唆使,我曾挨了一鞭子……"

"啊呀!我的父亲,"俏女仆说着就扑入僧人怀抱,"只有您能救我。假如我躲在您的道袍底下,天主的怒火就奈何我不得了。"她掀起那袍子,像是为了察看有没有她的藏身之地,随即喊道:

"可了不得,僧侣比骑士还漂亮!"

"魔鬼的焦臭味①在上,你从未见过、闻过僧侣?"

"没有。"女仆说。

"你从未见过僧侣一句话不说照样念经?"

"没有。"蓓罗特说。

---

① 天主教宗教裁判所往往将"异端"用火烧死,故曰魔鬼有"焦臭味"。

这僧人于是忙乎起来，犹如在修道院过双棍节，照例撞钟，用低音谱唱圣诗。率领侍童点燃蜡烛，向她解释何谓"进台咏"，何谓"弥撒礼成"。事毕后，女仆已被度为圣女，她身上找不出一个地方未经高僧点化，天主纵使降怒于她也无从下手了。僧人又命蓓罗特领他到老爷的妹妹康岱小姐屋里去。他自称特来询问，小姐是否愿意忏悔，因为难得有僧侣到这城堡里来的。那小姐是好基督徒，见有机会剖陈自己的良心，甚是高兴。阿玛多要求她袒露自己的良心，可怜那小姐就让僧人察看他说是妇女良心所在之处。他说这良心漆黑一团，又说女流之辈的全部罪孽都是在那场所造下的，为了今后不再犯罪造孽，就得用僧侣的免罪券堵住那良心。那小姐委实无知，说她不知道哪里能买到这种免罪券。僧人答道，他随身带有一宝，专能赦免罪过，世上没有任何东西比此物更解宽恕，因为它一声不吭却能带来无比的温柔甜蜜，而这正是宽恕的真正、永恒、第一要义。僧人亮出法宝，可怜的小姐平生第一遭见此稀罕物件，惊喜莫名，脑子里一片糊涂，诚心诚意相信这圣物果然灵验，遂按教规让它赦免自己的罪过，犹如康岱夫人按教规报仇雪耻。她在这里忏悔，惊醒了小康岱小姐，引得她前来探视。看官须知，僧人盼的就是与她照面。他对这枚佳果垂涎三尺，当即一口吞下。因为小姐既然有此要求，僧人把剩下的宽恕都送给她。话说回来，他出了这么大力气，此刻快乐一番也是应该的。天亮后，猪崽吃光了碟子里的下水，公猫母猫在草堆上闹腾够了，不再叫春，阿玛多这才上床睡觉。蓓罗特早已把床上的机关拆除。多亏这僧人道行高深，人人得以安睡酣睡，直到中午开饭前，城堡里还没有人起床。仆人们无不相信这僧人是魔鬼所化，他把猫、猪崽和各位主人都带走了。这自然是无稽之谈，开饭时大家都在大厅里露面了。

"请随我来，我父亲。"城堡女主人把胳膊伸给僧人挽住，引他坐到自己身边，老爷的位子上。全体仆人无不惊愕，因为康岱老爷竟然一声不吭。夫人说道："侍童，把这道菜端给阿玛多神甫。"老康岱小姐说："阿玛多神甫需要这个。""把阿玛多神甫的酒杯斟满。"老爷说。"阿玛多神甫需要面包。"小康岱小姐说。"您还要什么？"蓓罗特问道。

众人一句一声阿玛多。好个神甫如新婚之夜的处女，着实受用。

"吃吧,我的父亲,"夫人说道,"因为您昨晚没有吃好。""喝吧,我的父亲,"老爷说,"我指着天主的血起誓,您是我平生见过的最好的僧人。""阿玛多神甫是漂亮僧人。"蓓罗特说。"是宽宏大量的僧人。"老小姐说。"是行善积德的僧人。"康岱小姐说。"是伟大的僧人。"夫人说。"名副其实,地地道道的僧人。"城堡的文书说道。

阿玛多狼吞虎咽,如风卷残云把每盘菜都收拾得一干二净,然后猛灌肉桂补酒,舔唇咂舌,打喷嚏,打嗝,伸懒腰,腆肚子,如公牛在草场上得其所哉。旁人看着他无不害怕,以为他准是个巫师。饭后,康岱夫人、老康岱小姐和小康岱小姐缠住康岱老爷,个个舌尖生花,劝说他务必了结与修道院的诉讼。夫人对老爷指明,城堡里有一名僧人会带来许多好处。老小姐说,今后她每天都想请僧人磨砺她的良心。小姐揪住父亲的胡子,撒娇要他挽留僧人长住下来。假如世上也有妥善解决的争端,舍此僧人莫办。此名僧人通情达理,脾气随和,大智大慧如圣徒;这家修道院既有如此出色的僧侣,若与该修道院作对,必将招来大祸;假如全体僧侣都与这名僧人一样,该修道院必定在任何时候、任何地点都能战胜、摧毁城堡,因为该僧人力大无比。如此这般,她们的话如洪水自天而降,没头没脑浇在老爷身上,逼得他只好让步。他已看出,此事若不按照太太小姐们的愿望了结,他的宅子里休想安宁。于是他传来文书,命他为两造起草协议。他俩本想尽量拖延,不料阿玛多当场出示各项契据和他的授权证书,两人遂无从推诿。再说康岱夫人见他们正在商量息讼之事,便去布料贮藏室找来一块讲究的细呢料子,打算给亲爱的阿玛多做一件新袍子。宅子里每个人都见到他的袍子已破旧不堪,让一个如此出色的复仇工具装在这般窝囊的套子里,实在太可惜了,于是众人争着为他治装,康岱夫人裁好料子,贴身女仆制作风帽,老康岱小姐自告奋勇担任缝制,小姐帮着上袖子。大家齐心协力,务求把僧人打扮得漂漂亮亮。临到开晚饭的时候,这边已把袍子做好,那边康岱老爷已在写好的协议书上盖妥火漆印。

"嗨,我的父亲,"夫人说,"您为我们受了累。我吩咐蓓罗特烧好了热水,假如您看得起我们,请您痛痛快快洗个澡,也好恢复元气。"

阿玛多于是香汤沐浴。等他走出澡盆,发现一袭上等呢料的道袍和一双雅致的凉鞋已放在一旁。他换上这身服装后，众人无不赞叹他是世上最有气派的僧人。

却说那一头，杜普奈修道院的众修士担心阿玛多出事，派出两名僧人前往城堡附近打听消息。这两名探子在围着护城壕沟打转时，正巧蓓罗特用阿玛多换下来的旧道袍裹着许多碎瓷片扔进壕沟。他们认出此物，以为这可怜的疯子必定大祸临头，随即回去复命，说是阿玛多肯定此刻正为修道院受苦受难。院长获悉，立即召集众修士在小教堂举行祈祷仪式，恳求天主在他忠诚的仆人受到拷打时给以救援。阿玛多本人吃完晚饭，把协议书塞进腰带，表示要回杜普奈去。他看到夫人的小走马已备好鞍辔，等在台阶底下，马夫手执缰绳守在一旁。老爷还命令他的亲兵护送高僧，保障他一路平安。阿玛多见此场面，也就原谅了昨晚的磨难。他在离开这已皈依天主的地方之前，向众人一一祝福。夫人目送他远去，赞他是个好骑士。蓓罗特说他在马背上腰杆子挺得笔直，哪个武士都及不上他。老康岱小姐连声叹息。小康岱小姐要他做自己的听忏悔神甫。回到堡内大厅后，众女子齐曰：

"他使整个城堡变得圣洁。"

以阿玛多为首的马队抵达修道院大门口时，众僧侣吓得魂不附体，因为看门的以为康岱老爷折磨死了可怜的阿玛多，索性大开杀戒，率众前来洗劫杜普奈修道院了。阿玛多扯开大嗓子叫门，把门的听出他的声音，这才放他进院子。他从夫人的小走马上跳下来时，众僧人见他如此风光体面，不由羡煞羞煞。阿玛多高高举起协议书，众人齐声欢呼，簇拥他进饭厅，纷纷向他道贺。他们还拿出酒窖里最好的酒款待跟来的亲兵。那是大修道院送给杜普奈修道院的礼物。伏弗雷的小葡萄园是大修道院的产业，所以能酿成这般美酒。院长命人当众宣读康岱老爷的笔据。他于读毕后退场，边走边说："形势纵然多变，天主的手指却无处不显其灵，我辈理应感恩戴德。"

院长在向阿玛多道谢时一再提到天主的手指，那僧人见自己的灵物被人比作手指，大大缩小了尺寸，心中不快，遂对院长说："我的父亲，您倒不如说是胳膊，不过最好从此不必再提了。"

康岱老爷与杜普奈修道院的官司和解后，天主赐福于他，使他变成虔诚的教徒，因为九个月后他喜得贵子。两年后，僧众一致推选阿玛多为修道院院长，他们指望在这疯子治理下过上快活日子。但是阿玛多当上院长后变得循规蹈矩，严守戒律，因为他已经过反复操练，降服了心中的邪念，在女人的炉灶中脱胎换骨。女人的炉灶中燃烧的圣火能净化一切，因为此火乃是世上最持久、最坚贞、最顽强、最完美、最磨人、最贴近私处之火。此火能毁灭一切，它把阿玛多身上恶的秉性统统烧毁，只剩下它烧不着的东西，即他的精神。精神纯洁如钻石。众所周知，地球当年遭大火焚烧，变成焦炭，惟有钻石历劫不坏。所以阿玛多乃是上帝为使我们这个杰出的修道院归真返璞而选定的工具。他着手整顿一切，日夜监视众僧人，让他们按时起床做功课，在小教堂里如牧羊人清点羊群一样清点他们的人数，严格管束他们，凡有过失必重加处罚，最终把他们都教化成品行端正的好修士。

本故事教导我们，沉湎女色不是为了寻欢作乐，而是为了净化自身。此外，这段奇闻告诉我们，绝对不应该与教会人士比试胜负。

国王与王后觉得这个故事很对胃口，朝臣们于是说他们从未听过比这更有趣的故事，至于夫人小姐们，她们恨不得亲身体验故事里的情节。

蓓特悔罪记

第一章 蓓特缘何婚后仍是处女之身

太子殿下首次出奔①曾给我们的好国王战胜者查理添了不少麻烦。大约这个时代,都兰省一个后来绝了子嗣的名门望族遭逢不幸,列位读了下面这个凄惨的故事便知其详。作者写下这个故事时得到圣洁的听忏悔神甫、殉道者及权德天使②之助,正是他们遵循上帝的训谕,把这桩风流公案引向善的结局。

因倍尔·德·巴斯塔奈老爷乃是我们都兰省最大的地主之一,由于自身性格上的缺陷,他丝毫不相信男人的配偶女人也有灵性,并且以为女人无不天生水性杨花。他既有这一谬误想法,年纪一大把仍未娶妻,这对他并非好事。此人孤身独居,不解和善待人,若不在战场上厮杀便与一帮单身汉在一起打闹作乐。岁月不居,他已进入暮年,衣着不整,两手乌黑,满脸皱纹如猴子,总而言之,单看外表他便是基督教世界最邋遢的男子。可是就心灵、头脑和其他玄妙的东西而言,他有许多品性值得称赞。列位请相信,天主的使者跋涉千里也遇不到一位战将比他更忠于职守,遇不到一位领主享有比他更多的不受玷污的荣誉,比他更言出必行,一诺千金。听过他发表议论的人说他见解高明,往往能给人忠告。想必是天主有意嘲弄世人,才把那么多完美的品性赋予一个外貌奇丑之人。

话说这位老爷刚满五十岁,看上去已像六旬老翁。此时他才决心

---

① 查理七世(1422—1461)的王储路易(后来的路易十一)因与父亲政见不同而出奔。
② "权德"是某一等级的天使的名称。

娶妻成家，以便传宗接代。他打听什么地方能找到合适的人选，听人盛赞门第高贵的罗昂家族有位小姐德貌双全，顿时动了心。罗昂家族在都兰省拥有领地，小姐芳名蓓特，因倍尔遂到蒙巴宗城堡去拜访她。他见到这位蓓特·德·罗昂小姐果然名不虚传，巴不得立即消受艳福，便拿定主意娶她为妻，何况他相信名门闺秀决不会不守妇道。此后不久就举行婚礼了，因为罗昂老爷有七个女儿待嫁，值此乱世，战争频仍，他的财产蒙受损失，无力给每个女儿都置备丰厚的嫁妆。巴斯塔奈这位好人确实有福，他得到蓓特货真价实的完璧之身，证明她母亲管教有方。允许他挨上姑娘身子的第一夜，他着实出力播种。婚后第二个月，妻子便确信怀了身孕，因倍尔老爷万分喜欢。这些事情，都属于我们这个故事的开头部分。还要交代一笔，这个合法出生的儿子后来继承巴斯塔奈的姓氏，被国王路易十一晋封为公爵，当过国王的侍从，还曾出使欧洲各国。人人敬畏的国王对他宠信有加，他对国王也矢忠不渝。这份忠心本是他父亲留给他的遗产，因为早在国王当太子的时候，老巴斯塔奈眷恋幼主，与他同甘共苦，甚至追随他犯上作乱。只要太子提出要求，他会为了他把耶稣再次钉上十字架。王公大人能交上这般讲义气的朋友，实为少见。

再说姣美的巴斯塔奈夫人对丈夫可谓一片至诚。自从有她为伴，这位好人心里原来对光荣的女性怀有的种种成见便如云开雾散，驱除得一干二净。遵照不信天主之辈的通例，他迅速由猜疑变为信赖，把家务完全交给蓓特管理，对她言听计从，让她主宰一切，向她奉献自己的荣誉，让她守护自己的白发。他把她视作一面反映德行的明镜，除了从丈夫嘴唇间吹出的气息，不受任何别的气息的吹拂，而且不计较夫君是朱颜丹唇还是龙钟老翁。为了把话说全，还得说明夫人之所以博得贤惠的名声，也因为有个幼子需要她日夜照料。整整六年，这俏丽的母亲每天第一件事是亲自给孩子喂奶，把孩子当做情人的替身，听任他咬嚼她那对迷人的奶头，而那孩子咬起来也毫不客气，与情人一般无二。这个好母亲除了孩子玫瑰色的嘴唇的亲吻不知有别的接吻，除了孩子的一双小手如快乐的小耗子的爪子在她全身上下乱摸，不知有别的爱抚；除了孩子那对清澈明亮、映出碧空的眼睛，不曾读过别的书；除了孩子如天使的语言一般悦耳的叫喊声,不曾听过别的音乐。列位须知,她老是抱他哄他,一早起来就想吻他,晚上也惦记着吻他几次。据说她半夜里还会爬起来,把自己缩成一团以凑合他的小身体,跟他亲个没够。总而言之,她带给孩子的母亲爱尽善尽美,因此自己也成了世上最好、最幸福的母亲。这么说,并非对圣母意存不敬,因为圣母当年抚养主耶稣未必耗费偌多心血,既然吾主是神不是凡胎。巴斯塔奈这位好人见妻子热心哺乳,对夫妻之道缺乏兴趣,反倒高兴,因为他床上精力不济,乐得养精蓄锐,也好生第二个孩子。六年之后,当母亲的不得不把儿子交给骑术教练和其他人接管。巴斯塔奈老爷嘱咐这帮人严格教育这孩子,以便他日后继承自己的姓氏的领地时,也继承家族的美德、优良品格、高贵气度和勇敢。蓓特见自己的幸福被人夺走,不由伤心痛哭。现在她只有轮在别人之后,每天摊到短暂的几小时时间与亲爱的儿子相处。对于母亲伟大的爱心来说,这几个小时自然太少了,难怪她从此闷闷不乐。好丈夫见她流泪,便卖力气再让她生个孩子,不但未能成功,反而惹恼了他可怜的妻子。因为据她说,制造孩子的手续烦死人了,要她付的代价也太高了。此话听来幼稚可笑,在她却是由衷之言,否则世上就没有一种学说是真的了。您若不信此言,那就得把《圣经》也当做谎话谰言,付之一炬。不过有的女人不信确有此等事情,男人倒不以为谬,因为他们深明此中的学问。作者不才,自当解释蓓特产生这个怪想法的秘密原因所在。我说的怪想法,指的是她对夫人们爱之胜过一切的事情感到厌恶,虽说她少了这份快乐并不脸上憔悴,心头烦闷。列位见过与在下一样善献殷勤、一样喜欢女性的写家吗?想必没有。在下爱女人爱到极点,却又不能随心所欲向她们表达爱慕之情,因为我手里经常握着鹅毛笔管,而不是倒过来用羽毛去撩拨夫人小姐们的朱唇,逗她们发笑,与她们百无禁忌交谈。列位且听在下道来。

话说巴斯塔奈这个好人并非精于此道的风月老手。只要能杀死敌方的士兵,他才不在乎杀人的方式。遇到混战,他会不打招呼便朝对方全身上下乱刺乱砍。他杀人既不讲究方法,与之相应,事关生命、出生和在您知道的那个迷人的炉灶里烤制一个孩子时,他也不拘细节。这位老爷对各种准备手段、水磨功夫毫不开窍,不解在炉膛里频添柴禾以俾升温。那不是一般的柴禾,而是奇香馥郁,在爱情的树林中一枝一叶收集起来的。他既不会如公猫叫春唧唧哝哝,卿卿我我,两人共吃一块糖,合舔一杯酒,更不懂荡子手腕,情侣解数,以及夫人小姐们爱之胜过自身灵魂得救的种种小花招。夫人小姐们所以爱之胜过一切,是因为她们的天性更近于雌猫而非女人,这在女人的习性中显而易见。您曾否在她们用餐时略为观察她们的举止?她们中没有一个人——我说的是出身高贵、受过良好教育的女人——如男子一样直截了当一刀切开食物,爽爽快快送进嘴里。她们先是反复审视盘中的菜肴,像用筛子筛选豆子一样挑出她们中意的部位,吮吸调味汁,丢弃粗糙的成分,懒洋洋摆弄刀叉,好像她们是接受司法机关的裁决才来就餐的,她们最恨直来直往,干任何事情都喜欢拐弯抹角,花样翻新,机巧百出,这正是女人的特性所在,亚当的子孙之所以对女人爱之欲狂,原因也在于此,女人做什么都跟他们不一样,而且做得好。您同意吗?好!我喜欢您!再说因倍尔·德·巴斯塔奈这名老兵不解风月手段,他闯入维纳斯漂亮的花园好像冲进被攻占的城池,对居民的哭声和叫声不理不睬,匆忙在那片园地里种下一个孩子,犹如在黑暗中开弓放箭。娇媚的蓓特哪里受得惯这样待遇!她还是个孩子,刚满十五岁。不过这个童贞女相信,为了有当母亲的幸运,就必须忍受这可怕、可恶、磨人、恼人的活计。所以她在受活罪的时刻就诚心祈祷天主帮助她挺住顶住,频频念诵"万福圣母马利亚",而且觉得圣母的运气比她好得多,因为她只需要忍受一只鸽子,便怀上圣胎。她在夫妻生活中得不到乐趣,也就从不要求丈夫与她行事。如上所述,这位好人既然血气已衰,她便孤衾独眠犹如修女。她厌恶与男子做伴,尝尽了这件事情的苦头,从未想到造物主本来让这件事情带给人们那么多快乐。惟其儿子的出生让她付出那么高的代价,她才对他更加疼爱。男女相争,总是坐骑赢了骑士,倒过来驾驭他,逢到他精力不济便辱骂他。蓓特夫人偏对龙争虎斗不感兴趣,这下您该明白原委了。根据老头儿老太太的说法,有些婚姻不谐的原因盖在于此,而有的女人突然癫狂的原因肯定在此。这些女人等到上了岁数,不知怎的发现自己一直受骗,于是就把一天当好几天,拼命要在有生之年把失去的都补回来。这里面难道没有哲理,朋友们!所以你们应用心研读这一页文字,以便好生照管你们的妻子,女友以及其他由于偶然的机会需要你们守护的女人,同时我愿天主守护你们不受她们的连累。

再说蓓特虽然当了母亲,事实上仍是不解风情的处女。她年方二十一岁,众口交誉为城堡之花,她丈夫的光荣和全省的荣誉。她的丈夫巴斯塔奈每见这大孩子柔韧如柳条,活泼如游鱼在他眼前走动,心头便一阵喜欢。她与自己的儿子一样天真,可是处理事情头脑清楚,井井有条,以致她丈夫有所措置,必先征求她的意见,女人是天使,只要她们的灵性不泯,可谓有叩必响。蓓特当时住在洛什城附近她丈夫的城堡里,遵循古代贤妻良母的规矩,只管家务,不问外事。后来卡特琳娜王后带着一帮动辄举办庆典的意大利人来到法国,法国的贵妇就不守这好规矩了。当今风俗之败坏,弗朗索瓦一世国王及其继承人亦难逃其咎,他们的挥霍浪费与新教徒的恶行劣迹同样断送了法国。不过这与我讲的故事没有关系,那时候,朝廷驻跸洛什城,满朝文武都听说巴斯塔奈夫人美如天仙。国王遂邀请巴斯塔奈老爷和夫人进城做客。蓓特于是进城,国王见了她赞不绝口。年轻贵族见到这枚爱情的苹果,目光再也移不开,抢着对她献殷勤。老人见她如见到太阳,血脉也热起来了。他们无论老幼,个个目眩神迷,只求一餐秀色,人人甘冒万死。洛什城里议论蓓特夫人的次数之多,胜过《圣经》里提到天主,因此招惹了无数不如她那样天生丽质的贵妇。只要能把这人见人爱的美人打发回她的城堡,她们豁出去愿陪最丑的贵人睡上十夜,有位年轻贵妇眼见她的一名情人也迷上了蓓特,由妒生恨,从此伏下巴斯塔奈夫人的灾难。不过她得幸福,发现前此一无所知的爱情乐土,亦端赖于斯。这位狠毒的贵妇有个亲戚,他见到蓓特后,当下就跟她说,若能受用这美人一个月,事后要走他的性命他也不后悔。列位须知,这位贵妇的表弟年方二十,长得秀美如少女,下巴白净无毛,声音悦耳动听。他若开口向敌人求饶,对方必定会软下心来。

"漂亮表弟,"贵妇对他说,"您快离开这大厅,回到您的住所。我设法让您享受这快乐。不过您得注意,不要在她跟前露面,也不要让这老狒狒看到您。造化准是出了差错,才把这猴头接到基督徒的身子上,可是您那位仙女却是属于他的。"

漂亮老弟就此躲起来，贵妇满怀奸诈走到蓓特跟前，跟她套近乎，口口声声称她"我的朋友""我的宝贝""美貌之星"，想方设法讨她喜欢，一切都是为了有效地报复这可怜女人。她的情人另有所慕，其实蓓特一无所知，毫无责任，可是对于那些恨不得集天下人之爱于一身的女人来说，情人心里藏着别的女人，便是对她们最大的背叛。略经交谈，这位阴险的贵妇便猜出可怜的蓓特对风流缱绻之事一窍不通。她看到蓓特的瞳神清澈如水，两鬓的皮肤平滑，鼻子雪白，动人的鼻尖上找不出一星半点通常因纵情欢乐而留下的黑斑，额头更没有皱纹。总而言之，在这张如情窦未开的处女的脸上，没有丝毫沉湎于男欢女爱的痕迹。这刁滑女人又对她提了些女人之间的问题，从蓓特的回答，她确信后者虽然尝到了当母亲的甜头，与爱情的快乐却全然无缘。她暗自为表弟高兴，随即对蓓特说，洛什城里有位年轻小姐，出身高贵的罗昂家族。路易·德·罗昂先生一直不肯收留她，她需要一位行善积德的夫人的帮助才能如愿。如果天主赋予巴斯塔奈夫人的善良与美貌相等，她应该把这位小姐带回城堡，考查她是否过着圣洁的生活，然后劝说罗昂先生接纳她到自己的庄园里居住。蓓特毫不犹豫就同意了，因为她对这位姑娘的不幸身世早有所闻，知道她名叫西尔薇，不过从未见过面，还以为她现在国外呢。

这里需要交代，国王陛下为何隆重招待巴斯塔奈先生。原来陛下对太子首次策划逃到勃艮第之事已有所觉察，巴斯塔奈既为太子的心腹谋士，陛下有意套他的口风。可是这老人对路易太子忠心不贰，说话滴水不漏。却说他把蓓特带回城堡后，夫人跟他说，她为自己找了一个女伴，并把那人领给他看。此非别人，即是上文说的那位贵人，他的表姐妒火中烧，恨煞蓓特的美德，特意把他改扮成少女，唆使他毁坏蓓特的名声。因倍尔获悉这是西尔薇·德·罗昂，当下皱眉蹙额，不过他深为蓓特的善良所打动，感谢她愿意从中斡旋，帮助迷路的羔羊返回羊圈。这是他在城堡的最后一夜，明天就要跟随太子前往勃艮第了。他备下一桌宴席与好妻子话别，留下若干家丁守护城堡，随后上路，一点也没有想到一名残酷的敌人已经埋伏在老窝里了。这位美少年的模样他以前从未见过,因为这是个特来朝廷观光的年轻贵族,现在杜诺阿老爷府上充当见习骑士。老贵族以为他真是女儿之身,还觉得这姑娘很虔诚,很腼腆,其实是这小伙害怕不能掩饰自己的目光,所以总是低垂眼帘。蓓特吻他的嘴唇时,他紧张万分,生怕裙子底下泄露天机,只有离开她身边,走到窗户跟前。万一被巴斯塔奈识破机关,弄得他偷情未成就丢了性命,岂非冤枉。所以,一俟城堡的狼牙闸门放下,老贵族在原野间策马疾驰,他才吃了宽心丸,喜不自胜。任何一位情郎处在他的位子上都不免如此。他刚才害怕得透心凉,曾暗中发愿:他这次色胆包天,轻举妄动,若能逢凶化吉,必出资为图尔大教堂建造一根柱子。后来他果真付出五十个银马克作为上帝赐给他的快乐的代价。可是事有曲折,为了这快乐,他还得向魔鬼交钱,您请读下文便知分晓,假如这故事您读来很有意思,愿意读下去。好话不在多,下文简明扼要。

第二章　蓓特尝到爱情的甜头后如何乐此不疲

这位年轻的见习骑士是约翰·德·萨赛家的少爷,蒙摩朗西老爷的表弟。他死后,萨赛家的领地和其他土地根据从属关系转归蒙摩朗西家族所有。那年他才二十岁,热情奔放如烧红的煤炭。列位可想而知,他在巴斯塔奈城堡的第一天强自克制,有多难熬。老因倍尔放马疾驰,表姐妹俩站在狼牙闸门顶上的小塔楼里目送他远去,频频向他挥手示意。直到马队掀起的尘土在地平线上消失,她们才走下塔楼,回到大厅。

"我们该作何消遣,美丽的表妹?"蓓特对假西尔薇说,"您若喜爱音乐,我们不妨合唱一首古代行吟诗人的抒情小诗,不知您意下如何?您同意了?您要弹奏我的风琴?来吧!假如您爱我,请不吝献技,让我们边弹边唱!"然后她抓住约翰的手,领他到风琴的键盘跟前。她的伴侣遂学女人的样子,仪态万方地坐下。试音之后,见习骑士即侧过头靠近蓓特,以便合唱。蓓特喊道:

"啊呀,美丽的表妹,您的目光那么吓人!您搅乱了我心里不知什么东西。"

"哎,表姐,"假西尔薇答道,"毁了我的就是这目光。海峡那边的国家有位可人意的爵士,他说我天生一双美目,然后就吻我的眼睛,吻得那么温柔,令我骨酥魂消,没法不失身于他。"

"表妹,难道爱情是用目光传送的?"

"我亲爱的蓓特,眼睛是丘比特①锻造神矢的炉子,"情郎说着,眼里迸出火光。

"唱歌吧,表妹!"

顺着约翰的心意,他们合唱克里斯蒂娜·德·皮桑②的一首对答诗,那里一唱三叹的不外乎男女之情。

"嗨,表妹,您的嗓子多么深沉宽厚!它在搜索我的生命。"

"在哪儿?"该死的西尔薇问道。

"就在这儿。"蓓特指着自己的横膈膜答道。横膈膜比耳朵更善于摄取爱情的声响,因为它的位置既挨着心脏,也靠近您知道的那个部位,而那个部位无疑是女人的第一头脑,第二心脏和第三只耳朵。我这么说毫无恶意,完全从生理上立论。

"别唱了,"蓓特又说,"这歌声叫我过于激动。到窗口来吧,让我们一起做点针线活直到晚祷。"

"唉,我最最亲爱的表姐,我不会穿针引线。因为我的手指习惯做别的事情,这才毁了我的名声。"

"那您又怎样打发日子呢?"

"这么说吧,我听任爱情的摆布。爱情把一天缩成一瞬间,一月缩成一天,一年缩成一月。只要爱情长存,它会把永恒当做草莓一口吞下去。有了爱情,一切变得鲜嫩、芬芳、甜蜜,一切都化为无穷的欢乐。"

然后这个好伴侣垂下俊秀的眼皮,面呈愁容,如被情人遗弃的痴心女子。凡是弃妇,无不一边伤心哭泣,一边盼着情人回心转意,巴不得原谅他的薄幸,只要他还想起自己曾一度眷恋的羊圈,为重返故地寻找

---

① 丘比特,罗马神话中的爱神。
② 克里斯蒂娜·德·皮桑(1363—1430),法国女诗人。

那温柔的小径。

"表妹,婚姻生活里也有爱情吗?"

"哪能!"西尔薇说,"因为在婚姻生活里一切都是义务,而在爱情里心灵是自由自在的。情侣的相互爱抚好比爱情之花,正是这一差别为情人的爱抚平添说不出的温馨甜蜜。"

"表妹,别再说这闲话了,它比刚才的音乐更搅得我心烦意乱。"

她吹一声响亮的口哨,唤来一名仆人,命他把儿子带上来。孩子来了,西尔薇一见就喊道:"啊!他美如爱神!"然后亲吻他的前额。

"来啊,我的乖孩子,"母亲说道。孩子随即扑入她的怀抱,"来啊,你是你母亲的快乐,是她的全部幸福,她每个时辰的欢乐,她的皇冠,她的珠宝,她纯洁无瑕的珍珠,她洁白的灵魂,她的宝藏,她夜晚和清晨的光明,她惟一的火焰,她的心肝。伸出你的手来让我咬几口,探过你的耳朵来让我啃一下,抬起你的头让我吻你的头发。我的小花朵,假如你愿意我幸福,那么你的幸福就是我的幸福。"

"啊,表姐,"西尔薇说,"您在用爱情的语言跟他说话。"

"爱情难道是童稚所为?"

"是的,表姐,所以异教徒总把爱神画成一个儿童。"

表姐妹俩如一双玉人,她们与孩子做游戏直到吃晚饭,边玩边交谈,句句离不开爱情。

"您不希望再生一个孩子?"约翰觑住机会,凑近表姐的左边耳朵说道。他火热的嘴唇轻拂这耳朵。

"啊,西尔薇,要说这个,假如上帝赐给我这般福分,我甘愿在地狱里受罪一百年。可是,我夫君枉自尽力耕作,且不说这事情对我苦不堪言,我的腰身总是不见变化。只有一个孩子,这等于什么也没有。城堡里只要传来一声尖叫,我就心惊肉跳。为了这天真无邪的宝贝,我害怕动物和人,害怕有人舞剑弄枪,劈刺腾挪,害怕一切。我活着不是为了自己,整个心思都在他身上。话说回来,就这样担惊受怕,也是幸福,因为只要我感到惧怕,这表明我的骨肉还安然无恙。我为了他才祷告圣徒和使徒。说起孩子,我可以一直说到明天。长话短说,我以为我的生命在他身上,而不是在我自己身上。"

说着,她把孩子紧紧搂在胸口。如天下母亲搂抱子女那样,她用的纯是发自心灵的精神力量。假如您不信有这种力量,但看母猫嘴里叼着小猫奔走,便知在下所言不谬。她的好伴侣着意描绘男欢女爱之乐,企图打动她,犹如用水浇灌一片花团锦簇但不结果实的草地。他生怕说错了话,反而坏事,听到蓓特这一番话,也就大为放心。于是他想,假如他能征服这个灵魂,使之皈依爱情,这也是遵循天主的训诫;这个想法其实不错。到了晚上,按照贵妇们已不再奉行的习俗,蓓特邀请表妹与她同睡领主的大床。假西尔薇既然扮演名门闺秀的角色,当下便谢过女主人的盛情厚谊。熄灯钟敲响,表姊妹俩步入铺着地毯、挂着王家工场制作的壁毯,还有其他陈设的寝室。几名贴身女仆伺候蓓特宽衣卸妆。列位可想而知,那见习骑士满脸绯红,十分害羞,不让女仆伺候。他对表姐说,打从情郎不再帮她宽衣解带之后,自己就养成独自脱衣服的习惯,因为情郎的动作如此温柔,侍女们无不笨手笨脚,令人厌恶。又说她的情郎把帮她卸妆当做一种准备功夫,他逐件脱下她的衣服直到她赤身露体,同时说许多亲密的话,做许多亲昵的动作,此刻回想起来还叫她嘴馋,可是无从满足,徒唤奈何。表妹这番话令蓓特大为惊讶,她放下床幔去做祷告及其他临睡前的准备。这位年轻贵族心急火燎,早早钻进床帐,便从里面偷觑城堡女主人完好无损的色相,满心喜欢。蓓特相信自己的伴侣无非是个破了身的姑娘,不必提防,仍照老习惯行事。她先是洗脚,不介意脚面抬高还是抬低了,然后裸露楚楚动人的肩膀,接着又按部就班做女人就寝前必做的别的事情。事毕她才上床,舒舒坦坦躺下来亲吻表妹,发现她的嘴唇滚烫。

"您哪儿不舒服了,西尔薇?您身上发烫。"她说。

"我只要躺下,总是浑身发热,"他说,"因为每到这个时候,我就想起他为博我欢心而发明的各种妙不可言的小花样,越想越神往,身子就越热。"

"好表妹,您说说他究竟是怎么做的。您尝到了爱情的妙处,不妨也跟我讲讲。我与老翁同枕共衾,他头上的白雪散发凉意,使我无从感受您那种热情。您说了也能让我长长见识,而且我们这两个可怜人不谙世故,都可以从您的不幸得到教训,引以为戒。"

"美丽的表姐,我不知道自己该不该顺着您。"好伴侣说道。

"为什么不呢?"

"哎,这事与其说,不如做!"他长叹一声,犹如风琴奏出音阶的"多"音,"再说我害怕这位英国爵士已把这么多的快乐塞进我体内,万一我传给您一星半点,那也够让您生个女孩儿了——因为本可以用来生男孩儿的东西在我身上大概变弱了。"

"说真的,"蓓特说,"莫非我们之间做这事也是犯罪?"

"恰恰相反,天上地下都会一片欢腾,天使们会奏乐唱歌,朝您身上挥洒香水。"

"那您快说吧,表妹。"蓓特说。

"我那漂亮朋友是这样让我真个销魂的,"约翰说着就把蓓特紧紧抱在怀里,此时他的欲望已无以复加,因为灯光下蓓特披着白色睡袍躺在这张造孽的床上,宛如百合花的花蕊藏在贞洁的花萼深处,"他抱着我就像此刻我抱着您一样。他用比我的声音要温柔得多的声音说道:'啊,蓓特,你是我海枯石烂不变心的爱情,我的千万座宝库,我白天和黑夜的快乐。你比白昼更白,你的娇媚盖世无双,我爱你胜过爱天主,为了我从你那里得到的幸福,我就是死一千次也心甘情愿。'然后他就亲我吻我,不是像丈夫那样粗暴,而是像鸽子一样温柔。"

为了当场证明情人的办法无比优越,他即去吮吸蓓特唇际的全部蜜汁,并且教会她怎样利用自己如猫舌一般细巧的玫瑰色舌头,一言不发便能直诉心灵。约翰玩这游戏越玩越动情,不由把火热的吻由嘴唇移到脖子,由脖子移到自有女人喂奶以来,曾被婴儿咬住的果子中长得最馋人的那一对。任何人处在他的地位,若不如法炮制必将看不起自己。

"啊,"蓓特不知道自己已陷入爱情的胶漆,兀自说道,"这更舒服,我得告诉因倍尔也这么做。"

"您是不是犯迷糊了,表姐?什么也别跟您的老丈夫说,因为他不可能做得像我一样温柔有趣。他的手生硬如棒槌,他的花白胡子只会在您快乐的中心,您的玫瑰花里捣乱。我们的精神、财产、财富、爱情、幸运,统统藏在这朵花里。您可知道,这朵花是活的,它要求像我刚才做的那样百般温存,而不是把它当做投石器的目标一味蛮干。您瞧,我的英国朋友有多么体贴。"

说着,这俊俏伴侣便癫狂起来,直至他的火枪走火。可怜的蓓特懵懵懂懂,当下叫喊起来:"啊,表妹,天使降临了,这音乐那么美,我什么都听不见了!这光明那么强烈,我的眼睛都睁不开了!"

她确实昏过去了,因为爱情的欢乐在她体内爆炸,如风琴奏出最高的音阶,如灿烂的霞光四射,如极品麝香流入她的血脉,解开生命的束缚,把生命带给一个孕育于爱情的胎儿。这孩子投胎时好不老实,搅得天翻地覆。总而言之,蓓特以为自己置身天堂,她只觉浑身通泰。待她从美梦中醒来,发现自己躺在约翰的怀抱中,便说:

"为什么我没嫁在英国呢?"

"我美丽的女主人,"约翰从未得此奇趣,他答道,"你嫁给我了,是在法国。法国人更加高明,因为我是男子,为了你我愿意死一千次,如果我有一千条命。"

可怜的蓓特一声尖叫,隔墙也能听到她如埃及的蝗虫①跳下床来,双膝跪在祈祷凳上,两手合十,眼中流出的珠泪比马利亚-玛德兰娜②还多。她说道:"啊呀,羞死我了,一个乔装天使的魔鬼欺骗了我。我的清白已受玷污,我肯定已怀上一个漂亮的孩子,可是我与您一样无辜,圣处女。请您为我求得天主的宽恕,假如我得不到人间的宽恕。要不您就让我死去,免得我在夫君面前无地自容。"

约翰虽未听到蓓特以恶语相加,但看到她对刚才的双人舞竟然如此悔恨,他大为惊愕,也下了床。可是,不等她的加百列③有所动作,蓓特猛然站起来,汪汪泪眼燃烧着神圣的怒火,显得更加妩媚动人。她说:

"您若逼近我一步,我就向死亡走近一步!"说着她操起一把妇女护身用的小刀。

她的悲痛摧肝裂肺,约翰见了也揪心,赶忙答道:

---

① 典出《圣经》,上帝为惩罚法老,降蝗灾于埃及。
② 即《圣经》中的抹大拉的马利亚,原系一风尘女子,后向耶稣悔罪,痛哭流涕。
③ 《圣经》中的天使长,他向圣处女马利亚宣告她将诞育圣婴。

"该死的是我,而不是你。我亲爱的美丽的朋友,这个世界上没有别的女人会比你更为人所爱。"

"假如您果真爱我,您就不会毁坏我的名声。与其忍受丈夫的责备,我还不如死了的好。"

"您真会寻死?"

"当真。"她说。

"这么说吧,假如您用乱刀把我捅死,您就可以得到丈夫的宽恕。您跟他说您本是无辜的,是我趁您不备占有了您,您杀死了欺骗您的人,也就为他报仇雪耻了。至于我,从您厌恶为我而活着的那一刻起,为您而死就是我此生能得到的最大的幸福。"

听了这声泪俱下、情真意切的说辞,蓓特不由放下手中的刀子。约翰立即冲上去,把刀尖刺进自己的胸膛,说道:"如此艳福惟有以死相报!"接着就直挺挺倒在地上。

蓓特吓破了胆,赶紧把贴身女仆叫来。女仆来了,看到一名受伤的男子躺在夫人房间里,也吓得六神无主。她见夫人扶住这男子,对他说:"您怎么了,我的朋友。"

蓓特以为他死了,不由想起刚才的极乐,想起这个约翰长得多么俏丽俊秀,任何人,包括因倍尔在内,都以为他是女子。她于痛苦之中把一切都告诉贴身女仆,又哭又喊,说是她怀上一个私孩子,良心上已不堪负担,再添上一个为她而死的男子,叫她如何了得。听到这话,可怜的情郎用力睁开眼睛,只撑开一道缝,露出一点眼白。

"嗨!夫人,别嚷嚷了,"贴身女仆说,"别昏了头脑,还是救活这漂亮骑士要紧。这桩秘密不能让医生、郎中知道。我这就去找法洛特,她是女巫,为了讨夫人您的喜欢,自会作法治愈他的伤口,连痕迹都不留下。"

"快去,"蓓特说,"为了你给我的帮助,我一定爱你,给你许多好处。"

主仆俩首先商定对此事严守秘密,不让任何人见到约翰。然后女仆连夜去找法洛特。女主人一直送她到暗门口,因为大门设有狼牙闸门,没有蓓特专门下令,卫兵不能开启。待她回房,发现她的漂亮朋友又昏过去了,因为鲜血从伤口汩汩流淌。想到约翰是为她而流血的,她情不自禁俯身喝了一小口。这个侍从骑士曾带给她欢乐,他伟大的爱情与他眼前的危险处境深深打动了她,促使她去吻他秀美的脸庞,用眼泪洗涤他的伤口,为他包扎,跟他说千万别死,为了让他活下去,她一定好好爱他。列位须知,蓓特看到一名如约翰那样细皮白肉、如花初放的年轻贵族与因倍尔那样满身浓毛、皮肤黄皱的老贵族之间的差别,由不得她不爱上前者。这一差别也提醒她两者在爱情上的差别,回想颠鸾倒凤的乐趣,她的亲吻变得如此甜蜜,以致约翰恢复了知觉,终于凝住目光,看清蓓特。他用细如游丝的声音要求蓓特原谅他。法洛特未来之前,蓓特不许他说话,所以两人只能以四目传情。在蓓特的眼睛里仅有同情,可是在这种场合,同情与爱情相差无几。

法洛特是个驼背婆子,众人怀疑她招魂有术,并且按例每年一次骑着扫帚飞赴魔女的夜宴。有人亲眼见她在马厩里跨上扫帚柄,而她的马厩,众所周知,设在房屋的天沟之上。说句实话,她掌握一些治病的偏方,常在某些事情上为老爷太太们效劳,所以能过太平日子,非但不至于在柴禾堆上被活活烧死,反而在羽毛褥子上高枕无忧。她已攒下满筐的钱币,可是医生们与她过不去,说她是出售毒药发的财。这话倒也不假,有本故事为证。

贴身女仆与法洛特同骑一头母驴,兼程而行,天未亮就赶到城堡。驼背老妇走进寝室便开言:"喂,孩子们,出什么事了?"她与大人物说话的口气一向很随便,在她眼里大人物也是小可怜虫。她戴上眼镜,麻利地检查伤口,说道:"这可是上等好血,我的朋友,您已经尝过滋味了。情况还好,他不过是外伤。"夫人与女仆紧张得直喘气,她一边说,一边当着她们的面用一块细海绵擦洗伤口。然后她要言不烦,郑重宣布,这位老爷无性命之虞。"只不过,"她看了他的手相后说,"由于今夜的事,他必将死于非命。"蓓特和女仆闻之大骇。法洛特留下几服药后,答应第二天夜里再走。事实上她治疗这伤口连续花了十五天,每次都是黑夜里悄悄而来。城堡里的其他人听夫人的贴身女仆说,西尔薇·德·罗昂小姐得了鼓胀病,危在旦夕;不过此事有关夫人的面子,不宜张扬,因为她毕竟是夫人的表妹。众人听了这谎言不但听不出漏洞，还津津乐道，向其他人转述。

好心人以为是那怪病带来危险，其实不然，危险的是病后的康复期。约翰越是恢复元气，蓓特就越是心软，最终陷入约翰把她送进去的天堂而不能自拔。长话短说，她爱他爱个没够，不过她沉浸在快乐之中时，一想起法洛特不祥的预言就败了兴致，再说她奉教虔诚，她的良心常受谴责。她害怕因倍尔，出于无奈给他写了一封信，说自己已怀上他的孩子，待他回家时见到她腹中有孕，必定十分喜欢云云。她撒的这个谎可是不小，比孩子还大。那天可怜的蓓特写了这封骗人的信，白天避而不见约翰，因为她哭得伤心，泪水湿透了手帕。这对情人平时如干柴烈火，见了就离不开，约翰见她有意回避，便以为她必定恨他了，也在一边伤心流泪。他虽然擦干了泪水，眼睛里还是有哭过的痕迹，到晚上，蓓特见了大为感动，就对他直言自己缘何痛苦，还承认自己对未来深感恐惧，提醒他他俩都是有罪之人。她这一席话委婉恳切，句句契合基督教的精神，又伴随那么多圣洁的眼泪，那么大的悔过的决心，约翰不能不被情人的诚意深深打动。她的爱情因其纯真与悔恨难解难分，她在罪孽中不失高贵，混合了力量与软弱，照古代作者的说法，就是铁石人见了也要心软的。所以列位不必奇怪，约翰指着他作为见习骑士的名誉发誓，只要能在尘世和另一个世界救护她，不管她命令他做什么，他一定服从。蓓特见约翰对她如此信任，一心为了她好，当即扑倒在他的脚下，一边吻他的脚，一边说："虽然这是犯下死罪，我还是不能不爱你，我的朋友，你心眼儿那么善良，那么同情你可怜的蓓特。假如你愿意你的蓓特想到你的时候永远只感到甜蜜，愿意她从此不再泪如泉涌，虽说使她流泪的原因如此可爱，如此有趣……"为了表明心迹，她又吻了他一阵，然后说下去，"约翰，我们享受过有天使奏乐、洋溢着爱情的芳香的天堂里的快乐，假如你愿意我回忆起这个快乐时不感到内疚，反而能为我的坏日子带来安慰，那么我请你做到圣处女在梦中命令我要求你做的事情。因为我曾恳请圣处女指点迷津，要求她显灵，而她果然显灵了。我告诉她，我心中无时不受烈火煎熬，因为我既担心自己腹中躁动的小生命会遇上灾难，又害怕他真正的父亲逃不脱另一个父亲的手掌，怕他为了补赎做私生子父亲的罪过而死于非命。这可是法洛特预言的,她料事如神。美丽的圣处女于是对我微笑,她说只要遵从教会的训诫,教会便能使我们的过失得到原谅。又说错已铸成,悔恨也无济于事,只有赶在上天还没降怒之前尽早改正。然后她伸出洁白的手指指给我看一个与你一模一样的约翰,可是他穿的衣服正是你应该穿而没有穿的。如果你爱你的蓓特至死不渝,你应该就是他。"

约翰要表明自己对她百依百顺,便搀扶她起来,抱她坐在自己膝上,接连不断地吻她。

可怜的蓓特跟他说,这身衣服是僧侣的法衣,她要求他——她怕他拒绝,说到这里浑身哆嗦——出家修行,隐姓埋名住进图尔城外的马穆斯吉埃大修道院。然后她指着自己的信仰起誓,再给他最后一夜的恩爱,这以后她在这个世界上既不属于他,也不属于任何人了,为了补偿他作出的牺牲,她允许他每年来城堡一天,看望他的孩子。

约翰既已发誓,不得改口,便答应顺从情人的心愿出家为僧。又说他一旦修行,必定对她忠贞不贰,除了在她身边度过的神仙日子,不会有其他爱情享受,从此惟以回忆这段幸福为生。

蓓特听了这动人肺腑的话,接着说道,不管她的罪孽有多深重,也不管天主给她安排了什么惩罚,眼前的情景使她有勇气忍受一切,因为她相信自己委身的不是凡人,而是天使。

他俩遂在他们的爱情曾在其中如花苞绽开的大床上睡下,以便对爱情所有盛开的鲜花道一声永别。丘比特大爷必定参与其事了,因为从没有女人在世界任何一个地方得到过同样的快乐,也从没有男人曾同样销魂。真正的爱情的特点正是某种密切配合,它使一方给得越多时另一方得到的越多,反之亦然,犹如某些数学演算里,数字无数次自动相乘。为向知识浅陋的人解释这个现象,就得拿威尼斯的镜厅作比方,因为他们能在镜子里看到同一形象复制的成千上万个形象。在这对情侣心里,欢乐的玫瑰花怒放盛开。他们双双跌入温柔乡,奇怪自己心里怎么装下这么多快乐也不胀裂。蓓特和约翰但愿这一夜便是他俩生命的最后一夜。当他们感到血管里流动一种懒洋洋的倦意时,便以为爱神已下决心把他们负在自己的翅膀上带走,只等他们作致命的最后一吻了。不料他们枉自万般爱恋,依旧安然无恙。

因倍尔·德·巴斯塔奈老爷归期已近，所以西尔薇小姐第二天就得动身。可怜这位小姐与表姐告别时难分难舍，泪流满面频频亲吻，每一吻都说是最后一吻，可是直到晚祷时刻这一吻还没有结束。最后不得不分手了，他才狠心道别，此时他心脏里的血液已经凝固，犹如复活节大蜡烛滴下的烛泪。遵循诺言，他直奔大修道院而去，次日上午十一点到达该处，被接纳为初学修士。巴斯塔奈老爷回家后，蓓特告诉他西尔薇已跟着英国爵士回去了。此话倒不是撒谎。

因倍尔见到蓓特大腹膨脖已系不住腰带，当下喜不自胜。丈夫越是喜欢，可怜的妻子越是受罪。她不善骗人，为了说过的每句谎言，都要跪在祈祷凳上暗自哭泣，泣尽继之以血，频频祝告天堂里列位圣徒向她伸出救援之手。她向天主发出的呼喊直达天庭，因为天主垂听一切，他听到石块在水下滚动，穷苦人宛转呻吟，苍蝇在空中振翅。诸位看官知道这点自有好处，否则诸位就不会相信下面的事情。却说天主命令米歇尔天使长安排这个悔罪的女子在人间预受地狱之苦，以便她日后上升天堂时无人责难。圣米歇尔于是从天上下降到地狱门口，把蓓特的灵魂托付给魔鬼，跟他说在她有生之年他怎么折磨她都是允许的，并且把蓓特、约翰和他们的孩子一一指给他看。魔鬼本是出于天主的意旨才成为万恶的主宰，他对天使长表示一定遵命照办。上天颁下有关这三个人命运的命令之际，尘世的生活照常进行，娇媚的巴斯塔奈夫人为因倍尔老爷生下人间最漂亮的婴儿。这是个男孩，美如百合花与玫瑰花，天资聪颖如童年的耶稣，既调皮又爱笑如异教的爱神。他越长越英俊，而他的兄长却越变越丑，与自己的父亲惟妙惟肖，一丝不走样。这幼子丰神俊秀如天上的星辰，像生父也像母亲，兼有二者外表和精神上的优点，举止娴雅，冰雪聪明。他本是精神与肉体在最佳状态下结合的产物，在巴斯塔奈眼中就像是活的奇迹，以致他常说，为了自己灵魂得救，他恨不得把幼子变成长子，打算请求国王为此特颁恩诏。蓓特不知如何表态才好，因为她虽然钟爱约翰的儿子，对另一个孩子爱之不深，轮到老好人巴斯塔奈起了对他不利的念头，她却想保护他了。当年的隐情有此下场，蓓特甚为满意，她用谎言包裹了良心，以为一切皆已结束，因为她平平安安过了十二年，偶尔想起旧事，才为欢乐的日子投

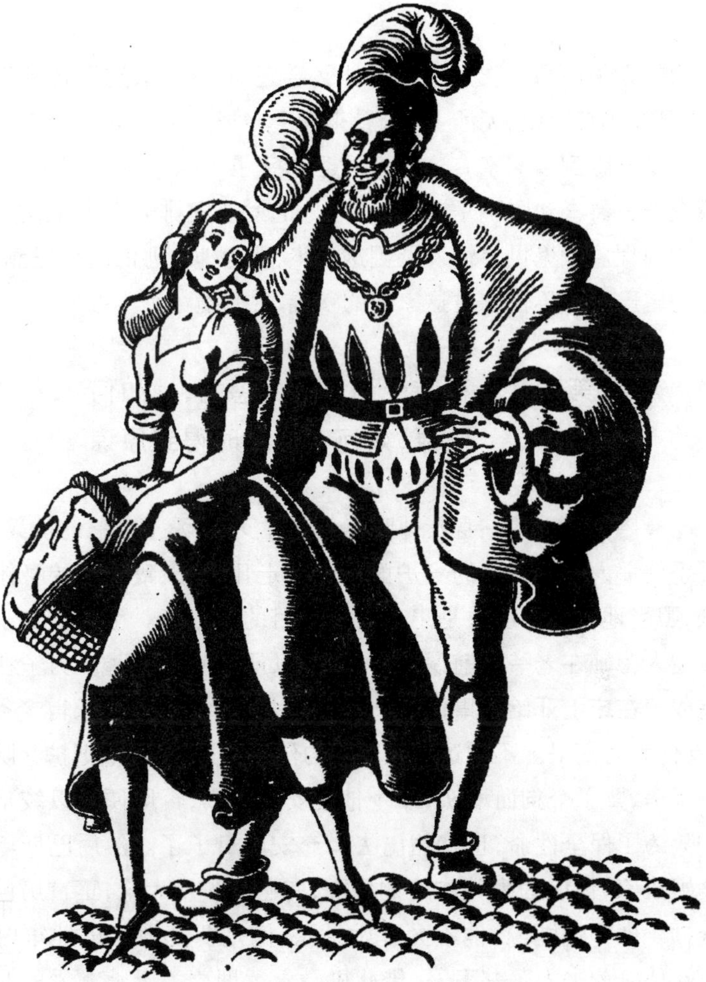

下阴影。根据她许下的诺言，大修道院一名僧人每年到城堡里来度过一整天，看望自己的孩子。除了蓓特的贴身女仆，谁也不认识他。蓓特屡次恳求她的朋友约翰修士放弃他的权利，约翰就是不听，指着孩子对她说："你每天都见到他，而我一年里只有一天！"于是那可怜的母亲便无言对答。

路易太子最后一次兴兵反抗他父亲之前几个月，这个孩子年方十二岁，已经满腹经纶，无所不知，看来准会当一个大学问家。老巴斯塔奈以前从未感到当父亲有这么大乐趣，决心携同儿子到勃艮第宫廷去，因为查理公爵喜欢聪明子弟，答应为他的爱子安排一个令王侯也艳羡不止的前程。魔鬼见事情发展到这一步，认为他作恶的时机已到，便把自己的尾巴不慌不忙塞进这家人的幸福之中，搅了个不亦乐乎。

第三章　蓓特受到可怕的惩罚，她如何赎罪，如何在临终时得到原谅

巴斯塔奈夫人的贴身女仆时年三十五岁，她爱上老爷的护兵头目，傻乎乎让那人从她烤熟的一炉面包中取走几个，以致自己的身体自然肿胀，照当地农民的说法是患上历时九月的鼓胀病。可怜这女子只得求女主人为她在老爷跟前说几句好话，以便迫使那个薄情男子在祭台前完成他在床上开始的事情。巴斯塔奈夫人轻而易举就求得老爷的恩典，女仆大为高兴。不过这个老军人的作风一贯严厉，他把护兵队长叫进公事房，骂了个狗血淋头，命令他娶女仆为妻，否则便处以绞刑。那名护兵为了保全性命，也就豁出去舍弃安静日子了。然后巴斯塔奈传那婆娘进来，他以为事关本府的体面，有必要长篇大论，正言厉色教训她一顿。他吓唬她说，他不允许她结婚，倒是要把她关进地牢以示惩罚。女仆以为夫人落井下石，借此机会永远埋葬关于她宠爱的儿子的出生秘密。她想到这里，正好那老猕猴冲她说了几句侮辱性的话，如一家之主必定犯了失心之疯才把一名婊子养在家里等等，于是她回答说，要说失心之疯，他肯定疯得无以复加了，因为多年来他妻子一直在当婊子，那位嫖客大老而且是名僧侣：对于一名军人，这才是奇耻大辱。

列位请在自己的经历中寻找曾经遭遇的最大的暴风雨,才能想象这老贵族的雷霆之怒于万一。他在心脏的要害,有三条命的地方受到打击。他当下掐住女仆的脖子,就要结果她的性命。女仆为替自己辩护,便把事情和盘托出,说道老爷若不相信她所言属实,至少应该相信自己的耳朵。等到大修道院院长堂·约翰·德·萨赛前来府上的那一天,他只要躲起来窃听神甫的谈话,便知端详。神甫常年守斋,到那一天才有机会亲吻自己的儿子,补偿一年的相思之苦。因倍尔叫这婆娘滚出城堡,因为即使她所言不假,他也会跟她造谣诬告一样把她宰了。他当场赏她一百埃居,把她的男人也一并交给她,命令他们立即上路,休得在都兰省辖地过夜。为了保险,巴斯塔奈老爷特命手下一名军官押送他俩到勃艮第。然后他告诉妻子这对男女已经远行,说这女仆是个烂果子,本应把她逐出门外,但他还是给了她一百埃居,并且为这男子在勃艮第宫廷谋了一份差使。蓓特得知她的贴身女仆未向女主人辞行便离开城堡,当下大为惊愕,不过她不敢多言。事后不久,她就遇上别的麻烦,因为夫君对她的态度有变而惴惴不安。她丈夫先是比较长子与自己的相似之处,然后说他爱若心肝宝贝的幼子的耳鼻口眼,上下各处,却与他毫不相同。某日他又说这种含沙射影的话,蓓特答道:

"可他长得跟我一模一样。莫非您不知道,和美的家庭中,丈夫和妻子各自出力生儿育女,或者他们齐心协力,因为做母亲的把父亲的元气融于自己的元气之中。有的医生声称见过许多孩子既不像父亲,也不像母亲,说道事涉神秘,乃天主一时兴之所至。"

"我的朋友,您变得学识渊博了,"巴斯塔奈答道,"不过我乃无知之徒,我相信一个孩子若与一个僧侣相像……"

"必是该僧侣所生。"蓓特接下去说。她坦然望着丈夫的脸,其实她的血管里流的已是冰块,不是鲜血了。

老好人以为自己错怪妻子了,不由咒骂那贴身女仆,不过他弄清真相的心情变得更加迫切。堂·约翰来访的日子将临,蓓特已生戒心,就给他写了封信,说道自己希望他今年别来;至于原因,容后禀告。然后她到洛什城里找到法洛特,要她把信交给堂·约翰,便以为眼下不会出什么乱子了。每年可怜的僧人来访前几天,因倍尔老爷按例要到曼恩省去巡视,他在那里拥有许多地产。偏巧今年他推说路易殿下欲举兵起事,需要他协助准备,所以不能到曼恩省去了。众所周知,这次叛乱使可怜的国王伤透了心,终于使他郁悒而死。丈夫有正当理由不出门,她深信不疑。她庆幸自己已给修道院长写了信,也就放下心来。不料到了那一天,修道院长照常光临。蓓特见到他,吓得变了脸色,便问他是否收到她的信。

"什么信?"约翰问。

"这下我们三个人都完了:孩子、你和我。"蓓特说。

"此话怎讲?"修道院长问。

"我说不清,"她说,"不过我们的末日已临。"

她问自己的爱子,巴斯塔奈现在何处。少年回答说,有专人把他父亲叫到洛什城里去了,要到晚祷时分才能回来。约翰听了这话,就不管情人的劝阻,执意与她和亲爱的儿子待在一起。他开导她说,既然他们的儿子出生十二年以来平安无事,今天也不会出事。每年逢到这对情侣重温当年的艳情的日子,可怜的蓓特必与可怜的僧人关在房间里,直到开晚饭才露面。可是这次不同往常,蓓特把自己不祥的预感告诉堂·约翰之后,他也开始害怕了。两人早早就吩咐开饭。大修道院院长不断劝慰蓓特,提醒她教会享有特权;巴斯塔奈已在朝中失宠,谅他不敢加害大修道院的高级僧侣。两人在餐桌边就座时,他们的孩子不管母亲一再传唤,就是不肯过来。原来他骑着勃艮第的查理公爵送给巴斯塔奈的那匹西班牙良种矮马,在城堡院子里来回转圈子,玩得正欢。这也难怪:少年喜欢充大人,侍童愿装扮见习骑士,见习骑士爱当骑士,这孩子要在他的僧人朋友面前表明自己已长大成人。他指挥胯下坐骑如床单上的跳蚤腾空飞跃,自己端坐马背上纹丝不动,好像他出娘胎以来没有下过马似的。

"由他玩个痛快吧,亲爱的朋友,"僧人对蓓特说,"淘气孩子往往能长成栋梁之材。"

蓓特小口进食,她的忧心忡忡如浸水的海绵,根本没有胃口。僧人博学多闻,他刚尝了几口,便觉得胃里一阵骚乱,腭下如为毒虫所螫,又酸又麻,当下怀疑巴斯塔奈老爷给他们三人的菜肴下了毒。在他还没有得到确证之前,蓓特已经吃完了。僧人突然掀翻桌布,把菜肴统统扔进炉膛,然后把自己的疑虑告诉蓓特。蓓特感谢圣处女暗中庇佑,使她的儿子忙于游戏而顾不上吃饭。堂·约翰神志未乱,他想起自己当侍从骑士的老本行,一个箭步蹿进院子,从马上抱下儿子,自己翻身上马,穿越田野飞奔而去。假如您见到他拼命用脚后跟踢马胁,差点没踢破它的肚子,您准以为是一颗流星在您眼前闪过。魔鬼本人从城堡赶到洛什,用的时间也不会比他更少。他找到法洛特,三言两语说明情况,因为此时毒药已烧得他五内俱焚。他要求她给他解毒剂。

"糟透了!"那巫婆说,"我受到尖刀威逼时,假如我知道人家是要对您下毒手,我宁可刀锋扎进喉咙也不会交出毒药的。为了保全一名天主的仆人的生命,为了救活这朵世上最娇艳的鲜花,人间最妩媚的女人,我甘愿豁出自己这条苦命。可是,我亲爱的朋友,眼下我只有一星半滴用剩的解毒剂。"

"够她一个人用吗?"

"够的,不过您得赶快。"老妇人说。

僧人的返程比来时还快。待他赶回城堡院内,胯下的坐骑就瘫倒在地,活活累死了。他走进蓓特的房间,蓓特以为自己大限将临,只顾亲吻自己的孩子,她在剧痛下全身扭曲如火中的蜥蜴,但她没为自己而呻吟不已,每声惨叫都是为了这个将由怒不可遏的巴斯塔奈任意处置的儿童而发,看到他凶险的未来她便忘了自己的痛苦。

"给,"僧人说,"我已经服过解药了。"

堂·约翰说这句话时神情坚毅,这需要极大的勇气,因为此时他已感到死亡的利爪攫住自己的心脏。蓓特刚喝下解药,修道院院长便倒下来死了。他在咽气前吻了儿子,并用深情的目光看着情人,这目光甚至在他死后仍保持原样。蓓特见此情景,吓得顿时浑身冰凉如石像。她木立在横卧在她脚下的死者跟前,怀中紧紧抱住哭泣不已的孩子,自己眼中却没有泪水,干涸如希伯来人在摩西长老率领下穿越的红海。她还以为自己眼皮底下滚动的是沙砾呢。众位善士请为她而祈祷,因为世上没有一个女人在猜到情人为救她而自我牺牲时,曾与她一样自恨自责。她在儿子的帮助下把僧人平放在床上,然后肃立在死者身边,与儿子一起祷告。她告诉儿子,这位修道院院长乃是他的生身之父,两人就这样静待厄运降临。厄运果然降临,因为巴斯塔奈于十一点左右回家,在狼牙闸门口即有人告诉他僧人已死,但是夫人和孩子安然无恙。然后他又看到自己的骏马倒毙在地。当下他怒从心头来,恶向胆边生,跳上台阶,直奔内室,意欲手刃蓓特和她与僧人生的儿子。他见到妻子和儿子正在为死者念经,并不因他到来而中断,对他的咆哮听而不闻,对他的威胁视若无睹,反倒失去行凶杀人的勇气了。一时冲动过去之后,他没了主张,只有在大厅里来回踱步,如胆小怕事者作奸犯科被人当场抓获,不知如何是好。偏生母子俩为僧人祈祷之声又不绝于耳,搅得他更加心烦意乱。

这一夜就在哭泣、呻吟与朗诵悼词中度过。贴身女仆奉夫人之命到洛什城里买来一袭贵族女子的服装,同时为她可怜的孩子买了一匹马和执盾骑士的装备。巴斯塔奈老爷见此大惊,他派人去叫夫人和那名私生子,可是母子俩不予理睬,自顾换上女仆买来的服装。遵从蓓特的意志,这名女仆清点夫人名下的财物,把她的衣服、珍珠、首饰、钻石整理妥当,聚成一堆,犹如寡妇宣布放弃自己的权利时所为。蓓特意犹不足,又命令把自己的钱袋也放上去,以便这个仪式完美无瑕。夫人准备远行的消息在宅子里传开了,众人见她真的要走,心里都很难过,甚至一名上工不到一星期的厨房小厮也心酸流泪,因为夫人曾对他说过和蔼可亲的话。这番举动使老巴斯塔奈大为惊慌,他来到夫人的房间,见她正对着约翰的尸体垂泪,因为此时她的泪水已如泉涌。但是她见到夫君,立即擦干眼泪。他提了无数问题,而她的回答要言不烦,首先承认过失,然后说明她如何上当受骗,那侍从骑士如何受伤,——说着她指给他看死者身上刀刺的伤痕——如何治愈;为了顺从她的意志,也为了在世人和天主面前赎罪,他如何放弃骑士的锦绣前程,出家修行,从此他的姓氏湮没无闻,这是比死亡还要严厉的惩罚;而她在洗雪自己的名誉时想过,既然这名僧人为儿子牺牲了一切,天主也不会拒绝他每年有一天前来探望儿子;又说她不愿与杀人凶手朝夕相处,才决心离家出走,并且不带走自己的财产;假如巴斯塔奈家族的荣誉受到玷污,带来耻辱的不是她,因为大祸闯下以后,她已尽最大可能予以补救;最后她说,她发愿与儿子一起漂泊四方,直到赎清罪孽为止,因为她知道怎样抵罪补过。

蓓特脸色煞白但气度高贵,她说完这篇得体的言辞便挽住孩子的手向外走去。她穿一身丧服,比夏甲①小姐从亚伯拉罕老家出走时更加光艳夺目,她的神情又是如此骄傲,全体下人当她经过时无不下跪,双手合十央求她别走,如向里什圣母院的圣母像祷告。巴斯塔奈老爷手足无措跟在她后面,一边哭,一边承认自己犯下罪过,那绝望的样子煞如囚犯被押上断头台,令人见了好不可怜。

蓓特不听众人的劝慰。宅子里乱成一团,狼牙闸门半垂。蓓特害怕闸门突然吊起,有人追来,赶紧走出城堡。其实谁也没有理由、更没有勇气阻拦她。蓓特在城壕边上坐下,城堡里的人都望得见她,眼泪汪汪求她留下来。可怜的老爷手握升降闸门的铁链,一语不发如石雕的圣像僵立在大门顶上。他看到蓓特命令儿子把鞋子里的尘土抖干净,留在桥上,这样他就不欠巴斯塔奈家一分一毫。她自己也照此办理。然后她指着巴斯塔奈对儿子庄重宣告:

"孩子,此人便是杀死你父亲的凶手。你知道你父亲是那个可怜的修道院院长。可是你姓了此人的姓,所以你得设法有朝一日把这个姓氏还给他,就像你把自己的鞋子在他的城堡里沾上的尘土留在此地一样。至于你在他家里吃过的饭,有天主的帮助,我们也会偿还的。"

老巴斯塔奈闻听此言,宁可把一个修道院的全体修士奉送给妻子,也不愿遭受她和那个有能力光耀他的门楣的执盾骑士的抛弃。他头靠铁链僵立在那里。

"魔鬼!"蓓特不知道魔鬼真的插了一手,她对丈夫喊道:"这下你高兴了?愿我日夜祷告的天主、圣徒和天使长助我一臂之力,叫你不得好下场!"

蓓特心中忽然得到圣洁的安慰,因为她看见田野里道路转角处出现大修道院的旗幡,同时听到一片宗教歌声仿佛自天而降,响彻大地。

---

① 据《圣经·旧约》载,夏甲原为亚伯拉罕之妻撒莱(即撒拉)的使女。撒莱不能生育,便将夏甲赠给亚伯拉罕为妾以得子嗣。后撒莱自己怀孕,便要亚伯拉罕将夏甲母子赶出家门,流落旷野。

原来是众僧侣获悉他们敬爱的院长惨遭谋害，便结队前来收尸，还带来了教会的司法人员。巴斯塔奈老爷见势不妙，赶紧带着亲信从暗门溜走。他去投奔路易殿下，把城堡里的一切都撇下不顾了。

可怜的蓓特坐在儿子身后，共骑一马来到蒙巴宗向父亲告别。她跟父亲说，她受此打击，痛不欲生。罗昂家的人百般劝慰她，要她看开一些，亦属徒劳。罗昂老爷送给外孙一副精美的甲胄，要他建功立业，光宗耀祖，把母亲的过失化为百世流芳的美名。但是巴斯塔奈夫人只向儿子灌输一个想法，即要求他弥补过失，以免她自己和约翰的灵魂万劫不复。两人于是前往叛兵举事的地点，希望有机会援助巴斯塔奈老爷，使他从他们手里得到比生命更宝贵的东西。众所周知，叛乱之火正在昂古莱姆附近、基耶那的波尔多以及王国其他地方点燃，叛军与国王的军队将在上述地点鏖战、交锋。决定成败的一仗在吕费克和昂古莱姆之间进行，双方被俘的将士统统被绞死或处肉刑。这是十一月份的事情，距堂·约翰之死不过七个月。老巴斯塔奈出任路易太子这一方的主帅，他身为太子的首席顾问，知道国王那边的神甫在布道时一再号召割下他的首级。话说他的部下在战场下方厮杀时，他发现敌方六名武士向他步步进逼，志在必得。当下他明白，他们要生擒活捉他，以便对他的家族起诉，毁坏他的名誉，没收他的财产。可怜的贵族自己捐躯，也要保全家人，更要为儿子保留领地，所以他如猛狮一般奋勇自卫。袭击者虽然人多势众，已被打翻三个，剩下的人遂协力上阵，首先放倒巴斯塔奈身边的两名执盾骑士及一名侍从骑士，然后一起向他猛扑过来，眼看就要结果他的性命。值此千钧一发之际，一名戴着罗昂家族族徽的执盾骑士疾如闪电冲入包围圈，杀死两名敌人，喊道："天主救援姓巴斯塔奈的！"第三名武士已经逼得老巴斯塔奈无力招架，无奈那个执盾骑士从背后袭来，使他不得不放过巴斯塔奈，转身对付来者，觑准他的护颈甲的空隙刺了一刀。巴斯塔奈素来讲义气，他转过身子时发现自己全家的救星受了伤，岂有只顾自己逃命，不舍命相救之理。他舞起狼牙棒，一下子就击毙那名武士，然后让执盾骑士横卧在马上，带着他落荒而走。一名向导给他引路，领他到拉罗什富科城堡。他进入城堡时，天色已黑，正好在大厅里遇上蓓特·德·罗昂，原来这里便是她的隐居之地。他为自己的恩人卸下盔甲时,认出他便是约翰的儿子。后者躺在长桌上,用仅剩的一点体力吻了母亲,高声对她说:"母亲,我们从此不欠他什么了!"说完就撒手人寰。

做母亲的听了这话,紧紧抱住亲爱的儿子的身体,与他再也不分离了。原来她已心碎而死,顾不上接受巴斯塔奈的原谅和悔恨。这场奇变惨祸大大折损了可怜的老贵族的寿命,以致他未能看到路易十一国王登基。他出资在拉罗什富科教堂每天做一场弥撒,把母子俩合葬在教堂里,并在墓碑上用拉丁文刻下颂扬他们一生的铭文。

世人都能从这个故事得出对做人大有裨益的教训,因为它说明,贵族对自己妻子喜爱的人应该以礼相待。此外,它告诫我们,所有的孩子都是天主派到人间的,不管是生身之父还是名义上的父亲,对他们都没有生杀大权。从前在罗马,有条可憎的异教法律允许父亲杀死子女。不过这对基督教世界不适用,因为我们都是主的儿子。

波蒂雍的美人如何难倒法官

众所周知,波蒂雍小姐在嫁给染匠塔什罗做老婆之前,曾在名叫波蒂雍的地方当洗衣女,她的大号即由此而来。看官如没有去过图尔,就有必要说明波蒂雍在卢瓦尔河下游圣西尔那一边,与河上通往图尔大教堂的那座桥的距离相等于该桥与马穆斯吉埃大修道院的距离,也就是说该桥位于波蒂雍与马穆斯吉埃大修道院的中间。这下您该明白了?那我们就往下说。从小姐的洗衣作坊抬脚就到卢瓦尔河,去河边浣洗或搭乘平底渡船前往对岸的圣马丁十分方便,她把洗净的大宗被单内衣送交对岸沙朵诺弗和其他地方的主顾。

事情发生在她嫁给塔什罗前七年的那个圣约翰节前后。她正当豆蔻妙龄,天生爱笑爱乐,对一帮追逐她的年轻人,她听凭他们倾吐爱慕之情,但不选中其中任何一名做情郎。有七条船在卢瓦尔河上航行的拉伯雷的儿子,雅罕家的长子,裁缝马商多,调皮鬼佩卡尔等人枉自挤坐在她家窗台底下的长凳上,她对他们总是百般嘲弄,因为她不愿在进教堂成婚前被一个男子拖累,这证明她在品德未受玷污时,本是个规矩女人。她属于那类行事谨慎,惟恐失足的妞儿,不过一旦出了差错,就破罐子破摔,因为一个污点和一千个污点同样不招人待见。对这种性格,我们自当宽容。

话说某日中午,朝中一位年轻贵人看到她在烈日下渡河,光彩照人,便打听她是谁。一个正在河滩上耕作的老农告诉他这是波蒂雍的美人,洗衣为业,出名的爱笑爱乐却又明白事理。这位年轻贵人穿戴的裥领需要浆洗,家里还有许多棉布制品和珍贵的旗幡,当下决定把这一切统统包给波蒂雍的美人,就此把她叫住。洗衣美人对他千恩万谢,因为他贵为勒富的领主和御前侍卫大臣。她途遇贵人后受宠若惊,嘴里不断念叨他的名字,对圣马丁的居民她一个劲儿谈论贵人,回到洗衣作坊里还谈个没完，第二天在河边洗衣服时同样开口必称贵人如何如何。总之在波蒂雍提到勒富老爷的次数比布道词里提到天主还多，这可就过分了。一位同在河边浣洗的老妇人说：

"没影子的事儿她也神魂颠倒，真有点什么她又该怎么着？这般痴心妄想，早晚要吃勒富老爷的苦头！"

这位开口不离勒富老爷的疯妮子首次到侍卫大臣的府上送她洗好的床单内衣，侍卫大臣亲自接见她，夸她浆洗的手段高明，最后说她不仅模样俏，而且知趣解事，所以他要立刻付钱给她。言出行随，一俟他的底下人走开，他就动手轻薄起来。那美人原以为将要看到他从钱袋里取出漂亮的钱币，姑娘家不好意思当面领取工资，不敢正视那钱袋，只是说：

"我可是第一遭。"

"很快就妥了。"老爷说道。

有人说他费了九牛二虎之力才入港，而且所入有限。另有人说他的活儿干得太差，既然那妞儿如一支溃兵冲出门外，一路上呼冤叫屈，直奔法官家里而去。不巧法官下乡了。波蒂雍小姐在客厅里等他回来的工夫，就对法官的女仆哭诉她如何遭到抢劫，因为勒富老爷对她凶狠粗暴，而教务会的一位议事司铎为了得到勒富老爷抢走的东西，愿意给她一大笔钱。如果她爱上一个人，她觉得理应送给他这份快乐，因为她自己也能尝到乐趣。可是御前侍卫一味蛮干，根本不如她期待的那样温柔体贴，所以他欠她一千埃居，也就是议事司铎甘心付出的代价。法官回家，见到美人，想跟她打趣，她却一本正经说她是来告状的。法官说，只要她有此愿望，当晚他就能按照她指定的方式把一个人绞死，因为他巴不得能为她做上一百零一件事。美人说她不想要那个人的性命，但是要他赔偿一千个金埃居，因为那个人对她行施了暴力。

"哈哈，"法官说，"似这般奇花异葩的价值岂止此数。"

"给一千埃居，"她说，"我就跟他了结，从此我就不必靠洗衣服为生了。"

"夺走了这个瑰宝的人，他有钱吗？"法官问。

"有的。"

"既然如此,就得让他出大价钱。他是谁?"

"勒富的老爷。"

"这一来官司可就变了。"法官说。

"也就不讲公道了。"她说。

"我说的是官司,不是公道,"法官接茬儿说,"需要弄清楚,事情是怎样发生的。"

于是美人一派天真地向他叙述,正当她把老爷的裥领放入柜箱的时候,老爷却在背后撩她的裙子。她立即转过身子来说:"快住手,老爷!"

"我明白了,"法官说,"听了你这句话,他以为你要他快点完事。哈哈!"

美人说她又哭又喊,拼命自卫,所以实际上发生了强奸。

"这无非是小妞们挑逗人的惯伎。"法官说。

波蒂雍小妞最后说,尽管她努力反抗,还是被老爷抓住腰带,拽到床上。她徒然扑腾叫喊,总不见有人相救,于是失去了抗争的勇气。

"好,好,"法官说,"您感到快活吗?"

"不,"她说,"我遭受的损失只能用一千金埃居来赔偿。"

"我的朋友,"法官说,"我不能受理你的控告,因为我以为没有女人不是心甘情愿被人奸污的。"

"不,不,先生,"她哭着说,"您不妨问您的女仆,听她怎么说。"

女仆说有的强奸是有趣的,有的很坏,既然波蒂雍小妞既没有得到钱也没有尝到快活,老爷不是欠着她的钱,就是该着她一份快活。这个通达的见解使法官不知如何对答。

"雅克琳!"他说,"我要在晚饭前了结这件事。你去把我的带子套头①找来,外加一条捆扎诉讼卷宗的红线。"

雅克琳找来的带子套头上凿着一个标准的圆孔,那红线则是司法人员习用的那种粗线。然后女仆退过一边观看法官怎样审案,这神秘的准备使她与美人同样兴奋。

---

① 用于装饰或系住衣服的带子或绳子两头的金属包头或套子。

"我的朋友,"法官说,"我拿着这个引线的针眼有那么大,这根线穿过去没有困难。假如您穿成了,我就受理您的控告,按仲裁协议让这位老爷狠狠地放一顿血。"

"什么叫仲裁协议?"她问,"我不弄明白就不能随便答应。"

"这是司法用语,就是双方配合的意思。"

"那么说,仲裁协议就是司法上的婚配。"波蒂雍小姐说。

"我的朋友,强奸使您的头脑也开了窍。您准备好了吗?"

"好了。"她说。

狡猾的法官随即把针眼伸向曾遭强奸的洗衣女,着实耍弄她一番。小妞先把粗线搓直以便穿进针眼,法官稍稍一动,这一首战就未能告捷。她隐约猜到法官在捣鬼,但仍把那根线沾湿、理直,再作尝试。法官自顾躲闪腾挪蹦跳,赛过初上阵的处女,所以那根倒霉的线分毫未进针眼。美人儿一心对准那窟窿,好法官一味规避。那根线的婚礼终究未能完成,针眼依然处子之身,落得女仆对波蒂雍小姐笑道,她强奸别人的本事不如被人强奸。好法官跟着大笑,波蒂雍的美人则为得不到金埃居而痛哭。她失去耐心,对法官说:

"您不肯安稳待在原地,老那么动来动去的,我就没法穿过这个海峡。"

"那我告诉您,我的女儿,如果您也像我这样做,老爷就不可能得手。再说,您看这针眼多么好进,一个处女的入口又该关闭得多么严紧!"

那自称曾遭强奸的美人儿定神想了想,她决心要难倒法官,向他证明她是怎样被迫失身的。此事有关所有可怜的易遭强奸的姑娘们的名声。

"老爷,要做到公平合理,我就得像勒富老爷一般作为。如果那时候我只要动就行了,那我会一直动到现在,可是他还有别的花样。"

"学给我看看。"法官答道。

于是波蒂雍小姐把线拽紧,涂上蜡,使它变得又硬又直,然后她竖起线头对准针眼穿过去。见那法官兀自左腾右挪,美人儿就对他说许多疯话,诸如:啊!多漂亮的针眼!多么可爱的小洞眼!谁不想得到这样的宝贝？多美的缝隙！让我把这根能言善辩的线穿进去吧。哈！哈！哈！您可别伤害我这根可爱的、可怜的线！您待在那儿别动！来了，我可心的法官。法官我的可人儿！我的线穿进这个铁门不是正合适吗？这铁门磨损的线可不在少数，您瞧凡是穿过去的没有不蔫儿的。她一边说一边直笑，法官也笑个不停。玩这个游戏她可是比法官高明，但是她疯疯癫癫，挤眉弄眼，做出种种娇姿媚态把线头伸过来又缩回去。她让法官手持针眼高悬半空，如一头开了锁的旱獭跳跳蹦蹦直到七点钟，波蒂雍小妞执意要把线穿进去，法官竭力抗拒，但已难以为继，尤其因为他肚子饿了，只想尽早结束。他的手腕举酸了，只得搁在桌子边上歇息片刻。波蒂雍的美人觑准机会，十分利索地把线穿进去，说道："事情就是这样发生的。"

"就这样吧，"法官说，"我肚子饿了。"

"我也饿了。"她说。

法官既被难倒，就对波蒂雍小妞说，他受理控告，自会去跟勒富老爷交涉，因为他已证实，那年轻贵人对她强行非礼；但是出于值得重视的理由，他将安排双方私了。次日法官就到朝中去见勒富老爷，向他转达美人的控告，并把美人对他叙述的事情经过重说了一遍，国王对这场官司大感兴趣，勒富的年轻领主既然供认不讳，国王便问他是否觉得美人儿壁垒森严，勒富的老爷傻乎乎回答说不觉得，国王随即说他夺关搴旗付出一百金埃居也值。侍卫大臣当即把钱点给法官，以免别人说他小气，但也不忘找补一句说，波蒂雍小妞的上浆水可真值钱。

法官回到波蒂雍，笑着对美人说他已为她索到一百埃居，不过，如果她想得到一千埃居的不足部分，此刻在国王的宫中就有几位知价识货的贵人愿意帮她凑成整数。美人毫不推辞，她说为了不再去洗别人的衣服，她甘愿洗一下自己的随身货色。她重谢了为她出力的法官，并在一个月内挣下一千埃居。有关她的诸般谣言和谎言皆从此而来，因为她只与十来名贵人周旋一度，嫉妒者却说超过百数。与一般淫妇荡娃相反，波蒂雍小妞挣够了一千埃居便恪守闺范。后来有一位公爵愿出五百埃居，也遭她的谢绝，这证明她并非来者不拒，国王本人也曾把她叫到他位于金翅鸟槌球场附近庚冈格洛涅巷的小公馆去过，觉得她美艳动人，口齿伶俐，与她着实逗乐一番之后，下令禁止法院执达吏以任何形式传讯她。国王的情人妮柯尔·波佩蒂依见她美貌绝伦，便给她一百金埃居做盘缠，让她到奥尔良去看看卢瓦尔河水的颜色在那里是否与在波蒂雍一样清澈。美人儿根本不把国王放在心里，故此乐于从命。

国王临终时的听忏悔神甫后来被追认为圣徒。他来到图尔时，我们的美人也去向他悔过，发愿以苦行赎罪，并捐资在图尔城附近圣拉扎尔麻风病院增设一张病床。看官们认识的许多贵妇人曾甘心被十个以上的贵人奸污，但除了自己家中的床从未设立别的床位。所以有必要大书特书此一善举，借以称颂这个好女人。她以洗濯别人的秽物为生，后来因其善良和机智闻名遐迩。她嫁给塔什罗为妻，更显出她的长处。她自己开心，也让丈夫开开心心戴上绿帽，这在上文《斥夫记》那个故事中已经说过。

本故事说得明白，凭着力量和耐心，人们也可以强奸司法。

缘何幸运始终追随女人

话说当年骑士们都讲义气，在追逐富贵荣华时相互提携。那时在西西里有一名骑士结识了另一位长得像是法国人的骑士。您想必知道，西西里是地中海某处的一个岛屿，一度威名远扬。这名法国人碰巧身无分文，但见他徒步行走，不携随从，而且衣冠敝旧。若不是他流露一种高贵气度，旁人难免把他误认为平民。很可能他的坐骑在他上岸时早已累死或饿死了。他是听说法国人在西西里岛常交好运，才渡海而来的。这个传闻倒也不假。那位西西里骑士姓佩扎雷，原籍威尼斯共和国，他早年离开威尼斯，因为已在西西里国王的朝廷中安身立命，遂无意返乡。他出身名门，可惜是幼子，无望继承财产，生性又不喜经商，因此被家人抛弃，所幸他在西西里朝廷颇受国王宠信。却说这位威尼斯人骑着一匹漂亮的西班牙矮脚马闲逛，心想自己在这外国朝廷里孤立无援，没有信得过的朋友，而命运捉弄人，对无依无靠的人尤为严酷。他脑子里转着这些念头之时，不期而遇这个可怜的法国骑士。此人看来比他更孤苦伶仃，因为他至少还有精工打造的武器，各种良马，一座公馆和几名仆人，而且此刻仆人们正在为他准备丰盛的晚餐。

"您想必远道而来，所以脚上落下那么多尘土。"威尼斯贵人发话道。

"路上的尘土并非全部落在我脚上。"法国人答道。

"既然您足迹遍天下，"威尼斯人接着说，"必定有满腹学问。"

"我学会不为对我毫不关心的人操半点心，"法国人说，"我也懂得，不管一个人的脑袋扬得多高，他的脚跟总与我的脚跟一般齐。此外，我学会不相信冬天里的暖和日子、敌人的瞌睡和友人的诺言。"

"如此说来，您比我富有，"威尼斯人甚为惊讶，说道，"因为您跟我说的那些格言，我从来没有想到过。"

"各人自有心中事，"法国人说道，"既然您不耻下问，我也想劳驾指点通向巴勒莫的大路或者哪里有客店，因为天色已晚。"

"难道巴勒莫的法国人或者西西里贵人中，您谁也不认识？"

"我无亲无故。"

"这么说，您没有把握会受到接待。"

"我准备原谅拒我于门外的人。大爷，请您指路。"

"我跟您一样迷路了，"威尼斯人说，"我们一起寻路吧。"

"若要这么做，我们必须走在一起。可是您骑在马上，我却是步行。"

威尼斯人让法国骑士坐在他身后，然后问：

"您可猜到自己跟谁同行？"

"显然是跟一条汉子。"

"您以为自己安全吗？"

"假如您是强盗，倒是您应该害怕，"法国人说着便用匕首柄顶住威尼斯人的心口。

"实言相告吧，法国大爷，我觉得您既有学问，又有头脑。我在西西里朝廷为官，可是孤立无助，正在寻找朋友。我以为您也有求友之心，因为从外表看您似乎不走运，需要众人的帮助。"

"如果众人都来管我的事，难道我就更加幸福了？"

"您真是厉害角色，每句话都叫我无言对答。圣马克在上，骑士大爷，我可以信任您吗？"

"您可以信任我胜于信任您自己。您愿意交我这个朋友，可您一上来就骗我，因为您策马的方式表明您熟悉道路，而您却说自己迷了路。"

"可您也在骗我，"威尼斯人说，"一个像您这样年轻明理之人不应徒步旅行，一名高贵的骑士不应平民装束。舍下已到，仆人们已端整了饭菜。"

法国人跳下马来，与威尼斯骑士步入公馆，欣然同意与他共进晚餐。两人在餐桌前落座。法国人狼吞虎咽，掰碎食物的手法极其麻利，足见他在饭桌上也大有学问。接着他又一气灌下几壶酒，目光依旧明亮,神志清楚如常,再次证明他本领非凡。所以那威尼斯人相信自己结识了亚当的一个好后代,是从那根正宗的肋骨诞生的,不是冒牌货。威尼斯骑士一边和他套近乎,一边刺探这位新朋友内心有何秘密。他终于承认,要此人脱掉衬衫,也比撬开他的嘴容易。既然如此,还不如自己对他披露心曲,以便得到他的敬重。于是他告诉他,路弗鲁瓦国王和他千娇百媚的妻子统治的西西里眼下处境如何;他们的宫廷多么风流旖旎,人人温文尔雅;朝中有许多西班牙、法兰西、意大利和其他各国的贵人,个个鲜衣华服,饶有领地采邑,还有许多其高贵与其财富相埒,其财富又与其美貌相等的公主王妃;这位国王雄心勃勃,有意征服莫雷亚①、君士坦丁堡和耶路撒冷、苏丹以及其他非洲疆土;几位才智之士执掌朝政,把基督教骑士的精英网罗无遗,协力襄助国王的宏图大业,以俾曾以富饶闻名古代的西西里称霸地中海,压倒无一寸土地立足的威尼斯。国王之所以有此大志,全是他佩扎雷灌输给他的。但是他虽然备受宠信,在朝臣中却孤立无援,势单力薄,所以才嘤嘤求友。他怀了这件心事在野外散步,决心听从命运的指引。他起了这个念头时恰巧遇上一位明理达情之士,——因为法国骑士的干练业已得到证明——所以他建议与他结为兄弟,有钱同花,有屋同居;他俩一起寻求荣华富贵,共享人间快乐,彼此不隐瞒任何想法,如十字军中的结拜兄弟一样事事相助。最后他说,既然法国人寻找财富,需要帮助,他这个威尼斯人提议互助共济,想必不会遭到拒绝。

"虽然我不需要任何帮助,"法国人说,"因为我相信有一件东西能带给我希望得到的一切,我还是感谢您给我的礼遇,亲爱的佩扎雷骑士。您会看到,过不久您就会欠我的情分——在下戈蒂耶·德·蒙梭罗骑士,可爱的都兰的贵族。"

"莫非您有一个护身符保佑您万事大吉?"威尼斯人问道。

"是我的好母亲给我的护身符,用它可以建造或者摧毁堡寨和城市,"都兰人答道,"这是一柄冲压钱币的铁锤,一帖包治百病的神药,一根可以抵押、换来许多货款的拐杖,一件威力无比的工具,它不声不

---

① 十二至十四世纪用这个名字称呼希腊的伯罗奔尼撒半岛。

响就能在所有的锻铁炉上打凿出奇妙的花纹。"

"咳！圣马克在上，您的锁子甲里必定有件法宝。"

"不，"法国骑士说，"此乃天然之物，您请瞧。"

戈蒂耶离开餐桌准备上床时，突然向威尼斯人显露了他从未见过的最漂亮的制造快乐的工具。两人系按照当时的习俗，同床共寝。法国人接着说：

"此物能赢得女人的欢心，扫平一切障碍。既然这个朝廷里贵妇主宰一切，您的朋友戈蒂耶很快就会执掌大权。"

威尼斯人见到戈蒂耶的天生妙物，惊叹不已。他母亲确实不惜工本造就此物，可能也有他父亲的功劳在内。有此天赋异禀，加上年轻侍从骑士的机智和老魔鬼的韬略，必定所向无敌。两人于是起誓永结金兰之好，决不为女人而背弃友情，遇事都往一处想，好比两颗脑袋合戴一顶帽子，同睡一个枕头。誓毕，双方皆大欢喜。那个时候都是这样行事的。

次日，威尼斯人送给他的朋友戈蒂耶一匹漂亮的矮脚马，一个装满拜占庭金币的系在腰上的钱袋，以及细绸套裤，交织金线的天鹅绒紧身短袄，绣花外套。这身打扮把他俊秀的面容和挺拔的身材衬托得格外出色，威尼斯人认为朝中全体贵妇都将为他而疯魔。宅中的仆人奉命服从这个戈蒂耶如同服从主人本人一样，以致他们以为这法国人必是主人钓回来的一条大鱼。然后这两个朋友一起进入巴勒莫王宫，适逢国王与王后在宫中散步。佩扎雷郑重其事向国王引荐他的法国朋友，对他的优点赞不绝口，又带着他去应付其他权贵。他做得八面玲珑，极为得体，以致路弗鲁瓦国王决定留他吃晚饭。法国骑士冷眼观察这个朝廷，发现无数古怪事情。国王诚然仪表堂堂，勇武刚毅，王后是生来热情的西班牙人，其美貌与尊荣在满朝贵妇中首屈一指，但是眉际常带忧郁。光凭这一点，都兰老乡就断定国王为她提供的服务有欠周到，因为根据都兰省的法则，脸上的快乐源于另一处的快乐。佩扎雷忙着把几位贵妇指给他的朋友戈蒂耶看。据他说国王对她们颇有情意，她们彼此争风吃醋，挖空心思想出许多怪招来独占国王的宠爱。戈蒂耶于是得出结论：国王虽有世上第一美人为妻，仍在朝中拈花惹草，忙于逐一验收西西里所有的贵妇,以便把他自己的马关进她们的马厩,让它换换饲料口味,同时也好了解世界各国的乘骑方式。蒙梭罗的领主老爷眼见路弗鲁瓦如此作为,确信朝中无人敢对王后道破真情,便想出一计,单枪直取西班牙美人,首先把自己的旗杆插在她的园地上。列位请容我道来。

晚餐时,国王为对外国骑士表示礼遇,特意安排他坐在王后身边。大胆的戈蒂耶把胳膊伸给王后,挽着她步入餐厅。他急走几步,与跟在后面的人拉开一段距离,以便一上来就对王后谈论凡是女人,不管什么身份,无不喜听乐闻的事情。列位请想象他说了什么话,这话又怎样穿过菜畦,一直闯进爱情的燃烧的灌木林。

"我知道,王后陛下,您缘何脸色苍白。"

"是何原因?"王后问道。

"您好比一匹令骑士万分惬意的骏马,国王爱之不舍,日夜乘骑。不过您过分使用自己的魅力了,因而国王必将疲于奔命,死于床第之间。"

"我该怎么做才能保全他的性命呢?"王后问。

"禁止他在您的祭台前下跪的次数一天超过三次。"

"您想必在按照法国人的方式开玩笑,亲爱的骑士,因为国王对我说过,做这种祈祷,一周不得超过一次,而且简简单单念一遍《天主经》就够了,否则便有性命之虞。"

"您受骗了,"戈蒂耶在餐桌边落座时说道,"我可以为您证明,爱情应该念弥撒经、晚祷经和做晚课,时不时还要念声'万福马利亚',对王后和民间妇女一视同仁,每天做这套功课如修道院里的僧侣一般虔诚热心。不过若是为您而念诵这美丽的经文,那就永远没个够。"

王后对俊美的法国骑士投去不含怒意的一瞥,冲他微笑,然后摇了摇头。

"在这方面,"她说,"男人都是撒谎精。"

"我有真凭实据可以称您的心愿向您出示,"骑士答道,"我保证让您尝到只配王后享用的美味,叫您着实快活受用,也好借此弥补您损失的时间。何况国王为别的贵妇出力,已经淘虚了身子,而我养精蓄锐,只等为您效劳。"

"万一国王知道我们的协议,他会叫您脑袋搬家,滚到脚底下的。"

"我只求与您销魂一夜,这以后,即便身首异处,我也相信自己得到的快乐赛过活了一百岁,因为我到过世界各国的宫廷,从未见过美貌堪与您相比的公主王后。直说了吧,我不会死于剑下,倒会死在您的手下,因为我决心为我们的爱情耗尽自己的生命,假如受胎成形之所也是生命流失之地。"

这位王后从未听到过这般动人的言辞,唱得最动听的弥撒经也未曾使她如此入迷。她满脸绯红,因为这些话烧沸了她血管里的热血,以致她的竖琴的每根弦线都在颤动,奏出高亢的和弦,在她耳际回响。女人这架竖琴天生有共振的本领,只要能找到诀窍,便能使她们全身乃至头脑沉浸在乐声之中,忘乎所以。一个年轻美丽的西班牙女子,贵为王后,竟然受到愚弄,是可忍孰不可忍!众多朝臣害怕国王,对他的露水姻缘守口如瓶。王后对他们的蔑视无以复加,她决心借助这个俊秀的法国人实行报复。他可是色胆包天,初次与王后讲话便不顾性命,存心挑逗,须知王后如果拿出身份,立时能处他死刑。事实恰恰相反,王后用自己的脚去挤他的脚,其用意再也清楚不过,同时大声对他说:"骑士先生,换个话题吧。您专门攻击一个可怜的王后的弱点,这么做不够意思。还是跟我们讲讲法国朝中贵妇的习俗吧。"

骑士先生当即领悟,他所求之事已谐。于是他开始讲述许多趣事轶闻,逗得国王、王后和全体朝臣笑个没完。餐毕离座时,路弗鲁瓦国王宣称他从未如此开心畅怀。然后众人前往花园。这是世上最美的花园,王后推说想与外国骑士说几句话,带他到一片正当花期、甜香袭人的柑橘林中散步。

"美丽高贵的王后,"好个戈蒂耶,一上来就说,"我在世界各国看到,情人惹祸的原因在于他们首先想顾全所谓的体面。假如您信任我,就让我们作为见解豁达的情人而相爱,不必拘泥礼节。这样就不至于引起怀疑,我们就能无忧无虑,长久幸福。王后们应该如此行事,否则便不能在情场如愿。"

"好的,"她说,"不过我对这种事情毫无经验,不知道怎样给笛子校音。"

"您的侍从女官中,有没有可以完全信赖的?"

"有的。我有一名侍从是从西班牙带来的,她为了我甘愿在铁架上活活烤死,就像当年圣洛朗为上帝殉难一样。可是她常年生病。"

"好极了,"她俊俏的伴侣说道,"最好您这就要去探望她。"

"是的,"王后说,"有时候我夜里去的。"

"哈!"戈蒂耶说,"我向西西里的主保圣徒圣罗萨丽许愿,为了她赐给我的幸运,我将献上一个黄金祭台。"

"耶稣,"王后说,"那么可爱的情人又是那么虔诚奉教,我真是双倍地幸福。"

"哈!我亲爱的夫人,今天我有两个情人,因为我同时爱上一位天上的王后和一位人间的王后,而且幸运的是这两种爱情互不妨害。"

这话那么动听,弄得王后神魂颠倒。法国人若略为有所表示,她准会跟他私奔。

"圣处女马利亚在天上法力无边,"王后说,"愿爱情赐给我与她一般大的力量。"

"咳!原来他们在谈论圣处女马利亚。"国王说。原来是一位西西里朝臣见这该死的法国人骤得宠信,气得要命,便提醒国王事有蹊跷。国王动了醋意,特地前来窃听的。

王后与骑士商量妥帖后便巧作安排,务使国王头上增添一项无害的装饰。法国人返回朝臣堆里,但见他谈笑风生,博得人人喜欢。然后他回到佩扎雷公馆,跟后者说他们的富贵荣华已有着落,因为明天夜里他就要与王后睡觉。事情那么快就办成了,不由威尼斯人佩服得五体投地。既为好友,他就代他操办上等香水、布拉邦特的细布以及其他专为与王后幽会才穿着的贵重服装,用这些东西把他亲爱的戈蒂耶武装起来,以便盒子配得上里面的药品。

"朋友,"他说,"你有把握不出差错,一竿子到底,周到体贴伺候王后,在她的加拉丹城堡中举办豪华盛大的庆典,使她从此牢牢抓住你那根神秘的棍子不放,如同溺水者抱住木板?"

"这一点你不必担心,亲爱的佩扎雷,因为我一路上积攒了好多存货，关起房门自会塞得她满满当当，如对付村妇女仆一般，向她传授都兰娘儿们的全部招数。要说男欢女爱，敝乡都兰的娘儿们可是天下高手，她们整天做这件事，做过再做，做完了又做，重做之后接着做，除了这件永远需要重做之事，她们别的什么也不做。咱俩说定了吧，如此这般我们就能统治这个岛国。我把王后捏在手里，你操纵国王。我们合串一出戏，在朝臣面前扮成势不两立的对头，以便把他们分成奉我们为首的两派，可是背地里我们照样是好朋友。我注意你的敌人们的议论，你留心我的敌人们的言谈，这样我们就能知道他们的密谋，挫败他们的计划。所以，从现在起，几天以后我们要假装发生口角，互为冤家。争执的起因是多亏我让王后在国王跟前说你的好话，你才大获宠信，结果国王把大权托付给你，我反而得不到好处。"

次日，戈蒂耶溜进王后带来的那名西班牙女人家中。他先是当着众朝臣的面与她相认，说自己在西班牙与她经常见面。他在她家里整整待了七天。诸位可想而知，都兰人把王后当作心爱的女人来侍奉，引她观光她前所未知的许多爱情国土，领略法国做爱方式，为她搬出十八般武艺，卖弄全身解数，以致王后为他颠倒疯魔，起誓说惟有法国人懂得做爱。国王一味敷衍妻子，只把成捆成把的牧草塞进这优美的爱情谷仓，现在受到惩罚也是他的报应。好个蒙梭罗骑士使出他出神入化的技艺侍奉王后，点拨她开窍，让她尝遍男欢女爱的甜蜜，使她感动不已，发愿与他永久相爱。一对情人商定，让那位西班牙贵妇从此常年称病不出。他们只信任对王后感情很深的御医，让他与闻秘密。说来也巧，那位御医喉咙里长的声带与戈蒂耶的一模一样，所以两人讲话的声音完全相似，连王后也惊奇不已。御医指着自己的性命起誓效忠这天造地设的一对。他一直惋惜这个美人被丈夫遗弃，现在得知她在床帏之后得到王后的享用，——这可是罕见之事——心中甚是欣慰。

一个月过去了，形势的发展正合这对朋友的心愿。他们授意王后应如何行事，以便由佩扎雷执掌西西里的朝政。国王甚为器重蒙梭罗学识渊博，有意让他秉政，王后却竭力反对，理由是他不善对女性献殷勤。路弗鲁瓦辞退了他的股肱之臣卡泰诺公爵，改任佩扎雷骑士为首相。威尼斯人得势后毫不照应他的法国朋友，戈蒂耶于是大怒，当众指斥佩扎雷背信弃义，一下子就赢得卡泰诺及其友人向他输诚，与他缔结密约推翻佩扎雷。却说那威尼斯人本来精明干练，何况治国之道又是所有威尼斯人的专长，所以他上任后把西西里治理得到处莺歌燕舞。他修复海港，推行他发明的免税政策及其他方便措施以招徕各国商人，让无数贫民得到工作，不虞衣食。他还因为国中隔三岔五举办庆典，便招请各行各业的手艺人前来献技，同时也引来各地，乃至来自东方的有钱有闲之人。于是乎粮食、四方物产以及其他商品畅销不衰，帆桨船和帆船从亚洲远道而来，使西西里国王成为世界上最幸福、最令人艳羡的君主，而他的朝廷也在欧洲享有最高的声望。两个知心朋友的默契配合带来国泰民安。其中一位照管国王的游乐，同时亲自为王后提供快乐。王后从此容光焕发，笑口常开，因为她按照都兰方式受人侍奉，自己幸福了，也把盎然生机带给周围的一切。都兰人不忘让国王也活得快乐，为他寻找新的情妇，想出种种开心点子。自从蒙梭罗先生来到这个岛国以后，国王很少与王后亲热，犹如犹太人不去碰猪油，而王后却有意促成国王寻芳猎艳，这使国王大为惊奇。总而言之国王与王后各忙各的，把国家大事交给另一位朋友掌管，由他发布政令，统率各个衙门，整顿财政，操练军队。他的政绩斐然，因为他知道什么地方有钱，自有办法让钱流入国库，以便兴办上述各项大业宏图。

两人的密切配合持续了三年，有人说是四年，不过圣伯努瓦修院的僧侣不以后说为然。他们失和的原因与他们的友谊持续时间的长短同样无法考证确凿。很可能是威尼斯人怀有野心，他要大权独揽，不受监督和争议，不再记得法国人为他出过大力。在朝为官者都是这副德行，因为亚里士多德先生在他的书里说过，世上老得最快的是恩惠，虽然爱情有时也会有股子哈喇味。路弗鲁瓦对他言听计从，与他兄弟相称，只要他有此意，情愿与他合穿一件衬衫。威尼斯人于是打定主意向国王告密，借刀杀人摆脱自己的朋友。一旦国王得知自己戴上绿头巾，王后缘何喜形于色，他算定路弗鲁瓦必将按照西西里处理此类案件的老规矩，首先砍下蒙梭罗先生的脑袋。如此这般，佩扎雷就能独吞他和戈蒂耶两人悄悄运往热那亚的一名伦巴第人家里的钱财。他俩情同手足，说好有财同享。这笔与日俱增的财富来自两方面：一方面王后在西班牙拥有属于她自己的大片领地，又在意大利继承了若干遗产，对蒙梭罗先生特别慷慨，频频馈赠；另一方面国王对他的心腹重臣也屡有赏赐，准许他对商人抽税，还授予他其他特权。这个背信弃义的朋友一不做二不休，非置戈蒂耶于死地不可，因为都兰人过于机敏刁滑，留他活命便遗患无穷。却说王后的风月招数已曲尽其妙，戈蒂耶爱她到了极点，与她度过的每一夜都像是新婚第一夜。佩扎雷获悉某晚王后要与情人幽会，便对国王许诺，让他透过西班牙贵妇的藏衣室墙上的一个小窟窿窥视真相。为了看个清楚，佩扎雷等到太阳落山再行动。那位西班牙贵妇一直装病，外间以为她危在旦夕，其实她耳聪目明，身轻体健，外加一副好牙齿。她听到脚步声，便警惕起来。透过她那间小屋子的窗子，她看到国王身后跟着威尼斯人，迤逦而来。原来每逢王后与情人同床共枕，——这是招待朋友的最好办法——西班牙女人便让出自己的卧室，搬进那间简陋的小房间。她赶紧去通报这对情侣，说他们已被出卖。可是此时国王已把眼睛贴在那该死的窟窿眼上。路弗鲁瓦何所见？他见到一盏巧夺天工的白昼明灯，这盏灯上有最华丽的装饰，耗油无数，以其强光照耀全世界。国王觉得这盏灯比所有其他灯都可爱，因为他已与之久违，对它颇生新鲜之感。可是这窟窿不允许他看到别的东西，但见一只男子的手似欲遮羞，伸过来掩住这盏明灯，又听见蒙梭罗的声音说道："今儿个小宝贝身体好吗？"这本是情人嬉笑时常说的疯话，因为这盏灯在所有国家都是爱情的太阳，也因为情人把它视作人间尤物之最，给它取了上千个动听的名字，诸如我的石榴，我的玫瑰，我的贝壳，我的刺猬，我的爱之海湾，我的宝藏，我的主人，我的小乖乖；有几位大逆不道的竟敢称它为"我的主！"列位谓予不信，不妨结伙去打听调查。

这当口，西班牙女人向王后示意国王就在隔壁。

"他听见了？"王后问。

"是的。"

"看见了？"

"是的。"

"谁领他来的？"

"佩扎雷。"

"叫医生上来,送戈蒂耶回他自己家里。"王后说道。

只消一个穷人唱完一首歌的工夫,王后已把五颜六色涂在这盏明灯上,然后用绷带包扎起来,使您以为这是一个可怕的严重发炎的伤口。国王听了上面这句情话,气得七窍生烟,撞开房门,发现王后躺在床上原地,即他透过窟窿看到的那个位置上,然后看到御医鼻梁上架着眼镜,一手按住扎了绷带的明灯,说道:"今儿个小宝贝身体好吗?"那嗓音与国王刚才听见的同出一人。这话委实滑稽,因为医生郎中与夫人小姐交谈时惯说趣话,治疗这朵流光溢彩的鲜花尤其需要使用花哨的字眼。国王见此情景便手足无措,犹如狐狸掉入陷阱。王后羞得满脸绯红,挺起身子喊道,哪个男子大胆妄为,竟敢在这个时候闯将进来。看到是国王本人。她转口说道:

"哈!陛下,您看到我有意躲着您。正因为您侍奉我很不上心,我才得了一种恶疾。事关王室尊严,我不敢对外人诉苦,只得接受秘密治疗。此病需要包扎患处,以便抑制、平息骚乱不已的过剩元气。为了保全您的荣誉和我自己的体面,我不得已才到堂娜·密拉弗洛拉家里来瞧病,多亏她同情我的痛苦。"

那医生接过话茬儿,对路弗鲁瓦发表长篇大论的演说,用拉丁文如精选良种一般广征博引希波克拉底、加列努斯①、萨莱诺学院诸位名师和其他医学权威的名言。他向国王证明,荒废维纳斯的园地会使女人患上大病,对于贵为王后又具有西班牙人气质的女子尤其危险,因为她们的血液更需要爱情的抚慰。

他一本正经举出这些理由,一边理胡子一边鼓其如簧之舌,目的都是为了拖延时间,好让蒙梭罗先生回家上床。然后王后接过话头,对国王讲了几篇话,每篇足有一尺长。话毕,她要求国王挽住她的胳膊领她出去,免得麻烦可怜的女病人:为了避免引起闲言碎语,通常都是由她送出门的。待他俩走过蒙梭罗先生房间前面的走廊,王后笑道:"您不

---

① 希波克拉底(约公元前406—前353 或 356)、加列努斯(约131—约201)均系古希腊名医。

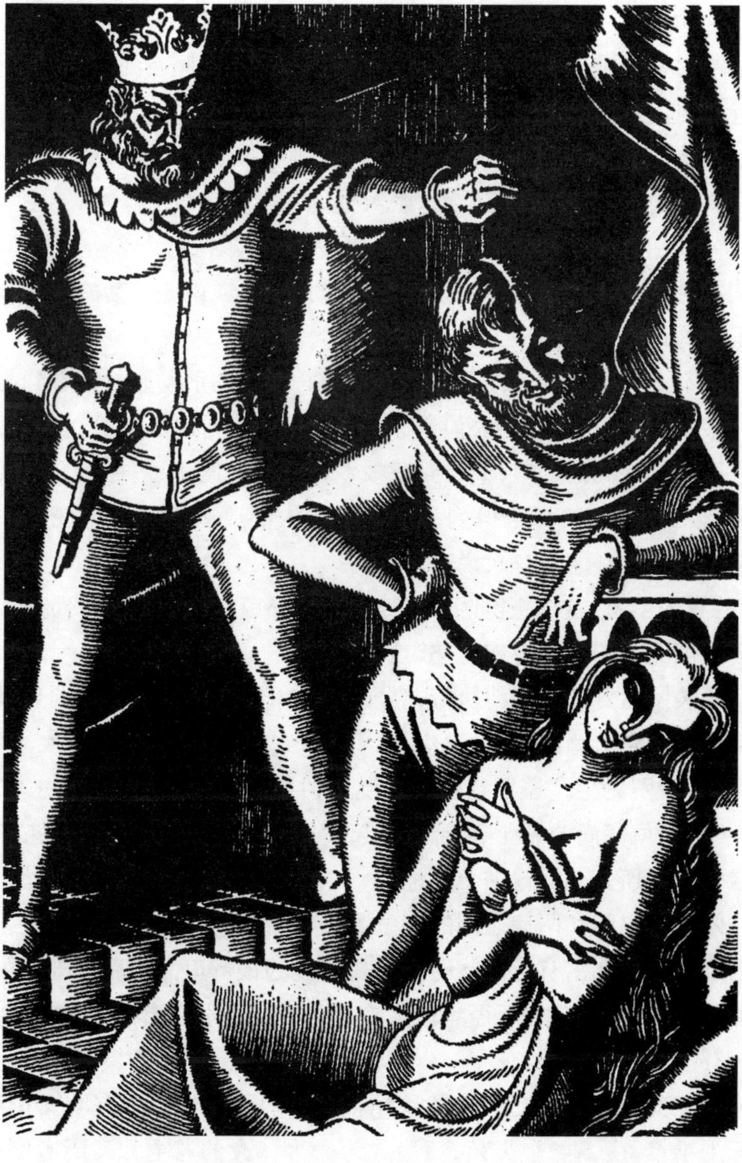

妨跟这个法国人开个玩笑。我敢打赌,他此时肯定不在自己家里,而是与一位夫人偷情。朝中贵妇都迷上他了,为他争风吃醋,早晚要闹出事来。假如您听从我的忠告,他本该离开西西里了。"

路弗鲁瓦突然闯入戈蒂耶的房间,发现此公浓睡正酣,鼾声雷鸣如唱诗班里的僧人。王后偕同国王回到她自己的套房,悄悄关照一名卫兵传来被佩扎雷抢走职位的那位贵人。她与国王一同进餐,与他不断打趣。那位贵人来到邻室候命,她对他说:

"您在一个棱堡顶上竖起绞架,再去逮捕佩扎雷大人。要做得干净利落,把他立即绞死,不给他留下写一张便条或说任何话的工夫。这是王上的意志和最高命令。"

卡泰诺不作任何评论。佩扎雷骑士心想他的朋友此时该看到自己脑袋搬家了,不料卡泰诺公爵前来抓他,把他带到棱堡顶上。从那里,透过王后的房间的窗口,他看到蒙梭罗先生陪着国王、王后和众多朝臣说笑,当下他服了:那个得到王后欢心的人要比获得国王信任的人走运,王后把国王领到窗前,说道:

"我的朋友,这个叛臣阴谋夺走您在世界上拥有的最宝贵的东西,我会提供充分的证据等您有空时研究。"

蒙梭罗看到死刑即将执行,立即跪倒在国王脚下,为自己的死敌请求宽恕。国王大为感动。

"蒙梭罗先生,"王后铁青着脸说道,"您胆敢反抗王上的意志?"

"您是位高尚的骑士,"国王扶起蒙梭罗先生,说道,"但是您不知道这个威尼斯人必欲置您于死地。"

佩扎雷脑袋和两肩之间的部位遭到绳子紧勒,断气而亡,城里一名伦巴第人说佩扎雷有巨额钱财存在热那亚的银行里。王后让国王核实该证词,佩扎雷的叛主行径也就大白于世。至于这笔钱财则转归蒙梭罗所有。

这位美貌、高贵的王后如何香消玉殒,西西里史书中有明文记载,她死于难产,生下一个男孩,日后成为一个伟大的君主却又屡遭磨难,国王相信医生的说法,王后罹此血光之灾乃因她一生过于贞洁。为此他认为自己对贤妻的夭折负有罪责,深自悔恨,特地兴造圣母教堂以赎罪过,这座教堂今天仍是巴勒莫城里最华美的教堂之一。蒙梭罗先生看到国王摧心裂肺的痛苦,便对他说,当国王的若娶西班牙女子为妻,理应知道他的王后需要得到比别的王后更好侍奉,因为西班牙女子生来精力充沛,一个抵得上十个。又说他若娶妻只是为了摆个样子,就应该到德国北方去物色,那里的女人对男女之事都很冷淡。这好骑士满载财宝回到都兰故乡,享了高寿,就是闭口不提自己在西西里的艳遇。国王的儿子讨伐那不勒斯时,他曾回西西里助他一臂之力。如史书上记载的,这个俊美的王子受了重伤,蒙梭罗也就离开了意大利。

本故事的标题已揭明一个大道理:幸运这个名词既属阴性,幸运始终站在女人这一边,所以男人应该好好侍奉她们。除此之外,本故事还证明,智慧的十分之九由沉默组成。然而,写下这个故事的僧人愿意从中引出另一条同样高深的教训,即友谊成于利益,也毁于利益。虽然有三种说法并列,不过列位尽可选择您易于领悟并且符合您当时需要的那一种。

穷汉"老闲逛"的故事

本故事的素材由一位老编年史家提供，他声称此事发生时他就在鲁昂城中，该城的档案中保有记录可查。彼时理查公爵住在这座美丽的城市里，市郊常有一个姓特里巴洛的人前来行乞。不过人家给他取了个外号叫"老闲逛"，并非因为他焦黄干瘦如羊皮纸①，而是因为他总在大路小道、山间谷底闲逛，幕天席地，衣衫褴褛。尽管如此，他在公爵的辖境内人缘极好，人人都和他相熟，若有一个月没见到他托钵行乞，必有人问："老家伙上哪儿去了？"接着总有人回答："闲逛去了。"

此人的父亲特里巴洛生前是位贤人，勤俭持家，给儿子留下好大一笔家私。可是这年轻人与其父相反，浪荡成性，很快就把家财挥霍得一干二净，老先生每次从田间回家，总要捡拾散落道路两旁的木块柴草，理直气壮地说他绝无空手回家之理，全靠别人健忘，他冬天取暖分文不花。这也是好事，因为大家从中得出教训。在他死前一年，可谓路无遗柴，是他促使最浪费的人也精打细算起来，偏偏他生了个败家子，根本无意继承家风，老人家其实早已预见及此。这小伙子还是孩童时，老好人特里巴洛常差他看守场院，提防前来啄食豆子和其他粮食的禽鸟，驱散这些盗贼，尤其是满地拉屎拉尿的松鸦。这孩子却研究起他们的习性来，兴致勃勃观察它们如何飞来飞去，如何满载而归，如何以机敏的眼光偷觑为它们设置的陷阱。看到它们灵活地躲开机关，他乐不可支。特里巴洛老头每每发现少了两三斗粮食，就气不打一处来。他找到宝贝儿子在一棵榛树下发呆出神，使劲揪他耳朵也没用，这小子照旧心不在焉，下次还要研究乌鸦、麻雀和其他满腹经纶的觅食者的高明手段。有一天他父亲对他说，他还不如跟这些羽衣动物学呢，因为照这样下去

---

① 法文"闲逛"（par chemins）与"羊皮纸"（parchemin）拼法相同。

他到晚年会一无所有,只能与它们一样寻觅野食,躲避执法官吏的追捕。此话果然应验了,因为如上所述,他用不了许久便把他父亲勤俭一生攒下的钱币统统花光:他对待别人犹如对待麻雀,一任他们把手伸进他的钱袋,欣赏他们如何彬彬有礼、温文尔雅地要求他有钱同享。所以他的钱袋很快就露底了。等他的口袋中只剩下魔鬼时,特里巴洛一点也不着急。他说自己研究过禽鸟的处世哲学,犯不着为区区尘世浮财而劳力劳心。

荒唐半生之后,他的财产只剩下在朗迪集市买的一个平底大口杯和三枚骰子,这套家什足以保证他不误吃喝赌钱,尤其因为他无家具杂物之累,行动方便,不比大人物若不携带车辆、地毯、烤肉时承接油滴的盘子与无数仆人,就无法上路。特里巴洛想去探望旧时好友,可是谁也不认他。灰心之余,他从此再也不愿结交新的朋友。无奈他饥肠辘辘,牙齿变得分外锋利,想来想去还是得干一种不费任何力气却能赚大钱的营生。乌鸦与麻雀的逍遥生涯给了他启示,特里巴洛选定以挨门乞讨为业。他一开业,就有好心人送给他钱钞和吃食。特里巴洛甚是高兴,觉得这行当确实不错,不必预支,不担风险,反倒无往不利。他勤勉从业,所到之处皆讨人喜欢,得到许多有钱人想要也要不到的安慰。这好人见到乡下人栽树、播种、收割、摘葡萄,就想他们其实在为他劳作。谁的藏肉室里有一头猪,必定欠着他的一份,虽说此人在牧猪时从未想到。谁在炉子里烤面包,必定不知不觉也为他烤了一份。他从不强夺,相反人们馈赠他礼物时还要赔上许多好话:"收下吧,老闲逛,该加点油了。一向身体还好?拿走这一块吧,猫啃了一个角,剩下全归您了。"婚礼、洗礼和葬礼上总能见到老闲逛,因为无论红白喜事,他闻讯必定前往。他恪守他这一行的规矩,即永远什么活也不干。须知他只要稍为动手做了点什么,别人就再也不会送他吃喝了。酒醉饭饱以后,这好人便躺在沟沿或者斜靠着教堂的柱子默想世事,最终如他的老师乌鸦、松鸡、麻雀一样归纳出一套处世哲学。他乞食的时候脑子也转个不停:人穷就不作兴思想丰富?他常对施主说几句他自己总结的格言警句以表谢意,他们听来甚觉有趣。据他说,富人患风湿痛是因为他们整天穿拖鞋,而他自己腿脚灵便是因为穿了鞋匠送的桤木鞋子。又说王冠底下多头痛,而他平生不知头痛为何物,因为他的脑袋里无忧无虑,也不想着念经祷告。还说戴宝石戒指的手必定血脉不畅等等。按照行乞这一行的行规,他身上东一个疮西一道伤,其实他比到教堂受洗的孩童还要健康。这好人常和别的乞丐赌钱取乐,他随身带着三枚骰子以便提醒自己把钱送掉,也好落个终身贫穷。尽管他有此愿望,他却与行乞骑士团一样财源不断,以致复活节里某一天,另一名乞丐要从他当天收入中抽取税金,老闲逛拒绝付给他十个埃居。事实上,那天晚上他花掉了十四埃居欢天喜地款待众施主,因为丐帮的帮规明文规定,对布施者应表示感激。一般人只因有了财富,便心事重重,适受其累。他摆脱了凡人的心事。一身之外无长物,反而比他拥有父亲留下的埃居那会儿更加幸福。说到当贵族的条件,他随时可以晋封为贵族,因为他无论干什么只凭一时兴致,过着不劳而食的高贵生活。他若已经躺下睡觉,给他三十埃居他也不会爬起来。他潇洒度日,与别人一样过了今天必有明天。鄙人在本书里已借重过柏拉图先生的权威;据他说,古时候有几位贤人也过着这种逍遥岁月。总而言之,老闲逛一直活到八十二岁,不但从来没有一天短过钱花,而且脸色红润艳若朝霞。他相信,假如他追逐财富,必定毁坏了身体,早就埋在土中了。可能他想得有理。

老闲逛年轻时喜爱女色出了名,有人说他之所以多情,是与麻雀一起钻研学问的结果。总之,女人若有意点数房顶上的搁栅①,他随时准备出力相助。他这般仗义端赖体力充沛,因为他既然什么都不干,便能时刻待命。当地管洗衣妇叫浣衣婆,她们说老闲逛给夫人小姐擦肥皂的本事远比她们高明。据说他在本省左右逢源也全靠这非凡的能耐,有人说,戈蒙夫人为查明究竟把他叫进城堡,还软禁他一个星期,不让他外出行乞。可是这位好人最怕变成有钱人,终于跳篱笆逃跑了。这得天独厚的奇人后来上了岁数,发现自己不再受青睐,虽然他的风月手段丝毫不减当年。女人的反复无常使老闲逛平生第一次感到伤心,这正是有名的鲁昂案件的起因。现在该讲这桩案子了。

---

① 此系隐语:点数房顶上的搁栅需仰卧。

老闲逛八十二岁那年，约有七个月无从发泄。这期间他未曾遇到一个愿意与他相好的女人，他在法庭上说，自己活到偌大年纪，德高望重，惟有此事令他百思不得其解。五月艳阳天，他憋得浑身难过之时，看见一少女，碰巧还是个雏儿，在田间放牧奶牛。天气炎热，牧牛姑娘脸贴着草地躺在树荫下，如农夫耕地累了打了盹休息，听任母牛在一边嚼草反刍。那姑娘在迷糊中惊醒过来，原来是老家伙趁她不防偷走了女孩儿家一生只能给人一次的东西。她发现自己未经关照，也未尝到乐趣，就被人破了身，当下大喊大叫起来，引得在田里干活的农人都赶来观看。她请他们作证，新娘在新婚之夜遭受的损害在她身上已显而易见。然后她号啕大哭，怨恨不已，说道这荒淫无度的老猕猴本可以去强奸她母亲，她母亲保证什么也不会说的。一干乡下人举起二头锄就要加害于他时，老家伙对他们说，他实在熬不住才寻这个乐子的。众人言之成理地反驳他说，男人要寻乐子，不是非糟蹋处女不可；此事应由府尹审理，判绞刑也绰绰有余。说着就吵吵嚷嚷把他送进鲁昂的监狱。

府尹讯问该女子。她说她睡着后若有所梦，还以为是会见情哥哥呢。前不久她与情哥哥吵了一架，因为他希望结婚以前就估量那活计有多重。她在梦中笑着答应让他察看她那套家什是否配置齐全，以便双方相信互不吃亏。不料他不顾她的禁令，超过了她允许他达到的界限，使她感到的疼痛甚于乐趣。此时她便醒来，发觉老闲逛如四旬斋过后的鞋匠扑向火腿一样，趴在她身上大施蛮劲。

这桩案子轰动了鲁昂全城。公爵大人极想知道究竟，特地把府尹传来。府尹称确有此事，他便命人把老闲逛带进府来，要亲耳听听他如何为自己辩护。

可怜的好人被押到公爵跟前，一片天真向他诉说自己之所以倒霉，全怪造化捉弄人，赐给他过人的精力。他说自己与年轻小伙一样，常有强烈的冲动。直到今年为止，他一直有相好的女人，但是八个月以来他没有开过荤。他穷得叮当响，不能找窑姐儿撒欢。以前乐善好施的良家妇女又厌恶他头上的白发，全然不知他的风月解数不减青春盛年，这满头白发实乃叛主的奸臣。逼得他没法，只好捡到篮里就是菜。他见到这该死的雏儿躺在一棵山毛榉树下，露出漂亮的袍里子和洁白如雪的两个半球,当下使他失去自制,错在这女子而不在他,因为理应禁止少女袒露维纳斯的佳丽屁股,勾引过往行人。最后他说,公爵应该体谅,一个男人到中午时分最难管住那话儿,因为当年大卫王就是在这个时刻迷上乌里亚老爷的妻子①。事情相同,一位受上帝眷顾的希伯来国王也犯下过失,一个寡欢少乐、不得已而自渎的穷人就谈不上有错了。何况他同意学这个国王的样,有生之年以弹奏竖琴唱圣诗来赎罪补过。国王大不该断送那妇人的丈夫的性命,而他不过略为损害了一名乡间女子而已。

公爵甚为欣赏老闲逛列举的理由,赞道这才是天造地设好行货。然后他宣布这一值得纪念的著名判决:假若此乞丐如其所言,偌大年纪仍断不了风月之事,既然府尹已判他绞刑,他需在绞架底下登梯之前证明此点;假若他夹在神甫与行刑者之间,脖子上套着绞索时仍有些奇痒难忍,他便能得到赦免。

这一判决传出去之后,万人空巷都来观看押送老色迷上绞架。大街两边里三层外三层站满了人,其中巾帼多于须眉。有位夫人急于知道这个罕见的强奸犯如何结局,正是她救了老闲逛一命。她对公爵说,教规要求对此人也给予充分的机会,随即便如赴节日舞会一样打扮起来。她故意把两个雪白粉嫩的肉球露出一大半,最细最白的麻布领饰相形之下也要逊色。但见这对爱情的果实光洁润滑,如两个大苹果高踞在紧身胸褡之上,端的馋煞人,引得无人不流口水。这位名门贵妇本是天生尤物,男子见了没有不动心的。她特意冲着犯人嫣然一笑。却说老闲逛被塞进一件宽袖外套,由两行法警押送而来。他心想,这番硬要自己端出强奸妇女的功架,怕是绞死后比受绞刑前更容易办到。所以他灰心丧气,两眼徒然东张西望,除了几顶女帽一无所见。他说,此时为能见到一个姑娘如牧牛少女一样高撩裙子,他愿出一百埃居。他努力回忆牧牛少女那对洁白肥嫩的维纳斯的柱子,是这对肉柱毁了他,可也是它们还能救他一命。无奈他毕竟老了,回忆中的形象总不够鲜

---

① 见《旧约·撒母耳记》:以色列王大卫惑于乌里亚的妻子拔示巴的美色设计让乌里亚战死,然后娶拔示巴为妻。

明。可是,待他走到梯子脚下,看到贵妇那一对瑰宝以及它们圆润的轮廓线相交而成的迷人的三角形,他胯下那话儿顿时暴跳起来,居然把宽袖外套的下端高高顶起一块。

"嗨,诸位快来查看,"他对法警们说,"我赢得赦免了,不过我不敢担保这家伙不闹事。"

贵妇对以此种方式表达的敬意甚是满意,她说这胜过强奸。负责撩起衣服查验的法警以为这老家伙必是魔鬼,因为他们为做笔录不知多少遍写过字母 i 可是从未遇到如此人那根擎天柱一样笔直挺拔的。于是人群簇拥他如凯旋的英雄穿城而过,直到公爵府上。法警和其他人当着公爵的面作证。那个时代民智未开,似这般荒唐的判例竟被视作金科玉律,乃至市议会表决通过,在那老好人赢得赦免的地方立柱纪念;柱顶上安放他的石雕像,表现他见到这位正直贤惠的贵妇时的情景。英国人攻陷鲁昂时,那座雕像还在城中屹立。当时的作者无不把这故事作为重要史实记录下来。

鲁昂市决定向老好人提供几名婊子,供应他的生活所需,管吃管穿。公爵改令赏赐那破了身的女子一千埃居,命她与老好人成婚。老家伙从此不叫"老闲逛"了,公爵赐他姓波纳贡。他妻子于九个月后分娩,产下一个健康的男孩,出娘胎时嘴里就长着两颗牙齿。这桩姻缘开创了波纳贡家族。该家族后来出于其实大可不必的羞耻心,要求万民爱戴的路易十一国王恩准他们改姓波纳绍斯①。好个路易国王开导波纳贡先生说,在威尼斯人的国家里有个姓柯格利奥尼的名门望族,他们的族徽上画着三具像模像样的行货。波纳贡家族的男子们反驳国王说,他们的妻子在客厅里被人称名道姓时每每羞得无地自容。国王回答说,太太们真要改姓,必将蒙受巨大损失,因为名至实归,名去实亡。不过他还是颁发了恩准这家人改姓的文件。从此以后,这个家族就姓波纳绍斯,在好几个省都有支派繁衍。至于波纳贡家的始祖,他还有二十七年寿命可活,后来又添一子外加两个女儿。可是他抱怨自己落了个有钱的结局,再也不能在大路小道上乞讨为生。

---

① "波纳贡"意为"好大行货","波纳绍斯"意为"好东西"。

您从本篇故事得到的教益，胜过您这一生能读到的所有故事带给您的教训，当然这一百篇众口交誉的趣话不计在内。本故事说明，这类奇遇从来不会降临到朝臣、富翁以及其他用牙齿自掘坟墓的酒囊饭袋身上，皆因饮酒过量便戕害那制造快乐的工具。脑满肠肥之辈裹着讲究的服饰，懒洋洋躺在羽毛褥子上，可他波纳绍斯先生却是睡硬板的。他们若是遇上他的处境，吃过白菜的准保会吓得拉出稀屎来。本故事可能促使多名读者从此改变生活方式，转而效法宝刀不老的老闲逛。

三香客失言记

话说当年教皇抛下阿维侬这座大好城池前往罗马居住，许多已出发到伯爵国①朝觐的香客被打乱了计划，只得越过阿尔卑斯山，改奔罗马城，以求教皇赦免他们犯下的奇怪罪过。于是在大路上和客店里便能见到一些戴着该隐兄弟会的项链，又称悔过之花的人，他们个个都曾为非作歹，灵魂染上大麻风，渴望在教皇的游泳池里洗心革面，为赎罪补过而奉献黄金及其他宝物，花钱买圣谕，给圣徒送礼上贡。列位须知，那些人来程时喝普通的水，返程住店时，却要求老板给他们端来地窖里的圣水。②

当时有三名香客抵达阿维侬后才知道事情有变，教皇走后，该城成了寡妇。他们只得沿罗讷河谷的走廊向地中海方向赶路。这三名香客中，有一位带着至多不过十岁的儿子同行，半道上不辞而别。到米兰附近他突然重新露面，可是身边不见了那孩子。吃晚饭时，另外两位摆了一桌宴席庆贺这名香客归来，他们本以为他因为教皇不在阿维侬，便对悔罪之事生了厌倦之心。这三位前往罗马的客官中，一位来自巴黎，另一位来自德意志，第三位无疑想借助旅行教育自己的儿子，来自勃艮第公国。他系出维莱尔拉费家族的幼支，姓拉伏格勒囊，在勃艮第有几块领地。德国男爵在抵达里昂以前即与巴黎市民相识，然后他俩在阿维侬郊外遇到拉伏格勒囊先生。

于是在这家客店里，三名香客谈得十分投机，商定结伴同往罗马，以便齐心协力对付拦路抢劫者，昼伏夜出者及其他歹徒，须知此辈小人赶在教皇解除香客们良心上的负担之前，专以卸下他们身上的负担为

---

① 十四世纪时，阿维侬在图卢兹伯爵辖境内。
② 指窖藏的好酒。

业。常言道酒后吐真言,酒过数巡之后,三名香客都承认自己出门朝圣的原因与一妇人有关。伺候他们喝酒的客店女佣搭腔道,在本客店歇脚的一百名香客中,九十九名都是由于一个女人才跋涉长途的。这三位贤人当下领悟,对男人为害之大莫过女人。德国男爵掏出一条藏在锁子甲里的沉甸甸的金链子,那是他准备送给圣彼得老爷的,说道他的过失极为严重,只有付出相当十条这样重的金链子的代价才能赎清。巴黎人摘下手套,亮出一颗白钻石戒指,说道他奉上教皇的礼物百倍于此。勃艮第人脱掉帽子,从中拿出两颗光芒四射的珠子,那本是洛莱特圣母像的耳坠,坦白说他本来愿意它们挂在他老婆的脖子上。那女佣听到此话,便说他们的罪过想必与维斯孔蒂家族①的一般大。三名香客随即答道,他们罪孽深重,所以个个起誓有生之年即便遇上美若天仙的妇人,也不再去拈花惹草,而且这是他们在教皇将为他们布置的苦行之外,自愿额外增加的。女佣奇怪三人同发此愿。勃艮第人补充说,过了阿维侬城以后他没有赶上大伙,原因正是他发下此愿;他害怕自己的儿子小小年纪也开始寻花问柳,所以起誓禁止人畜在他的宅子里或领地上眠花宿柳。男爵向他打听究竟遇上什么事情,他便开讲如下:

"二位都知道,阿维侬的冉娜女伯爵当年发布过一道禁令,限定妓女在城郊的窑子里居住,窑子的百叶窗必须漆上红色并且昼夜关闭。我与二位结伴经过这该死的城郊时,犬子看到几座红漆百叶窗紧闭的房子,——你们知道十岁小鬼的眼睛最尖——他的好奇心大受挑动,就拉扯我的衣袖,打破砂锅问到底,非要我给解答。我只得告诉他年轻人不得涉足此类场所。他们如擅自进入,必有性命危险,因为这是制造男人和女人的工场,不懂这行当的愣头青闯将进去,定有会飞的巨蟹和其他怪兽扑到他的脸上。犬子闻言甚是害怕,心惊肉跳随我进了客店,再也不敢瞅妓院一眼。后来我在马厩里照料马匹吃草,犬子趁机溜走,客店女佣也不知道他上哪儿去了。我害怕他去找窑姐儿,不过我信任不准未成年人进入此类场所的禁令。吃晚饭时,那小子回来了,他脸上不比救世主在圣殿里与博士们交谈时更多羞愧之色。我问他上哪儿去

---

① 长期统治米兰的贵族世家。

了。他说到红漆百叶窗的房子那边去了。小混蛋,我说,我得抽你一顿鞭子。于是他又哭鼻子,又哼哼唧唧。我跟他说,只要他如实招来,我就免他皮肉受苦。他说,他倒是小心不跨进门限。他害怕飞蟹和别的怪兽,所以就趴在铁窗栅外头窥看人是怎么制造出来的。我问他,你看见什么了?他说,我看见一个漂亮女人马上就要造出来了,因为她只差一根榫头,一名年轻工匠正在使劲把那根榫头楔进去。完工之后,她立即扭转身子又是说话,又是亲吻她的制造者。吃你的晚饭吧,我说。当夜我就赶回勃艮第,把这小子交给他母亲照管,因为我怕他到了下一个城市就会把自己的榫头楔进某个姑娘的身子。"

"这个年龄的孩子答话往往出人意料,"巴黎人说,"我邻居的儿子就一语道破他父亲戴上了绿帽子。有天晚上我想了解他在学校里学了多少教义,便问他:什么是希望?他答道:希望是国王的一名胖子弓弩手,我父亲一出家门他就进门。国王的弓弩手队长绰号希望。我邻居听到这个词,脸色十分尴尬。为了掩饰窘态,他照了照镜子,还好没有发现头上戴着绿帽。"

男爵指出,这孩子所言也有道理,因为希望无非是个婊子,现实生活里少了什么,她就来陪我们睡觉顶缺。

"戴绿帽的人是否根据天主的形象造出来的?"勃艮第人问。

"不然,"巴黎人说,"天主的明智体现在他根本不娶媳妇,所以他才永远幸福。"

"也就是说,"客店女佣插话说,"在他们的媳妇偷汉之前,戴绿帽的也符合天主的形象。"

三名香客闻言齐声诅咒女人,说她们是世上万恶之源。

"她们的私处里面空如头盔。"勃艮第人说。

"她们的心硬如砍刀。"巴黎人说。

"为何有那么多男子朝圣,却见不到几个女香客?"德国男爵问。

"因为她们那该死的下体不犯过失,"巴黎人答道,"女阴不知有父母,既不认天主和教会的训诫,也不理天上和人间的法律。女阴不懂任何学说,不解何为异端邪说。不知者不罪,它清白无辜,笑口常开。此物没有悟性,所以我对它深恶痛绝。"

"我也是，"勃艮第人说，"一位学士对《圣经》里天主造人那一段曾有别解，现在我开始明白他的意思了。他写了一篇在敝乡叫做圣诞歌的笺注，说明女阴为何有天生缺陷：须知女阴与母兽雌禽的阴户不同，那里头烧着魔鬼的烈火，男子永远解不了它的渴。那首圣诞歌里说道，天主正在制造夏娃的时候，一头初次进入天堂的毛驴高兴得仰脖长鸣，天主不由转过头去看那畜生。魔鬼趁机把手指塞进这个尽善尽美的造物体内，形成一个个热乎乎的伤口，天主即用一小块东西把伤口堵住，这便是处女的由来。女人套上这个络头之后，本应门户紧闭，生儿育女便应采用天主创造天使的方法，即她们为此感到的乐趣本应远离皮肉的快感，犹如青天高悬大地之上。魔鬼发现那里头关门落栓，颇为懊丧，便去扯醒正在熟睡的亚当先生，让他效法他的样子，竖起尾巴平躺。可是人之始祖取了仰卧的姿势，他那根盲肠便矗在前面了。既然上帝为他创造的各个世界制定了物以类聚的法则，魔鬼的两件作品便同气相求，非合在一起不可。于是便有了原罪以及人类的诸般苦难，因为上帝看到魔鬼的奸计得逞，乐意看到后事如何。"

女佣即道，诸位客官言之有理，因为女人确实不是好东西，她本人就认识那么几个女人，她巴不得她们早早入土，别在世上丢人现眼。香客们此时才看清该女子颇具姿色，害怕自己动心起意，背叛誓言，只得早早上床睡觉。那女佣转身告诉女主人说，她的客店里住下几个异教徒，随后把他们关于女人说的坏话一五一十学了一遍。

"哎，"女店主说，"客人们脑子里想什么与我无关，只要他们的钱袋鼓鼓囊囊。"等到女佣说起他们随身带的珠宝首饰，她顿时激动起来，改口说："此事与全体女人的名誉有关。咱俩得给他们一些颜色看看，我去收拾那两名贵族，那个市民留给你。"

这位女店主乃是米兰公国最风骚的女市民，她立即下楼走进拉伏格勒囊先生和德国男爵住的房间，祝贺他们起得好誓，说道女人不会因此蒙受多大损失。可她接着又说，为了相信他们能信守誓言，先得看他们能否抵御小小的诱惑。当下她自荐与他们同床共寝，因为她极想知道他们当真不会把她当马骑：须知她每次与男子共枕，从未见过不动情的。

次日开午饭时，女佣手上戴着钻石戒指；女店主脖子上挂着金链子，耳下垂着一对明珠。三名香客在这座城里住了将近一个月，把钱袋里的钱花得精光，而且坦白承认，他们当初说了女人许多坏话，那是因为还没有尝到米兰娘儿们的滋味。

男爵回德国后对人说，他只犯了一桩罪过，那就是老待在城堡里不见世面。巴黎市民带了许多贝壳回家，发现他的婆娘正与希望厮混。勃艮第先生看到拉伏格勒囊太太满脸晦气，也就顾不上自己立下的誓言，百般尽力安慰她，差点搭上自己的性命。

本故事证明，我们在客店里闭口为妙。

童心未凿

指着我的公鸡的双重红冠、我女友的黑拖鞋的玫瑰色里子、我亲爱的绿头巾朋友的顶戴和他们尊若神明的妻子的美德，我起誓说，人创造的最美的作品不是诗，不是画，也不是音乐，不是城堡，不是鬼斧神工的雕像，不是帆船或划桨船，而是儿童。我说的是十岁以前的儿童，因为这以后他们就变成男人或女人，有了理性，从此不值为培养他们而付出的代价：最没出息的其实还是最好的。请看他们如何天真烂漫地做游戏，把一切东西，如鞋子，尤其是窗台，以及家用什物，当做它们的玩具。他们撇下不喜欢的，叫喊着追逐他们喜欢的，把整所房子闹得天翻地覆，咬嚼糖果，龇着白牙的笑口常开。看到这些，您就会同意我的意见，认为他们从头到脚妙不可言，且不说他们兼为花朵和果实，爱情的果实和生命的花朵。所以，只要他们还没有在人生的风波中迷失本性，这个世界上没有比他们的话更神圣、更有趣的。童言无忌，一派天真：这与牛胃能反刍一样千真万确。您绝不会听说某个成年人与儿童一般天真，因为成年人的天真里总掺杂着某种说不出的理性的作料，而孩童的天真纯洁无瑕，还透着母亲的精明。本故事便是明证。

卡特琳娜王后还是太子妃的时候，国王御体有恙。为了赢得国王公爹的好感，她不时献给他几幅意大利油画，知道他必定喜欢，因为他本是乌尔比诺城的拉斐尔先生，普利马蒂乔先生和列奥纳多·达·芬奇先生的朋友，经常馈赠他们巨额金钱。她娘家梅迪契公爵统治托斯卡纳，掌握着最精妙的画作，所以她能从娘家要到一幅威尼斯人提香的油画。此人是查理皇帝的宫廷画师，颇受宠信。那幅画画出天主还允许亚当和夏娃居住人间天堂时，他俩交谈的情景。画中人与真人一般大小，穿着当时的服饰。在这一点上不会有误，因为他们内穿无知无识，外裹神的恩宠。这套服装因其颜色特殊，极难描绘，而提香先生恰是此道高手。该画被挂在国王的寝室时,他已病入膏肓,不久于人世了。法国朝廷盛传该画如何精彩,人人愿一睹为快,可是在国王去世前任何人都未获机会,因为国王表示,在他有生之年,该画不得离开他的寝室。

某日,卡特琳娜夫人把她的儿子弗朗索瓦和小女儿玛果带进国王寝室。这两名孩子刚学会嚼舌头,自然与所有的儿童一样,不知禁忌。他们早从这里那里听人谈论这幅亚当与夏娃的肖像,缠着母亲要她领他们去看看。由于两个小家伙有时能逗老国王开心,太子妃才带他们来的。

"你们想见见我们老祖宗亚当和夏娃,他们就在这里。"她说。

然后她让孩子们对着提香先生的画幅惊叹不已,自己在老国王的枕畔坐下。老国王高高兴兴望着这对金童玉女。

"这两个人里,谁是亚当?"弗朗索瓦用胳膊肘子捅一下妹妹玛格丽特,问道。

"傻蛋,"女孩子说,"他们没穿衣服,怎么分得清谁是谁?"

可怜的国王闻之大悦,卡特琳娜王后给佛罗伦萨写信时曾记下这个回答。

由于没有一个作家曾把此妙答公之于众,它只能如一朵鲜花守在这百篇故事的一个角落里,虽说它本身并不滑稽,而且人们也不能从中引出什么教训,除了下面这一条:欲闻儿童稚气盎然之言,先得生下几个孩子。

茵佩莉娅夫人从良记

第一章　惯设相思局的茵佩莉娅夫人怎样自坠情网

我们这部故事集有幸开卷第一篇讲的便是美丽的茵佩莉娅夫人，因为她本是那个时代的光荣。却说康斯坦茨主教会议结束以后，由于拉古萨红衣主教离不开她，为了美人宁可不要主教的冠冕，茵佩莉娅只得随他到罗马居住。这位脂粉队中的骁将手头阔绰，送给茵佩莉娅夫人罗马城里一座漂亮的公馆。也算夫人倒霉，不久便发现自己怀有身孕。众所周知，后来她生下一个美丽的女婴，教皇开玩笑说应该给孩子取名戴奥道拉，意为天主的礼物。那女孩子果真取了这个名字，长成绝色容貌，凡是见过她的人无不称羡。红衣主教去世后，把遗产都赠给戴奥道拉夫人，美人茵佩莉娅则把自己的公馆让给女儿居住，然后她像逃避瘟疫一样匆匆离开罗马，她认为这个能让女人生孩子的地方该受诅咒，分娩几乎使她完美的身材走样变形，全亏她周身的线条、背部的弧度、迷人的肌肤、蛇一般灵活的动作，她才能像教皇凌驾所有基督教徒之上那样傲视基督教世界所有的女性。不过她的情人们都知道，她分娩时有十一个巴多亚的博士、七个巴维亚的医生和五名来自世界各地的外科医生相助，玉体未曾受损。有的还说她产后变得更加白皙细嫩。萨莱诺医学院一位名师为此写了一本书，证明分娩有益妇女的健康，使她们肤色鲜丽、永葆青春。读者自然明白，这本正经书里提到的茵佩莉娅夫人身上最令人销魂的部位，只有她的情郎们才有缘观赏。不过这种机会实为罕见，因为德国那些小朝廷的君主根本不在她眼里，她对他们颐指气使，像统帅对待士兵一样，从不在他们面前宽衣解带。

大家也知道，美丽的戴奥道拉长到十八岁时，为了替母亲的放浪生活赎罪，下决心当修女，并把全部财产赠给克莱丽修会的女修道院。当时有一名红衣主教指点她一心向善，戴奥道拉对他无比信赖。不料这个坏牧人见到归他守护的羔羊实在太美，起了歹念，竟然行使暴力。戴奥道拉为了不让这神甫玷污自己的贞洁，当下用防身尖刀自尽。这件事载入史册，当年罗马全城闻讯大骇。茵佩莉娅夫人的女儿，生前人人爱怜，死后万家痛悼。

高贵的茵佩莉娅夫人悲伤欲绝，回到罗马痛哭她可怜的女儿。此时她三十九岁。根据作者们的说法，这位绝代佳人到这个年龄特别光艳照人，身上一切臻于完美，好比成熟的水果。痛苦使她变得端庄，对那些为安慰她，试图跟她谈情说爱的人尤为严肃。教皇亲自驾临她的公馆，劝她节哀，但是她伤心如故，声称她今后只有把自己交给天主，因为她虽然阅人甚多，却没有一个男子曾使她满意；从前她像崇拜圣龛一样爱过一个小神甫，那神甫后来却把她骗了，想必天主不会欺骗她的。不少人听到这个决定如大祸临头，因为她是无数贵人的快乐的泉源，缺了她等于群芳无首。罗马街头熟人相遇必定相互打听："茵佩莉娅夫人近况如何？她真要从风月场退隐？"有几位大使还写信给他们的君主报告此事。神圣罗马帝国皇帝大为惆怅，因为他曾如痴若狂与茵佩莉娅夫人厮守一周，后来为了上阵打仗才依依不舍告别，至今仍像爱自己身上最宝贵的器官一样爱着她。他与朝臣们的意见相左，认为人身上最宝贵的部位是眼睛，因为据他说用目光可以拥抱亲爱的茵佩莉娅全身上下。值此危急关头，教皇请来一名西班牙医生，派人领他到美人茵佩莉娅府上。医生能言善辩，引用许多希腊文和拉丁文著作证明哭泣和忧愁足以损毁容颜，悲伤则能增添脸上的皱纹。众位博士在红衣主教团中争论不休，最后承认西班牙医生的说法。茵佩莉娅夫人遂被说服，当天晚上就敞开公馆的大门。年纪尚轻的红衣主教、外国使节、罗马城里有钱有地位的人蜂拥而至，挤满公馆各个房间，大事庆祝；平民百姓则点燃烟火；全城上下欢庆花魁女王，风月班头重操旧业。戴奥道拉葬在罗马，茵佩莉娅夫人遂出巨资为死者修建一座教堂，因此备受各行各业工匠的爱戴。波旁大元帅战死后，罗马沦陷，戴奥道拉的坟墓惨遭洗劫。因为这位贞女的棺材是用纯银镀金制成的，那帮兵痞必欲得而甘心。为盖造大教堂花的钱，据说比吾主降生前一千八百年埃及有名的花魁女萝特芭为修建金字塔花的钱还多。此事证明这门有趣的职业历史悠久，明智的埃及人为寻欢作乐不吝一掷千金；也证明每况愈下，世风于今浇薄，因为你在巴黎小欧娄街花不了几文大钱就能眠花宿柳，这岂不可悲？

茵佩莉娅夫人脱下丧服后首次招待宾客那个晚上，比过去任何时候更显得风华绝代。王公大人、红衣主教和其他人同声赞道，她当得起全世界的敬意。世界各国确实都派有一位贵人做代表在场庆贺，此举充分说明，美色在世上所有地方皆受最大尊重。法国国王的代表是里尔-亚当家族的幼子。他来得晚，再说他从来未见过茵佩莉娅夫人，极欲一睹美人风采。这位年轻俊俏的骑士颇讨法国国王的喜欢，他在朝中有一女友，即领地与里尔-亚当家毗邻的蒙摩朗西家的小姐。他这位既非长子，又无望继承爵位、产业的年轻人对这位小姐可谓说不尽的温柔缱绻，国王差遣他到米兰公国办理几桩公务，因他小心谨慎，不辱使命，又派他到罗马来进行重大谈判。谈判的内容，历史学家们的著作里有详细记述，此处不表。

却说里尔-亚当家的俊俏哥儿虽说没有财产和地位，因为事业开端顺利，对前途充满信心。他身材挺拔如石柱，褐色头发下一双黑眼睛如太阳一般光芒四射，浓密的胡子又像老于世故的教皇特使。他为人机警，外表却天真烂漫，如爱笑爱闹的小姑娘。这位青年贵族在茵佩莉娅夫人家里刚一露面，夫人便怦然动心，但听心弦绷紧，弹出她久已不闻的铮铮之声。见到这个容光焕发的青春化身，她动的可是真情，若不是顾全自己女王般的尊严，她恨不得扑上去亲吻这副如小苹果一般红润发亮的脸颊。读者须知：所谓正经女人和穿着带纹章的贴身短裙的贵妇人对于男子的本性可谓一无所知，因为她们终生只与一名男子挨皮贴肉；比如法国王后因为国王有体臭，便相信凡是男子都有臭味，而茵佩莉娅夫人这样的花魁班头见识过的男子不知其数，对他们的了解十分透彻。有幸进入她的香闺的人撒起野来不比吃奶的小狗更知羞耻，他们心想反正不会有第二次，故此无所忌惮，把本性暴露无遗。茵茵佩莉娅夫人经常悲叹自己处于受辱地位，说她虽不是男子的出气筒，也是他们寻欢作乐的工具。这是她生活的反面。话得说回来，追求者付的夜度资往往要用骡子驮载，遇到夫人闭门峻拒，急色儿还有抹脖子寻短见的。总之，对茵佩莉娅夫人来说，惟有年轻人那种不顾一切的热恋，如本书开头第一篇故事里叙述的她对小神甫那股痴情，才是人生欢乐所在。不过当年她正当妙龄，现在岁数大了，爱情的火苗埋伏得更深，一旦点着了却更加不可收拾。当下她像被剥了皮的猫一样感到全身灼热，恨不得如猛禽觅食一般攫住这个年轻贵族，把他带到床上去。她用尽自制力，才没有鲁莽从事。

却说里尔-亚当骑士过来向她施礼时，她不由做出最庄重的气派，脸上却升起两朵红云。女人堕入情网，便有此种乖张表现。对一名年轻使节如此郑重其事，实属罕见，有人便用当时流行的双关语说她对这年轻人"有事相求"。里尔-亚当深知自己的意中人对他一往情深，对于茵佩莉娅夫人脸红脸白他根本不放在心上，反而暗中窃笑。花魁女大失所望，就改变战术，她收起满脸阴云，使出全身风流解数，走到年轻人跟前。但见她曼声细气，秋波频送，不时颔首点头，或用袖子轻轻撩拨，称呼他大人，说出一篇情话，进而逗弄他的手指，最终对他粲然一笑。里尔-亚当无产无业，谦光自抑，万万想不到他的俊俏面容和身段足以匹敌全世界的财富，所以对茵佩莉娅夫人这番做作无动于衷，仍旧双手叉腰，摆出好斗的公鸡的架势。他这般不知趣，反而叫夫人更加心急火燎。读者如若不信，必定不了解茵佩莉娅夫人的行业。她在风月场中历尽岁月，可以比做一座壁炉，容纳一百捆柴禾绰绰有余的炉膛里生过不知多少次火，粘满烟油，只消划一根火柴便能烧起熊熊烈火。故此茵佩莉娅夫人从头到脚如烈火焚烧，苦不堪言，只有爱情的甘露才能浇灭这场欲火。里尔-亚当家的幼子却视若无睹，飘然走开。夫人见他离去，一时情急，失去理智，竟然派人把他找回来，对他说夫人愿自荐枕席。读者须知，夫人平生无论对国王、教皇、皇帝都没有如此低声下气，因为她的身价之高，全在于她吊起男人的胃口又不许他们得到满足。她越降格俯就，就越不值钱。夫人的心腹侍女甚为狡黠，她对高傲的年轻人说，他在床上将有说不尽的受用，因为夫人必定会用最得意的风月招数款待他。里尔-亚当于是回到屋里,这桩艳遇叫他喜出望外。法国代表重新露面时,就像刚才他走开时大家看到茵佩莉娅夫人脸色发青一样,此刻大家见她喜形于色。当下人人欢欣鼓舞,因为无人不盼望她重操旧业,普度众生。一位好事的英国红衣主教,有心领教茵佩莉娅的手段,便凑到里尔-亚当耳朵跟前,悄悄说道:"你可得使劲,她尝到甜头后就不会从我们手里溜走了。"教皇起床时,有人把这一夜发生的事情向他报告。教皇说道:"Loeta mini, gentes, quoniam surrexit Dominus."①一帮年老的红衣主教对这段引文大不以为然,认为这是亵渎《圣经》。教皇见此情景,着实挖苦他们一顿,顺便开导他们说,他们都是好的基督徒,搞政治却不在行。他正打算利用美人茵佩莉娅收服神圣罗马德意志皇帝,因此对她大献殷勤。

却说茵佩莉娅夫人公馆灯火尽灭,东倒西歪的金酒瓶扔了一地,众人横倒在地毯上昏昏欲睡。夫人喜冲冲携着可心人的手步入卧室,对他说她想他想得发疯,情愿像牲畜一样躺在地上,任凭他作践糟蹋。里尔-亚当又脱掉衣服,像在自己家里一样上床躺下。茵佩莉娅夫人至此越发不能自持,裙子还没有褪利落就纵身跃到床上,成其好事。她那股如狼似虎的劲头叫侍女们大为惊奇,因为她们知道她平素在床帷背后跟正经女人一样拘谨。继之使罗马全城大为惊奇,因为这对情人九天九夜没有下床,吃喝都在床上,极尽颠鸾倒凤之能事。夫人对侍女们说,她的情人像死而复生的凤凰,每次交锋以后,立即恢复元气。罗马城里和意大利全境无人不谈论,这位美人曾经扬言不向任何男子让步,她谁都瞧不起,对公爵也敢啐口唾沫,此番竟然败给一名法国骑士。此话倒是不假,因为对那帮德国诸侯,她只许他们为她提袍角,并且说过若不是她压倒他们,他们就要压倒她。夫人还对侍女们坦白说,她对里尔-亚当跟她以前不得不忍受的男人们相反,越亲越没够,一天也不能离开他那灼人的目光,对他那株红珊瑚更是如饥似渴,爱不释手。她还说假如他想要,她会让他吸自己的血,咬自己的奶头,为他铰下自己的头发。她那对奶头举世无匹;至于她的头发,只有神圣罗马皇帝曾蒙她

---

① 拉丁文:欢欣鼓舞吧,人们,因为主复活了。

惠赠一根,得到之后视同圣物一般挂在项间,须臾不离。最后她说自己从那一夜起才真正开始生活,因为里尔－亚当真个令她魂销,他即便如苍蝇一样轻轻蹭她一下,也会叫她周身热血沸腾三回。这些话传出去以后,许多人闻之不悦。事过后,茵佩莉娅夫人首次外出时便对罗马的贵妇们说,假如这个年轻贵族抛弃她,她只有效法克莉奥佩特拉女王,让蝎子蜇死或毒蛇咬死他。她公开宣布从此与卖笑生涯告别,立志为人世树立德行的楷模,为了对里尔－亚当的爱情而放弃她的帝国。她宁为里尔－亚当的奴仆,不做整个基督教世界的女皇。英格兰红衣主教闻讯后对教皇说,这个女人本为大众提供欢乐,如今只对一个人动情,实为道德沦丧。他又向教皇进言,茵佩莉娅若与里尔－亚当结婚,必定冒犯上流社会,应当宣布此婚无效,但是这个悔过自新的可怜女子的爱情如此真挚,铁石心肠的人见了也要感动,最后一切闲言碎语统统消歇,无人不对她表示谅解。

四旬斋中的一天,美人茵佩莉娅让家里人一律守斋,告诫他们要诚心忏悔,皈依天主。然后她到教皇宫里去,拜倒在教皇脚下,至诚忏悔自己的过失,终于得到教皇的宽恕。她以为自己的灵魂一经教皇宽恕,便如处女一般洁白无瑕,否则她将愧对自己的情人。读者须知,教皇这般作为另有妙用,结果是法国骑士坠入圈套却自以为一步登天,他不再为法兰西国王的谈判尽心效力,把蒙摩朗西小姐更是忘得一干二净,一心只盼与茵佩莉娅成亲,同生共死。这位花魁班头一旦把满腹韬略用在正道上,自然稳操胜券。她的婚礼奢比帝王,意大利的王公贵族都来参加;她在宴会上向友人告别,宣布放弃她的财产。据说她有一百万金埃居。既然茵佩莉娅夫人和她的年轻郎君想的只是共效于飞之乐,无意享用偌大家私,人们不但不怨恨里尔－亚当,反而对他倍加颂扬。教皇为他们的亲事祝福,他说看到一位轻佻女人改过向善,通过正式婚姻回到天主身边,实在令人欣慰。这最后一夜,她还是任人观看的花魁班头,但是不久就要到法国一座普通城堡去做深居简出的女主人了。许多人惋惜当年的良宵欢娱、提神开胃的消夜、假面舞会、谑而不虐的玩笑,以及对美人倾诉衷肠的甜蜜时刻,遗憾从此无缘重温在这个天生尤物家里享受到的一切。茵佩莉娅夫人此时比过去任何时候更加动人,因为她心里燃烧的激情使她像太阳一样光辉夺目。许多人叹惜美人茵佩莉娅竟然起了做正经女人的古怪想法,里尔-亚当夫人笑着对他们说,她普度众生二十四年,现在退下来休息也不为过。另有人对她说,太阳虽远,人人都能沐浴它的恩泽,但是他们从此难睹美人的芳颜。对这些人她回答说,贵人们如枉驾光顾,以便了解她如何充当主妇主持家政,她必定笑脸相待。英国使节随即说,茵佩莉娅无所不能,她不慕德行则已,真要积德行善谁也赶不上。她送给每个朋友一件礼物,赠给罗马的穷苦人一笔巨款,她把继承戴奥道拉的,也就是拉古萨红衣主教遗下的财产捐给她女儿本来想进的那家修道院,以及她为女儿兴建的那座教堂。

　　一对新人动身上路之日,赶来相送的不仅有几名依依惜别的骑士,还有众多百姓,百姓祝愿他们万事如意,白头偕老。因为茵佩莉娅夫人只对大人物倨傲,对穷人却是无论老幼,一概仁爱为怀。这位风月女王在她一路上经过的意大利城市备受庆贺,市民听到她改过从善的消息后,由于夫妻如此相爱实属罕事,莫不以一睹这对璧人为快。好几位王爷在宫里接待他们,说是一位女人为做正经女人甘愿放弃自己颠倒众生的权力,理应受到尊重。但是有一位不识好歹的费拉尔公爵却对里尔-亚当家的幼子说,他挣下这一大笔家业倒是没有费劲。对此人的侮辱,茵佩莉娅夫人不屑一顾。她把风月场中赚来的钱全部捐出来装修佛罗伦萨城菲约尔的圣马利亚教堂的圆顶,这一慷慨善举使埃斯特老爷成为大家的笑柄,因为他收入不丰,却声称要出钱盖一座教堂。再说费拉尔公爵因为说了这句不得体的话,大遭乃兄费拉尔红衣主教的训斥。美人茵佩莉娅仅保留个人名下的财产和神圣罗马帝国皇帝与她分手时,纯粹出于友情赠送她的相当可观的财物。里尔-亚当家的幼子则与费拉尔公爵决斗,把他刺伤。故此无论茵佩莉娅夫人还是她的丈夫的行为都无懈可击。凡是他们所经之处,人们倾慕他们的侠情义举,无不隆重款待,皮埃蒙特地区为他们举办的庆典尤为风雅。诗人们为此写的十四行诗、催妆诗和颂诗后来编成好几本诗集,但是一切诗作与茵佩莉娅相比都黯然失色,因为薄伽丘先生说得好,她本人便是诗。

　　这一连串庆祝和风雅节目的高潮,乃是神圣罗马帝国皇帝的大手笔。他获悉费拉尔公爵干下蠢事后，立即派专使给他的女友送去一封拉丁文亲笔信。信中说他爱她是为了她本人，所以他很高兴得知她现在很幸福，但是因为这幸福并非来自他而感到难受；又说他无权赠送礼物给她，但是如果法国国王对她冷淡，他将以神圣罗马帝国能接纳里尔-亚当为荣，并且任凭他挑选一块皇帝领地做采邑。茵佩莉娅夫人复信说她感谢皇帝的好意，但是即使她要在法国历尽辛酸，她也决心不到别处去定居终生。

第二章　这门婚姻怎样结局

话说里尔-亚当夫人拿不准法国朝廷将怎样接待她，无意上朝，索性住在乡下。为了让她安居，她丈夫买下博蒙-勒维孔特采邑，后来我们喜爱的拉伯雷在他那本书里用这个地名的谐音开了个玩笑。① 里尔-亚当家的幼子还买下努万泰尔采邑、卡雷奈尔森林、圣马丁以及其他与他的长兄维利埃的领地毗邻的产业。他拥有这么多地产，变成了法兰西岛和巴黎周围最大的领主。博蒙领地曾遭英国人洗劫，他决心在那里修建一座华丽的府第。新屋落成后，他用妻子带来的家具、外国地毯、衣柜、画幅、雕像及各种摆设装饰内部。茵佩莉娅夫人收藏的都是精品，所以博蒙公馆与最富丽堂皇的城堡相比也不会逊色。世上无不称羡这对夫妻过的神仙日子，巴黎城内和朝中都在谈论这门亲事，夸说博蒙老爷交了好运，特别赞扬他天生绝色的妻子一心向善。人们根据习惯，还是叫她茵佩莉娅夫人。她不再举止高傲，言词也变得温和，不复如钢铁一般犀利。凡是正经女人的美德，她应有尽有，甚至可以做王后的表率。由于她奉教虔诚，教会对她尤为爱戴。她从未忘记天主也事出有因，借用她从前的说法，她曾与许多修道院长、主教和红衣主教周旋，教会人士在她的贝壳里洒过圣水，在床帷后面一再提醒她务必以灵魂得救为念。

人们对这位夫人的赞扬传到国王耳中，以致国王为了亲眼一见这

---

① 见《巨人传》第二部第二十一章。

人中凤凰,特地出巡博伏瓦齐,并在博蒙领地驻跸。他在该地待了三天,率领王后与全体廷臣举行一次壮观的围猎。国王、王后与朝中的贵妇莫不倾倒于美人茵佩莉娅的仪态,一致公认她的美貌和通晓礼节为当朝第一。先是国王,然后是王后,最后朝中每个人都称赞里尔-亚当娶到了如此出色的妻子。博蒙府第的女主人毫不骄傲,益发谦恭,给人的印象尤佳。朝廷和各家名门望族都邀她去做客。尽人皆知她心灵高贵,发起怒来却有雷霆万钧的威力,她对丈夫的爱情如火如荼,绝不容别人染指。她诱人的美色如今得到德行的保护,变得更加动人。法兰西岛兼巴黎司法区行政长官正好出缺,国王就把这职位赏给他从前的使节,并封他为博蒙子爵。里尔-亚当于是成为一省之主和当朝显贵。但是国王这番勾留却在博蒙夫人心头留下一个创伤,原来有一恶人嫉妒这家人洪福齐天,假装不经意问起茵佩莉娅,博蒙子爵可曾对她谈到与蒙摩朗西小姐的初恋?那位小姐现年二十二,茵佩莉娅与里尔-亚当在罗马成婚时她才十六岁。她对里尔-亚当一往情深,守身如玉,立誓不嫁,孤衾独枕苦挨岁月,却始终忘不了昔日的情人,有意进谢尔修道院了此残生。茵佩莉娅夫人过了六年幸福时光,从未听到这个名字,由此可见夫君确实爱她。读者须知,这六年时光过得像一天那么快,两人都觉得好像昨天才成的亲,每晚都像新婚之夜那么恩爱。子爵如有事外出,必因离开妻子而闷闷不乐,茵佩莉娅夫人不可一日不见他。国王很喜欢子爵,无意中说的一句话却刺伤了他的心。他对子爵说:"你还没有孩子呢。"博蒙好比被人捅破疮疤,当下答道:"陛下,我的兄长有子息,我们家后继有人。"

不料他兄长的两个儿子先夭折,一个在比武时坠马而死,另一个死于暴病。里尔-亚当先生痛失爱子。忧伤成疾,不久也弃世了。于是博蒙子爵领地、卡雷奈尔、圣马丁、努万泰尔以及附近的领地与里尔-亚当家祖传的庄园归并,这家的幼子成了家长。

茵佩莉娅夫人那年四十五岁,她的体格健壮,适宜生育,但是偏不怀孕。她眼看里尔-亚当家绝了后代,有心生儿育女,继承香烟。因为她七年以来没有丝毫怀胎的迹象,就从巴黎偷偷请来一名医生。这位高明的大夫对她说,她不孕的原因乃是她和她的丈夫与其说是夫妻,不如说是一对情人，同房但求快乐，种玉因而无望。夫人居然听信此言。医生还说，动物处于自然状态没有不能繁殖的，因为母兽雌禽在交配时一切听其自然，用不着女人发明的种种狐媚功夫。茵佩莉娅夫人回答说禽兽不及人正在于此，但是她从此收敛母狮的本性，变得像压在公鸡底下的母鸡一般老实，答应不再戏弄红珊瑚枝，把她练熟了的功夫统统搁置起来。不料茵佩莉娅夫人徒然像那个德国女人一样规规矩矩躺着不动，依旧未见怀孕，不由十分难过。关于那个德国女人，有个故事。她在床上一贯不动声色，以致她丈夫不知道她已经断气，兀自埋头苦干。那倒霉的德国男爵无意中犯下亵渎之罪，只得请求教皇宽恕。教皇为此发布有名的敕书，要求弗兰柯尼女人在与丈夫同房时稍稍摆动腰肢，以免有人重犯类似罪过。

却说茵佩莉娅夫人趁里尔－亚当自以为无人在旁之际，不时窥视他的神情，见他若有所思，甚而为他的爱情未能结下果实而悲伤流泪。这对夫妻的泪水不久就流在一起了，因为他们亲密无间，同甘共苦，一个人有什么想法，另一个必定会起同样的念头。茵佩莉娅夫人但凡看到穷人家的孩子，便会黯然神伤，过了一整天才能恢复常态。里尔－亚当见她这般痛苦，便下令不得让任何人的孩子接近夫人，并对她好言抚慰，说道有子未必是福，常有孩子长大后变坏的。夫人回答说，他俩如此相爱，生下的孩子必定是世界上最美最好的。他说他们的孩子也可能像他的侄子一样早夭；夫人答道她会如母鸡守护小鸡一般照应她的孩子，绝不让孩子离开她身边；总之她丈夫怎么也说服不了她。夫人后来请来了一位据说会行使巫术，通晓此中奥妙的妇人。那妇人说，她见过不少女人精心钻研房中之事，却一直未能怀孕，后来效法禽兽，采用最简单不过的方式，果然珠胎暗结。夫人于是模仿禽兽的姿态，却始终未见腹中隆起：她的肚子依旧如白玉一般坚挺。她再次请教巴黎的医学博士，还找来一位有名的阿拉伯医生。此人是阿维洛斯一派的传人，正在法国宣扬新的学说。她对夫人下了残酷的诊断。据他说，女人和有乳房的母兽一样，体内都有类似葡萄串的东西，那一颗颗葡萄便是造化挂上去的卵子。卵子受精后好比孵化中的鸡蛋，分娩时小生命便脱壳而出，新生儿头上的胎膜足证此说不虚。茵佩莉娅夫人的宝筏接待过的男子太多,她在风月生涯中惯于逢迎男子各种古怪要求,因此她的生殖机能业已丧失。《圣经》上说天主根据自己的形象创造了人,人体无比尊严,上述歪理谬论显然与此相悖,并且不合理性,违背古今相传的体系和学说,巴黎的医学博士们着实挖苦了一顿。他们谁也没听说过阿维洛斯,阿拉伯医生难行其道,也就算了。茵佩莉娅夫人偷偷来到巴黎,医生们对她说她气血正旺,既然她当年与拉古萨红衣主教相好时曾生下美丽的戴奥道拉;又说女人只要经血不枯,必能生育,她只消留心增加怀孕的机会。夫人觉得此话有理,便与丈夫着意绸缪,不料每次皆是华而不实,徒劳无功。那可怜的女人于是给教皇写信,倾诉她的痛苦。好心的教皇很爱她,亲笔写了一篇措辞优美的讲道文章寄给她,说道:一旦人已智穷力竭,地上的出产也遍试无效,我们惟有转向天上,祈求主恩。茵佩莉娅于是决定由丈夫相伴,赤足步行到列埃斯朝拜有名的送子圣母。她许愿如能生育,必将出资在该地修建一所大教堂。一路艰辛,她那双纤足受尽磨难,但是腹中除了增愁添忧依旧毫无消息。她的美发失去光泽,有的掉落,有的变白。过度的忧伤使她最后失去生育能力,经常头晕,脸色发黄。她当时四十九岁,住在里尔-亚当府上,却像主宫医院里的麻风病人一般日见憔悴。她只因从前遭受男子轻薄太多,揶揄自己好比一口专煮鳗鱼的铁锅,从此不能尽她做妻子的本分;里尔-亚当对她一如既往,百般体贴,只能使她自惭形秽,倍觉伤心。有天晚上她被这个想法折磨,不由叹道,尽管她得到教会的宽恕和国王的厚遇,享尽荣华富贵,里尔-亚当夫人归根结底还是坏女人茵佩莉娅。她看到丈夫正当盛年,应有尽有:巨额的财富、国王的宠信、独一无二的爱情、人间无匹的妻子、世上少有的享乐,惟独不能传宗接代,履行一家之长最重要的职责,每念及此,她总感到摧心裂肺的痛苦。丈夫对她何等高尚,她本人却有亏妇道,不仅没有为他生育,而且根本不能生育。她想自己还不如死了的好,遂把痛苦深深埋藏在心头,一心皈依天主,虔诚的程度足与她的痴情相比。既然生育无望,她也就死了心,从此对丈夫更加缠绵,精心打扮自己,端赖各种偏方,她的容颜更加光彩夺目。

话说此时蒙摩朗西老爷已说服女儿放弃终身不嫁的想法,远近都在传闻她将与一位沙蒂雍老爷缔姻。茵佩莉娅夫人的住处与蒙摩朗西家相隔仅三法里，某日她支使丈夫到森林中去打猎，自己却动身到蒙摩朗西小姐府上去。抵达目的地后，她先在篱笆围绕的花园里散步，同时叫一名仆人去禀告小姐，说一位夫人有要事相告，务请一见。蒙摩朗西小姐听仆人说那位不知名的来客美貌绝伦，礼数周到，还带来众多随从；疑惑惊诧之余，她匆匆穿过花园，来与她从未见过的情敌相会。可怜的茵佩莉娅夫人见到小姐的美貌不亚于己，一阵心酸，不由泪下。她说道：

"我的朋友，我知道你爱里尔-亚当先生，别人却强迫你嫁给沙蒂雍先生。请你相信我的预言必将应验。你爱的那个人后来变心，是因为他掉进的圈套，就是天使也逃脱不了。不过不等树叶黄落，他必能摆脱那个老太婆，你忠贞不渝的爱情届时就会得到报偿。所以你要拿出勇气来拒绝眼下这门亲事，你的意中人必将回到你身边。里尔-亚当是世界上最可爱的人，你要向我保证，专心爱他，不让他难受，并且要求他把茵佩莉娅夫人发明的各种爱的诀窍都传授给你。你们年轻人在一起练习这些诀窍，很容易就会使他忘却他心里那个人。"

蒙摩朗西小姐闻言大惊，不知怎样回答。她眼看这位绝色佳人迤逦而去，还以为自己遇上了仙女。一名庄客告诉她来者乃是茵佩莉娅夫人，她才明白过来。虽然这桩怪事难以解释，蒙摩朗西小姐还是对父亲说，是否同意那门亲事，她要等到秋后再给答复。这也难怪，单恋者总抱着一丝希望。这个讨人喜欢却是虚情假意的伙伴常用假珠宝欺骗恋人，而他们也乐于像吃蜜饼一样照单全收。

收摘葡萄的季节，茵佩莉娅夫人要求里尔-亚当与她寸步不离。她为他做出千娇百媚，旁人还以为她有意耗尽丈夫的精力，里尔-亚当本人也以为他每夜遇到女人都与上一夜不同。每天醒来时，这个善心女人必定要求他记住昨宵淋漓尽致的恩爱。为了试探他的真心，有一次她说道："可怜的里尔-亚当，我们结婚实在太不明智：那年你才二十三岁，我已年近四十！"里尔-亚当答道，许多人羡慕他的幸福。又说她虽说年长，却没有一个少女能与她媲美；万一她老了，他会喜欢她的皱纹，相信她躺在坟墓里也是美丽的，她的尸骨也是可爱的。

茵佩莉娅夫人听到这个回答，感动之下眼睛为之一酸。她故弄狡狯，对丈夫说蒙摩朗西小姐长得很美，而且多情。里尔－亚当当即说道，提起他平生惟一的亏心事，叫他异常难过；他不该对他第一个情人负心，不过正是茵佩莉娅浇灭了他心头对她的爱情之火。这话说得直率，换个人听了可能刺耳，茵佩莉娅夫人却大为激动，把他一把抓住，紧紧搂抱他说："亲爱的朋友，近来我常感心痛。我年轻时就有致命的心脏病，阿拉伯医生也证实了这个诊断。万一我死去，我要求你立下骑士最庄重的誓言，娶蒙摩朗西小姐为妻。我肯定活不长了，我死后财产都归你继承。条件是你必须结这门亲。"里尔－亚当听了这番话不由变色，他一想到要与爱妻诀别就心惊胆战。茵佩莉娅说：

"真的，亲爱的宝贝，天主就在我犯罪的地方惩罚我，因为我感到快乐时心脏就扩张，或者用那个阿拉伯医生的说法，血管就变薄，总有一天要破裂。但是我一直请求天主现在就结束我的生命，因为我不愿意人家笑话我老了变成丑八怪。"

这位伟大、高贵的女人于是看到，她的丈夫爱她到了什么程度：他甘心为她作出人间最大的牺牲。只有她知道里尔－亚当对他们夫妻之间颠鸾倒凤、亲嘴咂舌的无上乐趣已嗜之成癖，他宁愿死去也不能断了她在床上制作的爱情糖果。听她说到她的心脏会在极度兴奋中停止跳动，这位骑士猛地跪下，说道他从此不再向她求欢，只要看到她，感到她在自己身边，他便感到幸福，能吻她的头发和挨蹭她的袖边裙角，他便心满意足。茵佩莉娅笑着答道，她的美貌犹如盛开的蔷薇丛，她宁可死去也不愿失去一个骨朵儿；又说她活得风流，必定死得洒脱，因为只要她愿意，她自有本事不必开口就能叫男子情不自禁搂住她一味癫狂。

故事说到这里，必须交代拉古萨红衣主教这位情场好手，曾送给她一件珍贵的礼物，叫做 in articulo mortis[①]。这三个拉丁词是红衣主教本人说的，读者原谅。他从罗马城里大名鼎鼎的毒药制造专家托法那太太那里买来的这件礼物，乃是威尼斯生产的薄玻璃香水瓶，大如蚕豆，内装一种奏效神速的毒药，只消用牙齿把玻璃瓶咬破，人便毫无痛

[①] 生死关头。

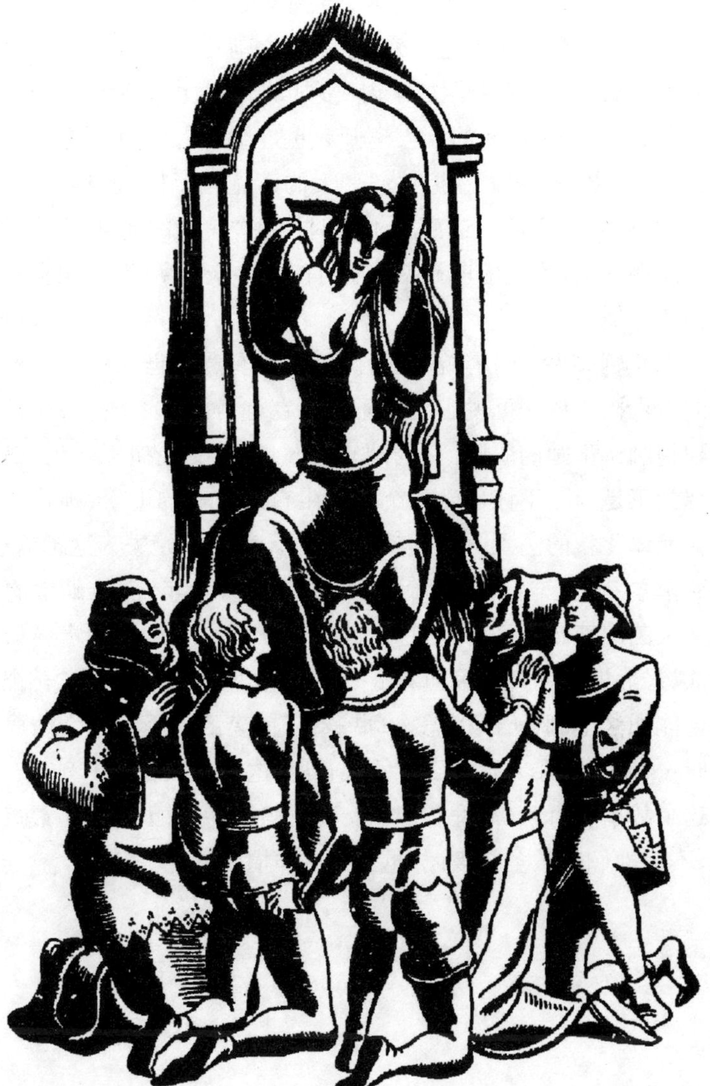

苦地死去。瓶子藏在一枚镶宝石的金戒指的底盘上，以免碰坏。可怜的茵佩莉娅屡次把瓶子含在嘴里，却下不了决心把它咬破。每次共偕鱼水之欢时，她暗中都对自己说这是最后一次，但是那件事实在畅快，使她割舍不下。最终她拿定主意，在撒手之前逐一重复平生试验过的种种风流解数，一俟浑身畅快到无以复加的时刻，就把毒药瓶咬破。

十月的第一夜，可怜的女人离开人世。她咽气的时候树林里和云端一片喧腾，像是爱神们在惊呼："伟大的诺克死了！"这与当初救世主降临人间时，异教的神祇逃到天上去时惊呼"伟大的潘死了！"如出一辙。后面那句话，为在优卑亚海上航行的水手亲耳所闻，有教会一位长老的记载为凭。

茵佩莉娅夫人死时容貌不变，因为天主有意为世人树立一个尽善尽美的女人的榜样。据说由于快乐天使在她身边伤心流泪，在天使辉煌的翅膀触拂下她的肌肤泛出异彩灵光。她的丈夫痛不欲生，却丝毫没有想到正是为了不让他受一个不能生育的妻子的拖累，她才甘愿死去。给遗体化妆的医生，也只字不提死因。茵佩莉娅夫人这番美意，直要等到里尔-亚当与蒙摩朗西小姐结婚以后第六年，那位幼稚的小姐告诉丈夫茵佩莉娅曾经拜访过她，才被他知晓。这可怜的贵族从此郁郁寡欢，最后憔悴而死。茵佩莉娅夫人让他尝到的爱情欢乐，一个无知丫头岂能如法炮制，所以他怎么也忘不了前妻的恩爱。这个结局也证实当时一种说法：在为她倾倒过的人心里，这个女人长生不死。

这个故事告诉我们，惟有烟花女真正德行高超，因为世上最贞节的妇人，不管她们奉教多么虔诚，也不会这样捐生就死。

余 韵

哈！你这疯妮子俏丫头,你受命逗全家人开心,却不顾一再警告,竟到忧郁的泥潭里去打滚,当初还是你把蓓特从这个泥潭里捞出来的。这会儿你披头散发回来,好像刚从一队德国雇佣兵中间冲杀出来似的!你那副漂亮的带铃铛的金针,那曲尽其妙的金银丝盘成的花朵,都到哪儿去了?还有那根浅肉红色、饰有奇珍异宝、价值一斗珍珠的人头杖,你又把它撇在哪儿了?每逢你的故事讲到妙处,你那双黑眼睛便金光四射,那时候教皇也受你的笑声感染,从而原谅你言词不恭,连他们也感到你白如象牙的牙齿咬住他们的灵魂,你舌尖吐出的玫瑰花扯住他们的心。此时此际,他们愿用拖鞋换取在你姹紫嫣红的唇间浮现的倩笑。笑口常开的姑娘,假如你愿青春永驻,你可再也别哭了。不如去想怎样不用缰绳骑在苍蝇背上,怎样用艳丽的云霞约束你瞬息万变的幻想,怎样把活生生的事实转化成披带虹彩、裹着绛色的甜梦,插上一对湖蓝色间淡红色翅膀的图案吧。我以肉体和鲜血、香炉和印玺、书和剑、破衣烂衫和灿灿黄金、声音和色彩的名义起誓,如果你回到那悲悲切切的角落,那个阉奴为白痴苏丹招收丑八怪女人的下流场所,我就要诅咒你,和你捣乱,夺走你的嬉笑手段,断了你的爱情供养,还要⋯⋯

快瞧!她跨上一道阳光,在十篇倏如流星的故事的簇拥下腾空而起了!她在这一卷故事幻出的七色光中嬉戏,跑得那么欢,那么高,那么大胆,背风逆水,顶着一切疾驰。只有她的老相识才跟得上她银光闪闪的尾巴,但闻新起的笑声如烟火一般热闹,但见那条美人鱼尾巴在其中跳动不已。天主啊!如一百名小学生做完晚祷扑向长满覆盆子的篱笆,她一头扎进这一片欢笑。让教师见鬼去吧!十篇故事已终卷。去他娘的工作!伙伴们,咱们玩个痛快吧!

第四卷

（残稿）

说　明

　　虽然我动手写作第四卷故事距今约有三年之久了,这两年内却不可能发表。把罗曼语的诗体小说《佳人多难》译成法语花去我比写作原书更多的时间,改写那则韵文故事(《儿子、爱情与母亲》)旷日持久。其余七篇故事和那篇滑稽之尤的故事倒是已经完成了。原定《仿作之卷》为第四卷,现在改为第五卷了,因为在该卷和第三卷之间将发表已经汇成一卷的十篇故事,其篇目如下:《先声》、《唐娜·米拉蓓拉铸错记》、《异教徒售奸记》、《男妖惑人案》、《茵佩莉娅夫人大发善心》、《奇怪的忏悔》、《三僧侣》、《蒙梭罗的农夫丢失牛犊记》、《吉勒里党和卡利皮斯特里费尔党恶斗记》、《童心未凿续篇》、《德行高洁的希农女修道院院长的妙语》、《余韵》。

　　喜爱本书的少数行家自会明白,是什么想法指导作者撰写《仿作之卷》。众多无知之徒以为《趣话百篇》无非是作者辛辛苦苦从十五、十六世纪的国王、王后和才俊之士激赏的文学宝库中寻章摘句、拼凑编织而成的一幅挂毯。与那家羞答答的《爱丁堡杂志》一样,他们在这些故事里只看到淫秽下流。所以有必要另写十篇故事来证明这部纯用这两个世纪的语言构思和写作的作品的价值。在这十篇故事里人们可以重睹十二、十三世纪的韵文故事与传奇小说作者,路易十一和大胆查理的朝廷,纳瓦尔王后和弗朗索瓦一世的朝廷,薄伽丘和意大利作者,拉伯雷,韦尔维尔,以及阿拉伯人讲故事的不同手法。作者借此表明,《趣话百篇》的写作手法虽然肯定源自光荣的先辈,但是不管好坏,它却是属于作者自己的。我的手法诚然不如前人,因为古时候的王后直言不讳,而今天实话反而不能实说了,言语的忌讳使这一快快乐乐的文学变得淡而无味。可能有一天,人们将感谢作者继一二〇〇年至一七〇〇年间写成的两千篇意大利、西班牙、阿拉伯、法兰西故事之后,杜撰了一百篇故事中的九十九篇,因为北方很少对讲故事这门学问作过贡献,而这门学问既需要阳光,也如拉伯雷所说,需要九月的浓雾。

一八三七年十月于巴黎

三 僧 侣

遐迩闻名的弗朗索瓦·拉伯雷大师誉希农为世上最光辉的城市之一。今王登基之初,该地住着一位德·伯桑库尔先生,是城中数一数二的头面人物。他在我们这个快乐的省份拥有田产,年轻时仪表堂堂,更受妇女而不是男子的看重,因为那时候男子只关心女人的美貌。德·伯桑库尔先生在希农与图尔之间的脂粉队里忙于厮杀,据说他把当地所有的美妇人都当马骑了,因此不愧"大众情人"的雅号,那是眼红他的业绩的人给他取的。活到四十岁上,他耳朵里敲响了警钟,原来是他那套钟的钟舌不那么灵活了。这个聪明人留了一个心眼,从此只为惟一一位贤惠女子敲他的老古董旧钟,而且决心借助做圣事时立的神圣誓言把那女子放到自己床上。圣事共有七件,他想的是魔鬼塞进去的那一件。于是他选中了出名贤德的康岱小姐。她是康岱家第七个女孩,自幼即受服从尊长和虔守教规的教导,很乐意嫁给德·伯桑库尔先生为妻。这位当年的美男子现已精力不济,故此她没有得到好生侍奉。但是她竟无怨言,不像有些娘儿们皆因床上不畅快,便在别人面前贬低自己的丈夫作为报复,也可能,若不是德·伯桑库尔先生着实恫吓她,扬言自己绝不手软,她本来也少不了说长道短的。德·伯桑库尔先生自知在维纳斯的园地上耕耘不力,便对妻子变本加厉地防范。他既不能在肉体上满足她的爱,就激发她对上帝的爱来收住她的心。都兰省几位老太太有鉴于此,说道大部分男人都如德·伯桑库尔先生一般行事,给女人带来灾难。德·伯桑库尔夫人的爱情之花因而不见天日,就这样过了十年,年纪约有三十岁了。那一年她觉得体内一阵阵地骚动,还以为得了大病,原来她心里或头脑里常冒出来怪的想法,比如想在弥撒散场时对一个俊俏后生说,假如他不嫌弃,她准备把爱情的欢乐立刻奉送给他,这可是大大有悖闺范妇道。又比如,她待在房间里时就想到街上乱跑一气,总之她是着了魔鬼的道,起了淫心。照这样下去,她怕自己再过几天非疯了不可。形势危急,她便前往康岱城堡去找母亲,向她絮叨自己如何生了邪念,招致烦恼。康岱夫人明事达理,对她说这不是罪过,而是病。此病不关精神,仅涉及肉体。得了此病,正好证明她德行高洁,通晓事理。又说她自己当年也患上同样的热病,曾请一位名医诊视。那医生反复对她说,需要找一名风月手段高明的男子做对症药,就像在药铺买一贴膏药敷在伤口一样。还说治疗此病,越早越好;假如拖延下去,病情扩散到身体上部。此药就不能奏效了。接着说,为了谨慎起见,此药应秘密服用,因为做男人的羞于承认本是自己使妻子陷于此种险境,反而指责妻子生性淫荡,说她一门心思想着苟且之事,以及男人们习惯于用来责备女人的其他难听说法。康岱夫人觉得这位医生学识渊博,言之有理,重重酬谢了他。由于康岱家族一个多世纪以来与美丽的杜普奈修道院相处极为融洽,她就选了一位好僧人做听告解神甫,请他常来城堡用餐,悄悄地、称职地代理丈夫的职务。她除了必需的绝不妄取,以便严遵医嘱,治愈疾病。待她病愈后,就打发这僧人回修道院了。僧人守口如瓶,所以康岱先生未起半点疑心,除了僧人本人,都兰省无人知晓他如何妙手回春,人人都认康岱夫人为贤妻良母。事实上她想的也是治病,不是男欢女爱,而且治疗过程拖得很长,令她大为不悦。做女儿的相信母亲处事老练,随即前往善守秘密的杜普奈修道院。适逢众僧侣在教堂里集合,一眼看中其中一位身材魁梧的,把他视作救星,请求院长派他做听告解神甫。院长满口应承。从此这位膀大腰圆的僧人每周来希农一至两次,受到德·伯桑库尔太太的盛情款待。

男妖惑人案

列位无不知晓,基督教世界在往昔的艰苦岁月曾饱受一些魔鬼的折磨。我指的不是王侯、兵痞以及新教徒,而是那些在某些地方被处火刑的巫师,以及在许多恶人体内居住、用种种刁钻促狭的手段破坏处子完璧之身的魔鬼。博丹先生把有关这些巫师和魔鬼的案例汇编成一册厚书,不容争辩地证明,男妖、女妖以及其他头上长角、脚下长着分叉蹄子的鬼怪,还有浑身腥臭难闻、跨上非法的坐骑腾空而起、飞赴巫魔夜会的老婆子,一旦受到拷问,无不承认自己淫乱好色,并曾为此目的行使地狱里的、超人的力量。

这位博丹先生个头不大,秉性正直。他有一位朋友家住昂吉埃城,最为惧怕各种魔鬼。为驱赶他们远离自己的家宅,没有他不使的法术。此人姓皮沙,为此受到昂吉埃主教大人的严厉训斥。众人皆知,他竟用祝过圣的水煮汤喝,因此差点没蹲大狱、受审判,虽说他身为间接税收税官,既有钱又有地位。他从罗马教廷买回一些圣骸,散置他的城中住宅和乡下别墅的各个角落,所以整个安茹省没有一所宅子比他家守护得更好的。众人皆说,皮沙先生的钱袋里从来不住魔鬼①,而且因为他怕魔鬼怕得要命,索性打趣送他一个"魔鬼皮沙"的外号。可是仍有人说,他家里住着一名魔鬼,就是他妻子。这位夫人美貌贤惠,好多油头粉面的小光棍向她献殷勤都没有成功,他们的甜言蜜语纯属白费口舌,花言巧语统统无隙可乘。她为全省树立贤德的楷模,可是别的女人若起而效之便是祸害一桩了。她之所以冰清玉洁,据说端赖那些圣骸在四周散发圣洁的芳香,皮沙夫人浸淫其间,才百邪不侵。故此皮沙这位好人自以为绿帽王国和其他地界的怪诞国王奈何他不得,要他相信自

----
① 这是双关语,"钱袋里住着魔鬼"意为"囊空如洗"。

己妻子偷汉，先得让他相信救世主本人被罚入地狱才行。何况他妻子对男欢女爱之事天生冷淡，每当皮沙先生要尽他当丈夫的本分时，她必如被揪住脑袋洗耳朵的孩子一样不合作，又如生猪见到屠刀或闻到麦秸着火一样嚎叫，哭哭啼啼，哼哼唧唧，闹得他甚是不快。万般无奈，他只得与一名俏女仆凑合着成事，圣骸对她倒是不生效力。列位须知，安茹省的妇道人家个个勤俭持家，觉得这类圣骸代价太高。纵使做丈夫的羡慕皮沙先生的福气，有意用圣骸装点自己的家宅，以便收住妻子的心，降低她们的热情，太太们必如母猫一般着恼生气。天下万国都承认，管束女人不仅难以办到，而且后果严重。

却说那一年博丹先生到昂吉埃去探望他的朋友皮沙，皮沙太太正好犯了女人的倔脾气，执意待在乡下。她丈夫心想博丹可以到他的乡间别墅小住一周，便去城里迎接客人。不料博丹先生不能或者不愿出城，因为城里的绅士和其他体面人轮流宴请，情意甚隆。皮沙于是折回乡下开导妻子，跟她说她有责任进城招待这位作家和学者。吃过晚饭他立即独自骑马上路，为的是片刻也不浪费博丹先生与他相处的时间，赶在云雀唱出第一声时就把太太带回来。想是看守园圃的忘了职守，间接税收税官发现园门半掩着，便决定好好训斥他一番。他在月光下沿着篱笆而行，马蹄踩在青草上悄无声息。在安茹省与都兰省一般无二，围有篱笆的园圃、树林或者花园中的小径中央都长着青草，以防倾盆大雨冲走泥土。这是因为，列位有所不知，都兰和安茹及其附近地区丘陵起伏，是松鼠的福地，葡萄的乐土。葡萄在山坡上如野草一样遍地生长，造福居民，其中有锯解橡木板以用于制造酒桶、酒槽的工匠，照管柳树和栗树以供应生产桶箍所需木材的种植园主，做桶的桶匠，种葡萄的农民，开动榨机的工人，采葡萄的收摘者，出售葡萄酒的领主老爷，玻璃厂里吹瓶子的工匠和喝干酒瓶子的穷人，还有前来制止酒后闹事的警察，给酒后受胎的孩子施洗的教士等等——皆因酒的威力巨大，常使男子把自己老婆误认作别人的妻子。快乐的都兰之所以有快乐的名声，其原因正在于此。您在那里见到妇女怀着美酒佳酿促成的果实，幸福的丈夫趁凉喝酒趁热做爱，桶匠吹口哨如乌鸫鸣叫，葡萄种植者敏捷如鱼，树木挺拔是做饭的好材料，花楸树成片成带，橡树成对成双，领主老爷嘻嘻哈哈，桶里灌满酒，窖里堆满桶，新娘已开了口子，婚礼不断，葡萄满坡，少女春心荡漾，神甫肥头胖耳，鸟儿关在笼子里：一切莫不跳跃，生长，笑啊，滚啊，喊啊，生青碧绿，载欣载奔，摇头晃脑，敲敲打打，手之舞之，足之蹈之，大口饮酒，大把采摘，插科打诨，熙来攘往，世界上没有比这里更热闹的地方。间接税收税官看到自己的葡萄长势甚好，天无纤尘，一轮明月高照，心里想道：假如夜夜都有好月亮，每弓地的收获足够酿上十桶酒！……当下他对月光表示感激赞美之情。这月光窥伺人间的活动，照亮夜幕下的勾当，让收税官看到一个人影如蜥蜴顺着一个葡萄棚往上爬，奇迹般消失在他妻子的寝室里。他忽然想到，这必定是个魔鬼，因为他的身手如此敏捷，非凡人所能，乃是此辈长着利爪的怪异生灵特有的伎俩。他要弄清该魔鬼属于哪个种类，当下断定遇上一名男妖。他赶紧前去解救妻子，心想何不试试博丹先生推荐的驱魔妙法，即模仿鸡叫。他悄悄登楼，把身子贴在妻子房门上，一只眼睛对准锁孔，看到床上有一名货真价实的男妖。他竖起耳朵，听到呻吟之声，立即学了一声惟妙惟肖的鸡叫，可那妖怪竟然毫不在意。皮沙大惊，再学一声雄鸡报晓，才见那男妖吓得赶紧跳窗逃走。这下间接税收税官更确信家中来了男妖，立即跃身上马去找他的朋友博丹，以便抓住这个魔鬼并为已经记录的案例增加一个新的案例。他策马疾驰，不到半个钟头便回到昂吉埃城中，找到他朋友时，后者尚未就寝。友人要他详述此次遭遇的细枝末节，视之为他平生最幸运的事情，因为他枉自专门研究各种魔鬼，却从未有幸见到一名男妖。好安茹人遂对他说："我的朋友，我第二次学鸡叫的时候，他急忙抄走一些东西，像是裤子、鞋子和内裤。我甚至以为他手上有一件衣服。换了别人，准会把他认作某个漂亮小伙，因为他的外表和举止都与那人相像。"

"他穿着衬衣吗？"

"说到衬衣，他穿着一件白生生的。"

"这可与巴斯基埃先生的说法矛盾了。他说魔鬼都不穿衬衣……"

"我确信他是魔鬼，是因为他悄没声儿就跳下床，然后又跳到窗口，那动作之灵活，像是在飞。"

"他干什么事了？"

"他用尽全力压在我老婆身上，可怜那婆娘不停地挣扎叫喊。这一点比所有其他证据更能证明她遇上地狱里的魔头，因为她对男欢女爱之事甚为厌恶。"

"你见到他头上长角吗？"

"没有，我只见到他的背影。他看起来那么像人，皮肤与我老婆的一般洁白。根据权威的教会作者的说法，男妖以长一身山羊皮为其特征，可我没看见一丝半根羊毛。"

"他脚上长着叉蹄？"博丹先生问道。

"那爪尖还带钩子呢！"皮沙答道，"要不然，他怎能像蜥蜴一样爬墙？"

说完，两人就去唤醒该乡间别墅所在教区的本堂神甫，然后与他一起，小心翼翼，于半夜时分潜入别墅，以便把神甫做法事时佩带的襟带套在男妖脖子上，令他无法遁身，也好让昂吉埃全城百姓来观看他如何受火刑。来人中数博丹先生最有胆量，他自告奋勇把守窗户，不让魔鬼从这出口逃脱；神甫带着助手从大门进去；皮沙担心男妖会躲进太太寝室隔壁的小房间，便身手敏捷地先溜进去。皮沙太太被魔鬼紧紧搂住之际，神职人员手持明晃晃的蜡烛闯将进来，念起驱魔的咒语，高呼"撒旦滚开"，着实吓着了她，那男妖与她玩双球小木柱的游戏正在得趣，被驱魔者当场活捉。

"您瞧，老伙计，"皮沙对博丹说，"得写信告诉巴斯基埃，他有一件衬衫……"

"可这是西弗拉克先生的公子呀！"教堂圣器室管理员见状大骇，不由叫出声来。

"不是的，"俏丽的皮沙夫人喊道。她被人看到自己与男妖结成一体，好不害臊，"我对您起誓，这是魔鬼。抓住他，神甫先生。救救我，我快要死了。"

"夫人，"博丹说，"此事有关科学，请告诉我们您有何感觉？"

"我四肢百骸冷得要死……"

"这就证实了我那本书里关于魔鬼的精液提出的见解。魔鬼的精液其冷如冰,在阿伯维尔、摩城与朗城被处火刑的三名女巫均持此说……"

魔鬼被神甫的襟带套住,神甫与圣器室管理员还在襟带上洒祝过圣的清水,逼得他如斩成两截的玻璃蛇一般扭动,发出地狱里的喊声,说起希腊话与穆罕默德语,高呼贝尔泽布特、阿斯塔罗特、玛门、巴尔、贝利亚尔和其他魔头前来救援……

"叫吧!喊吧!"皮沙说道,"救火啊!救火啊!"

"主啊,他可真像西弗拉克先生的公子。"圣器室管理员说道。

"眼下最要紧的,"厌恶魔鬼甚于男人的皮沙夫人说道,"是你们火速前往西弗拉克先生家里,看他儿子是否在家,以便证明这一位是魔鬼真身……"

此时那魔鬼嚎叫如狼,企图挣脱神甫的襟带。

"走吧。"两个朋友喊道。他们立即下楼,跃上马背。

他俩催马疾行,转眼就抵达西弗拉克家的城堡,唤醒主人,说是事关教会行使的司法大权。两人被领进小伯爵的寝室,眼见这年轻人穿着整齐已在床上入睡,即把城堡上下人等叫来作证,并对他们说此时本堂神甫先生逮住一名其外表与小伯爵一模一样的男妖,该妖经审讯后,将在昂吉埃广场堆起的柴禾上活活烧死。西弗拉克老爷闻言大笑,说道他俩肯定犯了迷糊,绝无魔鬼敢于冒犯西弗拉克家族,取走任何东西,即便是一名仆人的长相也偷不走的。博丹先生答道,有的魔鬼往往幻化帝王的容貌。他建议西弗拉克先生陪他俩回去,也好眼见为实。好脾气的西弗拉克欣然同意。可是待他们返回皮沙的宅子时,他们发现皮沙夫人、本堂神甫、他的助手、侍童以及宅子里的下人个个惊恐万状。原来是皮沙夫人略为放松了套在男妖脖子上的襟带,霎时间若有一声巨雷掀翻整所房屋,那妖怪随即无影无踪,在他原先的位置上只留下一堆冒着热气、散发硫黄味的灰烬。一名园丁说他看见一匹红光四射、好似全身着火的烈马腾云驾雾而去,马背上的骑士在月光照耀下竟然没有影子。博丹先生不敢要求皮沙夫人让他看看魔鬼在她身上留下的痕迹。既然夫人声称魔鬼刚一上身有股子火爆劲头,继而却让她感到彻骨的冰凉,博丹先生满足于在他的下一本书里照样叙述。西弗拉克先生听罢夫人的话放声大笑,他说男人行事并无二致。夫人十分谦恭地接过话头,说她正因为预见男欢女爱必定如此收场,才腻味此种讨厌的结合。博丹先生和她丈夫皮沙先生觉得这话很中听。于是西弗拉克先生彬彬有礼地请夫人光临他的城堡,以便看清他的亲生儿子与该男妖有何区别。夫人接受邀请,并且贴着丈夫的耳朵对他解释道,她不忍心拂逆这位老人的好意。

　　本故事的教训分量甚重,只对少数人适用。您从中清楚看到,古时候的法国人诚心奉教,他们对男人甚是器重,相信他完全是按照上帝的形象制造出来的,所以把他的荒唐淫乱和种种怪诞行径归咎于魔鬼,而不是……

三鲅鱼客栈老板再次受骗记

　　三鲅鱼客栈老板受三名坏小子捉弄后，成为一方的笑柄。谁叫他素来傲慢，活该人人都拿他取笑。每逢标致的老板娘捏拳贴臀站在台阶上，从客店门口走过的顽童便相互告诉："这就是本城最响的喇叭！"或者说："夫人，您的新婚之夜果真刮了场大风？"假如老板开的账单要价过高，顾客拒绝照付，就对他说："只值三个大屁……"

　　他和妻子在这人人如胡蜂般狠毒的城市里受尽欺蒙，终于变得如风琴手一般小心翼翼，以致人们若想说某事不可能办成，便说这好比"捉弄三鲅鱼客栈的老板"。到了下一届交易会期，盗贼小偷，拦路抢劫的士兵，圣尼古拉的门徒等人纷纷赶来，都想从邻人那里捞上一票，教训粗心人遇事谨慎，看看妇女的裙子用料是否上等，缝制是否讲究，检查银币的成色，让大家不再把使用手帕擤鼻涕当作时髦，还叫众人遵守反奢侈法：此法禁止女市民佩带钻石、金链子和穿着盘绣金线的服装，犯者课以重罚。圣尼古拉的门徒们迫于无奈才遵循医嘱少吃酒肉，他们相互开玩笑说："该到三鲅鱼客栈去美餐一顿！"交易会的最后一天，其中一位滑头精与其他人打赌，说他定能在三鲅鱼客栈酒醉饭饱，用伪钞结账，然后当着老板的面从大门出去。赌注定为十个埃居。此人于是走进客栈，在大厅一角占了个副座位，然后张口大嚼，俨然一只有学问的猴子。酒残菜尽时，他……

茵佩莉娅夫人大发善心

话说拉古萨红衣主教充当特使在威尼斯处理新任教皇与该国市政议会有关事务时,茵佩莉娅夫人也在威尼斯城小住,家里的排场赛过王后。她这般摆阔也是不得已,因为当时世上最妩媚、最有钱的风月女子都在那里聚首,比个高低。这位花魁娘子本是哪儿钱多便往那儿赶。据内行人说,威尼斯娇娃的名声仅亚于罗马佳丽,而罗马之所以独占鳌头,皆因教会对任何事情都精益求精。茵佩莉娅夫人亲聆诸位红衣主教及大主教的教诲,芳名远扬自在情理之中。

彼时威尼斯城惟有一位花魁女,琪娜·蒂拉波西夫人的财富与排场能与茵佩莉娅夫人匹敌,不过若论美貌和床笫上的功夫,当让茵佩莉娅夫人独步一时,无人堪与比肩。据说琪娜夫人行云行雨时过于猛烈,日子一久她的情郎便招架不住,茵佩莉娅夫人却细水长流,使她的倾慕者欢喜不尽。有位波西安王爷曾巧设譬喻赞扬茵佩莉娅夫人,他说琪娜好比惯作高难动作的芭蕾舞女,只是这套动作多看令人生厌;茵佩莉娅夫人好比殷勤的女主人,每天变着花样款待客人。另有一说,只要主顾肯出钱,琪娜有求必应;茵佩莉娅夫人的床上从不接纳等闲之辈,有资格向她求欢的教会人士不得低于大主教,世俗权贵起码也得是一军的主帅或者德意志帝国的诸侯。在一次一名威尼斯商人愿出十万西昆①一亲香泽,只为威尼斯国的贵族谱牒上没有他的名字,茵佩莉娅夫人差点没把他从窗口扔出去。她对商人说:"你先设法把你的名字登记在案,然后把钱送来,再容我考虑。"

这位琪娜不懂像茵佩莉娅夫人一样管理家务和财产。夫人责成一名管家统率仆人,保管装入口袋的金币,用这些钱放债生息或者购买产

---

① 西昆,古代威尼斯的一种金币。

业,还要求他留心屋里诸般陈设,务使与王宫相垺。琪娜却把大把金币往窗外扔,好像她存心把钱当种子撒在地上似的。她声称自己永远不会缺钱花,因为她会在羽毛床上铸造金币。众所周知,后来她患一场大病,容貌全毁,最终穷愁潦倒客死西班牙。

可怜的琪娜虽说缺乏头脑,未尝不担心人老珠黄,故此她打了一条镶嵌钻石的金链条。据说这件首饰能在放债的伦巴第人那里押到十万金埃居。琪娜的每个情郎出资买一个金环,每一金环都要镶一颗钻石,每一颗钻石都应有鸽蛋那么大,每当人家送她的钻石大小不合格,她就把这颗钻石镶在别针头上,簪在发际,凑满一百个别针头,就去换一颗大钻石。茵佩莉娅夫人卜居威尼斯时,琪娜那条有名的项链已有一百个环节,每一环节的做工莫不精巧绝伦,因为最出名的画家为她设计图样,最优秀的金匠和雕刻家为她加工。这位快快活活、花钱如流水的美人还用她情郎的名字给每一个环节命名,闲时摩弄,让钻石彼此撞击,以资比较,所以有一环叫梅迪契,另一环叫埃斯特,有的叫多里亚、莫采尼戈、科洛纳,有的叫雅克·戈尔老爷、富翁弗朗索瓦,还有叫维斯孔蒂的。威尼斯总督说,这条项链等于全欧洲贵族的纹章图案集。

绝色的茵佩莉娅来到威尼斯后,多罗老爷献殷勤,把自己一座旧宅借给她住,因为那所房子贴近拉古萨红衣主教的寓所,来往方便。高傲的琪娜把茵佩莉娅视作对手,扬言要与她比个高下。夫人获悉此事,自然不会让步。她照样摆出女王一般阔绰的排场,丝毫不把对手放在心上。她在餐桌上陈设精工雕镂的金器,屋里安置名贵的家具和地毯,排开日子接待各国使节、威尼斯本国的贵族、路过的外国王爷和教会巨头。一切都由她的老相好拉古萨红衣主教安排,而这位红衣主教,众所周知,乃是红衣主教团和罗马教廷有史以来最工心计的人物。

话说琪娜在家里白天摆宴席,夜里开舞会,挖空心思招徕宾客,自有一帮追逐享乐的年轻贵族上门。那边茵佩莉娅夫人却独标高格,对座上客严加选择。常在琪娜家走动的人某日私下议论,只要能跨进绝色的茵佩莉娅的高门槛,他们出十斗红宝石也心甘情愿。琪娜听到这番话,差点没气死。后来她从一名来自亚洲斯密尔那城的商人那里打听到,埃及苏丹的儿子渴望游历美丽的威尼斯。商人曾在这位王子面前对威尼斯赞不绝口,使他心痒难挠,恨不能插翅飞来。这种向慕之诚在回教徒之间委实少见,因为他们信奉的邪教要求他们自幼就对基督教国家的一切不屑一顾。这位斯密尔那商人告诉琪娜说:埃及王子美如圣母像,基督教世界最俊俏的男子与他相比也黯然失色,他将带来只有亚洲国家才出产的奇珍异宝。商人又说他之所以消息灵通,是因为他认识王子本人,并且受托为他寻找寓所。琪娜向商人许诺,只要他能把亚洲王子领到她家中,他可以任选十个晚上与她睡觉。她心想惟有如此才能压倒茵佩莉娅,叫她饱受嫉妒心的折磨。琪娜本是这位商人的大主顾,茵佩莉娅夫人却没有买过他任何东西。他果然把事情办妥,那位英俊的阿拉伯人刚下船就被带进琪娜的香闺。王子对商人说,若论叫人真个魂销的本领,他后宫的全体嫔妃也及不上琪娜一人。商人答道,威尼斯女人的风流学问之所以胜过亚洲女人,皆因她们信奉正教,自幼即受教诲,无论何事必须以德报怨。这篇道理使土耳其人大受启发。

城里居民获悉这位被威尼斯共和国视若上宾的苏丹王子做了琪娜的俘虏,不由议论纷纷。琪娜警告他不准朝多罗公馆看一眼,若敢违背,便与他一刀两断。王子已经迷上琪娜,只要有一刻钟没有挨蹭她的裙角便活不下去。于是这个异教徒在威尼斯城里,尤其在贵妇人中间的名声大振,因为据某些旅行家说,土耳其人在床上如生龙活虎,而琪娜的骚劲浪态早已远近闻名,苏丹王子既能与她打成平手,他的神力较之他人间无双的美貌更令人惊诧。每当琪娜与他乘船外出,城里的正经女人们必定守在窗口或阳台上观看。他们奇怪那王子长得如此秀气,宛如女扮男装,在胭脂阵中厮杀怎会这般骁勇?有位科那罗夫人乃威尼斯最贞洁的妇人之一。她见到土耳其人那双眼睛如一对太阳,透过如丝绸窗帘一般挂在眼皮上的长睫毛光芒四射,身不由己堕入情网。她得到琪娜的同意后,甘冒被丈夫发觉后一刀捅死的风险,派人把苏丹王子领进公馆幽会,一夜缱绻,真个销魂。后来她不得不到罗马去请求教皇宽恕她曾与异教徒同房。教皇对她的训斥尽人皆知,他问她是否觉得黑种摩尔人的肉体比白种基督教徒的更加温暖。

却说美人儿茵佩莉娅的自尊心大受触动,咬牙切齿非把这只人中凤凰弄到手不可。她对拉古萨红衣主教说,这倒不是为了那话儿本身,而是为了维护她的荣誉,她总不能受一个琪娜的奚落。除了苏丹王子怎样和琪娜相好,琪娜怎样赢了美人儿茵佩莉娅,威尼斯城里确实没有别的话题。更叫美人恼火的是这个回教徒如鸽子恋巢一般忠于琪娜,连茵佩莉娅的名字都不要听。

琪娜乘坐贡多拉在多罗公馆门前来来去去,一边窥伺窗后的动静,一边摆弄她那串有名的项链,王子却连眼皮都不抬一抬。那项链如一条火蛇熠熠闪光,前不久埃及王子为它配了一副真钻石扣针,据说扣针的价值超过项链本身。有一天茵佩莉娅看到琪娜这般不逊,当下指着自己的私处起誓,她得不到土耳其人决不罢休。红衣主教对她说这事情太难。她回答说,假如他不能把土耳其人送到她身边,她就老实不客气把他赶走。今后谁能把土耳其人送到她床上,谁就是她的主人。又说这事情再荒唐,一个科那罗夫人能做到的,她茵佩莉娅岂能办不成?

红衣主教足足花了一天多工夫揪胡子想计策,终于想出办法。他找个借口把科那罗夫人的下人叫到跟前,把土耳其王子领进科那罗公馆的正是这几名仆人。他们告诉红衣主教,他们的女主人只盼与土耳其人重寻幽欢,否则就活不下去。红衣主教当即出重金诱使他们为他效力,叫他们当夜把王子带到他的公馆。王子来到后,他即得意洋洋向美人茵佩莉娅引见,借此表明自己为了所爱的人愿作任何牺牲。夫人袒胸露臂,斜躺在红丝绒垫子上。王子见状,早已魂不附体,暗想基督教的十字架委实胜过回教的新月。红衣主教虽说心中懊恼,为了成全情妇的好事,只得知趣走开。夫人却叫他留下,他自然遵命,服从教会的戒条也没有这般爽快。于是他亲眼目睹狡猾的茵佩莉娅怎样使出登峰造极的狐媚功夫,把土耳其人收拾得服服帖帖。第二天,琪娜发现自己失去了在情人心中至高无上的地位,以为对手必定暗中下了罗马媚药。她愁眉深锁,土耳其人百般劝慰也无用处。那王子把茵佩莉娅撩起的欲火发泄在琪娜身上,琪娜爱之太深,明知这番鏖战不过是他降格以求,仍旧满心喜欢,不过事后她又眼睁睁看他撇下自己,回到那该死的多罗公馆。他哀求美人茵佩莉娅对他稍加眷顾,却又不得亲近,怏怏而归,仍与琪娜同宿。整整一周,他奔走两家之间,以致威尼斯全城大惑不解。威尼斯人善作趣谈，有人就说从未见过一副球拍相互传球如此出色。说道土耳其人无以自解，正想跳到运河里一死了之，却被红衣主教一把抓住，一边打趣说，他信奉的宗教命令他救护土耳其人。美人儿茵佩莉娅见火候已到，便对土耳其人说，只要他能把琪娜的项链带来，今夜便可共效绸缪。土耳其人闻言脸色发青，因为他在琪娜身上所费不赀，给茵佩莉娅送礼又是一掷千金，带到威尼斯的钱业已用完，虽已派人到苏丹跟前去要钱，眼下却是两手空空。可怜的王子回到琪娜身边，匍匐在地，告诉她茵佩莉娅夫人提出苛刻的条件。他边说边哭，泪水湿透了琪娜的脚面。琪娜被他的目光和言辞打动，毅然摘下项上金链，说道："去吧，我的朋友。我让你得到幸福。这个骄傲的女人决不会为她心爱的人做这么重大的牺牲，愿她感到惭愧。"

土耳其人接过项链，来到美人茵佩莉娅家里，献上此物，然后与她共入罗帷，自有一番恶战。等到王子偃旗息鼓，茵佩莉娅便问他施了什么巧计得到项链，或者出什么价钱买下来的。这狡诈女人说她打算戴着这条项链在威尼斯城转九圈，就像当年阿喀琉斯将军用战车拉着赫克托耳的尸体绕特洛亚城转九圈一样。那土耳其人一片天真，竟把琪娜的话对茵佩莉娅学了一遍，茵佩莉娅女王般的尊严当下大受挫伤，决心以一惊人之举压倒琪娜。次日上午，她带着俊俏的王子乘船招摇而过威尼斯城，径直来到琪娜公馆。可怜的琪娜人财两空，泪流满面，此时正巧动了轻生之念。茵佩莉娅对她说：

"琪娜夫人，我把你的薄情郎交还给你，从此以后他永远戴上锁链了。"那项链已经套在王子脖子上，说着她便把项链的扣子递给琪娜。茵佩莉娅夫人的大度堪与琪娜相比，后者万分感动，不由扑上去搂住她的脖子，说了许多疯话，甚至说她承认茵佩莉娅比她自己还美。

这个故事传遍意大利和其他国家，彼特拉克先生听到后便写信告诉美丽的洛尔，指望她也能大发慈悲，因为故事里有一个道德教训，即爱情本是……

瞎子王国中吉勒里党和
卡利皮斯特里费尔党恶斗记

  卡冈都亚为之建造了德廉美修道院的那位僧侣为报答大施主的功德，特意打发一名娼女与他春风一度。该女子日后私生一女取名庞波特，即好心的庞大固埃的妹妹。尼芙赛特女王在其合法遗嘱中指定由她继承笨蛋王国，皆因她亲生女儿大公主在巴黎城内一命呜呼。那公主着了爱情的疯魔，又中了毒，死于杨梅大疮。

第 五 卷

仿作之卷（残稿）

先　声

　　可爱的浪荡公子,不知疲倦的情种,还有你们,极其宝贵的读者:你们在这几卷宣扬德行的故事中找到了快乐,按照这些故事送给你们的样子去接受它们,而不是以别的方式。"先声"是作者能自由自在对你们说上两三句话的惟一场所。故此作者在这里谦卑地请求你们原谅这一卷故事,即"仿作之卷"。取这个名字是有道理的,因为有人逼他写出这一卷。这些人语言无味,傻里傻气,却又居心险恶。他们兜售谎言,向任何人出卖文字,既愚昧又可憎,推销他们称之为书的鸦片毒品。他们的书,无非连篇蠢话、废话和矫揉造作之言,读来能令驴子的上下颌骨脱臼,假如驴子也解读书,因为您读完必定忍不住要打几个特大的哈欠。却说此辈自命不凡、专事欺诈、缺少头脑、满腹怨恨者到处散播流言蜚语,说在下的"趣话"是拼凑各家之作,是仿作、模拟。请问模仿谁?他们中有人答道:拉伯雷。模仿拉伯雷,做拉伯雷,好家伙,这就得超过拉伯雷本人才行!拼凑各家之作,仿作!真是混账到家了!须知一个人,甚至一名博学之士的毕生精力,刚够用于在古书中寻找上述故事中使用的词汇、表达方式和句子,然后按照语法规则把它们像串念珠一样串起来。上面提到的这些恶人当然不知道,镶嵌在这几卷故事中的每件珍宝都不是像可爱的孩子一样一下子就造出来的,它们经过切割抛光,精雕细刻,直到天衣无缝,才能问世。可是这些伪善者惯用死人来压活人,以便把活人也埋进死人堆中,他们竟用浸透毒汁的舌头摘取在上天欢笑时绽开的艳丽鲜花。您曾否在某个早晨与一头跳蚤决斗?正当您梦见草地、仙女、响当当的埃居或者床脚下涌出城堡楼阁,那虫子冷不丁咬您一口,惊破您的美梦。您第一个反应是退到一个角落里去。它再次咬您,您把身子缩成一团,继续做好梦。它又来咬您。总而言之它把您给激怒了,美梦被打断,您坐起身来逮跳蚤。您抓住它了,可它仗着身材小,一下就逃脱了,躲进被窝里。它觅到缝隙就能钻进去,因为它的棕色的外壳光滑如象牙。您终于逮住它,把它扔进水里,可它立即跳出来,又咬您一口,因为它那么渺小,以至于有人认为它简直就是虚无,须知世界上没有任何力量能使近似虚无的东西归于虚无。您忍无可忍,干脆把它夹在左右手的拇指中间,使劲去挤它。这搅人好梦的吸血毒虫,这十恶不赦的咬人精,终于一命呜呼。所以,亲爱的、多情的浪荡公子们和读者们,——作者在上文已向你们提出请求——这卷故事对于那些讨厌的跳蚤、蛆虫文人和虱子批评家将起到那两片指甲的作用,谁让他们发疯似的攻击这些故事、可怜的滑稽缪斯的快乐梦想来着!趁他的性子,作者要把一篇他按照古代光荣的讲故事人的方式编造的好故事向他们劈面扔去,对他们说:

"呔!该死的蝎子、蜈蚣,你们竟敢诋毁快乐的都兰的新发明,那么看清楚了,这是不是仿作?就算是仿作,模仿者将为你们证明,用别人的模子照样可以显示自己的特色。"

这个世界上各个国家当年都制造快快乐乐、讨人喜欢的作品,我们光荣的法兰西技压群雄,因为任何外国故事若与美丽的法兰西于公元一〇〇〇年与一三〇〇年之间弹奏金琴讲述的传奇、故事、韵文故事相抗争,无不闹个丢盔卸甲、落荒而走的下场。薄伽丘、阿里奥斯托、韦尔维尔与其他几位先生携大水桶从这可爱的水库打水,他们畅饮、吮吸这活的泉水,却只字不提出处。那个时代民风淳朴天真,有所制作皆属奇才巧思,因而谁若模仿那个时代的制作,便足以傲视当今一班不解玩笑为何物的讨厌文人。作者制作了冠于本卷之首的那本传奇和那篇韵文故事之后,确实洋洋自得,因为这两件珠宝在他的铁盒上,并非个头最小的。来吧,倾箱倒柜找吧,捡呀拾呀,闹腾呀,查阅手稿呀,翻腾故纸堆搅起满天灰尘呀,诸位尽可一读再读用漂亮的罗曼语写成的大量古代作品,然后在其中为这本传奇、这篇韵文故事找个位置,把它们放在头上也罢、搁在尾巴上也罢,安插在中间也罢,作者都无所谓。这篇昔日的韵文故事和这本今天的传奇都会得其所哉。作者邀请满腹怨恨的批评家们也来试作模仿!他们必将瞠目结舌,无以对答!所以,别再喋喋不休说什么模仿不模仿。有作品如此,才当得起模仿二字。这样的模仿不知熬干多少灯油,其功夫绝不轻松。

在下复有所申言。除了我们的行吟诗人的诗歌,没有比围坐壁炉前烤火时讲述的传奇故事更难摹写的了。作者出于好奇,记下一个民间故事。此故事其硬无比,锉刀锉不动,毒蛇咬不动。接下去有一个阿拉伯风流故事。可怜作者积年累月、呕心沥血研究各国的故事格式,以便通过模仿各地可爱的讲故事人,不管是东方国家还是北方国家的,好歹捏死那些跳蚤。所以在这卷故事里将有各种音乐的样品,各种乐谱的音符,各种乐器的响声。最后,作者用一篇戛戛独造、适应他的本性、符合他的品格、由他的笔尖流出、从他的脑子摘出的故事结束全卷,以便大家拿他与他的邻人和祖先作比较,看他是否祖先的肖子肖孙,或者剥夺他的继承权,或者欢呼他作为继承者登上古代故事作者空缺的宝座,也使错怪他的无知之徒从此闭口不言。他还特地穿上已故大师们的专用服装,因为有必要羞臊这帮大叫大嚷的笨驴,这批螫人的跳蚤,这批咬人的虱子,叫他们狼狈不堪。他这么做虽说不无狂妄,死者必定为它高兴,还会祝贺他,因为他们某天晚上曾对他说,他们十分抱歉不能重返人世以便与他小聚半日,帮他制止对他的作品的恶语中伤。

鉴于不懂罗曼语的人为数甚多,作者动了恻隐之心。他先为喜爱并崇拜古代的人用诗体写就他的传奇和寓言,然后再用更容易理解的语言把诗句改写一遍。这样做岂非善解人意?他的同时代中人有些人讲的方言也有必要译成标准的法语,所以作者请阿波罗先让他们也多为别人的方便着想。作者们为此要付出艰巨的劳动,可是这对他们平时不予关心的读者们大有裨益。

本卷故事问世后,无疑将不再有人指责作者只知模仿。既然如此,他恳请天主赐给每个人一份不受跳蚤骚扰的快乐,然后他将于圣西尔维斯特节,带着第五卷故事回到你们中间,以示信守他对浪荡公子们,以及所有不讨厌他的人许下的诺言。

关于儿子、爱情和母亲的韵文故事

昔有母与子
相爱不遂愿
德巴尔扎克
操笔述孽缘
为博诸君喜
行文务短简
为妻难为母
夫人泪满面
欲避乱伦行
惟有赴黄泉
两人皆受苦
千载有遗憾
列圣众神甫
请为祷上天

奥诺雷·德·巴尔扎克在此为诸君讲述关于儿子、爱情与母亲的韵文故事。他务求叙述简短,以博诸君欢心。

一位夫人一会儿是母亲,一会儿是妻子,发现自己更想做妻子而不是母亲,该有多么痛苦。她儿子向她求爱,为了不失身,她只有尽早结束自己的生命。

母子俩都尝尽痛苦:列位圣徒、殉道者和听忏悔神甫,请为他俩祈祷!

纺麻婆婆

佩罗①故事仿作

　　马塔庚王国是个很穷的国家,几乎全体居民都不得不以耕种、翻晒干草、做粗活和各式各样的职业为生。每家之主都拥有一小块土地和一所茅屋;妇女们走路或照料家务时手里仍在纺线或织毛活。当然也有几名老人和几个穷苦女人身无长物;也有一些贵族拥有房产,不过他们的人数太少,以致马塔庚国王找不到足够的贵族担任宫廷里的各项职务,往往需要从平民中物色人选,后者自然乐意效力。有几位作者由此推论说,这个国家与别的国家没有差别。他们可是弄错了,因为仙女频频降临这个国家,或许正因为它穷,她们才十分喜欢它。茅屋彼此相似,用泥土和卵石建成,都有一个大烟囱。仙女们从这个口子进屋安慰操劳不息的穷苦人,带给他们快乐。这个国家贫穷的原因是它境内皆山,耕地都在山坡上,而且地里满是碍事的大石头。只有供山羊和人行走的小径,就连惯走险路窄道的毛驴,也很难通过。由于交通不便,这个王国发展受阻。商业少得可怜,其他国家的发明要隔很长时间才能传到那里。蛋白杏仁饼干和普通饼干专为宫廷制造,至于糖衣杏仁,仅在贝丽比什公主结婚时尝过一次。这位公主的纤手细足天下闻名,她嫁给杰出的里盖-阿拉乌普家族的一位王子为妻。因其贫穷,许多地理学家称这个王国为茅屋王国。但有一点肯定无疑,即从已经失考的年代起,人们就能在各名门望族的纹章图案周围读到:"某某第三"或"某某第二十二,马塔庚王"的字样,并在纹章饰带上见到"天主保佑马

---

　①　佩罗(1628—1703),法国著名童话故事作家。

塔庚国"。惟有国王和朝中最显赫的贵人拥有马车和拉车的马。他的臣民既然财产相当,自然彼此平等,不相嫉妒。乞丐极少。每当有个贫穷的马塔庚家庭衣食不继,朝廷必视周济这家人为自己职责所在。宫中赌博赢的钱都用于此类慈善活动,因此人们在国王身边赌钱消遣也是出于行善之心。大部分臣民的大部分时间忙于耕作祖上传下来的土地,所以不像其他国家的某些公民那样怀有造反的异志。既然无所谓政治活动,也就用不着出版报纸。马塔庚人向国王交纳实物贡赋,如奶酪、牲畜、子女以及国中其他出产,这就使得王国的收入极不稳定,迫使历代国王厉行节约,才能做到年终收支相抵。别的国王至少有一座宫殿,为了与他们相似,马塔庚历代好国王都想在本国首都建造一所卢浮宫。不过他们并不因此横征暴敛,仅用本国石料造了一座宫殿。该国的石料质地柔软,易于加工,其色洁白如布里的奶酪。这座宫殿取名"蓬蓬尼芙",宫内陈设华美的家具,镶有多面整幅的镜子,天花板由正宗画派的画家们精工细绘,此外还有许多美丽的东西,不必细述。进宫者需向入口处一名妇人寄存手杖、雨伞、阳伞以及所有锋利的器具。该妇人兼售一本小册子,其中编号罗列宫内各种稀罕物品。此书售价三个马塔庚苏,相当于其他国家六个苏,因为在马塔庚花一个苏买到的香料蜜糖面包相当于在兰斯城或香槟地区的两倍。香料蜜糖面包本是在香槟发明的,当初用来治疗一位患便秘的法国公主。不过出售该书的收益用于资助王国的孤儿购置全套军装。全体孤儿——当然指的是男孩子——都加入国王的卫队,因此国王自然而然处在自己的孩子们中间:既然孤儿们失去父亲,他就有义务代尽父职。所以在这个国家中遇不到弃儿,国王的卫队忠心耿耿:既然卫兵们被认为是国王陛下的儿子,若有叛乱,他们为了保护国王陛下自会战斗到最后一个人。

马塔庚国王的王宫,约于三十年前落成。那一年大楼梯的扶手刚安装完毕,竖立在通往建筑工地的各条道路上书有"奉陛下令,马塔庚人不得通行"的黑色木牌刚被拆除,花园四周刚树起镀金的铁栅栏。总之,一切都好像冲着马塔庚国王微笑。他盖成了王宫,给王后寝室壁上的突饰镀了金,付清了后院最后一批浮雕的工钱——那上头雕着爱神与玫瑰花争斗的场面。可是他刚做完这些事,就觉得自己需要与别国君主一样，也拥有王冠上的钻石。无奈他的国库已经空虚，他很难购买足够数量的宝石，除非他使王国长期负债。何况即便他卖掉整个国家，可能也换不来多少钱，而他志在得到一颗与法国的"摄政王"钻石同样大的钻石。那颗法国钻石，众所周知，是世上最美丽的白钻石之一。

这可怜的国王并非别人，乃是蓬蓬南二十四世，外号营造大匠，因为建造卢浮宫历时四百年，到他手里终于竣工。这可怜的国王悒悒不乐，夜不能寐。不过他对百姓，对朝臣，对所有人闭口不言此事，实在憋不住才向王后和他的妹妹凡杜加丹公主吐露心曲。他早就明白妻子是个贤内助，善出好主意而且能付诸实施，为国事日夜操劳不亚于当朝首相。至于御妹凡杜加丹公主殿下，那一年百日咳在马塔庚王国的首都肆虐，她不是清谈应采取什么措施防治时疫，而是捐出价值六万马塔庚苏的麦芽糖。多亏这个办法，只有十五万人被夺去生命；若非御妹当机立断，死亡人数可能高达十六万。还得交代一句，王国的显贵勤劳王事，把麦芽糖分送到国内疫情最为猖獗的大小地点。不过这场瘟疫并未阻断王国的繁荣进程，因为下一年上天格外开恩，王国内所有的母亲都有了身孕，许多人还怀着双胎。于是那一年婴儿的襁褓成为奇货可居。幸好御妹对此类事情很有经验，她预见会发生这种情况，已从弗朗德勒运来许多棉布，而且国王同意这批货物入境时不纳关税。马塔庚王国以麻纱为大宗出产，因为全国的妇女都绩麻，凡是适宜种麻的土地，居民都播种大麻。总之那一年婴儿不缺襁褓，尽可按需替换。

蓬蓬南二十四向妹妹披露衷曲，说他极想拥有钻石。王后本是萨克斯-科布尔王室的公主，她有几颗钻石是祖母传给她的，镶工很不讲究。好王后那一年四十四岁，闻听国王有此打算简直乐坏了。御妹见此情景，便建议秘密购买一些假钻石。这是生长在莱茵河畔的漂亮的白色卵石，经巴黎的工匠妙手切割、抛光，便与真的钻石外貌相似。必须挨近佩戴这种假钻石的人，才能辨认它与真钻石的差别。首先不能假设有人怀疑国王和王后戴假钻石，因为朝廷的礼仪极为严格，任何人，除非是外国君主，都必须与两位陛下保持一定距离，不至于发现其中有假。至于会识破机关的首饰匠，王国境内不多。何况凡杜加丹公主建议以国家安全为借口,暂时驱逐他们出境。国王不以这个措施为然,他觉得这样做未免专横。蓬蓬南二十四在世时以正直无欺闻名,连最苛刻的历史学家也同意这个赞誉。他言出必行,不过他留心少说话。

购买假钻石的主意虽被采纳,却不能满足国王的欲望。或者他与别的国王相反,不愿受骗;或者他觉得自己明知王冠上的钻石是假货,却让臣民信以为真,他作为一国之主良心上必定过意不去。这位国王奉教虔诚,他受到的教育使他自幼即怀有良好的感情,所以他就向自己的听忏悔神甫和指导神甫倾诉心事。他向他们请教,如果他让邻人,虽然这邻人是自己的臣民,相信假钻石是真的,是否就算犯下罪过。听忏悔神甫属于王后一党,王后曾许诺赐给他玫瑰与煮水果省出缺的主教职位。他当即对蓬蓬南二十四国王陛下说,既然他的私衷是一俟王国的财力许可,便用真钻石逐一替换假货,这就谈不上罪过。他这样做本是为了本国人民的幸福,不让他们负担过重的捐税。天主鉴谅他的用心,定会给他奖赏。别国的君主出于政治原因让自己的人民相信比这大得多的谎言。又说,他既为国君,自可发布敕令,规定假钻石的价值高于真钻石,禁止流通并课以重税。然后他自己走私进口假钻石,便能发一票大财。

国王大为赏识这些理由,不过仍有一件事不放心,即让谁去购买假钻石,才能不泄露国家机密。这次又是御妹凡杜加丹公主殿下为王室解围。她想出的高招是佯称肝病发作,——外界必定相信,因为公主平时脸色红润——然后让首席御医开个处方,嘱咐她到昂吉安接受矿泉水治疗。这位太医是个精明角色,曾提出许多有关绞刑和自缢的有名论文,顺利地通过答辩。他必能写出一篇将得到科学院褒奖的报告,证明公主殿下有病。于是她便能轻装简从,用鲁日福尔公爵夫人的假名前往巴黎,在那里秘密购买王冠上的钻石。王后、国王、公主和御妹殿下把各自的积蓄都拿出来,凡高涅修道院院长在得到担保之后,把各家女修道院、各主教区、各小修道院的钱财扫数出借,以便凑够能买十来颗货真价实的钻石的款项,解除国王的顾虑:须知国王的良心片刻不得安宁。

御妹凡杜加丹公主殿下终于踏上漫长的旅途,她只携带一名女官和戈格林男爵随行。后者官拜中将，一直在御妹府效力，兼任她的司肉官。马塔庚朝廷中，一切官职都与膳食有关，因为这个国家是专制政体，其典章制度仿效奥托曼土耳其帝国。有几位作者声称戈格林男爵参与公主此行的机密，他们这个看法对一位行事极其审慎的人实为侮辱，而他们的理由无非是女人天生脆弱。可是他们偏偏忘了，马塔庚王室成员的择偶条件甚严，公主对自己的血统极为自豪，以致俗话夸奖一个女人不失身份，就说她好像蓬蓬南家的人！所以没有一个有头脑的人会相信戈格林男爵知道此行的目的，或者公主出门与他多少有关。公主出发时，御前指导神甫安排了公众祈祷会祝她早日痊愈。自从她分发麦芽糖和襁褓以来，她在民间威望甚高，所以老百姓纷纷赶往教堂为公主殿下的幸福及其旅途平安而祈祷，径直称她为民众的母亲。

然而国王仍担忧他深爱的妹妹旅途遇上麻烦，因为她要走一千多法里才能抵达法国。他的女儿小曼沙公主也叫他操心。这位公主受到极好的教养，长得雪肤花貌，婉娈动人，刚到十七岁，眼看就要出嫁了。国王担心临到公主举行婚礼时自己还没有得到钻石，因为王后生来神经质，天性敏感，没有钻石她会伤心而死。假如假钻石买回来了，他又害怕女婿和两位亲家会发现王冠上的钻石是假货，因为无法要求他们也遵守朝仪，保持距离。他们若起了疑心，便会由此及彼，从而对高贵的、诚实的蓬蓬南王族产生不良印象。所以，处理完公事之后，国王陛下每天夜里都想，做国王的也与普通人一样，不应该自陷于尴尬的境地；他后悔自己起了非分之想，心里十分苦涩。由于他与王后同床共寝如平民夫妻，王后习惯从御容或喜或忧猜出丈夫的想法，并且善于驱散他脑中的阴云。可是她不能阻止国王在睡梦里也想着他的假钻石。大白天，国王打猎回宫或开完御前会议，往往双手捧住脑袋独自出神。王后见此情景，便在心里想，或者对她的听忏悔神甫，就是惟一知道这个国家机密的那位神甫说：

"我肯定他又在想他的假钻石了！"

王后没有猜错。办成这件事需要克服的困难和它可能引起的后果占据了国王的全副心思，以致有一天宫内设宴，他在席间对王后附耳说：

"我宰了二十二颗假钻石……"还以为自己说的是"二十二只家兔"……

王后对这位好国王的口误报以微笑,廊下的公众和朝中重臣见了都说:

"王上心情特佳,他对王后说了句很有趣的话。"

其实相反,国王忧心忡忡,因为他已经感到王冠上的假钻石压在头上的分量。

马塔庚王国的朝廷处于上述情况时,在离首都两法里的一座村庄里发生的一件事将大大改变王室的生活习惯。这座村庄名叫"走猫天沟",远看像一个屋顶,因为它整个儿建在极高的山坡上;村里的茅屋层层叠叠,宛如屋顶上的瓦片。

村庄上方的山顶上还有一所孤立的房屋紧贴悬崖峭壁,如挂在墙上的鸟笼。这所可怜的房屋东倒西歪,千疮百孔,由一个白发老妪居住。老妪满脸皱纹,肤色乌黑,邋里邋遢,臭气熏天,一切都与她的茅屋相像。她只剩两颗焦黄的大獠牙,其尖端向外卷曲,魔鬼见了也害怕;她的双颊如干瘪皱缩的羊皮纸,洒满比底色还深的斑点,总像板着脸想什么心事;她的钩形黑鼻子如凶狠的鹦鹉嘴,而她的翘下巴像是要咬住这个鼻子;她的前额如一片顽石;她的白眉毛如箭猪的刺根根竖立,下面那双眼睛炯炯有神,寒光四射如野猫。有好奇的行人爬上山顶俯瞰马塔庚王国三个省的景色,只为害怕那老巫婆的尊容,谁也不敢进她的茅屋。她从不睡觉,总在纺麻,手法之灵活堪比魔鬼;她纺呀纺呀,纺锤、麻线、纺杆和她干枯的手指运转如飞,看来倒像静止不动似的。过路人中也有胆大的在茅屋门首站定,透过一道墙缝窥看,必能在寂静中听到"勃尔,勃尔"的响声,那是她的手指、纺杆、麻线和纺锤发出的声音。"走猫天沟"村的居民管这老太婆叫"纺麻婆婆",因为她无时无刻不在纺麻,而且不管原料有多粗,她纺出的麻纱总是全国最细的。有几家的主妇说,她的唾液特别苦涩,有把大麻变粗为细的奇效。事实是,即便仙女动手纺麻,也不会干得比她出色。她纺的大麻纱被当做亚麻纱收购,用于编织花边,价格昂贵,一斤值一千马塔庚法郎,而她每周能纺出一斤。尽管如此,她总是穿得破破烂烂,无心修葺茅屋,连她儿子也缺衣少鞋。她确实有个儿子。这孩子本应是她的心肝宝贝,却一生下来就成了她的出气筒。她与丈夫就生了这么一个孩子。她丈夫生前是本地种大麻的行家里手,纯粹被她折磨死的。她老挑他的错,时不时起一些怪念头足以把好人逼疯,比如要求盛火柴的木鞋非放在左首不可,又如灶上煮着汤却听任它烧干烧焦。他睡着了,她就去揪他的耳朵;他找鞋穿,她偏把鞋藏起来;他不需要鞋了,她又把鞋递过去。她总以为自己有理,给他出点子如何播种大麻,结果把一半种籽白白喂了鸟。总之,她搅得他日子没法过,索性撒手而去,不但把自己那份寿命留给她,还事出偶然留下一个孩子。此事接近奇迹,因为她丈夫去世时纺麻婆婆已有五十八岁,不多不少怀了三个月的身孕。医学院派来几名专家核对事实,后来发表了几份报告,用彗星运行规律来解释老妪产子的现象,暂时满足了学者们的好奇心,同时也大大提高了首席御医的声誉。这位太医对任何怪事都能说明其原委。

纺麻婆婆产下一男孩美如春日。她是在夜里,与公主王妃一样当着三位专家的面分娩的。医生们走后,茅屋大放光明直到天亮,只听见里面人声鼎沸,笑语欢歌如过节,好像全国的仙女都聚在一起跳舞。可是第二天,受好奇心驱使到茅屋四周转悠的人发现屋里一片寂静、安谧,喧闹了一夜的王子、魔法师和他们的车马未留下一丝半点痕迹,惟见纺麻婆婆在给新生儿喂奶。孩子取名福斯坦,意思是有福之人。纺麻婆婆有心使这个吉利的名字名不副实,结果她的孩子成了全世界最不幸的人。他刚出生没几天,母亲就狠狠刮他的鼻子,叫他不再叫喊。可怜的孩子着实害怕,从此不再叫喊,即使饿了想喝粥也不敢吱声。抚养孩子并非这老婆子的特长,她想起来就喂一口,想不起来就饿他一顿。有一天,一个好心妇女上山去,见到这怪可爱的小家伙身体虚弱,像是重病缠身,又见他脸上没有玫瑰色,必定经常如打鸡蛋白一样挨打。她动了恻隐之心,便向掉光了牙齿的纺麻婆婆建议,由她不收分文给孩子喂奶。不料老太婆大吼一声,这乳娘受了惊吓,挤出的奶汁整整两天都发酸。她到村里去对所有的老婆子预言,福斯坦活不长了。然而过路人总能看见这孩子在茅屋的屋檐下打滚,拿别人扔在雪地里的卵石当玩具。看到这娇小的身躯裹着破衣烂衫冻得发抖,而他的老母亲却在温暖的炉火前纺麻,众人无不怜悯他。后来事情更糟,纺麻婆婆强迫他黑夜里独自前往悬崖深谷,根本不管他会不会摔断脖子,让他全凭自己的一双小手抵御这片山地多见的鹰鹫和其他禽兽的袭击。走猫天沟村因此对这个老泼妇动了公愤,可是她既如凶神恶煞,谁也不敢追问她不把挣来的钱用在孩子身上,究竟用到什么地方去了。总而言之,每个做母亲的都按自己的想法教养子女,子女理应服从,只有天主才有资格判断母亲的是非。

纺麻婆婆掌握了用最粗的大麻纺出编织花边用的细麻纱的诀窍,因此有人把自己的女儿送到她那里,求她教她们像她一样纺麻。可是没有一名女学徒能待过一星期。老婆子执教极其严厉,动辄用她坚硬如吊死者的骨头的手指猛击她们的手指。她们怕手指折断或扭曲,统统辍学,须知她们的手指除了纺麻,还有别的用途。

十五年间,纺麻婆婆如此这般虐待她可怜的孩子,可是这孩子尽管吃尽苦头,却体魄强健,长得高大壮实,邻居们对他受到的待遇也习以为常了。他家茅屋四周的土地原是荒地,经他开垦便长出世界上品质最优的大麻,博得他母亲的喜欢。因为他虽然受到虐待,仍然很爱母亲。当他满十六岁,力气长足了,纺麻婆婆就派他干各种重活。多亏他从小受到攀登悬崖绝壁和忍受一切艰辛的训练,换一个人早就活活累死了。人人都怜悯他,因为他长得一表人才,面容英俊,头发秀美,全身上下无处不漂亮。他低着头,神情郁悒走过时,女孩子们都说:"害死这么漂亮的小伙,真叫丧尽天良!……"

他母亲派给他的任务确实能把他害死。她年纪越大,性情越加乖张,所作所为越像巫婆。她先是打发福斯坦进城出售麻纱,然后把钱带回来。假如可怜的小伙子少算了半文马塔庚小钱,她必抢起纺杆给他一顿毒打。所以他的账目从无差错。

马塔庚王国有个特点是缺少覆盆子。并非境内不长覆盆子,恰恰相反,世上没有别的国家长覆盆子比这里更多。可是覆盆子必须在某一时辰采摘。错过这时辰,阳光略为强热,覆盆子就如烧焦了似的,不堪食用了,反之,及时采摘的覆盆子,尤其是长在山顶上的,其味妙不可言,世上无物堪与相比。好像是天使们为自己尝鲜而亲手种植、浇灌,否则不可能有此美味。纺麻婆婆要求一年四季,每天上午用餐时有一碟覆盆子。福斯坦必须端给老母亲一小篮覆盆子,否则就会如铁砧上的铁块一样遭到痛打。老太婆用一根大号编织针挑起覆盆子,一颗一颗送进嘴里,从来不给儿子尝一颗。儿子坐在边上,一声不吭嚼他的黑面包。

马塔庚王国的群山背后有一个物阜民康的国家,只因那一边峭壁千寻,难以跻攀,与那个国家的交通完全隔绝。若要开山辟路,那就得花掉百倍于马塔庚王国全部财富的财力。那个国家名叫果利斯坦,出产一种价值连城、异常珍奇的木料,因为这种木料燃烧时散发紫罗兰的香味,而且它释放的热量有益于健康。纺麻婆婆只愿用这种木材取暖,与之相比几内亚麻香木简直不值一提。她从果利斯坦弄到无数为马塔庚王国见所未见的东西;每当她的储备即将告罄,她儿子就必须冒着生命危险翻山越岭,穿过冰河和白雪覆盖的深谷,到果利斯坦去寻找她需要的一切。可怜这孩子惟母亲之命是从,自从十二岁那年首次涉此险途,以后不知走了多少遍。他母亲赚来的钱全都用于满足自己的古怪嗜好。一会儿她想穿用地道的雅纳根布缝制的衬衣——这是世界上最细最软的棉布,老婆子的皮肤极其娇嫩,只能接触这种布料。一旦她穿上这种衬衣,便如裹在羽绒睡袍里一般舒坦,根本不在乎套在外面的衣服有多破烂。一会儿她又要儿子给她端来大鹏蛋,这是仙女们享用的绝品美味。为此需要他豁出性命,到果利斯坦的冰川凹处去捡拾。有时候她又想吃来自中国、价值与黄金相等的燕窝。她还嗜好各种极其昂贵的糖果。逼着福斯坦一趟又一趟到果利斯坦各个城市去为她寻觅。她的床褥用交趾支那一种灌木的叶子铺成;她的被单用北方的棕色兽皮制成,异香袭人,柔软如那不勒斯的手套,她睡在里面便能常葆身上皮肤细嫩,即便脸上粗糙。她只喝金水,这种水因其呈金色而得名,若用嘴唇饮下,这是致命的毒药;若用卡宴①出产的名叫桑巴的棕榈树木制成吸管服用,这便是美味的饮料——只有学者和仙女知道桑巴木的性能。金水从蒙古大汗辖地内一个泉眼涌出,全世界独此一处,

---

① 卡宴:法属圭亚那的一座城市。

有弓箭手把守。有时候,纺麻婆婆晚上心血来潮,想用山里的芝麻菜做一盘生菜,于是不管福斯坦有多劳累,也得为她去找芝麻菜。有一天她想吃田鸡腿,她儿子就得下山到卡尔邦松河谷去寻找,那里出产最肥的田鸡。又一次,她为了过三王来朝节,要吃毛蒙和木薯饼。福斯坦在果利斯坦国转悠半个月,才买到一只毛蒙,这是印度斯坦的锦鸡,其肉味之美胜过世人所知的所有禽兽。她喝咖啡非木哈①不可。到夏天,她不能容忍茅屋里有一只苍蝇,还要喝冰水。假如说她家里一切都给人赤贫的印象,她却在这间陋室里过着最奢华的生活。拥有所罗门的指环就能满足一切欲望,可是即便示巴女王戴上这个指环的当口,也不如纺麻婆婆幸福。她有个儿子亲她爱她,随时听从调遣,准备为她赴汤蹈火。她儿子睡的是破旧的草垫子,为了能在老母亲的眼神中看到温和的表情,只要她发令,他会用手去抓烧红的铁条。大家都可怜他,他却活得很幸福,因为人心之善莫过于爱自己的母亲。由于他从小就习惯服从母亲,他不知道有比为她奔走、为她劳作更美的境遇。他自己也因带给母亲这一切好东西而得到快乐。

何况好心的天主愿意奖励他的劳作。一俟他伺候老母亲在铺着羚羊皮的床上躺下,吻过她的眼睛,他已疲劳不堪,立即扑进那口垫满麦秸、权充床铺的木箱。他母亲听出他已睡着,便起床来到他跟前,在他毫无觉察时流着泪亲吻他的前额。掉到福斯坦发际的泪水具有使他做美梦的神效,此事无人知晓,包括福斯坦本人在内。于是年轻人觉得自己突然醒来;他穿着君王的豪华服装走出茅屋;一匹长着女人脑袋的母马守在门口,它的四蹄钉着小翅膀,臀部有灰白色云斑,矫健非凡;他跃上马背,通过一条平坦如砥、树木成行的山间大道直奔果利斯坦;他到处遇到热情的招待,果利斯坦的显贵都认识他,对他礼数周到。他在宫中跳舞,人们十分佩服他丰富、渊博的学识;他表现了机智和高雅的趣味,绘声绘色讲述他的旅途见闻,过着极其快乐的日子,诵读果利斯坦诗人的作品,参加狩猎,与人交谈妙语如珠,受到所有贵妇的盛情款待,成为世界上最幸福的年轻人,直到他老母亲的尖嗓子惊破他的美梦,唤

---

① 木哈:产于阿拉伯的上等咖啡。

他爬出那个小窝:

"快起来,大懒虫,你还想不想到大麻地里去锄草?"

他倏地起身,穿上他的破衣服,忘了自己曾是王子,又变成普通的麻农。

他就这样长到二十二岁。此种奇怪的日子年复一年,结果他把每天晚上,由他母亲以含泪的亲吻发布命令后开始的生活当做真正的生活,把白天的艰苦劳作当做为抵偿自己得到的甜美幸福而不能不做的噩梦。

可是他终于发现自己颠倒事实了。经过如下:

有一天,他下山到马塔庚王国的京城去出售麻纱。他母亲纺麻婆婆那年满八十岁,意外地在一周内纺出两斤用于编织花边的细麻纱,因为她想在圣诞节吃一顿燕窝泥配毛蒙鸡。福斯坦出脱货物后没有立即回家,起念去参观刚由蓬蓬南二十四落成的卢浮宫。人人都说这是马塔庚王国的七大奇迹之一。他来到入口的栅栏跟前,被王家卫队的哨兵拦住,说是衣冠不整者不得进入王宫。可怜的福斯坦看看自己的衣服,承认它们的确算不上整洁。于是他在王室家具库的一块墙脚石上坐下想心事,那座建筑与卢浮宫的一面隔街相望。事有凑巧,唐娜·曼莎公主的套房位于卢浮宫的这一面,她为上舞蹈课正好从那里走过,朝街上望了一眼,看到福斯坦坐在墙脚石上。福斯坦也看见她了,当下坠入情网。他身边有位先生正在读招贴,他立即问他是否认识那位女郎,——透过王宫的玻璃窗可以看到其倩影——这位先生恰巧是马塔庚王国贵族院的议员,他告诉他,那女郎并非别人,乃是唐娜·曼莎公主本人。所有的外国王子都派出一批又一批的使节向她求婚,因为她美若天仙,知书识礼,心地善良,举止优雅,各国宫廷无不称道。福斯坦很有礼貌地谢过这位马塔庚贵族院议员兼王国勋位局局长。

"先生,"他对他说,"我没有认识您的荣幸,可是我很想认识公主!"

"我相信您的诚心,"格朗高庚伯爵说,"可是,只要您未获勋位,您最好别去想它……"

"您言之有理。"福斯坦说。

唐娜·曼莎上完舞蹈课回来时，发现福斯坦依旧坐在墙脚石上。由于她心地慈悲，就派人给他送去一百马塔庚苏和七斤面包。福斯坦用目光向她致谢，此刻他俩谁也没有想到，一个月后他俩会喜结良缘，叫所有贵为王储的求婚者徒唤奈何。须知法兰西、意大利、德意志、俄罗斯、巴伐利亚、萨克斯及其他国家的王子为了这门亲事，纷纷向群山之主、英勇神武、外号营造大匠的蓬蓬南二十四国王陛下提出一个比一个优越的条件。

福斯坦与唐娜·曼莎相遇前三个月，御妹凡杜加丹夫人殿下出发到法国去选购王冠上的钻石。眼下国王正为此事焦虑。

福斯坦在回家路上反复回忆唐娜·曼莎，越想越美，感到前所未有的幸福。这个强烈、真实的快乐为他证明，他的生活不是梦境；这一切使他忘了因他迟迟不归，老母亲必定窝了一肚子火等待发作。纺麻婆婆见他跨进门槛，便冲他大吼，那声威足以吓退一头犀牛，她那两颗獠牙咄咄逼人，使福斯坦不寒而栗。他低下眼睛，因为他不敢正视他母亲圆睁双目的样子。

她抓住那根怕人的花楸木纺杆，站起身来，说道：

"你给我跪下，领打！……"

"您会打死我吗？"福斯坦双膝下跪，问道，"我可是从来没有不听您的话，我是您的孩子，您叫我朝东我决不向西，我从不跟您说自己吃了多少苦……"

"这我都知道，"她的声音令人毛骨悚然，"用不着你提醒。难道你以为我忘了你做过的事情！"

那根纺杆始终高高举起。

"可您不知道的是，母亲，"福斯坦奇怪自己哪来这么大胆子，"我爱上了马塔庚的公主。"

"噢！我亲爱的儿子，"纺麻婆婆把纺杆放到软椅上，扶起福斯坦，说道，"这就是另一回事了，你必须娶她……"

"怎么说？"年轻人大吃一惊。

纺麻婆婆在炉火边坐下，不再去想自己的钱和纺锤。她端详燃烧的劈柴射出的火光。

"福斯坦!"

"什么事,母亲?"

"你带回来多少钱?"

"价值两千利勿尔的马塔庚埃居。"

"钱在哪儿?"

"都在这里……"

"去把国王的建筑师和泥瓦匠们找来……"

福斯坦找到国王的建筑师,后者奇怪一个纺麻为生的老婆子为何派她衣衫褴褛的儿子来唤他。不过他生性好奇,何况当建筑师的巴不得造房子,他随即交代手下人关照一百名泥瓦匠到走猫天沟村上方的纺麻婆婆家去,然后跟着福斯坦亲自前往。

老婆子说自己的茅屋太狭窄,请他在原地改建一座阿尔汉布拉宫那样的阿拉伯风格的宫殿,带阳台、外廊和圆柱,一切都要用大理石,以求坚固耐久,因为她不喜欢现代建筑的华而不实。她说得那么轻松,以致建筑师认为有必要向她指出,她要求的东西价值几个亿……

"那有什么要紧?"她说,"不过我先跟您打个招呼,我只能用钻石支付。我儿子发现了制造钻石的秘密,您就做您的预算,打您的图样吧。只要您干活利索,我这里聊备薄物以资鼓励,也权表我们的谢意。"

说着,她用纺杆撬起壁炉前面的一块石头,从底下拿出一颗相当大的钻石,递给建筑师。

建筑师眼前最紧急的事情是回城,换衣服,到宫中参加一个盛大的招待会。卢浮宫竣工那一天。国王封他做男爵,许他任意出入宫中。国王见他来了,挽住他的胳膊,把他领到一个窗口,与他谈论起建筑来。他对国王说,离京城两法里路的走猫天沟村里有个年轻人会制造钻石。他还讲纺麻婆婆要他设计房屋,并向国王出示他得到的钻石作为证据。陛下立刻派人传唤王室首饰匠。后者一到,他就与他关在一起密谈。旁人以为他将为美丽的唐娜·曼莎公主的婚礼订购宝石,外交使团成员之间为此还交换了一些牢骚话。首饰匠向国王担保,纺麻婆婆的钻石论其透明度和光泽无与伦比,从哪方面看都像是从亚洲的钻石矿里开采出来的。蓬蓬南立刻下令备好山地马车,风风火火就出发了。一反常例,王后和朝臣对他出宫的原因毫无所知,甚是惊奇。国王只带着建筑师随车同行。

"好女人,您儿子在哪儿?"陛下踏进茅屋时问道。

"老爷,您是谁?"

"我是马塔庚国王。"

老婆子躬身施礼,答道:

"我的儿子,陛下,到果利斯坦的大山里去寻找制造钻石的配料了,他过一个星期才能回来……"

国王若有所思。

"他当真能制造钻石?"

"当真,陛下,就像您是马塔庚国王和您的子民的父亲一样千真万确。"

这位好国王年纪越大变得越是吝啬,这在君王身上是一大缺点,在所有人身上都不可原谅。纺麻婆婆派福斯坦带着母子俩赚来的两千法郎到果利斯坦去买一颗钻石,她从陛下告辞时向她深施一礼看出,可以利用他的吝啬来控制他。她的远见卓识已使她猜出有关假钻石的国家秘密和蓬蓬南的担心;她的眼睛具有魔力,无怪乎异常清澈。

福斯坦一天没有回来,蓬蓬南二十四就烦躁不安一天。他命人调查他的家庭情况。若不是宫廷礼仪规定了臣民与国君之间的距离,他本想让这纺麻的穷婆子住进卢浮宫。他有心给她在宫中派个职位,可是用什么名义才合适呢?一个正在制造钻石,而且可能造出大如鸵鸟蛋的钻石的人的母亲,不应屈居下位;可是,如果他任命她为王后的侍从女官,全体贵族都会齐声抗议……他曾秘密建议她担任马塔庚王子和公主的教师,可是关于福斯坦受到的教育,外界颇有微词,这样做势必损害王室的未来。假如他在吝啬和蓬蓬南家族的命运之间迟疑不决,说句公道话,最后他还是以后者为重。

他派出三名狩猎骑兵在卢浮宫与走猫天沟村之间站岗,以便福斯坦一回家他就能得到报告。这些准备工作,以及陛下忙忙碌碌、心事重重的样子,使朝臣和京城的百姓都以为美丽的唐娜·曼莎又有一位新的求婚者了。由此产生许多不经之谈,口口相传,最后传到公主身边。她的首席暖床侍女①悄悄告诉她,朝中城里都在议论一位年轻王子即将来临之事。这个王子不是派遣使节代他求婚,而是隐匿身份和姓名亲自前来向她表达爱慕之情。唐娜·曼莎觉得这种方式远比国王们通常的做法更礼貌,更风流蕴藉,更显得一往情深。

福斯坦终于回到老母亲身边,他带来一颗相当大的钻石,价值两千马塔庚利勿尔。纺麻婆婆一直在守候儿子归来,当即把他藏进揉面箱,以便等到她认为合适的时候才让国王知道。她对儿子说:

"我的孩子,国王以为你有制造钻石的本事,他想必会要求你别把技艺传给别的国家……"

她说到这里,国王派来监视茅屋的狩猎骑兵打断了她的话头。原来,老太婆听到山顶上响起福斯坦的脚步时,为把当兵的支开,曾对他说:

"您没看见我儿子从这一边走过来吗……您过去瞧瞧。"她就这样把他打发到村里去了。此刻那名当兵的已经回来,听到茅屋里有人语声,便扯着丘八的大嗓门喊道:

"您骗了我,您在跟您儿子说话,国王命令我们把他带走……"

"您得向我道歉,大兵哥,"老太婆说,"我在跟我的猫说话……"

说着她就去抚摸一只安哥拉猫。那是她当年派儿子根据她指定的毛色、花斑和叫声特征,到果利斯坦某地找来的。这只猫叫起来另有一功,而且它的尾巴可以当扫帚用,如果她一时找不到扫帚。

"宝贝,宝贝,"她接下去说,"国王要你为他制造钻石……"

她表面上跟猫说话,实际上说给儿子听。

"他会把你关起来……不过,假如他把你关起来,至少你得设法挨近公主,因为公主喜欢漂亮的猫,她见到你就会喜欢你。不过你得做几身漂亮衣服,这样才能舒舒坦坦,才配得上做一只好猫,一只标致的纯种安哥拉猫。即便你不会制造钻石,公主也会把你留在身边的。"

福斯坦从小走南闯北,见过大世面,善解人意,他听到这几句话,便

---

① 用长柄暖床炉温暖被窝的侍女。

咳嗽一声向母亲表示自己完全明白她的意思。狩猎骑兵听出这既不是老太婆的干咳，也不是安哥拉猫的咳嗽声，立即冲进茅屋，逮住福斯坦，把他带到蓬蓬南二十四陛下跟前。他母亲只来得及关照一句：千万小心，我的孩子。

"你是否是纺麻婆婆的儿子？"国王问。

"是的，陛下……"

"有人跟我说你精通有关宝石的学问。你真会制造钻石？"

福斯坦作一谦虚的回答，未置可否。不过国王心想：看他的神态举止倒像一个钻石制造者，我本来设想他就是这副样子……

于是国王对他说："你必须为我制造真正的钻石……"

"陛下，"福斯坦答道，"为此必须准备许多东西，可我怀疑您能满足我所有的古怪要求……"

"不碍事的，只要你造出榛子大小的钻石，即便不带榛子壳，我也给你备齐你需要的一切……"

"那就说定了。"福斯坦回答道。

国王陛下是个细心人。他当即叫来格朗高庚伯爵和两名在他寝宫当差的普通贵族，那三位正在蓝色客厅里交谈。他命令他们当他的面剥光福斯坦的破衣烂衫，务必弄得他像鼻涕虫一样精赤条条。三位贵人立即执行命令，那年轻人腼腆如姑娘，连说使不得也无人理他。朝臣们一面动手，一面情不自禁赞叹他的皮肤白皙，体格健美，羞得他满脸绯红。这几位都是积年老臣，何况蓬蓬南本人也忍不住微笑。

福斯坦不习惯裸体对人，臊得无地自容；不过更令他惊奇的是国王命人摸他浑身上下，以便查明他有无夹带钻石。趁几名贵人不失体统地操作之际，国王命令勋位局局长把制造钻石的能人脱下来的破烂送入壁炉烧毁。这番搜索的结果，无非是查出可怜的福斯坦随身带着一把木柄小刀。纺麻婆婆的儿子猜出国王陛下的用意，庆幸自己早把钻石吞下肚子，而且自有把握在需要时再拿出来。

国王确信福斯坦的口袋里没有钻石后，还想用誓言来约束他。他把他领进小礼拜堂，要他对着《福音书》起誓自己身上没有钻石。福斯坦毫不犹豫就起了誓，既然他的钻石是在肚子里。

凑巧王后和公主前往小礼拜堂去做晚祷,她们听到国王的声音,便掀开门上的软帘往里看。见到陛下与一个不穿衣服的英俊小伙待在一起,她们顿生羞耻心,不敢进去。然后她们一言不发退回去,既为这偶然发现感到羞臊,更对这仪式大惑不解。

蓬蓬南兴高采烈,他命人给福斯坦送来王子穿的服装。福斯坦换了打扮,立时变成王国第一美男子。他穿这套衣服极其自然,就像他一辈子净穿绣花礼服似的。他的举止无懈可击。国王问福斯坦,他愿在宫中什么地方制造钻石。于是年轻人说他想参观整座王宫,以便认清它的朝向。陛下手执金火炬为他带路,禁止任何人在二十步距离之内靠近陌生人,违者格杀勿论。这位谨慎、多疑的蓬蓬南一路上为福斯坦指指点点,就像一名业主对朋友说:"这是我今年吩咐做的。"

值勤人员,卢浮宫内的服务人员,卫队的军官以及有职位的贵人见到陛下不拘礼节,对一名穿着如王子的陌生年轻人关怀备至,都相信出了新鲜事。适逢王后寝宫内有牌局,众人便到那里叙述国王为他等得望眼欲穿的王子所做的事情。于是公主看了母亲一眼,不由两颊绯红。母女俩都想,小礼拜堂内的仪式必是马塔庚历代国王择婿的秘密惯例。全体朝臣见到王后和公主先是脸红,后是微笑,以为她们知道年轻的外国君主的来临。于是宫内只有一个话题,公主即将成婚,这门亲事安排得如此巧妙,以致谁也不知道未婚夫的姓氏。

"这里合适,陛下……"走到一间紧挨公主盥洗室的屋子时,福斯坦说道,"我必须在这里……"

蓬蓬南没有异议。他立即传来泥瓦匠,把福斯坦关进他选中的房间,然后吩咐把门堵死。工人安装了一个转柜以便递给纺麻婆婆的儿子他需要的一切。陛下在窗下、门前和走廊里设置哨兵,每小时换一次岗,授权他们向擅自闯入者开枪。作了万无一失的布置之后,国王就坐等钻石到手了。公主获悉她父亲针对那个王子采取的所有非常措施,得知王子就住在她的盥洗室背后的屋子里,当天夜里她无心睡觉,动手在墙上挖一个洞以便重睹这个神秘人物。命运首先让她看见他穿着破衣烂衫,当街坐在墙脚石上。然后见到他一丝不挂地站在她父亲的小礼拜堂中间,最后见他穿上王子的闪闪发光的绣花衣服,美如白昼。她对他万分钟情,因为她猜出自己是对方热恋的意中人。她挖了一个轮廓整齐的洞,借助一盏灯光,看见年轻人正在墙那边挖第二个洞,这使她心中大喜。不过她干得比他快,因为少女的手比男子灵巧。她快乐地对他喊道:

"王子,我的洞挖好了!"

福斯坦走到公主挖成的小洞跟前,认出是她。两人待在那里傻里傻气地相看片刻,他们太高兴能重新晤面,可一时又无话可说。福斯坦想到把手伸进墙洞,像是为了把洞弄大一点,其实他要抓住唐娜·曼莎的手。公主那双手是世上最娇小细嫩的,她毫不推阻,就伸给他一只手。福斯坦通过墙洞把手拉到自己这一边,如人们亲吻公主的手那样温柔地亲它吻它。然后他用炽热的目光盯着她,向她讲述国王为何把他关在这间屋子里。

"公主,"末了他说,"我无意欺骗您和令尊大人,我不会制造钻石,可是我十分爱您,是我的巨大的爱情促使我想出这个法子以便能见到您。"他说话的工夫,美丽的唐娜·曼莎始终没有把手撤回去,此时他又吻起那只手来。

公主以为想出这些巧计比发明制造钻石的方法更有用。她不在乎钻石不钻石的,倒是觉得俊秀的福斯坦那双迸射火光的眼睛抵得上全世界的宝石。这对情侣互许嫁娶,可是这需要国王和王后同意才行。天亮时,福斯坦悄悄告诉公主他把钻石藏在何处,以及陛下对他许过什么愿。唐娜·曼莎跟他说,钻石排出体外需要一段时间,这期间她将尽一切努力。然后他俩重新堵住这个为他们的爱情帮了大忙的洞眼。

蓬蓬南做梦也想着钻石,次日一早他就赶到小窗口探望钻石制造者。福斯坦说,他的狩猎骑兵抓他时过分粗暴,把他的果利斯坦云母粉和茜草根炭都撒在地上了。缺了这些配料,他什么也做不成。陛下立即要他说明果利斯坦云母粉和茜草根炭是什么东西,派自己的听忏悔神甫,凡高涅修道院长率领许多军官到大路上去寻找。然后他靠着小窗口与福斯坦交谈了将近一小时,觉得此人学识极其渊博,以致当天的早朝大大推迟,近臣们久候国王不出。陛下望完弥撒,立即出发打猎,他要把猎获的鹧鸪、松鸡和其他野味都赏给钻石制造者,因为他已经很喜欢他了。纺麻婆婆的儿子得以与国王同桌用餐,因为凡高涅神甫未能找到茜草根炭。不过福斯坦不习惯专为陛下烹制的调味汁和诸般佳肴,只觉得肚子里咕噜咕噜叫。当晚他把此事告诉公主后,两人着实高兴,因为如此这般,钻石必能更快地排出。翌日清晨,陛下关心福斯坦这一夜如何度过,又来到钻石制造者住房的小窗口。纺麻婆婆的儿子对他说:

"陛下,我在墙里头找到一丁点儿云母粉。虽然我没有茜草根炭,我还是为您造了一颗小钻石,小得可怜,因为我的配料不够。为了使您高兴,我乐意花任何代价。"

说着他就把已经擦洗干净的钻石递给国王。蓬蓬南觉得这颗钻石的水色纯正,当下不再为假钻石的事情烦恼了。他放福斯坦出牢房,上早朝时把他当做大人物介绍给全体朝臣,要求他们对他表示敬意如同对他本人一样。福斯坦要求娶公主为妻,蓬蓬南信守诺言,不加阻难就应允了。发生这一切之际,唐娜·曼莎已对母后说,她若不能嫁给福斯坦,还不如死了的好,虽然此人是纺麻婆婆的儿子,而且不会制造钻石。王后大惊,她明白国王可能中了奸计。此事攸关王室的荣誉,她赶紧去见国王,碰上国王正与女婿一起前往小教堂,一帮朝臣已在向驸马爷献媚邀宠了。

"陛下,"她对国王附耳低语,"您有可能成为您自己的怪念头的牺牲品,王室的声誉正在蒙受损害……"她把经过讲了一遍。陛下大怒,但没有发作,因为宫廷的礼节不允许国王当众显示不快。他秘密下令逮捕福斯坦,指定成立一个司法委员会以决定此人的下场,假如判他死刑,应于宣判后两小时内执行。国王心想,公主很快就会把他忘掉的……

福斯坦打猎回宫,在大走廊里被拿下,朝中人人惊讶。公主见他套着锁链走过,立即披头散发冲到国王跟前跪下,说了许多感人肺腑的话,并且要挟将绝食或者以他处死福斯坦的方式自尽。

"可是,我的女儿,"国王说,"我总不能让一个下等妇人做你的婆婆……"

"陛下,"她说,"我敢担保他是金枝玉叶,从他的步态就能推知他的出身。他摇摆身体的样子像本家长房的王子,是我们的祖爷爷剥夺了长房的王位继承权……"

"如此说来,更有理由向他起诉了。"蓬蓬南说。他本是精明的政治家。

"相反,更有理由让我们结婚了。"公主答道。

王后本来心地善良,公主的想法给了她启发,她终于说动国王去查明真相。福斯坦被从牢中带出来。国王、王后、公主由大法官和四朝元老,年高德劭的大使,格朗高庚伯爵陪同,带着他前往纺麻婆婆的茅屋。从来没有如此高贵、如此精明干练的人物光临这间东倒西歪的屋子。老太婆正在屋里一面纺麻,一面不忘训斥她的爱猫。

"啊!你回来了,你这坏小子,"她对儿子说,"请恕我不恭,"她对国王行一礼,接着说,"我儿子是否得罪了陛下……"

"母亲,我被判处死刑,特来跟您永别,因为无人相信我出身王族。请您给我祝福,原谅我的过失。"

他双膝跪下以便亲吻老泼妇干瘪的手。

"我因得到太多的幸福而受惩罚,可是我既有幸吻公主的手,死也值了。"

"我的孩子,"纺麻婆婆接着说,"我这身打扮接待朝中贵人有失体统。"

她请国王及其随从坐下,然后躲到面包箱背后去梳洗打扮。

"陛下,您能否准许我儿子再伺候我一次?"她说。

"请便,请便……好女人!"国王答道。

这场面叫铁石人见了也会心碎,所以公主只管哭泣,也顾不得体面了。

"去给我找点大麻皮来,也好让我做一顶假发……"纺麻婆婆对福斯坦说。

福斯坦把纺杆上剩下的麻皮放在老母亲头上,同时给她一吻。霎时间这堆乱麻变成少女的满头金发,世上长着最美的秀发的女子见了也会艳羡不已。

"去把我的纺杆找来,把我的安哥拉猫逮住……"

福斯坦把纺杆递给她,公主帮他逮住安哥拉猫。纺麻婆婆抓住纺杆,用它点一下安哥拉猫,那畜生顿时变成一只插着翅膀的纯种山猫。接着纺麻婆婆的破衣烂衫变成一件翠色葱茏的长袍,她向朝中贵人显示自己的真正面目:原来她便是所有仙女中最迷人的那一位。她开言道:

"我是勤劳仙女!因为我在仙女会议通过的一项法律中犯了一个拼写错误,被罚一百年既老又丑,直到我百般虐待的一个孩子依旧爱我疼我的那个时刻,我才能恢复本来面目。这个由我抚养成人的孩子是蓬蓬南十九世的曾孙,你们抛弃了他,他家里的人逃到山里躲藏起来……你们可以把公主许配给他,他不会制造钻石,但是能给你们带来繁荣昌盛……"

格朗高庚伯爵听到这里,仔细打量福斯坦,发现他确实有点像蓬蓬南家族长房的孙子。

勤劳仙女的话不容置疑。福斯坦认出她是个温柔、善良的母亲,跪在她脚下不停亲吻她一双美丽的手。

纺麻婆婆从面包箱上拿起一盏金灯,握在左手,用自己的双目点燃两根灯芯。然后她仪态万方骑上那只山猫,挥动短棍,从屋顶上疾驰而去。屋顶自动分开为她让路。

马塔庚国王当场就把公主许配给福斯坦,并且宣布他为王位继承人。蓬蓬南二十四又活了十几年。这期间他女婿利用自己的知识和他无数次前往果利斯坦的经验,在隔开两国的群山中间,紧贴悬崖峭壁修造了平坦的道路,通过交换马塔庚和果利斯坦的物产为本国开辟了新的财源,国库因此大为充盈。他的贤妻曼莎公主始终爱他与初婚时一样,他俩生的第一个孩子受洗时,朝中大臣得到的勋章皆用真的钻石镶嵌,因为钻石已变成普通货物了。勤劳仙女不时前来探望这两口子,他们接待她极为恭敬,因为他们欠她的情分实在太多。

凡杜加丹夫人与戈格林男爵秘密结婚。男爵被晋封为亲王殿下。

本故事教导子女要永远服从母亲,不管母亲要求他们做什么事情,也教导国王们除非严加防范,别让姊妹出门旅行。

第 十 卷

(残稿)

国王的嬖幸

卢浮宫里前几天出了一桩奇事,可是没有任何作家秉笔直书,因为此事对一位地位崇高的贵人的纹章极不光彩。该贵人后来听从妻子的劝告改邪归正。他的荒唐行径虽然在滑稽的御前审判会议上得到国王的赞同和特许,也曾使贤妻蒙羞含垢,从而对他大失敬意。所以下文讲述这桩奇事时不提该贵人原本显赫却受尽糟践的姓氏。有人猜他乃是当今王上①的一名嬖臣,是所有嬖臣中戴绉领最讲究的那一位。他使许多贵妇由嫉生恨,转而与国王为敌,带着她们的丈夫、情人和其他一切投入吉斯兄弟那一党,借此发泄因失宠而生的闷气。其中一位贵妇责备国王以此种古怪方式消遣作乐,曾说:

"他夺走我们的财产也就罢了,可总得把命根子和运气给我们留下吧。"

这位贵妇着实给国王带来灾难,她的姓名无人不知。

话说某个天朗气清的早晨,这名嬖臣进卢浮宫晚于平时,因为他的下人未能找到合适的润肤油脂。他想遵照圣梅然先生的配方用该种油脂敷脸,以便常葆肤色白嫩,并使他高高翘起的胡子尖自然柔软。——嬖臣从卧轿上下来时照例装腔作势,有几个当兵的看不惯,直斥他们为国王的产妇。我们这位嬖臣在侍从搀扶下端足架子,登上卢浮宫的台阶。他未在寝宫找到主上,因为国王一早就去主持御前会议了。军国大事用不着他操心,他随即走出寝宫,到各大厅闲逛。但见他穿着紧窄的薄底浅口皮鞋,左右摇摆身子,晃动肩膀,嗅闻香水盒子,不跟任何朝臣打招呼,除非他们的紧身短袄的领子开口与他自己的款式相同。他双眉高挑,鞋尖弯如钩子,领子锁边整齐划一。挺括如羊皮纸,还挂着

---

① 指法王亨利三世(1551—1589),传说其性喜男色。

一串珍珠项链。他不时从口袋里掏出一面状如小书的镜子,端详自己的发卷。平民百姓和朝臣无不注意他如何在肉色缎子的衣服上开缝,如何摘手套戴手套,如何开阖扇子。话说这名嬖臣在走廊里走了一个来回,也没有发现个把自己的同类,只得背向众人,靠住一个窗台站定,用手指在窗玻璃上打鼓点,闲看在卢浮宫院子里扎堆的贵人侍从和地位低下的求职者,须知世上最淘气、最滑稽的事情都在卢浮宫的院子里发生。——这位贵人的眼光落在一个他不认识的人身上,此人未佩戴任何家族的标记,直挺挺矗在那里如……

附 录

故事理论

　　我昨天回家,看见我本人的无数个翻版如木桶里的鲱鱼挤满整个屋子。他们像神奇的远方映出的影像,犹如两面镜子面对面置放时,客厅中央的灯光便在镜面的玻璃与镜背的锡汞所包容的无垠空间中幻出无数盏灯火。

　　对于一名居住在圣德尼街的资产者来说,这景象委实吓人,对于我却算不了什么。怪诞景色登门拜访一个以奇思异想为生的可怜人,本是题中应有之义。

　　我冲着自己的所有化身点头施礼,他们同时以同样方式朝我点头。我刚坐下来,把写字用的哥特式小桌拉到身边,第一个我便迈了两步,在壁炉前面站定,似欲开口说话。这是个漂亮小伙,青春焕发,系着端端正正的领带,足登乌黑发亮如老鸦眼珠的薄底皮靴。他的背心无懈可击,所戴的黄手套也可在任何国家通行无阻。他昂首侧脸,向我投来多少有点自命不凡的目光,可是我理解而且赞同这傲慢的一瞥,因为对一个穿着讲究并且意识到自己的优越的人,这是可以原谅的。总之,我可以承认他是我自己的一幅速写像,当我脱下学究的长袍去参加社交晚会时,便是这副模样。这位花花公子头脑空空如也,却是所有的"我"中最获成功的一位。那时髦青年对我说:老兄,别再编故事了。故事已累垮了,趴下了,关节受伤了,它的蹄子开裂,两胁下陷,跟你那匹马一样。假如你想标新立异,你最好抓住故事,折断它的腰,如拗断割完肉剩下的鸡架子,然后把它扔在那里别管了。你若做不到这一点,那你不过是个"讲故事的",不过是个怪人。要不然你就得证明故事是文学的最高表现形式,"讲故事的"这个称呼本身毫无意义,在各类作品里只存在细节和巧妙程度不同的手法,这样你就能一口气吹倒成群结队的嘉布遣会纸牌修士①,以免他们侵占并毁坏故事的康庄大道。这位先生把十指相互交错以便扯直手套,使它们十分熨帖地套住手指,然后便消失了;社交界的常客本是社交界的回声。

　　第二个我突然站起来。这一位穿着紫色的晨袍,他的前额布满皱纹,嘴唇被咖啡熏成黄色,胡子拉碴,目光炯炯却又透着平静;他脸色红润,腰系丝带,头顶紫色无边圆帽,胸前戴着荷兰市长的大领巾以代替翻领;殷勤的灯光照亮他的脸,他在五十岁上下。噢!施费尔、施奈兹②都在哪里?……这一位是有见解的人,不睡觉的人,目光远大的人,勇敢的人,被自己思想的重量压垮的人。

　　"听着,你让世人看到的面貌虽不完整,却是真实的!

　　"已知有一丈夫,一妻子和一情人,要求由此推导出一百个互不相同的故事。

　　"如同厨子用本性宜于烹调的名叫鸡蛋的物质烧出一百道菜。

　　"如同数学家设想有可能在一个圆周上想到多少个圆圈就画多少圆圈,并且从而证明把全世界的粉笔都用来画圈也不够用。"

　　"一边儿歇着去吧!"我对他说,"你不如传唤诺迪耶③,这位语言的魔法师,这个用魔杖唤醒为前人从未道过的句子的巫师;或者去叫艾蒂安·贝凯,这一位用他有待写成的作品的题目编了三册对开本大书,在文学领域他什么都想过,什么都读过;要不去求欧仁·苏,他可以把许多题材腌起来保持不变质……"我正待为我们的大作家逐一评功摆好,此时那位从来不笑的我莞尔一笑,向我指出由一百个我提出的一百种表达代数公式的方式。这一百个我似乎要走出他们的牢笼,挨个儿向我讲解他们各不相同的公式。

　　我懒洋洋地躺倒在长沙发上,心里感叹:"真是……"

---

① 一种儿童游戏:把折好的纸片竖立排好,推最末一张,纸片即顺次倒下。
② 施费尔(1795—1858),原籍德国的法国油画家、版画家;施奈兹(1787—1870),法国历史画家、肖像画家。
③ 诺迪那(1780—1844),法国作家。

圣马丁的马

　　有位好乡民以本堂神甫为业。教堂正门上方没有主保圣徒的雕像,该神甫甚是不悦,因为教会的尊严和他本人的威望由此大遭贬损。该好神甫请来一位石匠先生雕刻圣徒像并把雕像安放在大门上。石匠完工,神甫大喜,付给他十个埃居。该圣徒正是把自己穿的外套割下半截赠予穷人的圣马丁男爵大人,他骑在马上。石匠为那匹马索价五埃居,为圣徒和穷人各索价两个半埃居。却说消息传出,方圆七法里内的居民纷纷前来观看,赞赏这组雕像,尤其想看该石像、石马制造者引以为荣的那匹鬼斧神工的骏马。雕像开光之日,乡民们只顾瞻仰,顾不上听神甫布道。男女老幼熙熙攘攘,七嘴八舌地评说,那组可怜的雕像则待在一个犄角侧耳细听。人群中来了一名钉马掌的,他凭着自己的营生熟悉驴马和其他牲口的特征与习性。他初来不知就里,听众人议论那匹马如何如何,便去找那匹马,却怎么也找不到,遂问大家:"马在哪里?我没看见马,我看见外套,看见圣徒,看见那个患麻风病的穷人,他冻得浑身哆嗦,手脚冰凉无处安放,我就是没看见马。"一位老人说:"这不有一头牲口。"雕刻匠说:"若说这不是马,这又是什么?"钉马掌的答道:"是骡子,因为是一头驴生了它。"

〔一八三六年八月十日于里瓦尔塔〕

后　记

　　《都兰趣话》原题《趣话百篇》，是一部《十日谈》式的短篇故事集。作者假托此乃都兰修道院中保存的文稿，专为娱乐庞大固埃主义者而整理出版。实际上这些故事全部是巴尔扎克的手笔，只不过利用了十四至十六世纪的背景和题材，模仿了十六世纪的语言和拉伯雷那种大胆直率、生猛鲜活的文风。巴尔扎克是拉伯雷的崇拜者。在他看来，惟有拉伯雷的风格最能体现法国高卢民族的精神气质、性格特征，而现代社会所提倡的庄重典雅、矫揉造作的文体，却将法国人天生的快活坦率阉割殆尽。因此，他在从事《人间喜剧》这一宏伟建筑的同时，又模仿拉伯雷的文笔写了这样一组轻松调侃的故事，既为自己开心，也为博读者一笑。虽说是模仿之作，然惟妙惟肖既达到以假乱真的水平，就称得上是难能可贵的艺术品了。

　　本故事集原计划写一百篇，十篇一组，共分十卷。第一、二、三卷分别于一八三二、一八三三和一八三七年出版，后七卷一直未能完成，仅在作者遗稿中发现了一些断章残篇。

　　《趣话》的内容多涉人间风月、男女私情，然而在种种轻浮的玩笑和粗鄙俚俗的言辞掩盖下，却不乏鞭辟入里的讽刺和对人类美好情感的颂扬。与作者在《〈人间喜剧〉前言》中宣布的创作原则相反，这些故事似乎从未接受"宗教与王权"这两种"永恒真理"的照耀，因而高级教士、王公大臣往往成为揶揄、挖苦、批判、揭露的对象，受到极不恭敬的对待。

艾　珉

"名著名译丛书"书目
(按著者生年排序)

第 一 辑

书　名	著　者	译　者
荷马史诗·伊利亚特	[古希腊]荷马	罗念生　王焕生
荷马史诗·奥德赛	[古希腊]荷马	王焕生
伊索寓言	[古希腊]伊索	王焕生
一千零一夜		纳　训
源氏物语	[日]紫式部	丰子恺
十日谈	[意大利]薄伽丘	王永年
堂吉诃德	[西班牙]塞万提斯	杨　绛
培根随笔集	[英]培根	曹明伦
罗密欧与朱丽叶	[英]莎士比亚	朱生豪
鲁滨孙飘流记	[英]笛福	徐霞村
格列佛游记	[英]斯威夫特	张　健
浮士德	[德]歌德	绿　原
少年维特的烦恼	[德]歌德	杨武能
傲慢与偏见	[英]简·奥斯丁	张　玲　张　扬
红与黑	[法]司汤达	张冠尧
格林童话全集	[德]格林兄弟	魏以新
希腊神话和传说	[德]施瓦布	楚图南

高老头 欧也妮·葛朗台	[法]巴尔扎克	张冠尧
普希金诗选	[俄]普希金	高莽 等
巴黎圣母院	[法]雨果	陈敬容
悲惨世界	[法]雨果	李丹 方于
基度山伯爵	[法]大仲马	蒋学模
三个火枪手	[法]大仲马	李玉民
安徒生童话故事集	[丹麦]安徒生	叶君健
爱伦·坡短篇小说集	[美]爱伦·坡	陈良廷 等
汤姆叔叔的小屋	[美]斯陀夫人	王家湘
大卫·科波菲尔	[英]查尔斯·狄更斯	庄绎传
双城记	[英]查尔斯·狄更斯	石永礼 赵文娟
雾都孤儿	[英]查尔斯·狄更斯	黄雨石
简·爱	[英]夏洛蒂·勃朗特	吴钧燮
瓦尔登湖	[美]亨利·戴维·梭罗	苏福忠
呼啸山庄	[英]爱米丽·勃朗特	张玲 张扬
猎人笔记	[俄]屠格涅夫	丰子恺
包法利夫人	[法]福楼拜	李健吾
昆虫记	[法]亨利·法布尔	陈筱卿
茶花女	[法]小仲马	王振孙
安娜·卡列宁娜	[俄]列夫·托尔斯泰	周扬 谢素台
复活	[俄]列夫·托尔斯泰	汝龙
战争与和平	[俄]列夫·托尔斯泰	刘辽逸
海底两万里	[法]儒勒·凡尔纳	赵克非
八十天环游地球	[法]儒勒·凡尔纳	赵克非
马克·吐温中短篇小说选	[美]马克·吐温	叶冬心
汤姆·索亚历险记	[美]马克·吐温	张友松
爱的教育	[意大利]埃·德·阿米琪斯	王干卿
莫泊桑短篇小说选	[法]莫泊桑	张英伦
契诃夫短篇小说选	[俄]契诃夫	汝龙
泰戈尔诗选	[印度]泰戈尔	冰心 等
欧·亨利短篇小说选	[美]欧·亨利	王永年

名人传	[法]罗曼·罗兰	张冠尧 艾 珉
童年 在人间 我的大学	[苏联]高尔基	刘辽逸 等
绿山墙的安妮	[加拿大]露西·蒙哥马利	马爱农
杰克·伦敦小说选	[美]杰克·伦敦	万 紫 等
卡夫卡中短篇小说全集	[奥地利]卡夫卡	叶廷芳 等
罗生门	[日]芥川龙之介	文洁若 等
了不起的盖茨比	[美]菲茨杰拉德	姚乃强
老人与海	[美]海明威	陈良廷 等
飘	[美]米切尔	戴 侃 等
小王子	[法]圣埃克苏佩里	马振骋
钢铁是怎样炼成的	[苏联]尼·奥斯特洛夫斯基	梅 益
静静的顿河	[苏联]肖洛霍夫	金 人

第 二 辑

威尼斯商人	[英]莎士比亚	朱生豪
忏悔录	[法]卢梭	范希衡 等
罪与罚	[俄]陀思妥耶夫斯基	朱海观 王 汶
哈克贝利·费恩历险记	[美]马克·吐温	张友松
漂亮朋友	[法]莫泊桑	张冠尧
斯·茨威格中短篇小说选	[奥地利]斯·茨威格	张玉书
海浪 达洛维太太	[英]弗吉尼亚·吴尔夫	吴钧燮 谷启楠
日瓦戈医生	[苏联]帕斯捷尔纳克	张秉衡
大师和玛格丽特	[苏联]布尔加科夫	钱 诚
太阳照常升起	[美]海明威	周 莉

第 三 辑

神曲	[意大利]但丁	田德望
吉尔·布拉斯	[法]勒萨日	杨 绛
都兰趣话	[法]巴尔扎克	施康强

书名	作者	译者
叶甫盖尼·奥涅金	[俄]普希金	智量
笑面人	[法]雨果	郑永慧
红字 七个尖角顶的宅第	[美]纳撒尼尔·霍桑	胡允桓
死魂灵	[俄]果戈理	满涛 许庆道
南方与北方	[英]盖斯凯尔夫人	主万
莱蒙托夫诗选 当代英雄	[俄]莱蒙托夫	余振 等
前夜 父与子	[俄]屠格涅夫	丽尼 巴金
白鲸	[美]赫尔曼·梅尔维尔	成时
米德尔马契	[英]乔治·爱略特	项星耀
小妇人	[美]路易莎·梅·奥尔科特	贾辉丰
娜娜	[法]左拉	郑永慧
一位女士的画像	[美]亨利·詹姆斯	项星耀
十字军骑士	[波兰]亨利克·显克维奇	林洪亮
樱桃园	[俄]契诃夫	汝龙
约翰-克利斯朵夫	[法]罗曼·罗兰	傅雷
我是猫	[日]夏目漱石	阎小妹
嘉莉妹妹	[美]德莱塞	潘庆舲
月亮与六便士	[英]威廉·萨默塞特·毛姆	谷启楠
人性的枷锁	[英]威廉·萨默塞特·毛姆	叶尊
人类群星闪耀时	[奥地利]斯·茨威格	张玉书
尤利西斯	[爱尔兰]詹姆斯·乔伊斯	金隄
好兵帅克历险记	[捷克]雅·哈谢克	星灿
城堡	[奥地利]卡夫卡	高年生
喧哗与骚动	[美]威廉·福克纳	李文俊
老妇还乡	[瑞士]迪伦马特	叶廷芳 韩瑞祥
金阁寺	[日]三岛由纪夫	陈德文
万延元年的 Football	[日]大江健三郎	邱雅芬

有声书扫码兑换

1.刮开涂层	2.扫描上方二维码	3.进行收听
刮开兑换码图层	在弹出链接中输入兑换码（字母区分大小写）	进入微信公众号或微信小程序"人文读书声"，在【我的已购】中收听

兑换码：

（如有问题，请添加【人工】咨询处理）